陀思妥耶夫斯基中短篇小说选

[俄] 陀思妥耶夫斯基 著

文颖 等 译

Ф. М. ДОСТОЕВСКИЙ
ПОВЕСТИ И РАССКАЗЫ

图书在版编目(CIP)数据

陀思妥耶夫斯基中短篇小说选/(俄罗斯)陀思妥耶夫斯基著;文颖等译. —北京:人民文学出版社,2021(2024.5重印)
（陀思妥耶夫斯基选集）
ISBN 978-7-02-016609-1

Ⅰ.①陀… Ⅱ.①陀…②文… Ⅲ.①中篇小说—小说集—俄罗斯—近代 ②短篇小说—小说集—俄罗斯—近代 Ⅳ.①I512.44

中国版本图书馆 CIP 数据核字(2020)第 170026 号

责任编辑	李丹丹
装帧设计	陶　雷
责任印制	苏文强

出版发行　人民文学出版社
社　　址　北京市朝内大街 166 号
邮政编码　100705

印　　刷　三河市鑫金马印装有限公司
经　　销　全国新华书店等

字　　数　432 千字
开　　本　880 毫米×1230 毫米　1/32
印　　张　18.625　插页 2
印　　数　9001—11000
版　　次　1982 年 5 月北京第 1 版
印　　次　2024 年 5 月第 4 次印刷

书　　号　978-7-02-016609-1
定　　价　62.00 元

如有印装质量问题,请与本社图书销售中心调换。电话:010-65233595

目　次

译本序…………………………………………刘开华　1

穷人……………………………………………文　颖译　1
孪生兄弟………………………………………周启超译　141
白夜……………………………………………成　时译　332
地下室手记……………………………………刘文飞译　392
温顺的女性……………………………………成　时译　517
一个荒唐人的梦………………………潘同珑译　曹中德校　564

译 本 序

　　一八四五年五月末的一天上午,俄国诗人涅克拉索夫急匆匆地敲开著名文学评论家别林斯基的房门,还没进屋便手举一部手稿兴奋地喊道:"新的果戈理出现了!"别林斯基不以为然地接过手稿,说:"你的果戈理比雨后的蘑菇还要多。"不料,到了晚上,急不可耐地要见手稿作者的倒成了别林斯基。在两天后的那次难忘的会见中,评论家激动地预言:年轻的作者将成为"伟大的作家"。在半年后出版的刊载着这部手稿的《彼得堡文集》中,别林斯基针对手稿作者又一次满腔热忱地预言道:"他的天才属于不能一下子就被理解和承认的那一类。在他以后的创作生涯中将会出现许多天才,人们会把他们与他相提并论;但最终的结果将是:他们被忘却之日,将正是他获得最高的荣耀之时。"一百多年过去了,评论家的远见卓识早已被历史所证实。如今,当年那位年轻作者的名字——陀思妥耶夫斯基,在全世界几乎家喻户晓,特别是在他的本国和西方各国,许多人对他称颂不已,甚至顶礼膜拜。而他那第一部手稿、成名作《穷人》,也早已成为俄国文学史上的光辉一页。

　　陀思妥耶夫斯基(1821—1881)生于莫斯科的一个医生家庭。他十七岁时进入彼得堡军事工程学校学习,一八四三年毕业后很快便辞职,开始专心从事文学创作。十九世纪四十年代是俄国批判现实主义文学的形成时期。陀思妥耶夫斯基一踏上文坛便选取了他所崇敬的文学巨匠普希金、果戈理开创的"小人物"题材。《穷人》讲述的是彼得堡穷人们的故事。年老善良的穷官吏杰渥什金把孤女瓦尔瓦拉从人贩子手中救出来,为帮助她生活下去,他自己忍饥挨饿,甚至不惜借债,变卖了自己最后一套制服。然而,到头来瓦尔瓦拉还是被迫嫁给了一个地主为妾。故事情节并不复杂,但作品中描写的那一幕幕彼得堡穷人悲惨的生活画面:杰渥什金穿着破旧的制服(一颗扣子只连着一根线挂在上面),嘴唇发抖、双腿发颤、毕恭毕敬地站在大人面前的场景;老波克罗夫斯基两手捧着书,在雨中跟在儿子的灵车后面奔跑的场景;高尔什科夫终于被宣告无罪后突然死去的场景……无不感人肺腑,催人泪下。小说结尾处杰渥什金与瓦尔瓦拉分离时绝望的惨叫,会长时间地在读者耳边回响。年轻的作家深化了"小人物"题材,他不仅表达了对穷人、小人物的深切同情,而且在俄国文学中最先展示了他们美好、高尚的心灵。别林斯基高度评价《穷人》,称它为俄国"社会小说的第一次尝试"。

二十五岁的陀思妥耶夫斯基没有满足于已取得的成就,一八四六年他发表了自己的第二部作品《孪生兄弟》。小说的主人公戈利亚德金是一个性格懦弱、精神上原本就不太正常的九等文官。他追求一名五等文官的女儿,遭到拒绝,被赶出舞会。故事的情节便由此展开,但主要不是在现实中,而是在主人公病态的意识里展开。绝望使他精神恍惚,在他面前不时地出现一个与他一模一样的人。这个"孪生兄弟"十分机灵,见什么人说什么话,溜须拍马,两面三刀,很快便博得了上司的青睐,把戈利亚德金排挤开,自己取而代之。面对这个"孪生兄弟",戈利亚德金感到极其厌恶和害怕,但又不时地流露出对他的羡慕,因为这个"孪生兄弟"的所作所为实际上正是他本人灵魂深处最卑劣的东西的体现,是他心底里所向往而本人又无法做到的。在这无法解脱的矛盾中,戈利亚德金的精神终于完全崩溃,他被送进了精神病院。《孪生兄弟》构思新颖,情节怪诞,它首次表现出作家的一个创作特色:目光瞄准人的灵魂深处,用虚幻、奇特的形式剖析它,揭示人性的两重性。关于戈利亚德金这一形象,当时的评论家弗·迈科夫曾做过颇有见地的分析,他写道:"戈利亚德金就像玛尼罗夫一样生动和普遍。您可以把您的大部分熟人,有时甚至把自己称为戈利亚德金①……"

四十年代,俄国农奴制危机日益加深。莱蒙托夫、赫尔岑、冈察洛夫等作家先后在各自的作品中塑造了带有时代烙印的、俄国文学特有的"多余人"形象,而陀思妥耶夫斯基则写了一系列以"幻想者"为题材的作品,其中最受读者欢迎的是中篇小说《白夜》。主人公——彼得堡的一个平民知识分子"不满足于自己的命运,受尽生活的折磨",因而整天躲在自己的角落里,幻想着"新的世界,新的迷人的生活……"小说生动地叙述了这样一个孤独的、内心纯真的幻想者与同样孤独、纯真的少女娜斯晶卡之间一段短暂然而十分甜美、充满诗意的爱情故事,读来回肠荡气,沁人心脾。虽然两个主人公只在一起度过四个晚上,但那纯洁、忘我的爱永远铭刻在他们的记忆中,也永远铭刻在许多读者的记忆中。

一八四九年四月,陀思妥耶夫斯基因参加当时进步的知识分子组织——彼得拉舍夫斯基小组的活动而被捕。同年十二月二十二日清晨,他和小组其他成员一起被押到彼得堡谢苗诺夫校场。给他们罩上了尸衣,宣读了判决书:"……判处退役少尉工程师陀思妥耶夫斯基死刑,执行枪决……"随着两声瘆人的

---

① 引自涅恰耶娃著的《早期的陀思妥耶夫斯基,1821—1849》。引文中的玛尼罗夫是果戈理在《死魂灵》中塑造的一个典型人物。

"举枪""瞄准"的口令,十六个乌黑的枪口一齐对准了他们。那可怕的时刻延续了足足半分钟,直到最后一刹那,一个骑马急驰而来的侍从武官才宣读了事先已准备好的沙皇诏书:由死刑改判为苦役、充军。在俄国历史上,乃至世界历史上,恐怕还没有哪一位作家经历过如此残酷的精神折磨。一八四九年十二月二十四日夜里,陀思妥耶夫斯基戴着镣铐,被押上一架雪橇,驶向遥远而寒冷的西伯利亚。直至一八五九年十二月末,在经过整整十年非人的监狱、苦役、兵营生活之后,他才获准重返彼得堡。但此时的陀思妥耶夫斯基已不是十年前那个狂热的别林斯基信徒,那个激进的彼得拉舍夫斯基小组成员了。俄国文坛上出现了一个被欺凌与被侮辱的人们的代言人,一个号召人们忍耐、宽恕并自觉自愿地去受苦受难的基督教人道主义作家。

六十年代至七十年代是陀思妥耶夫斯基创作的旺盛时期。正是在这二十年里,他写下了举世瞩目的文学名著《罪与罚》《白痴》《卡拉马佐夫兄弟》。与此同时他也写了不少各种题材、各具特色的中短篇小说。其中,引起争论最多的是一八六四年写的《地下室手记》。

这部中篇小说一问世,便立即遭到以谢德林为首的俄国革命民主派的猛烈抨击。时至二十世纪五十年代,苏联国家文学出版社出版的《陀思妥耶夫斯基文集》的前言仍称《地下室手记》为作家"最反动的作品之一"。然而在西方,这部小说得到的评价一直都很高,特别是十九世纪德国哲学家尼采、二十世纪法国作家加缪等人对它尤为欣赏,推崇备至。从东西方不同读者对这部作品迥然不同的评价上看,从作品复杂的思想内容和奇特的艺术形式上看,从作品题材与当时社会生活的紧密联系以及作者对主人公灵魂深处的精心挖掘上看,《地下室手记》堪称陀思妥耶夫斯基的一部代表作。

乍一看，手记中的"地下人"简直是个怪人，疯子。在第一章他的自白中通篇都是奇谈怪论。他反对"水晶宫"和"蚁穴"，认为人的最好定义是"两条腿的忘恩负义的动物"，他宣布"我们时代任何一个正派人都是而且也应该是懦夫和奴才"……"地下人"不光说怪话，而且还总好做些有悖常理的怪事。他明明与以前的同学关系不好，却死气白赖地非要参加欢送一个老同学的晚餐会，结果受到冷落和嘲弄。他不无真情地"用热烈的规劝言词"使妓女丽扎在精神上得到新生，但几天后他又怀着最阴郁的报复心理侮辱了她……《地下室手记》因而又被称作"个人主义者的福音书"，其作者被称作"地下室诗人"。实际上，陀思妥耶夫斯基写这部小说主要是针对长篇小说《怎么办？》而与其作者——六十年代著名革命民主主义者车尔尼雪夫斯基进行论战。他反对长篇小说中提出的空想社会主义和"合理的利己主义"。他认为社会上种种弊端的根源就在于利己主义，而"合理的利己主义"是不可能有的。因而，《手记》恰恰不是宣扬利己主义，而是以民间写小丑的传统手法，通过这样一个"反面人物"批判利己主义。在作家笔下，"地下人"是一个喜好议论的利己主义者，一个"代表俄国大多数人的真人"（作家本人语），一个虚荣、怯懦、总想表现自己被社会压抑的个性而"心地不纯洁"的现代人。"地下人"在涅瓦大街上一次次企图对那个军官进行报复的场面描写，他在饭店里受辱以及与丽扎两次见面前后的心态和动作的描写，把这样一个现代人卑微的心理刻画得真可谓入木三分，其内心深处最龌龊的东西被揭示得淋漓尽致。

七十年代下半期，陀思妥耶夫斯基通过《作家日记》的形式，发表了自己晚年写的一些作品，其中短篇小说《温顺的女性》和《一个荒唐人的梦》都被作者称为"幻想小说"，受到人们普遍的赞扬。《温顺的女性》的幻想成分表现在故事的叙述形式中。整个故事仿佛是一个速记员的记录,它记下了一个丈夫在妻子刚刚跳楼自杀后惊魂未定时所想到并自言自语地说出的一切。但正如雨果写《一个死囚的末日》那样,假若没有这样的幻想,没有这样一个虚幻的速记员,那也就不会有这部细腻而又深刻的心理描写的杰作,不会有这部"最最真实、最最符合实际的作品"。《一个荒唐人的梦》的幻想成分表现在作品的内容中。这篇短短的小说描写了一个梦。主人公——荒唐人在睡梦中梦见自己自杀了,被一个怪物带到了另外一个地球上。在那里他看到"太阳的孩子们",看到一个理想的社会和理想的人际关系,那正是古希腊罗马诗人曾描绘过的、作家本人毕生向往的"黄金时代"。"重要的是——必须像爱自己一样爱别人"。这是荒唐人从梦中醒来后得出的结论,也是贯穿作家整个创作的主导思想。

一八三九年,十八岁的陀思妥耶夫斯基在给哥哥的信中写道:"人是个谜。应当解破它。即使为此而耗费整个一生,那也不要说虚度了时光。我在解这个谜,因为我想成为一个人。"四十二年之后,一八八一年,作家在逝世前不久的笔记中又写道:"人们称我为心理学家,这不对;我只是最高意义上的现实主义者,即:我描绘人的内心的所有深处。"

十分清楚,这是一位自始至终以探索人的灵魂奥秘为己任的伟大作家,他以卓越的心理描写为世界文化宝库增添了不朽的篇章。与同时代另一位心理描写大师托尔斯泰相比,陀思妥耶夫斯基更潜心于挖掘人的灵魂深处,揭示人性的两重性;他更经常地涉足于无意识领域,擅长描写梦境、幻觉、直觉和下意识,刻画人的反常的、病态的心理。诚如鲁迅先生说的那样:"灵魂的深处并不平安,敢于正视的本来就不多,更何况写出?"[①]而作

[①] 鲁迅:《集外集·〈穷人〉小引》。

家又是怎样写出的呢?"他把小说中的男男女女,放在万难忍受的境遇里,来试炼它们,不但剥去表面的洁白,拷问出藏在底下的罪恶,而且还要拷问出藏在那罪恶之下的真正洁白来。而且还不肯爽快地处死,竭力要放它们活得长久。"①陀思妥耶夫斯基的确是一位人的灵魂的伟大审问者。

据大不列颠百科全书载,陀思妥耶夫斯基"是拥有最广泛读者的十九世纪小说家之一","全世界最伟大的小说家之一"。而在我国,由于种种原因,许多读者并不真正了解这位作家。但是,可以相信,随着时间的推移,这位真诚的人道主义作家,这位"最伟大的天才""恶毒的天才"(皆为高尔基语)的作品,也必将为我国越来越多的读者所喜爱。

刘开华
一九九五年十月

---

① 鲁迅:《且介亭杂文二集·陀思妥耶夫斯基的事》。

穷　人

　　唉,这些个讲故事的人啊!他们不去写点有益的、愉快的、使人高兴的东西,却把过去全部隐藏的事情都挖出来了!我要禁止他们写作!是啊,这成什么话:你读着……就不由自主地思考起来,于是种种傻念头全跑到你脑子里来;我真要禁止他们写作;我简直要完全禁止他们写作。

弗·费·奥多耶夫斯基公爵①

我宝贵的瓦尔瓦拉·阿历克谢耶夫娜:

　　昨天我幸福,非常幸福,我幸福极了!因为在您的一生中,您这个固执的人啊,至少有这么一回顺从了我。晚上八点钟的时候,我醒来了(您知道,小宝贝,我干完公务以后喜欢睡那么一两个钟头),我拿出一根蜡烛来,预备好纸,削尖鹅翎笔,突然我无意中抬起眼睛来,真的,我的心就怦怦地跳起来了!那么您到底明白我要什么了,明白我的心要什么了!我看见您的窗帘的一角卷起来,挂在凤仙花的花盆上了,正跟那回我向您暗示的一样;就在这个时候我觉得好像您的小脸在窗户那儿闪现了一下,好像您正从您的小屋里看我,好像您在想我。可是我不能好好地看清您那娇美的小脸,我亲爱的,我觉得多么懊丧啊!从前

---

① 弗·费·奥多耶夫斯基(1804—1869),俄罗斯作家和音乐家。他的作品揭露了世俗社会的空虚和精神生活的微不足道。这段话引自弗·费·奥多耶夫斯基的短篇小说《活尸》(1838)。

有一个时期我们也能看得清清楚楚的,小宝贝。年老可不是一件愉快的事,我的亲人!就是这会儿,样样东西在我眼前都有点恍恍惚惚的了;只要是晚上做了点工作,写了点什么,第二天早上眼睛就发红,眼泪直流,简直不好意思见生人了。然而,我的小天使,在我的想象中您的微笑,您那善良而亲切的微笑不住地放光;我心里有了那么一种感觉,就跟我吻您的时候一样,瓦连卡①,您记得吗,小天使?您知道吗,我亲爱的,我甚至觉得好像您在那儿伸出一个小手指头吓唬我来着?是不是这样的,淘气的姑娘?在下一封信里,您一定要比较详细地描写一下这些事。

是啊,关于您的窗帘,我们想出来的这个小主意您觉得怎么样,瓦连卡?这非常可爱,对不对?不论我是坐在那儿工作,或是躺下睡一会儿,或是睡醒过来,我都知道您在那儿想我,您在思念我,还知道您身体好,您快活。您放下窗帘来,那意思是说:再见,玛卡尔·阿历克谢耶维奇,该睡觉了!您把窗帘再卷起来,那意思是说:早上好,玛卡尔·阿历克谢耶维奇,您睡得好不好?或者是说:您身体好吗,玛卡尔·阿历克谢耶维奇?至于我呢,感谢造物主,我身体好,过得也安宁!您瞧,我的宝贝儿,这个主意想得多巧妙啊;我们都用不着写信了!妙极了,对不对?要知道,这是我想出来的主意!那么,您觉得我在这些事情上怎么样,瓦尔瓦拉·阿历克谢耶夫娜?

让我告诉您,我的小宝贝,瓦尔瓦拉·阿历克谢耶夫娜,昨天夜里我睡得非常好,出乎我的意料之外,因此我非常满意;虽然刚搬了家,在新住所里,人总有点睡不着觉,总有点儿不大称心的地方!今天早上我起来,快活得像个好男儿似的!今天早上天气多么好啊,小宝贝!我们的小窗户打开了;可爱的太阳照

---

① 瓦尔瓦拉的爱称。

耀着,小鸟唧唧地叫,空气里充满了春天的清香,大自然的一切都复活了,是啊,其他的一切也都配合得很好;一切都十全十美,是春天的风光。今天我甚至相当愉快地幻想了一阵,我的幻想全是牵涉到您的,瓦连卡。我把您比做天上的小鸟儿,是为了安慰人,为装点大自然而创造出来的。我马上就想到,瓦连卡,像我们这样生活在忧虑不安中的人也应当羡慕天上的鸟儿的那种无忧无虑而又天真无邪的幸福,是啊,其他的思想也都是这一类的;也就是我净在作这种牵强附会的比较。我这儿有一本小书,瓦连卡,书里也有这一类的想法,都描写得非常详细。要知道我写这些是因为人有种种不同的幻想,小宝贝。现在正是春天,所以人的思想总是那么愉快、敏锐、机智,因此温柔的幻想就到人心里来了,一切都涂上了玫瑰的色彩。就是因为这个缘故我才写了这些;其实,这一切都是从那本小书里得来的。作者在诗里表白了同样的愿望,他写道:

  为什么我不是一只鸟,不是一只苍鹰呢!

等等。书里还有各式各样的思想,不过随它们去吧!啊,今天早上您上哪儿去了,瓦尔瓦拉·阿历克谢耶夫娜?我还没准备去上班呢,您就从屋里飞出来,真跟一只春天的小鸟儿一样,那样快活地在院子里走过去。看着您,我多么高兴啊!唉,瓦连卡,瓦连卡!您可别伤心,眼泪解不了愁;这我是知道的,我的小宝贝,这我是凭经验知道的。现在您那么安逸,您的身体也好一点了。那么,您的费多拉怎么样?啊,她是一个多么善良的女人啊!您一定要写信告诉我,瓦连卡,现在您跟她一块儿过得怎么样,您对一切事情满意不满意?这个费多拉有点爱唠叨,可是您别放在心上,瓦连卡。上帝保佑她!她是一个那么善良的女人。

  关于这儿的杰列莎我已经写信告诉过您了,她也是个善良而可靠的女人。关于我们来往的信件我原来是多么不放心啊！这些信怎么传递呢？瞧，上帝为了使我们幸福把杰列莎打发到我们这儿来了。她是一个善良而温柔的女人，不爱说话。可是我们的女房东简直冷酷无情。她把她当块抹布似的逼她干活儿。

是啊，我落到一个什么样的贫民窟里来了！哼，这也算是个住所呢！以前我原本像只爱独居的鸟儿那样生活，您自己知道：清静而安宁；屋里要是有个苍蝇在飞，都听得见。这儿却到处都是喧哗、叫喊、吵嚷！可是，当然您还不知道这儿的一切是什么样子。您大致设想一条长过道，又黑又脏。过道的右边是一堵无门无窗的墙，左边全是门挨门，恰恰和旅馆里一样，一间一间排下去。喏，这些就是出租的房间，每个门里是一间屋子；每间屋里住两个或者三个人。这儿别想有秩序，简直是诺亚的方舟①！不过，他们好像都是好人，全都受过很好的教育，都是有学问的人。有一个文官（不知他在一个什么文学部门里工作），是个博学多识的人：他谈到荷马②，谈到勃拉姆别乌斯③，还谈到各式各样的作家，什么都谈到了，真是个聪明人啊！还有两个军官住在这儿，他们老是打牌。还住着一个海军准尉，一个英国教师。等一等吧，我要让您开开心，小宝贝；下一封信里我要用讽刺的笔调描写他们，也就是，我要详详细细地描写他们本人都是什么样儿。我们的女房东是个很脏的小老太婆，她整天趿拉着拖鞋，穿着睡衣走来走去，整天老是骂杰列莎。我住在厨房

---

① 见《旧约全书·创世记》：洪水时诺亚为了救他的一家和许多动物而造成的大木船。此处比喻寓所杂乱。
② 荷马（约公元前9至8世纪），古希腊诗人，相传著名史诗《伊利亚特》和《奥德赛》为他所创作。
③ 勃拉姆别乌斯男爵（1800—1858），奥·伊·宪柯夫斯基的笔名，十九世纪三十至四十年代俄国作家和批评家，编辑文学杂志《读者文库》。

里,或者准确点说,是这样的:厨房旁边有一间小屋(我得告诉您,我们的厨房可是一间干净、明亮、很好的屋子),一间不大的屋子,那么一个简单的小窝……也就是,或者更准确点说,厨房是一间有三个窗户的大房间,顺着厨房的墙有一道隔板,因此就隔出另一间屋子,一间额外的客房;这屋子挺宽敞舒适,还有一个窗户,什么都齐全,总而言之,一切都很舒适。喏,这就是我的小窝。那么,小宝贝,您别以为这里面还有什么别的原因,还有什么没说出来的意思;您会说,原来他住在厨房里!是啊,我确实是住在厨房里的隔板后面,可是,这没什么的;我单独住着,跟什么人都不挨着,自己安静地过活,悄悄地过活。我在我屋里放了一张床、一张桌子、一个五屉柜、两把椅子,还挂了一张圣像。确实,有比这个好的寓所,也许有好得多的寓所,可是顶要紧的是方便,要知道我这样做完全是为了方便,您别以为这是为了什么别的缘故。您的小窗户就在对过,只隔个院子;而且院子挺窄,您走过的时候我就能看见您,这样我这个苦命的人就觉得快活多了,并且这儿的房钱也便宜一点。我们这儿最次的房间,连伙食在内,也要花费三十五个纸卢布。我可租不起!可是我的住处只要花七个纸卢布,伙食五个银卢布:总共二十四个半纸卢布①,而以前我要付整整三十个呢,因此我就得节省很多东西;以前我不能经常喝茶,而现在我可以省出钱来又喝茶又加糖了。您知道吗,我的亲人,不喝茶是觉得有点难为情的;这儿的人全都挺富裕,因此我觉得难为情。人喝茶是为了别人,瓦连卡,为了体面,为了气派;就我自己来说,倒无所谓,我不讲究这些。您想想看,拿零用钱来说,多少总得有点,买双靴子啊,添件衣服啊,那还剩得下多少呢?我的薪水就都花完了。我倒不是抱怨,

---

① 一个银卢布等于三个半纸卢布。

我挺满意。这足够花了。几年来我一直够用的,有时候还有奖金。好了,再见吧,我的小天使。我给您买了两盆凤仙花和天竺葵,挺便宜的。或许您也喜欢木犀草吧?是啊,木犀草也有,您写信告诉我好了;您听我说,一切您都要尽量详细地写信告诉我。不过,您别瞎想什么,小宝贝,也别怀疑我为什么要租这么一间屋子。不,为了方便我才这样做的,只是为了方便我才动了心。要知道,我正在攒钱,小宝贝,我存下钱了;我已经有了点钱。您别以为我是那么一个软弱的人,仿佛苍蝇一动翅膀就能把我拍倒似的。不,不,小宝贝,我是个精明人,我完全具有一个十分坚强而沉着的人所应有的那种性格。再见吧,我的小天使!我不停笔地给您写满了差不多两张纸,可是我早该去上班了。我吻您的那些小小的手指头,小宝贝。

　　永远是您最恭顺的仆人和忠实的朋友

　　　　　　　　　　　玛卡尔·杰符什金
　　　　　　　　　　　4月8日

　　我请求您一件事:尽可能详细地回我一封信,我的小天使。我随信送您一磅糖果,瓦连卡;您多吃点吧,对您身体有好处。看在上帝面上别为我担忧,也不要抱怨。好了,那么再见吧,小宝贝。

　　　　　　　　　　　　　又及

仁慈的玛卡尔·阿历克谢耶维奇先生:

　　您知道不,我终究得跟您大吵一架。我向您起誓,善良的玛卡尔·阿历克谢耶维奇,接受您的礼物真使我难过。我知道这些东西得破费您多少钱,您得怎样节省,放弃您自己必需的用项。我跟您说过多少回了,我什么也不需要,完全不需要;我说过就连您以前对我的那许多恩惠我都没法报答。那么您为什么还要送我这些盆花呢?是啊,凤仙花倒还没什么的,可是为什么要买天竺葵呢?我只不过无意间漏出了一句话,比方说,关于天竺葵,您就马上买来了;我想这一定很贵吧?这花可真漂亮啊!鲜红的小十字花瓣。您在哪儿买到的这么好看的天竺葵?我把它放在窗台当中最惹眼的地方;我在地板上摆了一张长凳,把其余的花都放在长凳上;有朝一日我自己能阔起来就好了!费多拉十分满意;我们屋里现在像天堂一样了,又干净又明亮!那么,为什么又送糖果呢?真的,从您的信里我马上猜到您的心情有点不大对头,什么天堂啊,春天啊,香气飞扬啊,鸟儿唧唧叫啊。"这是什么,"我想,"这不就是诗吗?"是啊,真的,您的信就差押韵了,玛卡尔·阿历克谢耶维奇!又是温柔的感情,又是玫瑰色的幻想,这里什么都有了!关于窗帘,我一点也没有想到过;想必是我搬动花盆的时候它自己挂上去的;就是这么回事!

唉,玛卡尔·阿历克谢耶维奇!不管您怎么说,不管您怎么计算您的收入来骗我,来表明您的钱完全花在您一个人身上,那您也瞒不了我,什么也瞒不过我。这是很明白的,您为我节省了您必需的用项。比方说,您怎么会想到租这样的寓所呢?是啊,他们打搅您,惊吵您;您住在那儿又挤又不舒服。您喜欢清静,可是您住在那儿,周围什么声音都有!要按您的薪水来说,您原可以住得比那儿好得多。费多拉说,您以前一向住得比现在的好得多。难道您能像这样在生人当中租这么一个小窝,在孤寂贫困中,没有欢乐,没有一句亲切和蔼的话,度过您的整个一生吗?唉,好朋友,我真舍不得您!您至少要保重身体,玛卡尔·阿历克谢耶维奇!您说您的眼睛不大好,那您就别在烛光下写字了;为什么还要写呢?您不这么干,您的长官们也一定知道您工作勤勉。

  我再一次恳求您,别在我身上花那么多钱。我知道您爱我,可是您自己也不富裕……今天早上我起来也挺快活。我觉得精神那么好;费多拉早已经在做活,而且她也给我找到活儿了。我那么高兴;我只出去买了一绺丝线,然后就做起活来。整个早晨我心里那么轻松,我那么快活!可是现在又全是阴暗的思想了,我的心苦闷极了。

  唉,将来我会变成什么样儿,我的命运会怎么样呢?这真难过啊,我处在这么一种捉摸不定的情况下,我没有前途,我猜不透我会变成什么样。回顾以往也是可怕的。以往全是哀伤,我一回想起来,我的心就碎成两半了。我一辈子都要怨恨那些毁了我的坏人!

  天黑下来。我该做活了。我本来要写很多事情告诉您,可是没有功夫了,到做活的时候了。我得赶快写。当然,写信是件好事情;心里反正不那么烦闷了。可是您自己为什么从来不到我们这儿来?这是为什么呢,玛卡尔·阿历克谢耶维奇?要知道现在您住得离我很近,而且有时候您总能抽出点空闲时间来。请您来吧!我见到您的杰列莎了。看上去她那么个病样儿;我怜惜她:给了她二十个戈比。是啊!我差点忘了:您一定要尽可能详细地把您的生活情况统统写信告诉我。您周围都是些什么样的人,您跟他们相处得好吗?这一切我都很想知道。您可记住,一定要写信告诉我!今天我要特意把窗帘的一角卷起来。您该早点睡,昨天晚上我看见您屋里的灯光一直亮到半夜。好了,再见吧!今天我又忧愁,又烦闷,又伤心!看来我一天真不顺心啊!再见。

        您的瓦尔瓦拉·陀勃罗谢洛娃
            4月8日

仁慈的瓦尔瓦拉·阿历克谢耶夫娜小姐：

是啊，小宝贝，是啊，我的亲人，看来竟有这样的一天落到我的不幸的命运中来了！是啊，您嘲笑我这个老头子，瓦尔瓦拉·阿历克谢耶夫娜！不过，这是我的错，完全是我的错！不该在头都秃了的老年来谈什么爱情的和双关的话……我还要说，小宝贝：有的时候人是奇怪的，很奇怪的。唉，我的圣徒啊！人刚开始讲什么事情，可是一下子就扯远了！那会怎么样呢，那结果会怎么样呢？是啊，根本什么结果也不会有，只会引出些废话来，闹得我只好求主保佑了！我，小宝贝，我没有生气，只是回想到这一切我很懊恼，懊恼我给您的信为什么写得那么费解和那么愚蠢。今天我穿得整整齐齐，喜气洋洋地到公事房去，仿佛有那么一种光照在我的心上。我心里无缘无故地觉得跟过节一样，那么快活！我热心地动手抄起公文来——可是结果却怎么样呢！真的，随后我看一看我的四周，就发现一切照旧，还是灰溜溜黑漆漆的。还是那些墨水点，还是那些桌子和公文，而且我也还是原来的我，以前什么样，现在也还是那个样，那么我怎么会骑上了飞马①呢？这一切究竟是怎么造成的呢？这是因为太阳一出来，天空就变成蔚蓝色！是不是因为这个缘故呢？我们院里窗底下正好什么也没有，那么那是什么香味！看来这全是我一时糊涂才会觉得那样。要知道一个人有时在自己的感情中迷失方向，就会扯出些胡话来。这不是由于什么别的，而是由于他心中有过多的愚蠢的热情。我不是走回家的，而是一步一步磨蹭到家的；我的头无缘无故痛得很厉害；真的，看来是祸不单行

---

① 指希腊神话中能激起诗人灵感的飞马。这句话的意思是：我为什么会忽然诗兴大发呢？

（大概是我的背上受了风）。春天来了,我高兴得像个傻瓜似的,穿了一件很单薄的大衣就出去了。可是您误解了我的感情,我的亲人！您把我的感情的流露完全从另一方面去领会了。鼓舞着我的是父亲般的感情,那完全是一种纯洁的、父亲般的感情,瓦尔瓦拉·阿历克谢耶夫娜；按您的辛酸的举目无亲的处境来说,我就算是您的亲爹；这话我是像亲属那样从我的灵魂里,真心实意说出来的。真的,不管怎么样,虽然我只是您的一个远亲,虽然,像俗语所说,是八竿子打不着的亲戚,但毕竟是个亲戚,而且现在成了您最近的亲戚和保护人了；因为在您最有权去寻求支持和保护的地方,您看到的却是背信弃义和欺侮。关于诗呢,我要告诉您,小宝贝,到了晚年我再来练习作诗,那简直不像话了。诗是胡说八道！如今在学校里孩子们还为了作诗挨打呢……就是这么回事,我的亲人。

　　瓦尔瓦拉·阿历克谢耶夫娜,您写信给我,为什么要讲到舒适啊,安静啊,这个那个的呢？我的小宝贝,我不是爱讲究的人,也不是苛求的人,我住得从来没有比现在更好的了；那为什么到了老年反倒挑剔起来呢？我吃得饱,穿得暖,也有鞋穿；而且我们哪能有非分之想呢！我们又不是世袭的伯爵！我的父亲不是贵族出身,按收入来说,他和他的全家过得比我还要贫苦。我可不是娇生惯养的人！不过,假如说句老实话,我原先的住所一切都比这儿好得多；那儿比较自由自在,小宝贝。当然,我现在的住所也好,在某些方面甚至更快活一些,不瞒您说,多了一些变化；我对这个住所没什么可说的,可是我还是留恋我原来的住处。我们老人,也就是上了年纪的人,习惯于旧的东西,就跟习惯于亲近的东西一样。您要知道,那是那么小的住所；墙是……是啊,那有什么可说的！墙么,就跟所有的墙一样,问题不在墙上,然而回忆我以往的一切总是引起我的哀愁……这是件奇怪的事:过去是痛苦的,然而回忆起来又好像是愉快的。就连那坏的东西,有时使我烦恼的东西,在我的回忆中不知怎么坏的方面也消失了,在我的想象中以动人的样子出现了。那时候我们,我和我的女房东,一位故去的老太太,平静地过日子,瓦连卡。就连现在我想起那位老太太来还很伤心呢!她是个好人,她租给我的住处收费不贵。她总是用一尺①长的织针把各式各样的碎布条编织成毯子,她专干这一件事。我跟她合用灯火,因此我们就在一张桌子上工作。她有一个孙女叫玛霞,我记得她还是个小孩子,可是现在她该是个十三岁上下的小姑娘了。她是那么淘气,很快活,总是逗我们乐;我们三个人就这样一块儿过活。冬天,在漫长的晚上,我们常常先围着圆桌喝茶,然后就开始工作。老太太为了使玛霞不闷得慌,也为了让这个淘气的孩子不淘气,就常常讲起故事来。那是些多好听的故事啊!不光是孩子,就是一个有见识的聪明人也会听得出神。是啊,我自己就常常抽着烟斗听出了神,把工作都忘了。那个孩子呢,我们的小淘气,听入了迷;她用小手托着玫瑰色的脸蛋儿,嘻开可爱的小嘴,故事要是讲得可怕一点,她就紧紧地、紧紧地依偎着老太太。我们就爱瞧着她;于是就看不到蜡烛结了烛花,也听不见外面有时候暴风雪逞威,狂风怒号了。我们过得真好啊,瓦连卡;我们就这样一块儿度过了将近二十年。可是我在这儿唠叨些什么呀!也许您不喜欢听这样的事,而且我回忆起来也不那么轻松,特别是现在。天黑下来了。杰列莎在忙着做事;我的头痛,背也有点痛,而且我的思想那么奇怪,好像也在痛似的;今天我很郁闷,瓦连卡!您写的这是什么话哟,我的亲人?我怎么能去看您呢,我亲爱的人,人家会怎么说呢,是啊,我得穿过院子,那我们这儿的

---

① 指俄尺,1俄尺等于0.71米。

人就会注意到,就会打听,那就要有闲话,就要有流言蜚语,他们会把事情领会错了。不,我的小天使,我还是明天在做晚祷的时候看到您的好;这样慎重一些,对我们俩都好。还有,小宝贝,您别因为我给您写了这样一封信而责怪我;我重读了一遍,看出一切都写得毫无条理。瓦连卡,我是个老人,又没有学问;我从年轻的时候起就没念好书,即使现在再从头念起,脑子里什么也装不进去了。我承认我不是描写事物的能手,小宝贝,不用别人指出来、笑话我,我也知道,假如我要写点略微有趣的事,就会扯出一堆废话来。今天我看见您在窗户那儿,您放窗帘的时候我看见您的。再见,再见,上帝保佑您! 再见,瓦尔瓦拉·阿历克谢耶夫娜。

  您的无私的朋友

       玛卡尔·杰符什金

       4月8日

  我的亲人,现在我不想对任何人做讽刺的描写了。小宝贝,瓦尔瓦拉·阿历克谢耶夫娜,我这么大年纪再无端地龇牙咧嘴地讥笑人就不相宜了! 而且人家也会笑话我的,俄国有句谚语说:谁要是给别人挖坑,那他自己……一定也会掉在坑里。

              又及

仁慈的玛卡尔·阿历克谢耶维奇先生:

  哎,我的朋友和恩人,玛卡尔·阿历克谢耶维奇,您那么忧愁,那么任性,您怎么不害臊的。难道您真的生气了! 唉,我说话常常不小心,可是没想到您会把我的话当作挖苦的玩笑话。请您相信,我从来不敢嘲笑您的年龄和您的性格。这全是由我的轻浮惹出来的,尤其是因为我非常烦闷,而人一烦闷什么事不会发生呢?我还以为您自己在信上有心要说说笑笑呢。我看到您不满意我,我就非常伤心。不,我的好朋友和恩人,假如您怀疑我对您没有感情,忘恩负义,那您就错了。您为我出过那么多力,保护我不受坏人欺侮,不受他们的迫害和憎恨。我心里对这一切都是珍惜的。我要终身为您祷告上帝,假如我的祈祷能够到达上帝那儿,让上天听到,那您就会幸福了。

  今天我觉得很不舒服。我一会儿发烧,一会儿发抖。费多拉为我担心得很。您没有理由不好意思来看我们,玛卡尔·阿历克谢耶维奇。这跟别人有什么相干呢!我们是熟人,这不就完了吗!……再见,玛卡尔·阿历克谢耶维奇。现在我再没什么可写的了,我也写不下去了:我非常不舒服。我再一次请求您别生我的气,请您相信,我是永远尊敬您,依恋您的。我有这样的荣幸做

  您最忠实和最恭顺的仆人

瓦尔瓦拉·陀勃罗谢洛娃
4月9日

仁慈的瓦尔瓦拉·阿历克谢耶夫娜小姐:

  唉,我的小宝贝,您这是怎么了!要知道每一回您都吓坏了我。我每封信都嘱咐您要保重,衣服要穿暖和一点,天气不好就别出门,样样都要小心,可是您呢,我的小天使,不听我的话。唉,我亲爱的,是啊,您真跟一个孩子一样!要知道您身体太弱,弱得跟一根麦秆似的;这我是知道的。只要有那么一点小风,您就病了。因此您得留神,自己尽量照料自己,避免发生危险,不要让您的朋友悲伤和失望。

  小宝贝,您说您愿意详细知道我的生活情况和我周围的一

切。我的亲人,我很乐意地赶快来满足您的愿望。我从头讲起吧,小宝贝:这样可以有条理一点。首先,在我们这所房子里,在入门处的那些楼梯是非常普通的;特别是正门的楼梯,干净,明亮,宽阔,全是生铁和红木做的。可是后门的楼梯您就别问了:那是螺旋形的,潮湿,肮脏,梯板都裂了,墙上那么油腻,手一挨上就粘住了。每一个楼梯口的平台上都放着些箱子、椅子和破柜子,到处都挂着破布,窗户都打破了;那儿还放着些小盆,里面装着各式各样的脏东西,渣滓、垃圾、鸡蛋壳和鱼泡泡,气味难闻……总而言之,糟透了。

我已经给您描写过房间的排列;它没什么可说的,挺方便,这是真的,可是房间里有点闷,也就是说,不是有什么臭味,而是,假如可以这样说的话,有一种腐烂的、甜腻的气味。头一次闻到,给人一种不好的印象,可是这也没关系,只要你在我们这儿待上两分钟,那味儿就没了,你也觉不出它是怎么没了的,因为你自己身上也沾上点不好的味儿了,衣服沾上味儿,手上沾上味儿,到处都沾上味儿,于是,你就闻惯了。我们这儿养的黄雀不断死去。海军准尉已经买第五只了,鸟儿在我们的空气里总是活不成。我们的厨房很大,又宽绰又明亮。每天早上煎鱼,煎牛肉,洗啊涮啊的,水泼得到处都是的时候,确实有点烟气腾腾,可是到晚上就成天堂了。我们厨房里绳子上总是挂满旧衬衣;我的房间离得不远,也就是说几乎是厨房的一部分,因此衬衣上散发出来的味儿使我有点心烦;可是那也没关系:住一阵也就习惯了。

从一大清早起,瓦连卡,我们这儿就忙乱开了;人们起床,走来走去,咚咚地响,这就是,该起床的全都起来了,有人要去上班,有人要办他自己的事。所有的人都喝起茶来。我们这儿的茶炊大部分都是女房东的,为数不多,因此我们大家就得轮流使用；谁要是不按秩序拿茶壶来沏茶，他马上就要挨骂。像我头一回就弄错了，于是……不过，写这个干什么呢！我马上跟所有的人都认识了，头一个认识的是海军准尉；他是个很直爽的人，什么都对我说了：讲起他的父亲、他的母亲、他的嫁给土拉省一个陪审员的姐姐，他还讲到喀琅施塔得市。他答应尽力关照我，还马上邀我到他那儿去喝茶。我在他们平常打牌的那间屋里找到了他。他们给我茶喝，还一定要我跟他们一块儿赌钱。他们有没有讪笑我，我不知道；不过他们自己赌了一个通宵，我进去的时候他们还在打牌。粉笔，纸牌，满屋子弥漫的烟刺痛我的眼睛。我没打牌，他们马上就说我是在大谈哲理。这以后就一直没有人理睬我；可是老实说，这样我倒高兴。现在我不上他们那儿去了；他们是在狂赌，纯粹是狂赌！在文学部门里工作的文官那儿，到了晚上也常有聚会。是啊，他那儿倒挺好，规规矩矩，不干坏事，殷勤周到，一切都很文雅。

是啊，瓦连卡，我还要顺便告诉您，我们的女房东是个非常讨厌的女人，并且是个地道的老妖婆。您看到过杰列莎了。是啊，实际上她像个什么呢？她瘦得跟拔了毛的干瘪小鸡一样。在这所房子里总共只有两个用人：杰列莎和女房东的听差法尔多尼①。我不知道，也许他另外还有什么别的名字，不过他总是听到这个名字就答应；大家也都这样叫他。他是个红头发的芬兰佬，独眼，朝天鼻子，粗得很，老跟杰列莎吵架，几乎打起来。总而言之，我在这儿生活得不算十分好……到了夜晚要想所有的人都一下睡着，安静下来，那是从来没有过的事。总是有人坐在什么地方打牌，有的时候还干那种叫人说不出口的事情。现

---

① 这是法国作家里昂那尔著的感伤小说《杰列莎和法尔多尼》中主人公的名字。俄译本于一八〇一年出版。

在我总算渐渐住惯了;可是我还是奇怪,有家眷的人在这么嘈杂的地方怎么住得下去的。这儿有一家穷人,向我们女房东租了一间屋子,不过跟别的房间不在一排,而是在另一边,单独在一个角落里。他们是些多么安分的人啊! 从来没有人听见过有关他们的什么事。他们住在一间小屋里,当中用隔板隔开。他是一个失业的文官,七年以前不知为什么被革职。他姓高尔什科夫,是那么个头发灰白、个子矮小的人,穿的衣服那么油腻、那么破烂,让人看着都难过,比我的衣服还要糟得多! 他是个那么可怜、那么虚弱的人(有的时候我们在过道里相遇);他的膝盖发抖,手发抖,头也发抖,大概真是有病,至于究竟是什么病,那只有上帝才知道。他是个胆怯的人,见谁都怕,走路老躲着人。有的时候我也害臊,可是这个人比我还要厉害。他家里有妻子和三个孩子。最大的是个男孩,完全像父亲,也是那么病弱的样子。妻子从前一定很好看,现在也还看得出来;她,可怜的女人,穿得那么破破烂烂。我听说,他们欠女房东的钱;她对他们有点不大客气。我还听说,高尔什科夫本人碰到过一些不愉快的事,由于这些事他才失去了他的职位……是不是诉讼,有没有受审判,还是只受过侦讯,或是什么别的,那我也没法确切地告诉您了。讲到穷,他们可真穷,主啊,我的上帝! 他们屋里总是静悄悄的,不出声,就跟没有人住在里头一样。就连孩子们的声音也听不见。孩子们从来没有欢蹦乱跳、玩玩乐乐的时候,这可是一种坏的预兆。有一天晚上我偶然经过他们门口,那时候屋里安静得有点反常。我听见一阵呜咽声,接着是悄悄的说话声,接着又是一阵呜咽声,好像他们在哭,可是那么轻,那么凄惨,我的心都碎了。之后,我整夜一直想着这些不幸的人,害得我简直没睡好。

好了,再见吧,我最宝贵的好朋友,瓦连卡! 我尽我的能力给您描写了这一切。今天我一整天老是想着您。为了您,我的亲人,我的整个心都痛了。是啊,我的宝贝儿,我知道您没有一件暖和的大衣。唉,彼得堡的春天啊,又是风,又是雨夹雪,真要了我的命,瓦连卡!这种天气真是妙不可言,求主保佑我躲开它才好!宝贝儿,别因为我写成这样而责怪我;我没有文才,瓦连卡,任什么文才也没有。但愿我有文才就好了!我不过是想到什么就写什么,只是想写点什么使您开心罢了。是啊,要是我以前好歹学过点什么,那情形就不同了,而实际上我学过什么呢?一点也没学过。

    您永久的、忠实的朋友

玛卡尔·杰符什金
4月12日

仁慈的玛卡尔·阿历克谢耶维奇先生:

今天我碰见了我的表妹萨莎!真可怕!她也快完蛋了,可怜的人!我从别处听说,安娜·费多罗夫娜老在打听我。她似乎永远不肯罢休,非跟踪我不可。她说她要饶恕我,忘记过去的一切,还说她一定要亲自来看我。她说,您根本不是我的亲戚,说她才是我的近亲,说您没有任何权利来跟我们攀亲,还说我靠您施舍,靠您养活是可耻的、不体面的……她说我忘记了她的款待,说她把我和妈妈也许是从快要饿死的情况下救出来的,说她供我们吃喝,两年半多时间里在我们身上花了不少钱,除了这些以外,她还免了我们欠她的债。就连妈妈她都不肯放过!但愿可怜的妈妈知道他们是怎样对待我就好了!上帝看见的!……安娜·费多罗夫娜说,我因为愚蠢才没能保持我自己的幸福,说她亲自把我引上了幸福之路,说其余的事情她也一点没错儿,还说我自己不会或许是不愿意保全我的名誉。那么这到底是谁的过错呢,伟大的上帝!她说贝科夫先生完全是对的,他不愿意随便娶这么一个女人,她……可是写这个干什么!听她这么瞎说真是难堪,玛卡尔·阿历克谢耶维奇!我不知道我现在怎么了。我发抖,流泪,痛哭;我给您写这封信用了两个钟头。我本来想,她至少会认识到她对不起我的地方;可是您瞧她现在怎么样!看在上帝面上,您不要担心,我的朋友,唯一关怀我的人!费多拉把什么事情都夸大:我并没有病。我只不过是昨天到沃尔科沃①去为我妈妈作安魂祭的时候着了点凉。您为什么不跟我一块儿去呢?我那么央告您,您都不肯。唉,可怜的,我可怜的妈妈,假如你能从坟墓里起来,假如你能知道,假如你能看见他们怎么对待我就好了!……

瓦·陀·
4月25日

我亲爱的瓦连卡:

　　我送给您一些葡萄,宝贝儿;据说刚好的病人吃了有好处,而且医生也推荐说吃了可以解渴,那就光为解渴用吧。前两天您想要点玫瑰花,小宝贝,所以我现在送给您一点。您胃口好不好,宝贝儿?这才是最重要的。不过,感谢上帝,一切都过去了,结束了,我们的灾难也完全终止了。我们得深深感谢上苍!至于书,我一时没地方去找。听说这儿有一本好书,是用很优美的文体写成的;据说很好,我自己没读过,可是这儿的人都很称赞。我已经为我自己借过这本书,他们答应给送来。不知您要不要看?在这方面您要求很严,很难投合您的口味,这我是了解您的,我亲爱的。您大概需要各种诗吧,感叹的、爱情的诗,好吧,

---

① 彼得堡城内的墓地。

我也要找些诗来,什么我都要找来。这儿有一个手抄本。

我倒是过得挺好。小宝贝,请您别为我担心。费多拉对您说了我许多坏话,那全是胡说;您告诉她说,她扯了很多谎,一定要告诉她,这个挑拨是非的女人!……我根本没有卖掉我的新制服。而且我为什么,您自己判断一下吧,我为什么要卖呢?据说就要发给我四十个银卢布的奖金了,那我为什么要卖衣服呢?小宝贝,您别担心;她是个多疑的人,这个费多拉,她瞎疑心。我们就要过好日子了,我亲爱的!只要您,我的小天使,身体快好起来,看在上帝面上,快好起来吧,别让我这个老头子伤心了。谁告诉您说我瘦了?造谣,又是造谣!我很健康,还发胖了,胖得我自己都不好意思了,我吃得饱,我满足极了。但愿您快恢复健康才好!好了,再见,我的小天使;我吻您的每一个小手指头。

您永久的、忠实的朋友

玛卡尔·杰符什金
5月20日

唉,我的宝贝儿,真的,您怎么又写起这种话来?……您胡说些什么啊!是啊,我怎么能常常去看您呢,小宝贝,怎么能呢?我要问您。也许只有趁夜晚天黑的时候去,可是,现在这样的季节几乎没有黑夜。其实,我的小宝贝,小天使,在您病中,在您昏迷的时候,自始至终我几乎完全没离开过您;可是就连现在我自己都不知道这些事我是怎么做到的;可是后来我不再去了,因为有人开始好奇,开始打听了。即使我不再去,这儿也还有些风言风语呢。我信任杰列莎,她不是多嘴的女人;可是话说回来,您自己考虑一下吧,小宝贝,要是我们的事他们都知道了,那会怎么样?那时他们会想些什么,说些什么呢?因此您得沉住气,小宝贝,等到您恢复健康再说;然后我们想法在户外找个约会①的地方。

又及

最亲爱的玛卡尔·阿历克谢耶维奇:

我很想做点使您舒心、使您高兴的事来报答您的照应和您为我尽的力,报答您对我的种种爱护,最后我就决定乘我烦闷无聊的时候翻我的柜子,找出我的笔记本来,现在我就把它送给您。我是从我一生中幸福的时期写起的!您常常怀着好奇心打听我以前的生活,问到我妈妈,问到波克罗夫斯基,问到我寄居在安娜·费多罗夫娜那儿的情况,最后,还问到我不久以前的灾难,您那么急于读到这个笔记本。上帝才知道我为什么会想到在那里面记下我生活中的某些片断,我毫不怀疑我送给您这件东西一定会使您非常高兴。我重读一遍,觉得有点忧伤。我觉得,我比在这个笔记本上写完最后一行的时候已经长大了一倍。这一切是在不同的时间里写成的。再见,玛卡尔·阿历克谢耶维奇!现在我感到非常苦闷,常常失眠,真痛苦。恢复健康的过程是非常寂寞无聊的!

瓦·陀·
6月1日

一

我爸爸死的时候我才十四岁。我的童年是我一生中最幸福

---

① 原文为法语。

的时期。那不是在这儿开始的,是在离这儿很远的一个省里,在一个偏僻的地方。爸爸是 T 省 Π 公爵的广大田产上的管家。我们住在公爵的一个村庄里,过着安静的、默默无闻的、幸福的生活……我当时是个那么贪玩的小孩;我什么也不干,总是在田野上,在小树林里,在花园里跑来跑去,谁也不来管我。爸爸不停地忙于工作,妈妈料理家务;没人教我认字念书,这样我倒高兴。常常从一清早起,我就跑到池塘那儿去,或者到小树林里,或者到割草场上,或者跑到收割人那儿去。不管太阳晒我也好,跑到村外我自己不认得的地方去也好,灌木刷伤了我,撕破了我的衣裳也好,都无所谓;事后回到家里挨骂,我也不在乎。

我觉得,假如我一辈子能不离开那个村庄,老在那一个地方住下去的话,我一定会很幸福。然而我还是个孩子的时候就不得不离开了家乡。我们搬到彼得堡来的时候我才十二岁。唉,回想当时我们悲惨地准备行装,我是多么伤心啊!我向跟我那么亲切的一切告别的时候我哭得多么厉害啊。我记得我扑过去搂着爸爸的脖子,哭着恳求他在这个村庄里哪怕再略微住上几天也好,爸爸骂我,妈妈流眼泪;她说我们必须走,事情逼得我们非走不可。Π 老公爵死了。他的那些继承人解除了爸爸的职务。爸爸有一点钱在彼得堡某些私人手里周转。他希望改善他的景况,认为必须亲自在这儿料理。这全是我后来从妈妈那儿知道的。我们搬到这儿住在彼得堡城郊,一直到爸爸死我们始终住在那个地方。

要我习惯于新生活是多么困难啊!我们搬到彼得堡的时候正是秋天。我们离开村庄的那一天,天气是多么晴和、温暖、明朗;农村的活儿都干完了;一大垛一大垛的庄稼堆在打谷场上,唧唧喳喳的鸟儿成群地聚拢来;一切都是那么明亮欢畅。可是在这儿,我们一到城里就遇到下雨,秋天的潮湿阴冷、坏天气、泥浆和一群新的陌生人,他们都是不好客的、心怀不满的、好生气的人。我们好容易才安顿下来。我记得我们大家都那么乱哄哄,忙忙碌碌地安好了我们的新家。爸爸总是不在家,妈妈一刻也不得安宁,他们完全把我忘了。在我们的新居中过了头一夜之后,第二天一清早起来,我是多么伤心啊。我们的窗户对着一堵黄色的围墙。街上老是泥泞不堪。过路的人很少,他们都把衣服裹得严严的,都那么怕冷。

我们家里一连多少天都非常忧伤和烦闷。我们几乎没有亲友。爸爸跟安娜·费多罗夫娜处得也不和睦(他欠她债)。办事的人倒经常上我们家来。他们照例争论、吵闹、嚷叫。每一次这样的人来访之后爸爸总是那么不痛快、那么生气。他常常一连几个钟头在屋里走来走去,皱着眉头,跟谁也不说一句话。在这种时候妈妈也不敢跟他说话,就一声不响。我总是坐在一个屋角里看书,安安静静地,悄悄地,一动也不敢动。

我们来到彼得堡三个月之后,他们把我送进一个寄宿学校。开头在生人中间我多么悲伤啊!一切都那么冷淡乏味,女教师那么爱嚷叫,姑娘们那么爱嘲笑,我呢,又是那么怕生。多么严格,多么苛求啊!什么事都有规定的时间,公共的伙食,枯燥乏味的老师。刚开头的时候,这一切都使我烦恼痛苦极了。我在那儿睡也睡不好。我常常整夜地哭,那漫长的、烦闷的、寒冷的夜晚啊。常常,每到晚上大家都背书或者温习功课,我却对着一本法语会话书或者生字坐着,一动也不敢动,总是暗自想着我们家里的小屋子,想着爸爸,想着妈妈,想着我的老保姆,想着保姆讲的故事……唉,多么伤心啊!家里最不足道的小东西,我回想起来也是愉快的。我想啊想的,想到现在要是在家里有多好啊!那我一定会跟我的亲人一块儿坐在我们的小屋里,茶炊旁边,那么温暖,那么美好,那么熟悉。我想这时我会怎样紧紧地、热烈地拥抱妈妈！我想啊想的，痛苦得轻轻哭起来，强把眼泪往肚里咽，生字就再也记不住了。因为我不能把第二天的功课读熟，就整夜梦见老师、校长和同学们，整夜在睡梦中复习功课，可是到了第二天还是什么也不知道。她们罚我跪，一天只给我一顿饭吃。我那么忧郁，烦闷。起初，我一念课文，所有的同学就都嘲笑我，逗我，打搅我，每逢我们排队去吃饭或者去喝茶，她们就拧我，一点也不为什么就把我告到女教师那儿去。可是星期六晚上保姆来接我的时候，我是多么幸福啊。我总是高兴得发疯似的紧紧搂住我的老保姆。她给我穿好衣服，把我裹得严严的，在路上她老赶不上我，我呢，唠唠叨叨把所有的事都讲给她听。到了家里我兴高采烈，紧紧地拥抱我的亲人，就好像离别了十年似的。随后就讲啊说啊地聊起来；我向所有的人问好，笑啊乐的，跑啊跳的。然后我跟爸爸讲起正经话来，讲到学习，讲到我们的老师，讲到法语，讲到洛蒙德的语法①，我们全都那么快活，那么满意。就连现在回想起这些时刻来我还觉得快活呢。我努力用功念书让爸爸高兴。我看得出来他把最后的一文钱都花在我身上了，他自己呢，上帝才知道他在怎样挣扎。一天一天的，他变得越来越忧郁，不痛快，爱生气了。他的脾气完全变坏了，他的事情不顺手，债务一大堆。妈妈常常连哭都不敢哭，一句话也不敢说，免得惹爸爸生气。她变得那么病弱，越来越瘦，咳嗽得很厉害。我从寄宿学校回来，总是看见那些忧愁的脸，妈妈悄悄地流眼泪，爸爸发脾气。责备和非难随着就来了。爸爸开始说我没有给他任何快乐，任何安慰，说他们为了我把最后的一文钱都花光了，而我直到这时候还不会说法语；总之，他的一切失败、一切不幸、一切的一切，统统都发泄在我和妈妈身上了。可是他怎

---

① 法语语法教科书。

么能折磨可怜的妈妈呢？我看着她,我的心都要碎了:她的两颊凹陷,两眼眍进去,她脸上常有那么一种肺结核病的红晕。我挨的骂比谁都多。开头总是为一点小事,可是后来只有上帝才知道扯到哪儿去了。常常连我也不明白究竟是怎么回事。他什么没数落到啊！……他说到法语,又说我是个大笨蛋,说我们寄宿学校的女校长是个不尽职的蠢女人,说她不注意我们的品行,说爸爸自己至今没能找到工作,说洛蒙德的语法是很坏的语法书,而扎波尔斯基的①要好得多,说为我白白地扔掉了很多钱,说看来我是个没感情的、铁石心肠的姑娘,总之,我,可怜的人,虽然拼命地努力,反复地念会话和生字,可是样样事情都怪我,什么都该我负责！这完全不是因为爸爸不喜欢我:他是热烈地爱我和妈妈的。可是他的脾气就是这样。

　　操心、烦恼、失败把可怜的爸爸折磨得苦极了:他变得多疑而暴躁,常常近乎绝望,他开始不注意自己的健康,着点凉,马上就病倒了。他没有受多久的痛苦就去世了,那么突然,那么意想不到,我们受了这个打击,有好几天精神失常。妈妈好像失去了感觉似的,我甚至怕她会发疯。爸爸刚一死,债主们就好像从地底下钻出来似的,成群结队地涌到我们家里来了。我们把所有的东西统统给了他们。我们把在彼得堡城郊的那所小房子也卖了,那是爸爸在我们搬到彼得堡半年之后买的。我不知道其余的事情是怎样了结的,可是我们自己落到了无家可归、没有栖身之处、没有饭吃的地步。妈妈害着消耗体力的病,我们没法养活自己,我们无以为生,面前只有死路一条。那时候我刚刚满十四岁。正在这当儿安娜·费多罗夫娜来看我们了。她老说她是个女地主,跟我们沾亲。妈妈也说她跟我们有亲,不过很远。爸爸

---

① 俄语语法教科书。

活着的时候她从来没到我们家来过。现在她眼睛里含着眼泪来了,说她很同情我们;她吊慰我们的损失,怜悯我们穷困的处境,她又说这全是爸爸自己的错:说他过日子不量入为出,奢望太多,说他过分相信自己的力量。她表示愿意跟我们更亲近一点,提议忘掉双方不愉快的事;妈妈声明从来没对她怀过什么怨恨,她就落下泪来,带妈妈到教堂里去,给亲爱的(她这样称呼爸爸)做安魂祭。做过之后她就郑重地跟妈妈言归于好了。

安娜·费多罗夫娜说了很长的开场白和事先声明,先把我们的困苦处境、孤苦无依、没有指望、束手无策的情况尽情渲染一番,然后就邀请我们,像她所说的那样,到她那儿去安身。妈妈向她道谢,可是好半天下不了决心;但是因为实在没有别的办法可想,也决不可能作出其他任何安排,最后她就对安娜·费多罗夫娜说,我们怀着感激的心情接受她的建议。我们从彼得堡城郊搬到瓦西里耶夫岛①去的那一个早上,我现在都记得非常清楚。那是秋天一个晴朗的、干燥的、寒冷的早晨。妈妈哭了。我也觉得非常伤心;我的心都要碎了,一种说不出的、可怕的苦闷折磨着我的灵魂……这是多么沉痛的时刻啊……

二

起初,我们,也就是我和妈妈,还没有在我们的新居里住惯以前,我们俩觉得住在安娜·费多罗夫娜家里不知怎么又害怕又生疏。安娜·费多罗夫娜住在六条胡同她自己的一所房子里。这所房子总共有五间收拾得很好的房间。其中三间由安娜·费多罗夫娜和我的表妹萨莎住着,萨莎是个没爹没娘的孤

---

① 彼得堡的一个区。

儿,从小由她抚养。再一间屋子由我们住着,最后还有一间屋子,在我们的旁边,住着一个穷大学生波克罗夫斯基,是安娜·费多罗夫娜的房客。安娜·费多罗夫娜过得很好,比设想中还要富裕;可是,她的财产却难以猜测,她的事务也一样难猜。她总是忙忙碌碌,总是一副操心的样子,一天乘车出去进来好几回;可是她干些什么,操什么心,为什么缘故操心,我怎么也猜不透。她认识的人又多又杂。老有客人到她这儿来,上帝才知道他们是些什么样的人,他们总是为了办什么事才来,待一会儿就走。只要门铃一响,妈妈总是带着我回到我们的屋里去。安娜·费多罗夫娜为了这个非常生妈妈的气,再三再四地说我们太骄傲了,说我们骄傲得过了头,说我们没有什么可骄傲的,她能一连几个钟头说个没完。那时候我不明白这些责备我们骄傲的话,事实上直到现在我才知道,或者至少我猜到,为什么妈妈下不了决心住到安娜·费多罗夫娜家里来。安娜·费多罗夫娜是个凶恶的女人。她不断地折磨我们。她究竟为什么要邀我们到她家里来,直到现在对我来说还是个谜。起初她对我们还算客气,可是后来她看出我们完全无依无靠,没处可去,就完全露出她的真面目来。后来她对我非常亲热,亲热得都有点肉麻了,还奉承我,可是起初我跟妈妈一样受罪。她一刻不停地数落我们,她不干别的,专门唠叨她对我们的种种恩德。她把我们介绍给外人,说是她的穷亲戚,是无依无靠的孤儿寡妇,由于她的善心,为了基督的爱,她才收留下来。吃饭的时候,我们每吃一块东西,她都用眼睛盯着,可是假如我们不吃,那也还是会惹出麻烦来,她说我们太讲究,说对不起,简慢得很,包涵着吃吧,说比我们自己家里的总好些。她不断地骂爸爸,她说他想要过得比别人好,结果反而更糟了;说他使妻子女儿沦为乞丐,说我们要不是遇见一位行善的、富有基督精神和怜悯心的亲戚,那上帝才知道,也许我们只有饿死街头的份儿了。还有什么话她说不出来呢!听她说这些话,与其说是痛苦,还不如说是厌恶的好。妈妈老哭,她的身体一天比一天坏。她明显地瘦下去,然而我们还要做活,从早一直做到晚,我们接一些定活儿来做,惹得安娜·费多罗夫娜很不高兴。她不断地说,她家里不是时装店。可是我们要穿衣服,要攒点钱留作意外的开支,我们自己一定要有一点钱才成。我们积攒钱以防万一,希望将来能搬到别处去住。可是妈妈做活耗尽了她最后的体力:她一天天地衰弱下去。疾病像蛆似的,显然在吞噬她的生命,把她拖到坟墓里去。我看到这一切,感觉到这一切,受尽这一切的煎熬,这一切都是在我眼前发生的!

过了一天又一天,每一天都跟前一天一样。我们悄悄地过活,就跟不是在城里一样。安娜·费多罗夫娜直到她自己充分意识到她的威力的时候,才逐渐安静下来。其实,从来也没有谁想顶撞她。我们住的那一个房间跟她那部分房间隔着走廊,跟我们并排的那间屋子里,正像我已经提过的那样,住着波克罗夫斯基。他教萨莎法语、德语、历史、地理,像安娜·费多罗夫娜所说的那样,各种学科都教。因为教书她就供他膳宿。萨莎虽然贪玩又淘气,可是个聪明的小姑娘;她那时候十三岁。安娜·费多罗夫娜跟妈妈说,假如我也念点书倒也不错,因为我在寄宿学校里没有念完。妈妈很高兴地答应了,于是我跟萨莎一块儿在波克罗夫斯基那儿念了整整一年书。

波克罗夫斯基是个贫穷的、非常贫穷的青年人。他的健康不允许他继续求学,因此,我们只是由于习惯才叫他大学生。他过着那么俭朴、温顺、安静的生活,在我们屋里从来听不见他的声音。从外表上看,他的样子那么怪,走路那么不灵便,点头行礼那么笨拙,说话那么古怪,起初我看见他总忍不住要笑。萨莎不住地跟他淘气，特别是在他教我们功课的时候。他又是个脾气暴躁的人，老爱生气，为了一点点小事他就大发脾气，骂我们，埋怨我们，常常没教完课就气冲冲地回到自己屋里去了。他常常一连好几天坐在自己屋里看书。他有很多书，全是很贵重、很罕见的书。他还在别处教点课，多少得些报酬，只要钱一到手，他马上就去买书。

渐渐地我更了解他，更接近他了。他是个最善良、最值得尊敬的人，是我碰到的人里面最好的一个。妈妈非常尊敬他。后来他成了我最好的一个朋友，当然，比妈妈还是要差一点。

起初，我虽然是那么一个大姑娘，可还是跟萨莎一块儿淘气，我们常常一连几个钟头绞尽脑汁，想方设法来惹他生气，惹他发火。他生起气来非常可笑，使我们觉得特别有趣（我现在回想起来都觉得害臊）。有一次我们把他气得差点掉下眼泪来，我清楚地听见他低声说："恶毒的孩子。"我忽然感到难为情，心里觉得又惭愧又难过，还觉得他可怜。我记得，我的脸一直红到耳朵根，眼睛里几乎是含着泪水请求他安静下来，不要为我们愚蠢的淘气而生气，可是他合上书，没教完课就回到自己屋里去了。我后悔得难过了一整天。一想到我们这两个孩子竟用我们的残忍行为使他流下泪来，我真难受。可见我们希望他流泪，可见我们想要他流泪，可见我们惹得他忍无可忍，可见我们强逼他这个不幸的、可怜的人想起他的艰难的命运来！由于懊恼，由于悲伤，由于后悔，我整夜没有睡着。据说悔过能使人心情轻松，可是事实上正相反。我不知道我的自尊心怎么和我的痛苦混合在一起了。我不愿意他把我当作一个小孩子看待。那时候我已经十五岁了。

从那一天起，我开始苦思冥想，想出千百种计划，怎样才能使波克罗夫斯基一下子就改变他对我的看法。可是我有时胆怯害羞;在我当时的情况下,我下不了决心做什么事情,仅仅限于幻想而已。(只有上帝才知道是些什么样的幻想啊!)只是我不再跟萨莎一块儿淘气了,他也不再跟我们生气了,可是这还不能满足我的自尊心。

关于我偶然遇到的这个最古怪、最有趣、最可怜的人,现在我要说几句话。我所以现在讲到他,恰恰在我的笔记本里这个地方讲到他,那是因为一直到这个时候为止我几乎一点也没注意过他。可是现在有关波克罗夫斯基的一切突然在我眼前变得有趣了!

有时有一个小老头到我们这所房子里来,衣服又脏又破,个子矮小,头发花白,行动笨拙不灵,总之,样子怪得出奇。头一眼看见他,人会以为他好像为了什么事而惭愧,好像他为他自己害羞似的。因此他总是有点畏畏缩缩,有点装腔作势;他那种姿态,他那种不自然的举止,使人几乎可以毫无错误地断定他神经失常。他来到我们这儿,常常站在前堂的玻璃门旁边,不敢走进屋里来。假如我们有谁经过那儿(我,或者萨沙,或者一个仆人,他知道仆人对他比较和气),那他就马上招手,招呼这人过来,还做出种种手势,一定得等到你向他点头,叫他一声,——这是暗号,表示屋里没有任何外人,他如果乐意,就可以进来,——老人这才轻轻地打开门,高兴地微笑着,满意地搓搓手,踮起脚一直向波克罗夫斯基的屋里走去。这是他的父亲。

后来我才详细知道这个可怜的老人的身世。他曾经在什么地方做过事,一点能力也没有,在机关里占一个最低、最不重要的位置。他的第一个妻子(大学生波克罗夫斯基的母亲)死了以后,他想续弦,就娶了一个小市民。新妻子一来,他家里就什么都乱七八糟了。有了她谁也别想过得安逸,人人都得听她支配。大学生波克罗夫斯基那时还是个孩子,十岁上下。继母恨他。可是小波克罗夫斯基交了好运。有一个姓贝科夫的地主认识文官波克罗夫斯基,从前曾是他的恩人,就把孩子接过来抚养,送他上学。他这么关心他,是因为认识他那死去的母亲。她还是个姑娘的时候,安娜·费多罗夫娜照应过她,后来把她嫁给文官波克罗夫斯基。贝科夫先生是安娜·费多罗夫娜的朋友和知己,出于慷慨送给新娘五千卢布做陪嫁。这笔钱到哪儿去了,我不知道。这全是我听安娜·费多罗夫娜讲的;大学生波克罗夫斯基自己从来不爱讲他的家庭情况。据说他母亲长得很漂亮,因此我觉得奇怪,为什么她那么倒霉,嫁给那么一个微不足道的人……她死的时候还很年轻,结婚之后才活了四年。

年轻的波克罗夫斯基从小学升到某中学,后来又上了大学。贝科夫先生经常到彼得堡来,仍旧接济他。波克罗夫斯基由于身体有病不能继续在大学上课。贝科夫先生就把他介绍给安娜·费多罗夫娜,还亲自推荐他,于是年轻的波克罗夫斯基就在她家里挣口饭吃,以教萨莎所需要的一切功课为条件。

老波克罗夫斯基由于妻子泼悍而痛苦,染上了不良的嗜好,几乎总是醉醺醺的。他妻子经常打他,赶他到厨房里去睡,最后他变得习惯于挨打、受虐待而不出怨言了。他还不很老,可是由于染上不良的嗜好,几乎头脑糊涂了。人类高尚的感情在他身上唯一的迹象就是他对儿子的无限的爱。据说年轻的波克罗夫斯基长得跟死去的母亲一模一样。莫非就是对从前那个贤惠的妻子的回忆才在潦倒的老人心里产生了对他这样无穷无尽的爱吧?老人除了讲他儿子以外,再没有别的话可讲,每星期总来看他两次。他不敢来得太勤,因为年轻的波克罗夫斯基受不了他父亲的来访。在他所有的缺点中,无疑地,头一个最重要的缺点就是他不尊敬父亲。不过,老人有时候也确实是世界上最讨人嫌的人。第一,他非常爱问长问短;第二,他一刻不停地说些最无聊、最没条理的话和问题打搅儿子工作；最后，有时候他竟喝醉了酒来了。儿子渐渐地劝老人戒掉不良的嗜好，不要再问长问短，不要一刻不停地唠叨，最后，弄到他样样都听儿子的话，像听神谕一样，没有儿子的许可就不敢开口。

这个可怜的老人对他的彼谦卡①（他这样叫他的儿子）简直不知该怎么夸奖和喜欢才好。每当他来看他儿子，几乎总是带着担惊害怕的样子，这大约是因为他不知道儿子会怎样接待他，通常总是好半天下不了决心进去，要是凑巧我在那儿，他就要向我问这问那的问上二十分钟：彼谦卡怎么样？他身体好不好？他心绪到底怎么样？他是不是在忙什么要紧的事情？他在做什么？是在写东西还是在思考什么问题？我就极力鼓励他，叫他放心，最后老人才下决心进去，轻轻地，轻轻地，小心而又小心地打开门，先探进头去，要是看见儿子没有生气而向他点头，就悄悄地走进屋里去，脱下大衣和帽子，都挂在一个钩子上，而他的帽子总是皱的，有很多窟窿，帽边都掉了。他做这些动作都是轻轻地，一点声音也不出；然后在一把椅子上小心地坐下，目不转睛地盯着儿子，瞅着他的每一个动作，想猜透他的彼谦卡的心情。假如儿子心绪不大好，老人看出来了，就立刻从座位上站起来，解释道："我是顺路走进来的，彼谦卡，只待一分钟。我走了一段长路，正巧经过这儿，进来歇口气的。"然后他就不再说什么，温顺地穿上大衣，戴上帽子，又轻轻地打开门，走出去，勉强微笑着，为的是忍住心中煎沸着的痛苦，不让儿子看出来。

可是有时候儿子亲切地接待父亲，老人就高兴得忘其所以了。他的脸上、他的姿态、他的一举一动，都露出高兴来。要是儿子跟他讲起话来，老人总是从椅子上微微欠起身子，轻轻地、

---

① 波克罗夫斯基的名字彼得的爱称。

恭敬地、几乎带着崇拜的样子回答，总是极力说些最优美的，也就是最可笑的话。可是他没有天赋的口才：他总是发窘，胆怯，他不知道把手往哪儿放，自己往哪儿躲才好，说过之后，还悄悄地暗自重复好半天，好像要纠正刚说过的话似的。要是碰巧回答得很好，老人就整一下衣服，拉直他的背心、领带和燕尾服，装出自己很有尊严的样子。有时候，他的勇气鼓得那么大，胆量放得那么高，甚至悄悄地从椅子上站起来，走到书架跟前，随便拿下一本小书来，甚至就在那儿读上一两段，也不管那是一本什么样的书。他做这些的时候装出全不在意和从容冷静的样子，好像他素来可以随便动他儿子的书，好像儿子的亲切在他不觉得稀奇似的。可是有一回我碰巧看见波克罗夫斯基请他不要动书，这个可怜的老人吓得什么似的。他又窘又急，把书放颠倒了，随后他想改正错误，把书倒过来，却又把切口朝外放了。他微笑着，红着脸，不知道该怎样弥补他的罪过才好。波克罗夫斯基不住地规劝，使得老人渐渐戒掉不良的嗜好，只要看见他一连三次来的时候没有喝酒，下一次他再来，就在临走的时候给他二十五个戈比、五十个戈比，或者还要多些。有时候儿子也给他买一双靴子、一条领带，或者一件背心。于是老人穿着新东西骄傲得像只公鸡似的。有时候他也来看我们。他给我和萨莎带来做成公鸡形的蜜糖饼干和苹果，老跟我们讲彼谦卡。他请求我们用功念书，要听话，说彼谦卡是个好儿子，模范儿子，又是个很有学问的儿子。同时他还那么可笑地向我们眨眨左眼，扮个滑稽的鬼脸，逗得我们忍不住朝着他哈哈大笑起来。妈妈很喜欢他。可是老人恨安娜·费多罗夫娜，虽然当着她的面他又安静又温顺。

过了不久我就不再跟波克罗夫斯基念书了。他仍旧把我当作小孩子、淘气的小姑娘看待，跟萨莎一模一样。这使我很伤心，因为我已经尽力改正我以往的行为了。可是他没看出来。这使我越来越生气。除了上课以外，我几乎从来也不跟波克罗夫斯基说话，而且也说不出来。我总是脸红，发窘，过后懊恼得躲到一个角落里去哭。

要不是一件奇怪的事情促使我们接近起来，那我不知道这一切会怎样结束。有一天晚上，妈妈在安娜·费多罗夫娜屋里坐着，我悄悄地走进波克罗夫斯基的屋里去。我知道他不在家，说真的，我也不知道为什么我忽然想起到他屋里去。直到这个时候为止，我从来没有好好看过他的屋子，虽然我们住在两隔壁已经有一年多了。这一回我的心跳得很厉害，就像要从胸腔里蹦出来似的。我带着一种特别的好奇心向四周围看了一下。波克罗夫斯基屋里陈设非常简陋，收拾得不大整齐。墙上钉着五条长搁板，上面都放着书。桌上和几把椅子上也放着书。到处都是书和纸！我的头脑里产生一个奇怪的念头，同时一种懊丧的不愉快的感觉攫住了我。我觉得我的友情、我的爱慕之心对他说来简直不算什么。他是个有学问的人，而我呢，是个愚蠢的人，什么也不知道，什么也没读过，一本书都没读过⋯⋯这时候我羡慕地看着那些因为书放得太多而快压断了的长搁板。我陷入懊丧、苦闷和一种疯狂的心情之中。我要，而且马上下定决心要读遍他的书，每一本都要读，还要尽快地读完。我不知道我为什么要这样，或许我认为我学会了他所知道的一切，才配做他的朋友。我跑到第一块搁板前面；我没有停下来想一想，就随手抓起一本落满灰尘的旧书，脸上红一阵白一阵，激动和害怕得发抖，把这本偷来的书拿回自己屋里去，决定夜里等妈妈睡着以后在小灯旁边读它。

我回到我们的屋里，赶忙把书翻开，看见这是一本旧的、书页烂了一半、到处都让虫蛀了的拉丁文原著，我是多么懊丧啊！

我没耗费时间,马上回去。我刚要把书放回搁板上去,就听见走廊里有响声,不知谁的脚步声越来越近了。我又慌又急,可是这本讨厌的书原先紧紧地放在那排书当中,我抽出这一本来,其余的书全都自然而然地挤拢来,合得那么紧,现在没留下一点空地给它们的老伙伴了。我没有力气把这本书塞进去。然而我尽我的力量使劲推那些书。支木板的生锈的钉子忽然断了,好像故意等着这一刹那来断似的。木板的一头飞快地掉下来。那些书噼噼啪啪撒得一地。门开了,波克罗夫斯基走进屋里来。

必须说一下,他最恨别人动他的东西。谁要是碰到他的书,那就该倒霉了!当那些大大小小的书,各种各样的书,长的、短的、厚的、薄的都从搁板上冲下来,飞到或跳到桌子底下,椅子底下,弄得满屋都是的时候,请想想看我是多么害怕。我想逃走,可是已经晚了。"完了,"我想,"完了!我没指望了,我完蛋了!我胡闹,闯下了祸,跟十岁的孩子干的一样,我是个愚蠢的小姑娘!我是个大傻瓜!"波克罗夫斯基非常生气。"哼,您瞧,岂有此理!"他嚷起来。"哼,您这么胡闹也不害臊吗!⋯⋯您什么时候才会改好呢?"他自己跑过去捡书。我也弯腰帮他捡。"用不着,用不着,"他又嚷起来。"没请您来的地方,您顶好别来。"可是,我的恭顺的举动使他的气平了一些。他行使不久以前作过我老师的权力,又用不久以前老师的口气,比较平静地继续说:"是啊,什么时候您才会规矩一点,什么时候您才会懂事?呐,您瞧瞧您自己,要知道您已经不是小孩子,不是小姑娘了,是啊,您已经十五岁了!"这时,他大概想验证一下,说我已经不是小姑娘的话对不对,他就看了我一眼,于是他的脸一直红到了耳朵根。我弄得莫名其妙,只是站在他面前,睁大了眼睛惊讶地瞧着他。他欠身站起来,带着困窘的样子走到我跟前来,非常慌张,嘴里说出一句什么话,好像是为什么事道歉,或许是说他直到现在才看出我是一个挺大的大姑娘了。最后我明白了。我不记得那时候我变成了什么样;我发窘,慌张,脸红得比波克罗夫斯基还厉害,用双手捂着脸,从屋里跑出去。

我不知道我该怎么办,羞得不知躲到哪儿去才好。光是他在屋里碰见我这件事,就够瞧的了!整整三天我不敢看他一眼。我脸红得要哭出来了。一些最奇怪、最荒谬的想法在我头脑里盘旋。其中有一个最疯狂的想法,就是我要到他那儿去,向他解释,向他承认一切,坦白地向他说明一切,使他相信我不是像一个愚蠢的小姑娘那样胡闹,而是怀着很好的意图的。我完全下定决心要去了,可是,感谢上帝,我没有足够的勇气。我想象得出那样我会惹出什么乱子来呀!就连现在我回想起来还觉得害臊呢。

几天以后,妈妈忽然病得很危险。她已经两天没起床,第三天夜里发高烧,神志昏迷了。我已经一夜没睡,服侍妈妈,坐在她的床边上,端水给她喝,按规定的钟点给她药吃。第二天夜里我乏透了。有时候我发困,头昏眼花,疲乏得随时要昏倒,可是母亲的微弱的呻吟声惊醒了我,我一哆嗦,清醒了一下,可是随后瞌睡又战胜了我。我痛苦得很。我不知道是怎么回事,我自己记不得了,可是一个可怕的梦,一个恐怖的幻象,在我跟睡眠斗得非常疲劳的时刻,侵入我混乱的头脑中。我惊吓地醒来。屋里挺黑,小灯快灭了,一道亮光忽然照亮了整个屋子,时而微微在墙上闪动,时而完全消失。我不知为什么害怕起来,一种恐怖抓住我的心。可怕的梦景刺激了我的想象,苦恼压碎了我的心……我从椅子上跳起来,由于一种痛苦的、非常沉重的感觉,我不由自主地大叫了一声。就在这当儿门开了,波克罗夫斯基走进我们屋里来。

我只记得我清醒过来的时候是在他的怀抱中。他小心地扶我坐在一张圈椅上,递给我一杯水,问了我好多话。我不记得我怎么回答他的。"您病了,您自己也病得很重,"他拿起我的一只手说,"您发烧了,您毁了您自己,您不爱惜自己的身体;安下心来,躺下,睡一觉吧。过两个钟头我叫醒您,稍微歇一会儿……躺下,躺下!"他接着说,不容我说一句反驳的话。疲劳耗尽了我最后的气力,我的眼睛无力地闭拢来。我靠在圈椅上,决定只睡半个钟头,可是我却一直睡到了早上。一直到该给妈妈吃药的时候波克罗夫斯基才叫醒我。

第二天,我白天稍微休息了一会儿之后,准备又坐在妈妈床边的圈椅上,毅然决定这一回不再睡着。波克罗夫斯基在十一点钟的时候来敲我们的房门。我打开了门。"您一个人坐着闷得慌吧,"他对我说,"这儿有一本书,您拿去看吧,就不会那么闷得慌了。"我接过书来;我不记得这是一本什么样的书,虽然我整夜没睡,当时也未必会去看它。一种奇怪的、内心的激动不让我睡;我不能老坐在一个地方不动;我几次从圈椅上站起来,开始在屋里走来走去。一种内心的满足充满我的整个身心。波克罗夫斯基的关怀使我那么高兴。我因为他对我的挂念和担忧而自豪。我整夜思索和幻想。波克罗夫斯基没有再来,我知道他不会来,我预测着第二天晚上的事。

第二天晚上,这所房子里所有的人都睡了以后,波克罗夫斯基打开他的房门,站在他的房门口跟我讲起话来。那时候我们互相讲的话我现在一句也记不得了;我只记得我胆怯,慌张,恨我自己,不耐烦地等待着谈话的结束,虽然我自己极力希望这次谈话,整天想着这次谈话,编好了我的问话和答话……从这一天晚上起,我们的友谊的第一阶段开始了。在妈妈生病的整个时期,我们每天夜里都在一起消磨几个钟头。我渐渐地克服了我的羞怯,虽然我们每次谈话之后我总还是为了什么而恼恨自己。

可是,我带着暗暗的高兴和骄傲的欢欣看出他为了我把那些讨厌的书都忘了。凑巧,有一次我们说笑话,讲到书从搁板上掉下来的事。那一回真是奇怪,不知怎么我过分坦白和直爽了。热烈情绪和奇怪的兴奋吸引着我,我向他承认了一切……说我想读书,想求知识,说人家把我当作一个小姑娘,当作一个小孩子看待,我觉得很苦恼……我要再说一遍,那时候我的心情非常奇怪;我的心肠发软,眼睛里含着眼泪,我毫无隐瞒地对他说出了一切,讲到我对他的友情,讲到我希望爱他,希望真心诚意地跟他一块儿生活,安慰他,使他宽心。他有点奇怪地看着我,又慌张又吃惊,一句话也没对我说。我忽然觉得非常痛苦和伤心。我觉得他不了解我,也许他在笑我。我忽然像孩子似地哭起来,哇哇地哭起来,自己止也止不住,好像什么毛病发作了似的。他握住我的两只手,吻着,把我的手紧紧按在他的胸前,劝我,安慰我;他非常感动。我不记得他对我说了些什么,只记得我一会儿哭,一会儿笑,一会儿又哭了,红着脸,高兴得一句话也说不出来。然而,尽管我那么激动,还是注意到波克罗夫斯基仍旧有点发窘,拘束。好像我的热情,我的兴奋,那么突然的、热烈的、火一般的友情使他非常吃惊。也许,开头他只觉得奇怪;后来他不再犹豫,跟我一样,怀着同样纯朴直爽的感情,接受我对他的依恋、我的亲切的话、我的关心,用同样的关心、同样的友爱和亲切回答这一切,就跟我的真诚的朋友一样,跟我的亲哥哥一样。我的心感到那么温暖,那么舒畅!……我什么也没保留,什么也没隐瞒,他看出了这一切,就一天比一天越来越亲近我了。

真的,在我们夜里的相会中,在那些痛苦的、同时又是甜蜜的时刻,在长明灯的颤抖的亮光下,几乎就在我可怜的、生病的妈妈的床边,我不记得我们还有什么话没有交谈过。……凡是我们所想到的,凡是从我们心里发出来的,凡是急于要倾吐的话,我们全都说出来了,我们几乎是幸福的……啊,这是又悲伤又高兴的时刻,两种感情混在一起;现在我回想起来,仍然觉得又悲伤又高兴。凡是回忆,不论是高兴的也好,悲伤的也好,总是痛苦的;至少在我是这样。可是就连这种痛苦也是甜蜜的。所以,每当我的心变得沉重、疼痛、疲倦、悲伤的时候,回忆就使我的心振作起来,使它复苏,就跟经过白天的炎热,在湿润的夜晚,一滴滴露水滋润和复苏一朵可怜的、干枯的、让白昼的炎热晒蔫了的花儿一样。

妈妈的病慢慢好起来,可是我每天夜里还继续守在她的床边。波克罗夫斯基常常给我拿书来;起先我看书,只是为了不要睡着,后来我比较用心地看了,再后来就贪婪地读起来。在我面前突然出现了很多新的、以往我不知道的、不熟悉的事情。新的思想、新的印象如同汹涌的急流一下子涌到我的心里。我接受那些新印象的时候越激动,越惶惑和费力,它们对于我就越亲切,越甜蜜地震动我的整个灵魂。它们突然间,一下子涌进我的心里,使我的心不得安宁。一种奇怪的混乱开始搅动我的全身心。可是这种精神上的压力不能,也没有力量完全把我搞垮。我是个过分好幻想的人,这倒救了我。

妈妈的病好了,我们晚间的会面和长谈也就停止了。我们只能偶尔交谈几句话,常常是空洞的、没什么意义的话,可是我喜欢使这一切有意义,有它特别的、暗示的价值。我的生活很充实,我幸福,安宁,平静地幸福。这样过了几个星期。……

有一回老波克罗夫斯基来看我们。他跟我们唠唠叨叨地讲了好半天,异乎寻常地高兴,活泼,爱说话;他不住地笑,按他自己那种方式说俏皮话,最后,他解开了他何以这样高兴的谜,向我们宣布说,再过整整一个星期就是彼谦卡的生日了,为了这件事他一定要来看他儿子;说他要穿一件新背心,还说他妻子答应给他买一双新靴子。总而言之，老人十分快活，脑子里想到什么就唠叨什么。

他的生日！这生日使我白天夜晚都不得安宁。我下定决心要送波克罗夫斯基一样东西，使他记起我的友情。可是送什么呢？最后我想到送他书。我知道他想要一套最新出版的《普希金全集》，我就决定买普希金这套书。我自己的钱一共有三十个卢布，是做针线活赚来的。我攒这些钱原是打算做件新衣服的。我马上派我们的厨娘，老太婆玛特辽娜，去打听《普希金全集》的价钱。真糟！总共十一本书的价钱，附加装帧费用，至少要六十个卢布。到哪儿去弄这么多钱呢？我想了又想，不知该怎么办。我不愿意去向妈妈要钱。当然，妈妈一定会帮我忙。可是，这样一来，这所房子里的人就都会知道我们的礼物。而且这份礼物就会变成酬劳，变成波克罗夫斯基教我整整一年功课的报酬了。我要单独送这份礼，不让别人知道。至于他教我功课所出的力，我愿永远欠他的情，除了我的友谊之外，不付任何报酬。最后，我想出一个办法来，解决了困难。

我知道从劝业场的旧书商那里，只要讲讲价钱，有时按半价就可以买到书，常常是没大用过的、几乎是全新的书。我毅然决定到劝业场去。真是凑巧，第二天正赶上我们和安娜·费多罗夫娜都要买点东西。妈妈不舒服，安娜·费多罗夫娜正巧又懒得去，于是买东西的任务不得不交给我去办，我就跟玛特辽娜一块儿出发了。

运气真好，我很快就找到一套《普希金全集》，装帧非常美观。我就开始讲价钱。起初他们要的价比书铺还贵，可是后来，虽然费了不少力，我又走好几次，总算使那个卖书的减低了价钱，他只要十个银卢布了。讲妥了价钱我是多么高兴啊！……可怜的玛特辽娜不明白我是怎么回事，为什么我想起要买这么多书。可是,真糟糕!我所有的钱一共只有三十个纸卢布①,而卖书的无论如何再也不肯让价了,最后我一再请求,求了又求,末后总算说动了他。他让价了,可是只肯让两个半纸卢布,还对上帝发誓说,他只是为了我的缘故才让价的,因为我是一位那么漂亮的小姐,说对别人他无论如何也不肯让价的。还缺两个半纸卢布!我懊丧得要哭出来了。我正在发愁,却有一种意想不到的情况帮了我的忙。

离我不远,在另一个书摊上,我看见了老波克罗夫斯基。有四五个旧书商把他团团围住;他们简直把他闹糊涂了,缠住他不放。他们每人都把自己的货物递给他,他们什么都递给他,他也什么都想买!可怜的老人站在他们中间,好像一个受气包似的,在他们递给他的那些书当中不知道该挑哪一本好。我走到他跟前,问他到这儿来干什么。老人看见我很高兴,他非常喜欢我,也许跟喜欢彼谦卡差不多。"哦,我在买书,瓦尔瓦拉·阿历克谢耶夫娜,"他回答我说,"我给彼谦卡买书。这就快到他的生日了,他是喜欢书的,所以,您看,我是来为他买书的……"这个老人说话素来很可笑,现在又添了非常忸怩不安的神情。不管他问哪本书的价钱,全都要一个银卢布,两个银卢布,三个银卢布的。对大书他已经不问价了,只羡慕地看着那些书,用手指头翻翻书页,拿在手里掂来掂去,然后又放回原地方。"不行,不行,这太贵,"他低声说,"可是这儿也许能找到一本什么书,"于是他开始去翻那些小薄本子、歌曲集和文选;这些书都是很便宜的。"可是为什么您要买这些书呢?"我问他。"这全是毫无价值的书。""啊,不然,"他回答说,"不然,您只看看这儿有多么好的小书,有很好很好的小书呢!"可是他说最后一句话的时候,

---

① 一个银卢布合三个半纸卢布,所以书价合三十五个纸卢布。

那么悲哀地拖长着音调,我觉得他因为好书太贵,懊丧得快要哭出来,眼泪马上就要从他那苍白的脸颊流到红鼻子上来了。我问他有多少钱。"哪,都在这儿呢,"这个可怜的人马上拿出他所有的钱来,那些钱都包在一小块油污的报纸里,"这是半个银卢布,这是二十个银戈比,还有二十个铜戈比。"我马上把他拉到我那个卖旧书的那儿去。"这全套十一本书,总共要三十二个半卢布,我有三十个,加上您的两个半,我们就把这套书买下来,一块儿送给他。"老人高兴得发狂,把他的钱全倒出来,卖旧书的就把我们合买的这套书全都堆在他怀里。我的老人就把书装在所有的口袋里,两只手里也拿着,胳肢窝里也夹着,跟我说好第二天悄悄地把所有的书都带到我那儿去,他就拿着那些书回到自己家里去了。

　　第二天老人来看他儿子,照常在他那儿坐上一个钟头光景,然后就到我们家来,带着极其滑稽的神秘样子坐在我身旁。开头,他因为心里怀着一件秘密,又骄傲又愉快,搓搓手,微笑着告诉我说,他已经把所有的书都悄悄地搬到我们这儿来了,摆在厨房一个角落里,由玛特辽娜照管着呢。随后谈话自然而然转到那盼望中的生日上去;然后老人就长篇大论地讲起我们怎样送礼。这个话题他越谈得深,越说得多,我就越清楚地看出来他心里有事,他不能,也不敢,甚至怕说出来。我老等着,不说话。起初从他奇怪的姿态,做鬼脸,眯左眼这些动作上,我很容易看出来他在暗自高兴、暗自得意,现在这种高兴和得意都不见了。他变得一刻比一刻焦灼不安,最后他再也忍不住了。

　　"您听我说,"他开始胆怯地低声说,"您听我说,瓦尔瓦拉·阿历克谢耶夫娜……您知道吗,瓦尔瓦拉·阿历克谢耶夫娜?……"老人非常慌张。"您瞧:到他生日那天,您拿十本书,自己送给他,也就是以您的名义,算您送的;然后我单拿那第十

41

一本,也以我的名义送给他,也就是算我个人送的。这样呢,您瞧,您有一份礼物送给他,我也有一份礼物送给他;咱俩都有礼物送给他。"老人讲到这儿慌乱起来,说不下去了。我看了他一眼;他带着胆怯的期待神情等待我的判决。"可是您为什么不愿意我们一块儿送呢,查哈尔·彼得罗维奇?""哦,是这样的,瓦尔瓦拉·阿历克谢耶夫娜,是这样的……我本来,那个……"总而言之,老人又发窘又脸红,结结巴巴,再也说不下去了。

"您瞧,"最后他说道。"瓦尔瓦拉·阿历克谢耶夫娜,有时候我要解解闷……也就是说,我要告诉您,我几乎老要借酒解闷,经常借酒解闷……我养成一种习惯,很不好的习惯……也就是,您知道,有时候外面那么冷,有时候还有各式各样不愉快的事,或者发生了什么悲伤的事,或者出了什么差错,那我有时候就熬不住,要解解闷,有时候我就喝多了。这惹得彼得鲁沙①很不高兴。他生气了,您看,瓦尔瓦拉·阿历克谢耶夫娜,他骂我,讲各种道理劝我。因此现在我要用我的礼物向他证明我改好了,变规矩了。我要表示我为买书攒钱,攒了好久了,因为我几乎总是没有钱,除非彼得鲁沙偶尔给我一点。这他是知道的。所以,这样他就会看出我的钱是怎么花的,他会知道我这样做只是为了他一个人。"

我觉得老人非常可怜。我稍微想了一下。老人不安地瞧着我。"您听我说,查哈尔·彼得罗维奇,"我说,"您把整套都送他就是了。""怎么叫整套! 也就是说所有的书吗?……""是啊,所有的书。""都算我送的?""都算您送的。""算我自己一个人送的? 也就是用我自己的名义?""是啊,用您自己的名义……"我觉得我说得很清楚了,可是老人很久都不能明白我

---

① 也是彼得的爱称。

的意思。

"哦,是了,"他想了一想说,"是啊!这很好,这非常好,不过您怎么办呢,瓦尔瓦拉·阿历克谢耶夫娜?""噢,我什么也不送。""怎么!"老人叫起来,几乎吓了一跳,"那么您什么也不送给彼谦卡了,那您打算什么也不送给他了?"老人吓坏了;我觉得这时候他准备放弃他自己的提议,让我也能送他儿子一些东西。这老人是个好心肠的人!我向他保证说我是很乐意送些东西的,不过我不愿意夺去他的快乐。"假如您儿子满意,"我补充说,"您高兴,那我也会高兴,因为我心里会暗自觉得好像实际上是我送的一样。"老人听了这话完全定心了。他在我们这儿又待了两个钟头,可是始终不能在一个地方坐稳,老是站起来,又嚷又闹,跟萨莎逗着玩,偷偷地吻我,捏我的手,悄悄地向安娜·费多罗夫娜做鬼脸。最后,安娜·费多罗夫娜把他从家里赶了出去。总之,老人真是高兴得不得了,也许他还从来没这么高兴过。

在那隆重的日子,十一点整,他做完祷告直接来了,穿一件织补得很好的燕尾服,真的穿着新背心和新靴子。他两只胳臂里抱着两捆书。那时候我们大家都坐在安娜·费多罗夫娜的客厅里喝咖啡(那天是星期日)。老人开头好像从普希金是一位非常好的诗人讲起;然后,他又惶惑又慌张,话头一转,忽然谈到一个人必须品行端正,假如品行不端正,那就会胡来;又说坏嗜好能把人毁掉,使人身败名裂;甚至还举出几个纵饮丧命的实例来,最后结束说,他这一段时期以来完全改过自新,现在的行为好得可以作模范了。他说他以前就觉得儿子的规劝是正确的,说这些他早就感觉到,全都记在心中了,可是如今在实际行动中也把酒戒掉了。他拿长期攒下来的钱买书送给他儿子,这件事就可以作为证明。

我听着可怜的老人说这些话，忍不住又要哭又好笑；是啊，必要的时候，他能把谎扯得多圆啊！那些书都搬到波克罗夫斯基的屋里去，放在搁板上。波克罗夫斯基马上猜透了真相。老人受到邀请留下来吃午饭。这一天我们全都那么快活。午饭以后，我们玩抽签游戏，玩纸牌。萨莎欢蹦乱跳的，我也不比她差。波克罗夫斯基对我很殷勤，老想找机会跟我单独谈话，可是我老躲着他。这是整整四年以来我过得最幸福的一天。

而现在净剩下悲伤、沉痛的回忆了，我要开始讲我那些倒霉日子的故事了。也许就是因为这个缘故，我的笔动得慢起来，好像不肯再写下去似的。也许就是因为这个缘故，我才那么入迷、那么热心地回忆我幸福的日子中我那渺小生活的最小的细节。这种日子是那么短暂；接着而来的就是只有上帝知道什么时候才会完结的忧愁，深重的忧愁。

我的不幸是从波克罗夫斯基的病和死开始的。

在我上面描写的最后一件事的两个月之后，他病了。在这两个月之内他为谋生而不知疲倦地奔走，因为直到这个时候为止，他还没有固定的职务。像所有患肺结核的人一样，直到最后一刻他也没有放弃他能活得很长的希望。他只能在某处得到教师的职位，可是他厌恶这种职业。因为身体不好，他不能在公家机关里供职。况且，在机关里供职，他得等很久才能领到第一次薪水。简短地说，波克罗夫斯基到处碰壁，他的脾气变坏了。他的身体垮下来，他也不在意。秋天到了。他每天只穿一件薄大衣出去奔走谋事，求人，央告人，这使他内心非常痛苦。他常把脚踏湿，衣服让雨淋透，最后，他卧床了，从此再也没有起来过……在深秋时节，十月末，他死了。

在他生病的整个时期，我几乎没有离开过他的屋子，我看护他，服侍他。我常常整夜不睡觉。他很少有神志清醒的时候，常常说胡话,只有上帝才知道他说了些什么,他讲到他的职位,讲到他的书,讲到我,进到他父亲……在这种时候我听到了许多他的情况,都是我以前不知道的,甚至猜想不到的。在他初病的时候,我们这儿所有的人都有点奇怪地瞧着我,安娜·费多罗夫娜直摇头。可是我直钉钉地凝视着他们的脸,他们就不再责难我对波克罗夫斯基的同情了,至少妈妈不怪我。

有时候波克罗夫斯基认出是我,可是这种时候很少。他几乎总是神志不清。有时候他整夜整夜地用含混不清、意义不明的话跟一个什么人讲话,讲上很久很久,他那嘶哑的声音在他狭小的房间里发出沉闷的回声,就跟在棺材里一样,在这种时候我就觉得害怕。特别是最后一夜他跟发了疯似的;他非常痛苦,非常伤心,他的呻吟声撕碎了我的心。这所房子里所有的人都有点惊慌。安娜·费多罗夫娜老在祷告,求上帝快点把他接走。请来了医生。医生说,病人明天早上一定要死了。

老波克罗夫斯基整夜待在走廊里,他儿子的房门口;在那儿他们给他铺了一小张蒲席。他不停地走进屋里来;他的模样瞧着真可怕。他悲痛万分,好像完全失去了知觉和理性。他害怕得头直摇晃。他浑身发抖,老在悄悄地自言自语,自己跟自己议论着什么。我觉得他痛苦得要发疯了。

黎明之前,老人由于心里痛苦,乏透了,倒在那小块蒲席上像死人一样睡着了。到七点多钟儿子要死了,我叫醒了他父亲。波克罗夫斯基神志完全清醒了,跟我们所有的人告别。真奇怪!我哭不出来,可是我的心碎了。

可是他的最后一刻是最折磨人,最使我痛苦的了。他老是用他那僵硬的舌头请求什么事情,请求了好半天,他的话我一点也听不清。我的心痛苦得要裂开了!整整一个钟头他很不安宁,老是为什么事情发愁,极力用两只变冷的手作手势,然后又

45

用嘶哑的、低沉的嗓音苦苦哀求；可是他的话只是一些不连贯的声音，我还是什么也听不懂。我把我们所有的人都带到他跟前来，我给他水喝；可是他总是伤心地摇头。最后我明白他要什么了。他要我拉开窗帘，打开护窗板。大概他要最后一次看一看白天，看一看外面，看一看太阳。我就拉开窗帘，可是刚刚开始的白昼又阴沉又凄凉，就跟可怜的、临死的人渐渐熄灭的生命一样。没有太阳。阴云形成了一块雾幕遮住了天空；阴雨连绵，天空是那么阴暗，那么悲惨。细雨打在窗玻璃上，一道道冰冷稀脏的雨水冲洗着窗玻璃；天色又暗又黑。黎明的惨淡的光线微微地照进屋里来，勉强跟圣像前长明灯颤抖的灯光争辉。临终的人悲悲切切地看了我一眼，摇摇头。再过一分钟他就死了。

安娜·费多罗夫娜亲自料理丧事。她买了一口极其普通的棺材，租了一辆运货的大车。为了抵偿这些费用，安娜·费多罗夫娜拿走了死者全部的书和所有的东西。老人跟她争吵，叫嚷，从她那儿抢走书，能抢多少就抢多少，塞满他所有的口袋，还装在帽子里，哪儿能装就装在哪儿，他整整三天老带着这些书，甚至应该到教堂里去的时候也不肯放下。这三天他仿佛失去了知觉，像个傻子一样，带着一种奇怪的关心神情老是在棺材旁边忙碌；一会儿把放在死者额上的绘有圣像的绦带理理好，一会儿点上蜡烛，一会儿又拿开。看来他的思想不能有条理地停留在任何一件事情上。教堂里举行安魂祈祷的时候无论是妈妈还是安娜·费多罗夫娜都不在场。妈妈病了。安娜·费多罗夫娜本来完全准备好要去的，可是跟老波克罗夫斯基吵了一架，就没去。只有我和老人一同去。祈祷的时候，我忽然感到一种恐惧，好像那是对未来的预感。在教堂里我几乎站不住了。最后棺材盖起来，钉上，放在大车上运走了。我只送到街的尽头。马车夫赶着车一路小跑地走了。老人跟着大车跑起来，大声哭泣，他的哭声由于奔跑而颤抖,断断续续。可怜的老人帽子掉了,他也不停下来捡。他的头让雨淋湿了,又刮起风来,细雪抽打和刺痛他的脸。老人好像没有感觉到恶劣的天气,哭着从大车的这一边跑到那一边。他那破旧的礼服的前襟随风飘扬,像是一对翅膀。那些书从每个衣袋里突露出来;他两手拿着一本大书,紧紧地抓住。过路的人摘下帽子,在胸前画十字。有些人站住,惊讶地瞧着可怜的老人。那些书不断地从他的衣袋里掉到污泥里去。有人叫住他,告诉他丢东西了,他就捡起来,又赶快去追灵柩。在大街拐角的地方,一个要饭的老太婆硬要跟他一块儿送殡。最后,大车转过拐角,我看不见了。我就回家了。我心里非常难过,扑在妈妈怀里。我用两只胳臂紧紧地、紧紧地抱住她,吻她,放声痛哭,害怕地紧偎着她,好像极力要把我最后的这个朋友抱住,不让她死去……可是死神已经站在可怜的妈妈面前了!

....

因为昨天在岛上①的散步,我多么感激您啊,玛卡尔·阿历克谢耶维奇!那里是多么清新,多么好,那里多么青翠啊!我那么久没看见过花草树木了;我病中老觉得我要死了,一定会死;那么您想想看,我昨天该有什么样的感觉,什么样的心情!您可别为了我昨天那么忧郁而生我的气;我觉得很好,很轻松,可是在我最好的时候,不知因为什么我也总觉得忧郁。至于我哭,那没有什么。我自己也不知道为什么我老哭。我觉得我有病,容易受刺激;因为我有病,才有这些感触。无云的、淡白的天空,太阳的沉落,黄昏的寂静,所有这些景物,我不知道是怎么回事,总之我昨天接受这一切印象,不知怎么心情又沉重又痛苦,因此我心里

---

① 彼得堡到处有小岛,好像公园。

堵得慌,需要用眼泪发泄一下。可是为什么我要给您写这些呢?自己的心要弄清楚这一切都很困难,要表达出来就更困难了。可是也许您能了解我。又是悲伤又是欢笑!真的,您多么善良啊,玛卡尔·阿历克谢耶维奇!昨天您那么瞧着我的眼睛,要从中看出我感到的一切,看我欢喜您就高兴。不论是走过一小丛灌木,还是一条林荫道,或是一条小溪,您总停下来,这么站在我面前,整理好衣服,老瞧着我的眼睛,好像您是在把您自己的产业指给我看。这证明您有一颗善良的心,玛卡尔·阿历克谢耶维奇。我就是为了这个才爱您。好了,再见吧。我今天又病了;昨天我的脚踏湿了,因此着了凉;费多拉不知为什么也病了,因此现在我们俩都病了。您不要忘了我,尽可能地常来看我。

您的瓦·陀·
6月11日

我亲爱的瓦尔瓦拉·阿历克谢耶夫娜:

啊,小宝贝,我本以为您要用真正的诗来描写昨天的一切呢,结果只收到您一小张简单的信纸。我这么说,是因为您虽然在那一小张信纸上给我写得很少,然而却写得非常好,非常美妙。大自然啦,乡村的各种景色啦,还有其他关于感情的一切,总之,所有这些您都描写得很好。我就没有这种才能。即使我涂满十张纸,却任什么也表达不出来,任什么也描写不出来。我已经试过了。我的亲人,您来信说我是个善良的、温和的人,不会伤害别人,能理解大自然所表现出来的上帝的仁慈,最后,您还对我大加赞扬。这一切都是真的,小宝贝,这一切完全是真的;我也确实是一个像您所说的那样的人,我自己也知道;可是我读到您写的那些话,我的心还是不由自主地受到感动,随后各种沉痛的思考就来了。那么,请您听我说,小宝贝,我要讲一些事情给您听,我的亲人。

我要从我只有十七岁就去任职的那个时候说起,我在我办公的地方做事已经快满三十年了。是啊,不用说,我穿破了一套又一套的文官制服;我长大成人了,变聪明了,阅历过世事;我生活过了,可以说,我在世上活过了,因此,甚至有一次他们提名要我去领十字章。也许您不相信,可是真的,我不是向您说谎。即使这样,小宝贝,还是有恶人处处捣乱!我告诉您,我的亲人,就算我是一个没知识的人,愚蠢的人,也许是这样吧,可是我也有一颗跟别人一样的心啊!那么,您知道,瓦连卡,恶人怎么对待我吗?他对待我的行径,说起来都可耻;您会问我,为什么这样对待我呢?就因为我为人老实,就因为我脾气好,就因为我为人善良!他们看我不顺眼,因此我就倒霉了。起初是这样开始的,他们说:"玛卡尔·阿历克谢耶维奇,您这个,您那个;"然后就变成:"什么都不必问玛卡尔·阿历克谢耶维奇。"临了他们就作出结论说:"当然,这是玛卡尔·阿历克谢耶维奇干的!"小宝贝,您看见没有,事情是怎么演变的:什么事都怪在玛卡尔·阿历克谢耶维奇身上;他们不干别的,专在我们整个机关里把玛卡尔·阿历克谢耶维奇整天挂在口头上。可是他们把我整天挂在口头上还不够,几乎把我当成骂人的话了,——他们挑剔我的靴子,挑剔我的制服,挑剔我的头发,挑剔我的身材:这些全不中他们的意,统统都得改!我记不清从什么时候起每天都重复这老一套。我习惯了,因为我对什么都能习惯,因为我是一个温顺的人,因为我是一个小人物;然而,这一切都是为了什么呢?我伤害过谁吗?我夺过谁的官位还是怎么的?我在上司面前毁谤过任何人吗?我请求过奖赏吗?我搞过什么阴谋还是怎么的?这样的事您连想一下都是罪过,小宝贝!我哪能干这些事呢?您只要看看我,我的亲人,我有那么大的本事搞阴谋、怀野心吗?

那么，求上帝饶恕我，为什么有这样的事落到我头上呢？是啊，您倒认为我是一个可尊敬的人，而您远比他们所有的人都好得多，小宝贝。是啊，公民的最大美德是什么？前两天在私人谈话中，叶夫斯塔菲·伊凡诺维奇发表意见说，公民的最重要的美德就是会赚钱。他开玩笑地说（我知道他是开玩笑），道德就是一个人不该成为任何人的累赘，而我就没有成为任何人的累赘！我这块面包是我自己的，那固然是一块普通的面包，有的时候甚至又干又硬，然而这是劳动得来的，我吃它是合法的，无可指摘的。是啊，那又有什么办法呢！我自己本来也知道，我不过是抄抄写写，事情做得不多；可是我还是因此自豪：我在工作，我在流汗嘛。是啊，说真的，我抄抄写写，又有什么不好呢！怎么，不应该抄写还是怎么的？他们说："他在抄写！"他们说："这个耗子般的小官吏在抄写！"可是这又有什么不体面呢？我写的字那么清楚，那么好，看着那么顺眼，大人也满意，我给他老人家抄写最重要的公文。是啊，我没有文才，这我自己也知道，我没有这个该死的东西；就因为这个缘故我才老升不上去，就连现在我给您写信，我的亲人，也写得很简单，没有花哨的词句，只是心里想到什么就写什么⋯⋯这些我全知道；不过，话说回来，假如人人都从事写作，那还有谁来抄写呢？我提出这样一个问题，请您答复我，小宝贝。是啊，因此现在我感觉到我是有用的，我是必不可少的，还感觉到无须乎用胡说八道来把人搞糊涂。好吧，如果他们认为我像耗子，就算我是耗子吧！可是这只耗子是有用的，这只耗子是有益处的，这只耗子是可靠的，这只耗子是获得奖赏的，他就是这样的一只耗子！不过，这个话题讲得够了，我的亲人；我本来没打算要讲这些，可是我有点气愤。有时候公平地对待自己毕竟是愉快的。再见吧，我的亲人，我亲爱的，我的善良的安慰者！我要去，我一定上您那儿去看望您，我的心肝。暂时您可别烦闷。我会带本书给您。好了,再见吧,瓦连卡。

您热诚的关怀者

玛卡尔·杰符什金

6月12日

仁慈的玛卡尔·阿历克谢耶维奇先生:

我匆忙地给您写几行,我正忙着呢,我要在限期内赶完我的活。您瞧,是这么回事:您可以买到一样好东西了。费多拉说,她的熟人有一套制服要卖,是全新的,还有内衣、背心和制帽,据说全都非常便宜;因此您该买下来。要知道您现在不算穷,而且您有钱;您自己说您有钱。得啦,请您别舍不得了;要知道这些东西全是必需品。您看看您自己吧,您穿的衣服多么旧。真丢脸!全是补钉。您没有新衣服;这我是知道的,虽然您肯定说您有。只有上帝才知道您把它卖到哪儿去了。所以请您听我的话,买下来吧。为了我,您就这么办吧;如果您爱我,那就买下来吧。

您送我几件衬衫当礼物;可是,您听我说,玛卡尔·阿历克谢耶维奇,您简直要破产了。您在我身上花费这么多钱,多得不得了,这是闹着玩的吗!唉,您多么喜欢乱花钱!我不需要,这一切完全是多余的。我知道,我相信您爱我;真的,用礼物来提醒我是多余的;我收您的礼物反而心里难过;我知道那些东西得破费您多少钱。这算是最后一次,以后别再送了,您听见没有?我求求您,央告您。玛卡尔·阿历克谢耶维奇,您请求我把我的笔记的续篇送给您,您希望我把它写完。就连以前我写好的那些,我都不知道是怎么写出来的!可是现在我没有力量讲我的过去了;我连想都不愿意想它了;那些回忆对于我来说变得可怕了。要讲我可怜的妈妈,讲她撇下她可怜的孩子,让她落到这些恶魔的手里,这在我比什么都痛苦。我一回忆这些,我的心就万分悲痛。这一

51

切还记忆犹新:我还没来得及好好考虑过,没法平静下来,虽然这一切已经过去一年多了。可是这一切您都知道啊!

我告诉过您安娜·费多罗夫娜现在的想法;她责备我忘恩负义,并且否认她同贝科夫先生合伙干的坏事!她叫我上她那儿去;她说我在行乞,说我走到歪路上去了。她说假如我回到她那儿去,那她就着手帮助解决跟贝科夫先生的一切问题,逼着他弥补他对我犯下的一切过错。她说贝科夫先生要给我一份嫁妆。去他们的吧!我在这儿跟您,跟我善良的费多拉在一块儿挺好,她对我的依恋使我想起我那死去的保姆。您虽然是我的远亲,可是您以您的名义保护了我。我不认他们;假如可能的话,我要忘掉他们。他们还要把我怎么样?费多拉说这全是谣言,说他们最后会丢下我不管的!上帝保佑,但愿如此!

瓦·陀·
6月20日

我亲爱的小宝贝:

我要写信给您,可是不知从哪儿写起。是啊,这是多么奇怪,小宝贝,我现在居然跟您一块儿生活了。我这么说,是因为我从来没有这么高兴地度过我的日子。是啊,好像上帝赐给了我一个小家庭,赐给我一家人似的!您是我可爱的小女儿!可是我送您的四件衬衫您何必提它呢。要知道您需要这些衣服,我是从费多拉那儿知道的。对我来说,小宝贝,满足您的需要是一件特别幸福的事。这就是我的快乐,您就别管我了,小宝贝;别干涉我,别驳我的面子了。我从来没有这样幸福过,小宝贝。现在我开始过好日子了。第一,我的生活加倍充实了,因为您住得离我非常近,成为我的安慰;第二,一个住户,我的邻居拉塔齐亚耶夫,就是家里常举行作家晚会的那个文官,今天邀请我去喝茶。今天有集会,我们要读文学作品。您瞧,我们现在过得怎么样,小宝贝,您瞧!好了,再见吧。我写这一切没有什么明显的目的,只不过是为了告诉您我诸事如意罢了。您,可爱的人,让杰列莎告诉我,您要刺绣用的彩色丝线。我去买,小宝贝,我去买,我会把丝线买来。明天我就能使您完全满意,我就能得到快乐了。我也知道在哪儿买。

我现在仍旧是您忠诚的朋友

玛卡尔·杰符什金

6月21日

仁慈的瓦尔瓦拉·阿历克谢耶夫娜小姐:

我要告诉您,我的亲人,在我们的寓所里发生了一件极其悲惨的事,一件真正值得怜惜的事情!今天早上四点多钟,高尔什科夫的一个小孩死了。我不知道他到底是得什么病死的,也许是猩红热一类的病,或者是别的什么病,只有上帝才知道!我去看望高尔什科夫一家人。唉,小宝贝,他们真穷啊!家里多么乱啊!而且这也不奇怪:全家住在一间屋里,只是为了体面才用屏风隔开。他们屋里已经放着一口小棺材,一口很普通的、可是相当漂亮的小棺材,他们是买现成的。这个小男孩九岁了,据说他是个很有希望的孩子。瞧着他们真可怜啊,瓦连卡!母亲没有哭,可是那么伤心,那么可怜。肩上去掉一个负担,也许对他们说来倒轻松一点;可是他们还剩下两个孩子呢,一个吃奶的孩子和一个小姑娘,她也就六岁多点。眼看着孩子——而且是自己亲生的——受苦,自己无能为力,那可真不是件愉快的事!父亲穿着油污的旧燕尾服坐在一张破椅子上。眼泪从他的眼睛里流下来,可是,也许不是由于悲伤,而是由于习惯老那么流泪,他的眼睛出脓了。他是个那么奇怪的人!你一跟他说话,他就脸红,发窘,不知道怎么回答才好。那个小姑娘,他们的女儿,靠棺材站着,这可怜的小姑娘那么闷闷不乐、爱想心事!瓦连卡,小宝贝,我就不喜欢看见小孩子想心事;瞧着使人不愉快!一个破布做的娃娃躺在她身边的地板上,她也不玩;把一个小指头放在嘴唇上,站在那儿,一动也不动。女房东给她一块糖;她接着,也不吃。真伤心,瓦连卡,是不是?

玛卡尔·杰符什金
6月22日

最亲爱的玛卡尔·阿历克谢耶维奇:

我把您的书送还给您。这是一本最没价值的小书!不值得一看。您从哪儿找来的这么件宝贝?说正经的,难道您真喜欢这样的小书,玛卡尔·阿历克谢耶维奇?前几天有人答应给我一本书看。假如您愿意,我也可以借给您看。现在再见吧。真的,我没有时间再往下写了。

瓦·陀·
6月25日

亲爱的瓦连卡:

事情是这样的,我确实没读过这本糟糕的书,小宝贝。说实在的,我读了几页,我看出那是胡闹,只是为了逗乐才写的,为了使人发笑的;哪,我想,大概这真是使人开心的,也许瓦连卡会喜欢它;于是我就给您送去了。

现在,拉塔齐亚耶夫答应给我一本真正的文学书读,好了,您这就会有书看了,小宝贝。这个拉塔齐亚耶夫懂得文学,他是个行家;他自己就在写作,嘿,他写得多好!他的文笔那么活泼,他有了不起的文才,也就是说,每句话里都有文才,什么话里都有,在最空洞的话里,就连在最平常、最粗俗的话里,譬如有的时候我跟法尔多尼或者杰列莎说的话,就连在这种话里,他也显示出文才。我也常到他的晚会上去。我们抽烟,他给我们朗读,有时他朗读到早上五点钟,我们一直听着。这简直是宴会,而不是文学!那样的美,这是朵朵鲜花,简直是朵朵鲜花;从每一页上都能收集到一束花!他那么和气,那么善良,那么亲热。是啊,我在他面前算得了什么,算得了什么呢?什么也不是。他是个有声望的人,而我是什么?我简直不存在,可是他待我还挺好。我给他抄写一些东西。只是,瓦连卡,您别以为这里面有什么花样,别以为就是因为我给他抄写,他才对我好。您别相信那些闲话,小宝贝,您别相信那些卑鄙的话!不,这是我自己,出于自愿,为了使他高兴才这样做,而他待我好,也是为了使我高兴。我懂得礼尚往来,小宝贝。他是一个善良的、非常善良的人,并且是一个卓越的作家。

文学是好东西,瓦连卡,很好的东西。这是前天我从他们那儿知道的。文学是深奥的东西!它能使人的心坚强,能指导人的心灵,关于这个,在他们的小书里各式各样的事情都描写到了。描写得好极了!文学是一幅画,也就是说,在某种意义上,文学是一幅画,是一面镜子;它是表达激情的,是那么委婉的批评,是有教训意义的箴言和文献。这全是我在他们那儿听来的。我坦白地对您说,小宝贝,您要是坐在他们中间,听着(如果愿意,也跟他们一样,抽着烟斗),可是临到他们开始争论和辩驳各式各样的事情,那我就简直插不上嘴了,那时候,小宝贝,我们干脆只好承认无法应付了。在那儿我简直成了一个木头人一样,为我自己害羞,因此我整整一晚上想找话说,哪怕在普通的话题里插进一言半语也好,可是好像故意为难似的,半句话也找不出来!那我就要替自己惋惜了,瓦连卡,因为自己不成器,像

55

谚语所说的那样：人长大了，可是没长脑子。是啊，我现在空闲的时候做些什么呢？我像个傻瓜似的睡觉。我本该不睡懒觉，做点愉快的事；我不妨坐下来写点什么。那对我自己有益，对别人好。是啊，小宝贝，您再瞧瞧他们拿多少钱吧，上帝宽恕他们！就拿拉塔齐亚耶夫来说，他拿多少钱啊！他写一个印张算得了什么？是啊，有的时候他一天能写五个印张，他说写一个印张可以拿三百卢布。随便写一个小笑话或者是一件什么有趣的事，就可以赚五百卢布，他说："你爱给不给，要给你就给吧！要不然，那我下回就要往口袋里放一千卢布了！"瓦尔瓦拉·阿历克谢耶夫娜，您觉得如何？真了不得！他手边有一小本诗稿，那些诗都那么短，七千卢布，小宝贝，他要七千卢布，您想想看。是啊，这简直是不动产，是一所很值钱的房子！他说他们给他五千，可是他不干。我就劝他，我说："您就收下吧，老兄，您收下他们这五千吧，别跟他们计较了，要知道这是五千呐！""不行，"他说，"他们会给七千的，这些骗子手。"他真是个狡猾的人！

好吧，小宝贝，我们既然讲到这儿，我就从《意大利的激情》①里抄一小段给您看。这是他的一本作品的名称。下面就是，您读一读吧，瓦连卡，自己判断一下看。

……符拉季米尔哆嗦一下，激情在他的身体里疯狂地涌动，他的血沸腾起来……

"伯爵夫人，"他叫道，"伯爵夫人！您知道，这种激情是多么可怕，这种疯狂是多么无边无际吗？不，我的梦想没有欺骗我！我爱您，热烈地、入迷地、疯狂地爱您！你丈夫全身的血液也浇不灭我灵魂里疯狂而沸腾的痴情！那些微

---

① 陀思妥耶夫斯基借拉塔齐亚耶夫的作品，含有讽刺意味地模仿波里沃依、玛尔林斯基等作家的浪漫主义文体。

不足道的障碍挡不住毁灭一切的、恶魔的火焰,它烧灼着我的疲惫不堪的胸膛。啊,齐娜伊达,齐娜伊达!……"

"符拉季米尔!……"伯爵夫人情不自禁地低声唤道,靠在他的肩膀上……

"齐娜伊达!"非常兴奋的斯麦尔斯基叫道。

从他的胸膛里发出一声叹息。烈火在爱情的祭坛上冒起明亮的火焰,烧焦了两颗不幸的受难者的心。

"符拉季米尔!……"伯爵夫人陶醉地低声唤道。她的胸部挺起,她的两颊涨得绯红,她的眼睛闪闪发光……

一个新的、可怕的结合完成了!……

…………

半个钟头以后,老伯爵走进他妻子的私室。

"怎么样,宝贝儿,你不吩咐人烧茶炊招待贵客吗?"他说,爱抚地拍了拍他妻子的脸蛋儿。

那么,我问您,小宝贝,看了这段之后您认为怎么样?确实,有一丁点儿放肆,这是不用争辩的,然而还是好。真的,好的东西就是好!现在,要是您允许的话,我还要从中篇小说《叶尔玛克和玖列依卡》①中抄一段给您看。

您想象一下,小宝贝,哥萨克叶尔玛克,野蛮而严厉的西伯利亚的征服者,爱上了西伯利亚皇帝库楚姆的女儿玖列依卡,她是被他俘虏来的。您看得出来,这是直接取自伊凡雷帝②时代的一件事。下面就是叶尔玛克和玖列依卡的对话。

"你爱我,玖列依卡!哦,你再说一遍,再说一遍!

---

① 这儿讲的是一八三〇至一八四〇年广泛流行的假充历史小说的文体。别林斯基在他的评论中曾予以挖苦和批评。
② 残暴的沙皇伊凡四世(1533—1584)。

……"

"我爱你,叶尔玛克,"玖列依卡低声说。

"我凭皇天后土说,我感谢您!我幸福啊!…您给了我一切,一切,这一切都是我激动的灵魂从少年时代起就在追求的。就是因为这个你才把我引到这儿来的,我的指路的明星,就是因为这个你才领我越过石带①到这儿来了!我要让全世界看我的玖列依卡,不论是人,还是疯狂的恶魔,都不敢来责备我!啊,但愿他们能明白她那温柔的心中的秘密的痛苦,但愿他们能在我的玖列依卡的一小滴眼泪里看见整整一首诗!啊,让我用热吻来拭去这滴眼泪吧,让我喝掉它吧,这滴天降的甘露……非人间的泪珠!"

"叶尔玛克,"玖列依卡说,"世界是凶恶的,人们是不公平的!他们会迫害我们,他们会谴责我们,我亲爱的叶尔玛克!一个在西伯利亚故乡的冰雪中,在父亲的帐幕中长大成人的可怜的姑娘,到了你们那阴森森、冷冰冰、没有同情、自私自利的世界里,该怎么办呢?人们不会了解我,我的爱,我的情人!"

"到那时候哥萨克的马刀就要举起来在他们的头顶上呼呼响了!"叶尔玛克叫道,疯狂地转动着眼珠。

瓦连卡,临到叶尔玛克知道他的玖列依卡被人杀死了,您猜他怎么样?瞎眼的老人库楚姆,趁叶尔玛克不在家,到夜晚漆黑的时候,悄悄钻进他的帐幕,杀死了自己的女儿,希望给那夺去他权杖和皇冠的叶尔玛克一个致命的打击。

"我就喜欢在石头上霍霍地磨铁器!"叶尔玛克在巫师

---

① 乌拉岭的支脉。

的石头上磨他的钢刀,在疯狂的暴怒中叫道。"我要他们的血,他们的血!我要砍他们,砍他们,砍他们!!!"

在这以后,叶尔玛克因为失去了玖列依卡而不能再活下去,就投入额尔齐斯河,于是一切都结束了。

喏,比方说,这儿还有一小段,是用诙谐的笔法写来专使人发笑的:

> 您认识伊凡·普罗科菲耶维奇·热尔托普兹吗?是啊,就是咬普罗科菲·伊凡诺维奇的腿的那个人。伊凡·普罗科菲耶维奇是个脾气急躁的人,然而又是一个少见的有美德的人;另一方面,普罗科菲·伊凡诺维奇非常爱吃蜜饯萝卜。喏,彼拉盖雅·安东诺夫娜跟他熟识的时候……您认识彼拉盖雅·安东诺夫娜吗?喏,就是那个老是反穿裙子的女人。

是啊,这真可笑,瓦连卡,简直可笑极了!他给我们念这段的时候,我们笑得前仰后合。他真是个好样的,求上帝饶恕他吧!不过,小宝贝,这一段虽然有点独出心裁,玩笑开得过火,然而没有害处,没有丝毫自由思想①和自由主义的观念。我必须说,小宝贝,拉塔齐亚耶夫是个品行端正的人,因此他是个卓越的作家,不像别的作家那样。

是啊,真的,有时候有一种念头钻到我的头脑里来……假如我写点什么,那会怎么样,那时候会怎么样呢?喏,比如说,假定,无缘无故地忽然出版了一本小书,书名是《玛卡尔·杰符什金诗集》!是啊,我的小天使,那时您会说什么呢?您觉得这事怎么样,您心里会怎么想?至于我自己呢,我要告诉您,小宝贝,

---

① 特指资产阶级中反对资产阶级人生观等的自由思想。

我的小书一出版,那我根本不敢再在涅瓦大街上露面了。人人都会说这就是文学家和诗人杰符什金来了,他们会说,这就是杰符什金本人,那我会觉得怎么样?是啊,比方说,到那时候我拿我的靴子怎么办呢?我顺便告诉您吧,小宝贝,我的靴子几乎总是打满补钉,而且靴掌,说句实话,有时候也脱落下来,非常不体面。是啊,要是人人都知道作家杰符什金的靴子净是补钉,那可怎么好!要是有一位伯爵夫人或者公爵夫人知道了,是啊,宝贝儿,那她会说什么呢?也许她不会注意这些;因为我想,伯爵夫人不会关心靴子,尤其是小官的靴子(因为要知道靴子跟靴子是不同的),可是人家会把这一切都告诉她,我的朋友们会出我的丑。比方说,拉塔齐亚耶夫头一个就会把我的丑事讲出去;他常乘车到B伯爵夫人那儿去;他说,每一回她请客他都去,而且平时也去。他说,她是一个很可爱的女人,他说,她是那么一位懂得文学的太太。这个拉塔齐亚耶夫真是个机灵鬼!

不过这个话题讲得够了,我写这一切只是为了好玩,我的小天使,为了使您开开心的。再见吧,我亲爱的!我在这儿给您胡乱写了很多,这其实是因为我今天心绪特别愉快。我们今天大家一块儿在拉塔齐亚耶夫家里吃的午饭,他们竟然(小宝贝,他们真爱胡闹!)喝起罗马涅酒①来了……是啊,可是我给您写这些干什么呢!您随便看看,可别以为我是怎么了,瓦连卡。我就这么随便写的。我要给您送本小书去,我一定送去……这儿大家正在传看一本保尔・德・柯克②的作品,不过

---

① 旧时从法国进口的一种高级红酒。
② 保尔・德・柯克(1794—1871),法国小说家,作品主要描写巴黎和外省小资产阶级的习俗。尽管别林斯基曾不止一次说过,保尔・德・柯克的作品"对入世未深的青年是毒药",但仍认为这位作家是"一位善良的、可敬的、有才华的作家,生动、俏皮而忠实地描写了现实"。

保尔·德·柯克的书对您,小宝贝,不合适……不行,不行!保尔·德·柯克对您不合适。他们讲起他,小宝贝,说他激起了全彼得堡批评家的义愤。我送给您一磅糖果,特意为您买的。您吃吧,宝贝儿,您每吃一块糖都想到我吧。不过水果糖您别嚼,慢慢地吮着吃,不然会把牙咬痛的。或许您也爱吃果脯吧?请您写信告诉我。好了,那么再见吧,再见。基督保佑您,我亲爱的。

我永远做您最忠实的朋友

玛卡尔·杰符什金

6月26日

仁慈的玛卡尔·阿历克谢耶维奇先生:

费多拉说,假如我愿意,就有人乐于同情我的处境,给我谋到一个很好的工作,在一个家庭里当家庭女教师。您觉得怎么样,我的朋友,我去还是不去?当然,那样我就不再拖累您了,而且这个位置看来还不错;可是另一方面,到一个生人家里去,我觉得有点害怕。他们是地主。他们会打听我的一切,开始问长问短,那叫我怎么说呢?况且我是那么个孤僻的人,又怕见生人;我喜欢住在我长期住惯的小窝里。住惯了的地方,不知怎么,总好一些:虽然我有一半时间是在悲伤中度过的,可还是老地方好。再说还得离开此地,而且只有上帝才知道究竟是什么工作;也许,只不过是叫我照看孩子罢了。再者他们又是那样的一些人:两年里已经换第三个家庭女教师了。玛卡尔·阿历克谢耶维奇,看在上帝面上,给我出出主意,到底去还是不去。是啊,您自己为什么始终不来看我?您很少露面。几乎只有星期日做礼拜的时候我们才见一面。您是个多么孤僻的人啊!您恰恰跟我一样!要知道我几乎就是您的亲人。您不爱我,玛卡尔·阿历克谢耶维奇,有的时候我一个人很愁闷。有时候,特别是在黄昏,我孤零零地一个人坐着,费多拉出去了。我坐着,想啊想的,回想往日的一切,又高兴又悲伤,一切都在我眼前掠过,一切都好像透过云雾模糊地显现出来。那些熟悉的面容出现了(我几乎真的看见了),我最常见的是妈妈……我都做了些什么样的梦啊!我觉得我的身体垮了,我那么衰弱;比如说,今天早上我一起床就觉得不舒服;此外我还那么糟糕地咳嗽!我觉得,我知道,我快要死了。谁来埋葬我呢?谁来给我送丧呢?谁来怜惜我呢?……也许我不得不死在陌生的地方,死在生人的家里,死在陌生的角落里!……我的上帝,生活是多么悲惨啊,玛卡尔·阿历克谢耶维奇!……我的朋友,您为什么老买糖果给我吃呢?说真的,我不知道您从哪儿弄来这么多钱。唉,我的朋友,留着钱,看在上帝面上,把钱留着吧。费多拉把我绣的那条毯子卖了;人家给了五十个纸卢布。这就很好了,我原以为卖不到这么多钱呢。我要给费多拉三个银卢布,给我自己做一件普普通通的、比较暖和的衣服。我要给您做一件背心,我亲手做,选一种好的料子。

　　费多拉给我弄到一本书,——《别尔金小说集》,假如您愿意看,我就给您送去。请您千万别弄脏,别看太久,因为这是别人的书,这是普希金的著作。两年以前我跟妈妈一块儿读过这些故事,现在重读一遍的时候真是太伤心了。假如您有什么书,也送来给我看看,只要您不是从拉塔齐亚耶夫那儿拿来的就好。假如他出版了什么书,多半会送您一本吧。玛卡尔·阿历克谢耶维奇,您怎么会喜欢他的著作呢?那么无聊的东西……好了,再见吧!我说了多少闲话啊!我心里忧愁的时候,就爱闲扯,随便说些什么。这好比是药一样:马上使我觉得轻松一些,特别是把郁结在心里的话都说出来的时候。

再见,再见吧,我的朋友!

> 您的瓦·陀·
> 6月27日

小宝贝,瓦尔瓦拉·阿历克谢耶夫娜:

别再忧愁了!您怎么不害臊。得了吧,我的小天使!那样的一些想法怎么会跑到您脑子里去的?您没病,宝贝儿,完全没病;您像鲜花般的漂亮,确实很漂亮;您脸色有一丁点儿苍白,可仍然很漂亮。您做了些什么样的梦,看见了什么样的幻影啊!您该害羞,我心爱的人,算了吧;您别管那些梦,干脆别去管它。为什么我就睡得好?为什么我就不出什么事?您瞧瞧我吧,小宝贝。我自管过我的日子,睡得稳,完全健康,像棒小伙子一样,瞧着都顺眼。得了,得了,宝贝儿,您该害羞。您得改过来。我原来就了解您的小心眼儿,小宝贝,稍微有点事,您就幻想起来,然后就为什么事烦恼了。为了我的缘故别再这样了,宝贝儿。您要到别人家去?绝对不要去!不去,不去,一定不去!而且您怎么会想到这种事的,您怎么会起这种念头的?还要出门离开此地!不行,小宝贝,我不答应,我要尽我的全力来反对这种打算。我要卖掉我的旧礼服,光穿着衬衫上街,也不能让您缺少什么。不去,瓦连卡,不去;我了解您!这是胡闹,纯粹胡闹!想必这全是费多拉一个人的过错:看来她是个蠢娘儿们,这全是她给您出的主意。小宝贝,您别信她的。多半您还什么都不知道呢,宝贝儿?……她是个愚蠢的、爱唠叨、爱争吵的娘儿们;她的丈夫就是让她折磨死的。或许就是她在想法惹您生气吧?不行,不行,小宝贝,无论如何不行!您走后我会怎么样,我还有什么事可干呢?不行,瓦连卡,宝贝儿,您把这个念头从您的小脑袋里撵出去吧。您在我们这儿还缺什么呢?我们对您喜欢得没个够,您也爱我们,那么就这样安安逸逸地在这儿过下去吧;做做活或者看看书,或者不做活也行,反正一样,只要跟我们一块儿过下去就好。要不然您自己想想看,是啊,您走了会成个什么样子?……我这就要给您找到书了,随后我们又可以到哪儿去散散步。只要您别再想走,小宝贝,别再想走,打起精神,别再为那些值不得的小事犯傻了!我要去看您,不久就去,不过您得接受我的直爽坦白的意见:不对,宝贝儿,完全不对!当然,我是个没有学问的人,我自己知道我是个没学问的人,我穷得只能勉强受了点教育,不过这不是我想要说的,问题不在我身上,可是我要为拉塔齐亚耶夫辩护,不管您爱听不爱听。他是我的朋友,因此我要为他辩护。他写得好,很好很好,我还要说一遍,他写得很好。我不同意您的看法,我无论如何也不能同意。他写得词藻华丽,不连贯,花哨,各种思想都有;好得很!也许您读的时候没带感情,瓦连卡,或者是您读的时候正巧心绪不好,正为了什么事在跟费多拉生气,或者是您那儿正发生了什么不痛快的事。不,您得带着感情读,顶好是在您觉得满意、高兴、心情愉快的时候读,比方说,嘴里含着一块糖,您就该在这种时候读。作家中有比拉塔齐亚耶夫好的,甚至有比他好得多的,这一点我不争辩(谁会反对这个呢),可是他们好,拉塔齐亚耶夫也好;他们写得好,他写得也好。他有自己的独到之处,写得还可以,他常常写点东西是很对的。好了,再见吧,小宝贝,我不能再多写了;我得赶快干事了。记住,小宝贝,我最可爱的心肝儿,安静下来吧,愿上帝保佑您。

  我仍旧是您忠实的朋友

玛卡尔·杰符什金
6月28日

谢谢您的书,我的亲人,我们也要读普希金的著作了,今天傍晚我一定去看您。

又及

我亲爱的玛卡尔·阿历克谢耶维奇:

不行,我的朋友,不行,我不能在你们这儿待下去了。我考虑过了,认为我拒绝这么好的工作是很不对的。我在那儿至少能有靠得住的一块面包;我会努力干,我要博得生人们的欢心,假如需要的话,我甚至尽力改变我的脾气。当然,在生人当中生活,讨生人们的欢心,隐瞒自己的心事和压制自己,这是苦恼和沉痛的,不过上帝会帮助我。我不能一辈子做个离群索居的人。以往我也经历过那样的情况。我记得我还是个小姑娘,上寄宿学校的时候,每逢星期日我在家里就欢蹦乱跳,有时候妈妈骂我,我也满不在乎,我心里高兴,精神畅快。快到晚上致命的悲伤就抓住了我,因为九点钟我得回寄宿学校去,那儿的一切都是陌生、冷酷、严厉的,那些女教师每逢星期一都那么爱发脾气,我心里很难过,想哭;我躲到一个角落里,孤单单地一个人哭一阵,我得擦干眼泪,免得人家说我懒;其实我完全不是因为必须念书才哭。是啊,那也没什么的,我逐渐习惯了,后来我离开寄宿学校,跟同学们告别的时候,我还哭了呢。再说,我在这儿生活拖累你们俩,我这样做是不对的。这个想法使我痛苦。我坦白地向您说出这一切,因为我一向跟您坦白惯了。难道我看不见费多拉每天一大清早就起来,洗啊涮啊的,一直忙到深夜吗?可是老骨头需要休息了。难道我看不见您为了我而破产,把您最后的一文钱都花掉,都花在我身上了吗?您不是一个有财产的人,我的朋友!您写信说,您要卖掉最后的一切,也不让我缺少什么东西。我相信,我的朋友,我相信您的好心,然而这是您现在这么说。现在您有额外收入,您得到了奖金,可是以后呢?您自己也知道,我老有病,我不能像您那样工作,虽然我满心乐意做,再说,活儿也不经常有。我还能干什么呢?只能瞧着你们两个心爱的人,让痛苦撕碎我的心。我在哪方面能给您哪怕一点点好处呢?您为什么那么需要我呢,我的朋友?我对您有过什么好处呢?我只不过是用我的整个灵魂依恋您,亲切地、强烈地、全心全意地爱您,可是我的命运好苦啊!我知道怎么样爱,我能够爱,可是只此而已,却不能做什么好事,不能报答您的恩惠。不要再留我了,好好想一想,把您最后的意见告诉我。等候您的回音。

爱您的

瓦·陀·
7月1日

胡闹,胡闹,瓦连卡,简直是胡闹!让您一人呆着,您的小脑袋里就什么念头都想出来了。这也不对头,那也不对头!而现在我看出这全是胡闹。您在我们这儿还缺什么呢,小宝贝,您倒说说看!我们爱您,您爱我们,我们全都满意和幸福,那还要怎么样呢?是啊!可是您在生人当中怎么办呢?您一定还不知道生人是什么样吧?……喏,请您细细问问我吧,那我会告诉您生人是什么样。我知道他们,小宝贝,知道得很清楚;我吃过他们的面包。他们是凶恶的,瓦连卡,凶恶的,凶恶到您那颗小小的心会受不住,他们会用责备、数说和恶毒的眼光撕碎您的心。您在我们这儿又温暖又幸福,就跟躲在一个小窝里一样。再说,您走了,我们就跟失去了头脑一样。是啊,没有了您,我们怎么办呢;我,一个老头子,到那会儿可怎么办呢?我们不需要您吗?您没用处吗?怎么会没用处呢?不,小宝贝,您自己判断一下看,您怎么会没用处呢?您对我很有用处,瓦连卡。您对我有那么好的影响……您瞧,我现在想到您,我就觉得快活……有的时候我给您写信,在信里叙述我所有的感觉,从您那儿得到详细的答复。我给您买件衣服,做顶帽子;有的时候您托我办点什么事,我就去办……不,您怎么会没用处呢?而且将来我老了,一个人可怎么办,我还有什么用?也许您根本就没有想到过这一层,瓦连卡;不,您恰好应该想想这一层,就是说:"没有了我,他还会有什么用?"我跟您过惯了,我的亲人。不然的话,那会怎么样呢?我只好跳到涅瓦河里去,了此一生。这是真的,一定会这样,瓦连卡;没有了您,我还能干什么别的呢?唉,我的宝贝儿,瓦连卡!看来您是要让人把我装在运货大车上送到沃尔科沃墓地去,只有一个要饭的邋遢老太婆送我的灵柩,到了那儿人家用沙土埋了我,就走开了,剩下我一个人在那儿。罪过,罪过,小宝贝!真是罪过,实在是罪过!我送还您的书,我亲爱的朋友,瓦连卡,假如您,我亲爱的朋友,问我对您这本书的意见,那我就要说,我这辈子从没读过这么好的书。我现在问我自己,小宝贝,我怎么能一直像个傻瓜似的活到现在呢,求上帝饶恕我!我都做了些什么呢?我是在穷乡僻壤长大的吗?是啊,我什么也不懂,小宝贝,根本什么也不懂!完全什么也不懂!瓦连卡,我坦白地对您说吧,我是个没有学问的人;一直到现在我读的书都不多,读得很少,几乎什么书都没读过:我只读过《人的画像》,这是一篇文笔巧妙的作品[1];我读过《用铃铛奏各种小调的男孩》[2]和《伊比卡斯的仙鹤》[3],我就读过这几本书,再也没有

---

[1] 这部作品的全名是:《人的画像,各知识阶层关于自我认识问题有教训意义的读物的试作。亚·加里奇著》。一八三四年在彼得堡出版。

[2] 法国作家杜克列·杜·美尼尔(1761—1819)的长篇小说,俄译本于一八一〇年在俄国出版,颇受欢迎,曾重印多次。

[3] 德国诗人席勒(1759—1805)的叙事诗,一八一三年由茹科夫斯基译出。

别的了。现在我读了您那本书里的《驿站长》;让我告诉您,小宝贝,竟有这样的事,一个人活着,竟不知道身边有这么一本书,那里面详详细细地写了他的整个一生。而且以前自己意想不到的事,如今一开始读这样的书,自己就一点一点地全想起来,找出来,看明白了。此外,我喜欢您这本书还有一个原因:有些作品,不管内容怎么样,你读啊读的,有时候费尽脑筋,它却是那么奥妙,好像怎么也看不懂。比如说我吧,我头脑迟钝,我生来就迟钝,因此我不能读过分严肃的作品;可是我读这本书,就跟是我自己写的一样;举个例子来说,仿佛这就是我自己这颗心,按它原来的样子,在人们面前翻出来,详详细细地描写它:就是这样!还好像这是桩简单的事,我的上帝,这是什么样的事啊!真的,我本该这么写的;为什么我就没写呢?我本来就有同样的感觉,完全跟这本书里的一样,有时候我自己的处境也是这样,大致跟那个可怜的萨姆松·维林①一样。而且在我们中间有多少跟萨姆松·维林同样可怜的苦命人啊!这一切写得多么巧妙!我读到他这个罪人拼命喝酒,醉得失去知觉,变得忧伤,整天盖着羊皮袄睡觉,借酒浇愁,想起他那迷途的羔羊,他的女儿杜尼亚霞来,就悲伤地哭,用肮脏的下摆擦眼睛的时候,小宝贝,我差点也掉下泪来。是啊,这多自然!您该读一读;这多自然啊!这是活灵活现的!我自己就看见过,这些都活生生的在我的身边;就拿杰列莎来说,可是何必扯那么远呢!就拿我们的穷文官来说吧,也许就是跟萨姆松同样的人,所不同的只是他姓高尔什科夫罢了。这是很普通的事情,小宝贝,不定是您或者是我都可能遭遇到。就连住在涅瓦大街或者住在沿岸街的伯爵,也会这样的,其所以看来不一样,也只是因为他们做事都是按照

---

① 《驿站长》中的主人公。

他们的方式,按照高贵的风度,然而他也会这样的,什么都可能发生,同样的事情我也可能遭遇到。事情就是这样,小宝贝,然而您还要离开我们,走掉;这真是罪过,瓦连卡,这可要我的命了。您会毁了您自己,也毁了我,我的亲人。唉,我心爱的人啊,看在上帝面上,把这些胡思乱想从您的小脑袋里撵出去吧,不要无缘无故地折磨我了。是啊,您是我的羽毛没长好的、孱弱的小鸟,您哪能养活您自己,哪能保住自己不让人家毁了,哪能保护自己不受坏人欺负呢?算了吧,瓦连卡,别胡思乱想了;别听那些荒谬的劝告和谗言,再读一遍您的书,用心读;这对您会有好处的。

我跟拉塔齐亚耶夫讲起《驿站长》。他对我说这全是旧的,现在出版的书都带图画和各种说明;真的,我不十分明白他说的那些话。最后他说普希金好,为神圣的俄罗斯增光,还对我说了很多关于他的话。是的,很好,瓦连卡,好得很;您再把这本书用心读一遍吧,听从我的劝告,让我这个老人因为您听我的话而感到幸福。那时候上帝自会奖赏您,我的亲人,一定会奖赏您。

您诚恳的朋友

玛卡尔·杰符什金
7月1日

仁慈的玛卡尔·阿历克谢耶维奇先生:

今天费多拉给我拿来十五个银卢布。我给了她三个卢布,她是多么高兴啊,可怜的人!我匆忙地给您写信。我现在正在给您裁背心,多么好的料子,浅黄色带小花。我给您送去一本书,里面有各式各样的故事,我读过几篇;其中有一篇名叫《外套》的,您读一读吧。您约我跟您一块儿去看戏,这不会太费钱吗?也许我们可以买最便宜的楼座票。我已经很久没进过剧院了,而且,真的,我都不记得什么时候去过的了。不过我还是害怕这种娱乐会不会花钱太多?费多拉只是摇头。她说您开始完全不是量入为出了。这我自己也看得出来,您在我一个人身上花了多少钱啊!当心,我的朋友,别惹出祸来。费多拉还告诉我,她听说,好像您因为付不出房钱跟您的女房东争吵起来;我很替您担忧。好了,再见吧,我忙着呢。这是一件小事;我要换我帽子上的缎带。

瓦·陀·
7月6日

您要知道,假如我们上剧院去,那我就戴上我的新帽子,肩上披块黑披肩。这样好不好?

又及

仁慈的瓦尔瓦拉·阿历克谢耶夫娜小姐:

……我老在想昨天的事。是啊,小宝贝,过去有一个时期我们也胡搞过。我爱上过那个女演员,爱得发狂,可是这还没什么的;最奇怪的是我几乎完全没见过她,剧院我总共也只去过一次,尽管如此,我还是爱上了她。那时我隔壁住着五个爱惹事的年轻人。我跟他们接近起来,不由自主地接近起来,虽然我跟他们总保持着适当的距离。是啊,为了不甘落后,我自己在样样事情上都附和他们。他们给我讲过很多这个女演员的事!每天晚上,只要剧院一上演,整个一伙人(他们从来不把一文钱花在必需品上)就动身到剧院去,坐在最便宜的楼座上,拼命地鼓掌,呼唤女演员出场,简直跟疯了一样!回家之后他们也不让人睡觉;整夜不停地讲她,人人都把她叫做自己的格拉霞,全体无一例外地都爱上了她,每一个人的心坎上都有这一只金丝雀。他们也挑起了我这个没有抵抗能力的人的热望,我那时候还非常年轻呢。我自己也不知道我怎么会跟他们一块儿到了剧院里,坐在楼座的四楼。讲到看,我只看得见舞台幕布的一角,可是听倒全听得见。这个女演员的嗓子确实好——响亮、甜蜜、跟夜莺一样!我们总是拼命鼓掌,大喊大叫,总之,大家几乎要收拾我们了,有一个人真的给赶出去了。我走回家去,就跟腾云驾雾一样!我口袋里只剩一个银卢布,可是离下次发薪还有整整十天呢。小宝贝,您猜怎么着?第二天,我去上班以前,拐到一个卖化妆品的法国人那儿去,买了一瓶香水和一块香皂,把钱全花光了。我自己也不知道那时候我为什么要买这些东西,而且我也没有回家吃午饭,老在她的窗外走来走去。她住在涅瓦大街一所房子的四层楼上。我走回家去,在家休息了不过一个钟头,就又到涅瓦大街去,只是为了经过她的窗前。有一个半月的功夫我就这样走来走去,追逐她;我时常雇一辆漂亮的马车,老来回来去经过她的窗前。我完全陷入困境,欠了债,之后我也不再爱她了:我厌倦了!那么,您瞧,小宝贝,一个女演员能把一个规规矩矩的人搞成什么样子!不过,我是个非常年轻的人,那时候我还是个非常年轻的人呢!……

玛·杰·
7月7日

我仁慈的瓦尔瓦拉·阿历克谢耶夫娜小姐:

本月六日您借给我的那本书,我忙着还给您,同时还要在这封信里赶快向您解说解说。这可不好,小宝贝,您使我陷入这样的绝境,这可不好。请允许我说,小宝贝:在人的命运中每一种地位都是由至高无上的神派定的。那个人被派定戴将军的肩章,这个人被派定当九级文官;某人发号施令,某人毫无怨言、唯命是从。这是按人的能力预定的；有的人能做这一件事，另外一个人能做另外一件事，而人的能力都是上帝亲自安排好的。我在职已经近三十年了；我无可指摘地工作，举止稳重，从来没有过不规矩的行为。我作为一个公民，按我自己的想法，认为我自己虽然有缺点，可是同时也有美德。我受到上司的器重，大人自己对我也很满意；虽然至今他老人家还没有对我表示过什么特别的垂青，可是我知道他老人家是满意的。我活到白发苍苍，我不知道我自己犯过什么大错。当然，谁能不犯点小错呢？人人都有错，就连您也有错，小宝贝！可是我从来没犯过什么大错，也没有傲慢无礼的行为，以致违反什么命令，或者是破坏公共的安宁，我从来没干过这些事，这样的事从来没有过；我还差一点得过一个小十字章呢，可是说这个有什么用！这一切您凭良心应该知道，小宝贝，他也应该知道；要是他从事写作，那他就应该什么都知道。不，我没料到您会这样，小宝贝：不，瓦连卡！我万万没料到您会这样。

怎么！那么今后你就不能再在自己的小窝里——不管是什么样的小窝，老老实实地过活了吗，不能像俗语所说，不招惹任何人，敬畏上帝，安分守己地过活，希望人家不来触犯你，希望人家不钻进你的小窝，不来偷看你自己在家里怎样过活，比方说，你有没有一件好的背心，有没有应该有的内衣；有没有靴子，而且是钉的什么后跟；你吃什么，喝什么，抄写什么？……就算在马路不平的地方，有时候我踮着脚走过去，为了节省靴子，小宝贝，这又有什么稀奇的呢！为什么要写别人有时候缺什么东西，写他不喝茶呢？倒好像人人都一定得喝茶似的！难道我朝每个人的嘴巴里看，瞧他吃什么吗？我像这样侮辱过谁吗？不，小宝贝，别人不来触犯你，为什么要侮辱人家呢！是啊，您来看看这个例子吧，瓦尔瓦拉·阿历克谢耶夫娜，这都是什么意思啊：你干了又干,勤勤恳恳,是啊!上司也器重你(不管怎么样,他们总是器重你的),可是就是有人在你的跟前,没有任何明显的理由,无缘无故地糟蹋你。当然,确实,有的时候你给自己做了一样新东西,你就高兴得睡不着觉,比方说,你那么愉快地穿上一双新靴子,你就高兴了。这是真的,我有过这样的感觉,因为看到自己的脚上穿着精致漂亮的靴子,就愉快了——这描写得很确实!可是我仍然真觉得奇怪,费奥多尔·费奥多罗维奇怎么能轻易地把这样一本书放过去,不为自己辩护。确实,他还是个年轻的高等文官,有的时候爱叫嚷一阵;可是他为什么不能叫嚷呢?假如我们这班人需要受到严厉申斥,那他为什么不能申斥呢?是啊,假定说,也就是,比方说,为了官场的体统而申斥。是啊,为了体统是可以这么办的,他必须教导人们;必须吓唬吓唬人们;因为,我们背地里说一句,瓦连卡,我们这班人不吓唬就什么也不干,人人都只想被派到什么地方去,那他就说,我被派到某某地方去了,于是就把事情扔下躲到一边去了。因为官有各种等级,每一级官都需要一种完全适合于这一级官的申斥,那么很自然,这样一来,申斥的口气也就不同,这是理所当然的嘛!是啊,全世界就建立在这上面,小宝贝,我们所有的人都是一个管着另一个,我们每个人都是一个申斥另一个。没有这种预防措施,世界就没法维持,秩序也就没有了。我真奇怪,费奥多尔·费奥多罗维奇怎么能轻易放过这样的侮辱!

而且为什么要写这种事情呢?有什么必要?难道读者有谁看见这个就会给我做件外套吗?他会给我买双新靴子吗?不会,瓦连卡,他看完了还要求接着再写下去。有时候你躲起来,藏起来,想隐藏自己的弱点,有时候不管在什么地方你都怕露面,因为你怕闲话,因为他们会把世界上的任什么事,把一切,都搞成对你的毁谤,于是你的公私生活都给写到书里去,印出来,大伙儿读啊,笑啊,议论纷纷!你都不能再在街上露面了;要知道一切都写得那么清楚,现在光看走路的样子就能认出我们这种人来。是啊,他在结尾那儿哪怕改一下,设法写得缓和点也好,比方说,哪怕在他们把碎纸撒在他头上那一段①后面,插进一句,说是虽然如此,他还是有美德的人,是个好公民,不该受他同事们那样的对待,他服从上级(这一点或许就可以做榜样),他对任何人都没恶意,信仰上帝,死后(假如一定要他死的话)受人哀悼。不过,最好还是不让他这个可怜的人死掉,而要写成让他找到他的外套,让那位将军详细地知道他的美德后把他调到自己的办公室里来,给他提升官级,多给他加薪,于是您瞧,那就会这样了:恶行受罚,美德获胜,办公室的同事们一无所得。比方换上我,我就会这么办;而像他这样写法,有什么特别的地方呢,他这样写有什么好处呢?照现在这样,只是平庸的日常生活中的一个没价值的例子罢了。而且您怎么决定送这么一本书给我看的,我的亲人。是啊,这是一本怀有恶意的书,瓦连卡;这简直不真实,因为不可能有这样的文官。是啊,既是这样,我就得提出控诉,瓦连卡,正式提出控诉。

　　您最恭顺的仆人

　　　　　　　　　　　　　　玛卡尔·杰符什金
　　　　　　　　　　　　　　7月8日

仁慈的玛卡尔·阿历克谢耶维奇先生:

　　最近发生的事情和您的来信吓坏了我,使我震惊,把我闹糊涂了,费多拉讲的一番话才向我解释了这一切。可是您为什么那么绝望,一下子掉进了那样的深渊,掉得那么深呢,玛卡尔·

---

　　①　果戈理的《外套》里的情节。

阿历克谢耶维奇？您的解释完全不能使我满意。您瞧，那回我主张接受人家荐给我的好工作，还是对的吧。此外，我最近遇到的意外的事也真正吓坏了我。您说因为您爱我才瞒着我。当初您向我担保说，您花在我身上的钱只不过是您的存款，如您所说，那是放在钱庄里以备万一的，那时候我就已经看出在很多方面我受了您的恩。现在我才知道您根本就没有那么一笔钱，知道您不过是偶尔听说了我困苦的境况，就受了感动，决定预支自己的薪水来花掉，在我病中您甚至卖掉了自己的衣服，现在我发现了这一切，使我处在那么痛苦的境地，直到现在我还不知道该怎样来承受这一切，怎样来思考这一切。唉！玛卡尔·阿历克谢耶维奇！您在同情和亲戚的爱激励下做出最初一些慈善行为之后，就应该停下来，后来不该把钱浪费在不必要的东西上。您辜负了我们的友谊，玛卡尔·阿历克谢耶维奇，因为您没有对我以诚相见。现在我才看出您为我把最后一文钱都花在服装、糖果、散步、看戏和买书上，我现在为这一切付出了很高的代价，悔恨我自己不可饶恕的轻浮（因为我从您那儿接受了一切，却没替您操过心）。您以前要使我快乐的一切，现在对我说来都变成了悲痛，只留下无益的悔恨了。最近我才注意到您很苦恼，虽然我自己忧愁地预料到要出什么事，可是现在所发生的事情还是我绝没想到的！这是怎么回事！你怎么能灰心到这步田地呢，玛卡尔·阿历克谢耶维奇！然而所有认识您的人现在会对您有什么想法，现在会怎样谈论您呢？您是我一向所尊敬的人，因为您心好、谦虚、稳重，您现在却忽然沾染上这么一种使人讨厌的恶习，以前好像您从来没有这样过。费多拉告诉我，您醉倒在街上，被警察送回寓所去，我听了有什么样的感觉啊！我惊讶得发呆，虽然我预料到要发生什么不平常的事，因为您已经失踪四天了。可是您想到过没有，玛卡尔·阿历克谢耶维奇，您的长

75

官们要是知道了您不上班的真正原因,那会怎么说呢?您说人人都嘲笑您,说人人都知道了我们的关系,还说您的邻居们开玩笑的时候提到我。别把这些放在心上,玛卡尔·阿历克谢耶维奇,并且,看在上帝面上,安静下来吧。您跟那些军官闹的事也使我非常惊恐;关于这件事我听得不大清楚。请您给我解释一下,这都是什么意思?您写信说,您怕对我坦白,怕您承认了一切会失去我的友谊,说在我病中您很绝望,不知道该怎样帮助我,说您卖掉一切是为了接济我,不让我上医院去,说您尽量借债,还天天跟您的女房东闹纠纷。可是,这一切您都曾瞒着我,您选择了最糟的路。然而现在我全知道了。您不愿意让我承认我是造成您不幸处境的原因,而现在您的行为却给我带来加倍的痛苦。这一切都使我震惊,玛卡尔·阿历克谢耶维奇。唉,我的朋友!不幸是一种传染病。不幸的人和穷苦的人应该互相躲避,以免传染得更厉害。我给您带来那样的不幸,那是您以前在您谦虚而孤独的生活中从没经历过的。这一切折磨我,使我痛苦得要命。

现在请您把一切都坦白地写信告诉我,您出了什么事,您怎么会下决心这样干的。假如可能的话,安一安我的心吧。现在我提到安我的心倒不是因为我自私,而是由于我对您的友谊和爱,那是任什么也不能把它们从我心里磨灭掉的。再见。我难以忍耐地等待着您的回音。您把我想得太坏了,玛卡尔·阿历克谢耶维奇。

  诚心诚意爱您的

瓦尔瓦拉·陀勃罗谢洛娃
7月27日

我最宝贵的瓦尔瓦拉·阿历克谢耶夫娜:

  好了,现在一切都过去了,一切都渐渐地恢复到以前那样了,那么这就是我要告诉您的,小宝贝:您担心人家对我会有什么想法,对这一点我要急忙向您声明,瓦尔瓦拉·阿历克谢耶夫娜,我的名誉对我说来比什么都宝贵。由于这个缘故,我要告诉您,您所听到的关于我的不幸和种种乱七八糟的事情,上司之中还没有人知道什么,而且以后也不会知道,因此他们全都会照以前那样器重我。我只怕一件事:我怕流言蜚语。我们的女房东老在家里吵闹,可是现在,我用您接济我的十个卢布还了她一部分的债,她就光是抱怨几句,不再吵闹了。至于其他的人,那倒没什么关系,只要不问他们借钱,那他们也就没事了。临到结束我的解释,我要告诉您,小宝贝,您对我的尊敬我认为高于世界上的一切,目前在我暂时失常的状态中给了我不少安慰。感谢上帝,第一次的打击和最初的麻烦事总算过去了,您把这件事想通了,并不因为我跟您分不开、我爱您、把您当作我的小天使,因而把您留在我的身边,瞒着您那些事,就把我当作不忠实的朋友和自私的人。我现在又勤勉地从事工作,开始很好地履行我的职责了。昨天我经过叶夫斯塔菲·伊凡诺维奇身边的时候,他老人家一句话也没有说。不瞒您说,小宝贝,我的债务把我压垮了,我的衣服全都破旧不堪,可是这也没什么关系,我恳求您也别为这个灰心,小宝贝。再给我送半个卢布来吧,瓦连卡,这半个卢布也刺痛我的心。现在事情竟变成这个样子,事情竟然这样了!也就是说,不是我这个老傻瓜帮助您,我的小天使,而是您,我可怜的小孤儿,帮助我了!费多拉弄到了钱,那很好。我目前没有希望得到任何钱了,小宝贝,要是以后有了什么希望,那我一定详细地写信告诉您。可是闲话,闲话最使我不安了。再见,我的小天使。我吻您的小手,请求您养好身体。我所以没有详细地写这封信,是因为我忙着要去上班了,因为我要用努力和勤奋来赎我玩忽职守的一切罪过;至于我所遭遇过的一切和我跟军官们所发生的事情,只好拖到晚上再写了。
尊敬您和诚心诚意爱您的

玛卡尔·杰符什金
7月28日

唉,瓦连卡,瓦连卡!这回可是您的错,是该怪您了。您最近的这封信把我闹糊涂了,把我难住了。只有到了现在,我空闲下来,看透了我心灵的深处,这才看出我是对的,完全是对的。我不是说我闹酒的事,(去它的吧,小宝贝,去它的吧!)而说的是我爱您这件事,我爱您完全不是不合理的,绝不是不合理的。小宝贝,您什么也不知道,只要您知道这一切都是为了什么,为什么我必得爱您,那您就不会这么说了。所有的道理您只不过是那么说说罢了,我深信您心里完全不是这样。

我的小宝贝,我跟军官们之间发生了些什么事,我自己也不知道,也全记不清了。我得告诉您,我的小天使,那以前,我心里乱极了。您想想看,已经有整整一个月,可以说,我的处境困难极了。我的境况窘极了。我瞒着您,也瞒着这所房子里的人,可是我的女房东吵吵闹闹,到处嚷嚷。这对我本来也没什么关系。让这个坏娘儿们嚷嚷去好了,可是第一,这是丢脸的事;第二,她打听出我们的关系,上帝才知道她是怎么打听出来的,她就在我们这所房子里到处大嚷大叫,我吓呆了,把我的耳朵堵上。可是问题在于别人并不把耳朵堵上,反而都竖起耳朵来听。就连现在,小宝贝,我也不知道躲到哪儿去才好……

是啊,我的小天使,所有这些事,所有这些各种各样的灾难完全把我压垮了。忽然我从费多拉那儿听到一件怪事,她说有一个想占便宜的下流东西上您家里去,用卑鄙的求婚侮辱了您;根据我自己判断,他侮辱了您,深深地侮辱了您,小宝贝,因为我自己也深深地被侮辱了。就在那个时候,我的小天使,我快疯了,就在那个时候我沉不住气了,我简直没法活了。我的朋友,瓦连卡,我在一种从未有过的疯狂状态中跑出去,我要到他那儿去,到那个流氓那儿去。我不知道我要干什么,因为我不能让您受欺负,我的小天使!是啊,多悲伤啊!那个时候正在下雨,雨雪泥泞,我苦闷极了!我已经打算回去……这时候我就堕落了,小宝贝。我遇见了叶梅利亚,叶梅利扬·伊里奇,他是个文官,就是说,他以前是个文官,现在已经不是了,因为他从我们那儿被开除了。我不知道现在他在干什么,为什么在那儿闲荡。我就跟他一块儿去了。那么,是啊,您觉得怎么样,瓦连卡,您读到您朋友的不幸,他的灾难,他受诱惑的经过,难道会快活吗?第三天晚上就是这个叶梅利亚怂恿我,我就到他那儿去了,到那个军官那儿去了。我从我们扫院子的人那儿打听到他的地址。小宝贝,既然说到这儿,那就顺便说说吧,我早就注意到这个小伙子了;他住在我们这所房子里的时候我就注意他了。现在我才看出我做得很不体面,因为我被领去见他的时候,我的头脑已经不清醒了。说真的,瓦连卡,我什么也记不得了,我只记得他那儿有很多军官,或者是我眼花,把一个看成两个了,这就只有上帝才知道了。我说了些什么,我也记不得了,我只知道我怀着义愤说了很多话。喏,那时他们把我赶走,把我从楼梯上扔下来,也就是说并不是真的扔下来,只是把我推下来了。我怎么回来的,瓦连卡,您已经知道,这就是整个经过。当然,我贬低了自己的身份,我的自尊心受了损害,可是话说回来,谁也不知道这件事,除了您以外没有任何外人知道,是啊,在这种情况下这件事就跟没有发生过一样。也许,这件事就这样过去了,瓦连卡,您认为怎么样?不过有一件事我确实知道,事情是这样的:去年我们这儿的阿克先季·奥西波维奇也这样大着胆子去找彼得·彼得罗维奇讲理，可是秘密地，他秘密地做了这件事。他把他叫到传达室里去，我从门缝里看见了这一切，他在那儿很恰当地把事情处理了，可是方式是文雅的，因为除了我以外谁也没看见，是啊，我没什么关系，也就是，我要说的是，我不会向任何人去讲的。是啊，事后彼得·彼得罗维奇和阿克先季·奥西波维奇也都没事了。您要知道，彼得·彼得罗维奇是个要面子的人，所以他没有向任何人讲过，于是他们现在见面还是点点头，握握手。我不争辩，瓦连卡，我不敢跟您争辩，我确实深深地堕落了，最可怕的是，我自己对我本人的看法也一落千丈，可是这想必是命中注定的，这想必是命运，对命运是没法逃脱的，这您自己知道。是啊，这就是对我的不幸和灾难的详细的解释，瓦连卡，都在这儿了，这样的事哪怕不读也罢。我有点不舒服，我的小宝贝，爱玩的心情我一点没有了。现在我谨向您表白我的依恋、爱和尊敬，我仁慈的瓦尔瓦拉·阿历克谢耶夫娜小姐。

  我是您最恭顺的仆人

玛卡尔·杰符什金
7月28日

仁慈的先生，玛卡尔·阿历克谢耶维奇：

  我读了您的两封信，真叫人唉声叹气！您听我说，我的朋友，要么您还瞒着我些什么事情，只写了您所有不愉快的事情的一部分，要么是……真的，玛卡尔·阿历克谢耶维奇，您的信还有点语无伦次……请您上我这儿来，看在上帝面上，今天就来吧；您听我说，您知道，您就直接上我们这儿来吃午饭吧。我真不知道您怎样过活，您跟您的女房东是怎样和解的。关于这一切您什么也没写，好像故意不提。那么再见吧，我的朋友。今天一定要上我们这儿来，您要是老来我们这儿吃午饭，那就更好了。费多拉很会做菜。再见。

您的瓦尔瓦拉·陀勃罗谢洛娃
7月29日

小宝贝,瓦尔瓦拉·阿历克谢耶夫娜:

您高兴了,小宝贝,上帝赐给您机会,这回轮到您用好意来报答好意,来酬谢我了。我相信这一点,瓦连卡,我相信您那天使般的心是善良的。我说这话不是责备您,只是您也别为了我晚年乱花钱而埋怨我了。是啊,假如您一定要认为那是过错的话,那也已经错了,还有什么办法!不过,我亲爱的朋友,从您那儿听到这样的话使我很伤心!我说这话您别生我的气,小宝贝,我的整个心都疼了。穷人总爱耍脾气,这是天生如此。我以前就感觉到了。他只要是个穷人,就总是苛求的。他用另一种眼光来看世界,斜起眼睛看每一个过路的人,用惶惑不安的眼睛向四周围张望,留心听每一句话,听人们是不是在议论他?是不是在说他长得那么难看?他是不是正有这样的感觉?比方说,从这边看,他是什么样,从那边看,他又是什么样?其实人人都知道,瓦连卡,穷人连块破布都不如,得不到任何人的尊敬,不管他们怎么写!他们,那些拙劣的作家,不管他们怎么写!反正穷人身上的一切原来是什么样,将来还是什么样。为什么照旧还是那个样呢?因为,照他们看来,穷人的一切都应该露在外面,心里不应该藏任何东西,也不该有什么自尊心,绝对不许有!你看,前两天叶梅利亚说,在一个什么地方人家为他募捐,每给他十个戈比都要对他做一番正式审查。他们认为他们白白地给了他十个戈比,其实不然:他们捐钱是因为让他们看到了穷人。现今,小宝贝,慈善事业办得有点奇怪……也许以前一向是这么办,谁知道呢!要么他们是不会办事,要么他们就是大行家,总不外乎这两个原因。也许这一点您不知道,是啊,那么您看,就是这样的!对别的事我们没有资格说话,但是对这种事我们可知道!穷人为什么知道这一切,思考这一类的事呢?为什么?是啊,这是凭经验来的!因为譬如说,他知道,在他身旁有那么一位老爷,正往什么地方的一家饭馆去,一面对自己说:这个穿得破破烂烂的文官今天吃什么呢?我去吃煎肉卷加调料汁,他呢,也许去吃没有油的粥。可是我吃没油的粥碍他什么事?就有这样的人,瓦连卡,有,他们光想这一类的事。还有那些不正派的刻薄的作者,他们走来走去,看你走路是用整个脚踩在石头路上呢,还是只用脚尖。他们注意到某机关的某文官,一个九级文官,光脚趾头从靴子里露出来了,他的胳膊肘那儿的衣服磨破了,然后他们就坐在家里把这一切都写下来,糟透了的东西都给印出来了……我胳膊肘那儿的衣服磨破了,这碍你什么事?是啊,假如您能原谅我说句粗野的话,瓦连卡,那我就要告诉您,穷人在这方面跟您同样害臊,比方说,就跟处女一样。是啊,您一定不会愿意当着大伙儿的面(请原谅我说话粗野)脱光衣服。因此同样,穷人也不喜欢人家偷看他的小窝,看他跟家里人怎么相处,就是这样。那么,瓦连卡,您何必跟那些专门破坏正人君子名誉和自尊心的、我的敌人一块儿来欺负我呢!

  而且我今天坐在机关里倒真像一只小熊①,真像拔了毛的麻雀一样,害得我为我自己差点儿羞死了。我真害羞,瓦连卡!是啊,要是你的光胳膊肘从衣服里露出来,你的扣子吊在线上来回晃荡,那你自然要害臊。而且,好像故意捣乱似的,我浑身上下没有一点整齐的样儿!人就不由得垂头丧气了。是啊!……今天斯捷潘·卡尔洛维奇亲自跟我谈起公事来,他说啊说的,好

---

① 意谓害怕。

像出于无意似的添了一句:"唉,您啊,老兄,玛卡尔·阿历克谢耶维奇!"他没有把他想说的其余的话说完,不过我自己全猜到了,我的脸涨得通红,连我的秃顶都红了。其实这件事也算不了什么,可毕竟令人感到不安,引起了沉痛的深思。但愿他们没听到什么才好!上帝保佑,千万别让他们听到什么事情!我承认我怀疑一个人,非常怀疑。要知道这些坏蛋是什么都不顾的!他们会出卖我!他们为了半戈比铜币就能把你的整个私生活都泄露出去,因为对他们来说,没有任何神圣的东西。

现在我知道这是谁搞的鬼了!这是拉塔齐亚耶夫搞的。他认识我们这个部门里的一个人,多半在谈话之间把一切都添枝加叶地讲给这个人听了。或者也许是他在他自己的部门里讲过,然后慢慢地传到我们部门里来了。在我的寓所里人人都知道得很详细,他们用手指头指您的窗户,我知道他们在指。昨天我到您那儿去吃午饭的时候,他们全都从窗口探出头来,女房东还说:"瞧,魔鬼跟婴儿勾搭上了,"后来她又用难听的名字称呼您。可是拿这一切跟拉塔齐亚耶夫的卑鄙的打算比起来又算不得什么了:他要把我跟您写进他的书里去,用微妙的讽刺笔调描写我们。这是他自己说的,我们这儿的好心人转告我的。我不能想别的什么事了,小宝贝,也不知道该怎么办才好。什么罪恶也隐瞒不了,我们激怒了上帝,我的小天使!您,小宝贝,打算送一本什么书来给我解闷。可是书,去它的吧,小宝贝!书是什么?书里全是谎话!小说是胡说八道,其所以胡说八道,正是因为写给游手好闲的人读的:请相信我,小宝贝,相信我多年的经验吧。要是他们向您谈起什么莎士比亚,说:你看,莎士比亚就是搞文学的,那么,莎士比亚也是胡说,这一切纯粹是胡说八道,都只是写来诬蔑人的!

您的玛卡尔·杰符什金
8月1日

仁慈的玛卡尔·阿历克谢耶维奇先生：

您什么事也别担心了，上帝保佑，一切都会称心如意的。费多拉为她自己和我拿到一大堆活计，我们非常快活地做起来，也许一切都能好转的。她疑心我最近遇到的那件不愉快的事跟安娜·费多罗夫娜有关系，可是现在我不在乎了。我今天不知怎么非常快活。您要借钱，愿上帝阻止您吧！以后到了该还钱的时候，就要倒大霉了。您还是跟我们接近一点的好，常常上我们这儿来，别管您的女房东怎么样。至于您其余的仇人和不怀好意的人，我相信那是您瞎疑心，折磨您自己，玛卡尔·阿历克谢耶维奇！记住，上回我已经告诉过您，您的文体太不流畅。好了，再见，再见吧。我盼望您一定上我们这儿来。

您的瓦·陀·
8月2日

我的小天使，瓦尔瓦拉·阿历克谢耶夫娜：

我忙着告诉您，我的小命根子，我又有了点希望。可是，对不起，我的小女儿，您写道，我的小天使，让我不要借钱。我亲爱的，不借钱可不行。我的境况实在很糟，再者您那儿难免也会出什么事！要知道您身体很弱，所以我说一定得借钱。好，那我再接着说下去。

我要告诉您，瓦尔瓦拉·阿历克谢耶夫娜，在办公室里，叶梅利扬·伊凡诺维奇坐在我旁边。这不是您知道的那个叶梅利扬。他跟我一样，是一个九级文官，我们俩在我们整个机关里几乎是资格最老、年纪最大的职员了。他是个好心的、不自私的人，可是那么不爱说话，看上去总像是只真正的熊。可是他做事很认真,他的书法纯粹是英国式的,假如说句老实话,他的字写得不比我坏,他是个值得尊敬的人!我跟他从来没有亲近过,只不过是按照习惯在见面和分手的时候互相打个招呼。假如有时候我要用削笔刀,我就请求他:"给我削笔刀用一下,叶梅利扬·伊凡诺维奇。"总之,我们只在共同生活中需要的时候才说一两句话。你看,今天他对我说:"玛卡尔·阿历克谢耶维奇,您怎么老在想心事?"我看出这个人希望我好,就对他坦白地说,是这么回事,叶梅利扬·伊凡诺维奇,也就是说,没全说出来,再者上帝也不容许这样做,我从来没全说过,因为我没有勇气说,我只坦白地对他说了一点儿,只说我手头拮据,等等。"那么您,老兄,"叶梅利扬·伊凡诺维奇说,"您该借点钱,比方说,跟彼得·彼得罗维奇借点也行,他放债收利,我借过,他要的利息挺合适,不高。"啊,瓦连卡,我的心跳了一下。我想了又想,也许上帝会打动彼得·彼得罗维奇的心,肯做我的恩人,借我一笔钱。我自己已经在盘算,要是借来了钱,我就可以付给女房东,还可以帮助您,也可以把我浑身上下收拾干净,不然照现在这样真是丢脸:我甚至怕在位子上坐着,此外还有我们那些爱讥诮的人老笑我,去他们的吧!而且有的时候大人经过我们的桌旁,是啊,上帝保佑,可别让他瞧我一眼,不然他会看出我穿得多不像样!他老人家是最注重清洁整齐的。他老人家或许什么也不会说,可是我要羞死了,真会这样的。因此我就努力克制自己不愿去的心情,把我的羞耻心藏到破衣袋里,满怀着希望去找彼得·彼得罗维奇,同时又急得半死不活。是啊,瓦连卡,谁料到什么结果也没有!他正忙着什么事情,跟费多赛·伊凡诺维奇讲话呢。我从侧面走到他跟前去,拉了一下他的衣袖,说道:"彼得·彼得罗维奇,彼得·彼得罗维奇啊!"他回头看了一眼,我就接着说:如此这般,是这么回事,三十个卢布等等。起初他没听明白我的话,后来我向他解释一番,他却笑了起来,什么也没说。我又把同样的话向他说了一遍。他就问我:"您有抵押品吗?"说完他就埋头写他的公文,不再看我了。我有点慌张起来。"没有,"我说,"彼得·彼得罗维奇,我没有抵押品,"于是我向他解释,等我一领到薪水,就还给他,一定还,这笔债最先还。这时有人把他叫走了。我等着他,他回来了,开始削鹅翎笔,好像没看见我似的。我老在讲我自己的事,我说:"彼得·彼得罗维奇,您不能想点办法吗?"他沉默不语,好像没听见一样。我一直站在那儿不动。好,我想,我再试最后一次吧,于是我又拉了一下他的袖子。他一声也不吭,削好鹅翎笔,又写起来。我就走开了。小宝贝,您要知道,他们也许都是值得尊敬的人,可是骄傲,很骄傲,——我倒不在乎!我们哪里配跟他们打交道,瓦连卡!就是因为这个,我才把这一切都写给您看。叶梅利扬·伊凡诺维奇也笑起来,还摇摇头,然而他鼓励我,这个热心肠的人。叶梅利扬·伊凡诺维奇是个值得尊敬的人。他答应给我介绍一个人,这个人住在维堡区,瓦连卡,他也放债收利,他是个十四级文官①。叶梅利扬·伊凡诺维奇说他一定肯借。我明天去,我的小天使,好不好?您认为怎么样?要知道不借钱就过不下去了!女房东差点把我从寓所里赶出去,不肯供我伙食了。再说,我的靴子糟透了,小宝贝,而且衣扣也都掉了……此外我什么都缺!要是有个长官看见我穿得这么不像样,那可怎么办好?那就糟了,瓦连卡,糟了,简直糟透了!

玛卡尔·杰符什金
8月3日

―――――

① 帝俄时代最低级的文官。

亲爱的玛卡尔·阿历克谢耶维奇：

看在上帝面上，玛卡尔·阿历克谢耶维奇，尽可能快些借点钱来吧。在目前这种情况下，我本来无论如何也不愿意请您帮忙的，可是假如您知道我的处境怎么样就好了！我们无论如何不能再在这个寓所里住下去了。我遇到了一件非常不愉快的事情，但愿您知道我现在是多么心烦和激动！您想一想，我的朋友，今天早上有一个不认识的人到我们这儿来，上了年纪，几乎是个老人了，戴着勋章。我很惊讶，不明白他来找我们干什么。费多拉这时候正好上小铺去了。他开始问我，我怎样生活，我在做什么，然后，没等我回答，他就对我声明说，他是那个军官的叔叔；说他的侄子行为恶劣，他侄子在整所房子里说我们的坏话，因此他很生气；他说他侄子是个淘气的孩子，为人轻薄，说他准备保护我；他还劝我不要听那些年轻人的话。他补充说，他像父亲那样同情我，说他对我怀着慈父般的感情，准备在各方面都帮我忙。我满脸通红，不知道该怎么考虑这件事，可是我没有忙着向他道谢。他强拉着我的手，拍拍我的脸，说我长得非常漂亮，说我脸上有小酒窝，他非常满意，（上帝才知道他说的什么话！）最后，说他已经是个老人，他要吻吻我。（他是多么讨厌啊！）这当儿费多拉回来了。他有点窘，又说由于我为人谦虚和品行端正而尊敬我，说他很希望我跟他接近。随后他把费多拉叫到一边去，用一种奇怪的借口要给她一些钱。费多拉当然没要。最后他准备回家了，又把他所有的保证重复了一遍，说他还要来看我，要带耳环来送我（看来他自己也很窘）。他劝我搬家，要给我介绍一个他心目中认为最好的寓所，一点不要我花钱；他说他很喜欢我，因为我是一个老实而懂事的姑娘。他劝我要提防那些淫荡的年轻人，最后说他认识安娜·费多罗夫娜，说安娜·费多罗夫娜托他对我说，她要亲自来看我。这时候我全明白了。

我不知道我是怎么了,我这辈子头一回经历这样的处境;我大发脾气,我说得他无地自容。费多拉帮我忙,我们几乎从寓所里把他赶了出去。我们判断这全是安娜·费多罗夫娜干的事:要不然他从哪儿知道我们的呢?

现在我向您提出请求,玛卡尔·阿历克谢耶维奇,恳求您帮忙。看在上帝面上,不要把我留在这样的处境中!请您借点钱来,不拘多少。请您弄点钱来,我们没钱搬家,可又无论如何不能再在这儿住下去了,这是费多拉出的主意。我们至少需要二十五个卢布,这笔钱我会还您的,我赚得来。费多拉在一两天内还要去给我拿活来做,因此假如他们要高利,那您也别放在心上,一切都答应好了。我统统会还给您,只是看在上帝面上,别拒绝帮我忙。正当您处在这样的境况下,我现在真不忍心来麻烦您,可是我的希望全寄托在您一个人身上了!再见,玛卡尔·阿历克谢耶维奇,想着我,上帝会赐您成功!

瓦·陀·
8月4日

我亲爱的瓦尔瓦拉·阿历克谢耶夫娜:

所有这些意外的打击使我非常震惊!这些可怕的灾难使我精神沮丧!这帮各式各样的谄媚的流氓和卑鄙的老坏蛋非但要把您,我的小天使,弄得病倒,这些谄媚者也要把我折磨死。他们会把我折磨死的,我敢起誓,他们会的!我现在若不帮您忙,还不如死了的好!要是我不帮您忙,那我一定会死掉,瓦连卡,真的会死掉,一定会死掉,要是我帮您忙,那您就会从我这儿飞走,就跟小鸟从窝里飞出去一样,免得那些猫头鹰,那些食肉鸟聚来啄它。就是这一点使我非常难过,小宝贝。还有您,瓦连卡,也多么不近人情!您怎么能这样呢?他们折磨您,欺负您,我的小鸟,您在受苦,可是您还因为要麻烦我而痛苦,还答应挣钱来还债,也就是,老实说,您为了在限期内赚钱还我,弱不禁风的您打算把您自己累死。是啊,瓦连卡,您只要想一想,您说的是什么话!您为什么要做针线活,为什么要工作,操这份心来折磨您可怜的小脑袋,损害您美丽的眼睛,毁坏您的健康呢?唉,瓦连卡,瓦连卡!您看,我亲爱的,我什么用处也没有,我自己知道我什么用处也没有,可是我要设法使我有用!我要克服一切障碍,我自己会找到额外的工作,我要给各种各样的文学家抄写各式各样的稿子,我要去找他们,亲自去,硬要他们给我工作;因为他们,小宝贝,正在找好的抄写者,我知道他们在找。我不能让您累坏了;我不能让您去实现那种损害您健康的打算。我一定去借钱,我的小天使,要我不去借钱还不如叫我死了的好。我亲爱的,您写道,让我别怕出重利,我不怕,小宝贝,不怕,现在我什么都不怕。小宝贝,我要求人家借给我四十个纸卢布;要知道这不算多,瓦连卡,您认为怎么样?我一开口就借四十个卢布,人家能不能相信我?我要说的也就是,您认为人家第一眼看见我能不能就相信我,信任我呢?人家凭我的相貌,看我第一眼能不能对我生出好印象?您想想看,小天使,我能不能博得信任?您自己认为怎么样?您知道不,我觉得那么害怕,很痛苦,说真的,很痛苦!我要从四十个卢布中分出二十五个来给您,瓦连卡,给我的女房东两个银卢布,剩下的钱供我自己花销。您瞧,我本应该多给女房东一些,甚至必须多给一点;可是您全盘考虑一下,小宝贝,算一算我的一切需要,那您就会看出我无论如何不能再多给了,因此关于这个就没什么可说的,而且也不必提了。我要用一个银卢布买一双靴子,我真不知道明天我能不能穿着这双旧靴子去上班。一条新的颈巾也很必要,因为旧的一条快用满一年了;可是您答应我用您的旧围裙不仅可以裁出一

89

条颈巾,而且还可以裁出块胸衬来,那关于颈巾我就不用再多想了。这样,靴子和颈巾就都有了。其次还有扣子,我的朋友!真的,您会同意,我的小乖乖,我不能没有扣子;我的衣襟上几乎有一半扣子都掉了!我心惊胆战,因为我想到大人可能注意到我这么不成体统,他会说话的,而且会说出些什么话来!小宝贝,他说什么我不会听见,因为我会死掉,会死掉,当场就会死掉,由于害羞,由于想到我那种样子,我真的一下子就会死掉!唉,小宝贝!喏,买完这些必需品就还剩三个纸卢布,那就拿这点钱来过日子,还要买半磅烟草,因为,我的小天使,我缺了烟草没法活,我的烟斗已经有九天没进过我的嘴巴了。老实说,我买烟草本可以不对您说,可是我很惭愧。您那儿有灾难,您连最起码的吃穿都顾不上,而我却在这儿享受各种乐事,就因为这个我才把什么都告诉您,免得受良心的谴责。我坦白地向您承认,瓦连卡,我现在处在极端困苦的情况下,也就是说,以前我绝对没有遇到过这样的情形。女房东看不起我,没有一个人尊敬我,我样样东西都缺,还欠了债。在公事房里,我的那班文官以前就没让我舒服过,小宝贝,现在,就更不用提了。我隐瞒着,小心地把一切都瞒过每一个人,我自己也躲躲藏藏,总是侧着身子溜进公事房里,避开所有的人。要知道只有对您我才有足够的勇气来承认这个……可是他们要是不借,那可怎么办!啊,不,瓦连卡,顶好别这么想,别事先让这种想法挫伤我的精神。我写这个也是为了警告您,为了让您也别这么想,别让坏的想法折磨您自己。唉,我的上帝,要是借不来钱,您可怎么办呢!不错,那样您就不会从这个寓所搬走,我还能跟您在一块儿。可是,不,那我就不回来了,干脆到哪儿去死掉算了,就此完事。瞧,我在这儿没完没了地给您写信,我本该去刮脸了,人刮了脸总像样一些,外表像样点总会有好处。好了,愿上帝帮助我!我要祈祷一会,然后就上路!

玛·杰符什金
8月4日

最亲爱的玛卡尔·阿历克谢耶维奇:

您千万别绝望才好!不那样,也已经够悲惨的了。我送三十个银戈比给您,再多无论如何也不行了。给您自己买点最需要的东西吧,为的是至少好歹对付到明天。我们自己几乎什么也没剩下,明天我不知道会怎么样。真愁啊,玛卡尔·阿历克谢耶维奇!不过,您别愁了,借不成,那又有什么办法!费多拉说这也不要紧,我们暂时还可以住在这个寓所里,她说即使我们搬了家,那也仍然不会有很多好处,假如他们要找的话,不论搬到哪儿去他们也找得着。不过现在留在这儿,我总觉得不大好。要是我不那么忧愁的话,我还要给您写一些事情呢。

您的性格多么奇怪,玛卡尔·阿历克谢耶维奇!您过分强烈地把一切都放在心上,因此您永远是个不幸的人。我仔细地读了您所有的来信,看出您在每一封信里都为我那么苦恼和担忧,可是从来也不替您自己担忧。当然,人人都会说您有一颗善良的心,可是我要说,您的心也太善良了。我要给您友好的忠告,玛卡尔·阿历克谢耶维奇。我感激您,很感激您为我做的一切,这一切我是深深地领情的。那么您判断一下,我看见即使到了现在,在您遭到一切灾难之后,而那些灾难都是我无意中引起的,看到您即使到了现在,还是只为我活着,为我的高兴、我的悲伤、我的感情而活着,那我会有什么样的感觉!假如您那么关心别人的一切,假如您那么强烈地同情一切,那么真的,您因此就会成为一个最不幸的人。今天,您办完公来看我的时候,我一瞧见您,就吓了一跳。您是那么苍白,那么胆战心惊,那么绝望:简直面无人色,那都是因为您怕把您的失败告诉我,怕引得我伤心,怕吓着我,可是当您看见我几乎要笑起来的时候,您心里的石头才落了地。玛卡尔·阿历克谢耶维奇!您别忧愁,别绝望,想开一些,我请求您,央告您做到这一点。喏,您瞧着吧,一切都会好起来,一切都会好转的;要不然您老是为别人的痛苦而烦恼悲伤,那您的日子就难过了。再见,我的朋友。我恳求您别为我过分担心了。

瓦·陀·

8月5日

我亲爱的瓦连卡:

啊,这就好了,我的小天使,这就好了!您认定我没弄到钱还不要紧。是啊,这就好了,我放心了,我因为您的缘故而幸福了!我甚至高兴,因为您不离开我这个老人,仍然在这个寓所里住下去。如果我真的把话统统说出来,那么我看到您在信里把我写得那么好,对我的感情给予应有的赞扬,我真是满心的高兴。我说这话不是由于骄傲,而是因为我看出您多么爱我,才会为我的心那么担忧。是啊,这就好了;现在何必再来讲我的心呢!我的心毕竟只是我的心;可是您嘱咐我,小宝贝,别垂头丧气。是啊,我的小天使,也许我自己也会说,用不着垂头丧气。然而话虽如此,您自己解答一下,小宝贝,我明天穿什么靴子去上班!问题就在这儿了,小宝贝。要知道这样的思想是能把人毁掉,完全毁掉的。最主要的是,我的亲人,我既不是为我自己悲伤,也不是为我自己痛苦。就我自己来说,都没关系,即使没有大衣,没有靴子而要在凛冽的严寒中走来走去,那我也能熬过,我什么都能忍受,我什么都不在乎。我是一个平凡的小人物,可是别人会怎么说?要是我不穿大衣,我的仇人会用他们恶毒的舌头说些什么呢？要知道穿大衣是给别人看的，穿靴子或许也是给别人看的。在这种情况下，小宝贝，我的宝贝儿，我需要靴子是为了维护我的体面和好名声。穿着有窟窿的靴子会丧尽了我的体面和好名声。请您相信，小宝贝，请您相信我多年的经验，请您听我这个熟谙人情世故的老人的话，别听那些胡写乱涂的作家的话。

可是我还没详细地告诉您，小宝贝，今天实际上发生了些什么事，今天我受了些什么苦。我受了很多的苦，一早上我遭受的精神上的痛苦比别人一年中遭受的还要多。事情是这样的：首先，我一大早就去了，为的是找到他，然后再赶去上班。今天下着那么大的雨，那样雨雪交加的天气！我的心肝，我把身上的大衣裹一裹紧，我走啊走的，老在想："上帝啊！饶恕我的罪过，让我的愿望实现吧。"我经过一个教堂，在自己的胸前画了个十字，忏悔我的一切罪过，可是我想起我不配跟上帝提要求。我专心在想心事，任什么也不想看，所以我没有选择道路，闷头往前走。街上空荡荡的，我碰见的人都那么忙碌、忧虑，这也不奇怪：谁会在这么一大早，这样的天气出门散步呢！我碰见一群衣服肮脏的工人，这些大老粗把我推来推去！我胆怯起来，心里害怕，说真的，我已经不愿意想钱的事了，既然是碰运气，那就去碰碰看吧！我刚走到沃斯克列先斯克桥边，我的靴底就掉了，因此我自己真不知道我是穿着什么在往前走。这时我碰见了我们的抄写员叶尔莫拉耶夫，他挺直身子，站住，目送着我，好像要我请他喝伏特加似的。"唉，老兄，"我想，"喝伏特加，这时候还喝什么伏特加！"我非常疲乏，就停下来，歇一会儿，然后再往前走。我故意东张西望，想找样东西拴住我的思想，分散我的注意力，打起精神来，可是不行，没有一个思想能跟什么东西联系起来，此外，我满身污泥，我自己都觉得难为情了。最后我总算看见远处有一所黄色的木头房子,上面有望台似的阁楼。"好,"我想,"这就是了,这就是叶梅利扬·伊凡诺维奇说的玛尔科夫的住宅了。"(小宝贝,他就是那个放债收利的玛尔科夫。)我不记得我自己那会儿是怎么回事,明明知道是玛尔科夫的住宅,还要去问一个岗警。我说:"老兄,这是谁的住宅?"这岗警是个很粗暴的人,不愿意说话,好像在跟谁生气似的,从牙缝里漏出一句话来,说:"这就是玛尔科夫的住宅。"这些岗警都那么没有感情,可是岗警跟我有什么相干?不过,这些事情总给人一种不愉快的坏印象,总之,事情一件跟一件地来了。从每一件事情里都可以找出跟自己的处境相似的地方,事情总是这样。我经过这所房子三次,每次都走到这条街的尽头,我越走越觉得不对头。"不,"我想,"他不会借钱给我,无论如何不会借钱给我!我跟他素不相识,我的事情又是桩棘手的事情,我这副相貌又不起眼。""是啊,"我想,"让命运去决定吧,只是为了以后不致懊悔,我去试试,反正他们总不会把我吞下肚去的,"我就悄悄地推开了便门。这时又遇上一桩倒霉事:一只又恶又蠢的看家狗缠上了我,拼命地叫!就是这些可恶的小事总是惹得人发疯,小宝贝,使人胆怯,毁掉了事先下定的一切决心。因此我半死不活地走进房子里去,一直又闯进另一件祸事里去了。在黑暗中我没看清门坎旁边脚底下有什么东西,一迈步就绊在一个女人身上,这女人正提着一桶牛奶往罐里倒,于是牛奶全洒了。这蠢女人大喊大叫,说:"你往哪儿闯,我的爷啊,你要干什么?"然后她骂骂咧咧,没完没了。我说起这件事,小宝贝,是因为我办这类事的时候总遇到这种情形;看来,我命中注定这样:我总是让不相干的事情缠住。一个老巫婆,也就是芬兰籍的女房东,探出头来看吵些什么,我就照直走到她跟前去,说:"玛尔科夫是住在这儿吗?"她说:"不是。"她站了一会儿,仔细打量我一下,"您找他干什么?"我向她解释说,叶梅利扬·伊凡诺维奇告诉我如此这般,喏,还有其余的话。我说这是一笔小生意。老太婆叫她的女儿,那女儿就来了,是个年纪不小的姑娘,光着脚。"去叫你的父亲;他在楼上房客那儿。您请进吧。"我走进去。屋里还不错,墙上挂着几张画,都是些将军的画像。屋里放着一个长沙发、一张圆桌子、一盆木犀草和几盆凤仙花。我心里暗想:算了,趁着还没出事,我要不要走掉?走不走?要知道,小宝贝,我真的想溜掉!"我还是明天再来的好,"我想,"明天天气会好一点,我也可以等晚一点来,今天呢,牛奶洒了,那些将军都是那么生气的样儿……"我已经走到门口,可是他进来了,他长得平平常常,头发花白,贼眉鼠眼,穿着满是油腻的长袍,腰上系一根绳子当腰带。他问我有何贵干,我就对他说:叶梅利扬·伊凡诺维奇告诉我如此这般。"四十个卢布,"我说,"事情是这样的……"然而我没有说完。我从他的眼神看出来,我的事办不成了。"不行,"他说,"我没有钱;您有什么东西做抵押吗?"我就解释道,我没有东西抵押,可是有那个叶梅利扬·伊凡诺维奇,总之,该解释的我都解释了。他全都听完之后说:"不行,什么叶梅利扬·伊凡诺维奇!我没钱。""是啊,"我想,"果然如此,我早就知道会这样,我预感到了。"是啊,真的,瓦连卡,恨不得地上裂个缝,让我钻进去才好。我觉得那么冷,我的脚冻僵了,背上起了鸡皮疙瘩,我瞧着他,他瞧着我,他几乎说出来:"你走吧,老兄,在这儿你没什么事可干了。"因此,要是在别的情况下发生这样的事,那我就会十分害臊了。"您怎么了,为什么那么需要钱呢?"(要知道他就是这么问的,小宝贝!)我张开嘴又说,免得站在那儿没事干,可是他不听了。"不行,"他说,"我没钱,不然我倒愿意借。"然后我向他讲了又讲,我说:"要知道我借得不多,我一定还您,到期准还,我还能在限期前还,利息随便您要。我当着上帝说,我准还。"小宝贝,我在这一刹那想起您,想起您的一切不幸和困苦,想起您的半个小银卢布。"可是不行,"他说,"利息倒没关系,喏,要有抵押才行!否则我没钱,当着上帝说,我没有。不然我倒是乐意借的。"他还对上帝发誓呢,这强盗!

　　是啊,我的亲人,现在我已经记不得我怎么走出来,怎么经过维堡区,怎么走到了沃斯克列先斯克桥,我非常疲乏,冻得直打战,到十点钟我才赶到公事房。我打算把我身上的泥刷刷干净,可是那个看门的斯涅吉烈夫说不行,他说我会把刷子弄坏。"老爷,"他说,"刷子是公家的东西。"您看,现在他们就是这样,小宝贝,我在这些先生们眼里几乎连块他们擦脚的破布都不如。要知道,瓦连卡,什么东西最要我的命?倒不是钱要我的命,而是这些日常的烦恼,这些窃窃私语、微笑、戏谑。大人可能会无意中听到我的事,唉,小宝贝,我的黄金时代过去了!今天我重读了一遍您所有的来信;悲伤啊,小宝贝!再见,我的亲人,上帝保佑您!

　　　　　　　　　　　　　　玛·杰符什金
　　　　　　　　　　　　　　8月5日

　　瓦连卡,我本打算用半开玩笑的笔调描写我的不幸,不过,看来我写不成。我是想让您高兴。我要去看您,小宝贝,我一定去,明天就去。

　　　　　　　　　　　　　　　　又及

　　瓦尔瓦拉·阿历克谢耶夫娜!我亲爱的,小宝贝!我完了,我们俩都完了,我们俩一块儿无可挽回地完了。我的名誉,我的自尊心全丧失了！我毁了,您也毁了,小宝贝,您跟我一块儿无可挽回地毁了！这怪我,是我把您引向灭亡的！他们跟我为难,小宝贝,他们看不起我,把我当作笑柄,女房东简直骂起我来;今天她对我嚷了又嚷,不断地骂我,把我看得连刨花都不如。晚上,在拉塔齐亚耶夫那儿,他们有人开始大声朗诵我写给您的一封信的草稿,那是我偶然从衣袋里掉出来的,我的小宝贝,他们怎样地嘲笑我们啊！他们给我们起些绰号,然后哈哈大笑,笑个没完,这些背信弃义的人！我走到他们跟前去,揭穿拉塔齐亚耶夫不讲情义,我对他说,他是个背信弃义的人！可是拉塔齐亚耶夫回答我说,我自己才是背信弃义的人,说我搞女人处处得手。他说:"您瞒着我们,您这个洛维拉斯①。"现在他们都叫我洛维拉斯,我没有别的名字了！您听见没有,我的小天使,您听见没有,现在他们全都知道了,知道了一切,他们知道您,我的亲人,凡是您那儿的事他们都知道,样样都知道！还不止于此呢！连法尔多尼也来这一套,他跟他们合着伙干。今天我打发他到腊肠铺去一趟,买点东西,他说什么也不去,他说他有事！"可是要知道,这是你的责任。"我说。"才不是呢,"他说,"这不是我的责任,喏,您不付我女主人钱,所以我对您也就不负责任。"我受不了他这种没知识的粗人的侮辱,就说他是傻瓜,他对我说,"您才是傻瓜呢。"我想他是因为喝醉了,才对我说话那么粗鲁,于是我说:"你喝醉了,你这个大老粗!"可是他对我说:"是您请我喝的还是怎么的？您自己还没钱喝酒呢;您自己还向人家乞讨十戈比的银币呢。"他还添了一句:"哼,还算是个老爷呢!"您瞧,小宝贝,事情竟弄到这步田地！瓦连卡,我都没有脸活着了！

---

① 洛维拉斯是英国小说家理查逊(1689—1761)的小说《克莱丽莎·哈娄》中的男主人公。洛维拉斯已成了淫乐放荡的色鬼的通用名词。

97

我完全像一个革出教门的人，比没有身份证的流浪汉还要糟。沉重的灾难啊！我完了，简直完了！无可挽回地完了！

玛·杰·

8月11日

亲爱的玛卡尔·阿历克谢耶维奇！落到我们头上的，净是一桩又一桩的灾难，我自己也不知道该怎么办好了！现在您那儿怎么样了？对我也不能存什么指望了。今天我的左手让熨斗烫伤了；我不小心碰倒了熨斗，一下子把我自己碰疼、烫伤了。我无论如何也不能再做活了，而费多拉已经病了三天。我心慌意乱，痛苦得很。我送给您三十个银戈比；这几乎是我们最后剩下的一点钱了，可是，上帝看得见，眼下在您需要钱的时候，我是多么愿意帮您的忙。我烦恼得要哭出来了！再见，我的朋友！假如您今天就来看我们，会使我得到很大的安慰。

瓦·陀·

8月13日

玛卡尔·阿历克谢耶维奇！您怎么了？看来您不敬畏上帝了！您简直要把我逼疯了。您就不害臊吗！您毁了您自己，您至少该考虑一下您的名誉嘛！您是个正直的、高尚的、有自尊心的人，是啊，万一大家都知道您的事，那可怎么办！的确，您简直一定会羞死！难道您不顾惜您的白头发了？是啊，您不敬畏上帝了！费多拉说，她现在不再帮您忙，而且我也不再给您钱了。您把我弄到什么地步了，玛卡尔·阿历克谢耶维奇！多半您认为您做坏事跟我没什么关系；您还不知道我为了您的缘故受了多少苦！我连我们的楼梯都不敢下了：人人都瞧我，伸出手指头对我指指点点，说出些那么可怕的话；是的，他们直截了当地说我跟一个醉鬼要好！这种话怎么听得下去呢！他们送您回来的时候，所有的房客都轻蔑地指着您说："瞧，他们把那个文官用车送回来了！"我为您羞得不得了。我向您起誓，我要从这儿搬走。我不论到哪儿去，当女仆也好，当洗衣女工也好，反正这儿我是不呆了。先前我写信给您，让您来看我，您却不来。这样看来，我的眼泪和请求在您都算不了什么，玛卡尔·阿历克谢耶维奇！还有，您从哪儿弄来的钱呢？为了上帝的缘故，您要加意小心！不然您就完了，您白白地毁了！这是多么可耻，多么丢脸啊！昨天晚上女房东不放您进去，您就在穿堂里过的夜：我全知道了。但愿您知道我听到这一切的时候是多么难过就好了。您到我这儿来吧，在我们这儿您会快活的：我们一块儿看书，一块儿回忆往事。费多拉还会给我们讲她朝山拜圣的事情。为了我的缘故，我亲爱的，别毁了您自己，也别毁了我。要知道我只为您一个人活着，为了您的缘故我才留下来跟您在一起的。现在您却这个样！做一个高尚的人吧，在灾难中要坚强；记住，贫穷不是罪恶。再说，为什么要绝望呢？这全是暂时的！上帝保佑，一切都会好转的，只是您现在必须克制自己。送给您二十个银戈比，给您买烟草或者什么您想要的东西，只是，为了上帝的缘故，别花费在坏事上。上我们这儿来吧，一定要来。也许您会像以前那样觉得难为情，可是您别难为情：这种难为情不是真的。只要您真心悔过就行了。您指望上帝吧。他会把一切安排好的。

瓦·陀·
8 月 14 日

瓦尔瓦拉·阿历克谢耶夫娜，小宝贝：

　　我是难为情，我的宝贝儿，瓦尔瓦拉·阿历克谢耶夫娜，我太难为情了。不过,小宝贝,这有什么特别呢?为什么我的心不能快活起来?我不想我的靴底了,因为靴底是无足轻重的,永远是普通的、龌龊的、泥泞的靴底罢了。再说靴子,也无所谓!当初希腊的哲人就不穿靴子走路,所以我们这班人何必为这种没价值的东西过分操心呢?既然如此,人家为什么要欺负我,看不起我呢?唉,小宝贝,小宝贝,您写的是什么话啊!请您告诉费多拉,她是个好争吵的、不安分的、粗暴的娘儿们,况且又愚蠢,说不出的愚蠢!讲到我的白头发,在这一点上您可弄错了,我的亲人,因为我根本不是像您所想的那样的老人。叶梅利亚向您致意。您来信说您伤心,您哭了;那我告诉您,我也伤心,我也哭了。最后我祝您身体健康,诸事如意,至于我,我也健康,也如意。

我的小天使,我仍旧是您的朋友

玛卡尔·杰符什金
8月19日

仁慈的小姐和亲爱的朋友,
瓦尔瓦拉·阿历克谢耶夫娜:

我觉得我有罪,我觉得在您面前我有罪,然而,在我看来,这一点用处也没有。小宝贝,不管您怎么说,我总是这样感觉,甚至在我犯错误之前就已经感觉到了,可是我竟灰心丧气,明知有错而堕落了。我的小宝贝,我为人既不凶,也不残酷;要撕碎您那颗小小的心,我亲爱的,那得不多不少是一头喝血的老虎才行,可是我呢,却有一副绵羊般的心肠,您是知道的,我没有喝血的欲望;因而,我的小天使,虽然我做了错事却不能完全怪我,因为不管是我的心,还是我的思想都没有罪;真的,我不知道该怪什么。这些事都那么难以理解,小宝贝!您送给我三十个银戈比,后来又送来二十个银戈比。我看着您这孤儿的钱,我的心好痛啊。您烫伤了您的小手,不久就要挨饿了,可是您还写信叫我买烟草。喏,在这种情况下我该怎么办呢?难道我就照这样,像强盗似的丧尽良心,开始抢劫您这个孤儿吗!这时候我就灰心丧气了,小宝贝,也就是,我开始不由自主地觉得我毫不中用,觉得我自己也许比我的靴底好不了多少。我认为把自己看得了不起是不恰当的,正相反,我开始把我自己看成不体面的、在某种程度上不正派的人了。喏,我一旦失去自尊心,一味否定我的好品质和我的尊严,那一切就都完了,紧跟着我就堕落了!这全是命中注定的,这不能怪我。起初我走出去只不过是想吸点新鲜空气。随后事情就一桩跟一桩地来了:大自然眼泪汪汪,天气寒冷,又下着雨,好,这时候我偶然碰见了叶梅利亚。他已经当光了他所有的一切,瓦连卡,他什么东西都没有了,我碰见他的时候他已经有两昼夜什么都没吃了,他打算拿点无论如何也不能去当的东西去当,因为那样的东西从来也不能做抵押品。于是,瓦连卡,我就顺从了他,与其说是由于我个人的心意,还不如说是由于我对人的同情。罪过就是这样发生的,小宝贝!我们一块儿哭得多么厉害啊!我们想起了您。他非常善良,他是很善良的人,又是非常富有感情的人。小宝贝,我自己也体会到了这一切;我所以碰上了那样的事,就是因为我深深地体会到了这一切。我知道我受了您多少恩,我亲爱的!自从我认识您之后,首先我对我自己了解得更清楚了,也就爱上了您;在我认识您以前,我的小天使,我孤零零地一个人,好像是在世界上睡觉,而不是活着。那些恶毒的人,他们说,就连我的外表也是不体面的,他们讨厌我,于是,我也开始讨厌我自己了;他们说我笨,我也确实认为我笨。可是您在我面前一出现,就照亮了我整个黑暗的生活,因此我的心和我的灵魂都亮了,我得到了内心的安宁,认识到我并不比别人差；只不过是我没有什么可夸耀的，我没有漂亮的外表，没有风度，可是我仍然是人，拿我的心和我的思想来说，我是人嘛。现在呢，我感到我受命运的迫害和侮辱，否定了我自己的好品质，我让灾难压倒而灰心绝望了。现在既然您什么都知道了，小宝贝，那我就含着眼泪恳求您别再追究这件事了，因为我的心都要碎了，我苦恼，我沉痛。

　　小宝贝，我向您表明我的敬意，
　　　　仍旧是您忠实的

　　　　　　　　　　玛卡尔·杰符什金
　　　　　　　　　　8月21日

　　上一封信我没有写完，玛卡尔·阿历克谢耶维奇，那是因为我写不下去了。有的时候我喜欢孤独，一个人发愁，一个人伤心，没有人来分担我的忧愁，如今这种时刻在我越来越多了。在我的回忆中有些对我来说难以解释的东西，那么不知不觉地、那么强有力地吸引住我，使我一连好几个钟头对我周围的一切毫无感觉，忘记了一切，当前的一切。我现在生活中所有的印象，不论是愉快的或是沉痛的、悲伤的，无不使我想起我过去生活中那些类似的印象，最常想起的是我的童年，我那黄金的童年。可是在这种回忆之后我总是感到郁闷。不知怎么我衰弱得很，我的梦想使我疲惫不堪，即使不这样，我的身体也变得越来越坏了。

　　可是今天早晨空气新鲜，天气晴朗、明媚，在这儿秋天很少有这样的天气，好天气使我复活了，我高兴地欢迎它。那么，我们这儿已经是秋天了！当初我在农村多么喜欢秋天啊！那时候我还是个小孩子，可是已经有很多感受。我喜欢秋天的黄昏胜过秋天的早晨。我记得离我们家不远，山脚下有一个湖。这个湖啊，我现在好像还能看见它，这个湖那么宽阔、明亮、清澈，像水晶一样！有的时候，假如黄昏没风，湖水就很平静；沿岸生长的树木，树叶一动也不动，水面平静得像一面镜子似的。多么清新！多么凉爽啊！露水落在草上，岸上的小木房里刚点起灯来，人们正把畜群赶回家去。这时候我就悄悄地从家里溜出来，去看我的湖，我常常看出了神。渔夫们在水边烧起一捆枯树枝，火光远远地、远远地映在水面上。天空是那样的寒冷蔚蓝，天边燃起一条条火红的光带，这些光带越来越淡；月亮出来了。空气是那样的清澈，不论是一只受惊的小鸟拍着翅膀飞起来，或是一根芦苇让微风吹响，或是一条鱼在水中拍溅，全都可以听见。沿着蓝色的水面升起薄薄一层透明的、白茫茫的水气。远处渐渐黑下来；一切都好像沉没在迷雾中，可是近处的一切，小船啊、河岸啊、小岛啊，都清晰地现出来，好像用刀子雕出来的。就在河边上，有一只大木桶在水面上微微漂动，不知是谁丢在岸边，忘记拿走了。叶子发黄的柳枝垂下来缠在芦苇上，一只晚归的海鸥拍着翅膀飞起来，一会儿往冷水里扎个猛子，一会儿又拍着翅膀飞起来消失在雾里。我看得出神，听得入迷，我觉得美妙无比！可是那时候我还是个娃娃，还是个小孩子呢！……

　　我那么喜欢秋天，特别是晚秋，庄稼已经收割，所有的农活都干完了，晚上在那些小木房里已经开始有青年集会，大家已经在等待着冬天到来。那时候，一切都变得阴暗起来，天空阴云密布，黄叶铺在光秃的树林边缘的小径上，树林呢，变青变黑了，特别是到了晚上，湿雾弥漫，树木在雾中像巨人似的模糊出现，像不定形的、可怕的鬼怪一样。有时候，你在外头玩晚了，落在别人后头，踽踽独行，拼命赶路，真可怕啊！你自己就会像片树叶似的颤抖起来，老想着马上就会有个可怕的人从这个树洞里探出头来。同时风在树林里刮过去，沙沙地响，呼呼地叫，那么凄

103

凉地哀号,从树枝上刮下一大堆树叶在空中打旋,后面跟着一长串、一大群闹嘈嘈的鸟,怪异地尖叫着飞过去,黑压压的一片,天空全让它们遮住了。那你就会害怕起来,这时候好像听见有人,有人在说话,好像有人悄悄地说:"跑吧,跑吧,小孩,别再耽搁了;这儿马上就要变得可怕了,跑吧,小孩!"你心里一阵恐怖,就跑啊跑的,跑得喘不过气来了。你上气不接下气地跑到家里;家里又热闹又快活;我们所有的孩子们都分派得有活儿干:剥豌豆或罂粟花籽。潮湿的木柴在炉灶里噼噼啪啪地响。母亲快活地看着我们高高兴兴地干活儿。老保姆乌里亚娜给我们讲古时候的事,或者讲魔法师和死人的可怕的故事。我们孩子们互相紧紧地挤在一块儿,唇边都带着微笑。忽然我们一下子都不做声了……听!有响声!好像有人在敲门!其实什么也没有,这是老弗罗洛夫娜的纺车在嗡嗡地响,我们哄堂大笑!可是后来到了夜里我们害怕得睡不着觉,做了些那么可怕的梦。有的时候你醒过来,一动也不敢动,在被窝里打哆嗦,一直等到天明。早上一起来,却鲜艳得像一朵小花似的。看一看窗户外面:严寒浸透了整个田野,光秃的树枝上挂了一层秋天的薄霜,湖上结了一层薄得像纸一样的冰,湖面上升起一片白茫茫的水气,鸟雀快活地叫着。明亮的阳光照耀着周围的一切,晒化了玻璃似的薄冰。阳光普照,又明亮又欢畅!柴火又在炉灶里噼噼啪啪响起来,我们都围着茶炊坐下,我们那只被夜里的寒气冻得打战的黑狗波尔康从窗外往里张望,亲切地摇着尾巴。有一个农民骑着一匹挺精神的小马经过窗前,到树林里去砍柴。人人都那么满意、那么愉快……唉,我的童年是多么好的黄金时代啊!……

  我这会儿陶醉在我的回忆中,竟像个孩子似的放声大哭起来。我那么生动、那么生动地记起一切来,过去的一切那么鲜明地出现在我的眼前,可是现在的一切是那么暗淡、那么阴暗！……事情会怎样结束呢，这一切会怎样结束呢？您要知道，我有一种信念，相信今年秋天我一定会死去。我病得很厉害，很厉害。我常常想到我会死，可是我仍然不愿意就这样死去，躺在这儿的土地里。也许我又要病倒，跟春天那回一样，其实我还一直没有真正复原。就连这会儿我也很难过。费多拉今天不知上哪儿去了一整天，我一个人坐在这儿。最近我害怕只剩下我一个人；我总觉得好像有人在我屋里，有人在跟我说话似的；特别是我沉思着什么事情、忽然从沉思中清醒过来的时候，我就害怕起来。就是因为这个缘故，我才给您写了这么长的一封信；我写信的时候，这种心情就没有了。再见，我要结束我的信了，因为我没有纸，也没有时间了。我卖了我的衣服和帽子的钱只剩下一个银卢布了。您付了两个银卢布给您的女房东，这很好。她现在该安静一阵了吧。

您得想办法修补一下您的衣服。再见，我累极了；我不明白为什么我变得那么衰弱，干一点点事就累得要命。要是我碰巧有了工作，我怎么干得了呢？就是这种想法要了我的命。

瓦·陀·
9月3日

我亲爱的瓦连卡：

我的小天使，我今天得到了很多印象。第一，我头痛了一整天。为了透透新鲜空气，我就出去沿着丰坦卡①散散步。黄昏是那样的阴暗潮湿。六点钟天已经黑下来，现在就这样了！没有下雨，可是有雾，就跟真下了一场雨一样。一条条又长又宽的阴云在天空中飘过去。有无数的人沿着堤岸走来走去，人们好

---

① 丰坦卡是穿过彼得堡的一条运河。

像故意似的,都带着那么可怕的、使人沮丧的脸色。有喝醉酒的农民;有穿着长筒靴、没戴头巾的、翻鼻孔的芬兰女人;有搬运工人;有马车夫;有我们这样由于某种需要出来走走的人;有顽皮的男孩;有一个钳工的学徒,穿一件带条子的长工作服,枯瘦病弱,脸好像在烟油子里洗过的一样,手里拿着一把锁;还有一个退伍的兵士,有一丈①高,——就是这样的一群人。看来在这样的时刻不可能有别样的人。丰坦卡是一条通航的运河!运货的木船那么多,你简直弄不明白怎么能全容得下的。桥上坐着些妇女,卖潮湿的蜜糖饼干和烂苹果,全都是些那么肮脏、衣服湿漉漉的娘儿们。沿着丰坦卡散步可真没趣!脚底下是潮湿的花岗石,两边是高大、漆黑、烟熏的房子。脚底下是雾,头顶上也是雾。今天的黄昏是那么凄惨、那么阴暗。

  我拐到豌豆街的时候,天已经完全黑下来,开始在点煤气灯了。我真有好久没到豌豆街去过了,没机会去。好热闹的大街!多么漂亮的铺子,多么富丽堂皇的商店;衣料啊,玻璃罩里的花啊,各式各样有飘带的女帽啊,样样东西都光辉灿烂。你会以为陈列这些东西只是为了装饰门面,其实不然,真有人买这些东西送给他们的妻子。这是一条富丽堂皇的街道!有很多德国面包师住在豌豆街,想必他们也是非常富裕的人。那么多的轿式马车川流不息,马路怎么承受得起!那些轻便马车是那样的豪华,窗玻璃亮得跟镜子一样,车厢里面衬着丝绒和绸缎,车上有贵族的听差,戴着肩章,佩着剑。我向所有的马车里看一眼,里面坐的都是盛装的女士,或许是公爵小姐和伯爵夫人吧。这时候她们多半是赶去赴跳舞会和晚会的。要能在近处看一看公爵夫人和一般的贵夫人倒很有趣,一定很好;我从来没有那样看过;只

---

① 指俄丈,一俄丈等于二点一三四米。

是像现在这样,向马车里看一眼。这当儿我想起了您。唉,我亲爱的,我的亲人!就像现在我想到您一样,我的整个心都疼了!瓦连卡,为什么您那么不幸呢?我的小天使!您哪一点不如她们呢?您善良,漂亮,又有学问;为什么那样的厄运落在您身上呢?事情为什么会这样呢,一个好人孤苦伶仃,可是对另一个人幸运却自己凑上去?我知道,小宝贝,我知道,这样想不对,这是胡思乱想;可是说真心话,老老实实地说,为什么命运像乌鸦似的呱呱一叫,这一个人还在娘胎里就注定了他的好运气,而另一个人却注定在育婴堂出世呢?要知道时常会有这样的事,幸运往往落在小傻瓜伊凡努希卡①头上。"你,小傻瓜伊凡努希卡,只管在祖传的钱袋里掏钱好了,吃喝玩乐吧,而你呢,没出息的,只能垂涎三尺;你只配这样,你,老兄,只能这样!"这是有罪的,小宝贝,这样想是有罪的,可是在这种情况下有罪的想法不由自主地钻到心里来。您应该乘坐那样的一辆马车,我的亲人,宝贝儿。应该有将军们来博取您的青睐,而不是我们这班人;您不应该穿旧的粗麻布衣服,而应该穿绫罗绸缎。那您就不会像现在这样瘦弱,而会像个小糖人似的那么鲜艳、红润、丰满。到那时候,只要我能在街上朝灯光明亮的窗户里瞧您一眼,只要看到您的影子,我就幸福了。只要想到您,我的漂亮的小鸟,在那儿又幸福快活,我也就快活了。可是现在怎么样!坏人们毁了您还不够,又来了一个放荡的流氓欺负您。因为他穿着燕尾服趾高气扬,因为他能透过金边眼镜瞧着您,这个不要脸的家伙,就能为所欲为,人家就得乖乖地听他那些下流无耻的话!得了,真是这样吗,漂亮的老爷们!可是为什么会这样呢?因为您是一个孤儿,因为没有人保护您,因为您没有一个有势力的朋友能给您

---

① 俄国民间故事中的主人公,他样样事情都顺心如意。

应有的支持。是啊,那算什么人呢,那些满不在乎地侮辱孤儿的算是什么人呢？他们是一种败类,不是人,简直是败类。就是这样,他们只能算做人,实际上他们并不是人,这一点我是深信不疑的。这些人,他们就是这样的！按我的看法,我的亲人,就连我今天在豌豆街碰见的那个摇手风琴的人也比他们更令人尊敬些。他虽说整天走来走去,受苦受累,等着别人给他一个多余的、用不着的戈比来维持生活,然而他是个独立自主的人,他自己养活自己。他不愿意求人施舍；可是他为了使别人愉快而劳动,就跟一台开动的机器一样,"你看,"他说,"我尽我的可能给人带来愉快。"乞丐,他是个乞丐,确实,不管怎么说,他也是个乞丐,然而他是个高尚的乞丐；他又累又冷,可是还在劳动,虽然他的行业不同,可仍然是在劳动。有很多可敬的人,小宝贝,虽然按他们的劳动量和劳动效果来说,他们所赚的钱是很少的,可是他们不向任何人乞求,也不向谁要面包吃。你看,我正是跟那个摇手风琴的人一样,也就是说,我不是那样,完全不跟他一样,可是就我自己来说,在光明正大和高贵方面来说,恰恰跟他一样,我尽我的力量劳动,能做多少就做多少。我没法再多做了；是啊,俗语说得好,没有也就没法说了。

我讲到摇手风琴的人,小宝贝,那是因为我今天偶然遇到一件事,使我加倍地感到我的贫穷。我站住瞧那个摇手风琴的。种种思想钻进了我的头脑,因此我站下来散散心。我站在那儿,两个马车夫,一个姑娘,还有一个邋里邋遢的小姑娘,也都站在那儿。摇手风琴的人停在一个人家的窗前。我注意到有一个很小的孩子,一个十来岁的男孩；他本该是个很好看的男孩,可是现在他看起来那么个病样儿,那么虚弱,他只穿一件衬衫,还披着点什么,几乎光着脚站在那儿,嘻开着嘴听音乐,——他还小呢！他看德国的洋娃娃跳舞看得出了神,可是他自己的手脚都冻僵了,他在打哆嗦,老在咬他的袖口。我注意到他手里拿着一小块什么纸。有一位老爷走过,扔给摇手风琴的一个小钱;小钱直接掉进箱子里,那上面画着一个小菜园,菜园里有一个法国人和几位太太在跳舞。小钱刚一响,男孩就一惊,怯生生地向四周看了一下,显然他以为钱是我扔的。他跑到我跟前,他的小手颤抖着把他的纸条递给我,他用颤抖的声音说:"字条!"我打开字条,喏,就是大家都知道的那些话:"我的恩人,孩子们的母亲快要死了,三个孩子在挨饿,您现在帮助帮助我们吧。为了您现在不忘记我的孩子们,我的恩人,等我死了,到了那个世界我也不会忘记您。"是啊,就是这么回事,这是一件很明白的事,一件很平常的事,可是我拿什么给他呢?是啊,我什么也没给他。可是我多么抱歉啊!这男孩很可怜,冻得发青,也许还挨着饿,他没有撒谎,确实没有撒谎,这事我知道。可是这太不应该了,为什么这些可恶的母亲不爱护她们的孩子,却在这么冷的天气打发他们半裸着身子拿着字条出来。她也许是个没有骨气的蠢娘儿们;也许没有人能替她想办法,因此她只好盘起腿坐在那儿,也许她真的有病。是啊,她总该上哪儿去求告一下;不过,也许她只是个骗子,故意把又饥饿又病弱的孩子打发出来骗人,害得他生病。这个可怜的男孩拿着这种字条能学到什么呢?这只能使他的心肠变硬,他走来走去,乱跑一阵,向人家要钱。人们走过去,没功夫理他。他们的心像石头一样,他们的话是凶狠的。"走你的!滚开!说什么也不行!"这就是他听到的所有的人说的话,孩子的心肠就变硬了,这个可怜的、受惊吓的男孩只能白白地在寒冷中发抖,像一只从破窠里掉下来的小鸟一样。他的手脚冻僵了,他呼吸急促。你看,他已经在咳嗽了,过不了多久,疾病就会像一条肮脏的爬虫一样钻进他的胸膛,瞧着吧,死神已经在一个发臭的角落里守着他了,他跑不脱,也没救,这就是他的整个一生！有的时候人的一生就是这样！啊，瓦连卡,听着"看在基督的分上"而走过去,什么也不给,只对他说"上帝会帮助你",那真叫人难受。有的"看在基督的份上"听起来还没什么。(因为"看在基督的份上"这句话往往是很不相同的,小宝贝。)有人拖长声,说得很慢,讲惯了,讲熟了,简直就是叫花子腔;因此这种人不给他钱倒不怎么难受,这是行乞很久的老手,拿行乞当职业了,"这人习惯了,"你可以这样想,"他能对付过去,也知道怎么对付过去。"可是另一种"看在基督的份上"说得不习惯、生硬、吓人,就跟我今天从男孩手里拿字条的时候听到的一样,就在围墙旁边站着一个人,他并不向所有的人请求,只对我说:"老爷,看在基督份上,给我半个戈比吧!"他的声音是那么粗,使我生出一种害怕的感觉,我打了一个冷战,可是没给他半个戈比,因为我没有。而且阔人们不喜欢穷人大声抱怨他们的命运不好,阔人说:"他们打搅了我们,他们真讨厌!"是啊,穷人总是惹人讨厌的,或许他们的饥饿的呻吟吵得阔人睡不着觉吧!

我坦白地对您说,我的亲人,我给您描写这一切,一部分是为了倾吐积愫,可是大部分是为了让您看看我的文章的优美笔调。因为您自己多半也会承认,小宝贝,不久以前我文章的风格形成了。可是现在我那样烦恼,我自己从灵魂深处都开始同情我的想法了,虽然我自己也知道,小宝贝,这种同情毫无用处,可是人多少总该对待自己公道点。真的,我的亲人,人常常毫无理由就自己看轻自己,看得一钱不值,比一小片木屑都不如。假如打个比方来说,也许这就是因为我自己备受惊吓和折磨的缘故,跟那个向我乞讨的可怜男孩一样。现在我要打个比方给您听,小宝贝。那您就听我说吧:常常大清早我忙着去上班,我的亲人,偶尔观赏一下城市,看它怎样苏醒、活跃起来、冒烟、沸腾、喧哗,有的时候在这样的景象面前,你就会觉得自己渺小,好像有人用手指头弹了一下你那爱东闻西闻的鼻子似的,于是你就挥了挥手,慢慢地走你的路,又安静,又温顺。可是现在让我们来仔细看一看,在这些让烟熏黑的、阔气的大房子里都发生了些什么事,追根问底地研究一下,然后您自己再来判断:毫无道理地贬低自己,使自己处于不体面的窘境,这究竟公平不公平。请注意,瓦连卡,我是隐晦地说,不是按字面的意思。好了,咱们来看看这些房子里究竟发生了些什么事?那边,在一个烟雾弥漫的角落里,在一间潮湿的、因为穷而用来做住房的小破屋里,有一个手艺人刚从睡梦中醒来。比方说,他整夜梦见昨天无意中剪坏的一双靴子,好像一个人就该梦见这种没价值的东西似的!唷,因为他是个手艺人,他是皮靴匠:他老想着他自己搞的那一行的东西是情有可原的。他的孩子们尖声哭叫,他的妻子在挨饿。不光是皮靴匠有的时候早上起床是这样,我的亲人。这本来也没有什么,本来也值不得写出来,可是这儿出现了这样一种情况,小宝贝:就在这儿,在同一所房子里,在楼上或者楼下,一所金碧辉煌的宅子里,住着一个大阔佬,也许夜里他也梦见了这么一双靴子,也就是说另一种样式的靴子,另一种剪法的,可是仍然是靴子,因为就我所指的这个字的意义来说,小宝贝,我们大家都有点像皮靴匠,我的亲人。这一切本来也没有什么,可惜的是没有一个人在大阔佬旁边,在他耳边悄悄地说:"得了吧,不要再想那些事了,不要光想你自己,只为你自己一个人活着了。你又不是皮靴匠,你的孩子们身体健康,你的妻子没有去要饭。瞧瞧你的周围吧,你就看不到有什么比你的靴子更高尚的东西值得关心吗!"这就是我要用比喻讲给您听的,瓦连卡。也许这是过分放肆的思想,我的亲人,可是有的时候人往往有这种思想,有的时候这种思想自己就来了,那时候激烈的话就不由自主地从心里冲出来了。因此没有理由把自己估得一钱不值,一听见喧哗声和吵闹声就吓坏了!在结束这段话的时候我要说,小宝贝,您也许会以为我在对您说别人的坏话,或者是我感到忧郁才这样说,或者是我从一本小书上抄来的吧?不,小宝贝,您别这样想,不是那样:我厌恶说别人坏话,我没有感到忧郁,一点也不是从什么小书上抄来的,——就是这样!

我心情郁闷地回到家里,坐在桌旁,烧热我的茶壶,准备喝上一两杯茶。忽然我们的穷住户高尔什科夫来看我了。今天早上我就注意到他老在别的房客身旁走来走去,也想到我跟前来。我要顺便告诉您,小宝贝,他们的生活比我还要糟得多。是啊,哪儿比得上我!他还有妻子儿女呢!因此,假如我是高尔什科夫的话,我处在他的地位真不知道该怎么办才好!喏,就这样高尔什科夫走进来了,向我鞠躬,像往常一样有一滴眼泪挂在他的烂眼边上,他在地上蹭他的脚,可是自己一句话也说不出来。我让他坐在椅子上,虽然是一把破椅子,可是我没有另外的了。我请他喝杯茶。他推辞,推辞了好半天,可是最后他接过杯子了。他要不加糖就喝,我劝他一定要加糖,他又推辞,争了半天,推辞了好久,最后他才在自己的杯子里加了最小的一块糖,还再三说他的茶非常甜了。嗨,贫穷使人变得多么低声下气!"喂,怎么样,老兄,有什么事吗?"我对他说。"喏,是这么回事,"他说,"我的恩人,玛卡尔·阿历克谢耶维奇,请您发一发上帝的仁慈心,帮帮我这个不幸的家庭的忙。我的妻子和孩子们没有东西吃,我这个做父亲的是什么滋味!"我刚要说话,可是他打断了我:"我怕这儿的每一个人,玛卡尔·阿历克谢耶维奇,也就是说,不是真怕,您知道,而是难为情;他们全是骄傲自大的人。"他说,"我本来也不想来麻烦您,我的老兄和恩人,我知道您自己也有极不愉快的事,我知道您不能给我很多钱,可是哪怕借一点点也好，我敢来请求您，"他说，"那是因为我知道您有一颗善良的心，我知道您自己手头也紧，现在您自己也在受苦受难，就因为这个缘故您才会同情我。"最后他结束道："请原谅我的失礼和冒昧，玛卡尔·阿历克谢耶维奇。"我回答他说，我心里很愿意帮他忙，可是我一点钱也没有，真是一点也没有。"老兄，玛卡尔·阿历克谢耶维奇，"他对我说，"我要的不多，可是您看是这么这么回事（这时候他满脸通红），我的妻子和孩子们在挨饿，哪怕借给我一枚十戈比银币也好。"这时我心中一阵绞痛。我想，他们怎么比我还要穷！可是我总共只剩下二十个戈比，而且已经派了用场：明天我要用来应付最迫切的需要。"不行，我的好朋友，我不能，是这么这么回事，"我说。"老兄，玛卡尔·阿历克谢耶维奇，随您便给吧，"他说，"哪怕借我十个戈比也好。"于是我从抽屉里拿出我的二十个戈比都给了他，小宝贝，这总是一桩好事！唉，真是穷极了！然后我跟他谈起话来："老兄，"我问他，"您既然这么窘，这么缺钱，怎么还租着一间五个银卢布的房间呢？"他向我解释道，那是他半年以前租下的，预付了三个月的房租，可是后来他的境况变得越来越糟，他这个可怜的人就走投无路了。他原来希望他的案子到这时候该结束了。这是他的一桩不愉快的事。您要知道，瓦连卡，他为了一件什么事必须出庭受审讯。他跟一个商人打官司，那商人在包工中欺骗了公家；骗局被揭穿了，商人受到审判，可是他在他的盗窃案件中把高尔什科夫也牵连进去，说这里面也有他的份。可是实际上高尔什科夫的过错只不过是玩忽职守，不谨慎，不可饶恕地忽略了公家的利益，这个案子已经拖了好几年：高尔什科夫遭遇到重重阻碍。"在这桩硬加在我头上的不名誉的事情里，"高尔什科夫对我说，"我没有罪，一点罪也没有，我没有犯欺骗和盗窃的罪。"这桩案子有点玷污了他的名誉，他被撤职；虽然没有查出他有什么大罪,可是在他完全辩明自己无罪以前,他不能从商人那儿得到一大笔他应得的款子,这就是现在法庭上争论的问题。我是相信他的,可是法庭不相信他的话。这是一桩那么纠缠不清的案子,一百年也查不清楚。他们刚查出一点头绪来,商人就百般刁难。我真心地同情高尔什科夫,我的亲人,我向他表示深切的同情。他是个失业的人,由于他不可靠,哪儿也不用他。他的积蓄都吃光了,案子纠缠不清,同时,千不该万不该,完全不合时宜地他们又添了一个婴儿,这是一笔开支。儿子病了,又是一笔开支,儿子死了,又一笔开支;他妻子在生病;他自己也得了一种慢性病;总而言之,他受了苦,受够了苦。不过,他说他希望近几天内他的案子会得到有利的判决,他说现在对这一点已经是毫无疑问的了。可怜,可怜,他很可怜,小宝贝!我好言安慰他。他是一个受牵连、孤立无援的人;他是上我这儿来求援的,因此我好言安慰他。好了,再见吧,小宝贝,基督与您同在,祝您健康。我亲爱的!我一想到您,就好像给我那有病的灵魂敷上药一样,虽然我为您受苦,可是为您受苦对我来说也是轻松的。

  您真正的朋友

玛卡尔·杰符什金
9月5日

小宝贝,瓦尔瓦拉·阿历克谢耶夫娜:

  我现在给您写信,我的神经几乎失常了。一件可怕的事使我激动极了。我的头发晕。我觉得我周围的东西都在转。哎,我的亲人,我现在要告诉您的是件什么样的事情啊!你看,我们再也料不到会有这种事。不,我不相信我没料到;这一切我全料到了。这一切我的心事先已经隐隐感觉到了!前几天我甚至梦见了这一类的事情。

事情是这样发生的!我要不加修辞照直讲给您听,就跟上帝昐咐我的那样。今天我到公事房去。我走进去,坐下,抄写起来。您要知道,小宝贝,昨天我也在写。喏,是这样的,昨天季莫菲·伊凡诺维奇走到我跟前来,亲自嘱咐道:"这是等着要的急件。玛卡尔·阿历克谢耶维奇,"他说,"抄得清楚点,快一点,而且要细心:今天要送去签字的。"我得告诉您,小天使,昨天我心神不定,任什么东西也不想瞧,我感到那样的忧郁,那样的烦恼!我的心里冰凉,我的精神沮丧,我一直在想着您,我的可怜的宝贝儿。喏,就这样我动手抄写起来。我抄得清楚整齐,不过,我真不知道怎么才能跟您说得准确一点,不知是鬼迷了我呢,还是什么神秘的命运注定了的,或者事情简直就是要这样发生,不料我抄漏了整整一行,上帝才知道这样一来这件公文变成了什么意思,简直变得完全不通了。昨天他们把公文耽误了,今天才送给大人去签字。今天我就跟没出什么事似的,按平常的钟点到了公事房,在叶梅利扬·伊凡诺维奇旁边坐下。我得告诉您,我的亲人,最近我变得比往常加倍地惭愧和害羞。近来我不敢瞧任何人。不管是谁的椅子只要嘎吱一响,我就吓得半死。今天恰恰也是这样,我像只刺猬似的蜷起身子老老实实地坐在那儿,因此叶菲姆·阿基莫维奇(世界上再也没有像他那样爱找碴儿的人了)大声说得让大家都能听见:"玛卡尔·阿历克谢耶维奇,您怎么这样坐着,嗨—嗨—嗨?"这时候他还扮了一个鬼脸,使得他和我周围的人没有一个不笑得前仰后合,当然是笑我。他们笑个没完没了!我捂上耳朵,眯着眼睛,自己坐在那儿,动也不动。我照例总这样做,好让他们快一点停下来。忽然我听见喧哗声、奔走声和忙乱的声音。我听见——我的耳朵没欺骗我吗?有人叫我,呼唤我,叫杰符什金。我的心在我胸腔中颤抖起来,我自己也不知道为什么我那么害怕。我只知道我有生以来还从没像这样害怕过。我坐在椅子上仿佛生了根一样,就跟没那么回事似的,好像叫的不是我。可是他们又叫起来,声音越来越近,一直叫到我的耳朵边上来了:"杰符什金!杰符什金!杰符什金在哪儿?"我抬起眼睛,看见叶夫斯塔菲·伊凡诺维奇站在我面前,他说:"玛卡尔·阿历克谢耶维奇,到大人那儿去,快点!您抄的公文惹出祸来了!"他只说了这一句话,可是已经够了,确实够了,小宝贝,对不对?我好像死了,凉得像冰一样,失去了知觉。我去了,啊,简直半死不活地在往前走。他们领我穿过一间屋子,穿过第二间屋子,穿过第三间屋子,到了大人的办公室,我来到大人的面前!那时候我在想什么,我不能给您肯定的答复。我看见大人站在那儿,他们都站在他的周围。我好像没有向他行礼,我忘了。我惊慌极了,我的嘴唇发抖,我的两条腿也发抖。为什么会这样呢,小宝贝。第一,我害羞;我向右边镜子里看了一眼,我看见我自己那副样子,简直把我吓傻了。第二呢,我做事总让人觉得好像世界上没有我一样。因此大人未必知道有我这么一个人活着。也许他老人家偶尔听说过他的机关里有个杰符什金,可是跟这个人从来没有更进一步的关系。

他生气地开口说:"您这是怎么搞的,先生!您的眼睛瞧什么去了?这是一件等着要的公文,得赶快办,您却给抄坏了。您这是怎么搞的。"这时大人转过身去对叶夫斯塔菲·伊凡诺维奇说话。我只听见传到我耳朵里来的几句话:"粗心大意!不小心!您给我们找了麻烦!"我本想张开嘴说句什么。我本想请求饶恕,可是我说不出,我想逃跑可是又不敢,这时候……这时候,小宝贝,发生了那么一件事,就连现在我都羞得拿不住笔。我的一颗扣子(让它见鬼去吧!)只连着一根线挂在我的制服上,忽然掉落了,蹦啊跳的(显然是我无意中碰了它一下),骨碌碌一直滚啊滚啊,该死的,一直滚到大人脚边,这件事正好发生在大家沉默的时候!这就成了我的全部辩白,我的道歉,这就是我准备回答大人的话,再没有别的了!后果是可怕的!大人马上注意到我的外貌和我的服装。我想起我在镜子里看到的那副样子:我就扑过去抓扣子!我犯傻啦!我弯下腰,想捡扣子,可是它滚啊转的,我抓不住,总之,我笨手笨脚,丢尽了脸。这时候我感到我最后的力量都用尽了,我感到一切一切都丢尽了!我的好名声全丢尽了,我这个人整个完了!这时候无缘无故杰列莎和法尔多尼的语声在我的耳朵里响起来。最后,我抓住了扣子,站起来,挺直腰杆,即使我是一个傻瓜,也该垂着手老老实实地站着!可是我不是那样。我动手把扣子穿到那根断线上去,好像这样就能把它安上似的,而且我还微笑着,而且我还微笑着。开头大人转过脸去,后来又看了我一眼,我听见他老人家对叶夫斯塔菲·伊凡诺维奇说:"这是怎么回事?您瞧瞧看,他怎么这副样子!……他怎么了!他是个什么样的人!……"唉,我的亲人,这是什么话啊,"他怎么了?"和"他是个什么样的人?"我丢尽了脸!我听见叶夫斯塔菲·伊凡诺维奇说:"平时倒没见过他有不好的行为,没见过他有任何不好的行为,他品行端正,他的薪水是按他的品级十足发给他的……""那么,想个办法减轻点他的困难,"大人说,"预支给他一点薪水……""可是他预支过了,"他说,"他预支过了,早就预支过了。他的境况想必很困难,可是他的品行很好,没见过他有不好的行为,从来没见过。"我的小天使,我像是在燃烧,在地狱的烈火中燃烧!我要死了!"那么,"大人大声说,"赶快再重抄一遍。杰符什金,到这儿来,再重抄一遍,别出错。你们听着……"说到这儿大人就转身向其余的人发出各种不同的命令,他们就都散去了。他们刚一散开,大人就赶紧掏出一个小本子来,从里面拿出一张一百卢布的票子。"拿去吧,"他老人家说,"我只能帮您这点忙,随您把它算做什么,"于是他就把钱塞在我手里。我的小天使,我打了个哆嗦,我的整个灵魂都震动了。我不知道我怎么了,我想抓起他老人家的一只手来吻一下。可是他涨得满脸通红,我亲爱的,然后(我丝毫没有捏造事实,我的亲人)他抓起我这只卑贱的手握了握,真的抓起我的手握了握,好像我是跟他平等的人,好像我跟他一样的将军似的。"您走吧,"他老人家说,"我只能帮您这点忙……别再出错了,这一回我替您分担一半过失吧。"

现在,小宝贝,这就是我作出的决定:我请求您和费多拉向上帝祷告,假如我有孩子的话,那我也要吩咐他们这样,也就是说:你们不为亲爹祷告都可以,可是为大人你们每天都得祷告,终身祷告!我还要说,小宝贝,我庄严地说,您好好听着,小宝贝,我发誓,尽管在我们充满不幸的、最苦的日子当中,我瞧着您,瞧着您的穷困,又瞧着我自己,瞧着我的卑贱无能,我心里悲痛得要死,虽然如此,我向您发誓,这一百卢布对我来说还不算宝贵,宝贵的是承蒙大人亲自握我这么一根麦秆、一个醉鬼的卑贱的手!他老人家的这种行动使我恢复了我本来的面目。他老人家的这种举动使我的精神复活了,使我感到生活永远是甜蜜的了,我坚定地相信,尽管我在至高无上的神面前是有罪的,可是我为大人的幸福和安泰所做的祷告会传到他的宝座上去!……

小宝贝!我现在心里非常乱,非常激动!我的心怦怦地跳,好像要从胸腔里蹦出去了。我不知怎的浑身发软。我给您送四十五个纸卢布去,给女房东二十个卢布,我自己还剩下三十五个。用二十个修补衣服,十五个留作生活费用。可是直到现在,早上那些印象还在震动我的整个身心。我要躺一会儿。不过我觉得踏实,很踏实。只是我的心疼,我可以听见我的心在我的胸腔深处颤抖、战栗、蠕动。我要来看您,可是现在这一切的感触简直使我醉了……上帝会看见一切,我的小宝贝,我最宝贵的、心爱的人!

您值得尊敬的朋友

玛卡尔·杰符什金
9月9日

我亲爱的玛卡尔·阿历克谢耶维奇:

我的朋友,我对您的幸运说不出地高兴,我十分敬重您的长官的美德。这样一来,现在您可以松一口气,不必那么发愁了!不过,看在上帝面上,别又把钱乱花掉。您安安分分过活,尽可能地俭省一些,就从今天起您经常攒一点钱,免得再有不幸突然来袭击您。看在上帝面上,您不必为我们操心。我跟费多拉好歹能对付过下去。您干吗送给我们这么多钱,玛卡尔·阿历克谢耶维奇?我们完全不需要。我们所有的足够我们花了。确实,我们不久要从这个寓所搬走的话那就需要钱了,可是费多拉正希望从某人那儿收回一笔多年的老账。不过,我还是给我自己留下二十个卢布来应付急需。剩下的送还给您。请您把钱节省着用,玛卡尔·阿历克谢耶维奇。再见。现在您可以安安静静地过活了,祝您健康和快活。本来我还想给您多写点,可是我觉得非常疲倦;昨天我一整天没起过床。您答应来看我,那好极了。请您来看我吧,玛卡尔·阿历克谢耶维奇。

瓦·陀·
9月9日

我亲爱的瓦尔瓦拉·阿历克谢耶夫娜：

  我恳求您,我的亲人,现在,正当我十分幸福和对一切都满意的时候,现在别离开我。我心爱的人！您别听费多拉的话,您要我干什么我都照办。单单为了对大人的尊敬,我也要好好做人,我的一举一动要端正而严谨。我们又可以互相写快乐的信,互相倾诉我们的思想、我们的欢乐、我们的忧愁,假如还会有忧愁的话,我们会过得比往常加倍的和睦幸福。我们要读文学书……我的小天使！我命运中的一切都改变了,一切都往好里转变了。女房东变得和气了,杰列莎变机灵了,就连法尔多尼也变得勤快点了。我跟拉塔齐亚耶夫讲和了。我一高兴就自己到他那儿去了。真的,他是个好人,小宝贝,别人爱说他的坏话,那全是胡说。现在我发现那全是卑鄙的诽谤。他完全没有想到要描写我们。这是他亲自对我说的。他给我读了一篇他的新作品。至于那时候他给我起的外号叫洛维拉斯,那完全不是骂人的话,也不是什么不体面的称呼,他向我解释过了。这是直接从外文引来的,意思是机灵的小伙子,假如说得好听一点,用文学的语言来说,那就是"需要提防的小伙子"——就是这样！并没有那种意思。这是没有恶意的玩笑,我的小天使。我是个没知识的人,糊里糊涂就生起气来。现在倒是我向他道了歉。……今天的天气是那样的美妙,瓦连卡,那样的好。确实,早上有一层薄霜,好像是从筛子里撒下来的。这没什么的！这样一来空气变得更新鲜了一点。我出去买靴子,买了一双非常好的靴子。我顺着涅瓦大街走的。我把《蜜蜂》①从头到尾读了一遍。是呀！我还忘了告诉您一件顶重要的事情。

---

① 指《北方蜜蜂》报,是一八二五至一八五九年由反动的新闻工作者布尔加林在彼得堡发行的报纸。

您瞧,是这样的。

今天一清早我跟叶梅利扬·伊凡诺维奇和阿克先季·米哈依洛维奇谈到大人。是啊,瓦连卡,原来他老人家不光是对我一个人那么仁慈。他老人家不光是对我一个人施恩,全世界都知道他的心地善良。在许多地方人们为了对他表示尊敬而赞扬他,还流着感激的眼泪。他在家里养大了一个孤女。他老人家给她办了亲事:把她嫁给一个有名的人,在大人跟前办特殊事务的一个文官。他老人家给一个寡妇的儿子在某机关里谋到一个差事,还做了很多各种各样的好事。小宝贝,我认为我有责任在这方面也加上我的一点点表扬,我就大声述说大人所做的事让大家都听见,我什么都说了,一点也没隐瞒。我把害羞心藏到口袋里去。在这种情况下,还有什么难为情,还顾什么面子呢!于是我大声述说,但愿大人所做的事情得到赞扬!我讲得津津有味,讲得很热烈,一点也不脸红,刚好相反,有这样的事情可讲,我还觉得自豪呢。我什么都讲了(只是关于您,我慎重地避而不谈,小宝贝),讲到我的女房东,讲到法尔多尼,讲到拉塔齐亚耶夫,讲到靴子,讲到玛尔科夫,什么都讲了。有些人在那儿相视而笑,确实,他们全都相视而笑。不过多半是他们发现我的外貌有什么可笑的地方,或者是关于我的靴子,一定是关于我的靴子。他们这样做不可能是怀着什么恶意。这只是因为年轻,或者因为他们都是阔人,可是他们决不会居心不良、怀着恶意讥笑我的话。也就是,讥笑关于大人的话,他们决不能这样。对不对,瓦连卡?

我一直到现在还有点清醒不过来,小宝贝。所发生的这些事闹得我心慌意乱!您有没有木柴?您可别着凉,瓦连卡,您很容易着凉。唉,我的小宝贝,您那些忧郁的思想使我难受极了。我祈祷上帝,我是怎样地为您向他祷告啊,小宝贝!比方说,您

121

有没有羊毛的长统袜,或者有没有暖和点的衣服。您记住,我亲爱的。假如您需要什么,那您看在上帝面上,可别伤我这个老人的心。真的,您还是直接来找我好了。现在困难时期已经过去。您别为我担心了。未来的一切都是那么光明和美好!

那些日子是多么忧愁啊,瓦连卡!可是,反正已经过去了!时间一年一年地过去,我们会为这段时期叹息。我想起了我的青年时代。嘿!有的时候我连一个戈比也没有。我又冷又饿,可是我总是快活的。早晨,我顺着涅瓦大街散散步,看见一张漂亮的小脸,我就能快活一整天。那段时期非常好,非常好,小宝贝!活在世界上可真好啊,瓦连卡!特别是在彼得堡。昨天我眼睛里含着泪水在我主上帝面前忏悔,求主饶恕我在那段忧愁时期中的一切罪恶:我的怨言,我的胡思乱想,我的闹酒和激动。在祷告中,我非常感动地想起了您。只有您一个人支持我,小天使,只有您一个人安慰我,您常常给我忠告和指导。这个我永远也不会忘记,小宝贝。今天我吻遍了您的每一封来信,我亲爱的!好了,再见吧,小宝贝。听说这儿附近有卖衣服的,因此我要去看一下。那就再见吧,小天使。再见!

您忠心耿耿的

玛卡尔·杰符什金
9月11日

仁慈的玛卡尔·阿历克谢耶维奇先生:

我非常激动。请您听听我们这儿发生了什么事吧。我预感到要出什么严重的事了。我宝贵的朋友,您自己判断一下看:贝科夫先生在彼得堡,费多拉碰见他了。他坐在马车上,吩咐车停下来,自己走到费多拉跟前,问她住在哪儿。开头她没告诉他。后来他微笑着说,他知道谁住在她那儿。(显然,安娜·费多罗夫娜全告诉他了。)当时费多拉忍不住,就在当街指摘他,谴责他,说他是个不道德的人,说我的不幸全是他害的。他回答说,人一个钱也没有当然是不幸的。费多拉对他说,我原可以靠做活维持生活,可以结婚,不然的话也可以找到一个什么工作,可是现在我已经永远失去了我的幸福,况且我又有病,快要死了。听了这话他说我还太年轻,说我头脑里还有许多胡思乱想,说我们的美德暗淡无光了(他的原话)。我跟费多拉都以为他不知道我们的住处,可是,昨天我刚出门到商场去买点东西,他忽然走到我们屋里来。好像他存心趁我不在家才来的。关于我们的生活他向费多拉详细打听了很久,他仔细看了我们所有的东西,还看了我做的活,最后他问:"跟你们熟识的那个文官是个什么样的人?"那时候您正巧经过院子,费多拉就把您指给他看,他瞧了一眼就冷笑了一下。费多拉请求他出去,对他说我眼下已经伤心得身体有病了,要是看见他在我们这儿我会非常不愉快的。他沉默了一会儿,说他因为闲着没事才顺便上这儿来一趟的,他要给费多拉二十五个卢布,当然她没要。这是什么意思呢?他为什么上我们这儿来?我不明白我们的事情他是从哪儿知道的!我猜不透。费多拉说,她的大姑子阿克西尼雅常到我们这儿来,她认识洗衣女工娜斯达莎,而娜斯达莎的堂弟在某部里当看门的,安娜·费多罗夫娜的侄子正巧有一个熟人在那个部里工作,因此,风言风语是不是这样传过去的?不过,很可能是费多拉弄错了。我们不知道怎么考虑才好。难道他还要上我们这儿来!只要一想到这个就吓坏了我!昨天费多拉告诉我这一切的时候我那么心惊胆战,吓得我差点没晕过去。他还要怎么样?我现在不愿意理他!他要把我这个可怜的人怎么样呢!唉!现在我多么战战兢兢,因为我老觉得贝科夫马上会走进来。将来我会怎么样呢!命运还给我准备着什么呢?看在基督面上您马上就来看我吧,玛卡尔·阿历克谢耶维奇。来看我吧,看在上帝的分上,来吧。

瓦·陀·

9月15日

小宝贝,瓦尔瓦拉·阿历克谢耶夫娜:

今天我们寓所里发生了一件十分悲惨、怎么也没法解释的意外事情。我们可怜的高尔什科夫(我必须告诉您,小宝贝)被宣告完全无罪了。案子早已判决,今天他去听了最后判决书。对他说来案子非常幸运地结束了。原先加在他头上的玩忽职守和不谨慎的罪名完全撤销了。判决他有权从商人那儿得到一大笔款子,因此他的境况大大地改善了,而且他名誉上的污点也洗去了,一切都变好了,总之,他得到的结果再圆满也没有了。今天三点钟他回到家来。他的脸色大变,白得像一张纸一样,他的嘴唇发抖,可是他自己老在微笑,他拥抱了他的妻子儿女。我们大家一窝蜂似地跑去向他道喜。我们的行动使他深受感动,他向四面八方鞠躬,和我们每一个人都握了好几次手。我甚至觉得他好像长高了,身子挺直了,他眼睛里的眼泪也不见了。他是那样的激动,可怜的人。他不能在一个地方站定两分钟,凡是他碰到的东西他都拿在手里,然后又扔下,他不断地微笑和鞠躬,他坐下,站起来,又坐下。上帝才知道他在说些什么,他说:"我的名誉,名誉,好名声,我的孩子们,"他就老这么说!他甚至哭起来。我们大部分的人也都落泪了。拉塔齐亚耶夫显然要鼓励他,说道:"老兄,什么都没得吃的时候,名誉算得了什么,钱,老兄,钱才是主要的,您就该为这个感谢上帝!"同时还拍拍他的肩膀。我觉得高尔什科夫好像生气了,也就是说不是公开地表示不满意,只是有点古怪地看了拉塔齐亚耶夫一眼,把他的手从自己的肩膀上推开了。这是以前从未有过的,小宝贝!不过,人的性格各有不同。比方拿我来说,在那么高兴的时候,我就不会露出骄傲来。要知道,我的亲人,有的时候你露出过分谦卑和低声下气的样子,不是因为别的,只是因为脾气好,心肠软……然而,这事与我不相干!"是啊,"他说,"钱也是好东西,感谢上帝,感谢上帝!……"后来我们在他屋里,他一直反复地说:"感谢上帝,感谢上帝!……"他妻子定做了一顿比较讲究而丰富的午餐。我们的女房东亲自给他们做菜。我们的女房东多多少少算是个善良的女人。吃午饭以前,高尔什科夫不能在一个地方坐定。他到每一个人的屋里去,也不管人家请没请他。他就那么自己走进去,笑眯眯地在一把椅子上坐一坐,说一两句什么话,有的时候什么话也不说,然后就走了。在海军准尉屋里,他甚至把纸牌拿在手里,他们就请他坐下打牌,当第四把手。他打啊打的,把牌都打错了,他打了三四局就不打了。"不,"他说,"我本来就是随便来玩玩的,我,"他说,"只是随便来玩玩的,"说完他就离开他们那儿。他在走廊上碰见了我,抓起我的两只手来,直直地、可是那么古怪地瞧着我的眼睛。他握了握我的手,就走开了,他老在微笑,可是笑得有点沉痛、有点古怪,像个死人一样。他的妻子高兴地哭了,他们在样样事情上都快活得像过节一样。他们很快就吃午饭了。吃过午饭以后,他对他妻子说:"您听我说,心爱的人,我要去躺一会儿。"说完他就上床去了。他招呼小女儿到他跟前去,把一只手放在她的头上,抚摸孩子的头,摸了很久很久。然后他又转过脸来对妻子说:"彼谦卡怎么样了?我们的彼嘉,"他说,"彼谦卡呢?……"他妻子在胸前画了个十字,并且回答说,他不是早死了吗。"是的,是的,我知道,我全知道,现在彼谦卡在天堂里。"他妻子看出他神经有些不正常,刚才发生的事完全把他闹昏了,就对他说:"亲爱的,您该睡一觉。""是的,好,我马上睡……我睡一会儿。"他就翻过身去,躺了一会儿,然后又翻过身来,想说什么。他妻子听不清楚,就问他:"什么,我的朋友?"可是他没有回答。她等了一会儿,"是啊,"她想,"他睡着了。"她就出去到女房东家呆了一个钟头。过了一个钟头她回来了,看见她丈夫还没有醒,躺在那儿,一动也不动。她想他睡着了,就坐下,动手做了点活。她说她做了半个钟头活,一味在想心事,甚至记不得她想了些什么,她只是说她把丈夫给忘了。后来忽然她由于一种不安的感觉惊醒过来,首先使她吃惊的是屋里像死一般的寂静。她看了看床上,看到她丈夫还是照原来的姿势躺着。她走到他跟前去,掀开被子,看见他已经僵冷了——他死了,小宝贝,高尔什科夫死了,突然死了,好像让雷劈死的一样!可是为什么他会死了呢,只有上帝才知道。这件事使我失魂落魄,瓦连卡,直到现在我还清醒不过来。我不相信一个人那么容易就死了。这个高尔什科夫是这么一个可怜的、不幸的人!唉,命运啊,什么样的命运啊!他妻子满脸泪痕,那样的惊慌。他的小女儿不知躲到哪个角落里去了。他们那儿那么忙乱,就要验尸了……我不能准确地告诉您。不过真可怜,唉,多么可怜啊!想起来可真伤心,实际上不知道哪一天、哪一个钟头……一个人就这么无缘无故地死了……

您的

玛卡尔·杰符什金
9月18日

仁慈的瓦尔瓦拉·阿历克谢耶夫娜小姐:

我急着告诉您,我的朋友,拉塔齐亚耶夫给我在一位作家那儿找到工作。有一个人上他这儿来,给他带来那么厚一部稿子,感谢上帝,工作很多。只是写得那么潦草,我都不知该怎么动手来抄:他们还要求快一点。稿子全都写成那个样子,简直让人看不懂……他们讲好抄一个印张给四十个戈比。我写信告诉您这些,我的亲人,是因为现在我要有外快了。好了,现在再见吧,小宝贝。我马上就要开始工作了。

您忠实的朋友

玛卡尔·杰符什金
9月19日

我亲爱的朋友,玛卡尔·阿历克谢耶维奇:

我已经有三天什么都没给您写了,我的朋友,我这儿有很多很多操心的事,很多忧虑的事。

前天贝科夫上我这儿来了。我一个人在家,费多拉不知上哪儿去了。我一开门看见是他就吓坏了,不能动弹。我觉得我的脸色发白了。他按照他的习惯,响亮地笑着走进来,搬了一把椅子坐下。我好半天镇静不下来,最后我才坐到屋角里去做活。过了一会儿他不再笑了。似乎是我的外表使他感到惊讶。最近我瘦多了,我的两颊和眼睛都陷下去,我的脸色白得像手帕一样……确实,一年以前认识我的人现在很难认出我来了。他定睛瞧了我好半天,最后又乐呵呵的了。他说了一句什么话,我不记得我怎么回答他的,他又笑起来。他在我这儿坐了整整一个钟头,跟我说了好半天话,详细打听了一些事情。最后,在临走之前,他拉着我的手,说(我逐字逐句地写给您看):"瓦尔瓦拉·阿历克谢耶夫娜!我们背地里说一句,您的亲戚,我亲密的熟人和朋友安娜·费多罗夫娜是个很下流的女人。(这时他还用一个难听的字眼称呼她。)她把您的表妹勾引坏了,也把您毁了。至于我,我在这件事里也有点卑鄙,可是要知道,这事很平常。"这时候他扯开嗓子哈哈大笑。然后他说,他不善于说漂亮话,高尚的责任感要求他不能不说的、必须解释的、最重要的话,他已经都说了,至于其余的话他只简短地说几句。这时他对我说,他向我求婚,说他认为他有责任恢复我的名誉,说他有钱,婚后他要带我到他在草原上的村庄里去,他要在那儿打野兔。他说他再也不到彼得堡来了,因为彼得堡讨厌极了,说他在这儿彼得堡,按他的说法,有一个没出息的侄子,他发誓要取消他的继承权,其实就是为了这个缘故,也就是他希望有合法的继承人,才向我求婚,这就是他求婚的主要原因。然后他说,我过得非常穷苦,住在这么间破旧的小屋里,无怪乎要生病了,他预言道,假如我再这么住上一个月,必然会死的。他说彼得堡的寓所都糟透了,最后,他问我需不需要什么东西?

他的求婚使我非常震惊,我自己也不知道为什么就哭起来了。他以为我流泪是因为感激他,就对我说,他一直相信我是一个善良的、有感情、有学问的姑娘,可是直到他详细打听清楚我现在的品行以后,他才下决心采取这个措施。然后他问到您,他说一切他都听说了,说您是一个品德高尚的人,就他来说,他不愿意欠您的债不还,问我五百卢布够不够偿还您对我的一切帮助?我向他解释说,您帮我的忙绝不是钱偿还得了的,他就对我说,这全是胡说,这全是小说,说我还年轻,不该读诗,说小说会毁了年轻姑娘,说书本只能败坏道德,说他什么书都不爱看。他劝我活到他那么大岁数再来议论人。"到那时候,"他补充说,"您才会认得清人。"然后他说,我对他的求婚应该好好考虑一下,说假如我不仔细考虑就采取这么重要的步骤,那他会非常不痛快的。他补充说,考虑欠周和一时冲动会毁了没有经验的年轻人,可是他非常希望从我这儿得到圆满的答复。最后他说,不然的话,他逼不得已只好娶一个莫斯科商人的女儿,"因为,"他说,"我已经发过誓要取消那个没出息的侄子的继承权。"他硬把五百个卢布放在我的绣架上,照他的说法,是给我买糖果吃的。他说,我在乡下会胖起来,像个小油炸饼一样,我在他那儿可以过得非常富裕,现在他忙得很,整天忙着办事,现在他是抽空来看我的。说完他就走了。我想了很久,我反复地考虑了很多,我一边想一边难受,我的朋友,最后我拿定了主意。我的朋友,我要嫁给他,我应该答应他的求婚。假如有人能使我摆脱我的耻辱,恢复我的好名声,使我以后不致再受穷受苦和遭到不幸,那就只有他了。对将来我还能期望什么呢?我还能向命运要求什么呢?费多拉说,不应当失去自己的幸福;她说在这种情况下这不叫幸福,还有什么叫幸福呢?至少我找不到另外可走的路了,我宝贵的朋友。我有什么办法呢?我老这样做活把我的身体全毁了,我不能经常做活。上人家里去工作吗?我会烦恼得憔悴,况且我不会使人家满意的。我生来多病,因此我永远会成为别人的累赘。当然,我现在也不是到乐园去,可是我有什么办法,我的朋友,我还有什么办法呢?我还有什么别的路可选择呢?

我没有征求您的意见。我要独自考虑这件事。您现在看到的决定是不能更改的了,我马上就要把这个决定告诉贝科夫了,他本来就在催我作出最后的决定。他说他有事不能等,他得动身走了,不能为这点小事耽搁下去。只有上帝才知道我会不会幸福,我的命运捏在上帝的神圣的、不可预测的手中,可是我下了决心。听说贝科夫是个善良的人;他会尊敬我,或许我也会尊敬他。我们这样的婚姻,人还能期望什么呢?

我把一切都告诉您了,玛卡尔·阿历克谢耶维奇。我相信您会了解我的一切苦衷。您就别劝我改变主意了。您的努力会白费的。您心里衡量一下逼得我非这样做不可的种种原因吧。

起先我很惊慌不安,可是现在我比较镇静了。在我的前面是什么,我不知道。听天由命,随上帝安排吧!……

贝科夫来了,我没法写完这封信了。我还有很多话要对您讲呢。贝科夫已经到这儿了!

瓦·陀·
9月23日

小宝贝,瓦尔瓦拉·阿历克谢耶夫娜:

小宝贝,我赶忙给您写回信;小宝贝,我急于要对您说,我很惊讶。这一切好像不大对头……昨天我们埋葬了高尔什科夫。是的,事情是这样的,瓦连卡,是这样的;贝科夫的举动很高尚;不过,您看,我的亲人,那么您也答应了。当然,一切都是上帝的意旨;是这样的,一定是这样的,也就是说,在这件事里上帝的意旨一定是这样的;天上的造物主的意旨当然是既美好又不可预测的,命运也是这样,它们都一个样。费多拉也同情您。当然,这回您要幸福了,小宝贝,您会过得舒心了,我亲爱的,我的宝贝儿,我最可爱的人,我的小天使,不过,您要知道,瓦连卡,这怎么那么快呢?……是的,有事……贝科夫先生有事,当然,谁没事呢,他也可能有事……他从您那儿出来的时候我看见他了。他是一个相貌堂堂的男子;甚至是个颇为相貌堂堂的男子。不过这件事总有点不大对头,问题倒不在于他是不是一个相貌堂堂的男子,可是我现在不知怎么心里乱得很。不过,这样一来我们今后还怎么互相通信呢?至于我,怎么能留下我一个人呢。我的小天使,我统统衡量过了,统统衡量过了,照您写信对我说的那样,在我心里衡量过这一切、这一切的理由了。我已经抄完第二十个印张了,不料就出了这些事!小宝贝,那您就要动身走了,您还得买各种东西吧,各式各样的鞋啊,衣服啊,正巧我知道豌豆街有一家铺子,您记得不,我还给您描写过一番呢。可是不行!您怎么能这样呢,小宝贝,您怎么啦!要知道您现在不能上路,完全不能,绝对不能。要知道您得买大批的东西,还得添置一辆马车。况且现在天气很坏;您瞧,下着倾盆大雨,又连续不断地下,而且……而且,您会觉得冷的,我的小天使,寒气会浸到您的心里去。要知道您怕生人,可是您还是要去。撇下我一个人在这儿找谁去呢?是的,费多拉说,有很大的幸福等待着您……可是要知道她是个任性的娘儿们,她要毁掉我。小宝贝,今天您去不去做晚祷?我有心到那儿去看看您。确实,小宝贝,确确实实,您是个有学问、有美德、有感情的姑娘,不过,还是让他去娶商人的女儿好!小宝贝,您觉得怎么样?还是让他去娶商人的女儿好!我要到您那儿去,我的瓦连卡,天一黑下来,我就跑到您那儿去坐上个把钟头。今天晚上天黑得早,那么我马上就要跑过去了。小宝贝,今天我一定到您那儿去坐上个把钟头。现在您在等贝科夫吧,他一走,我就……您等一会儿吧,小宝贝,我就要跑到您那儿去了……

玛卡尔·杰符什金
9月23日

我的朋友,玛卡尔·阿历克谢耶维奇:

贝科夫先生说,我一定得有三打荷兰细麻布衬衫。因此得赶快找些女裁缝来做两打,我们的时间很紧。贝科夫先生生气了,他说为这些破衣服还得麻烦半天。再过五天就是我们的婚期,婚后第二天我们就要动身走了。贝科夫先生忙着要走,他说不该在无聊的小事上浪费很多时间。我忙得累极了,几乎站都站不住了。事情一大堆,可是,真的,假如这些事一桩也没有,那才好呢。还有:我们缺少丝织花边和饰绦,因此还得买,因为贝科夫先生说，他不愿意他的妻子穿得像个厨娘似的，还说我一定得"使所有的地主太太望尘莫及"。他自己这样说的。因此，玛卡尔·阿历克谢耶维奇，劳您驾到豌豆街去找一趟希丰太太，请求她，第一，派几个女裁缝上我们这儿来；第二，请她务必亲自来一趟。今天我病了。我们的新居冷得很，又非常地乱。贝科夫先生的姑姑老得只剩一口气了。我怕她会在我们动身之前死去，可是贝科夫先生说，不要紧，她会缓过来的。我们的房间里非常乱。贝科夫先生不跟我们住在一起，因此只有上帝知道，所有的仆人都跑到哪儿去了。有时候只有费多拉一个人伺候我们：贝科夫先生那个照料一切的贴身仆人，一连三天都不知上哪儿去了。贝科夫先生每天早上都来，总是发脾气，昨天他打了这所房子的管家，为此跟警察发生了纠纷……甚至没有人给我把信送到您那儿去。我写信只好邮寄了。是啊！我差点忘了最重要的一件事。请您告诉希丰太太，让她一定要更换丝织花边，跟昨天的花样相配，还让她自己上我这儿来一趟，把新的货样带来给我看。还要告诉她，关于轻便短上衣我改变了主意，要用合股线刺绣。还有：手帕上花字的字母要用锁针绣法来绣，您听清没有？要用锁针绣法，不要用平绣。小心别忘了，用锁针绣法！这儿还有一件事我差点忘了！看在上帝面上，请转告她，短披肩上的小叶子要绣得凸起来，要镶上卷须和刺，然后用花边或者用宽荷叶边缘领子。劳驾，请您转告她，玛卡尔·阿历克谢耶维奇。

您的瓦·陀·
9月27日

  我托您办这些事让您受累，我觉得很难为情。前天您已经跑了整整一早上。可是有什么办法呢！我们的房子里乱七八糟,我自己又不舒服。因此您别恼我,玛卡尔·阿历克谢耶维奇。我苦闷极了!唉,将来会怎么样呢,我的朋友,我亲爱的,我善良的玛卡尔·阿历克谢耶维奇!我不敢看我的未来。我老是预感到要出什么事,我终日昏昏沉沉。

又及

看在上帝面上,我的朋友,我刚才跟您说的那些事您可一件也别忘。我老怕您会弄错一样。请您记住,要用锁针绣法,不要用平绣。

瓦·陀·
又及

仁慈的瓦尔瓦拉·阿历克谢耶夫娜小姐:

您托我办的事我都尽心办妥了。希丰太太说,她自己也想用锁针绣法;她说这样更合适一些,或者还说了些什么,我不知道了,我没有听得十分清楚。还有,您信里提到荷叶边,她也讲到荷叶边了。不过,小宝贝,关于荷叶边我忘记她对我说了些什么。我只记得她说了很多话,那么个讨厌的娘儿们!她倒是说了些什么来着?好在这些话她自己全会对您说的。小宝贝,我累极了。今天我连公事房也没去。不过您,我的亲人,用不着灰心绝望。为了使您安心,我准备跑遍所有的铺子。您写信说您不敢看未来。好在今晚七点钟您就会全知道了。希丰太太会亲自上您那儿去的。因此您不要灰心绝望;您存着希望吧,小宝贝;或许一切都会变好的——情况就是这样。喏,现在,我老是在想该死的荷叶边,唉,这些讨厌的荷叶边,荷叶边,荷叶边!我本想跑到您那儿去,小天使,我本想跑去,一定要跑去；我已经两回走到您家大门口。可是贝科夫，也就是，我要说的是，贝科夫先生老是怒气冲冲的，因此有点不妙……是啊，还提这些干什么！

玛卡尔·杰符什金
9月27日

仁慈的玛卡尔·阿历克谢耶维奇先生：

看在上帝面上，您马上跑到宝石商那儿去。告诉他说，不要做镶珍珠和绿宝石的耳环了。贝科夫先生说，那太阔气，太贵了。他发脾气了。他说他花了那么多钱，说我们在抢劫他，昨天他说，假如预先知道和估计到要花这么多钱，那他就不找这些麻烦了。他说我们一举行结婚仪式，马上就动身，不请客，我别希望有什么应酬和跳舞，现在离欢乐的日子还远着呢。这就是他说的话！可是上帝看得见，我何尝要这样！样样东西都是贝科夫先生自己定购的。我什么话也不敢回答他：他脾气那么暴。将来我会怎么样啊！

瓦·陀·
9月28日

我亲爱的瓦尔瓦拉·阿历克谢耶夫娜：

我……也就是说，宝石商说——好吧。开头我原想谈我自己，说我病了，我起不来床了。现在，正当忙碌紧张的关头，我却着了凉，真见鬼！我还要告诉您，祸不单行，大人变得严厉起来，对叶梅利扬·伊凡诺维奇大发脾气，大叫大嚷，到末了他累得要命，这个可怜的人。您看，我样样事情都告诉您了。我本来还要给您写点什么，只是我怕打搅了您。要知道，小宝贝，我这个人又笨又老实,只会想到什么就写什么,因此,也许,您会——唉,还提这些干什么!

您的玛卡尔·杰符什金
9月28日

瓦尔瓦拉·阿历克谢耶夫娜,我的亲人:

今天我看见了费多拉,我亲爱的。她说你们明天就要举行婚礼,后天就动身,又说贝科夫先生已经在雇马车了。关于大人的事,我已经告诉过您了,小宝贝。还有:我核对了豌豆街那家铺子的账单;对都对,只是东西太贵。不过为什么贝科夫先生对您发脾气呢?哎,您会幸福的,小宝贝!我高兴,是啊,假如您幸福,我就会高兴的。我本该到教堂去,小宝贝,可是我去不了,我的腰疼。因此我老在想我们通信的事:要知道今后谁来给我们传递书信呢,小宝贝?是啊!您给了费多拉不少钱,我的亲人!您做了一桩好事,我的朋友;这桩事您做得很好。真是一桩好事啊!为每一桩好事上帝都会赐福给您。善有善报,上帝是公正的,善行永远会得到奖赏,不过迟早而已。小宝贝!我本想给您写很多的话,我能够每个钟头、每一分钟老这样写下去,老写下去!我这儿还留得有您的一本《别尔金小说集》,您听我说,小宝贝,您别从我这儿拿走了,把它送给我吧,我亲爱的。这倒不是因为我很想读它。可是您自己知道,小宝贝,冬天快到了;黄昏很长,使人忧闷,那么我可以读读这本书。小宝贝,我就要从我的寓所搬到您原来住的房间里去,我要向费多拉把它租下来。现在我跟这个正直的女人无论如何也分不开了,况且她是一个很勤快的女人。昨天我到您的空寓所里去仔细看过。那儿有您的小刺绣架子,那上面还绷着绣的东西,全都留在那儿没动,还放在屋角里呢。我仔细看了您绣的活。那儿还留着各式各样的零头碎布。您用我的一封信缠的线。在小桌上我找到了一张纸片,上面写着:"仁慈的玛卡尔·阿历克谢耶维奇先生:我赶紧"——就写了这么一点。显然,在最有趣的地方有人使您搁下了笔。屏风后面的屋角里放着您的小床……我心爱的人啊!!!好了,再见吧,再见;看在上帝面上,快一点回我一封信。

玛卡尔·杰符什金
9月29日

我宝贵的朋友,玛卡尔·阿历克谢耶维奇:

样样事情都办完了!我的命运已经定了;我不知道我的命运会怎么样,可是我只能顺从上帝的意旨。明天我们就动身走了。我最后一次跟您告别,我宝贵的人,我的朋友,我的恩人,我的亲人!不要为我悲伤,幸福地活下去吧。要记住我,愿上帝赐福给您!我呢,在我的思想里,在我的祈祷中会常常记起您。那么这段时期就算是结束了!我过去的回忆中很少有什么快乐的事可以带到新生活里去;因此您留给我的记忆就会越发宝贵,您在我心里也就越发宝贵了。您是我唯一的朋友,在这儿只有您一个人爱我。要知道这一切我都看到了,我本来就知道您多么爱我!我的一笑,我信上的一行字,都能使您幸福。现在您却得习惯没有我生活下去了!您一个人留在这儿怎么办!我把您留在这儿托付给谁呢,我善良的、宝贵的、唯一的朋友!我把那本书、刺绣架子和刚开头的那封信都留给您。往后您看到这刚开头的两行,那么下面的话,您要从我这儿听到或读到的那些话,我本该写给您而现在没法写的那些话,您就自己在心里想出来吧!请您记住您可怜的瓦连卡,她是那么深深地爱着您的。您所有的信我都留在费多拉的五屉柜上面一个抽屉里。您信上说您病了,可是今天贝科夫先生哪儿也不准我去。我会写信给您,我的朋友,我答应您,可是只有上帝才知道,以后会发生什么事情。那么,现在我们要永远分手了,我的朋友,我心爱的人,我的亲人,永别了!……唉,假如我现在能拥抱您就好了!再见吧,我的朋友,再见,再见。希望您幸福地过下去,祝您健康。我将永远为您祈祷。唉,我多么悲伤,我的心情多么沉重啊。贝科夫先生在叫我了。永远爱您的

瓦·

9月30日

现在我的心那么堵得慌,涨满了泪水……
眼泪憋得我透不出气,撕裂了我的心。别了。
上帝!我多么悲伤啊!
记住我,记住您可怜的瓦连卡!

又及

小宝贝,瓦连卡,我心爱的人,我宝贵的人。他们正在把您带走,您就要动身了。是啊,现在他们就是把我的心从胸膛里剜出来,也比把您从我这儿带走的好!您怎么能这样呢!瞧,您在哭,可是您还是走了?!喏,我这会儿正收到您那封沾满泪痕的信。可见您不愿意走;可见您是硬给带走的,可见您怜惜我,可见您爱我!而且,您往后跟什么样的人一块儿过啊?在那边,您的心会悲伤、厌恶、冰冷的。苦恼会把您的心榨干,悲伤会把您的心撕成两半。您会在那儿死掉,他们会把您埋在那儿潮湿的土地里;在那儿谁也不会哭您!贝科夫先生只顾打野兔去……唉,小宝贝,小宝贝!您怎么能做出这样的决定啊,您怎么能下决心走这一步的呢?您怎么能这么办,您怎么能这么办,您对您

自己怎么做出这样的事来！要知道在那儿他们会把您生生磨死；在那儿他们会要了您的命,小天使。要知道,小宝贝,您弱得像根羽毛一样。我呢,也不知道上哪儿去了？我这个傻瓜也不知在发什么呆！我明明看见孩子做糊涂事,孩子的脑袋简直发热了！这时我本该不客气——可是偏偏不然,我这个傻透了的傻瓜什么也没想,什么也没看见,好像这件事挺对,好像这件事跟我毫不相干似的,我还为了荷叶边去奔走呢！……不行,瓦连卡,我要从床上起来；也许到明天我就会好了,那我就能起来了！……小宝贝,我要扑到车轮底下去；我不让您走！啊,不行,这究竟是怎么回事呢？凭什么理由要这么办呢？我要跟您一块儿去；假如您不带我去,那我就跟着您的马车跑,拼命地跑,一直跑到我断了气为止。再者,您可知道您要去的那个地方是什么样吗,小宝贝？您也许不知道,那您就问我吧！那儿是草原,我的亲人,那儿是草原,光秃秃的草原；就跟我的手掌一样光秃！那儿只有没有感情的村妇、没受过教育的庄稼汉和醉鬼。那儿的树叶现在已经从树上落下来了,那儿老下雨,那儿冷得很,可是您偏要到那儿去！喏,贝科夫先生在那儿倒有事干:他能在那儿打野兔,可是您干什么呢？您愿意去做地主太太吗,小宝贝？可是,我的小天使啊！您看看您自己,您像个地主太太吗？……是啊,事情怎么能这样,瓦连卡！往后我给谁写信呢,小宝贝？是啊,您该考虑到这一点,小宝贝,您该问问您自己,往后他给谁写信呢？我叫谁小宝贝,我用这么亲爱的名字去叫谁呢？以后叫我到哪儿去找您呢,我的小天使？我会死的,瓦连卡,一定会死的；我的心受不了这样的不幸！我爱您如同爱上帝的光一样,我爱您如同爱我的亲女儿一样,我爱您的一切,小宝贝,我的亲人！我素来只为您一个人活着！我工作,抄公文,走路,散步,我把我观察到的事情倾诉在纸上,写成亲切的信,这一切都是因为您,小宝贝,住在这儿,就在对过,靠近我。这也许您不知道,可是这一切确实是这样!是啊,您听我说,小宝贝,您考虑一下吧,我最心爱的人,您离开我们走了,这怎么行呢?我的亲人,要知道您不能走,这不行,这简直绝对不行!要知道天正在下雨,您又那么弱,您会着凉的。您的马车会淋透的,一定会淋透。您刚一出城门,马车就会坏了,成心捣乱,一下子就坏了。要知道在这儿,在彼得堡,马车造得非常差!我熟悉这些造马车的工人;他们只能造个小模型、小玩具什么的,造不出坚固的东西来!我敢起誓说,他们造不出坚固的!小宝贝,我要扑到贝科夫先生面前去跪着,我要向他说明,说明一切!小宝贝,您也要向他说明,跟他讲道理!您说您要留下,您不能走!……唉,为什么他不在莫斯科娶个商人的女儿呢?真的,还是让他去娶她吧!商人的女儿对他来说好一些,她配他正合适;真的,我知道这是为什么!可是我一定要把您留在我这儿。对您来说,小宝贝,这个贝科夫,他算个什么人呢?您怎么忽然觉得他可爱了?也许是因为他老给您买荷叶边吧?也许就是因为这个缘故吧!可是要知道荷叶边算得了什么?荷叶边有什么用?要知道,小宝贝,那全是废物!这儿讲的是人的生死问题,要知道,小宝贝,荷叶边是破布,小宝贝,荷叶边只是破布罢了。是啊,我自己也能给您买,只要我一领到薪水,就给您买上许多荷叶边,我给您买许多,小宝贝;我知道那儿有一家铺子;只不过您要等我领到薪水,我的小天使,瓦连卡!唉,主啊,主啊!那么您真的要跟贝科夫到草原上去了,而且一去不复返了!唉,小宝贝!不,您还得给我写信,还得给我写一封信,告诉我一切。您走了之后,就从那儿给我写一封信来。不然的话,我神圣的小天使,这就成为最后一封了,可是要知道,无论如何也不能让这封信成为最后的一封。是啊,这怎么行呢,就这样,忽然间,一下子确确实实成为最后的一封!那可不行,我要写,您也要写……再说,现在我的文笔刚刚像样……唉,我的亲人,文笔算得了什么!是啊,我现在不知道我在写些什么,一点也不知道,什么也不知道,我也不想再重读一遍,也不修饰文体,我写只是为了要写,只是想给您多写点……我亲爱的,我的亲人,我的小宝贝!

文　颖译

孪生兄弟

彼得堡奇观

第 一 章

已然快到上午八点了,九等文官雅科夫·彼得罗维奇·戈利亚德金方才从好长的一觉中睡醒,打哈欠呀,伸懒腰呀,最终完全睁开了他那双眼睛。可他在床上还愣愣地躺了两三分钟,他这人一时还不能完全确信,他这是醒过来了呢,抑或依旧在睡觉,他身边正在发生的这一切真的不是在梦里而是在现实中么,抑或还是他那些纷乱无序的梦幻的延续。但没过一会儿,戈利亚德金先生的知觉就开始愈来愈清晰地接受其司空见惯的日常印象了。他这狭小的房间那脏兮兮而发绿的、烟熏尘封的墙壁,他那真红木柜橱,仿红木椅子、红漆桌子、浅红底绿花漆布面的土耳其式沙发,最后,还有昨日匆匆脱下而扔在沙发上的一团衣服——全都挺熟悉地瞅着他哩。最后,这晦暗的秋日,雾蒙蒙而灰沉沉的秋日,它是那样地生气而带着那样一副酸溜溜的鬼脸,透过昏暗的窗口朝房间里的他瞥了一眼,弄得戈利亚德金先生就此再也不能怀疑,此时此刻他并不是在某一个遥远的国家,而是在彼得堡,在京城,在六铺街,在一栋相当大而坚固的楼房的四层上,在自己的寓所里。作出了如此重大的发现之后,戈利亚德金先生猛然紧闭双眼,好像他对方才的梦幻颇为惋惜而欲加以片刻的重温。但过一会儿,他就一骨碌跳下床来,想必是终于拿定主意了,在这之前他那些乱纷纷不安分的思绪总是绕着这个主意打转。跳下床之后,他马上就奔到那面摆在柜橱上的小圆镜前面。虽然镜面上映现出来的这个人睡眼惺忪,高度近视,严重秃顶,恰恰具备那种一眼看上去绝不会引起任何人注意的平庸无奇的特征,然而,这个形象的拥有者看上去对其镜中所见却是十分满意。"那才糟呢,"戈利亚德金先生低声说,"那才糟呢,要是我今儿个有什么疏忽,要是闹出点什么异常的事儿,比如说,那儿忽然冒出一个小粉刺,或是发生了什么其他的麻烦;不过,眼下还算不错;眼下一切都还正常。"戈利亚德金先生为这"一切都还正常"高兴了一番,然后便把镜子放回原处,而奔到小窗口那儿,开始非常热心地用目光在自己寓所窗子对面的院子里搜索起什么来,也未曾留意到自个儿还赤着脚,身着就寝时一向穿的那身衣服。看上去,他用目光在院子里搜索到的东西也使他十分满意;他的脸上绽开了洋洋自得的微笑。接着,他先向隔板后面自己的跟班彼得鲁什卡的斗室里瞥了一眼,确信彼得鲁什卡不在那儿,这才踮着脚走到桌边,打开桌面下一个抽屉上的锁,在那抽屉的尽里边的角落摸了一阵,终于从一堆已然发黄的旧纸和什么破烂里掏出一只绿色的破钱包,小心翼翼地将它打开,带着一副珍惜与愉悦的神情,朝这钱包最里边的暗袋望去。大概那一叠绿的、灰的、青的、红的以及其他五颜六色的花钞票,也是相当诱人与赞许地瞅着戈利亚德金先生:他神采奕奕地把这打开的钱包放在面前的桌上,用力搓着手,显得极其愉快。最后,他把这叠令人开心的通用纸币掏了出来,用拇指和食指捻着钞票,仔细地一张一张地翻过去,重新数起来,仅仅从昨日算起,他已经数过一百遍了。"纸卢布七百五!"他终于数完,低声说道。"七百五十卢布……很可观的数目呀!这可是让人开心的数目！"他用那颤抖的、由于快乐而有些微弱的嗓音继续念叨着，手里紧捏着那叠钞票，意味深长地微笑着。"这可真是很让人开心的数目！对谁它都是让人开心的数目！有什么人会认为这个数目对他乃是微不足道的吗？我现在倒想看到这人。这样一笔钱可以让人大有作为……"

"可这是怎么回事呀？"戈利亚德金先生思忖道，"彼得鲁什卡究竟上哪儿去了？"他依然穿着那身衣服，再一次朝隔板那边瞥了一眼。隔板那边还是没有彼得鲁什卡，只有摆在那边地板上的茶炊独自在那儿生气，冒火，沉不住性子，不住地威胁着要带着蒸汽跑开，还用它那灵巧的舌头急促地唠叨着，冲着戈利亚德金先生发出嗤啦嗤啦的声响，——想必它这是在絮叨：好心人呀，这就把我拿去吧，我可是完全烧开啦，现成的了。

"活见鬼！"戈利亚德金先生想道。"这懒鬼可真的能把人给气疯的；他这是上哪儿逛游去了呢？"他怀着一腔义愤走进前厅。这前厅本是一个小走廊，走廊的一端有一扇门通向门斗。他稍稍推开这扇门，便看见自己的那位跟班，他正被一大堆有着各种差使的仆役用人以及偶然来串门的闲人围绕着哩。彼得鲁什卡正在述说着什么，其余人都在听。看上去，不论那话题，还是这述说本身，都不讨戈利亚德金先生欢喜。他立刻冲着彼得鲁什卡吆喝了一声，十分不满，心绪纷乱地折回房间。"这骗子可是情愿一个铜币也不要就去出卖别人，尤其是出卖主人，"他在心中暗自思忖道，"给出卖了，一定是给出卖了，我都敢打赌，一个戈比也不要就给出卖了。哎呀，这可怎么办呢？……"

"老爷，号衣送来了。"

"穿好了就到这边来。"

彼得鲁什卡穿上号衣，傻笑着，走进老爷的房间。他那一身行头古怪得无以复加了。他身着一件绿色的、早已被人穿旧的、听差专用的号衣,镶滚的金边已然破裂,看上去,它本是为个头比彼得鲁什卡要整整高一俄尺的人而缝制的。他手里拿着一顶帽子,也镶着金边,还插着绿色翎子,屁股后面则拖着一把跟班用的皮鞘短剑。

最后,为使这一画面完整无缺,还要补上一笔:彼得鲁什卡恪守自己喜欢的习惯,一向爱穿家常便服,随随便便,即便此时,他也是光着脚板。戈利亚德金先生把彼得鲁什卡上上下下地打量了一番,看上去倒还满意。这号衣显然是为了某个庄重的场面而特地租来的。还有一点也可看出,在打量的时候,彼得鲁什卡带着一种奇特的期待神情瞅着老爷,怀着异乎寻常的好奇心盯着他的每一举动,这使戈利亚德金先生极为窘迫。

"喂,那马车怎样了?"

"马车已到。"

"租的是全天的吗?"

"是租的全天。二十五个纸卢布。"

"靴子也送来了吗?"

"靴子也送来了。"

"蠢货!连'是,送来啦,老爷'都不会说。拿到这边来吧。"

这靴子穿着很合适,戈利亚德金先生立即表示了自己的满意,然后他就吩咐上茶,要洗漱,要刮脸。他把脸刮得很仔细,脸也洗得很仔细,匆匆地啜了一口茶,便开始自己主要的、最后的着装:套上那条几乎全新的裤子;接着,穿上那件有铜纽扣的胸衣,外加一件十分鲜艳悦目的细花坎肩;往颈项上打一条花绸领带,最后穿起那件也是簇新的、仔细刷过的文官制服。在穿衣服那会儿,他好几回满怀爱意地打量着自己脚上的靴子,一会儿抬起这条腿,一会儿抬起那条腿,欣赏靴子的式样,一个劲儿地喃喃自语,偶尔还冲着自己心中的念头做个颇有意味的鬼脸。不

144

过,今天早晨戈利亚德金先生可算是极度心不在焉,伺候他穿戴的彼得鲁什卡冲他笑,做鬼脸,他几乎不曾留意到。最终,该穿该戴的都已弄好,着装全然整齐了,戈利亚德金先生把钱包放进衣兜里,把已穿上靴子因而同样完全准备好了的彼得鲁什卡周身打量了一遍,看到一切俱已齐备,再没有什么要等待的了,他便急匆匆,兴冲冲,怀着一颗微微战栗的心,跑下楼梯。一辆天蓝色的、刻着某种徽章的出租马车,正咕咚咕咚地辗着路面,驶近台阶边。彼得鲁什卡一边扶老爷上马车,一边向车夫以及一群好看热闹的人做鬼脸;他勉强忍住傻笑,用他那变了调的嗓门喝道:"走!"随即跳上马车后脚蹬,只听得马车掀起一阵喧嚣,发出笃笃的声响,急速地直奔涅瓦大街而去。这辆天蓝色的轻便马车刚刚驶出大门,戈利亚德金先生就抽筋似地搓了搓手,开始发出轻轻的笑声,好像一个性情开朗的人成功地与人家开了个漂亮的玩笑,而这玩笑又让他自己高兴得不得了。可是,在这份快乐劲儿过去之后,戈利亚德金先生脸上的笑意立即变换为某种奇怪的忧虑。尽管天阴潮湿,他还是把车厢两边的窗子都打开了,开始不安地察看左右两边的行人,一发现有人朝他看,他便立刻摆出体面稳重的姿态。车从铸造街拐向涅瓦大街时,他忽然由于一种极不愉快的感觉而哆嗦了一下,皱起眉头来,就像那被人家不留心踩着鸡眼的可怜人,忙不迭地甚至怯生生地偎缩到车厢中最黑暗的角落里。原来,他遇见了两位同僚,他本人供职的那个机关里的两位年轻的官员。戈利亚德金先生似乎觉得,那两位官员如此撞见自己的同僚之后也有些莫名其妙,其中的一位甚至还对戈利亚德金先生指指点点的。戈利亚德金先生甚至还觉得,另一位竟大声嚷出他的名字,不用说,这在大街上乃是很不雅观的。我们的主人公躲着,并没有应声。"这都是些什么样的愣头小伙子呀!"他开始独自议论起来。——

"嗨,这又有什么稀奇呢?人家坐马车而已;人家需要乘坐马车,就雇了一辆马车。简直是些废物!我可了解他们——简直是些愣头小伙子,还得让他们吃些鞭子!一领到薪水就去玩掷钱的游戏,再到什么地方逛游,这就是他们的活法。该对他们这些人开导开导才是,可是,话又说回来……"戈利亚德金先生还没有结束这番议论,就呆住了。只见一对剽悍的鞑靼马——这对马是戈利亚德金先生十分熟悉的,拉着一辆漂亮的敞篷马车,从右侧飞快地追上他的马车。坐在那敞篷马车上的先生无意中瞥见戈利亚德金先生的脸,——此刻的戈利亚德金先生正相当不谨慎地从车厢窗口探出头来,——看上去,那位先生也因为这不期而遇而惊讶不已,他尽量弯下身子,带着一份极其好奇、关切地朝轻便马车的那个角落,也就是我们的主人公忙不迭地藏身于其中的那个地方望去。敞篷马车上的那位先生是安德烈·菲立波维奇,是戈利亚德金先生供职的那个机关的一个处长,而戈利亚德金先生则在该处下面的一个股任副股长。戈利亚德金先生看出安德烈·菲立波维奇已然完全把自己认出来了,他那两只眼睛正圆鼓鼓地瞅着自己,无论如何也难以隐身了,急得满脸通红,直红到耳根。"躬身行礼吗?打不打招呼呢?认他还是不认他呢?"我们的主人公在难以言喻的苦恼中思忖着,"要么就佯装这并不是我,而是另外一个人,其相貌与我惊人地相同,因而也就若无其事地相对而视?恰恰不是我,不是我,就是这么回事!"

戈利亚德金先生一边这样说着,一边在安德烈·菲立波维奇面前脱下帽子,一眼不眨地望着他。"我,我无所谓,"他勉强地嘟哝着,"我实在无所谓,这根本不是我,安德烈·菲立波维奇,这根本不是我,不是我,就是这么回事。"不过,敞篷马车很快就超越轿式马车,而上司目光中的磁力也跟着消逝了。可是他依然涨红着脸,微笑着,口中不住地嘟哝着……"我没有去打招呼,真是个傻瓜,"他最终寻思道,"我本该大胆地站起来,坦率地,大大方方地对他说,如此这般,安德烈·菲立波维奇,我也是应邀赴宴去,就是这么回事!"过了一会儿,他忽然想起来,他这是自己给自己出了丑,我们的主人公顿时恼羞成怒,火冒三丈。他皱起眉头,向车厢前端的一角掷去恶狠狠挑战性的一瞥,这一瞥的使命重大,它得把他所有的仇敌一下子全化为灰烬。后来,他终于心血来潮,忽然把那条系在马车夫胳膊上的绳子拽了一下,令马车停住,吩咐驶回铸造街。原来,戈利亚德金先生为了自己心神的安宁,想必有什么最要紧的话要立刻告诉他的医生克列斯基扬·伊凡诺维奇。虽然他与克列斯基扬·伊凡诺维奇是在前不久才相识的,只是在上周由于某种需要而去拜访过他,且只有那么一次,但是,诚如常言所说,医生就是听取忏悔的神甫,——有心事而隐瞒才是愚蠢之举,而了解病人乃是医生的天职。"不过,这一切是否一定如此这般呢?"我们的主人公命令他的马车在铸造街一栋五层楼房的大门口停下来,他自己一面走出车厢,一面继续思忖道:"这一切是否一定如此这般呢?这会是体面之举吗?这是否合适?可其实也没什么。"他继续思忖着,一面爬楼梯,喘着气,尽力使心跳不致过快,他可是有每每攀登别人家的楼梯就怦怦心跳的老毛病的。"有什么大不了呢?我这是去谈自己的事,这里没有丝毫不体面的东西……有心事而隐瞒才是愚蠢之举。我且就这样佯装我什么事也没有,而不过是顺道路过……他也会看得出来,事情本该如此。"

戈利亚德金先生就这样边走边考虑着,已爬上了二楼,在五号门前停住了脚步。那门上钉着一块漂亮的铜牌,上面刻着几个字:

内 外 科 医 生

克列斯基扬·伊凡诺维奇·鲁滕施皮茨

我们的主人公站住后，赶紧使自己的面孔显露出恭敬体面、落落大方而又不失几分和蔼可亲的仪态，接着便准备去拽动门铃绳。刚要拽，他却突然又相当适时地思虑起来，是否最好明天再来，眼下可并没有多大要紧的事呀。但戈利亚德金先生忽然听见楼梯上有脚步声，他便立即改变了自己这一新决定，当机立断，已然带着最为坚定的神情，拉动了克列斯基扬·伊凡诺维奇家的门铃绳。

第 二 章

内外科医生克列斯基扬·伊凡诺维奇·鲁滕施皮茨，身体非常健康，虽然已是上年纪的人了，两道浓眉与络腮胡子都已经花白，一双眼睛却富于表情，熠熠发光，看上去，单凭这目光就能驱除一切疾病，何况他还佩戴着一枚了不起的勋章。这天上午，他坐在自己书房的安乐椅上，喝着夫人亲手端来的咖啡，抽着雪茄烟，不时地给自己的病号开处方。克列斯基扬·伊凡诺维奇给一位生痔疮的老人开了最后一小瓶药，将这位遭罪的老人从侧门送了出去，然后又坐下来等待下一位求医者。这时，戈利亚德金先生进来了。

克列斯基扬·伊凡诺维奇看上去压根儿就没有料想到，而且也并不情愿看到戈利亚德金先生出现在自己面前，因为他陡然窘了一下，脸上不禁流露出某种奇怪的神色，甚至可以说是一种不悦。戈利亚德金先生呢，每当他为办自己的事情来到什么人跟前时,不知怎么,他却几乎总是临阵卡壳,不合时宜地泄了气,慌恐起来,这会儿正是如此。他还没有想出那个开场白,——往日里在这类场合中,它对于他来说总是一块真正的绊脚石,他感到非常狼狈,嘴里嘟哝着想必不外乎是道歉之类的什么套话,真的不知道下一步该怎么办,便拿过一把椅子来,坐了下去。但是,一想到他这是不请自坐,立时就觉得自己此举失礼,便赶紧补救自己对社交场上高雅风范的无知之过,而迅即从不请自坐的位子上站起身来。随即他又醒悟过来,模模糊糊地发觉,他一下子就做了两件蠢事,可是决心毫不迟疑地去做第三件,也就是说,他想尝试着为自己辩护,他的嘴里嘟哝着什么,他微笑着,涨红了脸,狼狈不堪,意味深长地沉默下来,最终坐下去,再也不曾站起来,而只是用他那最富于挑战性的目光来保护自己以防不测,这目光拥有异乎寻常的威力,能在意念中把戈利亚德金先生的所有仇敌一举击溃,化为灰烬。除此之外,这目光还充分表达着戈利亚德金先生的独立不倚,也就是说,它清楚地宣告:戈利亚德金先生一向与世无争,就像所有的人一样,他独立自在,在任何情况下都与别人毫不相干。克列斯基扬·伊凡诺维奇咳嗽了一声,清了清嗓子,像是对眼前所见以示赞许,然后便把他那检视性的、质询式的目光投向戈利亚德金先生。

"克列斯基扬·伊凡诺维奇,"戈利亚德金先生面带微笑地开口道,"我又来打扰您了,现在再一次斗胆请求您原谅……"戈利亚德金先生显然是为措辞而犯难了。

"嗯哼……是呀!"克列斯基扬·伊凡诺维奇先从嘴里喷出一缕烟来,把雪茄放在桌上,说道,"可是您得恪守医嘱;我对您说过,您要收到疗效就得改变生活习惯……喏,去消遣消遣;喏,去探访探访友人与熟人,而且也不要在那儿与酒为敌;得适当地保持一些愉快的交际。"

一直还在微笑着的戈利亚德金先生连忙声明,他觉得,他与所有的人一样,他呆在家里,与所有的人一样,他也有娱乐消遣……当然,他可以去看看戏,因为与所有的人一样,他也有薪水,他白天上班,晚上在家,他十分安然;他还顺便提到,他多少感觉到自己并不比别人差,他住在家里,住在自己的寓所里,他身边还有个彼得鲁什卡。说到这里,戈利亚德金先生陡然打住,讷讷起来。

"嗯哼,不,不是这个方面,我要问您的完全不是这个。我这是很想在大体上了解一下,您是否喜爱愉快的交际,平日里是否享受快乐的时光……喏,这么说吧,如今您过着的是抑郁寡欢的生活,还是快乐开心的生活?"

"克列斯基扬·伊凡诺维奇,我……"

"嗯哼……我要说的是,"医生打断了他的话,"您得对您的整个生活加以根本的改造,在某种意义上还得重塑自己的性格。(克列斯基扬·伊凡诺维奇在"重塑"这个词语上加重了语气,并且意味深长地停顿了一下。)不要对快乐开心的生活格格不入;得时常去看看戏,光顾俱乐部,无论如何都不要与酒为敌。坐在家里是不相宜的……对您来说,坐在家里乃是万万不可的。"

"克列斯基扬·伊凡诺维奇,我这人爱清静,"戈利亚德金先生说道,一面向克列斯基扬·伊凡诺维奇掷去颇有深意的一瞥,显然,他这是在挑选措辞,以期把自己的思想最确切地表达出来。"寓所里只有我,外加彼得鲁什卡……我想说的是:我的仆人,克列斯基扬·伊凡诺维奇。我想说的是,克列斯基扬·伊凡诺维奇,我这是在走自己的路,一条特殊的路,克列斯基扬·伊凡诺维奇。我这人与众不同,我感觉到自己并不依赖任何人。克列斯基扬·伊凡诺维奇,我可是也出门去闲逛的。"

"怎么讲?……是呀!喏,这时候出去逛就没有什么愉快可言了;气候非常糟。"

"没错,克列斯基扬·伊凡诺维奇。我这人呀,克列斯基扬·伊凡诺维奇,虽说是个与世无争性情温顺的人,就像我似乎已经有幸向您表白的那样,但我走的是另一条单独的路,克列斯基扬·伊凡诺维奇。生活之路是广阔的……我想……我想……克列斯基扬·伊凡诺维奇,我这是想以此来表达……请原谅,克列斯基扬·伊凡诺维奇,我就是不擅辞令。"

"嗯哼……您说下去……"

"我这是要说请您原谅我,克列斯基扬·伊凡诺维奇,原谅我这人不擅辞令,这是我多少能感觉到的。"戈利亚德金先生的语调夹带着委屈,有点儿语无伦次了。"在这方面,我这人,克列斯基扬·伊凡诺维奇,就不及别人了,"他带着某种很特别的微笑补充道,"我不会夸夸其谈;我没有学过怎样使谈吐显得很漂亮。可是,我这人,克列斯基扬·伊凡诺维奇,会行动;我可是会行动的,克列斯基扬·伊凡诺维奇!"

"嗯哼……究竟怎样……您究竟怎样行动呢?"克列斯基扬·伊凡诺维奇立即作出了反应。随后,是片刻的沉默。医生不知何故奇怪而不信赖地盯了戈利亚德金先生一眼。戈利亚德金先生呢,他也挺不信赖地斜睨了医生一下。

"我这人,克列斯基扬·伊凡诺维奇,"戈利亚德金先生继续说起来,语调依旧,不过已透出些微的生气与困窘,这是由克列斯基扬·伊凡诺维奇的极端固执所激起的,"我这人,克列斯基扬·伊凡诺维奇,就是爱清静,而不喜欢交际场上的喧闹。他们那儿,我这是说在豪华的交际场上,克列斯基扬·伊凡诺维奇,得会用靴子蹭地板①……(说到这里,戈利亚德金先生就用脚在地板上稍稍蹭了几下。)那儿是讲究这个的,也讲究会说几

---

① 指跳舞。

句双关语……得会编一套悦耳动听的恭维话……这就是那儿所讲究的。可我这人没学过这一套呀,克列斯基扬·伊凡诺维奇,——所有这些小花招我都不曾学过,从来没学过。我这人朴实无华,不动心眼,我就是没有追逐外在风采的天性。在这方面,克列斯基扬·伊凡诺维奇,我甘拜下风;就这一点而言,我甘拜下风。"戈利亚德金先生在叙说这一切的时候,自然,是带着这样的一副神情,这神情分明是要让人看出,我们的主人公对自己甘拜下风,对自己不曾学过那些小花招,俱是毫无遗憾的,他的心情甚至与此完全相反。克列斯基扬·伊凡诺维奇一边听他说话,一边看着地板,面容上显得颇为不快,仿佛早已预感到什么似的。戈利亚德金先生这番大段表白之后,是一阵为时颇久而意味深长的沉默。

"您这似乎有点离题了,"克列斯基扬·伊凡诺维奇终于低声说道,"我向您直说吧,我真不能完全明白您的意思。"

"我这人不擅辞令,克列斯基扬·伊凡诺维奇;我已然有幸向您奉告过,克列斯基扬·伊凡诺维奇,我这人不擅辞令。"戈利亚德金先生说道,这一回用的可是激烈而坚决的语调。

"嗯哼……"

"克列斯基扬·伊凡诺维奇!"戈利亚德金先生那轻悄悄然而意味甚深的嗓音又说开了,而且相当庄重,在每一个要紧处都要顿一顿。"克列斯基扬·伊凡诺维奇!我可是一进门就先行抱歉的。现在我重申一下先前所说的,再次请您暂且给予宽容。我这人,克列斯基扬·伊凡诺维奇,对您确是没什么可以相瞒的。我乃是个小人物,这您自会看出;然而,幸运的是,对我是个小人物这一点我并不遗憾。甚至恰恰相反,克列斯基扬·伊凡诺维奇;且把心里话都说出来得了吧,我甚至为自己并不是位大人物,只是个小人物而深感自豪。不是个阴谋家,——我也以此而自豪。我从不鬼鬼祟祟地行动,而是坦坦荡荡,不耍花招,尽管我也能去做损人利己的小事,而且还很能做的,甚至清楚该对什么人下手,该怎样下手,克列斯基扬·伊凡诺维奇,但我不愿去败坏自己的名誉,就这一点而言我一向是洁身自好的。就这一点而言,我要说,我一向是洁身自好的,克列斯基扬·伊凡诺维奇!"戈利亚德金先生富于表情地沉默了片刻;他述说这一切时既温存又兴奋。

"我这人走路,克列斯基扬·伊凡诺维奇,"我们的主人公又继续说起来,"一向笔直地、坦荡地前行,不走任何弯弯绕绕的道儿,因为我看不起那些弯弯道儿,且把它们都让给别人吧。我这并不是竭力侮辱那些可能比您我要清白些的人……我这是想说比我与他们要清白些,克列斯基扬·伊凡诺维奇,我并不想说比您清白些。我这人不爱说半吞半吐的话,我从不可怜那渺小的两面派;我一向厌恶流言蜚语;只是在假面舞会上我才戴面具,而不是每天都戴着面具出现在人们面前。我这只是要向您请教一点,克列斯基扬·伊凡诺维奇,您会怎样去向自己的仇敌,向自己最凶恶的仇敌,——向那个您可能会视之为死敌的家伙,进行报复呢?"戈利亚德金先生向克列斯基扬·伊凡诺维奇掷去挑战性的一瞥,然后,点明了这一问题。

尽管戈利亚德金先生把这一切都申述出来了,其清晰与明白的程度已然无以复加,其语气之坚定,词句之斟酌,均可以让他去期望那最稳妥的效果,然而他却心神不安,大为不安,极其不安地望着克列斯基扬·伊凡诺维奇。现在他把全部心神都凝聚在他的目光中,他怯生生地,带着心烦意乱的焦躁神情,期待着克列斯基扬·伊凡诺维奇的回答。然而,让戈利亚德金先生诧异不已且十分震惊的是,克列斯基扬·伊凡诺维奇只是低声嘟哝了一下;随后,便把那安乐椅往桌边挪了挪,相当生硬,不过也还算礼貌地对戈利亚德金先生做了一番声明,诸如自己的时间很宝贵啦,自己不知何故对这个问题还没有完全弄清楚啦;有什么办法能相助的话,他可是愿意随时尽力效劳的,但是,一切力所不及且与他无关的事情,他总是一律抛开的。说到这里,他拿起羽毛笔,挪过来一张纸,从中裁下医生常用的那种小纸片,并声称他这就把该用的药给开出来。

"不,不必了,克列斯基扬·伊凡诺维奇!不,这根本不必!"戈利亚德金先生从坐椅上欠起身来,抓住克列斯基扬·伊凡诺维奇的右手阻拦道,"这个,克列斯基扬·伊凡诺维奇,这里根本不需要……"

而就在这时,就在戈利亚德金先生说这番话之际,他身上发生了某种奇怪的变化。他那双灰色的眼睛,不知何故奇诡地闪出一道亮光,他那两片嘴唇哆嗦起来,全身肌肉与整个脸孔抽搐起来,扭动起来。他整个人儿浑身都在颤抖着。在做出自己最初的举动之后,在按住克列斯基扬·伊凡诺维奇的手之后,戈利亚德金先生现在伫立在那儿,一动也不动,仿佛他自己也不信赖自己,而在期待着那进一步行动的灵感的降临。

于是,一个相当奇怪的场面出现了。

有点儿窘困的克列斯基扬·伊凡诺维奇,刹那间像是在自己的安乐椅上生了根,手足无措,圆睁着两只眼,愣愣地望着戈利亚德金先生,后者也这样瞪着他。最后,克列斯基扬·伊凡诺维奇稍稍地抓住戈利亚德金先生制服的大翻领,站起身来。他们两人就这样站了好几秒钟,一动也不动,彼此的目光愣愣地对视着。不过,戈利亚德金先生的第二次举动却异常奇特地结束了。他的嘴唇颤抖起来,下巴哆嗦起来,我们的主人公竟出人意料地哭上了。他一边呜呜咽咽,点头顿首,一边用右手捶胸,而左手则也动作起来——去抓住克列斯基扬·伊凡诺维奇的便服的大翻领,他倒是想说话,并且想把什么事情立即解释清楚,但他连一个词也说不出来。后来,克列斯基扬·伊凡诺维奇终于从惊诧不已的状态中清醒过来。

"得啦,您冷静些吧,请坐下!"他终于开口道,一边竭力把戈利亚德金先生拉到安乐椅上坐下。

"我有仇敌,克列斯基扬·伊凡诺维奇,我有仇敌;我有一些凶恶的仇敌,他们发誓要毁了我……"戈利亚德金先生胆怯地低声回答道。

"得啦,得啦,什么仇敌!不应该去记仇!这可是完全不必要的。请坐下,坐下。"克列斯基扬·伊凡诺维奇一边让戈利亚德金先生完全坐进安乐椅,一边继续劝说道。

戈利亚德金先生终于坐定了,目不转睛地看着克列斯基扬·伊凡诺维奇。克列斯基扬·伊凡诺维奇带着极度不满的神情,在自己的书房里踱起步来,从一个角落踱到另一个角落。随后,是良久的沉默。

"我感谢您,克列斯基扬·伊凡诺维奇,对您现在为我所做的一切,我都很感谢,很领情。我会至死不忘您的好处,克列斯基扬·伊凡诺维奇。"后来,戈利亚德金先生终于说道,并带着一副受委屈的样子从椅子上站起身来。

"得啦,得啦!我对您说,得啦!"克列斯基扬·伊凡诺维奇相当严厉地回答了戈利亚德金先生的乖张言行,再一次让他坐到椅子上。"喏,您这是怎么啦?给我讲讲吧,您如今遇到了什么麻烦事,"克列斯基扬·伊凡诺维奇继续说,"您说的是什么仇敌?您那儿出了什么事儿?"

"不,克列斯基扬·伊凡诺维奇,现在我们最好把这个话题搁在一边,"戈利亚德金先生眼睛盯着地面,回答道,"让我们最好把这一切都抛在一边,搁置一些时日……到另一个时候,克列斯基扬·伊凡诺维奇,到更为方便的时候,那时一切都将袒露开来,面具也将从某些人的脸上剥落下来,某些真相会暴露出来的。而现如今,这会儿,在我们之间已经发生这一切之后,不消说……您自己也会同意的,克列斯基扬·伊凡诺维奇……请允许我祝您早安,克列斯基扬·伊凡诺维奇。"戈利亚德金先生说道,这一回他可是坚决而庄重地从椅子上站起身来,并且把帽子都拿在手中了。

"噢,喏……那就悉听尊便了……嗯哼(随后是片刻的沉默)我这人,就我这方面而言,您清楚,我总尽力……那就衷心地祝您好运了。"

"我明白您的意思,克列斯基扬·伊凡诺维奇,我是明白的;现在我可完全明白您的意思了……无论如何,请您原谅我打搅您了,克列斯基扬·伊凡诺维奇。"

"嗯哼……不,我想要对您说的并不是那个意思。不过,随您的便了。药还得照旧服用呀……"

"我会继续服药的,遵照您的医嘱,克列斯基扬·伊凡诺维奇,我会继续上那家药房去拿药的……现如今连当一名药剂师,克列斯基扬·伊凡诺维奇,也很了不起啊……"

"怎么?您这是想说什么意思?"

"意思很平常呀,克列斯基扬·伊凡诺维奇。我想说的是,现如今这世界就是这么回事……"

"嗯哼……"

"任何一个毛头小伙子,不单是药店里的,如今在正派人面前都会翘鼻子。"

"嗯哼……那您究竟怎样理解这种情形呢?"

"我这是要说,克列斯基扬·伊凡诺维奇,要说某一位人……某一位我们共同的熟人,克列斯基扬·伊凡诺维奇,就算是弗拉基米尔·谢苗诺维奇吧……"

"啊！……"

"是呀,克列斯基扬·伊凡诺维奇;我可是了解某些人,克列斯基扬·伊凡诺维奇,那些人并不过分地固守成见,而有时会说出真话的。"

"啊！……这怎么说呢？"

"也就是那样;不过,这已是不相干的事,他们有时还那么善于让人吃拌苎麻籽的鸡蛋①。"

"什么？让人吃什么？"

"拌苎麻籽的鸡蛋,克列斯基扬·伊凡诺维奇;这可是一句俄罗斯俗语呀。譬如,他们有时很善于适时地给人道喜;就有这样的一些人,克列斯基扬·伊凡诺维奇。"

"道喜？"

"对呀,道喜,克列斯基扬·伊凡诺维奇,日前,我的一个亲密的熟人就是这样做的……"

"您的一位亲密的熟人……啊！这究竟是怎么一回事呀？"克列斯基扬·伊凡诺维奇留心地瞥了戈利亚德金先生一眼,追问道。

"没错,我的一位颇为亲近的熟人,给另一位也是相当亲近的熟人兼友人即所谓最亲密无间的朋友道喜,祝贺他升官,得到了陪审员这一官衔,他的贺词是那么得体。'我由衷地高兴,'他当时是这样说的,'谨向您,弗拉基米尔·谢苗诺维奇表示我的祝贺,我诚挚地祝贺您得到了官衔。我尤为高兴的是,现如今,诚如举世皆知的那样,走后门找靠山的事儿已然绝迹了。'"说到这里,戈利亚德金先生眯起眼睛朝克列斯基扬·伊凡诺维

---

① 指"使人难堪"。

奇瞅了瞅,狡猾地点点头……

"嗯哼……人家是这么说的……"

"说了,克列斯基扬·伊凡诺维奇,说了,而且就在这时还向安德烈·菲立波维奇,也就是我们那个宝贝弗拉基米尔·谢苗诺维奇的叔叔盯了一眼。他升为八级文官,可这与我有什么相干呢,克列斯基扬·伊凡诺维奇?我在这儿得到了什么呀?没错,他想结婚,可是容我出言粗俗,他还乳臭未干呢。就是这么说的。我当时就是这么对弗拉基米尔·谢苗诺维奇说的!我现在把一切都说了,那就允许我告辞吧。"

"嗯哼……"

"没错,克列斯基扬·伊凡诺维奇,那就允许我现在,我说,告辞吧。当时,为了一箭双雕,——用走后门找靠山的话把那小子挖苦了一番之后,我就转向克拉拉·奥尔索菲耶芙娜(这是前天在奥尔索菲·伊凡诺维奇家中的事),而她刚刚唱完一曲动人的情歌,——我当时就说,'您的确动情地吟唱了浪漫曲,只是人家并不是出于纯真的心灵在倾听您的歌声'。我是在以此明确地暗示,您会明白的,克列斯基扬·伊凡诺维奇,我是在以此明确地暗示,人家现在并不是在追求她,而是有更远大的目标……"

"啊!喏,他究竟要怎么样呢?"

"吞下去了一个酸柠檬,克列斯基扬·伊凡诺维奇,就像俗语所说的那样。"

"嗯哼……"

"没错,克列斯基扬·伊凡诺维奇。我对老头儿本人也说过,——我当时就说,奥尔索菲·伊凡诺维奇,我知道我多亏您,我对您几乎从我幼年起就垂顾于我的那些恩惠非常珍视,然而,请您睁开眼睛吧,奥尔索菲·伊凡诺维奇,我说。请您看一看吧。我自己的操行向来清清白白,坦坦荡荡,奥尔索菲·伊凡诺维奇。"

"啊,原来如此!"

"是呀,克列斯基扬·伊凡诺维奇。它本来就该如此呀……"

"那么,他怎么样呢?"

"他还能怎么样呢,克列斯基扬·伊凡诺维奇!他懒洋洋慢腾腾地嘟哝着;东一句,西一句,什么我是知道你的啦,什么他大人是乐于行善的人啦——东扯西拉地说起来,啰啰嗦嗦的一大套……你还能要他怎么样呢?正所谓老糊涂了。"

"啊!现如今竟是这样了!"

"是呀,克列斯基扬·伊凡诺维奇。我们这里总是这样,有什么办法呢!老家伙!正所谓奄奄一息行将就木了,可是每当那些老娘儿们开始编造出某种谣言,他马上就能听进去;少了他还真不行……"

"谣言,您是在说这个吗?"

"没错,克列斯基扬·伊凡诺维奇,她们开始造谣了。我们的狗熊与他的侄儿,就是我们那个宝贝,都往这里插一手;自然,他们是与那些老娘儿们串通好了,捏造事实。您认为怎样呢?为了杀人,他们都想出了什么坏点子?……"

"为了杀人?"

"没错,克列斯基扬·伊凡诺维奇,就是为了杀人,从道德上把人给毁了。他们四处散播……我这一直是在说我的一个颇为亲近的熟人……"

克列斯基扬·伊凡诺维奇点了点头。

"他们四处散播针对他的谣言……说真的,提这些连我也觉得害臊,克列斯基扬·伊凡诺维奇……"

"嗯哼……"

"他们四处散播流言,说他已然在结婚登记簿上注册,说他已经是另一家的女婿……您以为,克列斯基扬·伊凡诺维奇,他要娶谁?"

"真有此事?"

"要娶一个厨娘,要娶一个不正经的德国女人,他在她那儿包饭;他为了不偿还伙食账,就向她求婚。"

"这是他们说的吗?"

"您相信吗,克列斯基扬·伊凡诺维奇?一个德国女人,下贱的、讨厌的、不要脸的德国女人,她叫卡罗琳娜·伊凡诺芙娜,要是您知道……"

"说真的,从我这方面……"

"我明白您的意思,克列斯基扬·伊凡诺维奇,我明白,从我这方面,我也感觉到这一层……"

"请告诉我,您现在住在哪里?"

"您是问我现在住在哪里吗,克列斯基扬·伊凡诺维奇?"

"是呀……我这是想要说……您先前似乎住过……"

"生活过①,克列斯基扬·伊凡诺维奇,生活过,先前也生活过,怎么可能不生活呢!"戈利亚德金先生回答道,轻声笑了笑。这样的回答使克列斯基扬·伊凡诺维奇有点儿发窘。

"不,您理解的并非是我要表达的意思;我是想要从我这方面……"

"我也是想要,克列斯基扬·伊凡诺维奇,从我这方面,我也是想要,"戈利亚德金先生笑着往下说,"我可是,克列斯基扬·伊凡诺维奇,我可是在您府上坐得太久了。您哪,我希望您

---

① 俄文中"住"与"生活"是同一个词。

现在允许我……祝您早安……"

"嗯哼……"

"是呀,克列斯基扬·伊凡诺维奇,我明白您的意思,现在我完全明白您的意思啦,"我们的主人公一边在克列斯基扬·伊凡诺维奇面前装腔作势,一边表白道。"就这样吧,请允许我祝您早安……"

于是,我们的主人公磕碰了一下脚跟,以示行礼,就走出了房间,而把克列斯基扬·伊凡诺维奇抛在极度的诧异之中。从医生住所的楼梯往下走的时候,他微笑着,高兴地搓着手。到门口的台阶上,他吸了口新鲜空气,觉得很自在,他甚至真的就要自认为最最幸福的凡人,尔后直奔司里上班去了,——忽然间,他的轿式马车在门口咕咚咕咚地响了起来;他瞅了一眼,立时把一切都想起来了。彼得鲁什卡已经把车厢小门打开了。某种奇诡的、极度令人不快的感觉控制了戈利亚德金先生的整个身心。他的脸像是涨红了片刻。有什么东西刺了他一下。他已然把一只脚跨到马车的踏板上了,却陡然转过身去,朝克列斯基扬·伊凡诺维奇的窗口看去。果然不错!克列斯基扬·伊凡诺维奇正伫立在窗口,右手抚弄着自己的络腮胡子,相当好奇地看着我们的主人公哩。

"这医生很蠢,"戈利亚德金先生思忖道,钻进马车车厢里去了,"蠢极了。他这人也许能给病人很好地治病,可是毕竟……很蠢,像根木头。"戈利亚德金先生坐定了,彼得鲁什卡便吆喝一声:"走!"于是,轿式马车又向涅瓦大街驶去了。

第 三 章

戈利亚德金先生这整整一上午就在可怕的奔波中过去了。

上了涅瓦大街,我们的主人公就吩咐在中心商场门前停车。一跳下马车,他便朝拱廊下奔去,身后有彼得鲁什卡紧跟着,径直走进金银器具铺。仅仅从戈利亚德金先生那副神态便可看出,他这人确是忙得不可开交,事务成堆。先与人家讲定一大套餐具加茶具的价格,纸卢布一千五百多,接着便从这笔买卖中为自己捞取饶头:一只精致的雪茄烟盒,一副银质刮脸刀具,最后,又打听了几样自有用途而又很可爱的小玩意的价钱,戈利亚德金先生这才收场:他允诺明天一定过来取订货,甚或今天就派人来拿,然后又要了这铺子的门牌号,在仔细听完那个一心要让他留下定钱的商人的申述之后,他满口答应说,定钱到时自会付给的。此后,他便与那已然被他迷惑的商人匆匆道别,在一大群店伙计的追逐下,沿着摊位间的窄道儿抽身走开了,时时回头瞅瞅彼得鲁什卡,还留心寻找某个新铺面。他顺道儿溜进一家兑换所,把自己手中所有的大钞换成了小票,虽然在兑换中受了点损失,可是毕竟把钱换开了,他的钱包相当可观地鼓起来了,看上去,这情形给他带来了极大的满足。最后,他在一家专卖各式女用衣料的布店里停了一会儿。又与人家讲定了数目巨大的一笔货,戈利亚德金先生在这里又向商人允诺,他一定来取货,也要了这店铺的门牌号头,而当人家索要定钱时,他又重申,定钱届时会付的。后来,他还光顾了几家店铺;每到一个店铺里都要议定一笔货,凡是看到的东西都要问个价,有时与商人们争执半天,从店铺里走开了,又折回去两三次,——总之,他忙得不亦乐乎。出了中心商场,我们的主人公前往一家著名的家具店,在那里与人家讲定一套用于六个房间的家具,看了一个时髦而且相当精巧、款式最新潮的女士梳妆台,他向店主声称,他一定会派人来取走所定的全部家具,并且照例允诺到时候给定钱,这才走出这家商店,又驱车前往什么地方并预定下什么货物。总之,看

162

上去,他这份操劳简直没完没了。最后,戈利亚德金先生自己对这些奔波好像也腻烦起来了。甚至于——天晓得这起因是什么——良心的愧疚突如其来地袭上他的心头。此时此刻他无论如何也不愿碰见什么熟人,譬如说,安德烈·菲立波维奇,或者,即便是克列斯基扬·伊凡诺维奇。城里的钟终于响了三下,已是午后三点。到戈利亚德金先生终于坐上马车时,他这一上午所采买的物品不过是一双手套与一小瓶香水,总共也只花去一个半纸卢布。对戈利亚德金先生来说,这时间还相当早,于是,他便吩咐车夫在涅瓦大街上的一家有名的饭店门前停车,迄今为止他对于这家饭店还只是听说过,这一回下了马车,他直奔进去,要吃一点东西,歇息一会儿,等到那个时刻。

就像一个即将赴盛宴的人那样,戈利亚德金先生十分简单地吃了点东西,也就是说,只是随便要点什么,所谓"先吃点东西好垫垫肚子",同时,喝了一杯伏特加,之后,他便在安乐椅上坐定,先是谦逊地环顾了四周,然后就安安静静地看起一张内容空泛的国民报纸①来了。他看了两三行之后,就站起身来,照照镜子,整理整理衣服,抚弄抚弄头发;随后,走到窗口瞅了瞅,看看他的马车是否在原地待命……接着,他又坐下去,重新拿起报纸。看得出来,我们的主人公处于极度激动之中。他看了看钟,才不过三点一刻,还得等不少时间,而与此同时他又断定,就这样干坐着是不体面的,于是,戈利亚德金先生便吩咐给他上一杯可可茶,虽然他此刻对于这饮料并没有多大兴趣。他喝完可可茶,发觉时间多少推进了一点,便走出餐厅去付账。这时,忽然有人拍了拍他的肩膀。

---

① 这里大概是影射《北方蜜蜂报》,该报发行人布尔加林在报上特别热心地鼓吹尼古拉一世政府颁发的所谓"正教、君主专制、国民性"的"国民"政纲。

他回过头来，看见两位同事站在面前，正是早上在铸造街撞见的那两位，——论年龄，论官衔，他们都还是相当年轻的小同事。我们的主人公与他们之间的关系平平常常，既没有什么交情，也没有公然的敌意。不用说，双方都保持着体面；不曾有进一步的接近，而且这也不可能。此时此刻的碰面让戈利亚德金先生极度地不快。他略微皱了皱眉头，刹那间直发窘。

"雅科夫·彼得罗维奇，雅科夫·彼得罗维奇！"两个登记员喊喊喳喳地叫嚷起来，"您在这里？是什么风儿把您……"

"啊！原来是你们两位哟！"戈利亚德金先生连忙截住同事的盘问。这两位官员的诧异神色，再加上他们的口气过分亲昵，着实让他颇为窘迫并有点难堪，可他还是不得不摆出举止随便、满不在乎的样子。"这是开小差了吧，先生们，嘿嘿嘿！……"就在这时，为了免得失去自己的身份，为了不至于使自己降格到与年轻的小职员们为伍的地步——对这些小职员，他可是一向都保持应有的界限的，他甚至试图去拍拍一个小伙子的肩膀；但在类似场合下极普通的举动，戈利亚德金先生做得却很不得体，一个又体面又亲昵的手势倒弄成某种完全异样的东西了。

"喏，怎么样，我们的狗熊还坐在那儿吗？……"

"这指的是谁呀，雅科夫·彼得罗维奇？"

"喏，那狗熊呗，你们像是不知道谁叫狗熊？……"戈利亚德金先生笑起来，朝侍者转过身去，要从侍者的托盘中拿起找回的钱。"我这说的是安德烈·菲立波维奇，先生们。"在与侍者打完交道之后，他继续往下说，这一回他可是带着相当严肃的神情转向这两位官员了。两位登记员彼此颇有深意地向对方挤了挤眼睛。

"他还坐着，还问起您呢，雅科夫·彼得罗维奇。"其中的一位回答道。

"坐着,呃!那就让他坐着吧,先生们。还问起我,是吗?"

"问了,雅科夫·彼得罗维奇;可您这是怎么啦,又洒香水,又抹头油,穿得这么漂亮?……"

"没什么,先生们,这没什么呀!得了……"戈利亚德金先生把目光移到一旁,紧张地微笑了一下,回答道。那两位官员看见戈利亚德金先生在微笑,便哈哈大笑起来。戈利亚德金先生稍稍地绷起了脸。

"我对你们说句知心话吧,先生们,"我们的主人公沉默了一会儿,好像(其实也真要这样)已打定主意对这两位官员披露点什么,又开口道,"你们,先生们,你们都了解我,可是迄今为止,也只了解一面。在这种事情上别怨别人,老实说,得怪我自己。"

戈利亚德金先生紧闭嘴唇,颇有深意地盯了那两位官员一眼。那两位彼此又向对方使了个眼色。

"迄今为止,先生们,你们并不了解我。要说明白,此时此地还不太合适。我对你们只顺便略谈几句。先生们,有些人就是不爱走弯弯绕绕的路,而只在化装舞会上才戴着假面具。有些人并不认为做人的直接使命就在于用皮靴灵巧地蹭地板。还有这样的一些人,先生们,当他们,譬如说,穿上了一条合身的裤子的时候,他们并不会轻易地说自己是幸福的人,活得很充实。最后,还有些人并不爱审来审去,终日闲转,讨好献媚拍马溜须,而最主要的是,先生们,削尖脑袋去窥探人家的闲事……我,先生们,差不多都说了,请容我现在就告辞吧……"

戈利亚德金先生收住了脚步,因为那两位登记员先生此时此刻十分称心,忽然间竟极不谦恭地纵声大笑起来。戈利亚德金先生发怒了。

"笑吧,先生们,这会儿尽管笑!走着瞧吧。"他怀着那种人格受辱的悻悻然的感觉,拿起帽子,朝门口溜去,一边回敬道。

"但我还要再说几句,先生们,"他最后一次冲着两位登记员先生,补充道,"我还要再说几句,——你们两位在这里可为我作证。先生们,我的原则就是:不走运时——克制自己,走好运时——沉得住气,在任何情形下也不要给谁暗中'上眼药'。不当阴谋家——且以此而自豪。外交家呢,我这人也做不来。先生们,还有人说,飞鸟自找猎人。没错,我随时同意这个说法:可是,在这里谁是猎人,谁是飞鸟呢?这还是问题哟,先生们!"

戈利亚德金先生意味深长地闭口了,脸上显出那种最耐人寻味的神色,也就是高高地扬起眉毛,紧闭嘴唇,朝那两位官员点点头,就走了出去,使那两位惊诧不已。

"您盼咐吧,上哪儿?"彼得鲁什卡硬邦邦地发问,想必他在寒风中徘徊了许久,已经很不耐烦了。"您盼咐吧,上哪儿?"他向戈利亚德金先生发问,却撞上了后者那令人发憷、无坚不摧的目光,我们的主人公在这一个上午已经有两次用这种目光护卫过自己,此刻从楼梯上往下走的时候,他第三次求助于这种目光。

"上伊兹马伊洛夫桥。"

"上伊兹马伊洛夫桥!走!"

"他们家的午宴最早也得过了四点才开始,或许还要到五点哩,"戈利亚德金先生寻思道,"现在到是不是早了?不过,我可以早一点到;再说,那是家宴呀。我这样倒可以不拘礼节①,就像上流社会中的人们彼此之间所说的那样。我为什么就不能不拘礼节呢?我们的狗熊也说过,一切都将不拘礼节,故而我也可以……"戈利亚德金先生就这样寻思着;然而,他那份激动却

---

① 原文为法文的俄文音译。

愈发强烈起来。看得出来,他这是准备应付一件相当麻烦的小事,为了不再说出什么话来,他低声嘟哝着,用右手比比划划,不住地瞅瞅车窗外面,要是此时此刻来看看戈利亚德金先生,那么绝对没有人会说他这是就要去美餐一顿,随随便便,况且还是在自己的亲友家里,——不拘礼节,就像上流社会中的人们彼此之间所说的那样。终于马车到了伊兹马伊洛夫桥边,戈利亚德金先生指了指就在桥边的一座房子。马车咕咚咕咚地驶进大门,在正房右侧门口的台阶前停下了。戈利亚德金先生瞥见二楼窗口有个女人的影子,就把手一扬,向她送去一个飞吻。其实他自己并不清楚他这是在做什么,因为这会儿他绝对地已然是半死半活。下马车时,他脸色苍白,诚惶诚恐;跨上台阶,他就脱去帽子,机械地整理了一下衣着,虽觉得膝盖那儿微微打哆嗦,还是赶紧上楼了。

"奥尔索菲·伊凡诺维奇在家吗?"他向给他开门的人问道。

"在家,噢,不在家,他不在家。"

"怎么?我的老弟,你说什么?我——我可是来赴宴的,老弟。难道你不认识我吗?"

"怎么会不认识呢!没吩咐要接待您呀。"

"你……你,老弟……你,想必是弄错了吧,老弟。这是我呀。我,老弟,被邀请了;我是来赴宴的。"戈利亚德金先生一边申述,一边脱去外套,明显地表露出要进屋里来的意图。

"对不起,这不行。没吩咐接待,吩咐谢绝您。就是这样!"

戈利亚德金先生的脸顿时变得苍白。就在这时,通内室的门打开了,格拉西梅奇走了进来,他是奥尔索菲·伊凡诺维奇的老仆人。

"您瞧,叶美里扬·格拉西莫维奇,他要进去,可我……"

"可你们都是傻瓜,阿列克赛伊奇。滚进里屋去吧,把谢苗雷奇那下流坯打发到这儿来。这不行呀,"他转身对戈利亚德金先生说道,态度恭敬,但语气很坚决,"怎么也不行的,他们请求谅解,他们不能接待。"

"他们果真这么说了,说他们不能接待?"戈利亚德金先生迟迟疑疑地问道,"请您原谅,格拉西梅奇。究竟是由于什么缘故而怎么也不行呢?"

"怎么也不行的,我去通报过了;人家说了:请谅解。他们说,不能接待。"

"究竟是由于什么缘故呢?怎么会这样呢?怎么……"

"对不起,对不起!……"

"可是,怎么能这样呢?这样可不行!去通报一声吧……怎么能这样呢?我可是来赴宴的……"

"对不起,对不起!……"

"唉,得啦,不过,他们请求谅解——这是另外一回事呀;我要问,格拉西梅奇,怎么会这样呢,格拉西梅奇?"

"对不起,对不起!"格拉西梅奇驳回了他的这种追问,一面相当坚决地用手把戈利亚德金先生推到一旁去,给这时走进外厅的两位先生让开一条宽阔的道儿。

进来的先生们是安德烈·菲立波维奇与他的侄儿,弗拉基米尔·谢苗诺维奇。他们两个都莫名其妙地瞅了瞅戈利亚德金先生。安德烈·菲立波维奇正要开口,但戈利亚德金已然打定主意;他垂下眼睑,涨红了脸,微笑着,带着一副诚惶诚恐的面孔走出奥尔索菲·伊凡诺维奇的外厅。

"我等会儿再来,格拉西梅奇;我会解释清楚的;我希望,所有这一切会及时地得到解释。"他站在门槛上申述着,身体的一部分已然在楼梯上了。

"雅科夫·彼得罗维奇,雅科夫·彼得罗维奇!……"紧跟在戈利亚德金先生身后,传来了安德烈·菲立波维奇的声音。

戈利亚德金先生这时已经置身于楼梯最下面拐弯处的小平台上。他迅速地向安德烈·菲立波维奇回过身去。

"您有什么事吗,安德烈·菲立波维奇?"他用相当坚定的口吻说道。

"您这是怎么了,雅科夫·彼得罗维奇?怎么样?……"

"没什么,安德烈·菲立波维奇。我在这儿挺自在。这是我的私生活,安德烈·菲立波维奇。"

"什么?"

"我这是说,安德烈·菲立波维奇,这是我的私生活,至于我的公务方面,就我本人的感觉而言,目前还找不出什么应受指责的地方。"

"怎么讲!至于说公务方面……您这是怎么了,先生?"

"没什么,安德烈·菲立波维奇,根本就没什么,好大胆的小丫头哟,别的再没什么……"

"什么!……什么?!"安德烈·菲立波维奇诧异不已,不知所措。戈利亚德金先生到目前为止一直是站在楼梯下面与安德烈·菲立波维奇交谈,他是那样地仰望着,好像随时准备跳进对方的眼睛里去,——看出处长有些心慌意乱,他便往前跨了一步,这举动是他自己也几乎毫无意识的。安德烈·菲立波维奇往后退去。戈利亚德金先生则接连跨上了两个梯阶。安德烈·菲立波维奇不安地向四周环视了一遍。戈利亚德金先生陡然间迅速地登上楼梯。而安德烈·菲立波维奇则更快地窜进房间,砰的一声随手关上了门。剩下戈利亚德金先生一个人。他眼前的一切顿时昏暗下去。他完全迷乱了,如今站在那里头绪紊乱地沉思着,仿佛回想起了就在前不久发生的也是极其紊乱的情景。"哎呀,哎呀!"他喃喃地叙说道,勉强地微笑着。就在这时,从下面的楼梯上传来话语声与脚步声,想必是又有奥尔索菲·伊凡诺维奇邀请的客人来了。戈利亚德金先生有些醒悟了,赶紧翻起他那副貂皮领子,尽可能用它来遮掩住自己的面孔,迈起碎步,急急忙忙、磕磕绊绊地沿着楼梯往下走。他觉得自己颇有些虚弱与麻木。他那份窘迫达到了那样强烈的程度,以至于走上门口的台阶时,他等不得马车靠过来,自己穿过泥泞的院子,径直向自己的马车走去。奔到车前准备坐上去时,戈利亚德金先生的头脑中闪现出一个愿望:与马车一同陷进地下去吧,或者哪怕躲进老鼠洞也行呀。他似乎觉得,奥尔索菲·伊凡诺维奇家里所有的人这会儿正在从所有的窗口打量着他呢。他知道,他要是回过头去,准会立刻当场毙命的。

"你笑什么,蠢货?"他急促地冲着彼得鲁什卡嚷道,后者正准备扶他上马车。

"哪有什么让我去笑的呢?我没笑什么;现在上哪儿?"

"回家,走吧⋯⋯"

"回家喽!"彼得鲁什卡纵身一跃,跳到马车后面的脚镫上,吆喝了一声。

"这副乌鸦嗓门!"戈利亚德金先生想。这会儿,马车已经驶过伊兹马伊洛夫桥相当远了。忽然,我们的主人公使劲抖了抖那根绳,喊车夫立刻让马往回走。车夫拨转马头,两分钟之后,车又驶进奥尔索菲·伊凡诺维奇的院子。"没必要,傻瓜,没必要;回去!"戈利亚德金先生嚷了一通。那车夫好像就期待着这个命令:对什么也没有异议,也没在门口台阶旁把车停下来,在院子里绕了整整一圈,就让车重又驶到街上去了。

戈利亚德金先生并没有回家去,而是在马车绕过谢苗诺夫桥之后,他就吩咐拐进一条小巷,在一家门面相当素朴的小酒馆旁停下了。我们的主人公下车后,与车夫结了账,就把马车打发走了,然后他命令彼得鲁什卡回家去,等他回来,他自己走进小酒馆,要了一个单间,吩咐给他上酒上饭。他觉得自己的心情相当糟糕,而自己的大脑则处于全然紊乱与一片混沌的状态。他心神不宁,在单间里许久地踱步;后来,他终于坐到椅子上,双手支托着脑袋,开始全神贯注地苦苦思索与解决某些关涉自己目前处境的问题……

第 四 章

生日,克拉拉·奥尔索菲耶芙娜的隆重的生日——她是五等文官别连捷耶夫的独生女,而别连捷耶夫则一度是戈利亚德金先生的大恩人,——是以极为豪华、十分阔气的宴会来庆祝的,这样的宴会,在伊兹马伊洛夫桥这一带以及附近地区的官宦人家中,已是多时不见了。这宴会,更像是那个伯沙撒的酒宴①,而不是一般的家宴;就其豪华、奢侈与礼仪而言,它颇有点巴比伦的遗风,有从叶里赛耶夫和米留金店铺采购的克利歌牌香槟、牡蛎、水果,有各色各样保养得很好的贵体,有各种衔位的官员。这个隆重的日子,以这么隆重的宴会来庆祝的日子,是以极为豪华的舞会来收场的,虽说是小小的家庭舞会,亲友们之间的载歌载舞,但在趣味、教养与礼仪方面,依然极为豪华。自然,我完全同意,这样的舞会是有的,但不多见。这样的舞会,更像是家庭自娱的舞会,也只有在这样的人家,譬如像五等文官别连捷耶夫的府上,才能开得起来的。我再说一句吧:我甚至怀疑是否所有的五等文官府上都能开得成这样的舞会。啊,我要是一

---

① 古代巴比伦王国国王伯沙撒曾设盛宴与千名大臣一同豪饮。

个诗人就好啦！——自然，至少也得像荷马或普希金那样的；才气小一点都不能冒失动笔的，——那我定会用鲜明的色彩、奔放的笔触为你们，啊，读者，描绘出整个这一隆重至极的日子。不，我的史诗将从宴会写起，我会特别突出为生日女皇首次举杯祝贺的那动人而又十分隆重的一刻。首先，我会为你们描绘出那些沉浸于虔敬地沉默与期待之中的客人们，那沉默更像是德摩斯梯尼①式的雄辩。接着，我要为你们描绘的是安德烈·菲立波维奇，他在客人中是个长者，甚至拥有端坐首席的某种资格，他那满头白发，还有那与白发相称的勋章，使他格外引人注目；他从座位上站起身来，为了表达祝贺之意而将高脚酒杯高高地举过头顶，那杯里是星光四射的葡萄酒，——那酒可是特地从某个遥远的王国运来的，专为他们在这种时刻享用，说是葡萄酒，其实更像是神仙们饮用的琼浆玉液。我还要为你们描绘众宾客，生日女皇那福气团团的父母，他们也跟着安德烈·菲立波维奇举起了自己面前的酒杯，并将一束束充满着期待的目光全都汇聚到他的身上。我会为你们描绘出，这位被频频提及的安德烈·菲立波维奇如何先在酒杯里掉进了一滴眼泪，然后说出祝贺与祝愿之辞，提议干杯，美滋滋地饮毕一杯……但是，我得承认，完全承认，生日女皇本人，克拉拉·奥尔索菲耶芙娜露面的那一时刻全部隆重的场面，简直难以形诸笔墨。当时，她满脸羞色，两颊绯红，犹如春日里的玫瑰，无上幸福，又颇为腼腆，情不自胜，一下子跌入慈母怀里，那慈母顿时泪如泉涌，而父亲当场失声而泣，这位年高德劭的老人——五等文官奥尔索菲·伊凡诺维奇在长期供职中两条腿丧失了功能，由于如此兢兢业业，命

---

① 德摩斯梯尼(前384—前322)，古雅典政治家，雄辩家，其演说辞系古代雄辩术的典范。

运也犒赏了他：资产、宅第、田庄与一个堪称美人的女儿，——此刻，他像一个婴儿似地号啕起来，含着眼泪声称司长大人是个大恩人。我恐怕不会，是的，正是不会不折不扣地为你们描绘出继这一刹那之后所出现的那种普遍的倾心毕至——那份倾心甚至由一位年轻的登记员（他在这一刹那倒更像是一个五等文官）的举动得到了分明的表露，他目不转睛地凝视着安德烈·菲立波维奇的时候，也是热泪盈眶。安德烈·菲立波维奇呢，在这隆重的时刻，已然完全不像是一位六等文官，不像是某司的一个处长，——不像的，他似乎像是一个别的什么……究竟像什么呢，我就是不知道，但远非是六等文官。他的官位是还要高的！终于……唉！我这人怎的就不能拥有那种用崇高、雄浑、庄严的文体来叙事的秘诀呢，那种文体满可以把人生中所有这些美丽如画、颇多教益的时刻给表现出来的，这些时刻，像是为证明美德有时也能战胜不忠、不信、淫佚与忌妒而特地营造出来的！我不再说什么了，只是默默地——它将胜于任何雄辩——给你们指出一个场景：正进入人生第二十六个春天的幸福青年，弗拉基米尔·谢苗诺维奇，安德烈·菲立波维奇的侄儿，这会儿也从自己的座位上站起身来，也提议干杯，而生日女皇的双亲那饱含泪花的眼睛，安德烈·菲立波维奇那充满自豪的眼睛，生日女皇本人那双羞羞答答的眼睛，宾客们那兴奋不已的眼睛，甚至这位前程似锦的青年的几个年轻同事那斯斯文文的羡慕的眼睛，此时此刻全都不约而同地向他看去。我什么也不说了，虽然不能不指出，这位众望所归的青年身上的一切，——说句恭维话吧，他倒更像是一个老人，——一切，从红润的双颊到他所拥有的陪审官的头衔，这一切在这隆重的一刻就差没有喊出声来：品行端正可以使一个人达到多么高的地位哟！我将不去描写，后来安东·安东诺维奇·谢托奇金，某司里的一位科长，安德烈·菲立波维奇的同僚，也曾经是奥尔索菲·伊凡诺维奇的同事，同时又是他这一家的故交，还是克拉拉·奥尔索菲耶芙娜的教父，——那个须发花白的老头儿，他也提议干杯，他像公鸡打鸣似地叫了一声，咭了几句颇为蹩脚但令人开心的诗；他就以这样体面地忘却体面的举动，——如果可以这样来表达的话，——引得全场宾主哄堂大笑，都笑出眼泪来了，而克拉拉·奥尔索菲耶芙娜本人为这份欢乐与殷勤，奉父母之命走过去亲吻了老头。且说后来，那些宾客们在享用了这样的盛宴之后，自然应当感到彼此之间亲如兄弟，终于起身离席；然后，那些老头子们与上了年纪的人拨出稍许的时间，用作友善的谈天，甚至还用来交换几句不消说是相当体面与客气的肺腑之言；之后，他们便彬彬有礼地穿过餐厅步入另一个房间，毫不浪费黄金般的光阴，立时分成几局，带着自尊感坐到那铺着绿呢子的牌桌旁；那些在客厅里安然坐定的女士们呢，一个个忽然都异乎寻常地客气起来，开始品评各种各样的衣料；后来，那最最可敬的主人，就是为信仰与真理而尽职尽责、失去两腿功能，但却因此而获得前文所述的种种犒赏的那位，他亲自拄着拐杖，并由弗拉基米尔·谢苗诺维奇和克拉拉·奥尔索菲耶芙娜一左一右地扶助着，在众宾客之中穿行起来，忽然间，他也变得异乎寻常地客气，决定不惜破费即兴举办一个小型的简朴的舞会；为此，一个麻利的小伙子（就是席间更像五等文官的那一位）被差去请乐队；之后，乐队来了，整整十一个人，八点半，法兰西卡德里尔舞曲与其他各种舞曲那诱惑着人们跃跃欲动的乐声终于飘荡起来……已然是没什么可说的啦，要把这白发主人出于异乎寻常的客气而即兴安排的舞会相当出色地描绘一番，我这支秃笔可说是既软又钝还呆板枯涩。可不是嘛，我这人哪行呢，我，一个微不足道的叙事者，怎能胜任，我倒要问问出于好奇要了解戈利亚德金先生的奇遇的诸位，——我怎么能描绘出这幅由美丽、豪华、礼仪、欢乐、亲切而又庄重、庄重而又亲切、喧闹欢腾、兴高采烈所组成的画面,它异乎寻常但又体面堂皇,我怎么能描绘出所有这些官员夫人的所有这些戏谑与嬉笑,——说句恭维话吧,——她们更像是仙女,一个个都有百合花般洁白的玉肩、玫瑰花般绯红的面容,一个个都有轻盈飘逸的身段,都有那爱蹦蹦跳跳、奔放而轻佻的,要是用文雅的字眼,想必应当是毕显小巧玲珑之美的玉腿?最后,我怎么能为你们描绘出这些身为官员但又是极为出色的男舞伴呢,——快活的与庄重的,年少的与老成的,兴致勃勃的与毫无生气的,舞间休息时上相隔甚远的绿色小房间里吸烟的与从不吸烟的;他们都拥有体面的官衔与门第,从第一等到末等,都富有审美感与自尊心;这些男舞伴们与女舞伴交谈时多半用法语,要是讲俄语,那就用最高雅的语体,说恭维话,说艰深的语句,——这些男舞伴们,只有在吸烟室里才允许自己去偏离语体高雅的语言,而发表几句客客气气的评点,说几句友好、亲切、喜爱、痛快的心里话,诸如:"嗨,我说,你呀,你这家伙,彼基卡,你的波兰舞跳得真棒呀",要不就是:"喂,我说,你呀,你这小子,瓦夏,你把你的女舞伴搂得那么紧,可是随心所欲喽。"啊,诸位读者!对于这些场面,诚如我在前文已经有幸向你们敬告的,我的这支秃笔是难以描摹的,故而我便沉默。我们最好还是转向戈利亚德金先生吧,他可是我们这个真实的故事之唯一的、真正的主角哟。

此时此刻他正处在一个至少可以称作相当奇特的境地。诸位,他可也是在这里,就是说虽不在舞会上但差不多可算在舞会上;诸位,他没什么,他虽然独立自在,然而此刻却站在一条并非完全笔直的道上;他此刻是站在——说来甚至令人奇怪——他此刻是站在过道屋里,站在奥尔索菲·伊凡诺维奇的寓所的后门楼梯上。不过,他站在那里,这也没什么,他就那么凑合着。

诸位，他躲到这个并不暖和但却更为昏暗的小地方，藏身于巨大的柜橱与破旧的屏风后面，在各种各样乱七八糟破破烂烂的旧东西之间，站在角落里，隐身到适当的时候，而目前暂时仅仅以一个旁观者的身份来观察事情的进程。诸位，他此时此刻仅仅在观察；诸位，他本也可以进去的……为什么不可以进去呢？只要跨一步，他便进去了，而且相当灵巧地进去了。可是现在，在这阴冷中，在柜橱与屏风之间，在各种各样乱七八糟破破烂烂的旧东西当中，他可已经站立了快三个小时啦。他引用已故的法兰西大臣维雷尔①的一句名言，来为自己进行辩护，那句名言是："万事皆有自己的时辰，需要的只是伺机等待。"这句名言是戈利亚德金先生以前从一本完全可说是消闲用的小册子上读到的，但此时此刻他相当凑巧地把它给想起来了。首先，这句名言与他现在的处境十分吻合；其次呢，一个在过道屋里，在又暗又冷的角落里站立了差不多三个小时而期待着幸运的结局的人，他的头脑中还会有什么东西不会浮现出来呢？戈利亚德金先生在引用了前面所说的已故法兰西大臣维雷尔的这句相当合适的名言之后，不知何故，当即又想起了土耳其前首相马尔泽米斯和美丽的侯爵夫人露易丝，这俩人的风流故事他也是以前从一本小册子②中读到的。接着，他又记起，耶稣会教徒甚至制定出自己的一套准则，认为只要目的能够达到，所有手段均是可取的。戈利亚德金先生凭借类似的历史情境使自己心中萌生出希望，之后，他便对自己说道，耶稣会教徒们算什么呀？耶稣会教徒们统统都是最大的傻瓜，他本人可比所有的耶稣会教徒都要高明

---

① 维雷尔·约瑟夫（1773—1854），法国王政复辟时期的反动政治家。
② 这里指的是《英国乔治阁下历险记与勃兰登堡侯爵夫人弗里德丽卡·露易丝的故事，附土耳其前首相马尔泽米斯与撒丁公主杰莱齐雅的风流韵事》，马特维·柯马罗夫著。

得多,只要餐具室里没有人在(这个房间的门正对着过道屋,正对着后门楼梯,戈利亚德金先生此时正藏身于其中),他便可以不管那所有的耶稣会教徒怎样,不假思索地闯进去,从餐具室径直走到茶室,然后进入正在玩牌的那个房间,而从那儿再走进此刻正在跳波尔卡舞的大厅。会进去的,一定会进去的,不管怎样也会进去的,一溜就溜进去了,谁也不会看见;而到了里面,他自会知道该怎么办。诸位,我们现在看到,我们这个完全真实的故事的主人公此时就处在这样一种状态之中,虽然还很难说清他目前的心情究竟如何。问题的症结在于,过道屋呀,后门楼梯呀,他都钻过来了,那理由,照他的说法,就是大家都进来了,我为什么就钻不进来呢;可是,再往里面挺进,他就不敢了,他分明是不敢出此一举了……倒也不是他不敢去做,而是由于他自己并不想干,因为他这个人宁愿不声不响地暗地里行动。诸位,他此时就这样不声不响地伺守着,他已等了整整两个半小时。为什么就不去伺守呢?维雷尔本人就伺守过的呀。"不过,这里哪有维雷尔的什么事呢!"戈利亚德金先生想道,"这时候提什么维雷尔呀?此时此刻我似乎应当去实施那个行动了……不假思索而猛然闯进?……哎呀,你这人,你可真是个站在那里摆摆样子的配角哟!"戈利亚德金先生用冻得麻木的手拧了拧自己冻得麻木的腮,然后开口道:"你就是这样的一个大傻瓜,你就是这样一个穷光蛋——你的姓①本身就带有这倒霉的声音……"不过,他在这种时刻对自个儿的这份亲热也只是一时的心血来潮,随口说说,并无任何明显的目的。他这就要硬行闯进去了,身子向前方倾过去;那个时刻终于降临了,餐具室空了,里面没有一个人;戈利亚德金先生从小窗口把这一切全都看在眼

---

① 俄文中"戈里亚德金"(Голядкин)这个姓与"赤贫者"(Голядка)谐音。

里;他迈了两步就到了门边,他已经动手要推门了。"进去不进去呢?喏,进去不进去呢?我得进去……为什么不进去呀?有胆量者哪儿都是路!"我们的主人公就这样在自己心中燃起希望,之后,他却忽然出人意料地退却了,躲到屏风后面去了。"不行,"他思忖道,"要是万一有人进来了呢?真的,有人进来了;什么人也没有的时候,我为什么要磨蹭来着?本该这么不假思索地闯进去的呀!……不,还谈什么闯进去哟,一个人的性格就是这个样儿!要知道,那可是下流作风!我胆怯了,就像只母鸡。胆怯是我们的本分,就是这么回事!暗中使坏一向是我们的本分:关于这个,还是连问都不要问才是。就这么一味地站立在这里吧,像根木头似的,也只会这样!要是在家里,这会儿该喝茶了……要是能喝杯茶,那肯定会是令人惬意的喽。回去迟了,彼得鲁什卡恐怕会怨声怨气地嚷嚷一通。是不是该回家?还是让这一切都见鬼去吧!我得进去,就这么定了!"戈利亚德金先生就这样解决了自己的处境问题,之后,他飞快地把身体向前方倾过去,像是有人触动了他身上的什么弹簧似的;他三步两步就窜进了餐具室,扔去外套,摘去帽子,急匆匆地把这些东西都塞到一个角落里,便着手整理衣着,抚弄抚弄头发;然后……然后就迈开脚步向茶室走去,从茶室一下子就钻进另一个房间,几乎神不知鬼不觉地从那些正沉浸于狂热之中的赌徒们当中溜了过去;然后……然后……他周围发生着什么,戈利亚德金先生全然忘了,他像是在半空中掉下来似的,陡然间在舞厅中出现了。

人家仿佛有意在这时都不跳舞了。女士们姿态优美地结伴在大厅里溜达。男人们聚成一堆一堆,要不就是在房间里乱窜,预约女舞伴。戈利亚德金先生对这情景视而不见。他看见的只是克拉拉·奥尔索菲耶芙娜;在她身边的先是安德烈·菲立波维奇,后来是弗拉基米尔·谢苗诺维奇,再后来是两三个军官,最后是两三个青年,他们也相当招人喜欢,看上去大有前途,或者已经在仕途上飞黄腾达了,——这是一眼便可看出的……他还看见了一个人。或者说,没看见;他已然是对谁都视而不见,对谁都不去瞅一瞅了……被那根弹簧推动着往前行,他借那根弹簧之力不请自到地跳进了别人家的舞会,现在一个劲儿地向前迈,向前迈,一直向前迈;他撞到了某一位大官身上,踩了他一脚;一转身不巧又踩住了一位令人敬重的老太太的裙摆,并撕下一小块裙边,然后又推了一下一个手捧托盘的人,接着又推了一下另外一位,对这一切他都不曾发觉,或者,最好说他是发觉了,但并不在意,仍旁若无人地径自向前挤,挤过去,一直往前挤过去,忽然间他出现在克拉拉·奥尔索菲耶芙娜她本人的面前。毫无疑问,此时此刻他会一眼不眨就怀着最大的满足而钻进地底下去的;但是,事情已然做了,就无法挽回了……要知道,这可是怎么也挽回不了的。究竟怎么办呢?"不走运时——克制自己,而走好运时——则沉得住气。戈利亚德金先生,不用说,你可既不是阴谋家,也不是用靴子蹭地板的老手……"事情就这么发生了。而且,那些耶稣会教徒们不知何故在这里也插了一手……不过,戈利亚德金先生可顾不上他们了!所有在场的人,走着的,闹着的,说笑的,忽然间像是听凭着谁一挥手,顿时全都消停下来,渐渐地聚拢到戈利亚德金身边。戈利亚德金先生呢,他却好像什么也听不见,什么也看不见,他不能去观看……他无论如何也不能去观看的;他垂下眼睑,盯着地面,就这么愣愣地站立着。不妨顺便说一下,在这之前,他已经对自己立下一个诚实的誓言:他一定设法就在今夜自杀。发过誓之后,戈利亚德金先生便在心中对自己说道:"豁出去啦!"他自己也惊诧不已的是,他完全出人意料地突然开口说话了。

戈利亚德金先生是以祝贺与体面的祝愿而开场的。贺辞致得很顺利；可是，在表达祝愿时，我们的主人公讷讷起来了。他感觉到，要是一犯起口吃这毛病，那么一切都会立刻告吹。果然如此——他犯起口吃来了，徒然地张着嘴……徒然地张着嘴，于是涨红了脸；涨红了脸，于是便诚惶诚恐；诚惶诚恐，于是抬起了眼睛；抬起了眼睛，于是环视四周；环视四周于是——猝然发呆了……一切都凝滞不动了，一切都在沉默着，一切都在伺守着；稍远一点的人们开始耳语了；靠近一点的人们开始发笑了。戈利亚德金先生向安德烈·菲立波维奇投去温顺的、诚惶诚恐的一瞥。安德烈·菲立波维奇竟以那样的目光回答了戈利亚德金先生，如果我们的主人公还没有由于这束目光而完全彻底地倒地毙命，那么，再看一眼——只要这有可能——他一定会当场一命呜呼的。沉默在持续。

"这主要关系到家庭状况，关系到我的私生活，安德烈·菲立波维奇，"半死半活的戈利亚德金先生用勉强可以听见的声音解释道，"这并不是公务上的奇遇，安德烈·菲立波维奇……"

"您不害羞吗，先生，您不害羞吗！"安德烈·菲立波维奇低声嘟哝道，满脸难以言喻的怒容。他说完就挽起克拉拉·奥尔索菲耶芙娜的手臂，从戈利亚德金先生面前转过身去。

"我并没有什么可害羞的，安德烈·菲立波维奇。"戈利亚德金先生也用低声嘟哝的方式回答道，一面用自己那饱含着不幸的目光扫视四周。他茫然若失，竭力趁机在惶惑的人堆里寻觅中立态度，寻觅自己的社会地位。

"喏，没什么，喏，真没什么，诸位！喏，这有什么呢？喏，任何人都可能出点什么事的。"戈利亚德金先生嘟哝道，一面稍稍地挪了挪身子，竭力从围着他的人群里挤出来。人家给他让出了一条道。我们的主人公总算从两排好奇而惶惑的观众所组成的夹道中走过去了。劫运把他给迷惑住了。戈利亚德金先生自己也感觉到这一点:确是劫运把他给迷惑住了。自然,要是现在还有可能不失体面地置身于自己先前的那个立脚处,站立在过道屋里,在后门楼梯旁,那他情愿付出昂贵的代价;但这已是绝对不可能的了,有鉴于此,他便开始去努力实施一个新的行动:偷偷地溜到某个角落里,并且就在那里安静地站着——谦恭、体面、卓然独立,不去招惹任何人,也不去招引谁对自己的特别注意,然而却能以此去博得宾客与主人的一致好感。不过,戈利亚德金先生这时却觉得,仿佛有什么东西像波浪似地一个劲儿从脚下要把他给托起来,仿佛他马上就要晃悠起来,就要跌倒。后来,他终于很费劲地走到一个角落里,在那里他成了一个相当无动于衷的观察者,就像一个外人,他先拿过来两把椅子,然后双手分别撑在两把椅子的椅背上,以这样的姿势表示自己对它们已完全占有,同时竭力用颇有警惕性的目光,去瞥一瞥那些聚在他周围的奥尔索菲·伊凡诺维奇的客人们。离他最近的是一位军官,一个身材高大、相貌英俊的小伙子,在这一位面前,戈利亚德金先生觉得自己简直是道道地地的一条虫。

"中尉,这两把椅子已经有主了:一把是为克拉拉·奥尔索菲耶芙娜备用的,另一把则是留给正在这儿跳舞的契弗契汉诺娃公爵小姐的;我现在是为她们,中尉,替她们在守护这两把椅子呢。"戈利亚德金先生一面用恳求的目光望着中尉先生,一面气喘吁吁地解释道。那中尉一句话也没说,面带狞笑,一扭头就走开了。我们的主人公在一处碰了钉子之后,又企图从另一方面找个地方去碰碰运气,于是,他便径直转向一位仪态威严的大官,后者的脖子上挂着一枚不同凡响的十字勋章。但是,那大官用那样冷冰冰的目光把他上下地打量了一番,顿时就让戈利亚德金先生清清楚楚地感觉到,他陡然间被人家劈头盖脑地浇了一头冷水。戈利亚德金先生消停下来。他决定最好还是保持沉默,不开口,以此显示自己颇为自在,他这人也与大家一样,显示他的地位——就他本人看来,至少也是体面的。怀着这个目标,他把自己的目光死死地固定在自己制服的袖口上,后来他抬起眼睛,将视线停落在一位外表相当可敬的先生身上。"这位先生头上戴着假发,"戈利亚德金先生寻思道,"要是摘去这个假发,那就会见到一个光头,就像我的手掌一样光溜,丝毫不差。"在作出了这样重大的发现之后,戈利亚德金先生便想起了阿拉伯的埃米尔①,要是从他们头上摘去那绿缠头,——他们戴着它,是表示自己与先知穆罕默德同宗同族,——那么,剩下来的便也是光秃秃的、没有头发的脑袋。然后,想必是由于自己脑海中有关土耳其人的那些念头突然被触发了,戈利亚德金先生又想起土耳其人的鞋,而就在这时他又不失时机地想起,安德烈·菲立波维奇穿的那双靴子倒更像鞋,而不太像靴子。看得出来,戈利亚德金先生多多少少地已然适应了自己的处境。"喏,要是这枝形吊灯架,"戈利亚德金先生的脑海中掠过了这样的念头,"喏,要是这枝形吊灯架此时此刻脱落下来并掉到大家头上,我自会立刻扑过去搭救克拉拉·奥尔索菲耶芙娜的。救了她之后,我就对她说:'甭担心,小姐;这没什么大不了,而您的救命恩人就是我。'然后……"寻思到这儿,戈利亚德金先生便把眼睛转向一侧,去搜索克拉拉·奥尔索菲耶芙娜,但却看见了格拉西梅奇,就是奥尔索菲·伊凡诺维奇的那个老仆人。这个格拉西梅奇带着一副最为关切、最为庄重的神态,正朝他径直挤过来。戈利亚德金先生由于某种模糊但同时又是最不愉快的感觉,不禁哆嗦了一下。他下意识地把周围扫视了一遍:他的头脑

---

① 埃米尔是某些伊斯兰教国家酋长的称号。

里闪出一个主意——不管怎样,且就这么趁势向侧面悄悄一溜,避凶趋吉,陡然隐身,也就是装出毫不畏惧的样子,仿佛一切均与他毫不相干。可是,就在我们的主人公决定采取什么举动之前,格拉西梅奇已经站在他面前了。

"您看见没有,格拉西梅奇,"我们的主人公面带微笑地对格拉西梅奇说道,"您就费心去管一管吧,——您看见了吗,那边大烛台上的蜡烛,格拉西梅奇,它可马上就要倒下去了:您知道吗,您得叫人把它扶正;它呀,说真的,马上就要倒下去了,格拉西梅奇……"

"蜡烛,是吗?没事的,蜡烛笔直地挺立着呢;倒是外面有人在找您哩。"

"是谁在外面要找我呀,格拉西梅奇?"

"至于这个,说真的,我可不清楚,究竟是谁。那人像是被谁打发来的。他问,雅科夫·彼得罗维奇·戈利亚德金在这里吗?那就请把他叫出来吧,他说,有相当重要而且紧急的事呢……就这样。"

"不会的,格拉西梅奇,您弄错了;在这件事上,格拉西梅奇,您弄错了。"

"不大可能吧……"

"不,格拉西梅奇,不是什么'不大可能';这里,格拉西梅奇,没有什么'不大可能'。谁也不会找我的,格拉西梅奇,没有人会来找我的,我这可是在家里,也就是说,是呆在自己的地方,格拉西梅奇。"

戈利亚德金先生喘了一口气,把四周扫视了一遍。果然如此!大厅里所有的人,全都把自己的视线与听觉都汇聚到他身上,都处于某种郑重其事的期待状态。男人们聚在较近处,一个个都在留心倾听;较远处,女士们不安地交头接耳。主人亲自出来了,就站在距戈利亚德金先生并不太远的地方,虽然从他的神情上还看不出,他也在直接地关心戈利亚德金先生的境遇,因为所有这一切都是以委婉的方式进行的,然而,所有这一切还是让我们这个故事的主人公清楚地感觉到,对他来说那个决定前程的时刻来到了。戈利亚德金先生清清楚楚地看到,勇猛突击的时候来到了,让仇敌蒙羞受辱的时候来到了。戈利亚德金先生处于激动之中。戈利亚德金先生觉得某种灵感在涌动,他用颤巍巍但庄严郑重的声音,重又开口说话了,他向还在一旁等待着的格拉西梅奇说:

"不,我的朋友,没有谁要找我。你弄错了。我还要说,今天早上你也弄错了,你要我相信……你竟敢要我相信,这是我在说,(戈利亚德金先生提高了嗓门)奥尔索菲·伊凡诺维奇,自我尚不记事的幼年起他就是我的大恩人,在某种意义上说他无异于我的父亲,会在这种全家欢聚的时刻,在这种让他那颗做父亲的心感受到最为隆重的喜悦的时刻,会把我拒之门外。(戈利亚德金先生得意洋洋地但怀着深沉的感情把周围扫视了一遍,泪珠已然涌上他的睫毛。)我重申一遍,我的朋友,"我们的主人公总结道,"你弄错了,你大错特错,不可原谅地弄错了……"

这一刹那是庄严的。戈利亚德金先生觉得极有效果。戈利亚德金先生谦逊地垂下眼睑,站在那里,期待着奥尔索菲·伊凡诺维奇来拥抱。从客人们的神色上已可以看出骚动与惶惑;甚至那一向坚定固执、令人望而生畏的格拉西梅奇本人,也在"不大可能吧"这一词语上打住了……忽然间,无情的乐队没头没脑地演奏起波尔卡舞曲来了。一切都完了,一切都告吹了。戈利亚德金先生哆嗦了一下,格拉西梅奇往后退了一步,大厅里的一切像大海一样波动起来,弗拉基米尔·谢苗诺维奇已经率先邀克拉拉·奥尔索菲耶芙娜翩翩起舞了,那个漂亮的中尉则挑选了公爵小姐契弗契汉诺娃。观众们怀着好奇与兴奋挤在一起来一睹跳波尔卡舞的这两对的风采,——这舞很有趣,新鲜,时髦,旋转得大家都发晕。戈利亚德金先生一时被冷落了。但是,忽然间,一切又波动起来,骚乱起来,乱成了一团;音乐戛然而止……出了一件奇怪的事。跳舞跳累了的克拉拉·奥尔索菲耶芙娜娇喘嘘嘘,两颊通红,酥胸高耸,终于精疲力竭地倒在安乐椅上。在场的每一位的心顿时都倾向这个让人神魂颠倒的美人,一个个都争先恐后地围上来向她问候,感谢她带给大家的快乐。忽然,戈利亚德金先生出现在她面前。戈利亚德金先生脸色苍白,心绪极其不佳;看上去,似乎他也处于某种精疲力竭的状态,勉强地挪动着脚步。他不知何故微笑着,恳求地伸过手去。克拉拉·奥尔索菲耶芙娜惊愕中来不及缩手,机械地站起身,来接受戈利亚德金先生的邀请。戈利亚德金先生向前晃了一晃,先是一次,接着又来了一次,然后抬起了脚,接着,两脚轻轻地碰了一下,然后顿了一下,后来,脚一绊,险些儿跌倒……他也想同克拉拉·奥尔索菲耶芙娜跳一轮舞的。克拉拉·奥尔索菲耶芙娜发出了一声尖叫,大家都奔过来,把她的手从戈利亚德金的手中拉出来,于是我们的主人公一下子就被人群挤到十步开外。围绕着他也聚集了一小圈人。传来两位老太太刺耳的尖叫声,原来戈利亚德金先生在退却时差点儿把她们撞倒。这阵骚乱是可怕的;大家都在发问,都在叫喊,都在议论。乐队的演奏停止了。我们的主人公在围着他的那个人圈里直打转,面带几分微笑,机械地自言自语起来:"为什么不呢,这波尔卡,至少是一种新鲜且相当有趣的舞,是专为女士们解闷而设计出来的……但是,要是事情真是这样,那么恐怕得准备同意了。"然而,戈利亚德金先生同意与否,似乎并没有谁来问一问。我们的主人公觉得,忽然间什么人的一只手落在自己的手上,那人的另一只手则轻轻地顶住自己的脊背,自己正受到人家的某种特别关照而被带往某个方向。后来,他终于发觉自己正在径直向门口走去。戈利亚德金先生想说什么,想做出什么……不,没有,他已然是什么也不想了。他只是机械地付之一笑。后来,他终于觉得人家在给他穿上外套,人家猛然一下给他扣上了帽子,直扣到眼睛上;终于,他觉得自己在过道屋里了,在又暗又热的地方了,终于到了楼梯上了。最后,他绊了一跤,他觉得,像是直往深渊里跌去;他想叫喊一声,忽然间,已置身于院子里了。清新的空气迎面扑来,他停步站立了片刻,就在这一刹那,重又奏响的乐声飘进他的耳鼓里。戈利亚德金先生陡然间记起了一切;看上去,似乎他所失落的力量又回到了他的身上。他从他到目前为止一直生根似地站立着的地方拔起腿,急促地奔跑起来,并不择方位,直奔户外,直奔露天,漫无目标……

第 五 章

彼得堡所有的塔楼上大大小小的钟表,会报时的与不会报时的,均显示午夜已经降临,这时,戈利亚德金先生在失魂落魄之中已奔上方坦卡河堤岸,已经临近伊兹马伊洛夫桥,他要躲开仇敌,躲开迫害,躲开那直向他劈头盖脑地砸来的一大堆不愉快,躲开那受惊的老太太们的喊叫,躲开女人们的大惊小怪的抱怨与长吁短叹的惋惜,躲开安德烈·菲立波维奇那杀气腾腾的目光。戈利亚德金先生被杀害了——活生生地被杀害了,这么说一点也不夸张,若是说他眼下还保持着奔跑的能力,那唯有归之于某种奇迹,某种连他本人到头来也不肯相信的奇迹。夜,着实令人发憷,——十一月之夜,潮湿,有雾,有雨,又有雪,它孕育着牙龈炎、鼻炎、寒热病、咽峡炎以及各种各样的热病，一句话，它正滋育出彼得堡十一月特有的各种恩赐。风在空荡荡的街上呼啸着，把方坦卡河里那黑漆漆的河水掀得比喷水柱还要高，把方坦卡河滨那暗幽幽的路灯刮得摇摇欲坠，那些路灯呢，它们也以自己细弱的但刺耳的吱吱声与狂风的呼啸声相和鸣，这样，就形成了一个没完没了地奏出那非常尖细的颤音的音乐会，这是每一个彼得堡的居民都相当熟悉的。雨雪交加。一股股被狂风切断的雨水横扫过来，就像那救火用的水龙管在喷射，又像千万根别针与发针，直向不幸的戈利亚德金先生的脸上扎呀，戳呀，气势汹汹。在夜晚的寂静中，——这寂静被远处马车的轰鸣声、狂风的吼声与路灯的吱吱声不时地打破，——听得到那从屋顶、门廊、排水槽、檐板坠落到人行道石桥板上的雨水的抽打声与淙淙声，甚是凄凉。不论是近边还是远处，都见不到一个人影，况且看来在这样的天气这样的时候，也不可能有什么人的。总之，只有戈利亚德金先生一人，只有他一人怀着自己的绝望，在这种时候，在方坦卡河滨的人行道上，踏着他素有的碎小而又急促的步子，行色匆匆，一心尽快地赶回他那个六铺街，赶回他那个四层楼，赶回他自己的寓所。

这雪，这雨，这彼得堡的十一月天空下暴风雪与阴霾疯狂肆虐之时所特有的种种甚至连名称都不常有的东西，向本来就倒霉得要死的戈利亚德金先生扑来，毫不留情也毫不间歇地向他进攻，寒透了他的骨髓，迷住了他的眼睛，狂飚从四面八方席卷而来，存心要使他迷路，要使他失去最后的理智，——这一切突然一古脑地向戈利亚德金先生袭来，仿佛是特地与他所有的仇敌串通好了，存心要让他这一天这一晚上这一夜好生消受一番，——但是，尽管有这一切，戈利亚德金先生对于这命运多舛的最新证据却几乎没有什么感觉：几分钟之前在五等文官别连捷耶夫先生府上的种种遭际，是那样强烈地震撼了他的身心，那么强烈地让他吃惊！要是此时此刻有一位闲人，一位不甚关心的旁观者，从一侧随意地瞅一瞅戈利亚德金先生这份忧伤苦闷的奔跑，那么这一位也一下子就会充满他的灾难所带来的恐惧，一定会说，戈利亚德金先生现在看上去很像是一心要去躲开他自己，很像是一心要从他自身逃离开去。没错！的确就是这样的。我们不妨再说一句：戈利亚德金先生现在不但很想从他自身逃离开去，甚至还有心活生生地自行消灭，不再生存下去，就地化为灰烬。眼下他对周围的一切都毫不在意，身边发生什么事他一点也不明白，对他来说，这阴雨绵绵的夜之种种不愉快，这漫长的路，这雨，这雪，这风，这整个儿骤变无常的天气，仿佛都不存在。从戈利亚德金先生右脚上滑脱下的那只套鞋，当即便丢落在泥泞的雪地里，在方坦卡河滨的人行道上，戈利亚德金先生呢，压根儿也没想到回转身去把它拾起来，他没有发觉套鞋从脚上滑脱了。他是那样心事重重，以致于有好几回也不管周围的一切，陡然间收住脚步，像根木桩似地呆立在人行道当中，全身心地回味不久前的令人发憷的败北；在这一刹那，他这人是死去了，消失了；之后，他突然发疯似地拔腿就跑，拼命奔跑，头也不回地猛跑，像是在逃避什么人的追捕，逃避某种更为可怖的灾难……的确，这处境着实令人可怖！……后来，在气力衰竭的状态中，戈利亚德金先生终于停了下来，一面撑靠在堤岸边的栏杆上，就像一个完全出乎意料地流鼻血的人那样，一面开始目不转睛地看着方坦卡河里浑浊的、黑漆漆的河水。不知他就这样究竟度过了多少时间。只知道在这种时刻，戈利亚德金先生已到了那样绝望的地步，那样地受折磨，那样地受煎熬，那样地心力交瘁，那原本就消耗得差不多了的气力眼看着消退下去，以致于他把一切都忘了，忘掉了伊兹马伊洛夫桥，忘掉了六铺街，忘掉了活生生的自己……确实,这又有什么大不了呢?要知道反正他都无所谓了:事情已然做了,当然,也就算是在判决书上签字画押了;还要他怎么样呢?……忽然……忽然他浑身一颤,情不自禁地往一旁跳了两步。他怀着难以言喻的不安,谨慎地朝四周张望起来;不过,并没有什么人,也没发生什么特别的事,可是,就在这时……就在这时他却感觉到,似乎有个人这会儿就站立在这里,在他身边,与他并立,也是用胳膊肘撑靠在堤岸的栏杆上,而且——奇怪!——甚至还对他说着什么,说得很急促,断断续续,让人不能完全听懂,但所说的可是涉及他,与他有关联。"这是怎么啦,是不是我有了错觉呀?"戈利亚德金先生说道,同时又一次谨慎地四面顾盼。"我是站在哪里呀?……哎哟,唉呀!"他摇摇头说。也就在这时,他开始带着不安,带着苦闷,甚至带着恐惧,朝雾气迷蒙的远处望去,他尽其视力,一心想凭借自己那双近视眼的目光去透视在他面前伸展开来的湿漉漉雾蒙蒙的景观。可是,并没有什么新东西,并没有什么特别的东西映入戈利亚德金先生的视野。看来,一切似乎都相安如故,各行其是,也就是说,雪片降落得更猛,更大,更密;二十步开外已然是伸手不见五指;路灯在吱吱作响,其声音比先前更尖利刺耳,寒风似乎更凄凉更悲怆地拉开嗓门,如泣如诉地吟唱着自己的苦闷之歌,就像一个挥之不去的乞丐在苦苦哀求一个铜板以苟且活命。"唉呀,哎哟!我这究竟是出了什么事呀?"戈利亚德金先生再次反躬自问,重又撒开腿上路了,不时谨慎地打量四周。这时,某种新的感觉摄住了戈利亚德金先生的整个身心:说怅惘又不是怅惘,说恐惧又不是恐惧……一阵寒颤传遍了他全身。这一刹那可是让人极为不快,简直难以忍受!"得了,没什么,"他说道,想使自己振作起来,"得了,也没什么;也许,这根本就没什么,谁的名誉也不会败坏的。也许,就应该是这样的。"他继续唠叨着,自己并不明白他是在说什么,"也许,所有这一切到时候自会安排得好好的,没什么可见怪的,谁都是有理的。"戈利亚德金先生就这样自言自语,用话语来使自己轻松些。他稍稍地晃了一下身子,抖掉帽子、衣领、外套、领带、靴子以及身上其他地方的那已然积成厚厚一层的雪片,但是,他依然无法把那种奇怪的感觉、隐隐的怅惘,从自己的心头推掉,抛开。远处的什么地方响起了炮击声。"这鬼天气哟,"我们的主人公寻思道,"听!该不会是要发洪水吧?显然,这河水是涨得太厉害了。"就在戈利亚德金先生刚刚说出这句话,或刚刚这样想的时候,他就在自己面前看见一个径直朝他走过来的行人,想必这一位也像他一样,由于什么事情耽搁了而夜行街头。这情形似乎是微不足道的,相当偶然的;但是,不知何故,戈利亚德金先生却发窘了,甚至胆怯起来,有点儿惊慌了。这倒并不是说他害怕心怀歹意之人,而是,也许……"可又有谁知道他呢,这一位夜行街头者,"戈利亚德金先生的头脑里闪出了这一念头,"也许,他也是那种人,也许,他此时来这儿有最紧要的事情,绝非平白无故地闲逛,而是有目标地走过来,要拦住我的道儿,要碰碰我。"话说回来,也许戈利亚德金先生这会儿并没有恰恰想到这一层,而仅仅是在刹那间强烈地感觉到某种与之类似的、相当不愉快的东西。不过,想到也好,感觉也罢,都没时间了;那行人距他已经只有两步之遥。戈利亚德金先生当机立断,按照自己的习惯,起紧摆出一副极为特别的神态,那神态明白无误地表现出他戈利亚德金这人独立自在,他一向与世无争,而大路很宽,满可以各行其道,他戈利亚德金是绝不会招惹别人的。忽然,他收住了脚步,一动也不动,犹如遭雷轰电击似的,紧接着,又迅速地转回身去,目送着刚刚从他身边过去的那位行人,——他转身的样子很特别,就像他被人从背后猛地拨了一下,就像狂风刮转了他的风向标。那行人很快地就消失在暴风雪之中了。他也是行色匆匆,也像戈利亚德金先生那样的一身装束,从头裹到脚,也像戈利亚德金先生那样,在方坦卡河滨的人行道上踏着碎小而又急促的步子,捎带着小跑。"怎么,这是怎么回事呢?"戈利亚德金先生嘟哝道,疑惑不解地微笑着,——然而他浑身一颤。一阵寒气猛然刺穿他的脊背。就在这时,那行人完全消失了,连他的脚步声也听不见了,而戈利亚德金先生依然伫立着,愣愣地目送着他。但是,后来他终于渐渐地清醒过来了。"这究竟是怎么回事呀,"他懊丧地寻思道,"我这是怎么了,该不是当真发疯了吧?"他转过身,迈开脚步赶自己的路,速度越来越快,步伐越来越紧,努力什么也不去想。到后来,他甚至闭上了眼睛以实现这一目标。忽然间,透过狂风的呼啸声与阴雨天的喧哗声,一阵很近的脚步声又飘进他的耳朵里。他哆嗦了一下,睁开了眼睛。在他面前,距他不过二十步开外,又黑黢黢地闪出一个迅速地向他接近的人影。这人步态急促,行色匆匆;距离迅速地在缩小。戈利亚德金先生甚至已能完全看清自己这一位新来的夜行街头的同伴了,——一看清,他又惊诧不已,恐惧万分,不由得失态而尖叫了一声;他的两条腿顿时也发软了。原来此公正是他已熟悉的那位步行者,正是十来分钟之前他从自己身边放过去的那一位,现在,这一位突如其来地、完全出乎意料地重又在他面前出现了。不过,也不单单是这一件怪事使戈利亚德金先生大吃一惊,更令戈利亚德金先生震惊的是,他竟收住了脚步,尖叫一声,他想要说出什么——接着,他撒开腿便去追那陌生人,甚至冲着那人叫喊起来,想必是要那人马上站住。陌生人真的站住了,距戈利亚德金先生也只就十来步远,附近路灯的光线正好照在那陌生人的整个身上,——他站住了,向戈利亚德金先生转过身来,带着一副焦虑不安的关切神态,等待着戈利亚德金先生说

191

话。"请原谅,我也许是弄错了。"我们的主人公用颤巍巍的嗓门开口说道。那陌生人一声不语,懊丧地转过身,迅速地迈开脚步,赶他自己的路去了,仿佛急着要追回他与戈利亚德金先生浪费的这两秒钟的光阴。至于戈利亚德金先生呢,这会儿他浑身的血管都颤抖起来,膝盖不由得弯下去了,颓然无力,他呻吟了一声,就在人行道的石座上坐了下来。不过,坠入如此窘迫的境地,的确是事出有因。事情的关键就在于,这位陌生人此时此刻在他看来不知怎么不再陌生了。这情形,说起来似乎依然算不了什么。但是,他认出来了,现在几乎完全把这人给认出来了。这人是他常能看见的,曾经见过的,甚至前不久还见过的;可是,那该是在什么地方呢?该不会就是昨天吧?不过,最要紧的还不在于戈利亚德金先生能常常看见这人;况且这人身上也几乎没有什么特别之处,——第一眼看上去,这人绝对不能激起人家的特别的注意。这么说吧,这人和大家一样,是个体面人,自然,也像所有的体面人一样,他身上也许还拥有某些优点,甚至是些很大的优点,总之,他这人是独立自在的。戈利亚德金先生对于这人既没有仇恨,也没有敌意,甚至不曾有一丝恶感,看上去甚至恰恰相反,——然而(问题的关键还就在这一情境中)无论以这世上什么样的珍宝为代价,他也是不愿与这一位相遇的,尤其是,譬如说,像现在这样。我们还要说一句:戈利亚德金先生完全了解这人;他甚至很清楚,这人姓什么,叫什么;然而,无论如何,无论以这世上什么样的珍宝为代价,他依然是绝对不肯把这人的名字给叫出来的,他是绝对不肯承认:喏,他的名字就是这样的,他的父名是这样的,他的姓是这样的。戈利亚德金先生的这番困惑是持续了很久呢,抑或只是片刻,他在那人行道的石座上是坐了许久吗,——我说不上来,但我只知道,后来,稍稍苏醒过来之后,他突然撒腿就跑,连头也不回,使出全身的气力;他气喘吁吁;他绊了两回脚,险些跌倒,——就在这情形中,戈利亚德金先生脚上的另一只靴子也落了单:它也被自己的套鞋给遗弃了。后来,戈利亚德金先生终于稍稍放慢了脚步,以便喘口气,他匆匆地把四周扫视了一遍,于是便看出,他在不觉之中已经跑过了方坦卡河滨的那段路,走过了安尼契科夫桥,绕开了涅瓦大街的一部分,现在他是站在向铸造街拐弯的地方了。他在这一刹那的处境,犹如一个在令人恐怖的陡壁上面站立着的人,脚下的土正在一块块地分崩离析,摇晃了,就要移动了,就要发生那最后一次的摇动了,就要塌陷了,就要把他带进深渊了,然而,这不幸的人既没有力量也没有决心转回身去,把自己的目光从那正在豁开的深渊上面移开;深渊在招引他,最后他终于自己跳进那深渊里,自己去加速自己毁灭时刻的降临。戈利亚德金先生知道,感觉到了并且也完全相信,这一路上他一定还会撞上什么不祥之物,还会有什么麻烦落到他头上,譬如说,他再度遇见那个陌生人;但是——说来也怪,他甚至向往着这种会面,他认为这是难以避免的,他只求这一切快点儿了结,他的处境不论如何解决都行,但求快点儿才好。这会儿他还在一个劲儿地奔跑,仿佛是在被一股外力推动着,因为他觉得浑身乏力,全身麻木;他无法去思索什么了,尽管他的思绪就像那多刺李,碰到什么就钩住什么。一条无家可归的狗浑身湿漉漉的,不住地哆嗦着,跟上了戈利亚德金先生,它也侧着身子,急匆匆地,夹住尾巴,垂下耳朵,在他身边跑,时不时就怯生生地但却会意地瞅瞅戈利亚德金先生。一缕遥远的、早已忘却了的思绪——对一件很久以前发生的事情的回忆——此时此刻浮现在他的脑际,就像一柄小锤子似地在他脑子里敲击,使他苦恼,又死死地纠缠着,拂之不去。"哎呀,这条可恶的狗!"戈利亚德金先生嘟哝道,自己并不明白这是要说什么。终于他在转向意大利街的拐弯处看见了那个陌生人。只是这一回那陌生人已经不是朝他迎面走过来,而是像他一样,也去那个方向,也在奔跑,略微超前几步。终于两人都上了六铺街。戈利亚德金先生喘不上气来了。到了戈利亚德金先生的寓所所在的那栋房子面前那陌生人站住了。响起了一阵门铃声,几乎同时,听到了铁木闩的嘎吱声。栅栏门打开了,陌生人一猫腰,一闪身,就消失了。几乎就在这一刹那,戈利亚德金先生也赶到了,以箭一般的神速窜进门洞里去了。他也不去听那怨声怨气的看院人的唠叨,气喘吁吁地奔入院子里,立刻就看见他那位前一分钟消失不见了的可爱的同路人。那陌生人在通向戈利亚德金先生寓所的那道楼梯口闪了一闪,戈利亚德金先生紧随其后奔过去。楼梯又暗又潮又脏。所有的拐角上都满满地堆放着各家各户的各种破烂,一个外人,一个不曾来这里的生人,在天色已暗的时刻来爬这种楼梯,并且还不得不在这种楼梯上漫游半个钟头,那他就得冒跌断腿的危险,就会在诅咒这楼梯的同时,也把他那位竟然在这么不方便的地方居住着的友人也诅咒一通的。但是,戈利亚德金先生的那位同路人却仿佛是这里的一位熟人,仿佛是经常来这里的某家串门的人;他不费劲就跑上去,对这里的一切了如指掌。戈利亚德金先生几乎完全追上他了;甚至那陌生人的外套的下摆有两三回扫到他的鼻子了。他的心跳都快要停止了。那个神秘兮兮的人竟正对着戈利亚德金先生的寓所门前站定,敲了一下门,于是(要是在别的时候,这可要让戈利亚德金先生惊诧的),彼得鲁什卡,仿佛一直在恭候着而没有躺上床,立刻便开了门,手里拿着蜡烛,跟在来人身后进去了。我们这故事的主人公魂不附体地奔入自己的寓所;他没有脱去外套,也没有摘下帽子,就穿过那小过厅,像是遭雷击似的,站在自己房间的门槛上一动也不动了。戈利亚德金先生的种种预感完全应验了。他所担心的,他所预测的,现

194

在全都真的发生了,并非是梦。他的呼吸急促了,头发晕了。那陌生人就端坐在他面前,也穿着外套,戴着帽子,坐在他的床上,微笑着,微微地眯着眼,向他友善地点点头。戈利亚德金先生想叫喊,但喊不出声,——应当用某种方式来表示抗议,但就是没有气力。他的头发根根直立起来,他恐惧得失去了知觉,就地坐了下去。说来也是,他如此失态确是事出有因。戈利亚德金先生清清楚楚地把自己这位夜游的朋友给认了出来。他这位夜游的朋友原来不是别人,正是他本人,——戈利亚德金先生本人,另一位戈利亚德金先生,然而与他一模一样,就像他本人,——一言以蔽之,正所谓一模一样的孪生兄弟。

第 六 章

次日,八点整,戈利亚德金先生在自己的床上醒来了。昨日白天所有异乎寻常的事情,与整个不可思议的、奇诡之至的一夜及其难以想象的奇遇,陡然间以其令人恐怖的细节,一古脑地浮现在他的脑际,呈现在他的记忆里。仇敌们如此绝情的、地狱般的怀恨,尤其是这份怀恨之最新的证据,让戈利亚德金先生心寒如冰。然而,这一切却是这般奇诡,这般荒唐,这样的不可理喻,看上去是这样的不大可能,的确让人对这事难以置信;要不是他幸而从苦涩的人生体验中已然知道,怀恨有时会把人弄到什么地步,为了名誉与野心而一心想报仇的对头有时会残忍到什么程度,戈利亚德金先生自己甚至已准备承认,这一切乃是无法实现的谵语梦话,是想象力刹那间的紊乱失调,是头脑一时的糊涂发昏。况且戈利亚德金先生疲乏的四肢、昏沉沉的脑袋、酸痛的腰,还有堪称恶性的重伤风,也都在有力地证实着、肯定着昨日夜游这事——其中也包括这次夜游之际所发生的种种奇遇,——之全部的可能性。再说,戈利亚德金先生早就清楚,他们那儿正在谋划着什么,他们那儿还有别的什么人。然而,这又能怎么样呢?好好地思忖一番之后,戈利亚德金先生决定保持缄默,苟且屈服,不到时候决不就此事表示抗议。"嗨,也许,人家只是起念要吓唬吓唬我,而一旦看出我这人与世无争,从不抗议,逆来顺受,人家便会收兵,自行收兵,还会率先收兵的。"

这会儿戈利亚德金先生的脑海里所浮现的就是这样一些思绪,他一边在床上伸伸懒腰,活动活动疲乏的手脚,一边等待着——这回是由他来等待了——彼得鲁什卡在他房间里的例行的露面。他已等了大约一刻钟啦;他听见,彼得鲁什卡那懒鬼正在隔壁鼓捣茶炊,然而他却怎么也不敢叫彼得鲁什卡过来。我们还要说一句:戈利亚德金先生此时甚至还有点害怕与彼得鲁什卡对质哩。"天晓得,"他寻思道,"天晓得现如今这滑头鬼对整个这件事是怎么看的。他在那儿不声不响,可肚子里自有鬼主意呢。"门终于嘎吱一响,彼得鲁什卡端着茶盘进来了。戈利亚德金先生怯生生地斜睨了他一眼,焦急不安地期待着他有什么举动,期待着他会不会说出什么话来,期待着他最终就心照不宣的那件事发表出什么见解。可是,彼得鲁什卡是什么也不说,相反,他倒比平日里更为缄默,更为生硬,更易于生气了,看什么都皱着眉头横着眼;总能看得出,他这是由于什么缘故而极为不满,甚至对自己的老爷连看都不看一眼,顺便说一句,这可有点儿刺痛了戈利亚德金先生的心。彼得鲁什卡把端过来的东西一一摆放在桌上,一转身就不声不响地返回隔壁自己那边去了。"他知道,他知道,全都知道,这无赖!"戈利亚德金先生一边喝起茶来,一边唠叨着。可是,我们的主人公什么话也没问自己的仆人,尽管彼得鲁什卡后来还有好几次进他的房间来取东西。戈利亚德金先生的心情处于极其骚动不安的状态中。还要去司里上班,这更让他心惊胆战。一个强烈的预感便是,正是在那里要闹出什么不对劲的事儿。"这一去,"他想,"怕就会撞上什么事吧?现在最好是不是忍一忍?现在最好是不是等一等?他们在那儿——且让他们随心所欲吧;而我今儿还是在家里等一等为好,权且养精蓄锐,调息身心,把整个这件事更好地思忖思忖,然后再瞅准时机,给他们一个出其不意,而我本人则安之若素。"戈利亚德金先生就这样思索着,一袋接一袋地抽烟。时光在飞逝,已经快九点半了。"瞧,已经九点半啦,"戈利亚德金先生想,"去上班也迟了。再说我这是病了,不消说是病了,一定是病了;谁敢说不是?我怕什么呀!且让他们派人来证实吧,且让庶务官来检查吧;还真的能把我怎么样?我这可是又背痛,又咳,又伤风;再说,我无法去上班,这种天气里无论如何也无法上班;我会生病的,然后呢,恐怕就会送掉性命的;现如今突然死亡率是这样高……"戈利亚德金先生就这样用这些理由最终完全宽慰了自己的良心,并预先主动地为自己作了一番辩白:他预料安德烈·菲立波维奇会斥责他玩忽职守。一般说来,在所有诸如此类的情形中,我们的主人公一向极其喜爱让自己去面对种种难以驳倒的理由,来为自己辩解一番,并以这种方式使自己的良心完全宽慰下来。这一回又是这样。现在,完全宽慰了自己的良心之后,他拿起了烟斗,装上烟丝,刚刚开始要大吸几口,却迅速地从沙发上跳下来,扔掉烟斗,动作麻利地洗脸,刮脸,梳头,穿起制服以及所有其他的服饰,抓起几份文件,就健步如飞地直奔司里去了。

戈利亚德金先生怯生生地走进他那个科里,提心吊胆地等待着什么相当不好的事,——这等待虽说是无意识的,朦朦胧胧的,但却是令人不快的;他怯生生地坐到自己的老位子上,就在科长安东·安东诺维奇·谢托奇金的旁边。他不东张西望,一点也不分心,就埋头看起堆放在他面前的一叠文件。他抱定主意,也发过誓,要尽可能避开一切具有挑战意味的东西,一切能够严重败坏他的名声的东西,譬如说:得避开那些不客气的探问,避开任何人关涉昨晚种种情形所开的玩笑与不体面的暗示;他甚至决定要回避同事们之间的日常的寒暄,也就是身体可好之类的问候。但是,显而易见,就这样呆着是不可能的,是不行的。担心就要在近旁伤害他的某个举动以及对此一无所知,这比那伤害本身还更厉害地折磨着他。因而,尽管他立过誓言,无论发生什么事情他都一律不介入,不论闹出什么动静他均尽量躲开,戈利亚德金先生偶尔间还是要偷偷地、悄悄地抬起头来,鬼鬼祟祟地瞅瞅左右两侧,从同事们的脸上察言观色,进而据此努力去推断,有没有什么新鲜而特别的关涉到他本人但却由于某些居心不良的目的对他隐瞒着的事儿。他一个劲儿地设想现在他周围所有的人与他本人昨天的种种情形这两者之间的那种必然的联系。在心烦意乱之中,他终于萌生一个心愿,不论怎样都行,但求这一切能尽快了结,即使有什么灾难当头,那也没关系!而就在这会儿,命运便来捉弄戈利亚德金先生了:他还没有来得及抒发心愿,他的疑虑突然间就烟消云散,不过,这事来得极为奇诡,出人意料。

另一个房间的门忽然吱嘎一响,那声音是那么轻微而胆怯,仿佛是要以此来提示,走进来的这人相当位卑身贱;只见一个人影——它可是戈利亚德金先生相当熟悉的,——腼腆地出现在我们的主人公正伏案工作的那张办公桌面前。我们的主人公并没有抬头,——没有,他只是以最短促的目光,匆匆地朝这人影瞥了一眼,不过,他已然全都认出来了,全明白了,连最微小的细节都一目了然了。他羞得无地自容,赶紧将自己那倒霉的脑袋瓜埋进公文堆里,这一举动,与那遭受猎人追捕的鸵鸟一头钻到滚烫的沙子里一样,完全出于同一个目的。新来的人向安德烈·菲立波维奇行了个鞠躬礼,随后便传来那种一本正经的亲热之声,所有的机关里上司同新来的下属说话时,都是用这种声音的。"您就坐这儿吧,"安德烈·菲立波维奇一面对新来者指指安东·安东诺维奇的办公桌,一面说道。"喏,就是这儿,戈利亚德金先生的对面,至于工作嘛,我们这就给您安排。"安德烈·菲立波维奇还向新来者做出了一个动作敏捷、在体面礼貌中又透出告诫规劝意味的手势,之后他便立刻潜心于摆放在他面前的一整堆形形色色的文件之中了。

戈利亚德金先生终于抬起了眼睛,要说他并没有晕倒,那么,其唯一的原因就在于他事先已预感到整个这件事,他事先就揣测出这个外来人,对这一切已有准备。戈利亚德金先生的第一个举动,便是迅速地向四周扫视了一遍,看看周围有没有什么人在窃窃私语,有没有什么针对此事即兴编出的文绉绉的俏皮话,有没有谁惊讶得扭歪了脸,还有,有没有谁惊慌得跌入桌子底下。可是,让戈利亚德金先生极为惊诧的是,无论在谁的身上也不曾表露出诸如此类的迹象。戈利亚德金先生的同僚与同事们的表现着实使他震惊。这看上去好像出乎情理之外了。戈利亚德金先生甚至对这种异乎寻常的缄默害怕起来。现实摆在面前,事情着实奇怪,不成体统,毫无道理。的确也有缘由让人心生疑窦,骚动不安。自然,这一切仅仅是在戈利亚德金先生的脑际中一掠而过。他本人如坐针毡。不过这个中自有原因。此刻坐在戈利亚德金先生对面的那一位,正是戈利亚德金先生的恐惧,戈利亚德金先生的羞辱,戈利亚德金先生昨日的梦魇,一言以蔽之,正是戈利亚德金先生本人,——不是此刻坐在椅子上张着嘴、手中呆呆地握着羽毛笔的戈利亚德金先生,不是身为科长助理的那一位,不是一向喜爱悄悄溜开、扎进人群里就不肯露面的那一位，也不是以其步态就明白地提示"请别碰我，我也不会碰您的"，或者"请别碰我，我可是没碰您呀"。不是那一位；不，这是另一位戈利亚德金先生，完全是另一位，然而又完全像第一位，也是这样的身材，这样的体格，这样的装束，这样的秃顶，总而言之，造化为这完全的相像，绝对不曾有一丝一毫的疏忽，倘若让他俩并排而立，那么，谁也不敢，谁也绝对不敢贸然断定，究竟哪一位是真的戈利亚德金先生，哪一位则是假的，哪一位是老的，哪一位则是新的，哪一位是原作，哪一位则是复制品。

我们的主人公此时此刻的处境，——如果打比方确是可行的话，——犹如那正被某个淘气鬼戏弄的人，这淘气鬼出于开玩笑，正把那取火镜偷偷地对准他而聚光生火哩。"这究竟是怎么一回事呀，莫不是在做梦吧，"他想道，"这是真的呢，还是昨日的延续？怎么能这样呢？这一切是凭什么权利而发生？谁批准了这一位官员，谁给了这么干的权利？我这该不是还在睡觉吧，不是在做梦？"戈利亚德金先生试着在自己身上拧了一把，甚至还试图去拧一拧别人，随便什么人……不，不是梦，真是这样！戈利亚德金先生觉得自己大汗如雨，觉得自己身上发生了一种从来不曾有过、至今尚未见过的变化，一种就其本质而言堪称不幸又加不体面的变化，因为戈利亚德金先生明白并感觉到，在这种可鄙的事情上开创先例总要招致种种不利。后来，他甚至对自身的存在也怀疑起来，尽管他预先对这一切就有准备，他本人也希望他的疑虑不管得到怎样的解决都行，然而，事情本身，应当说，确是够出人意料的。忧愁压抑着他，折磨着他。有时他完全丧失了意念与记忆。从这种瞬间清醒过来之后，他发觉自己在公文上机械地、无意识地挥笔乱涂。他不信赖自己了，他开始去查看所写下的一切——他竟然一点也看不懂。后来，那另一位戈利亚德金先生，就是一直一本正经而温顺安静地端坐着的那位终于站起身来,隐身到别的科室的门里,办什么事去了。戈利亚德金先生谨慎地瞅了瞅四周,——没什么,一切相安无事;只听见笔尖的嚓嚓声,被翻动的纸片所发出的哗哗声,距安德烈·菲立波维奇的宝座较远的角落里人们的话语声。戈利亚德金先生朝安东·安东诺维奇瞥了一眼,种种迹象表明,我们的主人公的面部表情完全反映着他目前的心境,并且与事情的全部意味很契合,在某些方面显得相当引人注目,因而好心的安东·安东诺维奇放下手中的笔,带着一种异乎寻常的关切,来探问戈利亚德金先生的健康状况了。

"我,安东·安东诺维奇,感谢上帝,"戈利亚德金先生结结巴巴地开口了,"我,安东·安东诺维奇,身体挺好;我,安东·安东诺维奇,现在什么事也没有。"他还不大信赖自己这么一口接一口地频频提及的安东·安东诺维奇,犹豫不决地补了一句。

"哎呀!可我看您好像不大舒服哩;不过,有点小灾小病也毫不奇怪!现如今这年头呀,实在很特别,一个劲儿流行这些时疫。您知道不……"

"是啊,安东·安东诺维奇,我知道,是有这些时疫……我,安东·安东诺维奇,可不是由于这个缘故,"戈利亚德金先生目不转睛地注视着安东·安东诺维奇,继续说,"我呀,您瞧,安东·安东诺维奇,我甚至都不知道该怎么对您说才好,我的意思是说,从哪个方面来说这件事情,安东·安东诺维奇……"

"什么呀?我对您……您知道不……我,向您实说吧,我好像不大明白您的意思;您……您要知道,请您解释得再详细一点,您这是在哪方面感到棘手了。"安东·安东诺维奇看见戈利亚德金先生的眼睛里都涌动着泪水,他自己也有些为难了,就这样提醒道。

"我,说真话吧……这儿,安东·安东诺维奇……就在这

201

儿——有位官员,安东·安东诺维奇……"

"喏,这怎么啦!我还是不明白。"

"我这是想说,安东·安东诺维奇,这儿有一位新来的官员。"

"没错呀,是有一位;您的本家哩。"

"怎么讲?"戈利亚德金先生嚷了起来。

"我这是说:您的本家,也姓戈利亚德金。该不是您的兄弟吧?"

"不是,安东·安东诺维奇,我……"

"嗯哼!您且往下说吧,而在我看来,他想必是您的一位近亲呢。您知道不,还确实像一家子人呢。"

戈利亚德金先生顿时惊呆了,一时竟说不出话来。人家竟能这么轻松地对待这样一件不成体统的、前所未见的事情,这样一件确实稀罕的事情,这样一件甚至都会使那最漠不关心的旁观者震惊的事情;竟能这么平静地侈谈什么同一家族者在外貌上的相像,殊不知,这儿分明是就像那照镜子一样!

"我,您知道不,我建议您,雅科夫·彼得罗维奇,"安东·安东诺维奇继续说,"您还是上医生那儿去一趟,听听他的高见。您知道不,您的气色好像很不健康。您的眼睛……您要知道,有一种异样的神情。"

"不,安东·安东诺维奇,我,当然,感觉到……也就是说,我仍想问一问,这位官员究竟是怎么回事?"

"喏,怎么啦?"

"就是说,您是否注意到了,安东·安东诺维奇,他这人身上有什么特别的……某种过分地惹人注目的东西?"

"什么?"

"——我的意思是说,安东·安东诺维奇,这一位与某人,譬如说,也就是与我——且举个例子吧——惊人地相像。您刚才,安东·安东诺维奇,已说到同一家族者在外貌上的相像,已顺带地发表了见解……您可知道,有时双胞胎也常会是这样的,也就是说完全就像两滴水,实在是无法分辨? 喏,我要说的就是这个。"

"没错呀,"安东·安东诺维奇稍稍地思忖了一下,仿佛是头一回被这件事震惊了,脱口而出,"没错呀! 实在是这样的。这相像实在是惊人的,您评论得一点也不错,的确可能把这个人当成那个人,"他继续说,眼睛睁得越来越大,"您知道不,雅科夫·彼得罗维奇,这甚至是一种奇妙的相像,梦幻般的相像,就像人们有时所说的那样,也就是说,完完全全地,像您一样……您是否注意到了,雅科夫·彼得罗维奇? 我本人甚至都想过要请您解释一下,是呀,说实话,起初并没有给予应有的关注。奇迹,的确是个奇迹! 那么,您知道不,我说,雅科夫·彼得罗维奇,您肯定不是在此地出生的?"

"不是。"

"他肯定也不是本地人。也许,与您来自同一个地方呢。您的老母亲,容我斗胆打听,她大部分时间曾经居住在什么地方呢?"

"您说了……您说了,安东·安东诺维奇,他不是本地人,是吗?"

"没错,不是本地人。啊,说真的,这事多么地奇妙哟,"爱说话的安东·安东诺维奇滔滔不绝,闲聊在他来说可是一件真正的乐事,"这的确能勾起好奇心;要知道,你频频地从他身边走过,碰他呀,撞他呀,但竟没有看出他来。不过,您可不要发窘。这种事常有。这个,您知道不——我现在就给您讲讲吧,我的姨母就曾有过这种事儿;她临终时也看见了与自己一模一样的人……"

"不,我,对不起,我要打断您的话了,安东·安东诺维奇,我,安东·安东诺维奇,我倒很想打听一下,这位官员究竟是怎样来的,也就是说,他是凭什么而上这儿来的呢?"

"这是顶替已故的谢苗·伊凡诺维奇的职务,是补空缺;出了空缺,就有人来补缺。要知道,真的,听说这可怜的死者谢苗·伊凡诺维奇留下了三个孩子,还一个比一个小。寡妇跪倒在大人脚前祈求开恩。不过,也听说她隐瞒实情:她有钱,可她把那些钱都藏起来了……"

"不,我,安东·安东诺维奇,我还是要问那件事呢。"

"哪一件?喏,行!可您这人何必对这件事如此感兴趣呢?我要对您说:您不必发窘。这事毕竟还是暂时的。有什么大不了呢?您可是与他毫不相干呀;这本是上帝自己一手安排好了的,这本是上帝的意旨,要是来抱怨这事,那可是罪过哩。这事显示出了上帝的卓越智慧。而您在这件事上,雅科夫·彼得罗维奇,就我所理解的来说,是没有丝毫的过错的。这世上的奇事还少吗!造化可是慷慨大方的;可不会要您对这事负责的,您也不要去为这事负责。哦,举个例子,顺便说说,我担保这事您也听说过的,那叫什么来着,啊,对了,叫暹罗双生子,两个人的脊背长在一块儿,就那么活着,吃饭呀,睡觉呀,都在一起;听说,还可以赚大钱哩。"

"对不起,安东·安东诺维奇……"

"我理解您,我是理解的!是呀!可这又有什么大不了呀?——什么事也不会有的!我这是据我所能了解到的而断言,这儿并没有什么可让人发窘的。有什么大不了的呢?他是一个挺本分的官员,看上去挺干练。他说他姓戈利亚德金,不是本地人,是九等文官。他当面向大人作了一番申述。"

"那么,究竟怎么样了呢?"

"没什么;听说申述得相当详细,提出了一些缘由;什么这个呀,那个呀,他说,阁下,我没有地位,而我很想当差,尤其是在您的麾下混口饭吃……喏,凡是在那种情形下该说的,您知道不,他全都乖巧地申述了。必定是个聪明人。喏,不消说,是带了引荐信而来的,没有那个可不成啊……"

"那么,究竟是从谁那儿……我这是要说,究竟是谁把自己的手插进这件难以启齿的事情之中的呢?"

"是呀。听说,那引荐还颇有权威哩;听说,大人与安德烈·菲立波维奇当时都会意地笑了。"

"与安德烈·菲立波维奇会意地笑了?"

"是呀;只是那么微微一笑,随即就说,好吧,那就这样吧,他们那方面没意见,只是要忠于职守……"

"那么,后来怎么样了呢。您多多少少地使我振作一些了,安东·安东诺维奇;恳求您——往下说。"

"对不起,我又有点不大明白您了……喏,得了;喏,也没什么;情况并不玄奥;您,我要对您说,不要发窘,这里没什么疑窦可寻的……"

"不,我,就是说,我要问您,安东·安东诺维奇,大人当时没有再说什么……譬如,关涉到我的什么?"

"那怎么可能呢!咳!喏,没有,一句也没有,您尽可完全放心。您可知道,当然,不消说,这种事情在一开头是相当令人惊奇的……就说我吧,一开头我几乎没有看出来。我不清楚,说真的,在您没有提醒之前,我怎么一直都没有看出来。不过,话说回来,您尽可完全放心。没有什么特别的事,根本就没说什么,"好心肠的安东·安东诺维奇一边从椅子上起身,一边又补充了一句。

"那么,我,安东·安东诺维奇……"

"哎呀,请您原谅我吧。我已闲聊半天了,可这儿还有要紧的急事呢。得把它们干完。"

"安东·安东诺维奇!"传来安德烈·菲立波维奇客气的召唤声,"大人在找您呢。"

"这就来,这就来,安德烈·菲立波维奇,我这就过来。"安东·安东诺维奇抄起一叠公文,便健步如飞地先奔到安德烈·菲立波维奇面前,旋即又朝大人的办公室跑去。

"怎么竟是这样呀?"戈利亚德金先生暗自思忖道,"瞧我们这儿都玩起了什么样的把戏!瞧我们这儿现在都刮起了什么样的风!……这倒也不坏;这兴许表明,出现了最好最好的转机。"我们的主人公一边搓着手,一边在心里推想着,一时竟高兴得飘飘然了。"这一来,我们这事便是平平常常的事情;这一来,一切都会化为鸡毛蒜皮的小事,不了了之。的确,谁也没有什么特别的动静,没发什么牢骚,这帮捣蛋鬼们现在一个个都坐在那儿办公哩;好极了,好极了!我就喜欢好心肠的人,过去喜欢,现在也总随时予以尊敬……不过,想一想这事可也有点那个,这个安东·安东诺维奇……要信赖他可是危险的:头发全白了,苍老得稀里糊涂了。不过,最主要的、最美妙的与最重大的事情是,阁下没有说什么,就那么放过去了:这很好!我赞成!只是那安德烈·菲立波维奇,凭什么带着他那份嘲笑在这种事情上掺和呢?这事与他有什么相干?老奸巨猾!总是横在我的道上,总爱像一只黑猫似的蹿到人面前,一心想挡住人家去路,总是那么热衷于横生是非而故意刁难他人,故意刁难他人而横生是非……"

戈利亚德金先生再一次谨慎地环顾四周,再一次为希望而振奋。不过,他觉得,一种依稀朦胧的思绪,某种甚为不祥的念头,仍然在使他发窘。他的脑海中甚至萌生出这样一个想法:得主动设法去接近那些官员们,以获得人家的信任或同情,得像兔子那样赶在前面,甚至(设法在下班时,或者,佯装有事时)在交谈之中顺便暗示一下,就说,诸位,有这样那样的情形,这样的一种相像确实令人惊奇,这种情形着实奇怪,这是一出旨在恶意诽谤的喜剧,——也就是说,自己主动地对这一切先稍微地取笑几句,进而以此来探测一下危险的深度。要知道,表面正经心里坏哟,我们的主人公在心里推断道。不过,戈利亚德金先生也仅仅是这样想想而已;随后又及时地回心转意了。他明白了,这走得太远了。"你的天性就是这个样!"他用一只手轻轻地拍了一下自己的额头,"你马上就要玩过头了,高兴过头了!你可真是一个老实人哟!不,我与你最好还是忍耐一下,雅科夫·彼得罗维奇,让我们等一等且忍一忍吧!"尽管如此,诚如我们已经提到的那样,戈利亚德金先生由于满怀希望而复活了,犹如死而复生一般。"没什么,"他想,"就像那压在胸口的五百普特①重的大石块顿时落了地!要知道事情本来就是这样!小箱子其实是容易打开的②。那克雷洛夫的话没错,克雷洛夫的话没错……这个克雷洛夫可是个行家,是个灵巧能干的人,是个伟大的寓言作家!至于那个,且让他做官去吧,且让他尽兴随意地做他的官吧,只要他不妨碍别人,不招惹别人,且让他做官去吧,——我同意,我赞成!"

这会儿,几个钟点都飞快地过去了,不知不觉之中,挂钟敲响了四下。下班的时刻到了;安德烈·菲立波维奇拿起了帽子,大家像通常一样,全都紧随其后。戈利亚德金先生稍稍磨蹭了

---

① 普特,俄国重量单位,等于一六点三八公斤。
② 语出俄国作家克雷洛夫的寓言《小箱子》,其寓意为:其实事情简单得很。

一会儿,拖延了必需的那么几分钟,有意要比大家晚一点,等大家纷纷上路各奔东西之后,才最后一个走出来。一到街上,他顿时觉得如登天堂,他甚至觉得心中涌动着一股热望:哪怕绕道多走点冤枉路,也得沿涅瓦大街好好逛逛。"要知道这就是命运的安排!"我们的主人公说道,"整个事情有了出人意料的转折。天也放晴了,瞧,这份寒冷哟,这些雪橇哟。而寒冷对俄罗斯人倒是很相宜的,俄罗斯人与寒冷可是能出色地相处,十分合得来!我爱俄罗斯人。瞧,这小雪哟,要是猎人们就会说是新雪;要是现在有兔子在这初下的新雪上蹦蹦跳跳,那该多有情趣哟!嗨!可不,得了,没什么!"

戈利亚德金先生就这样表达着兴奋,然而,某种东西仍旧萦绕在他的脑际,使他感到有点儿别扭,说怅惘又不是怅惘,可是,有时候它是那样剧烈地啜吮着他的心血,弄得戈利亚德金先生一时竟不知道如何安慰自己才好。"不过,我们且等这一天过去吧,那时我们就会快乐了。可是,这究竟是怎么回事呢?喏,我们且来推断一番,看一看。喏,来推断一番吧,我的年轻朋友,喏,来推断一番吧。喏,有一个同你一样的人,首先,完全同你一个模样。喏,这有什么了不得呢?要是有这样一个人,那我就得哭吗?这有我什么事呢?与我毫不相干,我只管吹我的口哨,就是这样!我只管走我自己的路,就是这样!且让他做官去吧!喏,真是奇妙又奇怪,人家竟在那儿侈谈什么暹罗双胞胎……喏,凭什么把他们称之为暹罗的?且假定他们就是双胞胎吧,可是,要知道那些大人物有时看上去也像是怪人。历史上就有,名将苏沃洛夫会像公鸡那样啼叫……得了,他那是出于政治需要而玩这一手的,还有那些大军事家……嗨,话说回来了,又提军事家干什么呢?我可是独立自在的,就是这样,我可不想知道别的什么人的事儿,我纯朴坦率,我鄙视仇敌。我不是阴谋家,且以此而自豪。我这人纯洁,爽直,正派,与人为善,性情温和……"

突然,戈利亚德金先生停下不说了,打住话头,像树叶似的瑟瑟发抖,甚至连眼睛都闭上了片刻。不过,他还指望他恐惧的东西只是一种幻觉。他终于睁开了眼睛,从右侧怯生生地斜睨了一眼。不,不是幻觉!……与他肩并肩而行的,正是他早晨相识的那一位,此公这会儿正踩着细小的碎步,冲着他微笑着,直愣愣地注视着他的脸,像是在期待攀谈的机会。那攀谈没有发生。他们俩就这样走了大约五十步。戈利亚德金先生尽可能严严实实地裹住身子,尽可能把脑袋缩进外套里,把帽子往下拉,让它低低地压在眼角上。更令人屈辱的是,他那位朋友的外套与帽子就像是刚从戈利亚德金先生的身上脱下来似的。

"先生,"我们的主人公终于开口了,他竭力用几乎是低声嘟哝的方式说道,竭力不去看自己的这位朋友,"我们,看来并非同路吧……我甚至确信这一点。"他沉默了片刻,然后说道。"我还确信,您完全明白了我的意思。"他相当严厉地补了这一句,作为结束语。

"我希望,"戈利亚德金先生的这位朋友到底说话了,"我希望……您哪,会宽宏大量地原谅我……我不清楚,我在这儿该与谁打交道……我的情况……我希望,您原谅我的冒昧,——我甚至都感觉到了,您大发恻隐之心,今天早晨对我表示了关切。从我这方面来说,我对您可是一见倾心,我……"此时此刻,戈利亚德金先生的心中闪现出一个欲望:但愿自己的这位新同事立时陷进地缝里去。"我斗胆请求,您哪,雅科夫·彼得罗维奇,且屈尊俯就听我一言……"

"我们——我们在这里——我们……最好还是上我那儿去吧,"戈利亚德金先生回答道,"我们现在就到涅瓦大街那一边去,在那边我与您的交谈会方便些,然后呢,就走小巷……我们最好还是穿小巷走回去。"

"行。就这么办吧,让我们穿小巷走回去。"戈利亚德金先生的这位温顺的同路人怯生生地说道,像是以这种回答的语气在暗示,他这人是什么道儿都可以走的,在他的地位上,即使是走小巷,他也心满意足。至于戈利亚德金先生呢,他完全不明白这是怎么一回事。他不相信自己。他还没有从自己的惊愕中清醒过来。

第 七 章

他到了楼梯上,快进自己的寓所那会儿,有些醒悟了。"哎呀,我这领头羊!"他在心里骂了自己一声,"喏,我这是把他往哪儿带呀?我这是自动地把脑袋往套索里伸呀。那彼得鲁什卡看见我们在一起,会怎么想呢?这混蛋现在会放肆地想起什么来呢?他可一向疑神疑鬼的……"但后悔已经晚了;戈利亚德金先生敲敲门,门开了,彼得鲁什卡开始给客人与老爷脱外套。戈利亚德金先生朝彼得鲁什卡顺便地瞅了瞅,只是那么匆匆地瞥了一眼,想竭力看清他的面孔而猜透他的心思。然而,让他极为惊奇的是,他的仆人压根儿就不感到惊奇,甚至恰恰相反,倒像是早就期待着诸如此类的事情发生。当然,这彼得鲁什卡即便是现在也像只狼似地那么望着,斜着眼睛,盯着一旁,像是在盘算着要去吃掉什么人。"今儿莫非有谁对他们都施了妖术吧,"我们的主人公想道,"肯定是有什么样的魔鬼在这里溜了一圈!今儿准有某种特别的异物附在所有的人们身上了。真见鬼哟,这么让人伤脑筋的迷魂阵!"戈利亚德金先生一边就这样一个劲儿地左思右想,反复掂量,一边把客人带进了自己的房间,恭敬地请客人入座。客人看上去极其忸怩不安,十分胆怯,恭恭敬敬地注视着自己主人的一举一动,捕捉主人的眼色,像是要竭力猜透主人的心思。在他的每一个手势中都透出某种饱受凌辱、备受折磨、诚惶诚恐的神情,要是打个比方,那么,这会儿他真挺像个由于自己没有衣服就穿上了别人服饰的人:袖口缩到肘弯,腰身差不多都吊到了后脑勺,而他又时不时地整理整理身上的那件短坎肩,一会儿侧身闪开,直想往什么地方躲藏,一会儿直愣愣地注视着人家的眼睛,竖起耳朵悉心谛听人家对他的情况议论了什么没有,人家有没有取笑他,替他感到害臊,——于是,这人脸红了,这人惊慌失措了,这人的自尊心受到伤害了……戈利亚德金先生把帽子放到窗台上,由于不当心,帽子滑落到地板上。客人立刻奔过去把它拾了起来,掸去帽上的全部灰尘,小心地把它放到原处,却把他自己的帽子就放在地板上,靠着椅子腿,他本人则恭恭敬敬地欠着身子就坐在那椅子边上。这件小事多少地让戈利亚德金先生看清了,明白了,来人有求于他,因而他便不再为如何与自己的客人开始交谈这事而感到为难了,而是把这一切的主动权都顺理成章地留给了他自己。那客人也没有率先开口,究竟是胆怯了呢,还是有点儿不好意思,抑或只是出于谦恭而在等待主人的开场白,——这一切均无可奉告,要辨析清楚委实困难。这时,彼得鲁什卡进来了,他站在门口,眼睛望着一旁,就是客人与他的老爷所在的那一边完全相反的那个方向。

"请吩咐,是要拿两份饭吗?"他用有点干哑的嗓子很随便地问道。

"我,我还真不清楚……您——对了,老弟,就拿两份吧。"

彼得鲁什卡走开了。戈利亚德金先生朝自己的客人瞥了一眼。客人的脸红到耳根。戈利亚德金先生是个好心肠的人,所

211

以，出于自己的好心肠，他立刻就编出一套理论来：

"这可怜的人儿，"他想道，"到职上班总共才一天，先前想必是吃了些苦头；或许，他身上这件体面的衣服就是他的全部家当了，而他本人则食不果腹哩。你瞧，他这人受过多少折磨哟！喏，也没什么，这多少还是件好事呢……"

"对不起，我想，"戈利亚德金先生开口道，"我倒想请教一下，我该怎样称呼您呢？"

"雅……雅……雅科夫·彼得罗维奇。"他的客人几乎低声低语地回答道，像是又负疚又羞愧，像是在请求人家原谅他也叫雅科夫·彼得罗维奇。

"雅科夫·彼得罗维奇！"我们的主人公重复了一遍，委实难以掩饰自己的窘态。

"是呀，一点没错……与您同名哩。"戈利亚德金先生的这位谦恭温顺的客人回答道，大胆地笑了一笑，想说句玩笑话。但一发觉他的主人此时此刻无心说笑，立时就摆出那种最为正经可也有点儿发窘的神态，退缩回去。

"您……请允许我向您请教一下，我怎么会有幸……"

"我可知道您宽洪大量德行高超，"他的客人急促地但却胆怯地打断了他的话，同时从椅子上微微抬起身子，"所以我就冒昧地前来找您，请求与您相识，得到您的庇护……"他的客人就这样概述道，显然，他在措辞上颇感为难，便挑选出这几个词，它们并不是过分的奉承而有低三下四之嫌，有辱没本人自负之虞，但又不显得过分地大胆而让人家有欲与之平起平坐的不谦恭之感。大体上可以说，戈利亚德金先生的这位客人的言谈举止，就像一个出身贵族的乞丐，这种人身着缀上补丁的燕尾服，怀揣贵族身份证，至于伸手求人苟且偷生那一套还不曾好好地实习过哩。

"您可真让我发窘哟，"戈利亚德金先生一边谨慎地看看自己，瞅瞅墙壁，打量着客人，一边回答道，"我何以能够……我，也就是说，我的意思是，究竟在哪方面我能为您效力呢？"

"我，雅科夫·彼得罗维奇，对您可是一见倾心，请您多多包涵，我指望您哪，——我冒昧地指望着呢，雅科夫·彼得罗维奇。我……我在此地可是孤单无助之人，雅科夫·彼得罗维奇，我贫穷，吃过相当多的苦头，雅科夫·彼得罗维奇，而在此地又是新来乍到。我听说，您这人除了具有那些平常的、您天性中就原有的、您那颗美丽的心灵所固有的种种品质之外，还是我的本家……"

戈利亚德金先生皱了皱眉头。

"我的本家，而且还与我出生在同一个地方，于是我就决定前来找您，向您申述我的窘境。"

"那好吧，好吧；说真的，我都不知道该对您说什么才是呢，"戈利亚德金先生用窘迫的声音回答道，"我们饭后再谈吧……"

客人行了个鞠躬礼。饭送来了。彼得鲁什卡摆好饭桌，宾主便开始用餐。吃饭花的时间并不长，他们俩都很匆忙，——主人是由于心情不比往常，再说这饭菜很不像样，让他觉得过意不去，——这份愧疚感一部分来源于他很想好好地款待客人，一部分则来源于他很想显示一下，他的日子过得可不像乞丐那样。而客人呢，这时却处于极度窘迫之中，显得很不好意思。他伸手拿取一片面包，吃下之后他已害怕再伸手去拿取第二片，他不好意思去拿比较好的那一片，不住地声称，他一点也不饿，而饭菜甚好，从他那方面来讲，他十分满意，且会终生不忘。用餐完毕时，戈利亚德金先生就点起烟斗，而把另一只专为友人预备的烟斗请客人用，——两人面对面地坐定，客人便开始讲述自己那不

213

寻常的遭遇。

小戈利亚德金先生的这番讲述前后持续了三四个小时。他那不寻常的遭遇史不过是几个最空洞无味的、最贫乏无奇的情况的组合,——如果还可以说那也是情况的话。说的是在某省城法院当差的情况,谈到检查官们与庭长们的事情,讲到某些官场中的勾心斗角与相互倾轧,讲到一位掌管诉讼程序的书记灵魂的堕落,讲到钦差大臣,讲到上司的突然变动,讲到他本人,即戈利亚德金先生第二如何完全无辜地遭难;还讲到他那年迈的姨妈彼拉盖雅·谢苗诺芙娜;讲到他由于自己的仇敌们施展种种阴谋而丢了差事,步行来到彼得堡;讲到他在这里,在彼得堡,如何拼命挣扎而困顿不堪,四处流浪,受穷受苦,如何长期寻觅差事而毫无结果,花掉囊中所有,把最后一个铜板都用于买面包了,险些儿流落街头,啃硬面包,和着泪水将它吞下去,睡光地板,后来,终于有一位好心肠的人挺身而出,为他张罗,给他引荐,并慨然把他安插在这新职位上。戈利亚德金先生的这位客人说着说着就哭泣起来,掏出那条青花格手帕——很像油布一样的东西,来擦拭眼泪。他说,他这是向戈利亚德金先生完完全全地敞开了心扉,他承认,他目前不但食宿无着,无法体面地安顿下来,而且连一套必不可少的服装也无从置备;话说到这儿,他还加了一句,说他连买一双最廉价的靴子的钱也凑不起来,而他身上的这件制服还是临时向人家借来应急的。

戈利亚德金先生心软了,真的被打动了。纵使他的客人的遭遇史是最空洞无味的经历,但申述这一遭遇的所有话语还是洒印在他的心坎上,犹如那天赐的甘露。问题的关键是,戈利亚德金先生已忘掉了自己最后一丝疑虑,心情舒畅,高兴起来,到后来,他已在心里抱怨自己是个傻子了。这一切竟是这么自然!先前那么伤心,那么提心吊胆惶惶不安,也确实是有缘由的！喏，是有，的确有一个挺微妙的情况，——可它并非灾难：它不会辱没人的，不会玷污他的自负，不会断送他的前程的，因为人并没有什么过错，是那造化本身安排的。再说，这客人请求庇护，这客人都哭了，这客人抱怨自个儿的命运，他显得那样的没心眼，不会逞凶，也不会耍滑头，显得那么可怜，那么卑微，看上去，他这人此时此刻似乎还为自己的面孔与主人的面孔之奇怪的相像而觉得过意不去呢，虽然这也许另有原因。他的言谈举止诚恳之至，一个劲儿要迎合自己的主人，他这副模样如同承受着良心的谴责而在别人面前有负罪之感的那种人。譬如说，要是谈到某一难以断定的疑点时，客人立刻就赞同戈利亚德金先生的意见。倘若无意中不知怎么弄错了，自己的看法竟与戈利亚德金先生的观点相左，而随即又发觉这是自己错了，那他便马上改口，加以解释，还要刻不容缓地让人家看出来，他对一切事情的理解方式与他的主人完全一样，毫无二致，他就像主人那样去思考，完全用主人那样的眼光去看待一切事物。一言以蔽之，这客人使出浑身解数一心想与戈利亚德金先生"步调一致"，以至于戈利亚德金先生终于认定，他的这位客人想必是在各个方面都相当可爱的人。这时，茶送上来了，已经八点多了。戈利亚德金先生觉得自己这会儿心情极佳，他快活起来，兴致勃勃，踱起步来，不一会儿终于同自己的客人津津有味地畅谈起来。

戈利亚德金先生这人一高兴，有时便爱讲述一些有趣的事情。现在就是这样：他对这客人讲了许多，京城的史话呀，京城的娱乐场所与风景区呀，剧院呀，俱乐部呀，勃留洛夫的画①呀；

---

① 卡尔·巴甫洛维奇·勃留洛夫(1799—1852)，俄国著名画家，一八三三年在意大利完成名画《庞贝的末日》。次年此画被运回俄国，在美术学院展览，引起热烈反响。

还讲到有两个英国人为了看一看夏宫的栅栏,专程从英国赶到彼得堡,了却心愿之后立刻就离开了;还讲了他在机关供职的情况,提到奥尔索菲·伊凡诺维奇,安德烈·菲立波维奇,甚至还讲到俄罗斯蒸蒸日上,正一小时一小时地走向完美,这其中

  语文科学今日如花盛开;

他还谈到不久前在《北方蜜蜂报》上读到的一则奇闻,说印度有一种力气非凡的怪蟒;最后,还提到勃兰贝乌斯男爵①,以及许多其他的人与事。总而言之,戈利亚德金先生这会儿是心满意足,这是因为:第一,他现在十分放心;第二,他非但不害怕自己的仇敌,而且甚至准备现在就向所有的仇敌下战书来决一死战;第三,他本人亲自给了别人以庇护,终于做了一件好事。不过,他在心里也暗自承认,他此刻还不算完全幸福,他身体里还有一条小虫子,极小极小的小虫子,甚至此刻还在蛀咬他的心哩。对昨天奥尔索菲·伊凡诺维奇家的晚会的那份回忆,极其强烈地折磨着他。要是能让昨天的某些事不发生,他此刻情愿付出很高的代价。"不过,那也没什么!"我们的主人公终于作出结论,并在心中暗暗地但却坚定地下了决心:往后可要谨言慎行,再不要闹出此类失误。由于戈利亚德金先生此刻完全兴奋起来了,陡然间他就几乎成了完全幸福之人,他甚至想起要吃喝玩乐一阵子了。罗姆酒由彼得鲁什卡送过来了,潘趣酒也调好了。宾主先同饮了一杯,随后又干了两杯。客人显得比刚才更加可爱了,他不但以实际举动证实了自己的爽直与好脾气,而且迅猛推

---

① 勃兰贝乌斯男爵是奥·伊·森科夫斯基(1800—1858)的笔名,批评家,小说家,杂志《读者文库》的出版者。

进,进一步博得了戈利亚德金先生的欢心,看上去,似乎仅仅以主人的快乐而快乐,对待主人就像对待自己真正的、唯一的恩人。他拿起羽毛笔与一小张纸,请求戈利亚德金先生先不要看他要写什么;写完后亲自把所写的东西面呈自己的主人。原来,这是一首四行诗,写得相当多情,而且是用挺美的文笔与字体写成的,看来,它是这位可爱的宾客本人的杰作了。这几句诗是这样:

  纵君忘我,
  我不忘君;
  生活中风雨莫测,
  且将我铭记在心!

戈利亚德金先生噙着泪水拥抱了自己的客人,大动感情之余,终于完全主动地向自己的客人透露了自己的某些秘密与隐私,而且特别来劲地谈到安德烈·菲立波维奇与克拉拉·奥尔索菲耶芙娜。"喏,要知道,我与你,雅科夫·彼得罗维奇,定会交成朋友的,"我们的主人公对自己的客人说道,"我与你,雅科夫·彼得罗维奇,要像鱼之于水那样生活,要像亲兄弟那样生活,我们,我的朋友,我们也要耍花招,要步调一致地耍花招;我们这方面也要施计谋,也要故意为难他们……正是为了故意为难他们而施计谋。你可对他们当中的谁也不要相信哟。我太了解你喽,雅科夫·彼得罗维奇,你这人的性格我很清楚;你这人是一张口就会什么都说出来的,你这个老实人哟!你呀,兄弟,你可要离他们所有的人远着点才是哩。"客人完全同意,直向戈利亚德金先生道谢,后来,激动得流泪了。"你知道吗,雅沙,"戈利亚德金先生用低微颤抖的声音继续说,"你呀,雅沙,暂且住在我这儿吧,或者,索性永远住下吧。我们定会交成朋友的。怎么样,兄弟,你看呢,啊?你可不要发窘哟,不要抱怨我们之间现在所有这样奇怪的情形:兄弟,抱怨可是罪过哟,这是造化的安排!而造化母亲向来都是慷慨大方的,就是这么回事,雅沙兄弟!我这样说,是出于爱你,兄弟般地爱你。而我与你,雅沙,我们也要耍花招,我们这方面也要施计谋,要牵着他们的鼻子走。"后来,潘趣酒又斟入杯中,每人一份,又喝下第三杯,第四杯,这时,戈利亚德金先生开始体验到两种感觉:其一是异乎寻常的幸福,其二呢,——他已经站不稳啦。那客人,不消说,被挽留下来过夜了。床则是由两排椅子马马虎虎凑合而成的。小戈利亚德金先生声称,在亲密朋友家的屋顶下,即便是睡光地板也是舒服的,从他那方面来讲,他是不管什么地方都能睡得着的,他这人随遇而安,只会感恩戴德;他现在如登天堂,后来他还说,他在自己的人生旅途中已经历过许多不幸与痛苦,什么事儿都见过,什么苦头都吃过,——谁知道将来呢?——或许,将来还得受苦。大戈利亚德金先生反对这个观点,并开始来论证,应当把全部希冀寄托在上帝身上。客人完全同意,还说,那是自不待言的,谁也不能像上帝那样。这时,大戈利亚德金先生立即指出,土耳其人在某些方面是对的,譬如说,他们甚至在梦中也呼唤真主的名字。接着,戈利亚德金先生就声明,他可不同意某些学者对于土耳其人的先知穆罕默德的诋毁,而承认他是一位自有其伟大之处的政治家,与此同时,戈利亚德金先生又把话锋一转,转入对一家阿尔及利亚理发铺的相当有趣的描述,那是他在一本大杂烩式的小册子上读到的。宾主对土耳其人的头脑简单尽情地嘲笑了一番,不过,也不能不对他们那由鸦片所唤发出来的盲目迷信表示惊诧……客人终于开始要脱衣服了,戈利亚德金先生则起身出来上隔壁去了,此举一半是出于好心,也许,这客人连一件像样的衬衫也没有哩,那就不要使一个本来就已经受苦受难的人再感到难为情了,而另一半动机呢,则是要乘机察看一下彼得鲁什卡,试探试探他,要是可能的话,还抚慰抚慰人家,让他快活起来,使大家都成为幸福之人,都没有什么不称心的事。必须指出,彼得鲁什卡还是有点儿让戈利亚德金先生发窘呢。

"你呀,彼得,现在就睡吧,"戈利亚德金先生走进自己仆人的小隔间,温存地说道,"你现在就睡吧,明天八点钟叫醒我。听明白了吗,彼得鲁什卡?"

戈利亚德金先生说得异乎寻常地柔和而亲热。可是,彼得鲁什卡默默无语。他这会儿正在整理自己的床铺,甚至都没有向自己的老爷转过头来,而这一动作可是应当做出的,仅仅出于对老爷的尊敬也该做的。

"你呀,彼得,听见我的话了吗?"戈利亚德金先生继续说。"你这就睡吧,明天呢,彼得鲁什卡,你在八点钟就叫醒我;明白了没有?"

"我记住了,这有什么大不了!"彼得鲁什卡怨声怨气地嘟哝道。

"喏,这就对了,彼得鲁什卡;我只是这么随便说说,让你也安心,也幸福。你瞧,我们大家现在全都幸福,所以也得让你也安心也幸福呀。现在呢,我祝你晚安,就寝吧,彼得鲁什卡,就寝吧;我们大家还都得工作呢……你呀,老弟,你要知道,可不要瞎想什么……"

戈利亚德金先生都开了话头了,可他又打住了。"这会不会太过分了呢,"他思忖道,"我这是不是扯得太远了?总是这样,我这人总是有什么想法就一古脑儿都倒出来。"我们的主人公从彼得鲁什卡那儿出来时,对自己可是相当不满。再说,彼得鲁什卡那份粗鲁那股犟劲儿也着实使他有点委屈。"人家这是

219

在逗这混蛋玩哩,老爷给这混蛋面子,他却不知好歹。"戈利亚德金先生想道。"不过,这帮家伙全都是这种下贱脾性!"他摇摇晃晃地折回自己的房间,看见客人已经躺下,便在客人的床铺边坐了一会儿。"你可得坦白,雅沙,"他晃着脑袋低声低语地开口道,"要知道,你呀,你这混蛋,你对我可要负罪哟!要知道,你呀,你与我同名同姓,你可知道那个……"他继续唠叨着,与自己的这个客人相当亲昵地逗闹着。终于戈利亚德金先生与客人友爱地道了晚安,起身睡觉去了。那客人打起鼾来。戈利亚德金先生也上床躺下,然而他却不住地窃笑,自言自语地说:"今儿你可是醉了,我的宝贝儿,雅科夫·彼得罗维奇,你是这么个混蛋,这样一个乞丐,——就因为你有这么个倒霉的姓!!喏,你刚才高兴什么呀?要知道,明天你就会哭个够的,你这样软弱无用的人,我拿你怎么办才是呢!"就在这时,一种相当奇特的感觉陡然摄住戈利亚德金先生的整个身心,它有点儿像疑虑,又有点儿像后悔。"我这可是兴奋过度啦,"他思忖道,"现在这脑袋里嗡嗡作响哩,我醉了;已经不能自制了,你这个大傻瓜!东扯西拉地胡说了许多废话,还打算耍点花招呢,你这混蛋。当然,宽恕他人,不念旧恶,乃是第一美德,但是,那件事毕竟挺糟糕!怎么能那样呢!"想到这儿,戈利亚德金先生立即起身下床,拿起蜡烛,蹑手蹑脚地再一次走过去瞅瞅那位已然睡熟的客人。他在那儿站了许久,在沉思状态中俯视着客人。"这幅画可是令人不快哟!诋毁呀,十足的诋毁呀,这一招出来便也就完啦!"

戈利亚德金先生终于完全睡下了。他的脑袋里嗡嗡声、噼啪声、丁当声乱成一片。他渐渐地迷迷糊糊昏昏沉沉失去知觉了……他倒是憋着劲想思索什么问题,想回忆起什么非常有趣的东西,想解决某件既是非常重要而又是颇为微妙的事情,——

但就是不能。睡意朝他那倒霉的脑袋席卷过来,他睡着了,就像通常在某个友人聚会上由于不习惯一下子喝下五杯潘趣酒而陡然醉倒的那种人一样,沉入梦乡了。

第 八 章

第二天,戈利亚德金先生像平常一样,在八点钟醒了;一醒来,他立刻就记起了昨晚的全部事情,——一记起就皱眉头。"唉,昨天我可是着实扮演了一个大傻瓜!"他一面想,一面从床上欠起身子向那客人的床铺上瞥了一眼。可是,房间里不单没有客人,而且连客人睡的床铺也没有了,这一刹那,他是多么惊诧哟!"这是怎么一回事呢?"戈利亚德金先生几乎要叫喊起来,"这到底发生了什么事呀?眼下这新情况又意味着什么呢?"戈利亚德金先生一时困惑不解,张着嘴,愣愣地望着空出来的地方,就在这时,门嘎吱一响,彼得鲁什卡端着茶盘进来了。"去哪儿了,去哪儿了?"——我们的主人公以勉强可以听清的声音问道,一面用手指头朝昨晚为客人腾出的那块地方指指戳戳。彼得鲁什卡起先什么也不回答,甚至都不看自己的老爷一眼,而是把眼睛转向右面的角落,这一来,戈利亚德金先生本人也就不得不向右面的角落看去。不过,彼得鲁什卡沉默了一会儿之后,便用他那干哑而粗鲁的嗓音回答道:"老爷没在家。"

"你这傻瓜,我可就是你的老爷呀,彼得鲁什卡。"戈利亚德金先生用急促的声音说道,一面圆睁双眼瞪着自己的仆人。

彼得鲁什卡什么也不回答,但却那样特别地盯了戈利亚德金先生一眼,弄得他顿时脸红到耳根,——那目光带有某种令人屈辱的责备,颇像是一顿十足的责骂。诚如常言所说的那样,戈利亚德金先生立时便泄气了。终于,彼得鲁什卡终于宣布,另一位离去已有一个半钟头了,他不愿等。当然,这回答可能是实话,很像是实情;看得出来,彼得鲁什卡并没有撒谎,他那令人屈辱的目光,他使用的另一位这个词,都只是那件令人难堪的事情的后果,然而,戈利亚德金先生仍旧懂得,——虽说是朦朦胧胧的,——这里还是有点不大对劲,命运正在给他预备一份小小的礼物,不太好领受的礼物。"行,且让我们走着瞧吧,"他暗自思忖道,"我们会看出来的,到时候我们会把这一切弄个一清二楚的……唉,我的天哪!"最后,他呻吟道,声音都完全变调儿了,"我这是何苦邀请他来呢,我做了这一切能达到什么目的呢?要知道,我这真是自动地把脑袋往那帮盗贼的圈套里钻呀,这圈套是我自己编织的呀。唉,你这笨脑袋,笨脑袋!你可是一点也沉不住气,简直像个毛头小孩子,像个肚子里装不住事的小办事员,像个无官无衔的废物,窝囊废,像根朽烂的木头,你这多嘴多舌播弄是非的家伙,你这惹人生厌的臭婆娘!……您可成了我的圣徒啦!你这混蛋,还写诗句来向我一表爱心哩!怎样来敲打敲打才好呢……要是他折回来,怎样比较体面地给他这混蛋下逐客令呢?自然,变通的方式方法多的是。到时我就说,如此这般,考虑到我的薪俸有限……或者,到那时我来吓唬他一下,我就说,这个那个我都一一考虑过了,现在不得不申述清楚……我就说,必须支付一半房租与伙食费,钱得预付。嗯哼!这不行,真见鬼,这不行!这会太让我丢脸的。那样做可不大得体!到那时难道不可以这么办吗:索性就指点一下彼得鲁什卡,让那彼得鲁什卡设法得罪他,设法轻慢他,粗暴地对待他,这一来不就把他给撵走了吗?这一招定会一箭双雕,让他们俩互相斗起来……这不行,真见鬼,这可不行!这样做是危险的,而且要是从那样的眼光来看,还不得体——喏,没错,这根本就不好!十分不好!可是,喏,要是他不来了呢?这会不会不妙?昨天晚上我可是对他说走了嘴哟！……唉,糟糕,糟糕!唉,我们这事可有些不妙!哎呀,我这笨脑袋,这该死的笨脑袋!你这人可是就不能把自己的嘴好好地闭紧,不会把事情的因由死死地装在自己的肚子里!喏,要是他来了但却谢绝在我这里居住呢?上帝保佑他来吧!他来了,我一定会非常高兴的……"戈利亚德金先生一面这样推断着,一面啜饮着茶,不住地瞅瞅墙上的挂钟。"差一刻就九点钟了;该上班去了。会有点什么事的;会有什么事呢?我倒很想知道,这背后究竟隐藏着什么特别的玩意儿呢,——什么目的,什么意图,又有哪些形形色色的诡计。要是能打听出,那帮人究竟在图谋着什么,他们的第一步会怎么走,那可就好了……"戈利亚德金先生再也忍不住了,扔下没有吸完的烟斗,穿上衣服,就上班去了;他一心要去排除危险——如果可能的话,要亲自到场把一切都看个明白。而危险是有的:这一点他自己知道,危险是有的。"可我们这就把它……弄个一清二楚,"戈利亚德金先生在过道里一面脱去外套与套鞋,一面说,"我们现在就来弄清所有这些事情。"我们的主人公打定主意以这样的方式去行动之后,便整理整理衣饰,摆出一副体面正经的样子,刚要进入隔壁房间,忽然间就在门口撞见了他那位昨日的相识,他那位良朋与挚友。小戈利亚德金先生看上去似乎没有发觉大戈利亚德金先生,尽管几乎与后者撞了个满怀。小戈利亚德金先生看上去似乎忙得很,正急匆匆地要上哪儿去,气喘吁吁的;那副神态是那样一本正经,那样认认真真,似乎任何一个人都能直接从他的脸上识读出来——"他这可是在办特差……"

"哎呀,这是您呀,雅科夫·彼得罗维奇!"我们的主人公一把抓住他昨天的客人的手臂,说道。

"过一会儿,过一会儿,对不起,过一会儿您再说吧。"小戈利亚德金一面挣脱开身往前奔,一面嚷道。

"可是,请原谅;您哪,似乎想,雅科夫·彼得罗维奇,似乎想那个……"

"什么呀?快点说清楚。"这时,戈利亚德金先生昨天的客人像是有点勉强地站住了,然后不大乐意地将自己的一只耳朵径直地送到戈利亚德金先生的鼻子底下。

"我要对您说的是,雅科夫·彼得罗维奇,这种接待直让我惊讶……这种接待,应当说,可是我万万不曾料到的。"

"办任何事都有一定的程序。请您先到大人的秘书那里去,然后上办公室主任先生那儿去。呈文带来了吗?……"

"您哪,我真闹不明白,雅科夫·彼得罗维奇!您简直使我吃惊了,雅科夫·彼得罗维奇!您想必是没把我给认出来,要不,就是出于您那天生的开朗性格而在与我开玩笑哩。"

"啊,这是您呀!"小戈利亚德金先生好像这才看清大戈利亚德金先生,惊叹道,"原来这是您哪?喏,怎么样,您睡得可好?"这时,小戈利亚德金先生微微一笑,官气十足道貌岸然地微微一笑,尽管本不该这样(因为至少他应当以感激来回报一下大戈利亚德金先生);就这样,在官气十足道貌岸然地微微一笑之后,他补充说,他为戈利亚德金先生睡得很好而非常高兴;接着,他略微一鞠躬,在原地跺了跺脚,向左右两侧瞅了瞅,便垂下眼睑,盯着地面,最后瞅准侧门,急促而小声地声称,他有特别使命在身,随后便溜进隔壁房间,一转眼就不见了。

"原来是这么回事哟!……"我们的主人公先是愣愣地呆了片刻,然后低声低语地说道,"原来是这么回事哟!原来这儿是这种情形!……"就在这时,戈利亚德金先生突然感觉到,不知何故浑身起了一层鸡皮疙瘩。"不过,"他在折往自己科里的一路上还继续自言自语,"不过,我早就说过这种情形;我可是早就预感到,他这人是办特差的,——昨天我就说过,一定是为了承办某位要人的特别的差遣而起用了这个人……"

"昨天的公文您办完了没有,雅科夫·彼得罗维奇?"安东·安东诺维奇·谢托奇金问身旁的戈利亚德金先生,"它还在您这儿吗?"

"在这儿。"戈利亚德金先生低声说道,带有一点诚惶诚恐的神色望着自己的科长。

"正是,正是。我说的就是这个,安德烈·菲立波维奇已经查问过两回了。没准大人这就会索要的……"

"没事的,已经办好了……"

"喏,那就好。"

"我这人,安东·安东诺维奇,好像一向都是尽职尽责的,对上司交给我办的事情我总是热心的,勤勉的。"

"没错。喏,那您此时说这话又是什么意思呢?"

"没什么,安东·安东诺维奇。我只是,安东·安东诺维奇,我只是想说明,我……也就是说,我这是要表达这么一个意思:有时候,居心不良与嫉妒可是对什么人也不轻饶的,总是一个劲儿地寻觅其日常的、令人恶心的食物……"

"对不起,我不大懂您的意思。说穿了,您现在这是在影射什么人呢?"

"说穿了,我这只是想说,我这人走的是一条正直的道儿,我鄙视那弯弯绕绕的道儿,我不是阴谋家,倘若容我说句自夸的话,我满可以非常合情合理地以此而自豪的……"

"没错。是这样的,据我所了解到的情况,我愿确认您的看法是完全公正的;但是,请您也容我向您进一言,雅科夫·彼得罗维奇,在上流社会里是不大容许有个性的;就拿我来说吧,我随时准备忍受人家在背后指指戳戳的,因为有谁在背后不遭他人骂呢！可是当面,那就得看您自己的能耐了,拿我来讲吧,我的先生,我就不容许别人当着我的面说对我无礼的话。我这人,我的先生,在国家机关里都混白了头发了,到了老年,我可不容许别人对我说无礼的话……"

"不,我,安东·安东诺维奇,您哪,看出来没有,安东·安东诺维奇,您哪,好像,安东·安东诺维奇,您好像没有完全明白我的意思。而我呢,请您千万别这么想,安东·安东诺维奇,从我这方面来讲,我只能引以为荣幸了……"

"我也得请您原谅我们这些人喽。我们所学的都是些旧东西。而学你们那样的新玩意儿,我们这些人已经迟啦。在为祖国效力的岗位上,我们的智力迄今为止似乎还都够用。我可是有,我的先生,诚如您知道的,我有一枚为表彰二十五年无一过失而颁发的奖章哩……"

"我能理解,安东·安东诺维奇,从我这方面来讲,这一切我都能完全理解。但我说的可不是这个,我说的是面具,安东·安东诺维奇……"

"说的是面具?"

"也就是说,您这是又……我担心,您这会儿又误解了意思,也就是我的言语的意思,就像您自己说的那样,安东·安东诺维奇。我这只是在展开题目,也就是说,没谈要旨,安东·安东诺维奇,我是说戴面具的人已然并不少见,现如今要从面具后面辨认出一个人来可是困难的……"

"喏,您知道吗,那倒也不太困难。有时还相当容易,有时也并不费多少劲。"

"不,您知道吗,我呀,安东·安东诺维奇,我这是在说,我这是在说我自己哩,我是说,譬如我吧,我戴上面具,不过那是在需要它的时候才戴的,也就是说,只有在狂欢节与娱乐聚会时才戴,这是在直接的意义上来说,但是,我并不是每天都在人家面前跳假面舞,这是在另一种、比较含蓄的意义上来说。这就是我要说的,安东·安东诺维奇。"

"得啦,让我们暂时把这一切都丢在一边吧;我真的没时间了,"安东·安东诺维奇站起身来,一边收拾某些公文准备向大人禀报,一边说道,"您的事情,照我看,不会耽搁,届时自会见分晓的。您自己也会看出来,您该去埋怨谁,该去责备谁。其次呢,我还要恳求您:免除我介入往后所有私人的且有碍公务的解释与议论吧……"

"不,我呀,安东·安东诺维奇,"脸色有点苍白起来的戈利亚德金先生朝着正在走开的安东·安东诺维奇的身后说道,"我呀,安东·安东诺维奇,对那个呀,连想都没想呢。""这究竟是怎么回事呢?"我们的主人公独自一人留下了,自言自语地继续着。这里刮的究竟是什么风呢,这新的刁难又意味着什么呢?就在我们的主人公顿时诚惶诚恐、半死半活地准备去解决这一新问题的时候,从隔壁房间里传出一阵喧哗,看来那里正在忙碌着什么。门开了,在这之前刚刚因公务离开而到大人的办公室里去了的安德烈·菲立波维奇,气喘吁吁地在门口出现了,叫了一声戈利亚德金先生。戈利亚德金先生清楚这是什么事,不愿让安德烈·菲立波维奇等着,从坐位上一跃而起,就像一个兢兢业业恪尽职守的公务员那样,立刻使出浑身解数忙碌起来,把索要的册子整理出来,准备妥当了,他自己也准备好要带着册子与安德烈·菲立波维奇一起去大人的办公室。突然间,小戈利亚德金先生几乎是从站在门口的安德烈·菲立波维奇的腋下溜进了房间,他忙忙活活,气喘吁吁,为公事折腾得疲惫不堪,一副一本正经的样子,直奔大戈利亚德金先生,后者万万没有料想到会遭到这一袭击……

227

"公文,雅科夫·彼得罗维奇,公文……大人要公文呢,您弄好了没有?"大戈利亚德金先生的这位朋友放低嗓门,急促地叽叽咕咕地说起来,"安德烈·菲立波维奇在等您呢……"

"您不说,我也知道人家在等着。"大戈利亚德金先生也急促地、低声低语地说道。

"不,我呀,雅科夫·彼得罗维奇,我说的不是那个;我呀,雅科夫·彼得罗维奇,我完全不是那个意思;我是同情您的,雅科夫·彼得罗维奇,人家这是热心关切哩。"

"我恳求您还是不要介入我的这种事情吧。对不起,对不起啦……"

"您哪,不用说,要把这些公文装入封套里,雅科夫·彼得罗维奇,而在那第三页,您要夹入一条纸签,对不起,雅科夫·彼得罗维奇……"

"咳,您让开吧……"

"可这儿有一个墨水点呢,雅科夫·彼得罗维奇,您发现这墨水点了没有?"

就在这时,安德烈·菲立波维奇第二次叫了戈利亚德金先生一声。

"这就来,安德烈·菲立波维奇,我这里再有一会儿就得啦,瞧这儿……先生,您懂不懂俄文?"

"最好用小刀去刮一刮,雅科夫·彼得罗维奇,您最好还是交给我来办这事;您自己最好别动手,雅科夫·彼得罗维奇,而把这事交给我吧,——我呢,用小刀在这里稍稍地……"

安德烈·菲立波维奇第三次叫戈利亚德金先生了。

"哪有的事呀,这上面究竟哪儿有墨水污点呢?要知道,这里看起来根本就没有什么墨水污点呀?"

"偌大的墨水污点哩,瞧,它在这儿呢!对不起,我这里看见它啦;对不起……您只管允许我,雅科夫·彼得罗维奇,我用小刀在这里稍稍地刮一刮,我可是出于热心,雅科夫·彼得罗维奇,我出于诚心,用小刀……这么一刮,这事马上也就了结了……"

就在大戈利亚德金先生与小戈利亚德金先生之间一刹那的较量中,小戈利亚德金先生出乎意料地、陡然地、无缘无故地就把大戈利亚德金先生给制服了,至少,他是完全有悖于后者的意志而把上司索要的公文一下子拿到自己手里,他并没有出于诚心用小刀刮去墨水污点,就像他对大戈利亚德金先生那么奸诈地劝说的那样,——而是迅速地卷起公文,夹在腋下,两个箭步就跳到那安德烈·菲立波维奇身旁,后者这会儿尚未发觉他的任何一个花招,于是,小戈利亚德金便随着安德烈·菲立波维奇飞一般地奔进司长办公室。大戈利亚德金先生一人留下了,仿佛两脚生根似地站在原地,手执小刀,好像要用它去刮什么似的……

我们的主人公还不大明白自己的新的状态。他还没有醒悟过来。他是感到受了打击,但他想,这事好像就该如此。后来,他终于怀着十分可怕的、难以形诸笔墨的忧虑,径直奔向司长办公室,一路上还祈告苍天,但愿一切都能好转起来,一切都平安无事……他跑进司长办公室外面那个套间里,便与安德烈·菲立波维奇以及自己的那位同名同姓者面对面地撞见了。他们两位正要往回走:戈利亚德金先生给他们俩让道儿。安德烈·菲立波维奇面带微笑、高高兴兴地说着话。大戈利亚德金先生的那位同名同姓者也微笑着,跟在安德烈·菲立波维奇身后,迈着小碎步,转来转去,但保持着一定的距离以示敬意,一脸受宠若惊的神气,并对着安德烈·菲立波维奇的耳旁低声低语地说着什么,后者则极为赏识地点头称许。我们的主人公一下子明白了事情的全部来龙去脉。原来,他办的事(诚如他后来才打听到的那样)几乎超出了大人的意料,的确在规定时间之内及时地赶好了。大人极为满意。甚至据别人说,大人本人还对小戈利亚德金先生说了声谢谢,非同小可颇有分量的一声谢谢;还说,遇到机会就会想着他的,怎么也不会忘记的……自然,戈利亚德金先生的当务之急就是去提出抗议,全力抗议,尽力抗议。他气得几乎失去了知觉,脸色像死人一样苍白,他径直向安德烈·菲立波维奇那儿奔去。但安德烈·菲立波维奇一听戈利亚德金先生唠叨的是私事,便不肯往下听,固执地声称,他可没有一分钟的闲空来应付私人的需求。

那语气之冷淡,那拒绝之生硬,着实让戈利亚德金先生大吃一惊。"我最好还是从另一方面去想想办法吧……最好去找安东·安东诺维奇吧。"也算戈利亚德金先生够倒霉的,那安东·安东诺维奇并不在班上:他也上什么地方办事去了。"他请求我别拿那些解释与议论去缠他,那可不是没有用意的哟!"我们的主人公想道,"都暗示到这儿来了,这个老滑头!既然这样,我索性就斗胆去求大人去。"

戈利亚德金先生的脸色仍旧很苍白,他觉得自己的整个脑子里一片混乱,实在弄不清究竟该下什么样的决心,便在椅子上坐了一会儿。"倘若这一切也不过如此,那就好多了,"他在心里不住地思忖道,"的确,这类不体面的事情甚至完全是不可思议的。这事,第一,够荒谬的,第二呢,不可能发生。这事,想必是当时就那么出现了幻觉,或者是出了别的什么事,而不是确实发生的那件事;或者,没错,这是我自己在走来走去……当时就那么随便地把自己完全当作别人了……总而言之,这是根本不可能有的事。"

戈利亚德金先生刚刚认定这是根本不可能有的事,突然小戈利亚德金先生飞一般地闯进了房间,他双手捧着、腋下夹着的都是公文。他对安德烈·菲立波维奇顺便地说了那两句必不可少的套话,就与这一位攀谈几句,向那一位恭维一番,又跟第三位套套近乎,之后,看上去他已经没有多余的时间用于无益的浪费,像是这就要走出房间了,可是,总算大戈利亚德金先生还幸运,小戈利亚德金先生就在门口站住了,与两三位凑巧在那儿的年轻官员聊了起来。大戈利亚德金先生立即朝小戈利亚德金先生径直奔过去。后者一看见大戈利亚德金先生来了这一手,立刻就开始极为不安地环顾四周,瞅一瞅他能往哪儿尽快地溜走。然而,我们的主人公已经拉住自己这位昨天的客人的袖子。站在这两位九等文官周围的那些官员们纷纷让开,好奇地期待着有什么戏好看。老九等文官心里很明白,此时此刻有利的舆论支持不在自己这一方,人家暗中都在算计自己呢,因而这时他就更需要坚持下去。这可是一个决定性的关头。

"喂,怎么啦?"小戈利亚德金先生相当无礼地瞪着大戈利亚德金先生,敦促道。

大戈利亚德金先生勉勉强强地喘过气来。

"我不知道,先生,"他开口了,"现在如何向您解释清楚您对我干下的奇怪的行径。"

"哦,往下说吧。"这时小戈利亚德金先生谨慎地瞅了瞅四周,朝周围的官员们挤了挤眼睛,像是要让人家知道,一场滑稽戏就要在此时开场了。

"您那些放肆无礼与不顾羞耻的手腕,我的先生,您对我所施展的那些手腕,眼下就要更为有力地揭穿您了……它们甚于我的一切话语。甭指望您这套把戏啦:它可是颇为不妙呀……"

"得了,雅科夫·彼得罗维奇,现在请您告诉我吧,您昨夜睡得怎么样?"小戈利亚德金先生直盯着大戈利亚德金的眼睛回击道。

"您哪,先生,您这是忘乎所以了,"完全惊慌失措的九等文官说道,勉强才感觉到脚底下还有地板,"我希望您改换一下说话的口吻……"

"我的心肝宝贝哟!!"小戈利亚德金先生冲着大戈利亚德金先生扮了个颇不雅观的鬼脸,这样说道,并且忽然间,完全出人意料地装出亲亲热热的样子,用两根手指去拧大戈利亚德金先生那胖乎乎的右颊。我们的主人公这一回可冒火了……大戈利亚德金先生的这位朋友呢,他刚一瞥见自己的敌手四肢发抖,气恼得连话都说不出来,脸红得直像熟虾似的,终于忍无可忍,甚至可能决意发动真正的进攻了,他便当机立断,立刻用最无耻的方式抢在敌手之前先下手了。小戈利亚德金先生对着大戈利亚德金先生的面颊上又拍了两三下,又胳肢他两三下,就这样与气愤得发昏发呆的大戈利亚德金先生又逗闹了几秒钟,让周围的年轻人很是开心了一阵。然后,小戈利亚德金先生以那股真让人义愤填膺的厚颜无耻,径直地弹击了一下大戈利亚德金先生那滚圆的肚皮,并带着最刻毒的、含有深长而险恶的暗示的微笑,对他说道:"你这是在胡闹,老兄,雅科夫·彼得罗维奇,你这是在胡闹!我可是会与你一道儿耍花招的哟,雅科夫·彼得罗维奇,耍花招哟。"随后,小戈利亚德金先生趁我们的主人公还没来得及从最近一次攻击中渐渐地清醒过来,就突然地(只是预先对周围的观众扮了一个笑脸)摆出一副最忙碌、最认真、最正经的样子,眼睑垂下来,紧盯着地面,身子缩成一团,很快地说了一声"我这是办特差",便把他那短腿一蹬,一下子就窜进隔壁房间里去了。我们的主人公呢,不相信自己的眼睛,依然不能醒悟过来……

终于,他醒悟过来了。他在一刹那间意识到,他完蛋了,在某种意义上可以说,他毁了他自个儿,玷污了自己,败坏了自己的名声,他被人家当着那些外人之面嘲笑了,唾弃了,他遭到人家背信弃义的辱骂,那人竟是他就在昨天还视之为自己第一号的、最可靠的朋友,他太丢人现眼了,——于是,戈利亚德金先生赶紧去追赶自己的敌手。在眼下这个紧要关头,对于亲眼目睹自己被人作践的那帮人,他已是连想都不愿意想到他们了。"这一切都是这帮家伙彼此串通好的,"他在心里暗自言说道,"一个支持另一个,一个唆使另一个来戕害我。"可是,我们的主人公刚迈了十来步,就清清楚楚地看出,一切追逐终究都是白费力气,因而,他便又折回来了。"逃不掉的,"他思忖道,"到时候自会乖乖地送过来给我收拾,绵羊的眼泪也会淹死豺狼的。"戈利亚德金先生怀着那种异常的镇静,下定最大的决心,走到椅子跟前坐下了。"逃不掉的!"他又说了一遍。现在的事情已不是什么消极防守了,而是颇具坚决进攻的意味了,谁若在这会儿看见戈利亚德金先生怎样红着脸,勉强地按捺住内心的骚动,把羽毛笔戳进墨水瓶里,又是怎样怒气冲冲地着手在纸上奋笔疾书,谁便会预先就在心里断定,事情绝不会就这么过去的,事情绝不会随随便便、简简单单、像娘儿们那样得过且过地了结。他已然在自己内心深处做出决定,并在自己的心坎里发誓要把它兑现。说真的,他还不大清楚自己该怎么办,最好这么说吧,他根本就不知道;不过,这反正一样,没关系!"而冒名顶替,厚颜无耻,先生,在我们这时代,可是行不通的。冒名顶替与厚颜无耻,我的先生,是不会有好结果的,只会让人上绞台。只有那格利什卡·奥特列皮耶夫①一人,我的先生,您可别忘了,只有他一人

---

① 格利什卡·奥特列皮耶夫即格利戈利·奥特列皮耶夫,十七世纪初俄国楚陀夫修道院修道士,曾假冒王嗣季米特里之名,僭得帝位,后为起义人民击毙。

233

欺骗了盲目的人民,断然冒名顶替而一举成功了,可那也没长久。"尽管有这一最近的情形,戈利亚德金先生认为还是等一等为好,等到面具从某些人的脸上掉落下来,等到某些真相大白,那时再说。为此,就需要,首先,这办公时间尽快地结束才好,而在下班之前,我们的主人公决定不采取任何措施。其次呢,这办公时间一结束,他就采取一个行动。之后,他就会知道,他该怎么办,该如何安排自己的整个行动计划,去煞一煞那傲慢的家伙的威风,去踏死那条啃尸骨、欺弱者的毒蛇。就这么让人家随心所欲地作践自己,就像是一块擦脏皮靴的破烂布,他戈利亚德金先生是做不到的。要认可这种状态,他是做不到的,尤其是在目前这种情形下。要是没有最后那场羞辱,我们的主人公,也许还会决定忍气吞声,也许他还真的会决定保持缄默,苟且屈从,而并不过分执着地表示抗议;固然,肯定会要争一下的,肯定会多少提出一些要求,肯定会要证明一下,他是有权利这样做的,然后,则会稍稍地让步,接着,也许还会稍稍地让步,然后,便会完全认可,接着呢,尤其是假若对方郑重其事地承认他有权利这样做之后,也许甚至会和解,甚至还会有一点心软,甚至,——谁能知道呢,——也许,会滋生出新的友谊,坚实的、热烈的友谊,比昨天的友谊还要深厚哩,而这份友谊最终完全能够遮蔽由于两人彼此之间那相当不体面的相像所带来的不快,最终能使这两位九等文官极为高兴,其乐融融而长命百岁,等等。还有,且让我们把一切都说出来得了:戈利亚德金先生甚至开始有点儿后悔了,正是他袒护自己,维护自己的权利,这才落得这份不愉快的呀。"只要他认错,"戈利亚德金先生思忖道,"只要他说一下,他那是开玩笑,——我就会原谅他的,甚至还不止于原谅,只要他公开承认这一点。让人家把我当作一块破烂布那样随意践踏,我可是不肯的。比他强多了的那帮人,我都从来没有让他们随意践踏过,何况他这个浪荡子,我自然更不容许他的这种企图得逞。我可不是一块破烂布;我呀,我的先生,我可不是一块破烂布!"总而言之,我们的主人公拿定主意了。"您自己,我的先生,您自己有过错呀!"他决定提出抗议,全力抗议,尽力抗议。人可就是这样的!让他人欺负,他是怎么也不能认可的,尤其不能让他人当作破烂布来随意践踏,更不能让一个十足的浪荡子来这样作践自己。不过,我们且不要争论,且不要争论。也许,假若有谁愿意,譬如说,有谁一定要叫戈利亚德金先生变成一块破烂布,那么,会变的,会不受抵抗、不受惩罚地变的(戈利亚德金先生本人有一回就感觉到这种情形),那时,会变出来一块破烂布,而不是戈利亚德金先生,——自然,是一块又贱又脏的破烂布,但这块破烂布可不简单,这块破烂布肯定会是自负的,肯定会有灵性有情感的,虽说那是得不到应答的自负,那是得不到应答的情感——并且它们都深深地藏身于这块破烂布之脏兮兮的褶缝里,是隐而不露的,但是,毕竟还是有情感的……

　　钟表慢腾腾地走着,慢得叫人不可思议;终于,敲出了四响。不大一会儿,大家都从座椅上起身,紧随在科长身后下班回家了。戈利亚德金先生钻入人堆里,他的眼睛可留着神,没有放过该盯住的人。后来,我们的主人公总算看到他的那位朋友正朝着几个在机关大楼里值勤的门卫那边跑去,门卫们正在给大家分递外套,他的那位朋友出于其素有的下贱习性,在等候自己的外套这会儿竟在那些门卫们面前逢迎讨好。这是一个决定性的时刻。戈利亚德金先生好不容易才从人堆中挤了出来,他不甘落后,也忙乎着去取外套。可是,外套却先递到戈利亚德金先生的这位挚友与良朋手里,紧接着的一幕便是:此公即使在此时此地也来得及以其惯用伎俩对别人奉承一番,亲热一番,咬咬耳朵,干出许多卑鄙勾当。

小戈利亚德金先生披上外套,讥讽地瞥了大戈利亚德金先生一眼,以这种姿态公然无礼地故意刺激后者,然后,便带着他这个人特有的那股无赖劲儿,朝四周瞅瞅,毫不迟疑地迈起了小碎步,——想必是要给人家留个好印象吧,——围着官员们身边转来转去,对这一位说句俏皮话,跟另一位低声嘀咕几句,同第三位恭恭敬敬地亲亲嘴,向第四位送去一个微笑,朝第五位伸出手去,过后便愉快地顺着楼梯往下溜。大戈利亚德金先生紧随其后追上去,让他极其满意的是,他在最下面的一级楼梯上追到了对方,一把抓住了对方的外套领子。看上去,小戈利亚德金先生有点儿不知所措,神色不安地瞅了瞅四周。

"我该怎样来理解您呢?"他终于用微弱的嗓音对戈利亚德金先生低声地嘟哝道。

"先生,只要您是一个高尚的人,那么,我希望您回忆一下昨天我们那友好的关系。"我们的主人公说道。

"噢,是呀。喏,那又怎么样?您昨天睡得可好?"

狂怒压得大戈利亚德金先生一时连话都说不出来。

"我睡得倒还好……但还是请允许我向您进一言,我的先生,您的这套把戏实在难以理解……"

"这话是谁说的呢?这是我的对头们说的呀。"自称为戈利亚德金先生的这一位生硬地回答道,一边说着,一边突如其来地从真戈利亚德金先生那无力的手中挣脱出去。脱身之后,他便从楼梯口往外奔,瞅了瞅四周,看见一个马车夫,就朝他那儿跑去。他坐上那轻便马车,一转眼,便从大戈利亚德金的视线中消失了。绝望的、孑然一身的九等文官环顾四周,但寻不见第二辆马车。他想跑,可是两条腿好像都已经断了。他仰着脸,张着嘴,极力不引人注意,身子紧缩成一团,在颓然无力的状态中,倚靠在路灯杆上,就那样在人行道上呆立了好几分钟。看上去,戈利亚德金先生的一切似乎都完了……

第 九 章

看来,这世上的一切,甚至大自然本身,都起来反对戈利亚德金先生了;但他还能挺住,并没有被打败;他还能感觉到这一层,他并没有被打败。他已准备苦斗一场。当他从这最初的惊诧中定下神来,他就带着这样的感觉摩拳擦掌,只要一看戈利亚德金先生的这副神气,便可以断定他是不会让步的。不过,险情近在眼前,显然可见;戈利亚德金先生也感觉到这一层;怎么来对付它,来对付这险情呢?这可是一个问题。戈利亚德金先生的头脑中甚至瞬息即逝地闪出一个念头:"就说,是不是且把这一切就这么搁在一边呢,是不是干脆就退却了吧?喏,那又怎么样呢?喏,没什么的。我来它个与众不同,仿佛并不是我,"戈利亚德金思忖道,"我一概不闻不问;并不是我,就这么回事;他也会来个与众不同,说不定也会退却的;他会来奉承一番,这混蛋,来奉承一番,来转一转,也就退却下去的。就这么办吧!我且以柔克敌。这一来,哪有什么险情呢?喏,有什么危险呢?但愿有什么人来给我指点一下,这件事有什么危险?无足轻重的事情呀!平平常常的事情呀!……"想到这里,戈利亚德金先生的思路突然中断了。词语在他的舌头上僵滞住了,他甚至责骂自己有这种念头,甚至立即揭穿自己这种念头的下贱与胆怯;不过,他的事情还是没有什么进展。他觉得,眼下就拿定主意,对他来说乃是势在必行的头等大事;他甚至觉得,要是有谁来告诉他究竟应该打定什么主意,他肯定会给这人许多酬报的。喏,可怎么去猜测呢?话说回来,也没有时间去猜测了。为了抓紧时间,他雇了一辆马车,飞奔回家,以防不测。"怎么样?您现

237

在自我感觉怎么样?"他主动地思忖起自己的心情来了。"请问您现在自我感觉怎么样,雅科夫·彼得罗维奇?你这要去干什么呀?你此时此刻要去干什么呀,你这恶棍,你这混蛋!你已把自己弄到绝路上来了,你现在哭泣去吧,叫苦去吧!"戈利亚德金先生的身体在不住地颠簸的马车里晃动时,他就这样挑逗自己。在眼下这种时刻挑逗自己,进而以此来揭开自己的疮疤,对于戈利亚德金先生来说倒是一种极大的享受,甚至几乎是一种快感呢。"喏,要是就在这会儿,"他思忖道,"来了一位会耍魔法的,或者不得不通过官方的某种形式说:戈利亚德金,你把右手上一个指头交出来,你的事就了结了,不会有另一个戈利亚德金了,而你则会幸福如初的,只是失掉了一个手指头,——那么,我便会把手指头交出的,一定会交出的,连眉头都不皱一下就断然交出的。但愿这一切都见鬼去吧!"绝望的九等文官终于嚷起来,"喏,这一切为的是什么呀?喏,这一切得这样,一定要这样,恰恰要这样,好像要是另一种样子就不行似的!原先,一切都好;人人都满意,都幸福;就这样吧,偏偏不行,非得要闹点事情!可是,光说空话没用。必须行动才是。"

就这样,戈利亚德金先生在几乎打定主意要拿出什么行动之后,走进自己的寓所,毫不迟疑地拿起烟斗,憋足气力吸起烟来,一会儿向右侧,一会儿向左侧喷出一圈圈一缕缕烟雾,在异常骚动不安的状态中,开始在房间里跑来跑去。这时彼得鲁什卡开始收拾桌子,准备开饭。戈利亚德金先生终于完全拿定主意了,他突然扔掉烟斗,披上外套,说了一声"不在家吃饭了",就径自奔出寓所。彼得鲁什卡跑得气喘吁吁,在楼梯上追上了他,手里拿着他忘了戴的帽子。戈利亚德金先生一把抓起帽子,本想在彼得鲁什卡面前顺便略微表白一下,免得这彼得鲁什卡心里生出什么特别的想法——譬如,他就说,有这么一件事,让他着急得连帽子也忘戴了,等等,——可是,这彼得鲁什卡连看也不愿意看他一眼,立时就走开了,因而戈利亚德金先生也就不再做什么解释,戴上帽子,顺着楼梯便往下跑,一边还念叨着,一切也许会好转起来,事情会弄妥当的,虽然这会儿他觉得连脚跟都发凉。到了街上,他雇了辆马车,便向安德烈·菲立波维奇家风驰电掣般地奔去。"可是,是不是明天去更好一些呢?"戈利亚德金先生一边抓住安德烈·菲立波维奇的寓所的门铃绳,一边这样想道,"我究竟有什么特别的事情要说呢?这儿并没有任何特别的事情呀。事情是这样的微不足道,说到底,它的的确确微不足道,无足轻重,也就是说,这几乎是无足轻重的事情……要知道它就像这一切一样,不过是一种偶合的情形……"戈利亚德金先生陡然拽了一下门铃绳;门铃响起来了,从屋里传出脚步声……这时候,戈利亚德金先生甚至诅咒起自己来了,责怪自己的这份急躁与孟浪。前不久的那些不愉快,戈利亚德金先生在事务缠身之际几乎把它们都忘掉了,此时此刻,它们连同他与安德烈·菲立波维奇的那场争执立即在他的记忆里浮现出来。可是,要逃开为时已晚:门已经开了。戈利亚德金先生还算幸运,人家回答他说,安德烈·菲立波维奇还没有下班回家哩,他不会在家里用餐的。"我知道他在哪里用餐:他是在伊兹马伊洛夫桥那儿用餐,"我们的主人公思忖道,高兴极了。对于仆人的询问:该怎样向主人禀报您的造访,他当时就说,我呀,我的朋友,很好,他还说,我呀,我的朋友,回头再来,然后,精神振奋地沿着楼梯跑了下去。到了户外,他决定放走马车,便与车夫结清了车费。马车夫要求再添几个钱,说:我等了这么久,为了您老爷,我可没疼这马儿呀,——这时他就添了一枚五戈比的硬币,甚至还挺乐意;而他自己呢,则徒步而行。

"事情已这样,"戈利亚德金先生思忖道,"就那么搁在一边可是不行的；不过，要是细细地考虑一番，合理地推想一番，究竟是出于什么缘故我在这里这么动真格地忙乱？得了，不对，我要一个劲儿地说那事，究竟是出于什么缘故这么忙乱？究竟是出于什么缘故，我要这么痛苦，挣扎，受折磨，害自己呢？第一，事情已经做出来了，它可是变不回去了……可是变不回去了！且让我们这样来推想一番吧：来了一个人——一个带了足够的引荐信而来的这么一个人，他说，他是一个有能力的官员，品行端正，只是挺穷的，经受过种种不愉快的事情，——那么恼人的麻烦，——喏，可要知道，贫穷远非罪过哟；这一来，我就靠边站了。喏，确实，这究竟算是什么样的胡闹呀？得了，就这么凑巧，就这么安排好了，大自然本身就这么安排出一个人与另一个人完全相像，宛如两滴水一样，简直就是另一个人的复制品：难道就因为这个，就不要这另一位来司里上班了吗？要说这就是命运，要说这单单是命运，要说这单单是那瞎眼的命运女神的过错，——而就该把这另一位当作一块破烂布踏着擦来擦去，而就该不让这另一位供职……要说就是这样，这哪里还会有什么公道可言呢？他确是个贫穷的、孤苦伶仃的、饱受惊吓之人；人家心疼他，同情心就盼咐收留他哩！是呀！要是那些上司也像我这样，像我这个无所顾忌的人这样地推想，那就没什么可说的了，他们可就称得上是好上司了！唉，瞧我这脑袋！有时候这傻劲足足抵得上十来个人！不，不！事情做得挺好，谢谢他们收留了一个贫穷的苦命人……喏，好吧，且假定我们俩就是双生子吧，我们俩一生下来就是这样，就是孪生兄弟，就是这么回事，——那又有什么呀！喏，那又有什么可大惊小怪的呢？喏，并没有什么呀！满可以让所有的官员先习惯起来……至于外人，他一走进我们机关，大概也不会发现这事有什么不体面之处，为什么令人感到屈辱的。这事甚至还会有某种打动人心的力量；人家就会说，这是多好的主意呀:人家这就会说,上帝有意要创造出两个完全相像的人,而乐善好施的上司看出上帝的旨意,便向这一对双生子提供了安身立命之地。这事呀,当然,"戈利亚德金先生喘了一口气,稍稍放低嗓门继续说,"这事呀,当然……这事呀,当然,最好还是不发生任何诸如此类的事,不发生这类打动人心的事,也不要有任何双生子……让这一切全都见鬼去才好呢!这能派上什么用场呢?这有什么异常特别与刻不容缓的需要呢?我的天哪!要知道,这一来可弄出麻烦了!你瞧,可不吗,他的性格是这个样儿,他的禀性是这样的轻佻、下流,——他是这么一个痞子,这么一个一分钟也闲不住的捣蛋鬼,好讨好卖乖、拍马溜须的家伙,他是这么一个戈利亚德金!他恐怕会做出糟糕的事而玷污我这个姓,这无赖。瞧,如今反落个得对他献殷勤为他效力的命!这可是莫大的报应!话说回来,有什么了不起的呀?啫,不必如此!啫,他是个痞子,啫,且让他当痞子去好了,而另一个可是诚实的。啫,且让他当痞子去好了,而我会是诚实的。人家会说,瞧,这一个戈利亚德金是痞子,甭理他,别把他与另一个弄混;那一个可是诚实的、有美德的、温柔敦厚的,办事非常可靠,理应晋升;可不是这样的吗!啫,好吧……可是万一那个……可是他们在那儿倘若……准会把两人给弄混的!他那人可是什么都能干出来的呀!唉,我的天哪!……他会把人给暗中换了的,会换的,这个痞子,——会把人像一块破烂布似地偷偷换了的,而且并不去思虑一下,人可不是一块破烂布呀。唉,我的天哪!你瞧,这有多么倒霉!……"

戈利亚德金先生就这样一边思量着,抱怨着,一边不择道儿地奔跑着,他自己也不清楚要上哪儿去。直至他置身于涅瓦大街,这才醒过神来,而这也仅仅是由于他撞在一个过路的人身上了,撞得那么凑巧,那么瓷实,让他直觉得眼前金星直冒。戈利亚德金先生并没有抬头,嘟哝出一声道歉的话;那过路的人怨声怨气地说了一句不太客气的话,已经走开相当远了,他这才抬起头,环顾四周,看看他这是在哪儿,是个什么情形。环视一遍并且发现,他这会儿正置身于上次他赴奥尔索菲·伊凡诺维奇家宴会之前曾走进去稍事休息过的那家饭店的门口,此时我们的主人公忽然觉得饥肠辘辘,他立刻想起还没吃午饭,无论谁也没有请他去赴宴,因而,他也就不浪费自己宝贵的时间,登上饭店的楼梯,想尽快地随便吃点什么,尽可能抓紧时间,别耽搁。虽说饭店里样样东西都有点贵,但是这一小节这一回却拦不住戈利亚德金先生;再说,此时此刻也没有时间来分心考虑这类无关紧要的小事。在灯火通明的餐厅里,在那摆着专供体面人享用的一大堆各式各样的点心的柜台旁边,站着相当稠密的一群顾客。侍者忙不迭地倒饮料,放盘子,发点心,收款。戈利亚德金先生排了一会儿队,轮到他的时候,他谦逊地伸过手去,接过一个油炸包子。然后他退到一个角落里,背对着在场的人,津津有味地吃完那个包子。过后,他折回侍者那儿,把小盘子放到桌上,问过价钱,便掏出一枚十戈比银币,一边将这枚硬币放到柜台上,一边捕捉侍者的目光,像是向后者指出:"瞧,我说,钱放在这里了,一个包子的钱……"

"您该付一卢布十戈比。"侍者从牙缝里漫不经心地挤出了这一句话。

戈利亚德金先生吃了一惊。

"您这是对我说的吗?……我……我,好像,要了一个包子呀。"

"要了十一个。"侍者很有把握地反驳道。

"您哪……据我看来……您哪,好像,是弄错了……我,说真的,好像,要了一个包子。"

"我数过的,您要了十一只。既然要了,那就该付钱;我们这儿可没有什么是白给的。"

戈利亚德金先生大为惊愕。"这是怎么回事呀,这不是在对我变戏法吗?"他思忖道。这时候,那侍者仍在等戈利亚德金先生的决定;戈利亚德金先生被人们围住了;戈利亚德金先生已经把手伸进衣兜,去掏出银卢布,这就要立刻付账,这就要远远地离开这是非之地了。"得啦,十一个就十一个吧,"他想,脸涨得通红,犹如那熟虾,"喏,吃了十一个包子,这又有什么可稀奇的呢?喏,人饿了,就这么一下子吃了十一个包子;喏,且让他饱饱地吃一顿吧;喏,这并没有什么可奇怪的,这并没有什么好笑的呀……"突然间,仿佛有什么东西刺了戈利亚德金先生一下;他抬起眼睛——一举猜破谜团,识破了这一套戏法,一切疑难一下子都解决了……几乎正对着侍者的背后,正冲着戈利亚德金先生的对面,就在那通往隔壁房间的门口,——而我们的主人公在这之前一直把那门当作是一面镜子哩,站着一个人,——是他,是戈利亚德金先生本人,但不是老戈利亚德金先生,不是我们这故事的主人公,而是另一位戈利亚德金先生,新戈利亚德金先生。那另一位戈利亚德金先生,看上去心情极佳。他向这一位戈利亚德金先生微笑着,冲着后者点点头,挤挤眼,稍稍地挪动着双腿,迈着小碎步,那么留神地瞅着,一有什么动静,他可转身就溜走,马上就溜进隔壁的房间,而一到那儿,对不起,那他可要从后门溜出,那样一来……一切追究便都是白费力气了。他手上还拿着第十个包子的最后一小块,当着戈利亚德金先生的面,舔嘴咂舌,把这一小块塞进嘴里。"他这是冒充我了,这痞子!"戈利亚德金先生臊得脸上像火烧似的,暗自思忖道,"在大庭广众面前也不感到羞耻!人家是不是看见他了呢?看来,似乎谁也没有发觉……"戈利亚德金先生竟那么快地扔出一个银

243

卢布,仿佛那银币烫了他的手指头一样;他并没有注意侍者那相当厚颜无耻的微笑,得意洋洋的、镇静中透出威力的微笑。他挤出人堆,头也不回地走了。"谢谢,总算还没有把人的脸给丢尽了!"老戈利亚德金先生思忖道,"谢谢这强盗,谢谢他,也谢谢命运,一切都还算妥当地了结了。只是那侍者出言粗鲁。那又有什么呢,他在行使自己的权利!该付一卢布十戈比的,他这样做乃是在行使自己的权利。他说,我们这儿不付款就不给你东西!哪怕说得客气点也好呀,这无赖!……"

戈利亚德金先生从楼梯上下来,往台阶上走时暗自在心中说的就是这些话。可是,在最后一级台阶上他却生根似的站住了,由于痛感自己的尊严受到冒犯,他忽然涨红了脸,甚至泪水都夺眶而出了。他像木桩似地伫立了半分钟,突然果决地把足一顿,一个箭步从台阶上一跃,便跳到街上,气喘吁吁,头也不回,也不觉累,撒开腿往家奔,奔回六铺街。到了家,他一反自己平日在家中的习惯,连外衣也不脱,甚至不先去拿烟斗,就立刻在沙发上坐定,把墨水瓶移到面前,抓起羽毛笔。找出一张信纸,用那由于内心激动而直哆嗦的手,奋笔疾书,写出下面这封信来:

我的先生,雅科夫·彼得罗维奇!

倘若我的处境与您本人,我的先生,没把我逼到这种地步,我是怎么也不会提起笔来的。请相信,实因迫不得已,我才向您作这类解释,因而,首先请求切勿把我的这一举动看成是对您,我的先生,对您的蓄意侮辱,而应看作现如今把我们俩联结在一起的那些情形所产生的一个必然的后果。

"看来,这几句行文还不错,体面,礼貌,虽然口吻未免强硬一些?……他对这恐怕也没有什么可抱怨的。再说,我是在行使自己的权利呀,"戈利亚德金先生一面把已写下的文字重新审阅了一遍,一面思忖道。

我的先生,在我的那些仇敌对我干下了粗暴的、有失体面的行径之后,您在暴风雨之夜那十分突兀的、奇怪的露面,乃是目前存在于我们俩之间所有误会的起源。先生,您的固执己见,欲强行闯入我的生存之圈与我的日常生活的各个方面,已经超越了单纯的礼貌与普通的交际所要求容忍的范围。我认为,这里不必提及您从我手中强行夺取我该送呈的公文,先生,不必提及您盗用我本人的名义而去邀功讨好,博取上司的宠幸——您不配得到的那份宠幸。这里也不必提及您蓄意令人屈辱地回避您对这件事所必需作出的解释。最后,说穿了吧,我这里也不提及最近一次奇诡的、可说是莫名其妙的行径——您在咖啡馆里对我刚刚干下的行径。这远非是抱怨被迫白白损失了一个银卢布;但一想起您的公然侵犯有损于我的名誉,先生,我就不得不表明自己的满腔愤慨,更何况您竟然当着那些人的面冒充我,那些人我虽然不认识,但可都是具有非常高雅风度的呀……

"我是不是做得过分啦?"戈利亚德金先生思忖道,"是不是说得太多了,是不是太让人难堪了呢,比如说,高雅的风度这一暗示?……得啦,没什么!就得让他看看我的骨气。不过,为了缓和一下气氛,倒是可以在结尾这么对他奉承几句,笼络笼络他。看看这样行不行。"

我的先生,我可是并不打算用我这封信来让您劳神费心的,但我坚信,您那些诚挚的高尚情感,您那坦率正直的性格，一定会为您本人指明那对全部疏忽加以补救而使一切恢复如初的途径。

　　我怀着充分的希冀斗胆确信，您决不会带着那让您蒙受屈辱的心情来看待我这封信，进而，我也确信您决不会故意拒绝对这事作出书面解释，尊函请交我的仆人带回。

　　恭候回信，很荣幸地永远甘当

　　　　先生您

　　　最忠实的仆人

　　　　　　雅·戈利亚德金

　　"喏，这就行了。事情做出来了，都弄到书面交涉这个地步了。但这是谁之过呢？他自己有过错：自个儿弄得人家非得索要书面解释不可。而我这是在行使自己的权利呀……"

　　戈利亚德金先生最后一次把信看了一遍，然后把它折叠起来，封好，就叫彼得鲁什卡。彼得鲁什卡来了，以其平常素有的习惯，照例睡眼惺忪，而且为什么事气哼哼的。

　　"你呀，老弟，把这封信拿去……明白吗？"

　　彼得鲁什卡默默无语。

　　"把它拿去，送到司里；到那儿就找值班的，十二等文官瓦赫拉梅耶夫。瓦赫拉梅耶夫今儿值班。你听明白了吗？"

　　"明白了。"

　　"我明白了！你就不会说：我明白了，先生。你去说你要见姓瓦赫拉梅耶夫的官员，见了他你就说，如此这般，就说，老爷盼咐向您致敬，恳求您去查一查我们机关职员家庭住址名册——就说，那九等文官戈利亚德金家住何处呀？"

　　彼得鲁什卡一直保持缄默，戈利亚德金先生觉得他似乎笑了一笑。

　　"喏，我说你呀，彼得，就这样向他们问一问地址，打听一下,就说,新来的姓戈利亚德金的那位官员家住哪里呀?"

"是。"

"问出地址,就按那地址把这封信送去,明白了吗?"

"明白了。"

"要是那儿……就是你要把信送去的那地方,——那位先生,你要把这封信交给他的那个人,那位戈利亚德金……你笑什么呀,你这木头人?"

"哎呀,我笑什么呢?与我有什么关系!我可没什么。我们这帮人是没什么可笑的哟……"

"得啦,就这样……要是那位先生问起,说:你的老爷怎么样啊,在家可好啊;他会说,你的老爷那个……喏,到时人家会盘问起什么的,——那你可别开口,你只需回答他,就说,我的老爷安然无恙,你就说,他要您的亲笔回信呢。明白了吗?"

"我明白了,先生。"

"得啦,就这样,你就说,我的老爷,就说,可一定要说呀,安然无恙,身体挺好,你就说,他这就要作客去了;可人家要您哪,你就说,要您给一封书面的答复呢。明白了吗?"

"明白了。"

"喏,那就去吧。"

"要知道,还得与这木头人费半天口舌!他暗暗发笑,就是这样。他究竟笑什么呢?我这是活到倒霉的时候了,就这么倒霉!不过,也许这事会好转起来的……这骗子,现在一准要在外面逛它两三个小时,还不知要死到哪里去呢。就是不能打发他出去。你瞧,这多倒霉!……你瞧,真是倒足了霉……"

我们的主人公一面就这样充分地感受着自己的灾难,一面铁下心来,承担两个小时消极等待的角色,等候彼得鲁什卡回来。他在房间里来回踱步,消磨了个把钟头,先是抽烟,后来则

247

抛下烟斗,坐下来阅读一本小册子,然后躺到沙发上,然后又拿起烟斗,然后又开始在房间里跑来跑去。他倒很想思量思量,可是,他这会儿是绝对地什么也不能思量。后来,他的消极状态达到极点,突破了那最后的临界度,于是,戈利亚德金先生便决定采取一个措施。"彼得鲁什卡还要过一小时才会回来,"他想道,"可以把钥匙交给看院人,我自己则趁这空当儿去那儿……我这就去查探情况,去查探与自己有关的情况。"戈利亚德金先生抓紧时间,急于去查探情况。他拿起帽子,走出房间,锁上寓所的门,走到看院人那里,把钥匙托他收着,同时还给了一个十戈比银币,——戈利亚德金先生不知怎么一下子变得异乎寻常的慷慨了,——然后,他便撒开腿,向他该去的地方奔去。戈利亚德金先生是徒步而行,他先去伊兹马伊洛夫桥。走了大约半个小时。一到达自己这一旅行的目的地,他就径直奔入他熟悉的那栋房子的前院,朝五等文官别连捷耶夫的寓所的窗口瞥了一眼。除了三个已落下红色窗幔的窗口有灯光,其余的窗口都是黑的。"奥尔索菲·伊凡诺维奇家今儿一准没有客人,"戈利亚德金先生思忖道,"此刻坐在屋子里的,一准全是他们自家人。"我们的主人公在院子里停立了一会儿之后,打定主意要去采取什么行动了。但是,这一主意看来注定不能付诸实施。戈利亚德金先生打退堂鼓了,把手一挥,又折回街上。"不,我该来的可不是这儿。我到这里来究竟要干什么呢?……我现在最好那个……亲身去查探情况。"戈利亚德金先生作出这样的决定之后,立即拔腿向司里奔去。这段路可是不近的,再加街上泥泞不堪,湿漉漉的雪片密密匝匝地落着。但对我们的主人公来说,眼下似乎并不存在什么困难。他浑身湿透了,说实话,还沾了不少污泥呢,"可是,这么一来,那目的同时也就达到了。"的确,戈利亚德金先生已经接近自己的目的了。一大片黑沉沉的、庞大的官府建筑已经在他的眼前隐隐地露出轮廓了。"站住！"他思忖道，"我这究竟是要去哪儿？我上这儿来是要干什么呀？姑且假定我打听出他住在哪里，而这会儿彼得鲁什卡一准已经回家，把回信给我带来了。我这不过是在白白地浪费我的宝贵的时间呀，是在一味地浪费我的时间。得了，这也没什么，这一切尚可补救。可是，说真的，是不是这就顺便上瓦赫拉梅耶夫那儿去一趟呢？得啦，不去了！过后我再……你瞧！根本就不需要出来呀。不过也是呀，就是这种性格！就这么一点本事，也不管需要还是不需要，总是一心想跑在前面……嗯哼……几点了？大概九点了。彼得鲁什卡可能到家了，而在家中找不到我。我这是干了一件十足的蠢事，我竟然跑出来了……唉，真的，多麻烦哟！"

我们的主人公就这样真诚地意识到自己干了一件十足的蠢事，他又往回跑，奔回六铺街。他跑到家时人都累垮了，精疲力竭。他从看院人那儿就打听到，彼得鲁什卡连人影儿还没有呢。"哦，是这样！我可是预感到这一层的，"我们的主人公思忖道，"可现在已经九点了呀。你瞧他多么混！他总是要找个地方喝它个一醉方休的！我的天哪！这么倒霉的日子落到我这苦命人头上来了！"戈利亚德金先生就这样推想着，抱怨着；打开了自己寓所门上的锁，然后，点上烛灯，脱去衣服，抽了一袋烟，就那么虚弱地、十分疲乏地、筋疲力尽地、饥肠辘辘地躺到沙发上，等候彼得鲁什卡。蜡烛昏暗地燃烧着，烛影在墙壁上颤巍巍地摇曳着……戈利亚德金先生瞅着瞅着，想着想着，终于死沉沉地睡着了。

他一觉醒来时已经不早了。蜡烛快要燃完，冒着黑烟，眼看着马上就要熄灭了。戈利亚德金先生跳下床来，精神一振，顿时想起了一切，想起所有的事情。隔壁传来彼得鲁什卡低沉的鼾声。戈利亚德金先生奔到窗口看看——外面灯火全无。他推开小窗听听——一片寂静；城市沉睡着,仿佛空无人烟。看来,正值深夜两三点钟呢；果然不错:隔壁的挂钟使劲当当地敲了两下。戈利亚德金先生立即奔向隔壁。

他经过好一番努力,总算把彼得鲁什卡推醒了,并得以让后者在床上坐起来。这时,那根残烛完全熄灭了。待戈利亚德金先生找到另一支蜡烛并把它点燃,十来分钟过去了。这时,彼得鲁什卡却又睡着了。"你这疪子,混蛋!"戈利亚德金先生一边再次推醒他,一边骂道,"你起床不起床呀,醒不醒呀?"经过长达半小时的努力,戈利亚德金先生到底把自己的仆人完全弄醒了,把他从隔壁间拖出来。只是到这会儿,我们的主人公才看出,彼得鲁什卡整个儿已像俗语说的那样烂醉如泥,连站也站不住了。

"你这无赖!"戈利亚德金先生嚷起来,"你这强盗!你这可要了我的命了!天哪,他把我的信究竟丢到哪儿去了?哎哟,我的主啊,喏,那信会怎样……我何必要给他写信呢?我那时是需要给他写信的!我那是带着尊严,挺起劲地忙乎了一阵,我这傻瓜!为着尊严,也来了那么一手!瞧,这就是给你的尊严,你这贱骨头,这就是尊严!……喏,我说你呀!你到底把那封信塞到哪儿去了,你这强盗?你究竟把它交给谁了?……"

"我不曾把什么信交给什么人呀,我也没有什么信呀……就是这样!"

戈利亚德金先生顿时绝望了,颓然扼腕。

"你给我听着,彼得……你给我听着,你听我说……"

"听着呢……"

"你上哪里去了?——回答我……"

"上哪里去了……找好心人去了!与我什么关系!"

"哎呀,我的天哪!你先上哪里去了?上司里去了吗?……你呀,你给我听着,彼得;你呀,八成儿是喝醉了吧?"

"我醉了?要是这样,那就让我马上死在这儿,我可是一丁点……一丁点酒也没沾啊——你闻一闻……"

"不,不,你喝醉了也不要紧……我不过就这么问一问;你喝醉了,这很好;我可没什么,彼得鲁什卡,我可没什么……你呀,也许就这么给忘了,但你会把一切都记起来的。喏,这就来回想一下吧,你到姓瓦赫拉梅耶夫的官员那儿去过吧,——去过还是没去过?"

"没去过,也没有这位官员。要是说谎,就让我立刻……"

"不,不,彼得!不,彼得鲁什卡,我可是没什么。你可要明白,我没什么……得啦,这有什么大不了呢!喏,外面又冷又湿,喏,人家便喝了两口酒,喏,这并没有什么呀……我不生气。我自己,老弟,今儿也喝了酒……你就说实话吧,这就来回想一下吧,老弟,你到姓瓦赫拉梅耶夫的官员那儿去过吧?"

"喏,照现在来说,照这么说来,那么就实话实说吧,——我是去过的,要是说谎,那就让我立刻……"

"得了,很好,彼得鲁什卡,你去过了,很好。你要明白,我并不生气……得了,得了,"我们的主人公继续唠叨着,一面更加起劲地讨好自己的仆人,拍拍他的肩膀,直冲他微笑,"喏,是喝醉了,这痞子,是有一点醉了……喝了十戈比的酒,对不对,喝醉了吧?你这滑头!得了,这没什么;喏,你要明白,我并不生气呀……我并不生气,老弟,我并不生气……"

"不,我可不是滑头,随您怎么说吧……我只是上好心人那儿去了一趟,可不是滑头,我从来都没有做过滑头……"

"没错,不是,的确不是,彼得鲁什卡!你给我听着,彼得:我没什么恶意,我叫你滑头,这可不是在骂你哟。要知道,我说

251

这个词是要安慰你哩,我这是从体面的意义上来说的。要知道,这就意味着,彼得鲁什卡,去奉承他人,就像去对他说,他是那么一个灵巧能干的老手,一个狡猾的机灵鬼,一个精明的小伙子,从不让什么人牵着自己的鼻子走。有些人就喜爱这个……得了,得了,这没什么!喏,你可对我说呀,彼得鲁什卡,现在就说,毫不隐瞒,爽爽快快,就像对朋友那样……喏,你是到过姓瓦赫拉梅耶夫的官员那儿了,那么,他给你地址了吧?"

"地址给了,地址也给了。是个好官哩!你的老爷,他说,可是个好人呀,一个非常好的人哟,他说;我呀,他说,你回去代我向你的老爷致意,他说,代我致谢,代我转告,就说,我爱他,——瞧,他说,我是多么尊敬你的老爷!就因为,他说,你的老爷呀,彼得鲁什卡,是个好人,他说,而且你呀,他说,也是个好人,彼得鲁什卡,——你瞧……"

"哎呀,我的天哪!那地址呢,地址呢,你这个犹大?"戈利亚德金先生几乎是用耳语说出了这最后一句。

"地址……地址给了。"

"给了?喏,那么,他究竟住在哪儿?他,戈利亚德金,姓戈利亚德金的官员,那个九等文官?"

"那戈利亚德金的地址,这就给你,他说,这人住在六铺街。你这么走吧,他说,你上六铺街,就这么拐进右侧的那座楼房,登上楼梯,爬上四层,就在那儿,他说,住着你要找的戈利亚德金……"

"你这骗子!"我们的主人公终于忍不住而叫嚷起来,"你这强盗!要知道,这就是我呀;要知道,你这就是在说我呢。可是,还有另一个戈利亚德金;我说的是另一个哩,你这骗子!"

"得了,随您的便吧!与我有什么关系!随您便吧——真是!……"

"那封信呢,信呢……"

"什么信？没有什么信呀,我可没看见什么信。"

"你究竟把信塞到哪儿去了呢——你这混蛋?!"

"我把它交出去了,我把信交出去了。且代我致意,他说,代我致谢;你的老爷呀,他说,是个好人。他说,代我向你的老爷致意……"

"这话到底是谁说的？这是戈利亚德金说的吗?"

彼得鲁什卡沉默了一会儿,一面直愣愣地望着自己老爷的眼睛,一面咧开大嘴冷冷一笑。

"你给我听着,你这强盗！"戈利亚德金先生气恼得手足无措,气喘吁吁地开始训斥道,"你这对我干下了些什么呀！你告诉我,你对我都干下什么了！你把我给坑了,你这恶棍！你这是活活地砍下了我的脑袋了,你这犹大！"

"得了,现如今就随您的便吧！与我有何相干呢！"彼得鲁什卡一边朝隔壁溜去,一边用坚决的口吻说道。

"你给我过来,给我过来,你这强盗！……"

"现在我可不上你那边去了,决不过去。与我有何相干呢！我要上好心人那儿去……好心人可是老老实实地过日子的,好心人不弄虚作假,从来不要两面派……"

戈利亚德金先生顿时手脚冰凉,呼吸急促……

"是呀,"彼得鲁什卡继续说,"他们从来不要两面派,不得罪上帝,也不欺负老实人……"

"你这无赖,你喝醉了！你现在就睡觉去吧,你这强盗！瞧我明天再来收拾你。"戈利亚德金先生用勉强可以听见的声音说道。而彼得鲁什卡还嘟哝了几句,后来,就听见他一骨碌躺到床上,弄得床咯吱咯吱地直发响。他长长地打了个哈欠,伸了个懒腰,终于就像俗语所说的那样,沉入飘飘如仙的梦乡。至于戈

253

利亚德金先生,这会儿真是半死不活。彼得鲁什卡的举动,他那非常奇诡的暗示,虽说含糊其词,因而也就没什么好生气的,何况又出于醉汉之口,但毕竟让戈利亚德金先生耿耿于怀,还有事态的这一恶性转变,——这一切使戈利亚德金先生深受震动。"真是鬼使神差,偏叫我半夜里来训斥他,"我们的主人公说道,某种病态的感觉弄得他浑身发抖,"偏叫我与醉汉搞在一起!能指望一个醉汉说出什么道理来呢!不论他说什么话,都是在胡扯。不过,他那是在暗示什么呢,这个强盗?我的天哪!我何必偏要写那封信呢,我这人简直就是杀人犯;我是个自杀者!就不能沉默一会儿!非得把心里话一古脑儿都倒出来!这一来,总要出事的!你这就要完蛋了,你这就要像一块破烂布一样了,这可万万不行,这么一来,尊严往哪儿摆。我说,我的人格在蒙受损害,我说,你应当来挽救自己的人格!我这个自杀者!"

戈利亚德金先生坐在他那个沙发上,连动都不敢动,就这样唠叨着。突然,他的目光停落在一件东西上,那东西极其强烈地激起了他的注意力。诚惶诚恐之中的他心里直嘀咕——是不是幻觉呢,是不是想象力引起的骗局呢,——在疑惧中,他怀着希望、怯懦与难以形诸笔墨的好奇,向那东西伸出了手……不,不是骗局!不是幻觉!信,的的确确是一封信,毋庸置疑是一封信,而且正是寄给他的……戈利亚德金先生从桌上拿起这封信,他的心跳得非常厉害。"这,一准是那骗子捎回来的,"他思忖道,"他就放在这儿,过后,他却给忘了;一准就是这么回事呢;这事一准还就是这么发生的……"这封信是姓瓦赫拉梅耶夫的那位官员写来的,那是戈利亚德金先生的年轻的同僚,还曾经是后者的朋友。"不过,我早就预感到这一切,"我们的主人公思忖道,"这信中现在所述说的一切,我也是早就预料到了……"此信全文如下:

雅科夫·彼得罗维奇先生!

您的仆人已然喝醉,您将无法从他口中得到什么有用的东西;有鉴于此,我宁可以书信作答。我这就迅即向您通报,您委托我来办的事,即经我之手向您那位转交这信,我愿意诚心诚意一丝不苟地去承办。这一位,您非常熟悉的这一位,如今已成为我的友人这一位,我这里姑隐其名(这是由于我不愿平白无故地玷污一个完全无辜的人的名誉),他现在与我一同租住卡罗琳娜·伊凡诺芙娜的寓所,也就是先前您在我们这里供职时那个从坦波夫省来的步兵军官所租住的那套房子。不过,您满可以在心地诚实而真挚的人们当中随处找到这一位的,对另一类人则不能如此断言。我决意从即日起中止我与您的关系,我们俩已无法在友好的基调中,在先前的协调中维系我们的同事关系,因此,我请您,我的先生,一接到我这封开诚布公的信,就立刻将欠我的两个卢布寄来,那是我出售外国制造的剃须刀而应得之款,要是您不曾健忘的话,那还是七个月之前,您与我一同租住我由衷地尊敬的卡罗琳娜·伊凡诺芙娜的寓所时您向我欠下的呢。我之所以要这么做,是由于您,据那些聪明人士所述,您这人已经丧失尊严与名誉,而变成于清白无辜者的道德面貌颇有危险之人,因为有些名人的作风不正派,除此之外,他们的言语——一片虚假,那副与人为善的外表十分可疑。卡罗琳娜·伊凡诺芙娜一向品行端正,其次呢,她是一位诚实的女人,又是一位处女,虽说已不年轻,可她出身于外国的一个名门,——有能力为她鸣不平者大有人在,随时随地都可以找到,对这一点,某些人要求我在这封信中以自己的名义顺带地提一提。无论如何,届时您便会知道这一切,要是您现在还不知道的话;尽管据那些聪明人士所述,您在首都各处败坏自己的名声,因而已经在许多地方都可以获得那些与先生您自己相关的报道。在结束我这封信之际,我要告诉您,我的先生,您的那一位,我在这里姑隐其名的那一位,出于不言自明的高尚的动机,在心术正派的人们当中是非常受尊敬的;除此之外,他这人性格开朗,性情愉快,不论是在工作中,还是在与所有思想健全的人士的交往中,都颇有成就,言而有信,忠于友情,不会当面与人家保持着友好的关系,而在背地里又去欺负人家。

在任何情况下都甘当

您的忠实奴仆

涅·瓦赫拉梅耶夫

附言:您把您的这个仆人撵走吧:他是个酒鬼,从种种迹象看来,一定给你带来不少麻烦;去雇佣叶甫斯塔菲,就是先前我们用过的那一个,他眼下正好没有找到人家。您现在用的这个仆人不单是酒鬼,还是个小偷,就在上周,他还向卡罗琳娜·伊凡诺芙娜贱卖了一磅方糖,依我看,他是不可能用其他办法得手的,只能是渐渐地、在各种时候、用狡猾手段把您给偷个精光。我给你写这些乃是出于好心肠,尽管某些人只会欺负人家,欺骗人家,尤其是那些心地诚实的人,拥有善良品格的人;除此之外,还在背地里辱骂人家,把人家的品格往反面说,这样做的唯一原因就是嫉妒,就是由于这些人自己不是心地诚实品格善良之人。

瓦·又及

我们的主人公看完瓦赫拉梅耶夫的信之后,依然一动也不动地在他的沙发上许久地静坐着。一束新鲜的光线,穿透了这团已经把他笼罩了两天的朦胧神秘的迷雾。我们的主人公多少开始明白了……他试图从沙发上起身,在房间里穿行一两个来回,好让自己醒过神来,好用什么办法把破碎的思绪聚汇起来,让那些思绪都定位到那个事情上,然后稍稍地调整一下自己的身心,对自己的处境作一番深思熟虑。但是,他刚想要欠起身来,立刻就虚弱无力地跌入先前的位置上。"那当然,我早先就预感到这一切了;可是,他怎么会写信来,这些话的直接含义是什么呢?这含义,就算我现在知道了,可它会带来什么后果呀?他该直截了当地说,如此这般,需要什么什么的,我肯定会照办呀。偏要摆点派头,偏要兜点圈子,这样一来,事情弄复杂了,竟闹出了这样的不愉快!唉,但愿快一点挨到明天,快一点切入事情的本体吧!现在我可清楚,该怎么办才是。我就说,如此这般,我要说,对那些理由,我是同意的,我决不出卖自己的人格,而那个……行哪,不过,他那个人,那个不言自明的人,那个令人生厌的家伙,怎么竟会掺和到这儿来了呢?他何必偏要掺和到这儿来呢?唉,但愿快一点挨到明天!他们会一直败坏我的名声,他们正在策划阴谋,正在挖空心思故意刁难我!最主要的是——不应当耽搁时间,现在就行动,比如说,哪怕写封信也好,仅仅透露一点口风,就说,且这样吧,且这样吧,我对这样那样均同意。而明天天亮之前就送到,我自己还得比那个时间提前一点……从另一方面去向他们展开反击,去警告他们这帮宝贝……他们光知道败坏我的名声哟!"

戈利亚德金先生移过纸来,提起羽毛笔,写出下面这封答十二等文官瓦赫拉梅耶夫的书信:

涅斯托尔·伊格纳季耶维奇先生!

读了您这封侮辱我的信,深感痛心与诧异,因为我清楚地看到,您把我列入某些很不体面的人与假冒与人为善者的名下,我真正痛苦地看到,诽谤是如何迅速地、顺利地传播开来,它延伸出了多么深的根,而去损害我的幸福生活、我的人格、我的好名声。尤其让人痛心令人屈辱的是,甚至那些具有真正高尚的思维方式的诚实人,主要是生性率直的人,现在也背弃正派人的利益,虽心地善良,却依附于极恶毒的小人,——不幸的是,在我们这个艰难的、不道德的时代,这类小人却得以迅猛异常而极为居心不良地繁殖衍生。作为结束语,我谨奉告,您在信中所述的我的债务,即两个银卢布,我认定如数归还给您乃是我神圣的职责。

至于您,我的先生,关于那位女士的那些暗示,关于此人的意图、打算以及种种构想的暗示,我且向您奉告,我的先生,对所有这些暗示我都不甚了然。我的先生,请容许我保持我的高尚的思维方式,保持我清白的名声不受玷污。无论如何,我随时准备苟且屈尊当面解释,我认为面陈较通信可靠,此外,我随时准备进行各种方式的,心平气和的,自然是双方均参加的协商。在这最后一点上,我请求您,我的先生,转告这位女士,我随时准备当面协商,此外,代我请求她指定会面的时间与地点。我的先生,读到您做的那些暗示,认为我仿佛侮辱了您,背叛了我们当初的友情,说了您坏话,我感到很痛苦。我现在把这一切统统看作是我可以公正地称之为我的最残忍的仇敌们的所为,看作是他们炮制的误会与卑鄙的诽谤,他们的嫉妒与居心不良。但他们想必还不知道,清白无辜仅仅凭其自身的清白无辜就是有力量的,而某些人的厚颜无耻、放肆无礼、那令人心里作呕的狎昵行径,迟早会遭到人们普遍的唾弃,这些人必因其自身品行不端与心灵的堕落而毁灭,他们别无其他葬身之途。作为结尾,我请求您,我的先生,去转告这些人,他们那奇诡的奢望与很不正派的、实属狂妄的欲念——一心要以自己在这人世上的存在去把他人从其已然据有的生存空间给排挤出去,而去占有他人的位置——一定会引起人们的惊诧、鄙视与遗憾,除此之外,还有疯人院在等着他们呢;此外,还请转告他们,这种关系乃是严正的法律所禁止的,而据我看来,这种禁止也是完全公正的,因为任何一个人都应当满足于自身的位置而安分守己。凡事均有界限,要是认为这是一个笑话,那么,这笑话是不成体统的,且让我言重一点:它还是完全不道德的,这是因为,我斗胆让您确信,我的先生,我在上文所展开的,我关于自身的位置的这一套见解,纯然是合乎道德的。

在任何情况下都荣幸地甘当

您的忠实奴仆

雅·戈利亚德金

第 十 章

总体说来,昨天的事情使戈利亚德金先生深受震动。我们的主人公夜里睡得很不好,就是说,怎么也不能入眠,甚至都没有全然熟睡五分钟:仿佛有个什么淘气鬼往他的床上撒了些切碎了的鬃毛。这一整夜他都是处于某种半睡半醒的状态之中,辗转反侧,唉声叹气,刚刚睡着,没过一分钟就又醒了。与这一切相伴随的,是某种奇怪的烦恼,模糊的回忆,乱糟糟的梦幻,——一言以蔽之,那一切只会引起不愉快的东西全都来了……忽而,就在他眼前,在某种奇诡而神秘的半明半暗之中,出现了安德烈·菲立波维奇的身影,——那冷冰冰的身影,气冲冲的身影,那冷漠而不柔和的目光,那无情的教训人的责骂……戈利亚德金先生刚刚打算向安德烈·菲立波维奇走过去,要在他面前好生表白一番，以这样或那样的方式来向他证实一下，自己根本不是仇敌们所夸张地描述的那样一种人，而本是怎样怎样的人，除了一般的、天生的品质之外，自己甚至拥有这样那样的长处；可是，就在这时，那个以其不体面的操行而著称的家伙出现了，用某种令人心里作呕的手段立即毁坏了戈利亚德金先生的全部好端端的开头，就在此时此地，几乎就当着戈利亚德金先生的面，使他名誉扫地，恣意践踏他的尊严，然后，就毫不迟疑地占有了他在机关里的职务，占有了他在社会上的地位。忽而，戈利亚德金先生觉得头上被人用手指弹击了一下而有些发痒，不久前，他不是在宿舍里就是在机关里时不时地被人这样捉弄过，有时是他自找的，有的是人家赏赐的，不论是哪一种，对于这弹击反正都是很难提什么抗议的……每当戈利亚德金先生刚要开始绞尽脑汁苦苦思索：为什么即便是对这种弹击也难提什么抗议，——这时候，这个关于弹击的思索，就在不知不觉之中转变为某个另外的形式，——关于某种较小的或者相当大的卑劣行径，那是他看见过、听见过，或是不久前亲自做过的，——常常甚至并不是出于某种卑劣的理由，甚至并不是出于某种卑劣的动机，而是——有时，比如说，碰巧了，——出于礼貌，有时则是因为自己完全没有防备，还有一种情形是由于……是由于，一言以蔽之，戈利亚德金先生已经很清楚是为什么！想到这里，戈利亚德金先生在梦中都涨红了脸，他一面竭力使自己脸颊上的红晕消退下去，一面自言自语地嘟哝道，他说，在这里，比如说，本可以来显示一下性格的坚强，本可以在这种场合下相当有力地来展示一下性格的坚强……可是，过后他却断然认定道："究竟什么是性格的坚强呢！……现在何必还提它呢！……"然而，最使戈利亚德金先生气恼与狂怒的是，不早不晚，偏偏就在这种关头，不管您叫他还是不叫他，那个以丑相与自身操行的卑鄙而出名的家伙,竟十分突兀地出现了,尽管事情似乎已经一目了然,——他这家伙也带着很不体面的讪笑嘟哝道:"究竟什么是性格的坚强呢!我与您,雅科夫·彼得罗维奇,会有什么样的性格的坚强呢!……"忽而,戈利亚德金先生坠入梦境:他置身于一群十分出色的伙伴们当中,这群人当中的每一位都以自己的谈锋机敏与高贵气度而闻名。而戈利亚德金先生呢,他的特点是待人非常殷勤,说俏皮话的本领过人,大家都喜欢他,甚至他往日的那些仇敌当中现在也有几个人喜欢他,这使戈利亚德金先生非常愉快;大家把首席让给他,后来,戈利亚德金先生本人还美滋滋地偷听到,主人当场就把某位客人拉到一旁去,在那儿夸奖戈利亚德金先生……忽然,那个以其居心不良与野蛮动机出了名的家伙,又无缘无故地出现了,以小戈利亚德金先生的样子露面了,并且就在这时,就在这一刹那,这小戈利亚德金先生只凭自己这么一露面,就立刻把大戈利亚德金先生的整个得意洋洋的心情与全部耀眼的光荣统统给毁掉了,他用自身遮蔽了大戈利亚德金,恣意践踏大戈利亚德金,最后,他还公然证实,这大戈利亚德金,与此同时也是真戈利亚德金——根本就不是真的,而是假的,他才是真的,还有,这大戈利亚德金根本不像他所表现的那样,而实在是个没出息的家伙,因而就不应当也没有权利属于品行端正风度良好的正派人群体。这一切来得那么快,大戈利亚德金还没来得及张开嘴,大家就已完全投到这不成体统的假戈利亚德金先生那边去了,无辜的真戈利亚德金先生反遭到极大的鄙视。在这一刹那间,没有一个人的看法不被这不成体统的戈利亚德金先生按自己的意图改变过来。没有一个人,甚至整群人当中的最无足轻重的一个也没被落下;这有害无益的伪戈利亚德金先生以其特有的、最为甜腻的方式对每一个人都要巴结一番,都要照自己的方式跟人家套套近乎,在人家面前他照例要抽烟，好让人家享受某种最温馨的、最甜美的烟味，弄得那饱受烟熏的对方一个劲儿地猛嗅，直打喷嚏，打出眼泪来，以示极大的满足。而主要的是，所有这一切都是在一刹那间干下的：这个形迹可疑、有害无益的戈利亚德金先生手脚之快实在惊人！比如说，他刚刚来得及对这一位巴结一番并赢得这一位的垂青，——你还没眨眼，他就已经到了另一位的身边套近乎去了。他对另一位那么悄悄地奉承奉承，一举博得那份赏识的微笑，便又抬起他那又短又圆、相当笨拙的两条腿，同第三位打交道去了；对第三位献献殷勤，也像挚友般地与之亲热亲热，你这里还没来得及张嘴，还没来得及吃惊，他已经奔到第四位那边，已然与那第四位又那么打上交道了，——了不得哟：简直是在耍魔法，就是这样的！大家都欢迎他，大家都喜欢他，大家都捧他，大家都异口同声地夸奖他，认为他的那份殷勤，那股俏皮劲儿，比真戈利亚德金先生的殷勤与俏皮不知要出色多少倍，大家还以此来羞辱无辜的真戈利亚德金先生，拒绝与酷爱真理的戈利亚德金先生交往，把品行端正的戈利亚德金先生连推带搡地往外撵了，已经给这个以爱近邻而出名的真戈利亚德金先生穿小鞋了！……吃尽苦头的真戈利亚德金先生在苦闷中，在恐惧中，在狂怒中跑上街头，去雇马车，要径直飞奔到司长大人那儿，即或不然，那至少也是要去找一找安德烈·菲立波维奇，然而——真要命呀！马车夫们怎么也不肯载运戈利亚德金先生。"老爷,"他们说,"载运两个一模一样的人是不行的。""大人您瞧,"他们说,"好人总想老老实实过日子，不是胡来，从来都不耍两面派……"十分诚实的戈利亚德金先生恼羞成怒了，他谨慎地把四周扫视了一遍，凭亲眼所见而确确实实地相信，马车夫们以及与他们串通好了的彼得鲁什卡，全都在行使自己的权利呢；那个放荡的戈利亚德金先生的确就在这里，在他身旁，离他并不远，而且出于自己那些下流的习性，就在这里，就在这紧要关头，已准备好一定要干出什么非常不体面的事情，这种不体面丝毫显不出通常受过教育之人所具有的特别高尚的品质，——对于这高尚的品质，令人生厌的第二位戈利亚德金先生是一遇机会就要起劲地自诩一番的。已然被诋毁可实在是无辜的戈利亚德金先生气恼得难以控制住自己，在羞愧中，在绝望中，茫然地奔跑起来，听天由命，毫无目标，不管狂风把他刮到哪里；然而，他每跑一步，他的脚在人行道石板上每踩一下，从地底下仿佛就蹿出来一个人影，它与戈利亚德金先生是这么惟妙惟肖，可是它以自己心灵的堕落而令人生厌。所有这些完全相像者，一旦出现立刻就一个接一个地狂奔起来，构成一个长链，好像一溜儿鹅，摇摇摆摆地跟在大戈利亚德金先生身后，直弄得他实在无法躲开这些与之完全相像者，直弄得这不管怎么说也值得怜悯的戈利亚德金先生恐惧得喘不过气来，——这样一来，终于产生出多得无以计数的完全相像者，整个首都顿时挤满了这些完全相像者，值勤警察看见这样有失体面的情况，不得不抓住这些完全相像者的衣领，把他们关进自己在街头巡逻时随时遇及的岗亭里……我们的主人公被这情景惊吓得四肢发麻，手脚冰冷，终于从噩梦中醒过来。他觉得，这醒着的时候也未必就能比较愉快地消磨时光……难受呵，痛苦呵……这苦恼是这样突兀地袭来，仿佛是有人从他的胸膛中掏吃了他的心……

后来，戈利亚德金先生再也忍受不下去了。"绝不会有这种事的！"他嚷起来，一面果断地从床上抬起身。随着这一叫喊，他完全醒过神来了。

白昼看上去早就降临了。房间里不知怎么不同寻常地明亮；阳光透过因严寒而结上冰花的窗玻璃，密密匝匝地投射进来，洒满了整个房间，这使戈利亚德金先生颇为吃惊；因为一般只有到正午时分,阳光才照进他的室内;天体运行中的这类例外,至少就戈利亚德金先生本人所能记起的情形来看,过去几乎从未有过。我们的主人公正为这事惊讶,就听到隔壁墙上的挂钟发出的嗡嗡声,就要敲点报时了。"哦!"戈利亚德金先生想道,带着心烦意乱的期待准备听……然而,使戈利亚德金先生大为震惊的是,那钟却只用力地敲了一响。"这是怎么回事?"我们的主人公一边完全跳下床,一边叫嚷起来。他不相信自己的耳朵了,就那么径直朝隔壁奔去。挂钟所示的时间确实是一点。戈利亚德金先生朝彼得鲁什卡的床上瞅了瞅;可是,房间里连彼得鲁什卡的影子也没有:他的铺盖看上去是早就卷好了而放在一边;他的靴子也不见了,——这是一个毋庸置疑的征兆,彼得鲁什卡的确不在家。戈利亚德金先生奔到门口:门锁上了。"这彼得鲁什卡究竟上哪里去了呢?"他整个身心都处于极度的骚动之中,一边继续低声地唠叨着,一边感觉到自己的四肢都在相当厉害地直打哆嗦……忽然,一个念头掠过他的脑际……戈利亚德金先生朝自己的桌子那儿奔去,把桌子仔细地打量了一遍,四处都搜寻了一遍,——果然不错:昨天他写给瓦赫拉梅耶夫的信不见了……彼得鲁什卡这会儿也不在隔壁,墙上的挂钟所示的时间是一点,昨天瓦赫拉梅耶夫的来信中提出了某些新的要点,初看上去还是非常模糊的要点,现如今却全然清楚了。到头来,就连彼得鲁什卡——显而易见,也是个被收买的彼得鲁什卡!没错,没错,这事就是这样的!

"这么说,那主要的症结就在这里呀!"戈利亚德金先生拍了拍脑门,眼睛瞪得越来越大,兴奋地嚷起来,——"这么说,正是那个悭吝的德国女人的小巢里现如今窝藏着全部主要的妖魔!这么说,她支使我上伊兹马伊洛夫桥去,这只不过是她所施的一个调虎离山计,——转移了我的视线,扰乱了我的心绪(这卑鄙的妖婆!)瞧她竟这样暗设陷阱!!! 没错,这事就是这样的!要是仅仅从这一方面来看问题,那么这一切就会正是这样的!连那痞子的出现,现如今也完全可以弄清楚了:凡此种种都紧密相关。他们早就把那痞子抓在手里,预谋好了,预备在这黑暗的日子里派上用场。要知道,事情正如现在所推想的这样,就像眼下所看出的这样!一切都已一目了然了!喏,也没什么!还没有失去时机!……"这时,戈利亚德金先生突然记起都已经快到下午两点了,心里顿时生出几分恐惧。"那可怎么办,要是他们现在已经得以……"他的胸口不禁迸出一声呻吟……"还不至于吧,他们信口胡说呢,来不及的,——我们且走着瞧吧……"他随便地穿上衣服,抓起纸笔,写下了下面这封信:

雅科夫·彼得罗维奇先生!

有您无我,有我无您,您我可是势不两立!有鉴于此,我现在向您声明,您那奇诡、可笑同时也是不可能实现的欲望——充当我的孪生兄弟,去冒充这样的人,除了导致自身的完全的不幸与彻底的失败,绝不会有其他的结果。有鉴于此,我现在请求您,为了您自身的利益而退到一边去,给真正正派的、怀有与人为善的目标的人让开路来。否则,我随时准备采取最为极端的举措。就此搁笔,期盼……不过,一切悉听尊便——也可以手枪相见。

雅·戈利亚德金

我们的主人公写好了这张便条,就精神抖擞地摩拳擦掌。随后,他披上外套,戴上帽子,用那另一把备用钥匙打开房门的锁,就撒开腿,直奔司里而去。他已到了司机关的大门口了,却不敢进门;的确,也是太晚了;戈利亚德金先生的表所示的时间是两点半。忽然,一个看上去很不起眼的情形打消了戈利亚德金先生的某些犹疑:从司机关大楼的一个角落里,突然闪出一个气喘吁吁、满脸通红的人影,他偷偷地、像老鼠那样鬼鬼祟祟地猛然一窜,溜到门口台阶上,随后立即就消失在门厅里。这是文书奥斯塔菲耶夫,是戈利亚德金先生非常熟悉的,此公多少有点用,为了一枚十戈比的硬币,他是随时准备什么事都干的。我们的主人公了解奥斯塔菲耶夫这人的所好,瞅准了此公在出外方便一下之后想必比先前更加贪财,便决定不惜破费几个小钱。于是他立刻溜到门口台阶上,然后紧随奥斯塔菲耶夫身后进了门厅,叫了他一声,并带着神秘兮兮的样子,把他邀到一旁,带到一个僻静的角落,一个偌大的铁火炉后面。把他带到那儿,我们的主人公便开始详细打听起来。

"喏,怎么样,我的朋友,里面都怎么样了,那个……你明白我的意思吗?……"

"是,大人,大人您好。"

"好,我的朋友,好;我可要感谢你哟,亲爱的朋友。喏,你瞧,究竟怎么样了,我的朋友?"

"您这是要打听什么呀?"这时,奥斯塔菲耶夫用一只手稍稍掩住无意中张大的嘴。

"我呀,你瞧,我的朋友,我是要问那个……你可不要有什么别的想法哟……喏,得了,安德烈·菲立波维奇在这里吗?"

"在这里呢。"

"官员们都在这里?"

"官员们也都在这里,各司其职呢。"

"司长大人也在?"

"司长大人也在。"这时,文书官再一次掩住又张大的嘴,不知何故好奇而古怪地望着戈利亚德金先生。至少我们的主人公觉得是这样。

"没有什么特别的事吧,我的朋友?"

"没有,一点也没有。"

"关于我,亲爱的朋友,还没有什么事,就这样,什么事也没有……是吗?我不过这样问问,我的朋友,你明白吗?"

"没有,暂时还没听到什么。"这时,文书官再度掩住嘴,再度不知何故古怪地瞥了戈利亚德金先生一眼。问题在于,我们的主人公此时正竭力洞察奥斯塔菲耶夫的面孔,要从这张面孔上识读出什么,看出这人心里是否藏有什么秘密。的确,仿佛真有什么东西隐藏着呢;问题在于,奥斯塔菲耶夫不知何故变得愈来愈粗鲁而冷淡,现在可不像刚谈话时那么热心关切地迎合戈利亚德金先生的兴趣了。"他多少也在行使自己的权利呢,"戈利亚德金先生思忖道,"要知道,在他心目中,我又算什么呀?他也许已经得到了那边的好处,所以才出外去方便了一下。那么,我也给他那个……"戈利亚德金先生明白,破费小钱的时候到了。

"这是给你的,亲爱的朋友……"

"衷心感谢大人。"

"我还会再给的。"

"知道了,大人。"

"现在,马上我还会再给的,等事情完了,我还会再给这么多。明白吗?"

文书官默默无语,垂手直立,一动不动地望着戈利亚德金先生。

"喏,现在你给我说说吧:有没有听到有关我的什么事儿?……"

"似乎,暂时还……那个……暂时什么也没有。"奥斯塔菲耶夫也像戈利亚德金先生那样,一面注意保持有几分神秘的样子,微微地挑起眉毛,眼睛直盯着地面,一面竭力说得入耳中听,一字一顿地回答道;总而言之,他使出浑身解数要竭力赚得人家允诺给他的赏钱,因为对人家已经给他的这个小钱,他已视为自己的,且稳稳到手的了。

"什么也不知道?"

"暂时还不知道。"

"那么,你且听我说……那个……那事,也许会有所耳闻吧?"

"过后,不用说,也许会知道的。"

"糟糕!"我们的主人公思忖道。

"喂,这个再给你,我亲爱的。"

"衷心感谢大人。"

"瓦赫拉梅耶夫昨天来过这里吗?……"

"来过。"

"那么,有没有别的什么人来过呢?……回想一下吧,老弟?"

文书官搜索枯肠,在记忆中追寻了片刻,什么相宜的东西也没有回想起来。

"不,并没有什么其他的人来过。"

"嗯哼!"接着是一阵沉默。

"喂,老弟,这个再给你,你就给我说说那全部的底细吧。"

"是的。"奥斯塔菲耶夫此刻活像一个听话的乖孩子:戈利亚德金先生所需要的正是这样。

"你对我说清楚,老弟,现在他的情况怎么样?"

"没什么,很好呀。"文书瞪大眼睛望着戈利亚德金先生,回答道。

"具体说,怎么个好法?"

"也就是那样呗。"这时,奥斯塔菲耶夫颇有深意地耸了耸眉毛。他可是真的进退两难了,他不知道还得说什么才是。"糟糕!"戈利亚德金先生思忖道。

"他与瓦赫拉梅耶夫之间后来再没有发生什么事儿?"

"一切照旧呀。"

"想一想吧。"

"人家说有。"

"喏,那究竟是什么呀?"

奥斯塔菲耶夫用一只手掩住了自己的嘴。

"那里有没有给我的信?"

"门卫米海耶夫今儿倒是上瓦赫拉梅耶夫的住所去了一趟,就是去他们那个德国女人那儿,要是需要,我过去问一下。"

"劳驾了,老弟,看在上帝分上!……我不过这样问问……你呀,老弟,你可不要有什么别的想法,我不过是这样问问。去仔细打听一下吧,老弟,打听清楚,那里是不是在准备要针对我而采取什么举动。他那人在怎样行动?这就是我需要的东西;你去把这个打听出来,亲爱的朋友,而我过后会酬谢你的,亲爱的朋友……"

"知道了,大人,伊凡·谢苗诺维奇今儿可是坐到您的位置上去了。"

"伊凡·谢苗诺维奇?啊!咳!这是真的吗?"

"安德烈·菲立波维奇指示他去坐的呀……"

"这是真的吗?因为什么呀?去把这个打听清楚,老弟,看在上帝分上,且去把这个打听清楚,老弟;把这一切都打听清楚,——而我会酬谢你的,我亲爱的;这就是我需要的东西……你可不要有什么别的想法哟,老弟……"

"是,是,我马上就去。那么,您呢,大人,难道您今儿不进

269

楼了?"

"不进了,我的朋友;我只是这个,我可是仅仅这个,我只不过是来看看,亲爱的朋友,过后我便会酬谢你的,我亲爱的。"

"我知道了。"文书迅速、殷勤地跑上楼梯,戈利亚德金先生则独自一人留在原地。

"糟糕,"他思忖道,"唉呀,糟糕,糟糕!唉呀,我们这事儿……如今还真有些糟糕!这一切会意味着什么呢?譬如这酒鬼的某些暗示究竟指的是什么呢,这是谁策划的把戏呢?啊!我现在可清楚这是谁策划的把戏了。瞧,这是一个什么样的把戏。他们一准打听出来了,进而也就委派……话说回来,别性急呀,——委派了吗?这是安德烈·菲立波维奇让他这个伊凡·谢苗诺维奇坐上的;唉,可是究竟因为什么缘故而让他坐上的,出于什么样的目的而让他坐上的呢?想必是打听出来了……这是瓦赫拉梅耶夫在捣鬼,具体说,并不是瓦赫拉梅耶夫,他那人笨,简直就像那山杨树桩。这一切乃是他们替那家伙在捣鬼,紧接着,他们又唆使那痞子上这儿来;而那德国女人则去告了状,那个独眼婆!我总疑心整个这一勾当不是没有用意的,在整个这一婆婆妈妈的、老娘儿们搬弄的是非之中一定有点什么名堂;我对克列斯基扬·伊凡诺维奇也说过,我当时说,他们发誓要宰杀一个人——我那是从道德的意义上来说,——所以就抓住了卡罗琳娜·伊凡诺芙娜。不,这里肯定有一些老手在捣鬼,显而易见的!这里,我的先生,有老手在捣鬼,而不是瓦赫拉梅耶夫。已经说过,瓦赫拉梅耶夫那人笨,而这……如今我可清楚,谁在这儿替他们所有的人在捣鬼:这是那痞子在捣鬼,那个冒名顶替者在捣鬼!在这件事上,他也能单枪匹马地独运匠心,这多少证明他在上流社会为什么得心应手。真的,我倒很想知道,现在他的情形怎么样……这家伙在他们那儿有什么动静吗?不过,他们究竟因为什么缘故要在那儿起用那个伊凡·谢苗诺维奇?那个伊凡·谢苗诺维奇对他们又有什么鬼用场?倒像是实在找不出一个别的什么人似的。话说回来,任凭他们让谁坐上,一切反正都是那个样;而我只清楚一件事,这就是他这人,这个伊凡·谢苗诺维奇,可让我早就怀疑上了,我早就看出他是个什么人:这么恶劣可憎的老家伙,这么令人生厌的老头儿,——据说,他在暗中放债并且像犹太守财奴那样收取高额利息。而这一切可是那狗熊的拿手好戏哩。那狗熊参与进这整个事情之中了。事情就是这么开头的。是在伊兹马伊洛夫桥那边开头的,就是那样开头的……"想到这里,戈利亚德金先生想必是记起了某件非常不愉快的事,皱了皱眉头,像是咬了一只柠檬似的。"得了,话说回来,这也没什么!"他思忖道,"这不过是我自己一味地在思量自己的事。那奥斯塔菲耶夫怎么还不来呀?大概他坐下办公去了,或是被人家留在那儿了。我这样施诡计,由我去暗设陷阱,这可也不错哩。只要给奥斯塔菲耶夫一个十戈比银币,他就会那个……就会站在我这边;不过,问题在于:他的确会站在我这边吗?也许,他们那一方也会让这家伙……,也会由他们那一方去同这家伙商量好而一起搞阴谋的。要知道,这骗子看上去就像强盗,彻头彻尾的强盗!这混蛋可是心怀鬼胎的!'不,没什么,'他会这么说,'衷心感谢您大人,'他总会说这话的。你这个强盗哟!"

  传来一阵喧哗……戈利亚德金先生蜷缩起身子,跳到火炉背后。有人从楼梯上下来,走到外面去了。"这会儿就这么出去的会是什么人呢?"我们的主人公心里暗自想道。片刻过后,又传来脚步声……这时,戈利亚德金先生憋不住了,便从他那个掩体后面一点一点地伸出自己的鼻尖来,——刚一伸出来,马上就又缩回去了,就像是有人用绣花针在他鼻尖上戳了一下似的。

这一回走过去的正是那一位,也就是那痞子,阴谋家,放荡鬼,——他照着自己平素的习性,迈着他那直透出下流的小碎步,每一抬腿,都好像要踢谁似的。"下流坯!"我们的主人公心里暗暗骂了一句。不过,戈利亚德金先生不能不发觉,这下流坯腋下夹着一个偌大的绿色的皮包,那可是属于司长阁下的公文包。"他又在办特差呢。"戈利亚德金先生气恼得涨红了脸,比刚才更紧地蜷缩起身子,悻悻然地思忖道。小戈利亚德金先生一点也没注意到大戈利亚德金先生,从身边一闪而过。就在这时,又传来第三次脚步声,这一回戈利亚德金先生猜出是文书的脚步声。的确,一个头发油光溜滑的文书的脑袋探到火炉后面,伸到他面前;不过,这不是奥斯塔菲耶夫,而是另一个文书,此人的绰号叫小文书。这情形使戈利亚德金先生很是吃惊。"他干吗把别人也缠进这秘密的事情?"我们的主人公思忖道,"瞧这帮野蛮人!他们身上压根儿就没有任何神圣的东西!"

"喏,有什么事呀,我的朋友?"他向小文书开口道,"你呀,我的朋友,从谁那儿来?……"

"瞧,为您的事儿哩。暂时从谁那儿都得不到任何消息。要是有了,我们会来通报的。"

"那么,奥斯塔菲耶夫呢?……"

"他呀,老爷哪,他怎么也无法脱身哩。大人已经到处里来过两次了,就连我现在也没空暇。"

"谢谢,我亲爱的,谢谢你了……不过,请你这就告诉我……"

"上帝可以作证,实在没有空暇……一刻也不停地找我们呢……就请您且在这儿再站一会儿,要是有了什么关于您的事儿的消息,我们这就过来向您通报……"

"不,你呀,我的朋友,请您这就告诉……"

"对不起;我没空暇,"小文书一面挣脱戈利亚德金先生那双拉住他衣襟的手,一面说道,"说真的,不行呀。就请您且在这儿再站一会儿啦,我们这就过来向您通报。"

"马上,马上,我的朋友!马上,亲爱的朋友!瞧这会儿还有一件事哩:这里有一封信,我的朋友;我可是会酬谢你的,我亲爱的。"

"知道了。"

"我亲爱的,请您设法交给戈利亚德金先生。"

"交给戈利亚德金?"

"是呀,我的朋友,交给戈利亚德金先生。"

"好吧;等我一收拾好,就送过去。您暂时在这儿站着吧。这里没有人会看见的……"

"不,我呀,我的朋友,你可不要以为……要知道我在这儿站着可不是怕什么人看见我。我呀,我的朋友,马上就不在这儿站着了……我这就要上那边的小巷里。那边有一家咖啡馆,我这就上那儿等着,而你呢,要是出了什么事,就请你来把详细情况向我通报一下,明白吗?"

"好吧,您让我走吧,我明白……"

"我可是会酬谢你的,我亲爱的!"戈利亚德金先生紧随着这终于脱身的小文书的身后,叫道。"这混蛋,后来似乎变得更粗鲁了,"我们的主人公思忖道,一面偷偷地从火炉背后溜了出来,"这又是故意刁难。这很明显……开头倒还那个……话说回来,他也确实忙;也许,那边的事务实在太多。大人已到处里来过两次……这会是由于什么缘故呢?……唉!得啦,没什么!话说回来,那也许就没什么,我们现在且走着瞧吧……"

戈利亚德金先生刚要把门拉开,出门上街,忽然间,就在这一刹那,司长大人的马车咣啷咣啷地驶到了门口的台阶边。戈

273

利亚德金先生还没有来得及弄明白,那马车车厢的小门就从里面被打开了,坐在里面的那位先生一个箭步就跳到门口的台阶上。来者不是别人,正是十来分钟之前刚刚出去的那个小戈利亚德金先生。大戈利亚德金先生想起来了,司长的公馆就坐落在这附近。"他这是在办特差。"我们的主人公心里暗自想道。这会儿,小戈利亚德金先生从车厢里抄起那鼓鼓囊囊的绿色皮包,还有一些文件,对马车夫吩咐了几句,就过来推开了门。门几乎撞了大戈利亚德金先生一下,但小戈利亚德金装作没看见他的样子,以此故意刺激他。然后,小戈利亚德金先生就一转身,拔开腿,顺着司机关大楼的楼梯快步如飞地跑上去了。"糟糕!"戈利亚德金先生思忖道,"唉,我们的事儿现在又出岔子了!瞧,我的天哪!"我们的主人公一动不动地又站了半分钟;终于,他打定主意了。他不再许久地思索了,不过,他还是感觉到心在剧烈地战栗着,四肢直打哆嗦,他跟在自己的那位挚友身后跑上楼梯了。"咳!随它去吧;这与我又有什么相干?在这事上我该袖手旁观。"他在门厅里一边脱掉帽子、外套与套鞋,一边这样想道。

当戈利亚德金先生走进自己供职的那个处里时,已是黄昏了。不论是安德烈·菲立波维奇,还是安东·安东诺维奇,均不在他们自己的房间里。他们俩在司长办公室里汇报工作,而司长本人呢,听说正要赶去拜见部长大人。由于这些情况,再加上已是黄昏了,下班的时刻快到了,有些官员,主要是些年轻人,在我们的主人公进来时,正在从事于某种形式的消遣,三五成群地聚在一起聊天呀,说三道四地评论呀,嘻嘻哈哈地笑闹呀,甚至有几个最年轻的,也就是职位最低的那几个,正趁着这一片乱哄哄的时候,悄悄地躲在靠窗口的角落里,玩那种抛硬币以猜正反面的游戏。戈利亚德金先生一向要体面,在眼下这种时候,他更感觉到去博取、寻觅这种体面之特别的需要,于是,他毫不迟疑地走到平日他与之相处得较为投合的同事们那里,好向人家说声日安之类的话。然而,不知何故,同事们对于戈利亚德金先生的问候应答得很奇怪。某种普遍的冷淡、冷漠,甚至可以说是那种待人接物方面的严厉,使他惊愕不已,十分不快。谁也不曾与他握手。有些人只简单地道了声"您好"就走开了;另有一些人不过点了点头,有的人索性转过头去,装作什么也没有看到,还有几个人——这最使戈利亚德金先生感到屈辱,——就是那几个职位最低没有官位的年轻人,即戈利亚德金先生公正地称呼之为只会抛硬币和闲逛的毛头小伙子——他们渐渐地围住了戈利亚德金先生,聚在他身旁,几乎堵住了他的去路。他们一个个都带着某种颇具侮辱性的好奇神情,直愣愣地望着戈利亚德金先生。

这兆头不妙。戈利亚德金先生感觉到了这一点,便明智地拿出了自己什么也不在意的架势。忽然间,一件万万料想不到的事情完全彻底地毁掉了——诚如人们常说的那样——毁掉了戈利亚德金先生。

在包围着他的那帮年轻同事所组成的人堆中,忽然间,像是故意跟人为难似的,在戈利亚德金先生最苦恼的时刻,小戈利亚德金先生露面了,他像往常那样开朗快活,像往常那样面带微笑,也像往常那样机敏伶俐,总而言之,他这个轻浮放荡的家伙,爱跳来窜去的家伙,好拍马溜须的家伙,好高声大笑、舌头与脚头都灵活的家伙,像平常那样,像先前那样,比如,就像昨天那样,偏偏在大戈利亚德金先生非常不愉快的时刻而露面了。他咧着嘴,踏着小碎步,在人家面前转来转去,脸上挂着微笑,那笑容像是在不住地对每一个人道"晚安",他挤进官儿们堆里,握握这一位的手,拍拍那一位的肩,同第三位轻轻地拥抱一下,向第四位披露,他是碰到什么机会而被司长阁下起用,曾上哪儿出差,办了什么事,带了什么回来;对那第五位——想必是他最要好的朋友了,他便直冲着人家的嘴唇来了一个响吻;总而言之,一切全都像大戈利亚德金先生在梦中所见到的那样发生了,一模一样。这小戈利亚德金先生按照他自己那一套,也不管需要不需要,尽兴地与他们每一位都热乎了一番,跳来窜去地折腾了一通,突然间,想必也是弄错了,一直没发觉自己老朋友的小戈利亚德金先生,把手伸给了大戈利亚德金先生。而我们的主人公呢,想必也是弄错了,虽说他可是清清楚楚地看出这是心术不正的小戈利亚德金先生,却立刻贪婪地抓住竟这么意外地向他伸过来的这只手,并且用最有力的、最友好的方式把它紧握住,带着某种奇怪的、完全突如其来的内心骚动,带着那种就要哭出声来的感情把它紧握住。我们的主人公是被他这位品行不端的仇敌先出手骗了呢,还是一时惊惶失措了,抑或是在自己的内心深处感觉到、意识到自己全然无助,——这是难以说清的。大戈利亚德金先生神志清醒地听凭自身意志的指引,当着大家的面,庄重地紧握住他称之为死敌的这一位的手,这是事实。但是,大戈利亚德金先生的这位对头与死敌,心术不正的小戈利亚德金先生在发觉遭受迫害的、无辜的、被他奸诈地欺骗了的这人的错误举动之后,无耻无情、昧着良心、突如其来地以那急不可耐的无赖劲,粗鲁地把自己的手从大戈利亚德金先生的手中猛然抽回。这时,大戈利亚德金先生是多么惊愕而狂怒,多么恐惧而又羞愧呀;更有甚者,——这家伙还把他那只手抖了抖,像是碰到什么极不干净的东西而弄脏了似的,而且他还向一旁啐了一口唾沫,做了一个最具有侮辱性的手势,还掏出了手帕,当场用最无礼的方式擦拭刚才被大戈利亚德金的手握了片刻的每一根手指。这小戈利亚德金先生一边这样放肆无礼,一边按照他那下流习性,故意四面张望,分明是要让大家都看到他的举动,他还不住地瞅瞅大家的眼睛,显然是在向大家暗示有关戈利亚德金先生之人品中的最不利的东西。看来,这个令人生厌的小戈利亚德金先生的行径引起了周围官员们普遍的愤慨,甚至轻浮的青年人也表露出自己的愤慨。周围响起了不满的嘟哝声与非议声。普遍的骚动不可能逃过大戈利亚德金先生的耳朵;但是,忽然,一句来得颇及时的笑话就在这时从小戈利亚德金的嘴边冒了出来,一举击溃、毁灭了我们的主人公之最后一线希望,打破了均势,而使形势再度有利于他那位有害无益的死敌。

"这是我们俄国的福勃拉兹①呀,诸位;请允许我向您们介绍年轻的福勃拉兹。"小戈利亚德金先生叽叽喳喳地说起来,带着他素有的厚颜无耻的神情,踏着小碎步,像泥鳅似地在官员们当中钻来钻去,将呆若木鸡又怒不可遏的真戈利亚德金先生指给他们看。"我们来接吻吧,心肝!"他带着那种急不可耐的狎昵样子继续说道,向被他背信弃义地侮辱着的这一位走过来。有害无益的小戈利亚德金先生的这一玩笑,得到了其应有的反响,何况这玩笑里还包含着一个狡诈的暗示,对一件看来已然公开而无人不知的情况的暗示。我们的主人公非常难受地感觉到了他的这位仇敌的一只手搭落在自己的肩上。不过,他已经拿定主意。他两眼冒火,面色苍白,脸上挂着凝滞的微笑,好歹挤出人堆,迈着踉踉跄跄越走越快的步子,直奔司长大人办公室去了。在最靠里的那个外间,他撞见了刚刚从司长大人那儿出来的安德烈·菲立波维奇,虽然就在这外间这时还有相当多的各色人等,他们在眼下这种时刻对戈利亚德金先生来说完全是局

---

① 福勃拉兹,法国作家卢维叶·德·库弗勒的惊险小说《骑士德·福勃拉兹的生平与艳遇》一书中的主人公。

外人,但我们的主人公压根儿就不愿为诸如此类的情形分心。他不失时机,那么直接,那么果断,那么勇敢,几乎连他自己也感到惊奇且在内心暗自为这份勇气而叫好,就那么一把拉住安德烈·菲立波维奇,用这出其不意的进攻很使后者吃了一惊。

"啊!……您怎么啦……您有什么事呀?"处长问道,并没有去听正讷讷不出于口的戈利亚德金先生。

"安德烈·菲立波维奇,我……我能不能,安德烈·菲立波维奇,我有没有荣幸就在这会儿,马上就与司长大人当面交谈一次?"我们的主人公朝安德烈·菲立波维奇掷去最固执的目光,头头是道而又清清楚楚地申述道。

"什么?当然不行。"安德烈·菲立波维奇用自己的目光把戈利亚德金先生从头到脚地打量了一遍。

"我呀,安德烈·菲立波维奇,我要说的一切可以归结为一点:我纳闷,这里怎么就没有一个人来揭发冒名顶替者与下流坯。"

"什——么?"

"下流坯,安德烈·菲立波维奇。"

"您这么恶言恶语的究竟是要说谁呀?"

"说那一位呢,安德烈·菲立波维奇。我呀,安德烈·菲立波维奇,是指那一位呢;我这是在行使自己的权利……我认为,安德烈·菲立波维奇,上面应当鼓励诸如此类的举动才是呢,"戈利亚德金先生又添上了这一句,分明是难以自制了,"安德烈·菲立波维奇……您哪,您自己想必也看出来了,安德烈·菲立波维奇,这一高尚举动与我的种种好心肠俱意味着,——把上司视若父母,安德烈·菲立波维奇,我说,我这是把仁慈的上司视若父母,而将自己的命运茫然地交托出去了。如此这般,我说,……就是这样……"说到这里,戈利亚德金先生的声音发颤

278

了,他的脸涨得通红,两颗泪珠涌到他的睫毛上。

安德烈·菲立波维奇听着戈利亚德金先生的这一番议论,不胜惊讶,不知怎么竟身不由己地倒退了两步。紧接着,不安地瞅了瞅四周……这一幕会如何收场呢,实在难说……但是,忽然间,司长大人办公室的那扇门打开了,他本人出来了,身后跟着几个随员。在外间里的人,不论他是何人,一个个都尾随到司长大人的随员后面。司长大人把安德烈·菲立波维奇叫过去,与他并肩而行,谈起了什么事情。就在大家一个个全都起身而离开房间时,戈利亚德金先生醒过神来了。他安静下来之后,便钻到安东·安东诺维奇·谢托奇金的身旁,此公这时正一拐一拐地跟在这一行人的最后,满脸挂着最为严峻最为忧虑的神色,诚如戈利亚德金先生此时似乎感觉到的那样。"我刚才在这儿说漏了嘴,胡来了一通,"他在心里暗自想道,"得了,没什么的。"

"我希望,至少还有您哪,安东·安东诺维奇,会同意听我说几句并体察一下我的情况。"他用那悄悄的但由于激动依然还有点儿颤抖的声音申述道,"我被所有的人都抛弃了,现在我来向您求教。我到现在还弄不明白,安德烈·菲立波维奇的那些话是什么意思,安东·安东诺维奇,请您给我把那些话解释一下,要是可以的话……"

"凡事到时候均会不言自明的。"安东·安东诺维奇一字一顿、厉声厉气地回答道,而且就像戈利亚德金先生感觉到的那样,他说话时的神情分明是要让人家知道,他安东·安东诺维奇压根儿就不愿继续往下谈了。"一切很快便会见分晓。今天就会有关于一切的正式通报。"

"什么正式通报呀,安东·安东诺维奇?为什么偏要来个正式通报呢?"我们的主人公怯生生地问道。

"这可不是该由你我来议论的事,雅科夫·彼得罗维奇,这是由上面拍板的。"

"为什么要由上面拍板呢,安东·安东诺维奇,"我们的主人公更加心惊胆战地说道,"为什么要由上面拍板呢?我可看不出这里有惊动上面的缘由,安东·安东诺维奇……您哪,也许,您这是想就昨天的事来说几句,安东·安东诺维奇?"

"不,不是昨天的事;是您本人出毛病了。"

"哪儿出毛病了,安东·安东诺维奇?我觉得,安东·安东诺维奇,我可是哪儿也没出毛病呀。"

"您打算同谁一道儿耍滑头吧?"安东·安东诺维奇给全然慌了手脚的戈利亚德金先生当头一棒。戈利亚德金先生顿时颤抖了一下,面色苍白,宛如白绢。

"当然,安东·安东诺维奇,"他用勉强听得见的声音说道,"要是不接受另一方的辩白而就听取诽谤之声,单听我们的仇敌的,那么,当然……当然,安东·安东诺维奇,那样一来,就可能使人吃亏的,安东·安东诺维奇,使人平白无故、无缘无故地吃亏的。"

"就是呀;可是,您的很不体面的行径是不是有损一位名门闺秀的名誉呢,她可是那样一个慈悲为怀、受人尊敬、闻名遐迩的、曾有恩惠于您的好人家的千金呀?"

"这指的是什么行径呢,安东·安东诺维奇?"

"问题就在这里。至于另一位小姐,虽然贫寒些,可她却是规规矩矩的外国人家出身,您对她干下的好事难道连您自个儿也不知道吗?"

"对不起,安东·安东诺维奇……请赐我片刻,安东·安东诺维奇,请您听我说几句……"

"可是,您那背信弃义的行径,对他人的诽谤——自个儿作了孽,反倒把罪过推到他人头上?不是吗?这都该叫做什

280

么呢?"

"我呀,安东·安东诺维奇,并没有把他撵走呀,"我们的主人公浑身战栗起来,说道,"就连彼得鲁什卡,也就是我那个仆人,诸如此类的事我也从没有教他去干呀……他在我那里吃了饭,安东·安东诺维奇;他受到了我的殷勤款待。"我们的主人公大动感情地补充道,下巴都颤动起来,泪珠眼看着又要夺眶而出了。

"这是您,雅科夫·彼得罗维奇,不过是您自己这么说,说他在您那里吃了饭。"安东·安东诺维奇咧着嘴笑着回答道,在他的声音中听得出那种狡猾劲儿,这样一来,戈利亚德金先生被弄得心乱如麻。

"还要请问您一下,安东·安东诺维奇,恳切地请您说说:司长大人他可曾知晓整个这件事情?"

"怎么会不知道!不过,您现在且放我走吧。这会儿我没时间与您交谈……您该知道的事情,今天您就都会知晓。"

"对不起,看在上帝分上,请再等片刻,安东·安东诺维奇……"

"请您回头再讲吧……"

"不,安东·安东诺维奇;我呀,您瞧,我只请您听一下,安东·安东诺维奇……我这人根本没有自由思想,安东·安东诺维奇,我总是躲避自由思想的;我自己这方面是完全有准备而且甚至不接受那种思想……"

"好,好。我都已经听说了……"

"不,您没听到过这一点,安东·安东诺维奇。这是另一件事,安东·安东诺维奇,这很好听,真的很好听,听起来很愉快的……我不接受,诚如上文所述,我是不接受那种思想的,安东·安东诺维奇,那种思想声称,是上帝的意旨创造了两个完全相像的人,而慈悲为怀的上司体念上帝的意旨,收留了这一对双生子。这很好,安东·安东诺维奇。您瞧,我与自由思想离得远远的,这非常之好,安东·安东诺维奇。我把慈悲为怀的上司视若父母。如此这般,我说,慈悲为怀的上司,而您那个……我说,年轻人是需要供职的……请您支持我一下,安东·安东诺维奇,请您替我鸣不平呀,安东·安东诺维奇……我可是安分守己,与世无争的呀……安东·安东诺维奇,看在上帝分上,还有一句话儿……安东·安东诺维奇……"

但安东·安东诺维奇早已远远离开戈利亚德金先生了……我们的这位主人公呢,不清楚自己这是站在何处,听见了什么,干了些什么,他都闹出了什么事,他还会出什么事——他所见的一切,碰见的一切,使他困惑不安,惊厥不已。

他用哀求的目光在官儿们堆里寻觅安东·安东诺维奇,想在此公面前再作一番辩白,述说出某些关涉自己人品的、绝对好心肠的、非常高尚的、特别愉快的事体……不过,渐渐地,一束新的亮光开始穿透戈利亚德金先生面前的迷雾,那些他至今仍完全陌生的,甚至丝毫也猜想不到的事情的整个前景,陡然间,一下子被新的、可怕的亮光照得一目了然……就在这一刹那,有人从肋下推了一下完全糊涂了的戈利亚德金先生。他回过头来,小文书就站在他面前。

"来信了,大人。"

"啊!……你已经去一趟了吗,我亲爱的?"

"不是,这还是上午十点钟送来的呢。谢尔盖·米海耶夫,那个门卫,从十二等文官瓦赫拉梅耶夫的住所捎过来的。"

"好呀,我的朋友,好呀,我会酬谢你的,我亲爱的。"

戈利亚德金先生说过这话,就将信藏入自己制服内侧的衣兜里,并把衣兜上的纽扣一一扣上;然后,他谨慎地朝四周瞅了瞅,让他惊讶的是,他这时已经置身于司机关大楼的门厅里,在官儿们中间,官员们这会儿全都聚集在出口处,因为已经下班了。戈利亚德金先生不但一直没有发觉这一新情况,而且就连他自个儿怎样突然穿上了外套、套鞋,拿着帽子,他也不知道。所有的官员都一动不动地恭候着。问题在于,司长大人这会儿就站在楼梯下面,等待他那不知何故竟迟迟未到的马车,他正与两位高级文官以及安德烈·菲立波维奇进行非常有趣的交谈。在离那两个高级文官以及安德烈·菲立波维奇两步开外的地方,站着安东·安东诺维奇·谢托奇金和另一些官员中的某位代表,那些官员看见司长大人在说笑,一个个脸上便也堆出相当醒目的微笑。聚集在楼梯上面的官员们也挂着笑容,并且期待着司长大人什么时候再笑起来。不笑的只有那费陀谢伊奇一人,那大肚子的看门人,他直挺挺地站在那里,握住门把手,急不可耐地等待着他照例会得到的那份快乐,即猛地一挥手,款款地拉开半扇门,然后躬着身子,毕恭毕敬地让司长大人从自己身边走过去。但是看上去比谁都高兴、比谁都美滋滋的,乃是戈利亚德金先生的那位不体面的、心术不正的仇敌。他在这一刹那甚至把所有的官员都给忘了,甚至都不再照着他那下流的习性而在他们当中踏着小碎步钻来钻去了,甚至都忘了趁机就在这会儿也去拍拍什么人的马屁了。他把全部身心都凝聚在听觉与视觉上,不知怎么古怪地蜷缩起身子,想必这是为了听得方便一些,同时目不转睛地望着司长大人,只是他的双手、两腿与脑袋偶尔隐约可见地微微抽动一下,显露出他那全部内在的心绪,他内心深处隐秘的骚动。

"瞧,都把他给激动成什么样儿了!"我们的主人公思忖道,"看上去像个红人儿似的,这骗子!我倒要打听打听,他究竟是凭什么招术一来就在这官场上得心应手而接近上层?不是才智,也不是品德,不是教养,也不是性情;这痞子真走运!我的天

283

哪！要知道，一个人能爬得多快哟，你这里还在琢磨呢，人家已出人头地了！这人能往上爬，我敢发誓，他能爬得很高，这痞子，他会得到所求的，——痞子总是走运！我还真想弄清楚，这家伙对他们所有的人交头接耳说的究竟是什么？他同所有的这些人在搞什么样的秘密勾当，他们谈论的是什么样的秘密？我的天哪！我倒真也应该这样，来它一手那个……倒真也应该同他们稍微……就是说，如此这般，只请求他……如此这般，就说，我再也不会那样了；就说，我错了，而年轻人，阁下，在我们这年月总需要供职的呀，我决不会由于我这个不体面的情况而发窘，——就这样定了！我也不会用什么办法来对此事表示抗议了，我会耐着性子乖乖顺顺地承受一切的，——就这么定了！要不要就这么去行动呢？……是呀，不过，他这人是打动不了的，这痞子，无论什么话也打动不了他的心；道理是塞不进他那颗无所顾忌的脑袋里的……不过，且让我们试一试吧。说不定，会碰上一个好时辰呢，那么还是来试一试……"

我们的主人公陷于这种不安、苦恼与窘迫之中，他觉得实在不能就这样呆下去了，他觉得决定性的时刻就要降临，得找一个人申述一番，他已向他那个不体面的、神秘莫测的朋友所站的地方稍稍挪近几步了；但就在这时，司长大人久久等待的马车在门口的台阶边咣啷咣啷地响了起来。费陀谢伊奇猛地一下拉开门，把身子弯成弧形，让司长大人从自己身边走过去。所有等在那里的人一下子全都向出口处涌去，一转眼便将大戈利亚德金先生与小戈利亚德金先生冲散了。"你跑不掉！"我们的主人公一边从人群中挤过去，紧紧盯住他要跟踪的人，一边这样说道。终于人群散开了，我们的主人公感到手脚自由了，便去猛追他的那位仇敌。

第十一章

　　戈利亚德金先生往胸腔里大口大口地吸着气儿；仿佛生了翅膀似的，他紧跟在他那位迅速离去的仇敌后面飞跑。他觉得身上涌出一股可怕的能量。不过，尽管涌出一股可怕的能量，戈利亚德金先生却大胆地相信，眼下即便是一只小小的蚊子，假使它在这种季节里还能在彼得堡生存的话，这蚊子也能非常便当地用自己的翅膀把他的脊骨给拍断。他还觉得自己消瘦了，完全气衰力竭了，是某种十分特别的外在之力托着自己，他根本不是自己在走，而是相反，他的两腿直发软，不听使唤。不过，所有这一切都是可以弄妥帖而好转起来的。"好转也罢，不好转也罢，"戈利亚德金先生由于疾跑几乎喘不过气来，他还在思量着，"但是，事情已经败北，对于这一点，现在一丝一毫的疑问也没有了；我是全然完蛋的了，这已是众所周知的了，是确定无疑的了，是签字画押的了。"尽管如此，我们的主人公在他的仇敌已经一只脚跨上刚雇好的马车之际，他还是得以死死抓住仇敌的外套，那会儿，他像是死而复生，像是经受住一场战斗，像是夺取了一个胜利。"先生！先生！"他终于冲着被他赶上的那个心术不正的小戈利亚德金叫喊道，"先生，我希望，您……"

　　"不，劳驾请您什么也不要希望。"戈利亚德金先生的那位无情无义的仇敌含糊其辞地回击了一句，这时他一只脚站在马车的踏板上，另一只脚竭力要跨进车厢的另一侧，但却徒然地吊在空中晃来晃去，他极力去保持身体的平衡，与此同时又极力使出全身力气将自己的外套从大戈利亚德金先生的手中挣脱开来，而大戈利亚德金先生却使出浑身解数死死地抓住人家的外套不松手。

"雅科夫·彼得罗维奇！只需十分钟……"

"对不起,我没有空暇。"

"您同意吧,雅科夫·彼得罗维奇……劳驾,雅科夫·彼得罗维奇……看在上帝分上,雅科夫·彼得罗维奇……三言两语就会解释清楚的……一眨眼的工夫,雅科夫·彼得罗维奇！……"

"我的老兄,我没有空暇呀,"戈利亚德金先生的这位伪装正派的仇敌回答道,他的口吻显露着那种不知礼节的狎昵,但他在神态上却装出一副心地善良的样子,"另找个时间吧,请相信,我说的可是真心话;但是现在呢——您瞧,真的不行。"

"这混蛋！"我们的主人公在心里暗暗骂了一句。

"雅科夫·彼得罗维奇！"他苦恼地嚷起来,"我可从来都不曾是您的仇敌。那帮恶人不公正地说我的坏话……从我这方面我随时准备……雅科夫·彼得罗维奇！您方便不方便,我与您,雅科夫·彼得罗维奇,我们现在就去谈谈？……到那儿,诚心诚意地,诚如您刚才所公正地说出的那样,用直率的、高尚的语言谈一谈……就上这个咖啡馆吧,一切便会自然而然弄清楚,——就这样吧,雅科夫·彼得罗维奇！这样一来,一切一定会自行释然的……"

"上咖啡馆？好吧。我不反对,那就让我们上咖啡馆吧,不过,有一个条件,亲爱的,一个唯一的条件,——这就是,到了那儿让一切自然而然弄清楚。我是说,如此这般,我的心肝,"小戈利亚德金先生边说边从马车上下来,厚颜无耻地拍拍我们的主人公的肩膀,"你还真够朋友;为了你,雅科夫·彼得罗维奇,我随时准备穿小街走僻巷(就像您,雅科夫·彼得罗维奇,在那个时候曾公正指出的那样)。要知道,滑头鬼,说真的,他自己想怎样,就非要人家也得怎样！"戈利亚德金先生的这位假朋友继续唠叨着，一面在脸上堆出浅浅的微笑，围着戈利亚德金先生身旁转来转去，紧跟不离。

离大街很远的地方有一家咖啡馆，两位戈利亚德金先生走了进去。这会儿，咖啡馆里的顾客十分稀少。铃刚一拉响，一个相当胖的德国女人就在柜台边出现了。戈利亚德金先生与其不体面的仇敌走进第二个单间，那儿有一个虚胖的、头发剪得很短的小男孩正拿着一把细劈柴在弄炉子，竭力要使炉中快要熄灭的火再旺起来。根据小戈利亚德金先生的盼咐，可可茶送上来了。

"真是个胖乎乎的女人哩。"小戈利亚德金先生冲着大戈利亚德金先生狡猾地挤了挤眼睛，这样说了一句。

我们的主人公脸红了，不做声。

"啊，对了，我都忘了，真对不起。我可清楚您这人的口味。我们这些先生偏爱细挑的德国女人；我们呀，我说，你真是个老实人，雅科夫·彼得罗维奇，我与你都偏爱细挑但仍给人以快感的德国女人；我们租住她们的房子，诱惑她们，为了那麦酒汤，还有那牛奶汤，我们把自己的心献给她们，还给出各种各样的字据，——这就是我们干的事，你这个福勃拉兹，你这个叛徒！"

这番话都是小戈利亚德金先生说的，他这是要以此种方式来做出一个完全无益但极其狡诈的暗示，对那位女人的暗示。他一面这样说着，一面在戈利亚德金先生跟前转来转去，装出一副殷勤的神态，冲着戈利亚德金先生微笑，虚伪地显示他对戈利亚德金先生的亲切，他与后者见面很愉快。待到他看出大戈利亚德金先生并不那么傻，也不至于全无教养毫无气度地一下子就相信他，这个心术不正的家伙立刻决定改变自己的策略，公然直露地行事。这个虚伪的戈利亚德金说完自己的丑事之后，又带着他那令人作呕的厚颜无耻与狎昵劲儿，拍拍庄重的大戈利亚德金先生的肩头,而且,他还并不以此而满足,又动用了在上流社会里总是十分不体面的那一套,来同大戈利亚德金先生胡闹,重演自己先前的丑恶把戏,也就是说,不管发窘的大戈利亚德金先生怎样推拒与轻声叫喊,拧了一下他的面颊。面对如此猥亵的举动,我们的主人公大怒一阵也就沉默了……但这是暂时的。

"这是我的仇敌们的言语。"他终于明智地忍住气,用颤巍巍的声音回答道。就在这时候,我们的主人公心神不安地朝门口那边扫视了一下。问题在于,小戈利亚德金先生看上去兴致甚高,随时都要说出形形色色的笑话,那些笑话乃是公共场所不可以说的,也是上流社会,尤其是风度高雅的场合的交际准则所不能容许的。

"噢,得了,既然如此,那就听便吧,"小戈利亚德金先生以他那很不体面的贪婪劲儿喝完了那杯可可茶,将空杯放到桌上,便对大戈利亚德金的思想严正地反驳道,"得了,我与您可也是没必要多争啦……喏,您现在生活得可好,雅科夫·彼得罗维奇?"

"我只能告诉您一件事,雅科夫·彼得罗维奇,"我们的主人公冷静、庄重地回答说,"我可从来都不曾是您的仇敌。"

"嗯哼……喏,那彼得鲁什卡呢?他叫什么来着!似乎就叫彼得鲁什卡吧?喏,没错!他怎么样?他可好?他还是老样子吗?"

"他也是老样子,雅科夫·彼得罗维奇,"有几分诧异的大戈利亚德金先生回答说,"我不清楚,雅科夫·彼得罗维奇……从我这方面……从正派的……从开诚布公的方面,雅科夫·彼得罗维奇,您自己也会同意的,雅科夫·彼得罗维奇……"

"是呀。可您自个儿也知道,雅科夫·彼得罗维奇,"小戈利亚德金先生以悄悄的、富有表情的声音回答道,以此把自己伪装成一个忧郁的、满腔悔恨与遗憾的、可尊敬的人,"您自个儿也知道,我们这时代是艰难的……我这是引用您的话呢,雅科夫·彼得罗维奇;您是聪明人,持论公正。"小戈利亚德金先生一面把话题点明,一面向大戈利亚德金先生卑鄙地奉承一番。"生存可不是儿戏,您自个儿也知道,雅科夫·彼得罗维奇。"小戈利亚德金先生意味深长地概括道,装扮得像一个能够谈论高深事体的饱学之士。

"从我这方面,雅科夫·彼得罗维奇,"我们的主人公兴奋地回答说,"从我这方面,我是鄙视那种弯弯绕绕的道儿,而宁愿把所有事情摆到桌面上,爽爽快快地说,用直截了当的、光明正大的语言来说,我还要告诉您,我可以坦率地、正大光明地断言,雅科夫·彼得罗维奇,我这人是十分纯洁的,还有,您自个儿也知道,双方的误会,——一切都是可能的,——是上流社会舆论之庸愚的裁决,奴颜婢膝的小人们之流俗的偏见……我这是在坦率地说,雅科夫·彼得罗维奇,一切都是可能的。我还要告诉您,雅科夫·彼得罗维奇,要是就这样来评判,要是从正大光明的高尚的视角来看问题,那么,我可以大胆地来说,毫不羞愧地说,雅科夫·彼得罗维奇,我甚至乐于发现是我误会了,我甚至乐于承认这一点。您自个儿也知道,您是聪明人,而除此之外也是个高尚的人。我随时准备毫无愧色地、毫无虚伪的羞愧之情地来承认这一点……"我们的主人公庄重地、气度高尚地结束了这番表白。

"劫运也,苦命也!雅科夫·彼得罗维奇……但是,且让我们抛开这个话题,"小戈利亚德金先生带着一声叹息,说道,"我们最好还是把我们这短暂的见面时刻用于更有益更愉快的交谈吧,就像两个同事之间应有的那样……说真的,整个这段时间里我不知怎么竟没机会与您说过两句话呢……这不能怪我哟,雅科夫·彼得罗维奇……"

"可也不能怪我呀,"我们的主人公热情地打断了人家的话,"可也不能怪我呀!我的心在对我说,雅科夫·彼得罗维奇,在整个这件事上都不是我的错。且让我们把整个这件事都归咎于命运吧,雅科夫·彼得罗维奇。"大戈利亚德金先生用完全是有意和解的口吻补充了一句。他的声音开始渐渐地微弱而颤抖。

"那么,怎么样?您的身体一向可好?"那心术不正的放荡鬼用甜蜜的声音问。

"我就是有一点儿咳嗽。"我们的主人公用更甜蜜的声音回答道。

"可要保重身体呀。眼下正闹流行病,很容易染上腮腺炎的,我对您说吧,我都已经围上法兰绒围巾了。"

"的的确确,雅科夫·彼得罗维奇,很容易染上腮腺炎的……雅科夫·彼得罗维奇!"我们的主人公在短暂地沉默之后又开口了,"雅科夫·彼得罗维奇!我看出来是我误会了……我总是激动地回想我们俩有幸一同度过的那些幸福时刻,就是在我那贫寒的,但我敢说是洋溢着盛情的寓所里……"

"可是,您在您的信里写下的并不是这个呀。"十分公正的(不过,也仅仅是在这一方面十分公正)小戈利亚德金先生多少带着责备的口吻说道。

"雅科夫·彼得罗维奇!我误会了……我现在清清楚楚地看出来,我在那封不幸的信里也是误会了。雅科夫·彼得罗维奇,我看着您心里就过意不去,雅科夫·彼得罗维奇,请您别相信……请您把那封信给我吧,好让我就当着您的面把它撕碎,雅科夫·彼得罗维奇,要是无论如何也不可能这么办,那么,我现在就恳求您从反面去读这封信,——完全从反面去看,也就是说,特意地带着友好的意愿,把我的信里所有的话之反面的意思给读出来。我误会了。请您原谅我吧,雅科夫·彼得罗维奇,我完全……我很不幸地误会了,雅科夫·彼得罗维奇。"

"这是您在说吗?"大戈利亚德金先生的这位背信弃义的朋友相当心不在焉地、无动于衷地问道。

"我这是在说,我完全误会了,雅科夫·彼得罗维奇,我这是在说,从我这方面我完全没有虚伪的羞愧……"

"噢,得了,好吧!您误会了,这很好。"小戈利亚德金先生粗鲁地回答道。

"我呀,雅科夫·彼得罗维奇,我甚至有了一个主意哩,"我们坦率的主人公以正大光明的神态补充道,他完全没有留意他的这位虚伪的朋友那令人可怕的奸诈,"我甚至有了一个主意,人们说,瞧,出现了两个完全相像的人……"

"哦!这是您的主意!"

说完,以自己的有害无益而出了名的小戈利亚德金先生站起身来,拿起帽子。大戈利亚德金先生这会儿还没有看出这一骗局,也站起身来,冲着自己的这位假朋友心地单纯地正大光明地微笑着,竭力诚恳地向他表示亲热,使他打起精神,并以这种方式来同他建立新的友情……

"再见吧,阁下!"小戈利亚德金先生忽然大声说道。我们的主人公哆嗦了一下,发觉在他的这位仇敌的脸上甚至有某种狂态,这家伙此刻一心所想的只是避开纠缠,他把自己那无情无义的两根手指头塞在人家伸给他的那只手里;而且这时……这时,小戈利亚德金先生的厚颜无耻简直到了登峰造极的地步。他抓住大戈利亚德金先生的两根手指先那么捏一捏,之后,这个不体面的家伙当场就当着戈利亚德金先生的面,决定要重复他在早上所开的那种厚颜无耻的玩笑。人的容忍是有限度的,这个限度已被突破……

他已经把擦拭过手指的手帕藏进衣兜里了,这时,大戈利亚德金先生方才醒过神来,跟在他身后猛扑过去,追进隔壁房间,——大戈利亚德金的这位毫不妥协的仇敌,出于他那下流习性,在开完玩笑之后立刻就溜到那儿去了。他好像什么事也没有似的,径自站在柜台边吃着油炸包子,而且还极其镇静,俨然一个正人君子,正向那德国老板娘献殷勤。"当着女士们的面可不行。"我们的主人公思忖道,他也走到那柜台跟前,可他激动得直发昏。

"要知道,这少妇的确还有几分姿色!您看怎样?"小戈利亚德金又要起他那不体面的、出了格的把戏,想必是指望戈利亚德金先生能没完没了地容忍。那个胖乎乎的德国女人呢,只管用她那双无神的、没有什么表情的眼睛望着这两位顾客,显然,她是由于不懂俄国话而才礼貌地微笑着。我们的主人公被不知羞耻的小戈利亚德金先生的这句话激怒了,像干柴遇上火焰被燃着了,他无法自制了,终于朝这家伙猛扑过去,分明打算把他撕成碎块,以此而与他彻底算清账;但是,小戈利亚德金先生按照他那下流习性,已经溜出老远:他一溜烟跑开,已经到了门口的台阶上。不用说,大戈利亚德金先生愣了片刻之后,清醒过来,撒开腿就去猛追那欺负人的家伙,但后者这时已然坐上那一直在等着他的、分明是事先对一切都已通气讲定了的马车。而且,在这一刹那间,那个胖乎乎的德国女人看出两位顾客都逃之夭夭,就尖声喊叫起来,拼命地摇响自己的手铃。我们的主人公几乎边跑边转身把钱扔给她,替自己也替那不给钱就溜的、厚颜无耻的家伙付了账,也不要人家找零了。尽管这样耽搁了一下,他到底还是把自己的这位仇敌给抓住了,虽说又是在奔跑的途中才得手的。我们的主人公使出浑身解数，抓住那马车的挡泥板就不松手，就那样跟着马车在街上猛跑了一阵，同时竭力要爬上那由小戈利亚德金先生拼命守卫着的马车车厢。那车夫在这会儿又是用鞭子，又是用缰绳，又是用脚，又是用吆喝，来催促那精疲力尽的驽马快跑，这驽马意想不到地咬紧嚼子大跑起来，而且按照它那可恶的习性，每跑三步就尥蹶子。终于，我们的主人公爬上了马车，面对着自己的仇敌，背靠马车夫，用膝盖抵着那厚颜无耻的家伙的膝盖，坐定下来，用自己的右手使劲将自己那位放荡的、极其残酷的仇敌外套上的非常肮脏的皮领子死死地揪住……

　　两个仇敌坐在飞奔的马车上，沉默了一会儿，我们的主人公几乎喘不上气来；道路糟糕透了，马车每走一步，他就要被颠一颠，大有折断颈骨的危险。除此之外，他那残酷的仇敌依然无意承认自己被打败，而一心要把自己的对手一下子推入烂泥堆里去。除了所有这些麻烦，天气也坏透了。下着鹅毛大雪，那雪片一个劲儿地变着法儿直往戈利亚德金先生敞开着的外套里钻。周围雾蒙蒙的，什么也看不清。很难分辨出他们这是驱车往哪儿奔，在哪条街上穿行……戈利亚德金先生仿佛觉得，某种熟悉的梦境这会儿在他身上应验了。一刹那间，他竭力要记起，他昨天是否就预感到了什么……比如，在梦中……后来，他那份苦恼终于激增到自己的最后临界点。他用力压在自己残酷无情的对手身上，想要叫喊。但他的叫喊声在唇边上卡住了……有那么一分钟，戈利亚德金先生把一切都忘了，而认定这一切根本就没什么，这不过如此，这一切是不知怎么就发生了，是以不可思议的方式在发生着，因而要对此表示抗议乃是多余的，乃是完全没有什么指望的事情……但是，忽然间，几乎就在我们的主人公作出这一番认定的那一瞬间，某个意外的一颠簸改变了事情的整个进程。戈利亚德金先生像一大袋面粉似的突然从马车上滚了下来,骨碌碌地直往什么地方滚过去,就在这下跌的一刹那,他十分公正地意识到,他确实是非常不合时宜地性急了。他从地上跳起来之后,终于看到他们这是驱车上哪儿来了;马车停在一个人家的院子当中,我们的主人公一眼就看出,这正是奥尔索菲·伊凡诺维奇的寓所所在的那幢楼的院子。他还看到,他的仇敌已经溜上门口的台阶,一准要去见奥尔索菲·伊凡诺维奇。我们的主人公在难以形诸笔墨的苦恼中就要扑过去,猛追他的那位仇敌,但幸运的是,他明智而及时地改变了主意。戈利亚德金先生没有忘记跟马车夫结账,付了马车钱之后,他就径直奔到街上,拼命地、不择目标地猛跑起来。天上仍旧下着鹅毛大雪,仍旧是雾蒙蒙、湿漉漉、昏沉沉的。我们的主人公不是在行走,而是在飞奔,一路上碰到谁都撞,——男人、女人、孩子都不时地被他撞倒,他自己也不时地从女人、男人、孩子的身上弹回。四周以及他身后不时地传来胆怯的说话声,尖利的惊叫,惊慌的叫喊……但戈利亚德金先生似乎丧失了记忆,并且对什么都不去注意……已经跑到谢苗诺夫桥那儿了,他方才醒过神来,那还是由于他不知怎么得以笨拙地碰到两个沿街叫卖的女人身上,并把她们连人带货一下子全都撞翻在地,与此同时他自个儿也摔倒了。"这没关系的,"戈利亚德金先生思忖道,"这一切还是有可能弄妥帖而好转起来的。"于是,他伸手去掏自己的衣兜,想破费一个银卢布,来作为对那被弄撒了的蜜糖饼干、苹果、豌豆以及各式各样的小食品的赔偿。突然,一束新的亮光使戈利亚德金先生恍然大悟;他在自己的衣兜中摸到了一封信,就是那小文书早上交给他的那封信。他还顺带地记起,就在距他现在站着的地方不远处有一家熟识的小酒馆,于是,他便跑进那小酒馆,毫不迟疑地在那点着一根脂油蜡烛的小饭桌旁坐定,也不理

那走过来听候吩咐的堂倌的问询,就拆开信封,开始阅读下面这封着实使他大吃一惊的信文:

高尚的、正在为我受苦的,
　　我永远心爱的人儿!

　　我在受苦,我在毁灭,——救救我吧!诽谤家,阴谋家,那以自己志向上的有害无益而出了名的家伙,用他的情网把我缠住了,我毁了!我完了!但我讨厌他,可你!……我们俩被活活拆散了,我给你的信被他们截去了,——这一切都是那个不道德的家伙利用他身上唯一出色的品质——与你的相像——而干下的。无论如何,一个人可能相貌不佳,但却可能以智慧、强烈的情感与令人愉悦的举止而使人心醉神迷……我在毁灭!人们在强迫我嫁出去,在这里最热心地施阴谋诡计的是父亲,我的恩人,五等文官奥尔索菲·伊凡诺维奇,想必他这是有心要利用我在上流社会的地位与关系……但我已打定主意全力反抗。今天晚上,九点整,请你带着你的马车在奥尔索菲·伊凡诺维奇的窗下等我。我们家又有舞会啦,那个漂亮的中尉又会来的。我一出来,我们就远走高飞。何况总还能谋到其他的差事,在那儿还可以为祖国效力的。无论如何请你记住,我的朋友,清白无辜之所以有力,就在于清白无辜。再见吧。请带来马车在门前台阶边等我。半夜两点整,我将投入你的怀抱以求庇护。

　　　　终身属于你的
　　　　　　克拉拉·奥尔索菲耶芙娜

　　我们的主人公看完这封信之后,有好几分钟处于那种似乎是被震惊了的状态之中。他陷于可怕的苦恼中,可怕的激动中,脸色苍白，宛如白绢，手里拿着信，在房间里走了好几个来回；我们的主人公竟没有发觉，此时他已成了这个小酒馆里所有顾客瞩目的唯一目标，这情形给他的处境又平添上一层不幸。想必是他那身服饰的不整齐，他那份不可抑制的激动，还有来回走动，或者不如说是奔跑，两手不住地比比划划，也许，还有几句在昏昏沉沉之中信口而出的、神秘兮兮的话语，——想必所有这些使戈利亚德金先生在所有的顾客面前大出洋相，甚至那个堂倌都开始疑神疑鬼地打量着他。我们的主人公清醒过来之后，发觉自己站在房间当中，而且几乎是不体面地、不礼貌地、直愣愣地望着一位外表十分可敬的老人，这老人用过餐，在神像面前祷告过之后，又坐下来，也目不转睛地看着戈利亚德金先生。我们的主人公迷迷糊糊地把四周扫视了一遍，便发觉所有的人无一例外地都带着非常凶恶的、怀疑的神情看着他。忽然，一个有红领子的退伍军人，高声喊叫着索要《警事通报》①。戈利亚德金先生哆嗦了一下，涨红了脸：他有点儿不经意地垂下眼睑，这时他才发现自己穿着一身那么不体面的衣服，这套衣服别说在公共场所，就是在自己家里也是无法穿的。靴子呀，裤子呀以及整个左半边腰都沾满了烂泥，右边的裤脚口套在脚底上的吊带也断了，而燕尾服上甚至有许多地方都撕破了。在这没完没了的烦恼中，我们的主人公走到他刚才坐在那儿看信的那张桌子跟前，这时便看见这小酒馆的侍者脸上带着某种奇诡的、固执、放肆的表情，向他走过来。我们的主人公完全颓然了，慌忙看面前的桌子。桌上摆着不知谁用过餐之后而没有收拾走的盘碟，放着满是油渍的餐巾和刚刚用过的刀子呀，叉子呀，汤匙呀。"这是谁用餐了？"我们的主人公思忖道，"莫非是我？而一切都是

---

① 指《圣彼得堡市警察局通报》。

可能的呀！我是用餐了,可怎么没有在意呢;那我现在该怎么办呢?"戈利亚德金先生抬起眼睛,又看见了就站在他身旁而正要对他说什么事的堂倌。

"我该付多少钱,老弟?"我们的主人公用颤巍巍的声音问道。

戈利亚德金先生的周围顿时响起了一阵哄笑声,那堂倌也冷笑了一声。戈利亚德金先生明白了,他在这里又丢了丑,干下了一件可怕的蠢事。明白这一切之后,他便窘迫地把手伸进衣兜里去掏手帕,想必是要有所动作,免得这样愣愣地干站着;但是,让他自己与他周围所有的人都惊诧不已的是,他掏出来的并不是手帕,而是一小瓶药水,那还是四天前,克列斯基扬·伊凡诺维奇给他开的。"还在那个药房里拿药吧。"戈利亚德金先生的脑海中闪出了这句话……忽然间,他哆嗦了一下,吓得差一点就喊出声来。一束新光洒过来……浑浊的、浅红得令人恶心的液体将凶恶的反光投掷到戈利亚德金先生的眼睛中……小玻璃瓶从他的手中掉下去了,立刻摔得粉碎。我们的主人公喊叫起来,往后跳了两步,躲开那洒出来的液体……他的四肢在发抖,他的太阳穴和额头上直冒汗珠。"可见,有生命危险!"这会儿,房间里发生了骚动,一片混乱;人们将戈利亚德金先生围住,冲着戈利亚德金先生说话,有几个甚至抓住戈利亚德金先生不松手。可是,我们的主人公却成了哑巴,站在那里一动也不动,什么也没有看到,什么也没有听到,什么也没有感觉到……后来,他猛然从他站着的地方挣脱开来,推开众人,推开每一个竭力要拦住他的人,奔出这小酒馆,几乎失去知觉地跌入那迎面驶来的马车,朝着自己的寓所飞驶而去。

他在自己寓所的穿堂屋里遇上了司机关大楼的门卫米海耶夫,后者手中拿着一封公文。"我知道,我的朋友,我全知

297

的,"我们的疲惫不堪的主人公用微弱的、苦恼的声音回答道,"这是正式通知……"这公文袋里装着的果然是一份给戈利亚德金先生的命令,签发者是安德烈·菲立波维奇,正文是要戈利亚德金先生把他手中的业务移交给伊凡·谢苗诺维奇。戈利亚德金先生收下这公文,给那门卫一枚十戈比硬币作小费,然后,就走进自己的寓所,这时他看见彼得鲁什卡正在收拾他自己的所有破烂与全部行头,把它们捆成一堆,这分明是打算扔下戈利亚德金先生,而从这儿搬到那个极力招徕他的卡罗琳娜·伊凡诺芙娜的家里去,代替她的那个叶夫斯塔菲。

第十二章

彼得鲁什卡摇摇晃晃地进来了,其举手投足不知怎么都随便得出奇,脸上堆出奴才般得意洋洋的神色。看得出来,他这是盘算好了要干点什么事,而且觉得自己完全有权利那么干,他的样子像是一个十足的外人,也就是说,是别的人家的仆人,而绝不是戈利亚德金先生原先的仆人。

"喂,给我看一看,我亲爱的,"我们的主人公气喘吁吁地开口了,"现在几点钟了,我亲爱的?"

彼得鲁什卡默默无语地上隔壁去了,过了一会儿他折回来了,用相当独立不倚的口吻通报说,已经快到七点半了。

"唔,好的,我亲爱的,好的。喏,你瞧,我亲爱的……且听我对你说一句,我亲爱的,我俩之间的一切,现在看来,一切都完了。"

彼得鲁什卡沉默着。

"喏,现在,就在我们俩之间的一切都结束之际,现在你就坦率地告诉我,就像告诉朋友那样,你这是上哪儿去了呢,老弟?"

"我上哪儿去了?到好心肠的人那儿去了。"

"我知道,我的朋友,我知道。我一直对你是满意的,我亲爱的,我会给你开服务证书的……喏,现在你在他们那儿怎么样啊?"

"又能怎么样呢,老爷!您自己也知道的。凡人皆知,好人不会教你干坏事。"

"我知道,我亲爱的,我知道。现如今好人罕见哟,我的朋友;你可要经心服侍,我的朋友。喏,他们到底怎么样?"

"凡人皆知,一旦……不过,我在您这里,老爷,现在我再也不能在您这里效力了,您自己也知道的。"

"我知道,我亲爱的,我知道;你的热心,你的勤快,我是清楚的;这一切我都看出来了,我的朋友,我都看在眼里了。我呀,我的朋友,我是尊敬你的哟。我这人对善良而诚实的人,即便他是一个仆人,都是尊敬的。"

"得啦,凡人皆知!我们这种人,当然,您自己也知道的,当然清楚哪儿要好些。实在就是这么回事,我有何求呢!凡人皆知,老爷,要是没有好心肠的人,那可不行。"

"得了,好吧,老弟,好吧;这一点我是能感觉出来的……喏,这是你的工钱,这是你的证书。现在,让我们来吻别吧,老弟,我要与你分别了……喏,现在,我亲爱的,我要请你帮个忙,帮最后一个忙,"戈利亚德金先生用郑重的口吻说道,"你看出来没有,我亲爱的,任何事都可能发生。我的朋友,就是在那镀金的富丽堂皇的宫殿里也还藏有痛苦哩,你是怎么也躲不开它的。你知道,我的朋友,我这人,似乎一向对你都很亲切……"

彼得鲁什卡沉默着。

"我这人,似乎一向对你都很亲切,我亲爱的……喏,现在我们有多少件洗换衣服,我亲爱的?"

"统统都在。粗麻布衬衫六件,短袜三双,胸衣四件,法兰绒毛衣一件,裤子两条。您自己也知道,就这些。我呀,老爷,您的东西我可一点也没有……我呀,老爷,我是爱护老爷家的东西的。我对您,老爷,可不来那一手……凡人皆知……造孽的事我是从来不干的,老爷;这您自己也知道的,老爷……"

"我相信的,我的朋友,我相信的。我要说的不是那个,我的朋友,不是那个;你看出来没有,是这么回事,我的朋友……"

"凡人皆知,老爷;要说这个,我们可清楚。我呀,先前我在斯托尔勃尼亚柯夫将军家当差那会儿,人家也这么让我一个人留在家里,他自己乘车到萨拉托夫去了……人家在那儿有领地……"

"不,我的朋友,我不是那个意思;我这人与世无争……你可不要想到别的地方去哟,我亲爱的朋友……"

"凡人皆知。我们这种人,您自己知道,很容易让人家说三道四。而我每到一家,人家都满意。大臣呀,将军呀,参政员呀,伯爵呀,他们对我都满意。我在各色各样的人家都当过差,在斯文恰特金公爵府上呆过,在彼列鲍尔金上校府上呆过,在涅陀巴罗夫将军府上呆过,人家平日里也串门走走,也驱车到领地去看看。凡人皆知……"

"是呀,我的朋友,是呀;好吧,我的朋友,好吧。瞧,现在我也要,我的朋友,我也要驱车离去……各人自有各人的道儿,我亲爱的,而每一个人可能会走上什么样的道儿,那可是个未知数。喏,我的朋友,你现在就帮我穿衣服吧;是呀,你把我那件制服也放进去……另一条裤子,褥单,被子,枕头……"

"您这是要我把所有的东西都打进包裹?"

"是呀,我的朋友,是呀;好吧,就打进包裹里吧……谁知道我们会出什么事呢。喏,现在,我亲爱的,你出去雇一辆轿式马车……"

"轿式马车?……"

"没错,我的朋友,轿式马车,要宽敞一点的,并且按钟点计费。而你呀,我的朋友,可不要有什么别的想法哟……"

"那您这是要出远门吗?"

"我不知道,我的朋友,对这个我也不知道。那鸭绒褥子,我想,也应当把它放进那包裹里。你看怎么样呢,我的朋友?我可是指望你了,我亲爱的……"

"莫非您马上就要驱车离去?"

"是呀,我的朋友,是呀!都走到这一步了……就这么定了,我亲爱的,就这么定了……"

"凡人皆知,老爷;先前我们团里有个中尉也闹过这种事,他在一个地主家里……拐走了……"

"他拐走了?……怎么能这样!我亲爱的,你……"

"是呀,人家拐走了,并在另一座庄园里举行了婚礼。什么都是预先准备好的。追踪过,但公爵出面过问了一下,就是已故的那位,——事情就弄妥帖了……"

"举行了婚礼,是呀……你是怎么知道的,我亲爱的?你是通过什么方式打听到的呢,我亲爱的?"

"咳,凡人皆知呀,哪里还需要打听呢!这世上到处有传闻,老爷。我们可是什么都知道的,老爷……当然,又有谁没有造过孽呢。只是我现在要对您说出来了,老爷,请容我开门见山,老爷,请容我用奴才的话来说;既然现如今已经到了这个地步,那我这就对您说出来,老爷:您有一个仇敌,——您呀,老爷,有一个情敌,一个强有力的情敌,这就是……"

"我清楚,我的朋友,我清楚;你自己,我亲爱的,你自己知道的……喏,所以我才这样指望你呀。咱们现在该怎么办呢,我的朋友?你有什么主意呢?"

"你瞧,老爷,要是您现在就这样,比方说,就以这种方式去行动,老爷,那您就得去买点什么了,——喏,什么褥单呀,枕头呀,另一种样式的、双人睡觉用的鸭绒褥子呀,质料好的被子呀,楼下,女邻居那儿就有这些东西卖的:不过,她可是个小市民,老爷;倒是有一条很好的狐皮斗篷式女外衣;倒是可以去看看并把它买下,可以现在就下去看一看的。这东西可是您现在需要的,老爷。很好的斗篷,软缎面子,狐皮里子……"

"喏,好吧,我的朋友,好吧;我同意啦,我的朋友,我可指望你啦,完全指望着你;那就去买吧,虽说是斗篷式女外衣,我亲爱的……只是要快一点,快一点!看在上帝分上,快一点!我就买下那斗篷式女外衣,只是请你快一点!都快到八点了,看在上帝分上,快点儿吧,我的朋友!赶紧快去快回,我的朋友!……"

彼得鲁什卡扔下那没有打成包裹的一堆洗换衣服、枕头、被子、褥单以及他这就要收集起来并扎成一捆的各种各样的破烂,飞速地奔出了房间。戈利亚德金先生乘这会儿又一次拿起那封信,但他看不下去。他双手抱住他那倒霉的脑袋,惊愕不已地倚靠在墙上。他什么也不能想,什么也不能做;他自己也不清楚,他这究竟是怎么回事。时间在一分一秒地消逝,可是,不论是彼得鲁什卡,还是斗篷式女外衣,都不见踪影。戈利亚德金先生看着这种情形,终于决定亲自去一趟。他打开通往穿堂屋的门,就听见楼下一片吵嚷声、说话声、争论声……有几个女邻居在饶舌,在喊叫,在评说,在裁决着什么事情,——戈利亚德金先生顿时就明白这是怎么回事了。传来了彼得鲁什卡的声音;过后,又传来一阵脚步声。"我的天哪!他们把全世界的人都招到这儿来了!"戈利亚德金先生绝望得扼腕叹息,立即扑回自己的房间。他一跑进自己的房间,就几乎不省人事地一头倒在沙发上,脸冲着枕头。他以这种姿式躺了片刻之后,猛地跳起来,也不等彼得鲁什卡来,就穿上套鞋,戴上帽子,披上外套,抓起钱包,顺着楼梯飞速地跑下去。"什么也不需要,什么也不用了,我亲爱的!我自己来,我什么都自己来。暂时不需要你,事情也许会弄得更好些。"戈利亚德金先生在楼梯上撞见了彼得鲁什卡,就这样对他嘟哝道;随后,他奔进院子,跑出了这座楼房;他的心跳都快要停止了;他还没有决定……他该如何是好,他该怎么办,他在眼下在这紧要关头该怎样去行动……

"问题是:怎样去行动,我的上帝呀?这一切倒像是必定要发生的呢!"他终于在绝望中叫喊起来,他漫无目标地一瘸一拐地沿街行走,"这一切倒像是必定要发生的呢!要知道,要是没有这件事,正是这件事,那么,一切便都会弄妥帖的;一下子,仅仅是一下子,仅仅是灵巧的、有力的、坚决的一下子,便会弄妥帖的!我愿以砍掉一根手指来起誓,一定会弄妥帖的!我甚至清楚,究竟采用什么样的方式就会弄妥帖的。那事会这样一下子就做成的:我一到那儿,就来那一手——我就说,如此这般,而我呀,我的先生,请容我说出来,我进退两难;我就说,事情可没有这么个干法的;我就说,我的先生,您哪,我的阁下,事情可没有这么个干法的,冒名顶替在我们这儿是行不通的;冒名顶替者,我的先生,您哪,乃是那种人——有害无益的人,不能给国家带来益处的人,您明白这个意思了吗?我就说,您明白这个意思了吗,我的阁下?!瞧,肯定会是这样,结果就会那个……啊,不对,话说回来,这有什么呀……根本就不会有那个,完全不是那个……我这人在胡说,我是十足的傻蛋!我这人呀,我是这么一个自杀者!瞧,我就说,你是这么一个自杀者,完全不是那个……可是,瞧,你这个放荡的家伙,瞧,现在事情竟有这么个干法!……喏,现在叫我到哪儿去呢?喏,比方说,我现在拿自己怎么办呢?喏,我现在上哪儿才中用呢?喏,比方说,你呀,你这个戈利亚德金,你这个不体面的家伙,你现在上哪儿才中用呢?喏,现在该做什么?需要雇一辆轿式马车;我就说,那就去雇吧,并且给她把马车派到这儿来;我就说,要是没有马车,我们会把脚弄湿的……瞧,会有谁能想到呢?多好的小姐哟!多好的女士哟!品行多么端正的姑娘哟!我们的大受吹捧的女人真是好样的哟!真出色,小姐,没什么可说的,出色极了!……而这一切都源于不道德的教育;我呢,由于现如今把这一切都审视了一番且琢磨了一番,因而就能看出,这绝非是什么别的缘故所致,而正是源于不讲道德。应当自幼就对她用那一套……且时常用树条抽打,可是,他们却经常给她糖果吃,塞给她各种各样甜点心,那老头儿自己哭哭啼啼地开导她:你是我的心肝呀,你是我的宝贝呀,你这么漂亮,他说,我们一定要让你嫁给一位伯爵!……瞧,他们把她就教养成这个样子,而现在她给我们摊牌了:瞧,我们家的牌就是这个样儿!应当把她从小就关在家里,可是,他们却把她送进寄宿学校,送到那帮法国女人手中,送到女侨民法尔巴拉[①]那类女人手中;而她在那里也就向女侨民法尔巴拉学会了各种各样的好德性,——这样一来,便有了如此的结果。她说,来吧,让我们来快乐一会儿吧!她说,您坐轿式马车,在这个钟点来到窗前,照西班牙方式唱一支让人动心的情歌吧;我等着您,我知道您爱我,我要同您一道儿远走高飞,我们且栖身在那小茅棚里。咳,那终归是不行的;我的小姐呀,要是果真走那一步,那可是不行的,不得到父母同意,把清白纯真的闺女从家里拐走,那可是法律禁止的!再说,又何必要走这一步?因为什么

[①] "女侨民法尔巴拉",语出普希金的诗《努林伯爵》。

缘故呢？喏，该嫁谁，命中注定该嫁谁，那就嫁谁得了呗！而我是个在国家机关供职的人；我呀，我的小姐哟，我会由于此举而吃官司的呢！的确如此！不过您不知道。这是那德国女人搞的鬼。这一切都源于她，那妖精，这些风波都是从她那儿掀起的。因为他们按照安德烈·菲立波维奇的主意去诽谤一个人，因为他们针对这个人杜撰出种种流言，像老娘儿那样搬弄是非，编造荒诞无稽之谈，事情就是这样搞出来的。不然的话，那彼得鲁什卡为什么要在这事上插手？这与他有什么相干？那混蛋有什么必要这样做？不，我不能，小姐，我怎么也不能，说什么我也不能……小姐，这一回怎么也得原谅我。这一切源于您，小姐，这一切并不源自那德国女人，根本不是源自那妖精，而纯粹是源自于您，因为那妖精是个善良的女人，因为那妖精一点儿过错也没有，而您，我的小姐呀，您是有过错的，——就是这么回事！您哪，小姐，您冤枉我了……此时此刻有一个人就要完蛋了，这人自个儿要躲开自己而消逝，这人自己都留不住自己了——这时哪里还顾得上什么婚礼呀！这一切如何收场呢？现在如何安排这事呢？要是让我知道这一切，我情愿付出高昂代价！……"

我们的主人公在绝望中就这样思量着。忽然间，他醒悟过来了，他发觉自己是站在铸造街上的什么地方。天气糟透了：解冻了，飘着雪，下着雨，——整个气氛完全像那刻骨铭心的时刻，就是那个可怕的夜半时分，戈利亚德金先生的一切不幸都是从那时开始的。"这种时候哪里还谈得上什么旅行！"戈利亚德金先生看着天气，想道，"这种时候只能无一例外地送命……我的上帝呀！喏，就说我吧，我在这会儿能上哪儿去找轿式马车呢？瞧，那边街角上，好像有个黑黢黢的东西。且去看看，去探探……我的上帝呀！"我们的主人公一边继续思量着，一边挪动他那双软弱乏力的、摇摇晃晃的两条腿，朝他看见好似有辆轿式马车的那个方向走去。"不,我还是这么办吧:我就动身上司里去,我下跪,如果这样是可以的话,低声下气地请求。我就说,如此这般,我把自己的命运交托到您的手里,交托到上司的手里;我就说,大人,请您庇护一个人,请您对一个人开恩;如此这般,我就说,这个,那个,不法行为;请不要毁了一个人,我把您视若生身父亲,请不要抛下我不管……请救救我的自尊、名誉、名声与家庭……从一个恶棍,一个放荡的家伙手里拯救出来吧……他是另外一个人,阁下,而我也是另外一个人;他独立不倚,而我也是独立的;说真的,独立的,阁下,真的是独立的;我就说,事情就是如此。我就说,我可不能跟他同貌,请把他的相貌改一改,请您费费心,请您吩咐把他的相貌改一改——并且杜绝无法无天的、随意的冒充行径……以儆效尤,阁下。我把您视若生身父亲;上司,当然,慈悲为怀的与体恤下情的上司是应当鼓励这类举动的……这甚至有几分骑士风度呢。我就说,我把您呀,慈悲为怀的上司,视若生身父亲,而把自己的命运交托给您,我不会顶撞的,我把自己的命运交托出去,我自己唯命是从,什么事都不操心了……我就说,就这么定了!"

"喂,我亲爱的,你是马车夫吗?"

"是马车夫……"

"要一辆轿式马车,老弟,用一个晚上……"

"请问,要跑很远吗?"

"用一个晚上,用一个晚上,甭管上哪儿,我亲爱的,甭管上哪儿。"

"请问,莫非是要跑出城?"

"是呀,我的朋友;也许,就要出城的,我自己现在还不能准确地知道呢,我的朋友,我现在还无法准确地说出来,我亲爱的。你瞧,我亲爱的,也许,一切会弄妥帖而好转起来的。当然,我的朋友……"

"是呀,那当然,老爷,当然。"

"是呀,我的朋友,是呀;谢谢你,我亲爱的;喏,你究竟要多少呢,我亲爱的?……"

"请问,马上就走吗?"

"是呀,马上,也可以说不是,你得在一个地方等一会儿……也就那么一会儿,不会要你久等的,我亲爱的……"

"要是您包租整个晚上,至少得给六个卢布,就冲这天气,再少,没法去的……"

"喏,行,我的朋友,行;我可要谢谢你了,我亲爱的。喏,那你现在这就送我去吧,我亲爱的。"

"那就请上来坐吧;对不起,让我把这里稍稍整理一下;现在就请坐吧。您吩咐上哪儿去?"

"上伊兹马伊洛夫桥,我的朋友。"

马车夫费劲地爬上他那个座位,这就要催策那一对瘦弱的、被强行从槽头勒开的驽马,向伊兹马伊洛夫桥那边进发了。但是,戈利亚德金先生忽然拉了拉绳子,指示车夫把车停住,用央求的声音恳请车夫掉转马头,不去伊兹马伊洛夫桥,而改去另一条街。车夫把马车拐上了另一条街,十分钟过后,戈利亚德金先生新雇的这辆马车就在司长大人的寓所所在的那栋楼房前停了下来。戈利亚德金先生从车上下来,要车夫安心地等着,自己则怀着一颗似乎就要停止跳动的心跑上楼去,到了二楼,就拽了拽门铃绳。门开了,我们的主人公便置身于司长大人的门厅里了。

"请问大人在家吗?"戈利亚德金先生向给他开门的仆人问道。

"您有什么事吗?"仆人把戈利亚德金先生从头到脚打量了一遍,反问道。

307

"我呀,我的朋友,是为那事……我是戈利亚德金,一个官员,九等文官戈利亚德金。我要说的事一言难尽,我是来面陈……"

"等着吧,这会儿可不行……"

"我的朋友,我可不能等着:我的事情是挺要紧的,是容不得耽搁的事情……"

"您是从什么人那儿来的?带着公文吗?……"

"不,我呀,我的朋友,独自一个人……去禀报一声,我的朋友,你就说,如此这般,有人前来申述。我会酬谢你的,我亲爱的……"

"不行。人家可没吩咐要接待;大人那儿现在有客。请明天十点钟再来……"

"你去禀报一声吧,我亲爱的;我可是不能等,我可是等不得的……你们,我亲爱的,你们可要对这负责哟……"

"你就去跑一趟吧,禀报一声;这又要你什么呀:心疼靴子了,是不是?"另一个仆人说道,他懒洋洋地坐在长凳上,还一直不曾开口呢。

"倒该把靴子跑烂才是吗?人家不曾吩咐要接待,你知道吗?他们这类人都是上午才被接待的。"

"你就去禀报一声吧。舌头掉了,是不是?"

"那我且去禀报吧:舌头掉不了的。人家可没吩咐:我说过——人家不曾吩咐。那就进屋吧。"

戈利亚德金先生走进门房;桌上摆着钟。他瞥了一眼:八点半啦。他心里顿时就隐隐作痛起来。他已想打退堂鼓了;但就在这时,那个瘦长个子的仆人已经站在里面套间的门槛上,高声呼叫戈利亚德金先生的姓。"瞧这嗓门!"我们的主人公带着难以形诸笔墨的苦恼思忖道,"唉,你该这样说:那个……就说,如

308

此这般,外面有一位客人,最恭顺最温顺地恳请向大人面陈,那个……请您费费心予以接见……可是,现在这么一来,事情便给他毁了,这一来,我们整个事情便全告吹了,不过……咳,得了——也没什么……"话说回来,倒也真没什么好思量的了。仆人折回来了,说了声"请吧",便将戈利亚德金先生领进书房。

我们的主人公一进去,就感觉到自己像是瞎了眼似的,因为他那会儿绝对地是什么也看不见了。不过是两三个人影在眼前一闪而过:"这恐怕是客人吧。"戈利亚德金先生的脑际掠过这一想法。终于,我们的主人公开始在司长大人那黑色的燕尾服上清楚地分辨出胸前的星章,接着,渐渐地,他看出了那黑色燕尾服,最后,他总算完全恢复了观察能力……

"有什么事?"一个熟悉的声音在戈利亚德金先生的头顶上响起。

"是九等文官戈利亚德金,大人。"

"什么事?"

"特来面陈……"

"怎么回事?要说什么?……"

"是这么回事,说起来,一言难尽,特来面陈,大人……"

"您……您是谁?"

"是戈利亚德金先……先……生……,大人,九等文官。"

"喏,那您究竟有什么事?"

"说起来,一言难尽,我把大人视若生身父亲;我自己就什么事也不操心了,请您庇护我免受仇敌迫害,——就是这么回事!"

"怎么回事?……"

"凡人皆知……"

"什么凡人皆知?……"

309

戈利亚德金先生默默无语，他的下巴微微扭动起来……

"啥？"

"我想，这有几分骑士风度，大人……我要说的是，这颇有骑士风度，我把上司视若生身父亲……我要说的是，如此这般，请您庇护，我这是在挥……挥泪……陈……陈词；这类举动……举动……应……应当……鼓……鼓励……"

司长大人转过身去。我们的主人公的那双眼睛有那么一会儿竟什么东西都分辨不清了。他胸口里闷得慌，直觉得喘不过气来。他不清楚自己这是站在何处……不知怎的，他感到羞耻和伤心。至于后来怎样，那只有天晓得……我们的主人公醒过神来之后，发觉司长大人在同他的客人们说话，仿佛是声色俱厉地与他们议论着什么事情。戈利亚德金先生立刻认出这些客人当中的一位。这就是安德烈·菲立波维奇；还有一位，他就认不出来了；不过，好像也面熟，——此人个子很高，身体结实，上了年纪了，眉毛与络腮胡子俱十分浓密，目光尖锐而富有表情。这陌生人的脖子上挂着一枚勋章，嘴里叼着一支雪茄。他吸着烟，并不把那雪茄从嘴边拿下，时不时地朝戈利亚德金先生瞥一眼，冲着他颇有深意地点点头。戈利亚德金先生觉得有点儿不自在了；他把自己的目光转到旁边去，就在这时他又看见了一位非常奇诡的客人。就在我们的主人公到现在为止一直当作穿衣镜的那扇门的门口，就像先前那样，——他露面了，——就是那一位，就是戈利亚德金先生那位过从甚密的相识与朋友。小戈利亚德金先生的确一直在另一个小房间里赶写什么；看得出来，这会儿需要露面了——于是，他就出来了，腋下夹着公文。他走到司长大人跟前，以那种一心期待着人家对他这个人物特别注意的姿态，站到安德烈·菲立波维奇背后不远的地方，一边向那位吸着雪茄的陌生人不时地扮着鬼脸，一边非常灵巧地参与正在进行的交谈与磋商。看样子,小戈利亚德金先生对眼前的交谈极为关切,他以一副正人君子的派头倾听着,时不时地点点头,踏着小碎步踱来踱去,微笑着,不住地朝大人瞥一眼,好像是以目光在央求人家也让他插一言半语。"这痞子!"戈利亚德金先生思忖道,情不自禁地往前跨了一步。这时,将军转过身来,颇为犹豫地亲自走到戈利亚德金先生跟前。

"喏,好的,好的,您回去吧。您的事情,我要查一查的,我这就吩咐送您出门……"说到这里,将军大人朝那位一脸浓密的络腮胡子的陌生人瞥了一眼。那一位点了一下头,以示同意。

戈利亚德金先生清清楚楚地感觉到并且看出来了,人家接见他乃是由于别的什么事,这根本不是通常那样的接见。"不管怎样,前来面陈可还是需要的,"他思量道,"如此这般,我要细细道来,大人。"想到这里,他在惶惑中垂下眼睑。让他极为惊诧的是,他在大人的皮靴上看出一个颇大的白点。"莫不是靴子裂开了口子?"戈利亚德金先生想道。可是,要不了一会儿,戈利亚德金先生就发现大人的皮靴根本就没有裂开,而是在一个劲儿地发出反光,——这种现象之所以发生,是因为这靴子是漆皮的,能强烈地反射出光芒。"这就叫作光斑,"我们的主人公思忖道,"在画家的画室里,就特地保留着这个名称;在其他的地方这一反光被称之为明亮的棱线。"想到这里,戈利亚德金先生抬起眼睛,看出该是说话的时候了,因为事情非常有可能滑向糟糕的结局……我们的主人公往前迈了一步。

"我是说,如此这般,大人,"他说道,"冒名顶替在我们时代可是行不通的。"

将军什么也没有回答,只管使劲地拽动那铃索。我们的主人公又往前迈了一步。

"他是一个卑鄙放荡的家伙,大人,"我们的主人公掷出了这句话,同时吓得魂不附体,不省人事,不过,就在这样的情形中,他还勇敢而坚决地指着自己那位不体面的同貌人,——那家伙正踏着小碎步围着大人转来转去,"如此这般,我是说,我这是在暗示那一位呢。"

戈利亚德金先生的话一落地,顿时便生起一片骚动。安德烈·菲立波维奇与那位陌生人彼此向对方点点头,大人则急不可耐地使出全身的力气猛拽铃索,唤家仆进来。就在这时,小戈利亚德金先生也走上前来。

"大人,"他说道,"我恳切请求您允许我说几句话。"小戈利亚德金先生的语气十分坚决,他那副神态俨然表示着:他感觉到他是在行使自己的权利。

"请允许我问您一下,"他以自己那副勤勉劲儿抢在大人答复之前重又开口了,这一回,他是冲着戈利亚德金先生而说的,"请允许我问您一下,您这是在着谁的面在做这番面陈?您这是站在谁的面前,置身于谁的书房里?……"小戈利亚德金先生整个儿一副异常激动的样子,愤怒得整个脸都涨得通红,活像火烧一般;甚至他的眼里都涌出泪珠来了。

"巴萨甫留柯夫夫妇来了!"仆人站在书房门口扯着嗓门大声禀报道。"这可是一个贵族名门呀,小俄罗斯那边的人。"戈利亚德金先生思忖道,就在这时,他感觉到有人以非常友好的方式用一只手顶住他的脊背;随后,又有一只手抵住他的脊背;戈利亚德金先生的那位卑鄙的同貌人则钻到前面带路。这时我们的主人公清清楚楚地看出,人家好像是要把他带到书房门口那边去。"这跟在奥尔索菲·伊凡诺维奇家里真是一模一样。"我们的主人公想道,不知不觉之中已然置身于门厅里。他小心翼翼地把四周瞅了一遍,便看见自己身旁是大人的两个仆人和自己的那位同貌人。

"外套,外套,外套,我朋友的外套!我最好的朋友的外套!"那个放荡的家伙叽叽喳喳地叫着,一边从一个仆人手里夺过外套,出于那下流的、不成体统的取笑目的,把外套径直地抛到戈利亚德金先生的头上。大戈利亚德金先生从自己的外套下面钻出头来,便清清楚楚地听到两个仆人的一阵哄笑。但他对什么都听而不闻,对什么闲事也毫不分心,径自走出门厅,来到灯光明亮的楼梯上。小戈利亚德金先生则跟在后面。

"再见吧,大人!"他追在大戈利亚德金先生背后嚷道。

"这痞子!"我们的主人公破口骂道。

"喏,就算是痞子吧……"

"放荡的家伙!"

"喏,就算是放荡的家伙……"戈利亚德金先生那个不体面的对头就这样回应着体面的戈利亚德金先生,而且,出于他那下流的习性,他从楼梯高处俯视着,一眼不眨地直盯住戈利亚德金先生的眼睛,仿佛是请他继续往下说。我们的主人公气愤得啐了一口唾沫,跑上门口台阶;他是那样地身心交瘁,完全没记得,是谁,又是怎样使他坐上马车。他醒过神来后看到,自己乘坐的马车正沿着方坦卡河岸边行驶。"看起来,是要上伊兹马伊洛夫桥吧?"戈利亚德金先生思忖道……这时,戈利亚德金先生心里很想还来思量点什么,但他无法想下去了;发生了如此可怕的事,说也说不清的事……"喏,也没什么!"我们的主人公这样认定道,乘着马车向伊兹马伊洛夫桥驶去。

第 十 三 章

……看样子,天气似乎就要好起来了。确实,先前一直像一堆堆乌云似的没完没了地下着的湿漉漉的雪,现在渐渐地落得越来越稀，终于几乎完全停住了。可以看出天幕了，天幕上这儿那儿闪烁着星光。不过，还是一片潮湿，泥泞，窒闷，对戈利亚德金先生来说，尤其如此，他本来就几乎喘不过气来。他那件被湿透而变重了的外套，紧紧地裹着他的四肢，使他的手脚都透入一股令人难受的暖烘烘的湿气，压得他那双本来就疲乏无力的腿直发软。他不住地颤抖，就像发寒热似的，周身直起鸡皮疙瘩；心力衰竭弄得他浑身直冒虚汗，以致戈利亚德金先生都已经忘了乘着这合适的时机，以他素有的坚定果决去重复他心爱的口头禅，就是：那凑巧，也许，总会，一准定会，猛然一举就会弄妥帖而好转起来的。"不过，暂时还没有什么。"我们这位坚强的、从不气馁的主人公一边补充了这么一句，一边拭去脸上的冷水珠，那冷水珠正沿着他的圆礼帽的宽檐四周往下流，把他的帽子全弄湿了，还直从帽子里面往脸上滴。我们的主人公在补了一句"这还没什么"之后，就试图要在一个相当粗的木墩上坐下来，这木墩横倒在奥尔索菲·伊凡诺维奇的院子里一堆劈柴旁边。当然，什么西班牙式的情歌呀，什么丝绸梯子呀，都已根本顾不上它们了；但是，一个虽说不上十分温暖，可是却舒适、隐幽、僻静的角落，还是应当去琢磨的。顺便说一句，奥尔索菲·伊凡诺维奇寓所的穿堂屋里那个角落就着实很让我们的主人公动心，还在先前那会儿，几乎就在这个真实的故事开头，我们的主人公就在那里，在橱柜与旧屏风之间，在各种各样家居所用的什物与完全无用的破烂当中，一口气站了两个小时哩。问题在于，戈利亚德金先生即便是现在，在奥尔索菲·伊凡诺维奇的院子里站着等待也足足有两个小时了。然而，关于先前那个僻静而舒适的角落如今却存在着某些不便之处，这些不便之处是先前不曾有的。第一个不便之处——这块地方如今一准已受到注意，而且从奥尔索菲·伊凡诺维奇家上次舞会事件以来，人家对这块地方已经实施了某些安全预防措施;其次呢,应当等待克拉拉·奥尔索菲耶芙娜的暗号,因为一定得有那么一个暗号才是。这种事——所谓"我们不是头一个,我们也不是最后一个"——,向来都是这样干的。戈利亚德金先生就在这会儿很适时地记起很久以前看过的一部长篇小说,书中的女主角就是在与他此刻完全类似的场合中给阿尔弗雷德发出了一个暗号,那是将一根玫瑰色的绦带系在窗子上。但是,一根玫瑰色的绦带,在此时此刻,在夜间,在这一向以其潮湿与多变而出名的圣彼得堡的气候条件下,是不顶用的,简而言之,是完全不可行的。"不,此时此刻是无法奢望那丝绸梯子了,"我们的主人公思量道,"我最好还是就在这儿,且这么站着,隐身于僻静之中,不动声色地等着吧……我最好还是往这边来一点,譬如说,就站在这儿吧。"于是,他在院子里选定了一小块立足之地:它正对着窗口,紧挨着垒成垛的劈柴堆。当然,院子里总有许多不相干的人,导马人,马车夫在来来去去的;况且车轮辘辘,马打响鼻,等等;然而这地方毕竟方便:被发觉也罢,不被发觉也罢,现在至少有一个好处,这就是事情以某种方式在暗中进行,谁也看不见戈利亚德金先生;而他自己却什么都能看见。所有的窗口都是灯火通明,奥尔索菲·伊凡诺维奇家正在举办某种隆重的聚会。不过,还没有听到音乐。"看起来,这并不是舞会,而是找了个什么别的由头前来聚聚。"我们的主人公思忖道,多少有点发怔。"不过,说的正是今天吗?"他的脑际闪出了这么一个疑问。"没有把日期弄错吧?也可能哟,一切都是可能的……这种事呀,像所有的事情一样,都是可能的哟……这事,可能,早在昨天这封信就写好了的,可它没有送到我手里,而之所以被送到,就因为那彼得鲁什卡在这事上插了一手,瞧他这混蛋!或者,日期写的是明天,也就是说,我……明天才该去做好那一切,具体说,就是雇一辆轿式马车来接她……"想到这里,我们的主人公心里一下子凉透了,随即伸手去衣兜里掏信,要查证一下。可是,让他惊讶的是,那信并不在衣兜里。"这是怎么搞的?"怔得半死半活的戈利亚德金先生嘟哝道,"我这是把它扔在哪儿了呢?这么说来,我是把它给弄丢了?——这下子可真够瞧的了!"末了,他终于呻吟着说了这么一句。"喏,要是它如今落到那居心不良者手里去了呢?(可不是吗,也许,都已经落入那种人手里了!)天哪!这一来会闹出什么是非来呢!那就会闹出那种怎么也……唉呀,我这倒霉的命哟!"他想到那不体面的同貌人可能从他戈利亚德金先生的仇敌们那儿用什么办法暗中探听到有这么一封信,便在那门厅里把外套径直抛到他头上,其目的正是要把信偷走。戈利亚德金先生顿时就像一片树叶似地瑟瑟发抖。"再说,他这是截取,"我们的主人公思忖道,"这证据就是……上哪儿找证据呢!……"戈利亚德金先生恐惧得怔了一阵,随即便觉得身上的血全都涌入脑中。他带着呻吟,咬着牙关,双手抱住自己热得发烫的脑袋,一下子坐到那木墩上面,胡思乱想起来……然而,不管他想什么,他的思绪不知怎么总是连贯不起来。一张张的面孔一掠而过,他时而朦胧时而清晰地记起某些早已忘却的事情,某些粗俗的歌曲的曲调游入他的脑海里……烦恼呀,着实反常的烦恼哟!"我的上帝!我的上帝!"我们的主人公神志略略清醒过来之后,按捺住胸中那种要号啕一阵的冲动,吁请道:"请在我这些深不见底的灾难中赐我以灵性的坚定吧!我完蛋了,我完全毁了——对这一点,如今已是毋庸置疑的了,这一切也是理所当然的,因为也不可能有任何别的样子。第一,我丢失了职位,无可挽回地丢失了,我无论如何也是不能不丢失的……喏,且让我们假定,那事总算凑凑合合地弄妥帖了。且让我们假定,我手头的钱在最初还够用;总还得去新租下一套房间,总还得去购置某些家具呀……首先,那彼得鲁什卡不会再来给我当跟班的了。我没有这混蛋倒也还行……就这样不要他人住在自己寓所里;喏,行的!回家出门,什么时候全都随我的意,也不用听彼得鲁什卡怨声怨气地嘟哝,什么你回来可太晚了呀,——就这么定了;不要他人住在自己寓所里的好处也就在这里……喏,且让我们假定,这一切都好;只是我这会儿说的怎么全都不是那件事呢,我这根本不是在说那件事呀?"这时,关于眼下处境的思绪又一次使戈利亚德金先生醒悟了。他小心翼翼地把四周扫视了一遍。"唉呀,我的天哪!我的天哪!我现在究竟在说什么呀?"他完全慌了手脚,用双手抱住自己那热得发烫的脑袋,思忖着……

"先生,快要走了吧?"戈利亚德金先生的头顶上响起了这句话,戈利亚德金先生不禁哆嗦了一下;不过,站在他面前的是他的车夫,这车夫整个人儿也是浑身湿透,冻得不住地发抖,由于等得不耐烦,也由于无事可做,他便决定到劈柴垛后面来看看戈利亚德金先生。

"我呀,我的朋友,没什么……我,我的朋友,快了,很快就过来,你再等一等吧……"

马车夫唠唠叨叨地走开了。"他是在唠叨什么呀?"戈利亚德金先生噙着泪水想道,"要知道我这可是包租一个晚上,要知道我有那个……现在我可是在行使自己的权利呀……不是嘛!这整整一个晚上我都包租下来了,这样也就没什么可说的了。你就这么在那边站一会儿吧,反正都一样。一切都得随我的便。我愿意走,你就走,我不愿意走,你就不走。至于说我在这儿,在劈柴垛后面站着,这也是绝对的无可非议之举……你也不敢说什么的;你就说,老爷想在劈柴垛后面站着,于是,他就站在劈柴垛后面……这也并不会玷污谁的名誉呀,——可不是嘛!就是这么回事,我的小姐,要是您仅仅想知道这一层的话。我的小姐,我要说的是,如此这般,在我们这个时代,可是没有人住那茅舍的。事情就是这样!而在我们这个工业时代,我的小姐,没有端正的品性则是不行的,如今您本人就是足以佐证这一点的一个负面的例证……据说,应当做一个掌管诉讼程序的书记官,就得住茅舍,住到海边去。第一,我的小姐,海边是没有什么书记官的,其次呢,我们这种人是怎么也无法弄到书记官这一官位的。这是因为——且让我们来假定一下,比方说,我这就递个呈文,叩门面陈——我就说,如此这般,请求赏个书记官做做,我就说,那个……请求庇护,免受仇敌的陷害……可是,人家一定会对您说,小姐,人家会说,那个……书记官太多了,人家会说,您在这儿可不比在女侨民法尔芭拉那儿,在那儿您是学到了端正的品行,您本人就是足以佐证这一点的一个负面的例证。端正的品行呀,小姐,说到底就是端坐在家里,尊敬父亲,压根儿别去过早地考虑什么未婚夫。未婚夫呀,小姐,到时候自会找上门来的,——就是这样!当然,还得拥有各种本领与才能,毋庸置疑地应当设法拥有的:诸如有时也弹弹钢琴呀,说说法国话呀,多少也懂一点历史、地理、神学与算术呀,——就是这么回事!——也不必懂得太多。再有就是烹饪手艺;在任何一位品行端正的黄花闺女的知识范围内,烹饪这一项是一定要加进去的!而此时此刻又是怎样的情形呢?第一,我的美人呀,我的小姐呀,家人是不放您出走的,还要派人把您给追回去,软禁起来,再往后便被送入修道院。到那种地步,我的小姐您可如何是好?那时,您要我怎么办才是呢?我的小姐,您会吩咐我去仿效某些粗俗的长篇小说里的主人公,跑到附近的山岗上,遥望您被囚禁于其中的那座阴森凄冷的高墙深院,终日以泪洗面,到头来,又仿效某些直让人恶心的德国诗人与长篇小说家的陋习,憔悴而死,是这样的吗,小姐?没错,请允许我对您说句知心话吧,第一,事情可不是这么做的;第二,您,还有您的父母亲都该狠狠地鞭打一顿才是,就因为他们给您看那些法国人写的小册子;因为那些法国人写的小册子是不教人学好的。那书中有毒药……致命的毒药呀,我的小姐!或者,您以为,请容我问您一声,或者您认定,我要说的是,如此这般,我们一跑,便可逍遥法外,还可以那个……我要说的是,在海边给您找一间茅舍;于是,我们就开始柔声絮语地卿卿我我,就开始谈情说爱,就那样在满意与幸福之中度过一生;随后呢,会生下孩子,那样一来我们就那个……我要说的是,如此这般,我们的父亲,五等文官奥尔索菲·伊凡诺维奇,人家要对他说,瞧,孩子都生下来了,您就趁这合适的机会撤消对小夫妇俩的诅咒而为他们祝福吧?不,小姐,事情仍然是不会这么做的,首先,柔声絮语的卿卿我我那一套是不会有的,请你不要指望。如今的丈夫,我的小姐,乃是老爷,一个贤淑的、受过良好教养的妻子应当处处时时去讨他欢喜。至于那温情脉脉,小姐,在我们这个工业时代,现如今不时兴了;人们说,让-雅克·卢梭的时代已经过去了。现如今的丈夫呢,比如说吧,他饿着肚皮下班回家来了,——他会说,心肝呀,有什么小吃没有,有没有伏特加酒喝,有没有青鱼吃?那么,太太,您就得马上把伏特加呀、青鱼呀端上来。丈夫在那儿挺有胃口地吃着喝着,可对您是连瞅都不瞅一眼,反倒会抛出一句:给我上厨房去一趟,小猫儿,去看看饭好了没有,而他一周里顶多顶多只吻您一次,而且是无动于衷的……这就是我们这儿的习俗哟,我的小姐!那吻也是无动于衷的!……那事就会是这样的,要是就这样来推想,要是果真走上这一步,要是就这样来开始看这事……可是,这与我有什么关系呢?小姐,您出于什么动机非要把我缠进您那任性的淘气之中呢?您在信中称,"高尚的、正在为我受苦的,我永远心爱的人儿,等等"。可是,第一,我这人,我的小姐呀,我这人配不上您,您自己知道的,我这人既不会恭维人,又不爱侈谈女人们津津乐道的那些千奇百怪的琐屑事情,对那些向女人献殷勤的家伙我一向毫不留情,再有,说实话吧,我也玩不来什么花样。什么虚情假意地说大话呀,什么假装腼腆羞涩呀,您在我们这种人身上是找不到的,而我们一开口就是在对您诚心诚意地说心里话。人家说,就是这么回事,我们只有率直而坦诚的性格,再有就是健全的理智;我们从不会耍阴谋施诡计。不是阴谋家那块料儿,人家就是这么说的,而我以此而自豪,——就是这样!……在好心肠的人们当中我这人从不戴面具,为了把一切全都对您说出来……"

突然间,戈利亚德金先生哆嗦了一下。他那个车夫火红色的、已经湿透了的胡子又一次从劈柴垛后面显露出来……

"我马上就过来,我的朋友;我呀,我的朋友,你知道的,这就过来;我呀,我的朋友,立刻就过来。"戈利亚德金先生用发颤的、充满沮丧的嗓音回答道。

车夫搔搔后脑勺,随后捋捋胡子,随后往前跨了一步……收住脚步,怀疑地瞥了戈利亚德金先生一眼。

"我马上就过来,我的朋友;我呀,你瞧……我的朋友……我只需一会儿,我呀,你瞧,我的朋友;我只需在这儿再站一秒钟……你瞧,我的朋友……"

"莫非您压根儿就不走了?"车夫终于质问道,毅然决然地逼到戈利亚德金先生跟前……

"不,我的朋友,我马上就走。我呀,你瞧,我的朋友,我这可是在等……"

"唔……"

"我呀,你瞧,我的朋友……你是哪个村人呢,我亲爱的?"

"我们是老爷家的……"

"是那种好心肠的老爷家的吗?……"

"没什么……"

"是呀,我的朋友;你且在这儿站一会儿吧,我的朋友。你呀,喂,我的朋友,你早就来彼得堡了吧?"

"都已经赶了一年车了……"

"你觉得好吗,我的朋友?"

"没什么。"

"是呀,我的朋友,是呀,要感谢上帝才是,我的朋友。你呀,我的朋友,去找一个好心肠的人才是。现如今好心肠的人愈来愈罕见了,我亲爱的;他会管你的吃喝,会给你酒喝,我亲爱的,我说的是好心肠的人……而有时候你会看到,有钱人也会流眼泪的,我的朋友……你会看到凄惨的例子;就是这么回事,我亲爱的……"

马车夫好像是可怜起戈利亚德金先生来了。

"那我就听您的吩咐等一等吧。还要等好久吗?"

"不,我的朋友,不;我已经,你知道吗,那个……我已经不想等了,我亲爱的。你看如何,我的朋友? 我可是指靠你了。我已经不想在这里等了……"

"您压根儿就不走了?"

"不,我的朋友;不,我可要酬谢你的,我亲爱的……就是这样。该付你多少呢,我亲爱的?"

"还讲什么价钱呢,先生,随便赏几个就是了,我等了,先生,可是很久哟;您当然不会让人吃亏的,先生。"

"喏,拿着吧,我亲爱的,拿着吧。"这时戈利亚德金先生把身上所有的六个银卢布统统给了马车夫,他打定主意不再浪费时间,也就是说,要趁早溜之大吉,何况事情已经彻底解决,马车

321

夫也打发走了,所以不必再等了。他离开院子,走出大门,拐向左侧,头也不回地跑起来,他一边气喘吁吁,一边高兴不已。"也许,一切都会好起来的,"他想道,"而我这一番折腾倒躲掉了一场灾难。"的确,戈利亚德金先生心里不知怎么陡然变得异常轻松了。"唉呀,但愿会好起来!"我们的主人公思忖道,不过,他自己也不大相信自己的话。"我这就来那一手……"他想。"不,我最好还是那样,从另一方面……或者,我最好还是就这么办吧?"我们的主人公就这样一边疑惑不定,寻求解决自己这些疑惑的钥匙,一边跑上谢苗诺夫桥,到了谢苗诺夫桥,他又明智而果断地决定折回去。"这样最好,"他思忖道,"我最好还是从另一方面入手,也就是说,就这么办,我就这样——做一个旁观者,那就万无一失了;我就说,我是个观察者,是个局外人,如此而已,至于那边不论出什么事——都不是我的过错,就是这样!马上采取这个办法得了。"

我们的主人公在作出折回去的决定之后,还真的就折回去了,而且,按照他的如意算盘,现在把自己当作一个毫不相干的局外人了。"这个办法最好:什么责任也不用承担,尽管径自去看就是了……就是这样!"也就是说,这个打算最为稳妥,肯定万无一失。如此放下心来,他就再一次钻到那让他放心、替他护身的劈柴垛后面,在它的遮蔽下开始聚精会神地望着窗口。这一回,他不用许久地望呀等呀。忽然间,所有的窗口一下子出现了某种奇怪的骚动,人影幢幢,窗幔拉开,成堆的人挤到奥尔索菲·伊凡诺维奇家大大小小的窗口,一个个全都冲院子里张望着寻觅着什么。我们的主人公依仗着有劈柴垛这一屏障,也带着好奇心对这普遍的骚动关注起来,很热心地把脑袋探出去左右张望,那掩护他的劈柴垛的短小的影子能让他探出去多少,他就探出多少。忽然,他被惊吓得慌了手脚,哆嗦了一下,险些儿瘫倒在地。他仿佛觉得,——简而言之,他完全猜出,人家正在寻觅的并不是什么东西,也不是别的什么人;人家寻觅的就是他,戈利亚德金先生。一个个全都朝他这边望,一个个全都冲着他指指戳戳。要逃开已是不可能的事:人家会看见的……慌了手脚的戈利亚德金先生尽可能地把身子紧贴向劈柴垛,这时他才发觉,那个变化莫测的影子出卖了他,并没有将他整个身子都遮掩起来。我们的主人公此时此刻情愿立即钻入劈柴之间的某个老鼠洞里,安安静静地呆在那儿,只要此举尚且可能。但这是绝对不可能的。在走投无路痛苦至极的状态中,他终于毅然决然地抬起头来,索性向所有的窗口望去;这样反倒好一些……忽然,他臊得脸上火辣辣的。他完全被人家发觉了,大家一下子全看见他了,一个个都冲他招手,一个个都冲他点头,一个个都在招呼他;只见好几扇气窗喀嚓一声都打开了;好几个声音不约而同地一起冲他叫喊起来……"我真奇怪,怎么不对这些小丫头们从小就用鞭子教训教训呢?"我们的主人公全然惊慌失措了,自言自语地嘟哝道。突然间,他(那一位)从门口的台阶上跑了下来,他只穿着制服,没戴帽子,气喘吁吁,摇头晃脑,踏着小碎步,边走边蹦,假惺惺地流露出一副由于终于见到戈利亚德金先生而高兴得要命的神情。

"雅科夫·彼得罗维奇;"这个以其有害无益而出名的家伙叽叽喳喳地叫道,"雅科夫·彼得罗维奇,您在这儿呀?您会感冒的哟。这儿可冷呀,雅科夫·彼得罗维奇。请进屋里去吧。"

"雅科夫·彼得罗维奇!不,我没什么,雅科夫·彼得罗维奇。"我们的主人公用恭顺的声音嘟哝出这一句来。

"不,不行的,雅科夫·彼得罗维奇,大家都在请您,都在恭请您呢,都在等着我们呢。人家说,'您就让我们沾沾光吧,您去把雅科夫·彼得罗维奇请进来吧。'就是这样的。"

"不,雅科夫·彼得罗维奇;我呀,您瞧,我最好还是这么办……我最好还是回家得了,雅科夫·彼得罗维奇……"我们的主人公说道。此时他又害臊又害怕,面红耳赤,胆战心惊。

"不,不!"那个令人恶心的家伙叽叽喳喳地叫道。"绝对不行,无论如何也别这样!我们过去吧!"他果断地说道,随即便把大戈利亚德金先生往门口的台阶那边拖去。大戈利亚德金先生本来打算绝不过去;但因为大家都在望着,抗拒与固执肯定会显得愚蠢,故而我们的主人公就走了——不过,绝对不能说他走了,因为这会儿他本人简直不知道他这是怎么回事。咳,这也没什么大不了,已经这样了!

我们的主人公还没有来得及整理一下衣服,还没有醒过神来,他就已经置身在大厅里了。他脸色苍白,头发蓬乱,衣着不整;他用浑浊的目光把整个人群扫视了一遍,——不得了!大厅里,各个房间里——全都满满的。人多得数不清,女士们聚在一起,宛如一个花房;人们麇集在戈利亚德金先生的身边,直冲戈利亚德金先生涌来,似乎要用自己的肩膀把戈利亚德金先生给托起来。戈利亚德金先生非常清楚地发觉,自己正被人家往一侧推。"莫不是往门口推吧。"戈利亚德金先生的脑海中闪过这一念头。人家的确不是把他往门口推,而是径直推向奥尔索菲·伊凡诺维奇的安乐椅那边。安乐椅的一侧站着克拉拉·奥尔索菲耶芙娜,她脸色苍白,神态娇慵,神情忧郁,却打扮得雍容华贵。很特别地一下子就映入戈利亚德金先生眼睑的是,她那一头乌黑的秀发上插着一朵小白花,这一细节产生了极佳的效果。安乐椅另一侧的那一位,是弗拉基米尔·谢苗诺维奇,他身着黑色燕尾服,胸前别着他那枚新发的勋章。戈利亚德金先生呢,则被人一左一右地架着领过来,诚如上文所述,径直领到奥尔索菲·伊凡诺维奇的面前——戈利亚德金先生的一侧是小戈利亚德金先生,此公这会儿装出一副极为体面、正派的样子,这使我们的主人公高兴得不得了;在另一侧引导着他的是安德烈·菲立波维奇,这一位此时是一脸郑重其事的神色。"这算怎么回事呀?"戈利亚德金先生思忖道。直到他看出来,人家这是把他往奥尔索菲·伊凡诺维奇那儿领时,他的心里才好像突然被一道闪电照亮了。关于那封被截取的信的忧虑在他的脑海中闪现出来……我们的主人公就是在这种无尽的苦恼中,出现在奥尔索菲·伊凡诺维奇的安乐椅前。"现在我该如何是好呢?"他暗自思量道。"不用说,且就这样挺身而出吧,也就是说,开诚布公,这还不失为光明磊落;我就说,如此这般,如此等等。"但是,看上去,我们的主人公所担心的事并没有发生。奥尔索菲·伊凡诺维奇似乎是非常好地接待了戈利亚德金先生,虽说并没有把手伸过来让他去握,但至少还是望着他,那白发苍苍让人肃然起敬的脑袋还是冲着他摇了摇,——带着某种庄严而忧伤但同时又是垂青的样子摇了摇。至少,戈利亚德金先生觉得就是这样。他甚至觉得奥尔索菲·伊凡诺维奇那双无神的眼睛里都闪出了泪花;他抬眼一看,看见克拉拉·奥尔索菲耶芙娜的睫毛上也像是泪花闪闪,弗拉基米尔·谢苗诺维奇的眼睛里也像是有类似的东西,还有,那俨然不可侵犯的、向来镇定自若的安德烈·菲立波维奇此时也颇有陪同流泪的意思,——还有,那个曾经很像一位大官的青年,已经乘着眼前这一时机伤心地号啕起来……或者,这一切也许不过是戈利亚德金先生觉得是这样,因为他自己这会儿就流了很多眼泪,而且清楚地感觉到,他的热泪正顺着冰冷的脸颊往下淌……我们的主人公息事宁人,屈从命运,眼下这会儿不单单极爱奥尔索菲·伊凡诺维奇,不单单极爱所有的客人,统统都爱,而且甚至也爱自己那位凶狠恶毒的孪生兄弟,这个人现在看上去根本不凶狠恶毒,甚至也不是戈利亚德金先生的孪生兄弟,而是一个地地道道的局外人,一个与他人无妨而极其可爱的人,怀有这种心态的戈利亚德金先生很想声泪俱下地向奥尔索菲·伊凡诺维奇倾诉衷肠;但由于心里积蓄的思绪太多太满,他什么都难以陈述清楚了,而只好凭借那意味深长的手势默默无语地指着自己的心……后来,安德烈·菲立波维奇想必是有心要可怜可怜白发苍苍的老人,免得他大动感情,就把戈利亚德金先生稍稍地拉到一旁,置于一种似乎是全然独立不倚的境地。我们的主人公面带微笑,喃喃自语,有点儿困惑不解,但无论如何几乎是息事宁人,屈从命运,开始在那密密匝匝的宾客堆里穿行,要挤到什么地方去。大家都给他让路,一个个都带着某种奇诡的好奇、某种莫名其妙的、神秘兮兮的关切望着他。我们的主人公走进另一个房间——还是处处受到注意;他隐隐地听到,有一群人跟在他身后挤了过来,人们对他的每一步都在评论,彼此之间正在窃窃私语,谈着一件非常有趣的事,人们在点头示意,在评长论短,在高谈阔论,在交头接耳。戈利亚德金先生非常想打听一下,他们这么起劲地高谈阔论或交头接耳,究竟说的是什么。我们的主人公小心翼翼地把四周扫视了一下,便在自己身旁发现了小戈利亚德金先生。戈利亚德金先生觉得有必要抓住此公的手而把他拉到一旁去,然后,戈利亚德金先生就以十分恳切的口吻请求这另一位雅科夫·彼得罗维奇在未来所有的行动中协助他,不要在紧急关头抛开他不管。小戈利亚德金先生趾高气扬地点了点头,紧紧地握住大戈利亚德金先生的手。我们的主人公顿时思绪万千,百感交集。他喘不上气来了,他觉得,就这样会把他给窒息死,给窒息死的;所有这一双双冲着他望过来的眼睛,不知怎么都让他感到压抑,都欲把他活活压死……戈利亚德金先生顺便一瞅,就瞥见那位头上戴着假发的大官。那大官用严厉的、带有审视性的目光盯了他一眼,那目光根本没有由于普遍的关切而有所柔和……我们的主人公已打定主意径直朝那大官走过去,对他微微一笑,立即向他面陈;但不知怎么搞的,此举未能如愿。有那么一瞬间,戈利亚德金先生几乎全然没了魂,既丧失了记忆又丧失了感觉……他醒过神来之后便发觉自己正在一个四边由客人围住的大圈子中直打转儿。忽然间,有人从另一个房间里喊戈利亚德金先生;那喊声一下子传遍了整个人群。于是,大家全都骚动起来,喧闹起来,一个个都朝第一个大厅门口拥去;我们的主人公几乎是让人家抬着走过去了,这时,那头戴假发的铁石心肠的大官出现在戈利亚德金先生身边,俩人肩并肩。终于,那大官抓起戈利亚德金的手,让他坐在自己身边,正对着奥尔索菲·伊凡诺维奇的宝座,不过,与他保持相当远的距离。凡是在房间里的人都分作几排坐定,围绕着戈利亚德金先生与奥尔索菲·伊凡诺维奇。一个个都屏住声息,安静下来,一个个都在保持着庄严的肃静,显然,是在期待着某种不大寻常的场面。戈利亚德金先生发觉,在奥尔索菲·伊凡诺维奇的安乐椅旁边,也是正对着那位大官,端坐着另一个戈利亚德金先生和安德烈·菲立波维奇。人们继续沉默着,他们的确是在期待着什么。"完全就像家里有人要出远门时的那种气氛;这会儿只要站起来而作个祈祷就得了。"——我们的主人公思忖道。突然,出现了异乎寻常的骚动,它打断了戈利亚德金先生的全部思路。期待已久的场面出现了。"来了,来了!"人群中传出这一喊声。"是谁来了呢?"戈利亚德金先生的脑海中掠过这一疑问,某种奇怪的感觉使他哆嗦了一下。"到时候啦!"那大官意味深长地看了安德烈·菲立波维奇一眼,掷出了这么一句。安德烈·菲立波维奇则瞥了奥尔索菲·伊凡诺维奇一眼。奥尔索菲·伊凡诺维奇道貌岸然地、郑重其事地点了一下头。"起立,"那大官说道,一面拉起戈利亚德金先生,大家都站起来了。这时,那大官领着大戈利亚德金先生,安德烈·菲立波维奇则领着小戈利亚德金先生,双方庄严地把这两个完全相像的人领到了一起,人们围住他们,沉浸于期待之中。我们的主人公茫然四顾,东张西望,但人家当即制止了他,向他指指小戈利亚德金先生,此公这会儿正把手伸给他。"这是要让我们俩讲和呀。"我们的主人公思忖道,感动得把自己的手伸给小戈利亚德金先生;随后,随后又把自己的脑袋向对方探过去。另一个戈利亚德金先生也这样动作了一番……就在这时,大戈利亚德金先生觉得他这位奸诈的朋友仿佛在冷笑,觉得这家伙向围绕着他俩的人群飞快而狡猾地使了个眼色,觉得在不体面的小戈利亚德金先生的脸上有某种凶相,觉得他甚至在进行他那犹大式的接吻瞬间还做了一个鬼脸……戈利亚德金先生的脑子里嗡嗡作响,眼前发黑;他觉得,无以计数的完全相像的戈利亚德金,带着喧哗从房间的所有门口破门而入,鱼贯而行;但是,为时已晚……那清脆动人但却阴险奸诈的接吻声已然响起,而且……

就在这时,出了一件根本意料不到的事……通向大厅的门嘎吱一声敞开了,门槛上站着一个人,单是来人那副神气就把戈利亚德金先生吓得浑身冰凉。他的两只脚像是在地下生了根。他的胸口直发闷,要喊又喊不出声。不过,话说回来,戈利亚德金先生事先就知道这一切,早先就预感到诸如此类的情形。那陌生人道貌岸然地向戈利亚德金先生靠近……戈利亚德金先生对这个人是很了解的,见过他,曾经很经常地见面,今天还见过一面……这陌生人高大、健壮,身着黑色燕尾服,脖子上套着一个相当大的十字勋章,一脸浓密而又乌黑的络腮胡子;只是嘴角没叼着一支雪茄,而还不能说他完全像那……可是这陌生人的目光,诚如上文所述,一下子就把戈利亚德金先生吓得浑身冰凉。这个令人可怕的家伙带着道貌岸然的神色,走到我们这个故事的悲惨的主人公跟前……我们的主人公把手向他伸过去;这陌生人一把抓住他的手,拽着他就走……我们的主人公带着惘然若失的神情,带着一脸的沮丧,向四周扫视了一下……

"这,这是克列斯基扬·伊凡诺维奇·鲁滕施皮茨,内外科医生,您的老相识呀,雅科夫·彼得罗维奇!"一个令人讨厌的声音紧贴着戈利亚德金先生的耳边叽叽喳喳地叫道。他回头一看:原来是自己那位以其灵魂的卑劣而令人恶心的孪生兄弟。那不成体统的、预示着不祥的欢乐劲儿使此公的脸上神采奕奕;他狂喜地搓着手,狂喜地左顾右盼,狂喜地踏着小碎步,围着在场的每一位转来转去;看上去,他狂喜得似乎这就要手舞足蹈了;后来,他一个箭步跳到前面,从一个仆人手里夺去蜡烛,赶上前,给戈利亚德金先生与克列斯基扬·伊凡诺维奇照亮。戈利亚德金先生清清楚楚地听到,大厅里所有的人跟在他身后涌过来,大家互相挤呀撞呀,彼此推呀压呀,异口同声地跟着小戈利亚德金先生重复着:"这没有什么,别害怕,雅科夫·彼得罗维奇,这是您的老朋友,老相识,克列斯基扬·伊凡诺维奇·鲁滕施皮茨……"后来,大家走出正门,走上了灯光通明的楼梯;楼梯上也有一堆人;通向台阶的门嘎吱一声敞开了,戈利亚德金先生与克列斯基扬·伊凡诺维奇来到了门口的台阶上。在大门口停着一辆套着四匹马的轿式马车,那些马等得不耐烦了,正不住地打响鼻。幸灾乐祸的小戈利亚德金先生三步两步就跑下楼梯,亲自打开了马车车厢上的小门。克列斯基扬·伊凡诺维奇以一个带有规劝意味的手势要求戈利亚德金先生上马车。其实,这一带有规劝意味的手势根本就不需要;帮他上马车的人相当多……戈利亚德金先生吓得要死,小心翼翼地回头一看:整个灯光通明的楼梯上挤满了人;一双双好奇的眼睛从四面八方盯着他；奥尔索菲·伊凡诺维奇本人以主人身份端坐在楼梯最高一层的平台上那个安乐椅上，他全神贯注，热切地关注所有发生的事情。大家都在期待着。当戈利亚德金先生小心翼翼地回头顾盼时，那种不耐烦的怨声正从人群中掠过。

"我希望，这里并没有什么……并没有什么可指责的……或是什么可能招致严厉斥责的……什么引起大家注目的，什么关涉我的公务方面的事情吧？"我们的主人公在惊慌失措的状态中说道。周围顿时喧哗起来，所有的人都摇起头来以示否定。戈利亚德金先生的眼眶里迸出了泪花。

"既然如此，我就准备……我完全信任……我要把自己的命运交托给克列斯基扬·伊凡诺维奇……"

戈利亚德金先生刚刚说过要把自己的命运完全交托给克列斯基扬·伊凡诺维奇，在那些将他围住的每一个人的口中便立刻迸发出一种可怕的、震耳欲聋的、欢天喜地的叫喊声，这叫喊又以那最能预示着不祥的回声，在整个沉浸于期待之中的人群里掠过。这时，克列斯基扬·伊凡诺维奇从一边，安德烈·菲立波维奇从另一边，架住戈利亚德金先生，让他坐进马车；他的那位孪生兄弟则出于其下流习性，从他身后把他往里推。不幸的大戈利亚德金先生向每一个人向每一件东西投下最后的一瞥，浑身不住地颤抖，就像那被人家泼了一身冷水的小猫，——要是还允许打比方的话，——爬进马车的车厢；紧随其后而坐上去的是克列斯基扬·伊凡诺维奇；马车车厢门砰的一声关上了；只听见那鞭子抽打着马儿发出了啪的一响，于是，几匹马儿就猛然把车拉动了……大家全都跟在戈利亚德金先生身后涌过来。他的所有仇敌那刺耳的、狂暴的叫喊声，像临别的祝福一样，在他身后隆响。有那么一会儿，几张面孔在载运着戈利亚德金先生的马车的周围还闪现了几下；但是，渐渐地，它们都向后退去，终于完全消失了。最后一个隐去的,是戈利亚德金先生那无耻的孪生兄弟。此公将两手插在绿色制服裤的侧面衣兜里,带着满意的神情跟着车子跑,一会儿在马车的这一侧跳,一会儿在马车的那一侧蹦;有时,他还抓住车厢的窗框,将身子悬起来,把脑袋探到窗口里面,给戈利亚德金先生送去一个又一个飞吻,以示惜别;然而,连他也疲乏起来了,愈来愈少露面了,后来,终于完全消失了。戈利亚德金先生的胸口发紧,心头开始隐隐作疼;血像滚热的喷泉水一样直涌上他的脑袋;他觉得闷得慌,他想解开衣扣,袒露出胸口,往胸口上铺撒冰雪,淋浇冷水。他终于昏厥过去了……当他苏醒过来时,他看见马儿正载运着他沿着一条他不熟悉的道路奔跑。左右两侧俱是黑黢黢的森林,又偏僻又荒凉。突然间,他呆住了:黑暗中有两只火一般的眼睛望着他,这两只眼睛闪烁着不祥之光,透出阴毒的喜色。这可不是克列斯基扬·伊凡诺维奇呀!这是谁?要么,这就是他?是他!这是克列斯基扬·伊凡诺维奇,但并非原先的那一个,这是另一个克列斯基扬·伊凡诺维奇!这是令人恐惧的克列斯基扬·伊凡诺维奇!……

"克列斯基扬·伊凡诺维奇,我……我,好像,没什么,克列斯基扬·伊凡诺维奇。"我们的主人公这就要开始怯生生颤巍巍地唠叨了,他很想用恭敬与温顺来使这令人恐惧的克列斯基扬·伊凡诺维奇多少也心软一点儿。

"您会得到公家分给您的一套房子,有劈柴,有灯,有女仆,这些都是您不配享受的。"克列斯基扬·伊凡诺维奇的回答像判决书似的,严厉而可怕。

我们的主人公叫喊了一声,两手抱住了脑袋。呜呼!他可是早已预感到这种结局的呀!

周启超 译

白　夜[1]

感伤小说
——一个幻想者的回忆

……抑或它之创造成形，
是为了和你的心灵
作即使是片刻的亲近？……

伊凡·屠格涅夫[2]

第一个夜晚

这是一个美妙的夜晚，这样的夜晚，亲爱的读者，只有在我们年青时才有。星斗满天，清光四射，仰望夜空，你不由得要问自己，在这样的星空之下，难道还会有各种各样使性子、发脾气的人？这又是个年青人的问题，亲爱的读者，十足是年青人的问题，话说回来，但愿上帝使您在心里多问几次这个问题！……说到那些任性和各种各样好发脾气的先生们，我不能不想起自己在这一整天里良好的表现。打早晨起，一种莫名其妙的愁闷就开始折磨我。我突然觉得孤单，遭到大家遗弃，大家都不再理

---

[1] 彼得堡地近北极圈，到了昼长夜短的夏季，几乎整夜都有北极光照耀，故有"白夜"之称。

[2] 引自屠格涅夫一八四三年的诗作《花》，原句是："须知它的创造成形，是为了和你的心灵作片刻的亲近。"

我。当然喽,谁都有理由问:这个"大家"指的是谁?因为我虽然已在彼得堡住了八年,可是几乎一个相识也没有结交上。我要结交相识干什么呢?没有相识,我对彼得堡全城也一样熟悉;正因为如此,当彼得堡全城的人都打点停当,突然动身去消夏别墅的时候,我有一种被大家丢下的感觉。剩下我孤零零一个人,我觉得害怕;整整三天,我在城里四处逛荡,心情十分阴郁,压根儿不知道如何是好。无论在涅瓦大街上走也好,到街心花园去也好,在河沿漫步也好,我看不到一张全年中在同一个地方在一定的时间我惯常遇到的人的脸。那些人自然不认识我,但是我认识他们。我对他们非常熟悉,他们的面貌我几乎都仔细观察过,他们喜形于色的时候,我为之高兴,他们的脸罩上一层阴云的时候,我为之抑郁不欢。有一位老人,我和他天天在一定的时间在方坦卡河边相见,我几乎可以说和他交上了朋友。他的面容庄重,若有所思,时时在低声自语,挥动他的左臂,右手拿一根有好多疖疤、镶着金头的长手杖。他甚至注意到我,和我心心相印。只要到了这个特定时间我偶然没有在方坦卡河畔同一个地点出现,我敢肯定他会感到怅惘。就这样,我们有时几乎到了彼此点头致意的地步,每逢两人心情都很愉快的时候就更是如此。前些日子,我们有整整两天不曾见面,到了第三天相会的时候,两人举起手来,准备脱帽为礼,亏得及时醒悟,才把手放了下来,彼此会心地擦肩而过。

我也熟识那些房屋。我一路走,每幢房子似乎都沿街跑上前来,所有的窗子都望着我,差点儿要说:"您好;您身体可好?我身子骨挺好,感谢上帝,到了五月我就要添一层楼。"或者说:"您身体可好?我明天就要翻修了。"或者说:"我差点儿烧个精光,这可真把我吓坏了。"如此等等。它们中间有我所宠爱的,有知心朋友;其中有一所打算今年夏天请建筑师来给它整治一下。到时候,我要每天特意去看它,不让它给整治坏了,上帝保佑!……不过我永远忘不了一座浅玫瑰色的小巧玲珑的房子的事。这座石砌小屋真是迷人,它老是那么亲切地瞅着我,又那么高傲地瞅着它的傻头傻脑的邻居,每次我偶然在它身边走过的时候,我总是心里充满了喜悦。突然在上星期,我在那条街上走过,我看了看我那老相识,却听到一声悲切的呼唤:"他们要把我漆成黄颜色啦!"这伙坏蛋!野蛮人!圆柱也好,飞檐也好,他们什么都不放过,我的好朋友黄得像一只金丝雀。这一回,我差点儿大发脾气。直到如今,我还没有勇气去看望我那被抹成中国龙袍的颜色、毁损了面容的可怜的朋友。

读者,这下您该知道我对彼得堡全城熟悉到了什么程度。

我已经说过,我心神不宁足有三天,才揣摩到它的原因。我在街上心里不好受(这不在,那不在,都到哪儿去了?)——待在家里也不自在。我苦苦思索了两个黄昏,我这个角落里究竟短了什么?为什么我待在这里面这么不得劲儿?——我呆呆地望着我那熏黑了的绿墙,还有天花板,那下面挂着玛特廖娜非常成功地培育出来的蜘蛛网。我仔细打量我的全部家什,观察每一张椅子,心想:麻烦是不是就出在那儿(因为哪怕只有一张椅子不是在昨天放的地方,我就老大不自在)。我又看窗子,可这些全没有用……我一点也不比刚才轻松一些!我甚至想到把玛特廖娜叫来,冲着那蜘蛛网以及总的说来不整洁的情形用父亲的口吻训斥她一通;哪知道,她只是诧异地看了我一眼,一句话也不回答便走开了,因此蜘蛛网直到今天还挂在原处,平安无事。最后,到今天早晨,我才闹明白是怎么回事。咳,还不是因为他们离开我,一个个溜到消夏别墅去了!请原谅我这话说得粗俗,不过眼下我的心绪,实在不想用高雅的词儿……因为彼得堡所有的人,不是走了,就是正动身上消夏别墅去;因为每一位雇一辆马车的外貌端庄的可敬的先生在我眼里立时变成一位可敬的家长,他在办完日常分内的事务以后一身轻松地回到自己家庭的怀抱,回到消夏别墅去;因为如今每个过路人都完全是另一副神气,仿佛随便碰上什么人都要说:"先生,我们只是顺路到这儿来的,再过两小时,我们就要回消夏别墅去。"只要有一扇窗子在纤纤的雪白手指叩击之后打开了,一位俊俏姑娘就会探出头来,叫唤一个卖盆花的小贩——我当时当地便感觉到这些花买来全然不是为了在郁闷的城市公寓中欣赏春光和花朵,而是很快大家要带着这些花儿到消夏别墅去。再说,我在这种特殊的新发现方面已经取得很大的成功,使我足以一眼就能正确无误地辨认出谁住在怎样的消夏别墅里。石岛和药房岛或是彼得高夫大道的居民在举止力求优雅、夏装讲究入时以及他们进城乘坐的华美的马车这些方面显得与众不同。住在帕尔戈洛沃以及还要远一点地方的人一眼便给人以通情达理和稳重自持的印象。到十字架岛去的游客可以从他们悠然自得的快活神气上认出来。如果我遇上一长列车夫,手里拿着缰绳在运货马车旁懒洋洋地走着,车上装着小山一般的各种家具、桌椅、土耳其式和非土耳其式的长沙发以及其他的家用什物,而在这一切之上,在货车的顶巅往往端坐着一位年老力衰的厨娘,她押送东家的财产就像它们是她的心肝宝贝似的;或者看到几条船装着家用器具的重载在涅瓦河或者方坦卡河上滑行,向着黑河或者那些岛上驶去,那么,这些货车和船只在我眼里便一化成十、化成百地增加。人人似乎都在动身出发,人人都在成群结队搬往消夏别墅;彼得堡全城似乎在发出威胁要变成一片荒漠,因此,我终于感到羞愧、委屈、忧伤;我无处可去,也无理由去消夏别墅。我乐意随每一辆货车,随每一位租用一辆马车的、模样令人肃然起敬的先生走,可是没有谁,没有任何一个人邀请我;看来他们把我忘了,看来我在他们眼里其实是个陌路人!

我走得很远很久,因此我像通常那样,完全忘了我在什么地方,忽然我发觉已经到了城门口。一时间,我高兴起来,我跨过了拦路木杆,在庄稼地和草地之间走,忘记了疲劳,全身心充满了一种感觉,觉得像有一块沉重的石头从自己心上落了地。过路人个个都亲切地望着我,几乎像是在跟我打招呼;人人都为了什么喜事高兴,个个都抽着雪茄烟。我呢,从来也没有像当时那样高兴过。像我这样一个似病非病的城里人,置身于城墙包围中,闷得几乎喘不过气来,一出城,大自然给我的刺激是如此强烈,就像突然发觉自己来到了意大利一样。

春天一到,我们彼得堡的大自然焕发出全部生机,焕发出老天爷赋予它的全部力量,它吐出嫩绿的叶子,披上新装,点缀起姹紫嫣红的花朵,这其中有某种不可名状的令人荡气回肠的东西。……不知怎的,它使我想起一个病恹恹的瘦弱的姑娘,你望着她时而感到悲悯,时而怀着一种怜惜的爱,可有时你眼里压根儿就没有她这个人。然而转眼之间她突然出乎意料地变成了一位难以形容的美人儿,而你在惊讶陶醉之余,不由得要问自己:是什么力量使得这双忧郁的、心事重重的眼睛放射出这样的火花?是什么使这苍白消瘦的脸颊现出了血色?是什么使这副温柔的面容洋溢着热情?是什么使得这胸脯如此起伏?是什么使这个可怜的姑娘的脸庞突然充满了力量、生命和俏丽,使它闪亮着这样的微笑,发出这样清脆悦耳的笑声?你环顾四周,想找出什么人来,你猜想……但是这一瞬间过去了,也许第二天你看到的又是那和以前一样若有所思、心神不属的目光,那苍白的脸庞,那在举止中流露出来的温顺和畏怯,甚至悔恨,甚至是某种由于片刻欢娱而引起的异常难堪的郁闷和懊丧的痕迹……你悲叹这一时的俏丽竟然这样匆匆地、这样一去不复返地消失,她在你面前恍如昙花一现,瞬息即逝,你甚至来不及去爱她,为此你感到遗恨无穷……

然而我度过的夜晚却胜过白天!事情是这样的。

我很晚才回到城里,当我走向我的住所的时候,时钟已打十点。我走的是运河沿,一到这个时候,街上已杳无一人。不错,我的住所离市区很远。我走着,唱着,因为在我感到幸福的时候,我总给自己哼点儿什么,就像任何一个感到幸福而又没有朋友、没有至好相识可以在这个欢乐的时刻和他们分享自己的欢乐的人一样。突然间,我碰上了一桩最最意想不到的奇遇。

在我那一边,站着一个女人,她倚着沿运河的栏杆,胳膊肘支在栏杆架上。她看上去像是十分专注地望着那浑浊的运河水。她戴一顶讨人喜欢的黄帽子,披一块漂亮的大黑披肩。"这准是个黑头发姑娘。"我心里想。她似乎并没有听到我的脚步声,当我屏住呼吸怀着一颗怦怦乱跳的心走过她身边的时候,她连身子都不动弹一下。

"奇怪,"我想,"她真是想什么想得出了神。"忽然我像是入地生根似的站住了。我听到了一声忍住了的哭声。是的,我没有听错:姑娘在哭,过了一分钟,啜泣一声又一声地传来。我的上帝!我感到一阵阵揪心。尽管我在女人面前畏畏缩缩,可这是一个不同寻常的时刻!……我转过身去朝她走了一步,要是我不知道"小姐"这个称呼在所有俄国上流社会小说中已经用过千百次,我准会叫一声:"小姐!"只是因为我知道,我才没有叫出来。可是就在我考虑用什么词儿的时候,姑娘醒了过来,四下里望了望,明白了是怎么回事,低下眼睛,一下溜过我身边,顺着河沿走去。我立刻在后面跟着她,可是她猜到了,离开河沿,越过街道,沿着人行道走。我没有勇气跨过街道。我的心像一只被人捕获的小鸟一般颤抖。突然间,一个偶然的机遇帮了我的忙。

　　就在人行道那边,离我不相识的姑娘不远的地方,忽然出现了一位穿燕尾服的先生,已经上了年纪,可是不能说他的步态是稳重的。他摇摇晃晃,小心翼翼地扶着墙走。姑娘飞也似的走着,匆忙而又胆怯,大凡姑娘们不愿意有谁自告奋勇在夜间伴送她们回家,走路总是这个样子;不用说,要不是我的命运指点这位东倒西歪的先生采取这种不正常的手段,他是决不会去追赶她的。

　　突然间,我的这位先生没有向谁说一句话,撒腿就跑,大步流星追起那位我不相识的姑娘来。她一阵风似的飞奔,可是这位稳不住身子的先生眼看要追上她了,已经追上了,姑娘发出一声尖叫——啊……谢天谢地,我的那根出色的遍体疖疤的手杖这一回正好在我的右手中。转眼之间,我已到了人行道那一面,转眼之间,那位无礼的先生明白了自己的处境,考虑了那无可反驳的理由,不做声了,落到后面,直到我们已经走远了,他才用相当强硬的言词对我发出抗议。可是他的话,我们几乎已经听不见了。

　　"让我挽住您的胳膊,"我对这位素不相识的姑娘说,"这样,他就不敢再来和我们纠缠了。"

　　她一声不响,让我挽住她的由于激动和惊吓还在颤抖的胳膊。啊,好一位无礼的先生!此时此刻,我是多么感谢你啊!我匆匆瞥了她一眼,她真是个非常可爱的黑头发姑娘——我猜对了;她的黑睫毛上闪亮着一颗泪珠,是由于方才的惊恐还是以往的悲伤,我不知道。然而唇边已经闪现出笑意。她也偷偷瞥了我一眼,脸微微泛红,垂下了眼皮。

　　"这,您瞧,您当初干吗把我赶走呢?要是我在您身边,什么事儿也不会发生……"

"可是我不认识您:我寻思您也……"

"难道此刻您就认识我了吗?"

"有这么一丁点儿。比方说,您为什么发抖呢?"

"嘿,您一下就猜中了!"我回答,由于发现我的这位姑娘是个聪明人而高兴,一个人又聪明又美总是好事。"是的,您一眼就猜中了您在和一个什么样的人打交道。一点不错。我到了女性身边就羞怯,我激动,我不否认,就像您刚才受了那位先生的惊吓一样激动。……我此刻也处在某种程度的惊吓之中。真像做梦一样,我在睡梦中也想不到有一天竟然会同某一个女性说话。"

"怎么?真——的?"

"真的,如果我的胳膊发抖,这是因为还从没有一只像您的这样好看的小手抓住过它。我对女性完全生疏,换句话说,我从来不习惯和她们在一起。您瞧,我孤零零一个人……我甚至不知道怎样跟女性说话。就拿此刻来说,我不知道是不是对您说了什么蠢话。您跟我直说吧;我可以事先告诉您,我不会为一点小事而见怪的。……"

"不,没有什么,没有什么,刚好相反。既然您要求我开诚布公,那我就对您说吧,女人喜欢这种腼腆;如果您想知道得更多,那么告诉您,我也喜欢这种腼腆,我在到家以前不会把您从我身边赶走的。"

"您会使我变样的,"我说,快活得几乎喘不过气来,"我此刻就不再畏缩——我的一切手段都没有了!……"

"手段?什么样的手段——为了什么?这可是不好。"

"请原谅,我再不敢了,这是我一时失言;可是您又怎能要求在这种时刻我毫无所求……"

"希望自己招人喜欢,是不是?"

"嗯,不错;喔,看在上帝分上,请您发发善心。您想想看,我算个什么人!我已经二十六岁了,可是我从来没有见过谁。哦,我又怎能把话说得巧妙得体,说得正是时候?我不如一切都开诚布公往外端,这样对您更合适些……当我的心在说话的时候,我不会沉默。嗯,反正全都一样……请您相信,从来没有一个女人,从来没有!什么样的相识都没有!每天我只是幻想;到头来会有一天我会遇上一个什么人。嗳,您要知道我曾经有过多少次这样的恋爱就好了!……"

"可是怎样恋爱,爱上了谁?……"

"没有爱上谁,爱上一个理想,爱上我在睡梦中梦见的那一位。我在幻想中创作了整篇整篇的罗曼司。喔,您不知道我!说真的,我不能说没有遇见过两三个女人,可是她们是些什么样的女人啊!她们全是这样的女房东……不过我要讲给您听,我会引得您发笑:我有好几次想跟街上一位贵族女郎说话,就这样随便地说话,不用说,是在她一个人的时候;我向她自然是畏怯、恭敬而又充满热情地说话,告诉她我的生命正在孤独中死亡,求她别把我从她身边赶走,告诉她我无缘结识任何一个女性;让她明白:不拒绝像我这样一个不幸的人的怯生生的哀求,这甚至是女人的责任。说来说去,我所要求的一切无非是她怀着同情向我说两句友好的话,不要一开头就把我赶走,要相信我的话,倾听我所要说的话,想笑我,就尽管笑,鼓舞我,对我说上两句话,只要两句话,哪怕从此以后,我和她再也见不上面!……瞧,您笑了。……话说回来,我讲给您听,就是为了让您笑。……"

"您别在意,我笑的是您自己跟自己过不去,您只要试上一试,您就会成功,也许,哪怕在大街上试一试都行;越简单明了越好。……没有一个好心肠的女性有那么狠心,会不说两句您那么羞怯地恳求她说的话就把您打发走,除非她是蠢人,或者是当时有什么事心里特别不痛快。……啊呀,我怎么啦!她自然会把您当作一个疯子。我是说我自己的看法。世上的人怎样生活,我非常了解!"

"啊,多谢您,"我叫道,"您不知道您此刻为我做了些什么!"

"好,好!但是请告诉我,您凭什么知道我是这样一个女性,……嗯,一个您认为值得……给予关注和表示友谊的女性……一句话,不是您称之为女房东的女人?您凭什么下决心朝我走过来?"

"凭什么?凭什么?可是当时您是单身一人,那位先生又过分的胆大妄为,这是在晚上:您自己也会同意,我有责任……"

"不,不;还在这以前,在那儿,在那一边。您不是想向我走上前来吗?"

"在那儿,在那一边?可是我真不知道怎样回答您;我怕……您知道吗,我今天感到幸福;我边走边唱;我走到了城外;我从来还没有过这样幸福的时刻。您……也许,这是我的感觉……哦,请原谅我,如果我提醒您:我觉得您在哭,我……我听着受不了……我感到揪心……我的天!哦,难道我不能为您感到难过?难道对您抱有兄妹般怜惜的感情是一种罪过?……恕我用了怜惜这个词儿……哦,一句话,难道因为我不由自主地想朝您走过去就竟然冒犯了您?……"

"停住,够了,别说了……"姑娘说,垂下眼皮,紧紧握我的手,"怪我自己,不该提这件事;不过我没有看错您,我很高兴。……可是,我到家了;就要从这儿进胡同,两步路就到……再见,谢谢您……"

"难道就这样,难道我们从此再不见面了吗?……难道就这样到此为止了吗?"

"您瞧,"姑娘笑着说,"您开头只希望说两句话,可此刻……不过,话说回来,我什么也不会对您说……也许我们能见面……"

"我明天上这儿来,"我说,"啊,请原谅我,我已经在提要求了……"

"不错,您是性急了点……您几乎是在提要求……"

"您听着,您听着!"我打断了她的话,"请您原谅,如果我以后再对您说这样的话。不过有一点,我明天不能不上这儿来。我是个靠幻想过日子的人;我实实在在的生活少得可怜,因此我把像此时此刻这样的情景看得如此难得,我不能不在幻想中重温这番情景。我会整夜、整星期、整年地在幻想中怀念您。我明天一定得上这儿来,就是这儿,就在这一个地方,就在这一个时刻,回想起前一天的情景,我会感到幸福。我已经眷恋这地方。在彼得堡,我已经有两三处这样的地方。有一次,我甚至像您一样因为回忆哭了。……谁知道呢,也许您在十分钟以前就是因为回忆哭了……啊,请原谅我,我又放肆了;也许您在某一个时候曾经在这儿感到特别幸福……"

"好,"姑娘说,"明天十点钟,我大概也会到这儿来。我明白我已经不能禁止您……事实是我必须到这儿来;您别以为我跟您订了约会;我事先向您说清楚,我是为自己的事儿必须到这儿来。……不过……哦,我向您直说吧:您要真来了,我也不会介意。首先,可能会发生像今天那样不愉快的事,不过这且不去说它……总之,我就是希望看到您……好向您说两句话。只是请您注意,别现在就指责我,别以为我会这么轻易和人订约会……我是不会订约会的,若不是……不过我还是保守这点秘密吧!只是事先说定……"

"说定！您说吧，事先把一切都告诉我，告诉我；我一切都可以答应，我对一切都有准备，"我高兴得叫起来，"我可以为自己担保，我一定恭敬从命……您了解我……"

"正因为我了解您，我才请您明天来，"姑娘笑着说，"我完全了解您。不过请您留意，您来有个条件；首先（一定要听话，我要您做什么，您就照办——您瞧，我说话很坦率），别爱上我。……请您相信，这是不可能的。我愿意接受您的友谊，我把手伸给您。可是千万别爱上我，我求您！"

"我向您起誓。"我抓住了她的手，叫起来。

"好啦，不用起誓，我知道，您能够像火药那样突然爆炸。别责怪我这么说。要是您知道……我也没有可以与之说话的人，可以给我出主意的人。自然喽，谁也不会在大街上寻找为他出主意的人，您算是例外。我了解您，就像我们已是二十年的老朋友一样了解……您不会背信食言，对吧？……"

"您瞧吧……我只是不知道怎样熬过这一昼夜。"

"美美地睡吧；晚安，——记住，我已经对您有了信赖。可是您方才高声说的真好：谁能说得清楚每一种感情，哪怕是兄妹之间的同情！您知道，这话说得那么好，当时我脑子里闪过一个念头：我可以把心事告诉您……"

"看在上帝分上，说吧，是什么心事？什么心事？"

"等到明天再说。让这一点暂且保持秘密。这样对您更好一些；这样会多少有点儿像恋爱。也许，明天我会告诉您，也许不，……我还会提前和您谈一谈，我们彼此会更熟识一些。……"

"哦，我明天就把我的事情全都讲给您听！可是这到底是怎么回事，就像我身上发生了一个奇迹？……我的上帝，我这是在哪儿？哦，您说说看，您一开头没有像别的女人那样生气，把我赶走,难道您不懊悔?在两分钟内,您使我永远感到幸福。是的,感到幸福;谁知道呢,也许,您已经排解了我内心的冲突,消除了我的怀疑。……也许,我正面临着这样的时刻……哦,明天我要向您和盘托出,您一切都会明白,一切……"

"好,我洗耳恭听;明天您从头讲吧……"

"一言为定。"

"再见!"

"再见!"

于是我们分手了。我彻夜走着,我下不了回家去的决心。我感到如此幸福……明天见!

第二个夜晚

"哦,您到底熬过来了!"她笑着向我说,握着我的双手。

"我在这儿已经有两个钟头了,您不知道这一整天我是怎么过的!"

"我知道,我知道……可是说正经的,您知道我为什么来的吗?可不是为了像昨天那样闲扯啊。我要说的是:我们往后的行为举止一定要更合情理一些。这一切我昨晚想了很久。"

"在哪方面,在哪方面要更合情理一些?从我这方面说,我乐意这样做。不过,说真的,在我一生遭遇中,没有比现在更合乎情理的了。"

"真的?首先,我求您别把我的手捏得这么紧;其次,我向您声明,关于您,我今天反复思量了很久。"

"哦,思量的结果怎样?"

"结果怎样?最后是:一切都得重新开始,因为今天我最后得出的结论是我还完全不了解您;我昨天的行为像一个小孩,一个小姑娘;自然喽,追究起来,这一切都怪我的心太好,就是说,我给自己唱了赞歌,我们只要开始剖析自己的所作所为,总是以自我颂扬结束。为了改正这个错误,我决定要对您进行一次最仔细的调查。但是由于无人可供我调查,您自己应当把一切,把全部底细讲给我听。哦,您是怎样一个人?快——开始讲吧,讲您自己的故事。"

"故事!"我惊惶得叫起来,"故事!谁告诉您我有我的故事?我没有故事……"

"如果您没有故事,您又怎么活下来的呢?"她笑着打断了我的话。

"我完全没有任何故事可言!我就像常言说的,活了下来,自管自地,也就是说完全一个人——一个人,孤零零一个人,——这种孤单是什么滋味,您明白吗?"

"您是怎么个孤单法?您是说,您从来没有遇见过谁吗?"

"啊,不是这意思,我见过一些人——可我仍然是一个人。"

"那么,您难道没有和谁说过话吗?"

"严格地说,没有和谁说过话。"

"那么,您究竟是怎样一个人,请您作些说明!等一下,我来猜猜看:您大概跟我一样,有一位奶奶。我的奶奶眼睛瞎了,她一辈子什么地方都不放我去,因此我几乎完全忘了怎样说话。两年前,我做了些淘气的事,她知道管不住我了,便把我叫到她面前,用别针把我的连衣裙和她的别在一起——从那时候起,我们就这样整天整天地坐着;她虽然眼睛看不见,可还能织袜子,我坐在她身边,做针线活或者念书给她听——多么古怪的做法,我被她用别针拴在她身边有两年之久。……"

"啊,我的天,这有多么不幸!可是我连这样一位奶奶都没有。"

345

"既然没有,那您怎么能在家里坐着?"

"您请听着,您不是想知道我是怎样一个人吗?"

"哦,对,对!"

"按这词儿的本意来说?"

"按这词儿的不折不扣的本意来说。"

"好吧,我是一个怪人。"

"怪人,怪人!什么样的怪人?"姑娘叫着,哈哈笑起来,好像她有整整一年不曾有机会痛痛快快地笑过,"跟您在一起真有意思!瞧,这儿有一张长椅;我们坐下吧!这儿没有人来往,没有人会听我们说话——开始讲您的故事吧!因为随您怎么说我也不会相信,您有您的故事,您不过是想隐瞒起来罢了。首先,您说的怪人是怎么回事?"

"怪人?怪人是一个反常的人,是这样一个可笑的人!"她的孩子般的笑声感染了我,我也哈哈笑着回答,"就是这样一个人物。听着:您知道幻想者是怎样的人吗?"

"幻想者!嘿,怎么会不知道?我自己就是一个幻想者。有时候,我坐在奶奶身边,脑子里什么不想呀。哦,只要一开始幻想,就会想出了神——哦,居然嫁给了一个中国皇子……要知道,有时候幻想也是件开心事啊!天知道,其实并不开心!特别是即使不去幻想也有心事要想的时候。"姑娘接着说,这一回,神情相当严肃。

"好极了!既然您嫁给了一位中国皇帝,那么,您就会完全了解我说的话。哦,听着……喔,对不起,我还不知道您的尊姓大名哩。"

"到底想到这上头来了!您早该想到呀!"

"啊,我的天!我太快乐了,没有往这上头想……"

"我叫娜斯晶卡。"

"娜斯晶卡!光是娜斯晶卡①?"

"光是娜斯晶卡!怎么,您嫌这少了吗?您真是贪得无厌!"

"嫌少?正好相反,很多,很多,非常之多,娜斯晶卡,您这位好姑娘,要是您对我一上来就是娜斯晶卡有多好!"

"一上来就是!哦!"

"那么,娜斯晶卡,请听下面这可笑的故事。"

我在她身边坐下,装出一副严肃得近乎迂腐的神态,开始像念稿子似的讲起来。

"娜斯晶卡,如果您不知道的话,我可以告诉您,在彼得堡,有一些相当古怪的角落。普照全彼得堡的人的太阳,对这些地方仿佛不愿意瞅上一眼,而瞅着这些角落的似乎是特意为它们而设的另一个新的太阳,它用另一种特别的光辉照射一切。亲爱的娜斯晶卡,在这些角落里,过的似乎完全是另一种生活,完全不像我们周遭的那种沸腾的生活,不是在我们这儿,在我们这个严肃的、过于严肃的时代的生活,而是也许在一个非常遥远的、不为人知的国度里的生活。这种生活是一些纯粹荒诞无稽和出自热烈的理想的东西和另一些(唉,娜斯晶卡!)灰暗陈腐和平淡无奇,且不说庸俗到了难以置信地步的东西的混合物。"

"嚯,我的老天爷!好一个开场白!我听到了些什么呀?"

"您听着,娜斯晶卡(我觉得我叫您娜斯晶卡永远叫不够),您听着,在这些角落里生活着一些奇怪的人——幻想者。幻想者(如果需要一个详尽的定义的话)不是人,而是某种中性的生

---

① 娜斯晶卡是阿娜斯塔霞的小名。小说的女主人公在被问及自己姓名的时候,对这个萍水相逢的陌生男子只说出自己的小名而不说全部姓名,是一种出人意料的对他怀有好感的表示。这自然使对方又惊又喜,于是有后面的对话。

物。他多半居住在某个人迹不到的角落里,就像在那里躲着,连白昼的光辉也不想看一眼。一旦他钻进了自己的窝,他就像蜗牛一样,就跟自己的角落长成一体,或者极而言之,他在这方面很像那种有趣的动物,它既是动物,又是动物的家,它名叫乌龟。您会想,他为什么这样爱他的四堵墙壁,照例是漆成绿色、熏黑了的、看了丧气、发出一股叫人受不了的烟味的墙壁?这位可笑的先生有时不得不接待他的少数几位相识中的一位(他到头来还是把他的相识全都打发掉),可是他和客人相见时,为什么窘不可言,脸色改变,不知所措,活像他在四堵墙壁之中刚犯下了罪似的;活像他造了假钞票,或是写了诗打算和一封匿名信一起寄给一家杂志,在信中声称真正的诗人已故,诗人的朋友认为发表他的诗作是自己神圣的职责?娜斯晶卡,请您告诉我,为什么这两个人坐到一起谈话,却谈得不起劲?为什么没有笑声,没有从这位飘然而至、不知所措的朋友口中吐出生花的妙语,而这朋友在别的场合却谈笑风生,乐于谈论女性以及其他引人入胜的话题?最后,为什么这位大概是不久前结识的朋友第一次来访(因为在这种情形下第二次是不会有的,这朋友下次是不会来了),见了主人的慌张的脸色,尽管他善于随机应变(如果他擅于此道的话),却变得如此窘迫,如此张口结舌?而主人呢,最初作了极大的努力,使谈话顺利进行,富于生气,为了显示自己有关上流社会这方面的知识,也谈女性,甚至这样低首下心地来讨好这个误来他家作客、感到浑身不自在的可怜的人;而在发现自己的努力毫无效果以后,显得惘然若失,无计可施。末了,为什么客人忽然想起一件十分必要、其实是莫须有的事儿,于是突然拿起帽子,抽出被主人热情紧握着的自己的手,匆匆走了,而主人想尽办法表示后悔,企图弥补自己的过失?为什么这位告退的朋友嘿嘿笑着,走出门去,并且自己向自己发誓再也不上这位怪人家来了(虽然这位怪人其实是个好得不能再好的小伙子)?同时还情不自禁要给自己的想象力一点点消遣:把自己刚才与之谈话的对方在全部会晤时间的表情和一头倒霉的小猫的面容相比较(虽然这不大相称),这头小猫被孩子们任意玩弄,受了惊吓和种种欺凌,他们不讲信义地逮住了它,弄得它满身尘土,狼狈不堪,末了,好容易躲开了孩子们,藏在黑地里一张椅子底下。它在那儿不得不在喘息之余,整小时竖起背上的毛,呼哧呼哧出气,用两只爪子洗自己受了委屈的嘴脸,此后有好久对大自然和人生,甚至对同情它的女管家为它留下的主人吃剩的菜饭都怀着敌意。"

"您听着,"娜斯晶卡一直睁大眼睛,张着小嘴,吃惊地听着,这时打断了我的话,"您听着,我一点也不明白这一切为什么会发生,而您又为什么向我提出这些如此可笑的问题;不过我知道这一切情节想来一定发生在您身上,而且就像您说的,一字不差。"

"毫无疑问。"我用最严肃的神情回答。

"哦,既然毫无疑问,那就请说下去吧,"娜斯晶卡说,"因为我很想知道事情落个什么结局。"

"您想知道,娜斯晶卡,我们的主人公,或者说得更明白些,我,因为这全部事情的主人公就是我,正好就是卑微的我,您想知道我在自己的角落里干些什么,为什么由于这位没有料到的朋友的来访而这样慌乱,这样惶惶不可终日?您想知道我的房门打开的时候,我为什么惊得跳起来,满面通红,为什么我不会接待客人,为什么由于自己不能殷勤待客而感到如此无地自容呢?"

"哦,对,对!"娜斯晶卡回答,"事情正是这样。您听着:您讲得很好,可是您能不能讲得不这么好呢?您现在说话,活像是照着书本念似的。"

"娜斯晶卡!"我用一种装得很庄重严厉的口吻说,却差点儿笑出声来,"亲爱的娜斯晶卡,我知道我讲得很好,可是——对不起,我不会用别的方式讲。此刻,亲爱的娜斯晶卡,此刻我就像所罗门王的鬼魂,它在用七重封条封起来的坛子里关了一千年,最后,这七重印记被从坛子上揭了下来。现在,亲爱的娜斯晶卡,经过了如此长久的分离以后我们又聚首了——因为我老早就认识你了,娜斯晶卡,因为我老早就在寻找一个人,而这聚首正好说明,我找的就是您,对我们来说,我们现在相见,是命中注定——此刻在我的脑子里,有几千道阀门打开了,我的话语要像河水一样流出来,要不我会憋死。因此,我请您别打断我,娜斯晶卡,乖乖地顺从地听着,要不——我就不说。"

"别——别——别!别这样!您说吧!我现在一句话也不说。"

"那我说下去:娜斯晶卡,我的朋友,我一天中有一个小时是我心爱的时光。到了这个小时,几乎什么事务、工作、责任都告结束,大家都赶回家去吃饭,躺一会,歇息一下,而一路上大家也在考虑使黄昏、晚上以及所有剩下的业余时间过得欢快的事儿。在这个小时里,我们的主人公(请允许我,娜斯晶卡,用第三人称来讲,因为用第一人称来讲这一切,实在叫人太难为情),我们的主人公也不是没有工作,在这一个小时他也在其他人后面走着。但是一种奇异的快感浮现在他的苍白而多少有些皱纹的脸上。他望着彼得堡寒冷的天空渐渐消退的晚霞,心中不很平静。我说他望着,这不是实话,他不是望着,而是视而不见,似乎是疲倦了或是在这一刻想什么别的更为有趣的事情想得出了神,因此对周围的一切几乎不由自主地只能匆匆一瞥。他很满足,在明天重新开始之前他算是办完了那些使他伤脑筋的事务，他像从教室座位上放出来去做心爱的游戏和尽情淘气的小学生一样高兴。娜斯晶卡，您只要从旁瞧他一眼，您即刻就会看到欢乐的情绪已经对他的衰弱的神经和处于病态的兴奋之中的幻想力起了极好的作用。他在想什么心事……您以为他想的是晚饭吗？想的是今天的黄昏？他在出神地看什么？是在看那位挺有气派的先生么（那位先生正彬彬有礼地向坐在驾着快马、金光闪闪的马车里从他身边驰过的夫人躬身施礼）？不，娜斯晶卡，他眼前顾不上这些鸡毛蒜皮的小事！他此刻由于自己本人的生活已经变得充实了，他好像突然变得充实了，难怪落日余晖在他眼前快活地闪耀，在温暖的心中唤起一连串的印象。此刻，他眼里几乎没有那脚下的路，要在以前，路上最细小的一点小玩意也能打动他的心。此刻，'幻想的女神'（亲爱的娜斯晶卡，如果您念过茹科夫斯基的诗的话）用她巧手编她的金黄的底幅，又着手在底幅上织出虚幻的光怪陆离的生活的花纹——谁知道呢，也许她会用巧手把他从他回家走的漂亮的花岗石人行道上送往水晶的七重天。您试试在这时候把他叫住，猛一下问他：他此刻站在什么地方，他在哪条街上走？——他多半什么也记不起来，既不知道他走往何处，也不知道此刻站在什么地方，他会因为懊恼脸涨得通红，为了保住面子，准会说上一句什么谎话。这就是为什么当一位令人肃然起敬的、迷了路的老太太在人行道中间温文有礼地叫住了他，向他问路的时候，他竟会那样浑身一震，差点儿叫出声来，惊恐地往四下里看的缘故。他烦恼地皱着眉头继续往前走，几乎没有发现：不止一个行人见了他都不禁微笑，并且回过头来看他的背影；还有一个小姑娘吓得闪过一边给他让路，然后睁大眼睛望了望他在沉思中露出的满脸笑容和所作的手势，就放声大笑起来。但是这位幻想的女神在任意飞翔中顺手带走了那位老太太、好奇的行人、笑着的姑娘,还有在方坦卡河面上挤得密密麻麻的驳船上过夜的农民(让我们假定,我们的主人公这时正沿着河滨走),淘气地把所有的人和所有的东西像蜘蛛网粘住的苍蝇一样,都织到它的绣布上。这位怪人也就带了新的收获回到了自己的令人愉快的洞穴,坐下来吃完了晚饭之后,他的神智才清醒过来,这时候,伺候他的、心事重重、脸色从来没有开朗过的玛特廖娜已经把桌上的东西都已收走,把烟斗递给了他。他清醒过来以后,惊讶地想起他已经吃完了饭,至于怎样吃的饭,想来想去却毫无头绪。房间里黑了下来。他的心灵空虚而又忧郁;整个幻想的王国在他的周围崩塌了,崩塌得不留痕迹,没有碎裂或其他的声响,像梦境一样消逝,而他自己也想不起来他梦见了些什么。然而有一种使他回肠荡气、隐隐感到酸楚的极不愉快的感觉,一种新的愿望诱人地触动和刺激他的幻想,不知不觉唤起一连串新的幻象。小小的房间一片寂静。独自一人又无所事事的生活会助长想象;想象正在微微燃烧,徐徐沸腾,就像老玛特廖娜的咖啡壶里的水一样。玛特廖娜在旁边厨房里安静地张罗着,一面煮着她厨娘喝的咖啡。这时想象开始一阵阵地轻轻激荡。那本漫无目的地随手拿起来的书,还没有看到第三页便从我的梦想者的手里掉下来。他的想象再次亢奋紧张起来,一个新的世界,一种新的迷人的生活以它的辉煌的远景闪现在他面前。新的梦——新的幸福!一服精致的令人心荡神驰的毒药!啊,我们的现实生活对他算不了什么!在他的有偏见的眼里,我和您,娜斯晶卡,生活得那样懒散迟缓,萎靡不振;在他眼里,我们都不满于自己的命运,受尽我们的生活的煎熬!说真的,您瞧,事实上一眼就可以看出我们中间的一切是何等冷漠、阴森,仿佛在生气似的。……'可怜虫!'我那位幻想者心里想。他这么想,也难怪!瞧瞧这些幻影,它们在他面前如此迷人,如此奇妙,如此无拘无束、自由自在,成群结伙出现在他面前,组成一幅有魅力的令人兴奋的画图,在这幅图画中,站在前面的中心人物,自然是他自己,我们的幻想家,是他高贵的本人。瞧瞧那形形色色的险境奇情,那一连串无穷无尽、兴高采烈的幻景。您也许要问他幻想些什么?问这个有什么用!幻想一切呗……幻想诗人的起初不为人所承认然后却奖以桂冠的作用,幻想和霍夫曼①的友谊;巴托罗缪之夜②,狄安娜·凡尔侬,在伊凡·华西里叶维奇攻占喀山时扮演英雄的角色,克拉拉·毛勃雷,埃菲·迪恩斯,③教长会议以及教长之前的胡斯④,在《魔鬼罗勃特》⑤中死人复生,(您记得那音乐吗,有一股坟地的气息!)《米娜》和《勃伦达》,⑥别列齐纳之战,在伏·达·伯爵夫人府中朗诵长诗⑦;幻想丹东⑧,《克莉奥佩特拉和她的情人》⑨,科洛姆纳的小屋⑩,属于自己的一个角落,身边是一个爱侣,她在冬日的黄昏睁着眼睛,张

---

① 恩斯特·台奥多尔·阿马德·霍夫曼(1776—1822),德国浪漫主义的代表作家。他的作品描写的生活往往是幻想和现实的交织。
② 巴托罗缪之夜:一五七二年八月二十四日,圣·巴托罗缪节之夜,在巴黎爆发了天主教徒大规模屠杀新教徒的事件。小说家梅里美在他的历史小说《查理第九时代的轶事》中描写了这次大屠杀。
③ 狄安娜·凡尔侬、克拉拉·毛勃雷和埃菲·迪恩斯都是英国小说家华特·司各特(1771—1832)的小说中的人物。
④ 扬·胡斯(1369—1415),捷克伟大的爱国者,主张建立独立于天主教的民族教会,发动反抗德国封建主的民族解放运动。一四一五年,康斯坦茨教长会议在他拒绝放弃新教教义后判处他死刑,将他烧死。
⑤ 《魔鬼罗勃特》是法国作曲家梅耶比尔(1791—1864)创作的歌剧。
⑥ 《米娜》是瓦·阿·茹科夫斯基(1783—1852)写的诗,《勃伦达》是伊·伊·科兹洛夫(1779—1840)所作的谣曲。
⑦ 在伏·达·伯爵夫人府中朗诵长诗,指伏隆卓娃-达什科娃伯爵夫人(1818—1856)举办的沙龙。
⑧ 丹东(1759—1794),法国大革命的活动家,国民议会中山岳派的领袖之一。
⑨ 《克莉奥佩特拉和她的情人》是普希金的未完成的中篇小说《埃及之夜》(1835)中一篇即兴诗作的题目。
⑩ 《科洛姆纳的小屋》是普希金的一篇诗体小说。

着小嘴听你说话,就像您,我的小天使,现在听我说话一样。……不,娜斯晶卡,在他,在他这个放荡的懒人的那种生活中,到底有什么是我和您如此希求的呢?他认为这是一种可怜而又可叹的生活,他没有料到对他来说,也许有一天,那个可悲的时刻会来到,那时候,他不是为了欢乐,为了幸福,而只是为了多过一天这种可叹的生活,甘愿献出自己全部幻想的岁月,不想在这个忧伤、悔恨和不可遏制的悲痛的时刻作出选择。但是在它,这个可怕的时刻还没有来到的时候,他什么也不希求,因为他高于希求,因为他有一切,因为他已过于满足,因为他是他自己生活的画师,他随心所欲地创造自己的生活,使它每一小时都合自己的意。而且要知道,这个虚幻的仙境创造出来有多么容易,多么自然!仿佛这一切真的不是幻影!说实在的,有时候,他真愿意相信这全部生活并不是感情所激起,不是海市蜃楼,不是想象力设下的骗局,而是真正实在的,具体的,真实的!为什么,娜斯晶卡,您说,为什么一个人在这样的时刻会屏息凝神?怎么,由于什么法术,由于怎样一种莫名其妙的心血来潮,幻想者的脉搏会加快,眼里会迸出泪珠,他的苍白潮润的脸颊会涨得通红,一种不可抗拒的快乐会充塞他的身心?为什么整个整个不眠的夜晚会在一瞬间在无穷无尽的快乐和幸福中过去?当窗子上闪耀着朝霞的玫瑰色的光线,黎明用它的朦胧虚幻的光照亮阴沉沉的房间的时候(在我们这地方,在彼得堡正是这样),我们的疲惫不堪、受尽煎熬的幻想者一头扑到床上,心由于自己极度紧张的精神上的喜悦而发颤,发痛,那滋味真是又苦又甜,终于呼呼睡去。是的,娜斯晶卡,一个人会欺骗自己,即使是冷眼旁观,也不由得相信真正的、诚挚的热情在激动着他的心灵,不由得相信在他的虚妄的幻想中有某种活生生的可以触摸的东西!这是多大的欺骗呀——比方说,他心中萌发了爱情,随之而来的是全部无穷的欢乐以及全部难忍的痛苦。……您只要瞧他一眼,您就会相信! 亲爱的娜斯晶卡,您瞧着他,会不相信他真的从来都不认识他在自己的幻想中那样发狂地爱着的那个人吗? 他只是在一些诱人的幻景中见到过她,而那种热情在他不过是一场春梦,这难道是真的吗? 他们并没有形影相随地一起度过他们生活中的许多岁月。两个人并没有撇开整个世界,各人把自己的世界、自己的生活和对方的结合在一起,这难道是真的吗? 到了必须分手的最后时刻,她没有怀着离愁别恨伏在他的胸膛上痛哭,户外森严的天空下雨横风狂,她却没有听见,风把她的黑睫毛上的泪珠吹下卷走,她也没有感觉,这难道是真的吗? 这一切都是梦——那个花园无人照管,荒野萧索、孤寂,一片肃杀的气氛,园内小径长满了苔藓,而在这个园内,他们曾有多少次并肩漫步,希望过,悲哀过,爱恋过,那么长久地彼此爱恋过,'如此长久,如此温柔'! 还有那所古怪的祖传的屋子,在那屋子里,她和年迈阴郁的丈夫孤寂而又忧伤地度过多少时光,丈夫始终沉默寡言,动不动就发火,他们怕他,像孩子一般畏畏缩缩,彼此提心吊胆地、苦苦地隐藏起自己的爱情,不让对方知道,这难道是真的吗? 他们受了多大的折磨,他们的恐惧有多大,他们的爱情是多么天真,纯洁,而(这,娜斯晶卡,我就不用说了)人们却是多么恶毒! 我的天! 他随后和她相遇是在远离祖国的海岸,在异国正午炎热的天空下,那座永久的圣城中,珠光宝气、乐声悠扬的舞会上,在一座灯火辉煌的王宫中(必然是在一座王宫中),在那爬满了常春藤和蔷薇的阳台上;当时,她一认出了他,便那么急促地取下她的假面,悄声说了一句:'我自由了。'然后浑身颤抖,投入他的怀抱。于是他们快活得叫了一声,彼此贴紧身子,顿时忘记了悲伤、分离和种种痛苦,忘记了在遥远的祖国的那所阴森森的屋子,那个老人和阴暗的花园,忘记了那条长椅,当初她在长椅上给了他最后的热情的一吻,从他的由于绝望的痛苦而麻木了的臂膀中挣脱出来。……啊,娜斯晶卡,您一定会同意:当某个颀长强健、爱说笑的快活的年青人,您的不请自来的朋友,打开了您的门,若无其事地嚷起来:'我的好兄弟,我刚从巴夫洛甫斯克来!'这时候,您准会一惊而起,不知如何是好,满脸通红,活像刚把从邻居花园里偷来的一个苹果塞在口袋里的小学生。我的天! 老伯爵死了,难以言传的幸福就在眼前——从巴夫洛甫斯克又来了人。"

我结束了这悲怆的呼吁,凄楚地停了下来。我记得当时我恨不得挤出几声笑声来,因为我已经感觉到有一个和我作对的小鬼在我心中折腾,我的喉咙开始像被人掐住了似的,我的下巴颏抽搐起来,我的眼睛越来越潮润……我等待睁着聪明的眼睛听我说话的娜斯晶卡会发出一连串孩子气的、不可抑制地快活的笑声,我已经懊悔自己扯得太远,无谓地讲些长久以来憋在我心里的话,提起这些话来,我能讲得像照着本子念的那样,因为对我自己,我早已准备了判决书,这时我禁不住要宣读它,如实招认,也不指望人家会理解我;可是让我惊讶的是她不作一声,稍过一会,把我的手轻轻捏了一下,怀着一种羞窘的同情问:

"你一辈子真的是这样过来的吗?"

"一辈子,娜斯晶卡,"我答道,"一辈子,看来我将这样结束此生!"

"不,这不可能,"她不安地说,"不会这样;我就怕这样在奶奶身边度过一生。听着,这样生活一点意思都没有,你知道不?"

"我知道,娜斯晶卡,我知道!"我不再能压制自己的感情,嚷了起来,"此刻,我知道得比任何时候都清楚,我白白断送了自己全部最好的年月! 此刻,我认识了这一点,为此,我觉得更加痛苦,因为上帝亲自派您,我的好天使,到我这儿来,就是为了告诉我并且指点我看到这一点。此刻,我坐在您身边,和您说着话,想的却是未来,一想我就觉得可怕——未来仍然是孤独,仍然是这种发霉的无益于人的生活;既然在现实中我感到在您身边是如此幸福,我以后还幻想些什么呢!啊,但愿您,亲爱的姑娘,万分幸福,为了您一开头就没有给我钉子碰,为了我现在已经可以说,在我一生中至少有两个晚上我真正地生活过!"

"啊,不,不,"娜斯晶卡叫道,泪珠在她眼中闪光,"不,再不会这样下去了;我们不能这样分手!这样两个晚上有多好啊!"

"啊,娜斯晶卡,娜斯晶卡!您知道您多么彻底地使我和我自己和解了吗?您知道吗,我现在不会像以往有些时候那样把自己看得那样轻贱了?您知道吗,我以后也许不会再为自己一生中犯的罪,作的孽(因为这样的生活是罪孽)而难过?您会不会想,我对您说的某些话是过甚其辞,看在上帝分上,别这么想,娜斯晶卡,因为有时候我的心情是那样愁苦,那样愁苦……因为一到这种时刻我就觉得我永远不能开始过真正的生活,因为我已经觉得我丧失了同真正的现实的东西的任何接触,任何辨别的能力;因为归根到底,我得责骂我自己;因为过完那些梦幻中的夜晚,我有时会清醒过来,那真叫可怕!同时,你听人群在您周围,在生活的漩涡中,怎样喧闹转动,你耳闻目睹,人们是在怎样生活——在现实中怎样生活。你瞧,生活对他们来说并不是阻塞不通的,他们的生活不像睡梦、像幻想一般消散得无影无踪,他们的生活永远更新,永远年青,这生活没有一个小时和另一个小时相似;而幻想是暗影和思想的奴隶,第一块突如其来地遮掩了太阳、把愁苦投到真正的彼得堡人的心(这颗心万分珍惜它的太阳)上的云彩的奴隶,胆怯的幻想多么使人灰心丧气,单调到了粗俗的地步——而在愁苦之中幻想又是多么难堪!您会觉得:它,这无穷竭的幻想,终于感到乏了,它无时无刻不处于紧张状态之中而消耗完了,因为要知道人是会长大成人,摆脱掉自己以前的理想的。这些理想破碎了,化为尘埃,成为砾片;如果不存在另一种生活,那么就得用这些砾片建立起生活来。而在同时,灵魂却在祈求和渴望另一些什么东西!于是幻想者劳而无功地翻检自己的旧梦,犹如在余烬中搜寻出哪怕是一颗小小的火花,好把它扇旺起来,让重新燃起的火焰温暖已经在冷却的心,再一次复活心中一切曾是那样甜蜜可爱,那样动人心魄,使人热血沸腾,泪珠盈眶的东西,而这一切无非是一场春梦!娜斯晶卡,您知道我已发展到了什么地步吗?我已经到了不能不庆祝自己的感受的周年的地步,这些感受曾是那样甜蜜然而其实并没有发生过——因为这种周年纪念只是在愚蠢虚妄的幻想中举行——而我纪念它,正是因为这些愚蠢的幻想已经消逝,而且我已无法使它们再现:要知道,幻想也不是招之即来挥之即去的。您知道吗,我现在喜欢在某些日子追忆和探访那些我一度自得其乐的地方,我喜欢使我当前的处境和已经一去不复返的过去合拍,我常常像一个影子似的在彼得堡的大街小巷游荡,既无需求又无目的,凄苦而又忧伤。真是不堪回首话当年啊!比方说,就在这地方,正好一年以前,也是在这个时刻,这一个钟头,我就像现在这么孤单,这么凄苦地在这人行道上徘徊。想那时候,幻想是忧郁的,尽管当初并不比现在好一些,却不知怎的觉得生活似乎要轻松宁静一些,没有那些如今和我片刻不离的阴暗的思想;没有那些良心的谴责,这些阴沉愁苦的谴责如今使我白天黑夜不得安宁。你问你自己:你的幻想哪儿去了?你摇摇头说:一年年过得真快啊!你又问你自己:这些年你有什么作为?你把自己的最好的时光埋葬在哪儿?你到底生活过没有?瞧,你跟自己说,瞧,这世界变得有多冷。再过一些年头,随之而来的便是阴惨惨的孤独,便是颤巍巍支着手杖的风烛残年,随后便是愁苦与沮丧。你的幻想世界愈趋苍白,你的幻想停滞了,枯萎了,犹如树上黄叶一般飘零。……啊,娜斯晶卡!要知道落得孑然一身,形单影只,连足以抱憾的事情都没有,该有多惨。……是的,连一件憾事也没有,因为你所失去的一切,那一切,全都不值一提,愚蠢,全部等于零,无非是一些梦想而已!"

"好啦,您别往下讲,引得我怜惜您了!"娜斯晶卡擦掉了从眼里滚下来的一颗泪珠,说,"现在这一切已经结束!现在是我们俩在一起。从现在起,不管我有什么事,我们永不分离。您听着。我是个普普通通的姑娘,我没有受过多少教育,虽说我奶奶为我请过一位教师;可是,说真的,我了解您,因为您刚才讲给我听的一切,在奶奶把我拴在她的连衣裙上的时候,我自己都经历过。自然,我不能讲得像您那么好,我没有受过教育。"她羞涩地添了一句,因为她对我讲得凄切动人的口才以及我出语的高雅仍然有一定程度的尊敬。"您对我说的全是心里话,我很高兴。现在我了解您,了解得很透彻,了解一切。您猜怎么样?我想把我的故事也讲给您听,原原本本,毫不隐瞒,不过您听了之后请替我出个主意。您是个非常聪明的人,您能答应替我出这个主意吗?"

"啊,娜斯晶卡,"我回答道,"我从来不曾给人当过参谋,更不用说是聪明的参谋了,可是我现在明白,如果我们永远像这样生活,那就是做了一件非常聪明的事,而且彼此都能给对方出非常好的主意!好啦,我的好娜斯晶卡,您要我出什么主意呢?痛痛快快地告诉我吧。我现在是这样快乐、幸福、勇敢而又聪明,要说话张嘴就来。"

"不,不!"娜斯晶卡笑着打断了我,"我要的不单是聪明的主意,我要的是真挚的透着骨肉情谊的主意,就像您已经爱了我一辈子!"

"说吧,娜斯晶卡,说吧!"我欣喜若狂地嚷起来,"即使我已经爱了您二十年,我仍然不会比现在爱得更热烈。"

"把您的手给我!"娜斯晶卡说。

"这就是!"我把手伸给她,答道。

"好,现在开始讲我的故事!"

娜斯晶卡的故事

"我的故事有一半您已经知道了,那就是,您知道我有个年老的奶奶……"

"如果那另一半也像这样简短……"我笑着打断了她的话。

"别说话,您听着。得先订个条件:不准打断我的话头,要不然,我恐怕就会闹得前言不搭后语。好啦,安安静静地听吧。

"我有一个年老的奶奶。我到她身边的时候还是个小丫头,因为我父母双亡。我敢断定奶奶以前比现在富裕,因为如今她总是念叨过去的好日子。她教我法文,后来又为我请了一位教师。在我十五岁的时候(我现在十七岁),教课结束了。就在这时候,我淘起气来;我干了什么,我不告诉您;只要说一句就够了:我的错误并不大。哪知道,一天早晨,奶奶把我叫到她跟前,说是她眼瞎了,看不住我,便用一只别针把我的连衣裙和她的别在一起,接着说,如果我不学好的话,我们就像这样坐上一辈子。总而言之,开头我怎么也想不出办法离开她:干活、念书、学习——全在奶奶身边。有一次,我想试试能不能骗过她,便磨得费奥克拉代替我坐着。费奥克拉是我们的女佣人,她是个聋子。费奥克拉代替我坐着;这时候奶奶正在圈椅里打盹儿,我就去找附近的一个女友。好,这下糟啦。奶奶醒来,我已不在身边,可

360

她还以为我乖乖地坐在老地方,便问了句什么话。费奥克拉看见奶奶在问话,而她又听不见,她想来想去,不知如何是好,便打开别针,撒腿就跑……"

说到这儿,娜斯晶卡打住了,咯咯笑起来。我也跟着她笑。她即刻又收住了笑声。

"您听着,别耻笑我奶奶。我笑是因为觉得好笑。……说实在的,奶奶就是这样一个人,我有什么办法?可我多少还是爱她的。好,这一下我算是给逮住了:我即刻又被拉到老地方坐着,简直一动也不能动。

"啊呀,我忘了告诉您一件事,我们住的屋子,或者说,奶奶住的屋子是她自己的,那是所小屋,一共有三扇窗子,全是木头搭起来的,跟奶奶一样上了年纪;上面有个阁楼;一位新房客搬来住进了我们的阁楼。……"

"这么说,原来有个老房客了?"我装得不在意地问了一句。

"当然有喽,"娜斯晶卡回答,"他寡言少语,不像您这样爱说话。说真的,他难得转动他的舌头,他是个瘸腿的干瘪老头,又瞎又哑,最后他活不成了,他死了;以后我们不得不找一个新房客,因为我们没有个房客就活不下去:我们的收入几乎全靠房租和奶奶的养老金。这新房客碰巧是个年青人,他不是本地人,是外地来的。他不在房租上和我们讨价还价,所以奶奶就让他搬了进来,到后来她才问我:'喂,娜斯晶卡,我们的房客是不是个年青人?'我不愿意撒谎,就说:'嗯,依我说,奶奶,他算不得很年青,可也不是老头儿。'奶奶又问:'相貌好看吗?'

"我还是不愿意撒谎:'是的,相貌嘛,依我说,挺好,奶奶!'奶奶就说:'唉!真遭罪啊遭罪!孙女儿,我可是跟你说,你别偷偷瞧他。如今是什么世道啊!也怪,偏偏来了这么个不入流的房客,而且相貌还挺好:以往可不是这样!'

"奶奶想的尽是以往怎样！以往她要比现在年青，以往太阳要比现在暖，奶油也不像现在这样很快就变酸——尽是以往如何如何！我呢，坐着，一声不吭，自个儿寻思：为什么奶奶主动提醒我，问我房客相貌俊不俊，年青不年青？话说回来，我不过这么想了想，很快又拿起袜子来织，数起钩的针数来，不一会就全忘了。

"一天早晨，这房客找上门来问我们关于答应过他裱糊房间墙壁的事。言来语去，奶奶唠叨起来，说：'娜斯晶卡，去我的卧房里把算盘拿来。'我立刻跳起来，也不知为什么脸上有了红晕，竟忘了我坐在那里是用别针拴着的；我不是不声不响地打开别针，不让房客看见，而是腾地蹿起，把奶奶的圈椅都牵动了。我看到房客这时已经明白了我是怎么回事，脸涨得通红，站在那儿动弹不得，一下子哭了起来——那一刻，我羞得无地自容，恨不得闭眼不看这世界！奶奶呵斥道：'你傻站着干什么？'我哭得更凶了……房客明白，我是因为在他面前出了丑而感到羞耻，就欠身行礼，退了出去。

"打那时候起，只要过道里一有声响，我就像死过去了一样。我就想房客来了，便偷偷地打开别针以防万一。可是每次都不是他。他再也不来了。两星期过去了。那房客请费奥克拉传话，说是他有许多法文书，全是些值得一读的好书；问奶奶想不想由我把这些书读给她听，也好解解闷儿？奶奶答允了并表示感谢，只是不停地问是不是些有伤风化的书，因为要是些伤风败俗的书，那就绝对不能读。她说，你呀，娜斯晶卡，读了会学坏的。

"'那么，我学些什么呀，奶奶？那种书里写的又是些什么？'

"'哼，'她说，'那些书里写的尽是些小伙子怎样勾引规规矩矩的姑娘,他们怎样借口说希望和她们结婚,带着她们从爹妈家里出去,随后又怎样扔下这些不幸的姑娘,任凭命运摆布;终于落得个顶顶凄惨的下场。'奶奶说,'我读过好多这样的书,全都写得那样好,让你整夜坐着悄悄地读它们。你呀,娜斯晶卡,要留心,别读它们。'她问,'他送来的是些什么样的书?'

"'全是华特·司各特的小说,奶奶。'

"'华特·司各特的小说!好啦,那里面有没有什么鬼名堂?翻一翻,看他有没有在书里夹带谈情说爱的字条儿什么的?'

"'没有,'我说,'没有字条儿,奶奶。'

"'你再看看那硬面书皮底下;他们有时就塞在硬面书皮底下,那些狗东西!……'

"'没有,奶奶,书皮底下什么也没有。'

"'哦,那就这样吧!'

"这下我们开始读起华特·司各特来,一个月左右,几乎读了一半。这以后他又一次一次地送书来,他送来普希金的作品,到了最后我简直离不了书本。我连嫁给一个中国皇子的事也不想了。

"就这样,有一次我偶然在楼梯上碰见了我们这位房客。奶奶打发我去取一样东西。他停了脚步,我脸红了,他也脸红了;可他笑了,向我问安,还问我奶奶好,他说:'怎么样,书您读了吗?'我回答:'读了。'他说:'你比较起来喜欢哪一本?'我说:'我最喜欢《艾凡赫》和普希金。'这一次,谈话就这样结束了。

"过了一星期,我和他又在楼梯上遇上了。这一次,不是奶奶差我办什么事,是我自己找东西。那时候快到三点钟了。这位房客总是在这当儿回家来。'您好!'他说。我回他一句:'您好!'

363

"他说:'您整天和奶奶一块儿坐着,不闷得慌吗?'

"他这么问我,我不知为什么脸红了,觉得不好意思,又一次感到受了屈辱,这大概是因为人家居然问起这样一件事来的缘故。我想不理他,走开,可是没有力量这么做。

"'您听着,'他说,'您是个好姑娘。请原谅我这么和您说话,可是请相信我,我对您是一片好意,在这一点上我赛过您的奶奶。您难道连一个可以去看望的女友都没有?'

"我说,现在一个也没有,以前倒是有一个叫玛申卡的,可是她上普斯科夫去了。

"'请问您乐意和我一块儿去看戏吗?'他说。

"'看戏?奶奶会说什么呢?'

"他说'您就偷偷地离开奶奶……'

"'那不行,'我说,'我不愿意欺瞒奶奶。再见,先生!'

"'哦,再见。'他说,没有再说什么。

"晚饭刚吃过,他就上我们房间里来;坐下和奶奶说了好一阵子话,问她去过哪儿没有,有没熟识的人,——接着他突然说道:'今天我在歌剧院定了一个包厢;演的是《塞维勒的理发师》①,我的朋友原来想去,后来又回绝了,我还有多余的票。'

"'《塞维勒的理发师》!'奶奶叫起来,'就是以往上演过的那一个理发师?'

"'不错,'他说,'就是那一个理发师。'他瞅了我一眼。这下我全明白了,脸红了,我的心由于期待猛跳起来!

"'原来如此,'奶奶说,'我怎么会不知道!以往在私人家中上演时,我还演过罗茜娜哩!'

---

① 《塞维勒的理发师》是意大利杰出作曲家罗西尼(1792—1868)作的喜歌剧。

"'那么您今天愿意去看吗？'那个房客问,'要是不去,我的票就白白废了。'

"'好,我们去,'奶奶说,'干吗不去呀？我的娜斯晶卡还从来没上过戏院哩。'

"我的天,我有多高兴呀！我们即刻准备,穿戴整齐之后动身。奶奶尽管眼瞎,可她想听听音乐,再说,她是个好心肠的老人,她所希望的莫过于让我开心解闷。我们自己上戏院,那是永远不会有的事。

"《塞维勒的理发师》给了我怎样的印象,我不告诉您；那一天整个晚上我们的房客如此亲热地望着我,说话又是如此殷勤,我当时就明白了,早上他请我一个人和他出去,是想试探一下。啊,真是快活！我躺下睡觉时心里有多么得意,多么高兴啊,我心跳得有点儿像得了热病似的,我说了一夜梦话,说的都是《塞维勒的理发师》。

"我心想,打这以后他会来得越来越勤,——可事实不是如此。他几乎断了踪影。一般是一个月他来一次,来只是为了请我们去看戏。后来我们又去看了两次。不过我对此感到很不痛快。我看出他只不过是可怜我,因为我在奶奶身边受到这样的拘束,如此而已。日子一天天过去,我变得坐立不安,读书干活一概没有心思。我有时候笑,故意惹得奶奶生气,有时候索性哭起来。到后来,我人瘦了,差点儿害起病来。歌剧上演季节过去了,房客根本不上我们房间来了；我们见面的时候(不用说,每次都在楼梯上),他总是默不做声,那么庄重地躬身为礼,似乎连话也不想说,转眼已走到了门廊上,我呢,还在楼梯半中间站着,脸像樱桃一样通红,因为我只要一遇见他,全身的血液都开始涌到头脸上来。

"这下快结束了。整整一年以前的五月,那个房客上我们

365

房间来,告诉我奶奶说他在这儿的事已经全部办妥,又要上莫斯科去住一年。我一听这话,脸色发白,跌坐在一张椅子里,像死过去了一样。奶奶什么也看不见。他呢,宣布要离开我们家以后,朝我们行了个礼,走了。

"我怎么办呢?我想了又想,愁得不知如何是好,最后,我下了决心。第二天他就要走了,我打定主意,在当天晚上奶奶上床睡觉以后要问出个结果来。于是事情就这样发生了。我打点了一个包袱,里面是几件连衣裙,一些换洗的衬衣。我手拿着包袱,半死不活,走进我们的房客的阁楼。我想我上楼梯恐怕花了有足足一个钟头。我打开了他的房门,他惊叫一声,眼睁睁望着我。他以为我是个鬼魂,赶快倒水给我喝,因为我两腿快要支持不住了。我的心狂跳得连脑袋都生疼,我的神智已经模糊不清。我清醒过来以后所做的第一件事便是把自己的包袱放到他床上,人挨着他坐下来,双手捂住脸,泪如泉涌地哭起来。他似乎一下子全明白了,脸色惨白,站在我面前,那么悲伤地看着我,看得我的心都碎了。

"'您听着,'他开口说,'您听着,娜斯晶卡,我什么事也办不了;我是个穷人,眼下我身无长物,连个正当的职位也没有;如果我和你结婚,我们又怎么生活呢?'

"我们谈了好久;可是说到末了,我真的急了,我说我再也不能和奶奶一起过下去了,我要逃出她那儿,我不愿意让她用别针拴住我;只要他有意,我就和他一起去莫斯科,因为我不能没有他。羞耻、爱情、高傲同时在我心中爆发,我几乎像抽风似的倒在他床上。我多么怕他拒绝我啊!

"他默然坐了几分钟,然后站起,走到我跟前,抓住了我的手。

"'听着,我的好人,我亲爱的娜斯晶卡,'他也噙着眼泪说道,'听着,我向您起誓:只要有一天,我的境遇足以使我成家,那么,您一定就是我幸福的化身。请您相信:现在只有您一个人能够使我幸福。听着,我要去莫斯科,在那儿待上整一年。我希望能打下我的事业的基础。我回来的时候,如果您仍然爱我,我向您起誓,我们就会幸福。此刻,这是不可能的,我没有这能力,我没有权利作出任何许诺。不过我再说一遍,如果一年之后,事情未能如愿,那就肯定要等上相当时间了;自然喽,这是说如果在那种情形下,您仍然爱我而不是爱另一个人的话,因为我不能也不敢用什么誓言来约束您。'

"他就向我说了这些,第二天他就走了。我们相约有关这事一句话也不告诉奶奶。这是他的要求。好,这下我的全部故事快到头了。整整一年过去了。他来了,他来这里已经整整三天,可是,可是……"

"怎么啦?"我急于要想听到结尾,便叫起来。

"可是直到此刻,他也没有露面!"娜斯晶卡仿佛使尽力气才迸出这句回答,"连个信息也没有……"

说到这里,她停住了,沉默了一会,垂下头,突然双手捂住脸,号啕大哭,把我的心都哭碎了。

我怎么也没有想到结局会是这样。

"娜斯晶卡!"我用一种怯生生的委婉的口气说,"娜斯晶卡!看在上帝分上,别哭!您怎么知道?也许他还没有来……"

"来了,来了!"娜斯晶卡接过话头说,"他来了,这我知道。还在那天晚上,他临走的前夕,我们就讲好了的。在我们说了那些我刚才告诉您的话以后,我们订了约,我们到这儿来散步,就在这河沿走来走去。当时是十点钟。我们坐在这条长椅上;那时我已经不哭了;他说的那些话,听得我心里甜滋滋的。……他说,他一到即刻上我们家。如果我不拒绝他求婚,那我们就向奶奶和盘托出。现在他来了,这我知道,可是他不露面,不露面。"

她又忍不住哭起来。

"我的天,难道我不能做点什么来减轻您的痛苦吗?"我叫道,从长椅上跳起来,急得不知如何是好,"请告诉我,娜斯晶卡,我就不能去找他谈一谈吗?"

"这可能吗?"她突然抬起头来说。

"不行,这自然不行,"我顿时醒悟过来说,"啊,有办法了,您写封信。"

"不,这不行,办不到!"她断然回答,低下头不看我。

"怎么办不到?为什么办不到?"我不肯放弃我的主意,继续说,"不过,您知道,娜斯晶卡,这要看写怎样的信!信跟信不一样。……啊,娜斯晶卡,我有了主意!请相信我,相信我!我不会给您出傻主意。这一切都是办得到的。您已经走了第一步——干吗现在不……"

"不行,不行!那样就像我死气白赖地要缠住……"

"唉,我的好娜斯晶卡!"我打断了她的话,忍不住微微一笑,"不,不,说到头来,您有权利,因为他已经答应了您。再说,我从种种情形已经看出他是个感情细致的人,他为人正派。"我往下说,由于自己的论据和信念的合乎情理越说越得意。"他的为人怎样呢?他作了许诺,使自己受了约束:他说只要他有朝一日结婚,就非您不娶;而您呢,他让您完全自由,哪怕现在也尽可以拒绝他。……在这种情况下,您不妨走第一步,您有权利,退一步说,假如您想解除他的诺言的约束,您在他面前也占优势……"

"请问,换了您,您怎样写呢?"

"写什么?"

368

"写这封信呀。"

"要是我就这么写：'亲爱的先生……'"

"亲爱的先生，难道非这样写不成吗？"

"不成！不过，为什么非这样写不可呢？我认为……"

"好，好，往下写！"

"亲爱的先生！

请原谅我……

不，不对，用不着请求什么原谅！事实本身足以说明一切，直截了当地写吧：

我现在给您写信，请原谅我没有耐心。不过我已经足足等了充满希望的幸福的一年，您能责怪我眼下连一天疑惑不定的日子也不能熬吗？如今，您已经来了，也许，您已经改变了主意。要是这样，那么，这封信是要告诉您我既不抱怨，也不怪罪您。我不会因为您管不住自己的心而怪罪您。那是我命该如此！

您是个高尚的人。您不会看了这几行透露我的急不可耐的心情的字而付之一笑或者感到恼怒。请记住，这是一个可怜的姑娘写的，她孤苦伶仃，没有谁教她，没有谁指点她，因此她从来不会管束自己的心。但是如果说怀疑钻进了我的灵魂，即使只是一瞬间也罢，那么请原谅我。您不会忍心（哪怕只是在思想上）使一个过去如此爱过您、现在依然如此爱您的人受委屈的。"

"好，好！您跟我想到一块儿啦！"娜斯晶卡叫起来，她快活得眼睛放光，"啊！您解除了我的疑虑，您准是上帝派来帮助我的！谢谢，谢谢您！"

"为什么谢我？为的是上帝派了我来？"我问道，兴奋地瞅

369

着她的快乐的小脸。

"对,哪怕是为了这一点,我也感谢您。"

"唉,娜斯晶卡!要知道有时候我们感谢别人,不过是因为他们和我们生活在一处。我感谢您,因为我有幸遇上了您,因为我一辈子也忘不了您!"

"好,够了,够了!现在您听我说:我们当初有约,他只要一到,就立刻在我们那些熟人家里一个地方留封信给我,让我知道他来了。这些熟人都是些纯朴的好人,我们约定的事,他们一点也不知道;万一他不能用写信这个办法,因为有些话在信中不便明言;那么,他就在到达的那天十点整上这儿来,这是我们约好相会的地点。我已经知道他来了,而今天已是第三天,不见信也不见人。早上要摆脱掉奶奶出门,这是绝对办不到的。请您明天把我的信亲手交给我跟您说过的那些好心人,他们会转给他。要有回信,请您亲自在晚上十点钟带来。"

"可是信呢,信呢!您知道首先要把信写好!看来事情后天才能办好。"

"信……"娜斯晶卡接口说,神情有点慌乱,"信……可是……"

她没有把话说完。她脸红得像玫瑰,先掉过脸去不看我,然后我突然感觉到有一封信塞到我手里,显然是早就写好、准备好、封好的。我心中泛起一种熟悉、甜蜜、动人的回忆。

"罗——罗,茜——茜,娜——娜。"我唱起来。

"罗茜娜!"我们一块儿哼着,我高兴得差点儿要拥抱她,她脸红得什么似的,黑睫毛上颤动着珍珠一般的泪珠,笑了。

"哦,好啦,好啦!现在该分手啦!"她说话像放连珠炮似的,"信已经交给了您,这是送信的地址。别了!再见!明儿见!"

她用力握了握我的双手,点了点头,飞也似的跑进她住的胡同。我在原地站了好久,目送着她。

"明儿见!明儿见!"她的身影从我眼中消失的时候,这声音还在我耳边回响。

第三个夜晚

今天是个阴沉沉的日子,下着雨,黯淡无光,犹如我未来的晚年。一些古怪的念头,一些阴森的感觉使我心情沉甸甸的,一些对我来说还不明确的问题涌进我的脑中。而我既无力也不想解决这些问题。这一切不该由我来解决!

今天我们不会见面了。昨晚我们分手的时候,天空布满了云,起了雾。我说明天将是一个坏天气。她不回答,她不愿意说和她的心愿相反的话。在她看来,这一天明媚晴朗。她的幸福的上空没有一片阴翳。

"要是下雨,我们就不见面了!"她说,"我不能来。"

我以为今天的雨她不会在意,然而她没有来。

昨天是我们第三次相见,我们的第三个白夜⋯⋯

但是快乐和幸福使人变得多么美好!爱情在心中多么炽烈地燃烧!你恨不得向别人推心置腹,倾诉衷肠,你恨不得人人都快活,人人都乐呵呵!这种快乐是多么富于感染力啊!昨天她的话里有多少爱怜,她的心中对我有多少好感啊⋯⋯她对我是多么殷勤,多么亲热,多么鼓舞和爱抚了我的心!啊,幸福引逗出多少风情!我呢⋯⋯我呢,把这一切信以为真;我以为她⋯⋯

可是,我的天,我怎么能这样想?在一切都已归于别人,一切都不是我的情况下,在到头来甚至她的温存本身、她的关注、她的爱⋯⋯不错,对我的爱无非是一种即将见到另一个人而感

371

到的快乐,要使我也感到她自己的幸福的愿望这种情况下,我怎么能这样盲目?在他没有来,我们空等一场的时候,她皱眉蹙额,感到胆怯害怕。她的所有举动,她的一切言辞就已显得不那么轻松愉快佻达。说也奇怪,她的注意力转向了我,似乎本能地想把她自己希望得到的东西倾注到我身上,为的是她自己也担心她的愿望不会实现。我的娜斯晶卡是那么畏怯,那么惊慌,似乎她终于明白过来,我爱上了她,于是为了我的可怜的爱情而感到难过。大凡我们遭到不幸的时候,我们就能更深切地感受到别人的不幸;这种感觉不是消除而是加强了……

我怀着满腹心事,急不可待地去和她会面。我此刻的感受,我事先毫无所感,这一切的结局不会如我所愿,我也事先毫无所感。她喜气洋洋,容光焕发,她等待着回答。这回答就是他本人。他应该来,应该听到她的召唤,即刻赶来。她比我早到整整一个钟头。开头,她冲着什么都咯咯地笑,我说什么她都笑。我刚要张嘴便咽住了。

"您知道我为什么这么高兴吗?"她说,"为什么见到您这么高兴?为什么今天这么喜欢您吗?"

"为什么?"我问,我的心颤抖起来。

"我喜欢您,因为您并没有爱上我。要知道,换一个人处在您的地位,就会和我纠缠不清,使我不得安宁,就会唉声叹气,痛苦不堪,而您却是那样可亲!"

这时候,她使劲握我的手,疼得我差点儿叫出声来。她笑了。

"天啊!您是多好的一个朋友啊!"她过了一分钟非常认真地说起来,"您真是上帝派来照看我的!如果我此刻没有您,我又会怎么样啊?您真是不存一点私心!您对我有多好!我结婚以后,我们将是好朋友,比兄妹还要亲。那时候,我爱您将和爱他差不多。……"

此时此刻,我难过得要命,然而我心中却有某种类似要笑的感觉。

"您太激动了,"我说,"您在哆嗦,您以为他不会来了。"

"上帝保佑您,"她回答道,"如果我不是像现在这样幸福,我会为您的缺乏信心、为您的责备而哭起来。不过,您引导我思索,向我提出需要仔细思量的问题,但是这些我以后会去想的,至于眼前,我向您承认您说得对。是的,我有点忘其所以;我仿佛全身心都在期待,把一切想得有点过于轻易。啊,且住,感觉留待以后再说吧!……"

这时候,我们听到了脚步声,在黑暗中似乎有一个过路人正迎面向我们走来。我们俩身子打战,她差点儿叫出声来。我放下她的手,作了个想离开她的姿态。可是我们上当了:这不是他。

"您怕什么?您为什么撒开我的手?"她又把手伸给我说,"咦,这是怎么啦?我们一块儿见他;我希望他看到我们彼此如何相爱。"

"我们彼此是如何相爱啊!"我叫起来。

"唉,娜斯晶卡,娜斯晶卡!"我心里想,"像这样的话你对我说过有多少啊!这种爱,娜斯晶卡,在另一个时候使人的心发凉,灵魂变得沉重。你的手是凉的,我的手却像火焰一样烫人。你是多么盲目啊,娜斯晶卡!……有些时候,一个幸福的人是多么叫人难以忍受!但是我不能生你的气!"

我的心终于快要胀破了。

"您听着,娜斯晶卡!"我叫道,"您知道我这一整天是怎么过的吗?"

"啊,怎么,出了什么事啦?快讲给我听!您可是直到此刻一直没有开腔!"

"首先,娜斯晶卡,我去办您要我办的事,交了信,去了您的那些好人儿家里,然后……然后我回到家里,躺下睡觉。"

"就是这些?"她笑起来打断了我的话。

"是的,几乎就是这些,"我咬了咬牙回答,因为我眼里已经满含愚蠢的泪水,"我睡到我们约会之前一小时才醒来,可是就像没有睡一样,我不知道自己是怎么回事。我来把这一切都讲给您听,似乎时间对于我已经不再流逝,似乎从现在起我心里只该有一种感觉,一种感情,直到永远,似乎一分钟应该持续下去化为永恒,我觉得似乎全部生活都已停止。……我醒来的时候,只觉得有一段乐曲,以前在什么地方听过,很早就熟悉的乐曲,已经忘却、如今又想了起来的、令人销魂的乐曲,我觉得它一辈子都在我灵魂中跃跃欲出,只是如今……"

"啊,我的天,我的天!"娜斯晶卡打断了我的话,"事情为什么是这样?我一点也不明白。"

"噢,娜斯晶卡,我真想用个什么办法把这个奇怪的印象传达给你。……"我接着说,声气是悲戚的,其中还隐藏着希望,虽然是极其渺茫的希望。

"够了,您别讲了,够了。"她说,转眼间,她就猜到了,这小机灵鬼!

突然之间,她变得异乎寻常的饶舌、快活、淘气。她挽住了我的胳膊,笑着,也想引我笑。我说的每一句窘迫的话都招来她的那么清亮、那么长久的笑声。……我开始生气,她怎么一下子卖弄起风情来了。

"您听我说,"她说,"您没有爱上我,我不免心里有点不快。人的心理真是难说!不过不管怎样,您这位死心眼的先生,您总不能不夸我为人老实吧。我把什么都告诉了您,脑子里闪过的念头,不管多蠢,都告诉了您。"

"您听,现在好像是十一点钟了?"我说,这时城里一座遥远的钟楼响起了均匀的钟声。她突然收住,停了笑声,数起那钟声来。

"是啊,是十一点钟。"她终于用一种虚怯的犹豫不决的声音说。

我立刻就懊悔不该吓了她,迫使她数钟声,心里责骂自己那种恶意的冲动。我为她感到悲哀,我不知道该怎么来赎自己的罪过。我开始安慰她,想出些他之所以不来赴约的理由,提出各种论证。此时此刻的她比谁都容易受骗。事实上任何人在这种时刻都乐于听信不管什么样安慰的话,只要话里有一点合乎情理的影子,就高兴得什么似的。

"说来也真好笑,"我开始说道,并且为了自己把道理说得异常清楚,就越说越起劲,越说越得意,"他怎么能来呢,您诱得我上了您的当,娜斯晶卡,闹得我把现在是什么时间都忘了……您只要想一想:他刚收到您的信;说不定有事不能来呢,说不定他会回信说明信直到第二天才到他手里。我明天天一亮就去找他,然后马上通知您。说来说去,您可以设想成千上百种可能性:喏,比方说,信送到的时候,他不在家,也许直到现在,他还没有读到你的信。要知道什么事情都可能发生的啊。"

"对,对!"娜斯晶卡回答道,"我可真没有想到;当然,什么事情都可能发生。"她接着说,口气十分通情达理,不过从中可以听出某种隐隐约约的想法,犹如一支乐曲中一个令人讨厌的不和谐的音响。"现在请您办一件事,"她又说下去,"明天您尽早去一趟,如果您收到了什么,请马上通知我。您已经知道我的住处了吧?"于是她又把自己的地址向我说了一遍。

接着她对我突然显得那么温存,那么羞怯……她像是在注意听我向她说的话；但是当我问她一个问题的时候，她默然不语，神色慌乱，掉过头去不看我。我正面瞧了她一眼——可不是，她在哭。

"啊呀，怎么能这样？怎么能这样？唉，您真是个孩子！多么天真！……别哭了！"

她勉强想装出一副笑容，沉住气，可是她的下巴颏在抖动，胸脯起伏不定。

"我想的是您，"她沉默片刻后对我说，"您是那么体贴，我不是块石头，怎能感觉不到这一点……您知道我现在想的什么吗？我把你们两个作了个比较。他为什么不是您呢？他为什么不像您这样？他不如您，虽说我爱他胜过爱您。"

我无言以对。她呢，似乎在等待我说些什么。

"自然喽，我也许还不完全了解他，不完全认识他。您知道我始终好像怕他似的；他总是那么严肃，神气显得似乎有些高傲。当然，我知道他只是外表如此，而在他的心中有着比我更多的柔情……我记得当我提着包袱走进他的阁楼（您还记得吗？）时，他直愣愣看着我的光景。不过不管怎么说，我敬重他有点儿过分，而这就显得我们之间不平等似的，您说对不对？"

"不，娜斯晶卡，不，"我回答说，"这就是说您爱他胜过爱世界上任何人，远远超过爱您自己。"

"好，就算是这样吧，"天真的娜斯晶卡答道，"不过您知道我现在想的什么吗？我现在要说的并不是他，而只是笼统地讲；这一切我早就想过了。请问，为什么我们大家不是像兄弟姊妹一样？为什么即使是最好的人也总像隐瞒了什么似的，在别人面前对此绝口不提？为什么明知人家不会把他的话当耳边风，也不把心事直截痛快地说出来？结果是谁都凛然不可侵犯，而他真正为人并非如此，似乎人人都怕把自己的感情很快表露出来,就会使这种感情受到冷遇……"

"唉,娜斯晶卡,您说得对;不过出现这种情形有许多原因。"我打断了她的话,在这一刻,我比任何时候都更克制自己的感情。

"不,不!"她情意深挚地回答,"就拿您来说吧,您和别人不一样!我真不知道怎样向您说明我所感觉到的。不过依我看,拿您来说……就在此刻……我觉得您为我作出了某种牺牲。"她羞怯地接着说,飞快地瞅了我一眼。"请原谅我这样向您说话:您知道我是个普通姑娘,我没有多少见识,有时候我真不知道怎样说话。"她接着说,声音由于某种深藏的感情而颤抖,同时竭力想装出一副笑容,"不过我只想告诉您,我感激您,这一切我也感觉到了。……唉,愿上帝为此赐福于您!您那次讲给我听的关于您的幻想者的故事,完全是假的,也就是,我想说,跟您全不相干。您已经复原了,您真的已经是另一个人,完全不是您把自己说的那样。如果有一天,您爱上了谁,但愿上帝赐福于您和她。我不想祝愿她什么,因为她和您在一起会很幸福。我知道,我自己是个女人,我既然这么跟您说了,您应该相信我……"

她不说话了,紧紧地握了握我的手。我也激动得说不出话来。这样过了几分钟。

"好啦,显然他今天不会来了!"她终于说了这句话,抬起了头,"时间很晚了!……"

"他明天会来的。"我用十分坚定自信的口气说。

"对,"她接着说,神情活跃了一些,"此刻我自己也明白了,他明天才会来。好,那就再见吧,明天见!要是明天下雨,我也许就不来了。不过后天我会来的,不管有什么事,一定会来;请您一定到这儿来。我希望见到您,我会把一切都告诉您。"

随后,我们分手的时候,她把手伸给我,用清澈的眼光看了我一眼,说:

"从今以后我们永远在一起,您说是不是?"

啊,娜斯晶卡,娜斯晶卡!你要知道我此刻是如何的孤单就好了。

钟鸣九下的时候,我在房间里坐不住了,不顾阴雨连绵,穿上衣服走出去。我到了那儿,坐在我们曾经坐过的长椅上。我想走到她住的那条胡同里,但是我觉得不好意思,连她的窗子都不敢望一眼,在离她的屋子两步路的地方走开了。我回到家里,感到从来没有过的愁苦。多么潮湿凄凉的日子!要是个好天气,我会在那儿走上一夜……

但是明天再见,明天再见!明天她会向我说明一切的。

然而今天信没有来。不过事情正该如此。他们已经在一起了……

第四个夜晚

天啊!这一切落了个怎样的结局!落了个什么结局!

我九点钟赶到,她已经在那儿了。我老远就看到了她;她就像初次见面时那样站着,胳膊肘支在河沿的栏杆上,没有听到我走近她。

"娜斯晶卡!"我好不容易抑制住自己的激动,叫了她一声。

她很快向我转过身来。

"哦!"她说,"哦,快,快!"

我莫名其妙地望着她。

"啊,信呢?您带了信来没有?"她手抓住栏杆又问了一遍。

"没有,我没有收到信,"我终于说道,"难道他还没有去您那儿?"

她脸色惨白,一动不动地望了我好久。我粉碎了她最后的希望。

"哦,上帝保佑他!"她终于用若断若续的声音说,"如果他就这样丢下了我,但愿上帝保佑他。"

她垂下眼皮,随后她想看我一眼,可是她不能。她花了好几分钟竭力使自己平静下来,可是她突然转过身子,胳膊肘撑着河沿的栏杆,痛哭起来。

"别这样,别这样!"我才开口,可是看到她这光景,我再也没有力量说下去了,我又能说什么呢?

"不要安慰我,"她哭着说,"别提他了,别说什么他会来了,别说什么他不会那么狠心,那么没有人性地抛弃我,他已经这么做了。为什么,为什么?难道我的信里,那封倒霉的信里有什么不是吗?……"

这时她的哭声盖过了她的语声;我望着她,心都碎了。

"啊,真是丧尽天良!"她又说道,"连一行字、一行字都不写!哪怕回信说他不需要我,他不要我;可是整整三天,连一行字都没见着!他凌辱欺侮一个可怜的不能自卫的姑娘是多么容易!这姑娘的罪过就是爱他。这三天里我受了多少煎熬啊!我的天,我的天!一想起是我第一次主动找的他,是我在他面前不顾自己体面,哭着恳求他给我哪怕是一点儿爱情,我就……而在这以后……听着,"她转向我说道,黑眼睛放射出光芒,"不该是这样,不可能是这样!这不合道理!一定是您或是我搞错了。也许是他没有收到信?也许,直到如今,他还蒙在鼓里。您想想看,这怎么可能呢?告诉我,看在上帝分上,向我解释清楚——我实在不明白——一个人怎能粗暴野蛮到像他对待我这样的地步!没有片纸只字!世界上最低贱的人得到的怜惜也比我得到的多。也许,他听了什么话,也许有人在他面前说我坏话?"她转过来呼喊着问我,"您是怎么想的,怎么想的?"

"听着,娜斯晶卡,我明天用您的名义去找他。"

"哦!"

"我把一切都问明白,并且把一切都讲给他听!"

"哦,哦!"

"您写封信。别说不行,娜斯晶卡,别说不行!我要叫他尊重您的行为,他会明白一切,如果……"

"不,我的朋友,不,"她打断了我的话,"够了!我不再说一句话,一句话,不再写一行字——够了!我不了解他,我也不再爱他,我要忘……了……他……"

她说不下去了。

"您静一静,您静一静!在这儿坐下来,娜斯晶卡。"我按着她在长椅上坐下,说。

"我很镇静。您不用着急!没有什么大不了的!我淌了眼泪,眼泪会干的!怎么,您以为我要毁掉自己,我要投河吗?……"

我心潮汹涌;我想说话,可是我不能。

"您听着!"她抓住了我的手,接着说,"请您告诉我,您处在他的地位,不会像他这样,对不对?您不会抛弃一个主动找您的姑娘,您不会当面不知羞耻地嘲笑她的脆弱而又痴情的心,您会悉心爱护她,对不对?您会这样想:她孤身一人,不会照管自己,不会小心谨慎不让自己爱上您,她没有罪过,归根到底,她没有罪过……您会想,她并没有做什么事!……啊,我的天,我的天……"

"娜斯晶卡!"我终于控制不住自己的感情激动,叫道,"娜斯晶卡!您是在折磨我!您是在伤我的心,您简直是在要我的命,娜斯晶卡!我不能再不做声了!我还是应该说,把此刻在心里翻腾的感情讲出来……"

我在说这番话的同时,从长椅上站起。她抓住我的手,惊奇地望着我。

"您怎么啦?"她终于问道。

"您听着!"我毅然决然地说,"听我说,娜斯晶卡!我现在要说的全是胡话,全是梦话,全是蠢话!我知道这样的事从来就不会有,可是我不能不说。为了您现在遭受的痛苦,我预先恳求您原谅我!……"

"啊呀,您要说什么呀,什么呀!"她停了哭泣,全神贯注地望着我说,同时她的惊讶的目光中流露出一种不寻常的好奇心,"您怎么啦?"

"事情是无法实现的,可是我爱您,娜斯晶卡!就是这样!好啦,这下全说啦!"我挥了挥手说,"现在您可以断定:您能不能和我像此刻这样地和我说话,您到底能不能倾听我要向您说的话……"

"哦,这又怎么啦,这又怎么啦?"娜斯晶卡截断我的话头说,"这又有什么关系?嗯,我早知道您爱我,只是在我看来,您无非是十分喜欢我罢了……啊,我的天,我的天!"

"开头无非就是这样,娜斯晶卡,可现在,现在……我跟您当初提着您的包袱去找他的时候一模一样。比您还要糟,娜斯晶卡,因为那时候他并没有爱上谁,而您已经爱上了。"

"看您向我说些什么!我归根到底对您完全不了解。但是请您告诉我,这是为的什么;我不是说为了什么,而是为什么您这样,这样突然地……天呀!我在说些什么蠢话啊!可是您……"

娜斯晶卡慌乱不堪。她的脸蛋儿烧得通红,她垂下了眼皮。

"怎么办,娜斯晶卡,我该怎么办!我有罪过,我滥用了……可是不,不,我没有罪过,娜斯晶卡;我听到的、感觉到的就是这样,因为我的心告诉我,我是对的,因为我不能在任何方面使您感到委屈,在任何方面使你受到凌辱!我过去是您的朋友;哦,我现在仍然是朋友,我没任何改变。我现在眼泪直流,娜斯晶卡。随它们流去,随它们流——它们不妨碍谁。它们会干的,娜斯晶卡……"

"您坐下,坐下,"她说,按着我在长椅上坐下,"啊,我的天!"

"不!娜斯晶卡,我不坐;我不能再在这儿待下去了,您再也不能见到我了;我把话说完就走。我只想说,您从来不曾知道我爱您。我本该保持我的秘密。我不该在现在,在这一刻用我的利己心折磨您。不!可是我这时候忍不住。您自己已经说了,是您的罪过,您各方面都有罪过,而我没有罪过。您不能把我从您身边赶走……"

"啊,不,不,我没有赶走您的意思,没有!"娜斯晶卡竭力掩饰自己的羞涩,这小可怜儿的。

"您不赶我?不!是我自己想从您身边跑开。我会走的,只是让我先把话说完,因为您在这儿说话的时候,我坐不住,您在这儿哭泣的时候,您因为,嗯,因为(这我会说的,娜斯晶卡),因为他不要您,因为您的爱情受到厌弃而感到痛苦的时候,我觉得,我听到在我的心中有那么多对您的爱。娜斯晶卡,那么多的爱!……我不能用这爱来帮助您,我是多么难过啊……心都要碎了,所以我,我——不能不说,我应该说,娜斯晶卡,我应该说!……"

"是的,是的!对我说,就这样对我说!"娜斯晶卡做了一个含义不明的动作说,"您也许觉得奇怪,我跟您这样说话,可是……说吧！我以后再告诉您！我把一切都讲给您听！"

"您是可怜我，娜斯晶卡；您不过是可怜我，我的朋友！过去的过去了！说出的话也收不回！是不是这样？好，您现在一切都知道。好，这就是出发点。哦，好！现在这一切都很好，只是听我说几句。您坐着在哭的时候，我自己寻思（嗳，让我说说我想的什么！）我想（哦，这自然是不可能的喽，娜斯晶卡），我想您……我想您到了……嗯，您到了由于和我全然无关的原因已经不再爱他的地步，那时候——我昨天和前天都这样想过，娜斯晶卡——那时候我会做到，我一定会做到使您爱我：要知道您说过，是您自己说的，娜斯晶卡，您说您已经几乎完全爱上了我。那么，往后怎么样呢？这几乎就是我想说的一切；剩下要说的只是如果您爱上了我，那又会怎样；如此而已，别无其他！您听着，我的朋友——因为您到底还是我的朋友，——我自然是个普通的穷人，无足轻重，不过问题不在这里（我不知怎么总说不到点子上，这是因为我心慌意乱，娜斯晶卡），而在于我是爱您的，我的这种爱情，即使在您仍然爱着他，即使您继续爱那个我不认识的人的情况下，您无论如何也不会感觉到它会成为您的一个负担。您只会听到，您只会感觉到在您身边每时每刻都有一颗感激的、无限感激的心，火热的心在跳动，它为了您……啊，娜斯晶卡，娜斯晶卡！您在我身上施了什么法术啊！……"

"别哭，我不想要您哭，"娜斯晶卡飞快地从长椅上站起来，说，"走吧，起来，我们一块走，别哭，别哭，"她说，一面用她的手帕为我擦眼泪，"嗯，现在走吧；我也许可以告诉您一些事情……即使他现在抛弃了我，即使他把我忘了，我还是爱他（我不想欺骗您）……但是，请您回答我。假定我，比如说吧，爱上了您，就是说假定我只是……啊，我的朋友，我的朋友！我一想起，一想起那天我笑您痴情，夸您没有爱上我的时候，我是多么伤您的心啊！……天哪！我怎么没有预见到这种情况,我怎么没有预见到,我怎么会这样糊涂,可是……好吧,我决定把一切都告诉您……"

"听着,娜斯晶卡,您知道我要做什么吗？我要离开您,就是这样！我简直是在折磨您。您现在良心受到责备,因为您嘲笑了我,可我不愿意,是的,不愿意给您增添悲哀……过错自然在我,好了,娜斯晶卡,再见！"

"等一等,听完我要说的话:您能多待一会儿吗？"

"怎么,有什么事？"

"我爱他;可是这会烟消云散,它应该烟消云散,它不能不烟消云散;我觉得它已经在烟消云散……谁知道呢,也许今天就会结束,因为我恨他,因为您在这儿和我一块儿哭泣的时候,他笑我;因为您没有像他那样不要我;因为您爱我,而他不爱我,因为说到底,我自己爱您……是的,我爱您！我爱您就像您爱我一样;要知道,在此以前,我就把这一点告诉您了;您亲耳听到的——我爱您,因为您比他好,因为您为人比他高尚,因为,因为他……"

这位可怜的姑娘感情冲动得连话都说不下去了,她把头靠着我的肩膀,然后贴着我胸膛,伤心地哭着。我安慰她,劝她,可是她止不住哭泣;她始终握着我的手,抽抽搭搭地说:"您等一等,等一等;我马上就不哭了！我要对您说……您别以为我出于软弱才淌这些眼泪,您等它过去……"

她终于止住了哭声,擦掉了眼泪,我们又走下去。我想说话,可是她一再叫我等一等。我们沉默了一阵……终于她打起精神说起来……

"事情是这样,"她说,她的微弱的颤音突然发出一种音响,它直接进入我的心灵,在我心中引起甜蜜而又痛楚的感觉,"别以为我是朝三暮四、水性杨花的女人,别以为我能很快地轻易地把前情忘却,改变心意……我有整整一年爱着他,我以上帝的名义起誓,我从来没有对他不忠实过,哪怕在思想上也没有。他瞧不上这个,他笑话我——上帝饶恕他!但是他侮辱了我,伤了我的心。我——我不爱他,因为我爱的只能是宽厚大度、了解我的、光明磊落的人;因为我自己就是这样,他配不上我——嗯,上帝饶恕他!与其他日后辜负我对他的期望,让我看清他是怎样一个人,倒不如现在这样好些……好,这下事情了结了!可是谁知道呢,我的好朋友,"她继续说,一边握着我的手,"也许我全部的爱是感情和想象上的自欺欺人,也许,它一开始就是一种作弄,一种无聊的玩意,这是由于奶奶管得我太严的缘故,谁知道呢?也许,我应该爱另一个人,而不是他,不是像他那样,而是另一种会怜惜我的人,……好啦,不谈这个了。"娜斯晶卡突然收住话头,激动得喘不过气来。"我只想告诉您……我想告诉您,尽管我爱他(不,爱过他),尽管这样,如果您还是要说……如果您觉得您的爱是如此博大,它足以最终从我心中排除过去的……如果您愿意怜惜我,如果您不愿意撇下我一个人任凭命运的摆布,没有安慰,没有希望,如果您愿意永远爱我,像现在这样爱我,那末我向您起誓,我的感激……我的爱将最终证明我是值得您爱的……您现在接受我伸给您的手吗?"

"娜斯晶卡,"我泣不成声地叫道,"娜斯晶卡!……啊,娜斯晶卡!……"

"好啦,到此为止!哦,现在完全可以到此为止!"她几乎控制不住自己地说,"好啦,现在该说的全说啦;对不对?是不是这样?哦,您感到幸福;我也感到幸福;别再提这些了;等一等,宽恕我吧……看在上帝分上,谈点儿什么别的!……"

"好,娜斯晶卡,好!这谈够了,现在我感到幸福,我……

好,娜斯晶卡,谈别的,快,咱们快谈吧;好,我准备好了……"

可是我们不知说些什么,我们又笑又哭,说了许许多多毫无意义不相连贯的话;我们时而在人行道上走,时而又走起回头路来,随意跨到街对面;然后停住脚步,又过街回到河沿;我们活像两个孩子……

"眼下我是单身汉,娜斯晶卡,"我说,"可是明天……哦,您自然知道,娜斯晶卡,我很穷,我一共只有一千二百卢布,不过这不要紧……"

"自然不要紧,我奶奶有养老金;所以她不会给我们增加负担。我们得和奶奶一块儿过。"

"当然要和奶奶一块儿过……只是有个玛特廖娜……"

"啊呀,我们家也有个费奥克拉!"

"玛特廖娜是个好人,不过有一个缺点;她没有想象力,娜斯晶卡,一点想象力也没有;不过这不要紧!……"

"反正一样;她们俩能够一块儿过;不过您明天要搬到我们家来。"

"搬到你们家!这为什么?好,我搬……"

"对,在我们家租间房。我们家上面有个阁楼;它现在空着,以前的房客是个贵族老太太,她走了,我知道奶奶乐意有个年青人来住。我问:'干吗要个年青人?'她回答:'是这样,我老啦,娜斯晶卡,你自己可别胡思乱想,以为我希望有个年青人好娶你。'我猜就是为了这……"

"啊,娜斯晶卡!……"

我们俩都笑了。

"哦,别说了,别说了。您住在哪儿?我忘啦。"

"就在——桥附近,巴朗尼科夫的一所房子。"

"那是一所大房子?"

"对,是所大房子。"

"噢,我知道,那是所好房子;不过您要记住,赶快丢下它搬到我们家来……"

"明天就搬,娜斯晶卡,明天就搬;我在那儿欠下一点房租,不过这不要紧……我很快就会拿到薪水……"

"您知道,我也许会招生教课;我自己学好了,然后招生教课……"

"这太好了……我呢,很快就会拿到一笔奖金,娜斯晶卡……"

"这么说,您明天就是我的房客啦……"

"对,我们一起去看《塞维勒的理发师》,因为现在很快又要上演这出戏了。"

"好,我们一起去,"娜斯晶卡笑着说,"不,我们最好别看《理发师》,看别的……"

"哦,好,看别的;当然这样更好,不过我没有想过……"

我们俩一边说着这些,一边像在腾云驾雾似地走着,好像自己不知道自己有了什么事。我们时而停止脚步,在一个地方说上老半天话,时而又信步走去,不知道我们要上哪儿,时而笑,时而哭……忽然间,娜斯晶卡要回家了,我不敢阻拦,决定一直送到她家门口;我们上了路,过了一刻钟,突然发现我们回到了河沿我们那张长椅前面。于是她叹了口气,眼泪又在眼珠里打转;我慌了,心里发凉……可是她这时握住我的手,拉着我又走,说话,聊天……

"到时候啦,是我回家的时候啦;我想时间已经很晚了,"娜斯晶卡终于说道,"我们像小孩子似地也闹够了。"

"对,娜斯晶卡,只是我现在不想睡,我不回家。"

"我似乎也不想睡;不过送我回家吧……"

"一定！"

"不过这一次，我们一定要真的往家走。"

"一定，一定……"

"这是真话？……因为要知道一个人迟早总得回家！"

"是真话。"我笑着回答……

"好，我们走！"

"我们走。"

"您瞧这天，娜斯晶卡，瞧！明天会是个好天气，天有多蓝，月亮有多美！瞧：这黄色的云，现在遮住了月亮，您瞧，瞧！……不，它飘过去了。您瞧，瞧呀！……"

可是娜斯晶卡不瞧云彩，她默然站着，仿佛生了根似的；过了一分钟，她有点羞怯地紧紧偎依着我。她的手在我的手中颤抖。我瞧着她……她靠着我靠得更紧了。

这时候，一个青年在我们身旁走过。他突然站住，注视了我们一会，然后又走了几步。我的心发抖了。

"娜斯晶卡，"我低声问她，"这是谁，娜斯晶卡？"

"是他。"她悄声回答，更紧地依偎着我，抖颤得更厉害了。……我几乎站不住了。

"娜斯晶卡，娜斯晶卡！是你呀！"只听得我们背后响起一个声音，同时，这青年朝我们走了几步……

天啊，她的那一声叫喊！她身子那一震！她怎样从我怀里挣脱出来，迎面向他扑去！……我站在那儿望着他们，像遭了雷殛一样。可是她刚把手伸给他，刚投入他的怀抱，便又猛然转身，向着我，像旋风，像闪电一般到了我身边，我还没有闹清是怎么回事，她已经用双手钩住我的脖子，狠狠地热烈地吻了我一下。然后连一句话也不对我说，又向他跑过去，抓住他的手，拉着他跟自己走了。

我站了好久,眼望着他们的背影……最后,他们俩终于从我的眼前消失了。

早　晨

我的夜晚结束了,早晨降临了。天气不好。下着雨,雨点凄凉地敲打着我的窗子。房间里是黑魆魆的,院子里是阴惨惨的。我头疼,觉得天旋地转;寒热病钻进了我的四肢。

"你有一封信,先生,市邮局的邮差送来的。"玛特廖娜俯身向着我说。

"信!谁寄来的?"我从椅子里跳起来,嚷道。

"我可不知道,先生,你自己看吧,也许那上面写着是谁寄来的。"

我打开了封漆。是她写来的。娜斯晶卡给我的信上写着:

啊,请原谅,原谅我!我跪下来向您恳求,原谅我!我欺骗了您和我自己。这是一场梦,一场幻景……我今天为您感到痛心;请原谅,原谅我!……

请别责怪我,因为在您面前我一点也没有变;我告诉过您我会爱您的,我现在就爱着您,我对您不止是爱。天啊!要是我能同时爱你们两个有多好!唉,您要是他有多好啊!

"唉,您要是他有多好!"我脑子里闪过这句话。我记住了你的话,娜斯晶卡!

上帝知道现在我该为您做些什么!我知道您伤心难过。我伤害了您,可是您知道——一个人在恋爱中受的委屈不会长久记在心上。而您是爱我的!

我感谢您!是的!我感谢您对我的爱!因为它刻印在

我的记忆中,像一场甜蜜的梦,这样的梦在醒来之后还久久不忘;因为我永远都会记得您像一位兄长那样袒露您的心灵,如此慷慨大度地接受了我的那颗破碎的心,珍惜它,爱护它,治愈它的创伤……如果您原谅我,那么我对您的永久的感激之情(这种感激之情在我心灵中永难磨灭),将把我对您的记忆提到一个更高的地位……我将保存这一记忆,不会辜负它,不会背弃它,我不会变心:它是始终不渝的。就在昨天,它飞快回到了它所永久归属的人身边。

我们会相见的,您上我们家来,您不会抛弃我们的,您永远是我的朋友,我的兄长……当您和我见面的时候,您会把手伸给我……对不对?您会把手伸给我,因为您已经原谅了我,是不是这样?您像以前一样爱我吧?

啊,爱我,不要抛弃我,因为我此刻是这样爱您,因为我值得您爱,因为我配得到您的爱……我的亲爱的朋友!下星期我要和他结婚了。他回来了,仍爱着我,他从没有把我忘了……您别因为我写到他而生气。可是我想和他一块儿上您这儿来;您会喜欢他的,是不是?

原谅我们,请记着并且爱您的

娜斯晶卡

我长久地一遍又一遍地读这封信,泪水从我的眼中涌出。它终于从我的双手里落下去,因为我用手蒙住了脸。

"好人儿!喂,好人儿!"玛特廖娜说道。

"什么事,老婆子?"

"我扫清了天花板底下的蜘蛛网;如今您哪怕要结婚,要招待客人,都正是时候。"

我望着玛特廖娜……她还是那个健旺得像年青人的老婆子,可是不知为什么,她突然在我眼里变得目光无神,满脸皱纹,弯腰曲背,衰老不堪……不知为什么在我眼里,我的房间突然显得像这个老婆子一样苍老了。墙壁和地板褪了色,一切黯淡无光;蜘蛛网各处纷披,比以前还多。不知为什么,我向窗外望了一眼,发现对面那所屋子也已变得破旧而又黯淡,圆柱上的灰泥已经销蚀剥落,房檐变得污黑,有了裂纹,墙原是鲜亮的深黄色,现在变得斑驳了……

也许是因为突然从云缝里透出来的阳光,又躲到乌云后面,一切在我眼中又显得黯淡起来;要不,也许是我未来的种种光景——在我面前闪现,那样凄凉、那样令人寒心,我看到自己十五年以后还像现在一样,只是见老一些,还是在这个房间里,同样是孤身一人,还是和这同一个玛特廖娜在一起,过了这么些年,她一点也没有变得聪明一些。

可是我怎能记住你让我受的委屈,娜斯晶卡!要我在你的明朗安谧的幸福之上投一片乌云;要我狠狠地责备你,在你的心灵中引起愁闷,用隐秘的责难毒害你的心灵,在欢乐的时候迫使它痛苦地跳动;要我揉碎你同他一起走向圣坛时,插在你的乌黑的鬈发里柔美的鲜花中哪怕一朵花……啊,决不,决不!但愿你的天空永远晴朗,你的甜蜜的微笑永远恬静而明亮,但愿你无限幸福,因为你曾把一段欢乐和幸福的时光给予另一颗孤独而感激的灵魂。

我的天!整整一段幸福的时光!难道这对人的一生来说还嫌短吗?……

成　时译

地下室手记

第一章 地下室[①]

一

我是个病人……我是个凶狠的人。我是个不讨人喜欢的人。我想,我的肝脏有病。但是,我丝毫不懂得我的病情,我确实不知道我有病。我不去治病,也从未去治过病,虽说我是尊重医学和医生的。再说,我还极其迷信,当然,我还没有迷信到不尊重医学的地步(我受过足够的教育能让我不迷信,可我还是迷信)。不,我是因赌气而不愿去治病的。你们也许不愿意了解这一点,我却是明白的。自然,我无法向你们解释清楚,我这是在和谁赌气;我也一清二楚,我不去医生们那里决不会使得他们"难堪";我比谁都清楚,我这样做,只会害自己,而不会殃及

[①] 《手记》的作者和《手记》本身,自然都是杜撰出来的。然而,若是考虑到我们的社会赖以形成的那些环境,像《手记》作者这样的人,不仅可能,而且甚至一定会存在于我们的社会。我欲以一种较平常更为醒目的方式将不久前的一个人物带至公众面前。这是尚且活着的一代人的一个代表。在这个题为"地下室"的片段里,这个人物将介绍他自己和他的观点,似乎还想对他出现和一定会出现在我们之中的原因进行解释。在随后的一个片段中,就将是这个人物关于他的某些生活事件的真正的"手记"了。——作者注

他人。但是,如果说我没有去治病,这毕竟是在赌气。肝脏在痛,那么,就让它痛得更厉害些吧!

我早就这样生活了,已有二十来年,如今我四十岁。我从前任过公职,如今却不再任职了。我曾是个凶狠的小官吏。我曾粗暴无礼,并因此感到愉快。要知道,我是不收受贿赂的,也许,单凭这一点,我就该奖励自己。(一句蹩脚的俏皮话,可我却不打算将它抹去。我把这句话写了出来,认为它一定会是非常好笑的;而此刻,我自己也已看出来了,我不过是在卑鄙地炫耀自己——可我偏不将它抹去!)每当有人走近我的办公桌请我开证明时,我就会对他们龇牙咧嘴,而当发现有人因此感到难受时,我便会获得一阵难以抑制的快感。我几乎每次都能获得这样的快感。大部分来的人都是胆怯的:明摆着嘛,他们都是来求人的。但是,在那些自命不凡的家伙中,有一位军官特别使我讨厌。他无论如何也不愿屈服,还极其可恶地把军刀弄得铿锵作响。就为了这把军刀,我和他斗了一年半。最终,我赢了。他不再弄出铿锵之声了。不过,这些事情都发生在我的青年时代。但是,先生们,你们知道我的恶毒之处主要是什么吗?全部都在于,最为可恶的一点就在于,我经常地、甚至是在最为愤怒的时刻,也会可耻地意识到,我不仅不恶毒,甚至还是一个凶不起来的人,我不过是在吓唬吓唬麻雀并以此自慰罢了。我满口白沫,但只要给我一个什么洋娃娃,或是给我一杯糖水,我也许就会安静下来,我甚至会心软下来。虽说此后我也许会对自己龇牙咧嘴,还会羞愧得好几个月都睡不着觉。这就是我的脾气。

我说我曾是个凶狠的小官吏,我这是在说谎。我因赌气而说谎。我只是在和那些请求者、和那位军官闹着玩,事实上,我一直无法凶狠起来。我时刻意识到,自己身上有许多与凶狠截然对立的成分。我能感到,这些对立的成分正在我的体内蠢动。

我知道，这些成分终生在我的体内蠢动，企图冲出我的身体，可是我不放它们出去，不放它们，故意不放它们出去。它们那么可耻地折磨我，弄得我浑身痉挛，它们简直让我厌恶，厌恶透顶！先生们，你们是否觉得，我马上就会在你们的面前忏悔什么、就会求你们原谅什么了？……我相信你们觉得是这样……但请你们相信，即便你们觉得是这样，我反正无所谓……

我不仅不能成为凶狠的人，甚至也不能成为任何一种人：无论是凶狠的人还是善良的人，无论是无赖坏蛋还是正人君子，无论是英雄还是昆虫。如今，我在自己的角落里过日子，我用来自我解嘲的，是这样一个恶毒的、毫无用处的宽慰：一个聪明人是无法真的成为一种什么样的人，而能成为一种什么样的人的只有傻瓜。是啊，十九世纪的聪明人大多数应该是，而且就道德意义而言也必须是个无个性的人；而有个性的人、活动家，则大多是才智有限的人。这是我四十年来的信念。我如今四十岁，要知道，四十岁，这就是整整一辈子啊，要知道，这就是垂暮之年了。过了四十岁，再活下去，就是不体面、庸俗和不道德的了！请你们老老实实回答：有谁活过了四十岁？我来告诉你们，只有傻瓜和恶棍才会活过四十岁。我就要这样说，冲着所有的老头儿，冲着所有这些可敬的老头儿，所有这些银发苍苍、散发着香味的老头儿这样说！我要冲着整个世界这样说！我有权这样说，因为我将活到六十岁。我要活到七十岁！我要一直活到八十岁！……等一等！让我喘口气……

先生们，也许，你们以为我是想逗你们发笑吧？你们又错了。我绝对不像你们认为或者你们可能认为的那样，是一个非常开心的人。但是，如果你们已经被这些废话所激怒（而我已经感觉到，你们被激怒了），想要问我到底是个什么样的人，那么，我就会回答你们，我是个八等文官。我曾供职，为的是有碗饭吃(仅仅为了这一目的)。去年,当我的一位远房亲戚立下遗嘱留给我六千卢布时,我便立即退职,在自己的角落里定居了。我以前也住在这个角落,但如今是在这儿定居。我的房间又破又脏,位于城市的边缘。我的女仆是个乡下女人,年纪很大,又蠢又凶,身上还总有一股难闻的气味。有人对我说,彼得堡的气候对我越来越有害了,还说我手头钱少,在彼得堡生活费用太昂贵了。这一切我都清楚,胜似那些经验丰富、聪明绝顶的点头示意①、出谋划策的人。但是我要留在彼得堡,我不会离开彼得堡!我之所以不会离开……唉,反正我离不离开,都完全无所谓。

然而,一位正派人谈什么事最最愉快呢?

答案是:谈自己的时候。

好吧,我也来谈谈自己。

二

先生们,无论你们是否愿意听,我现在都要对你们讲一讲,我为何甚至成不了一只昆虫。我要郑重地告诉你们,我曾有许多次想要成为一只昆虫。然而,甚至连这件事也未能做到。先生们,我向你们起誓,过多的意识,就是一种病,一种真正的、十足的病。对于人的日常生活来说,具有普通人的意识就已足够足够了,也就是说,只需要具有我们这个倒霉的十九世纪中一个文明人意识的二分之一、四分之一就足够了,而且,这位文明人还极其不幸地居住在彼得堡这整个地球上最最远离实际、最有

---

① "点头示意的人"原文是 покиватель,这是陀思妥耶夫斯基从民间语言киватель 一词衍生出来的词,是指以点头或递眼色向人示意的人。

预谋的城市①里(城市通常分为有预谋的和没有预谋的)。比如,有了那些所谓直来直去的人们和活动家们赖以生活的意识,就完全足够了。我敢打赌说,你们一定以为,我写下这一切,是出于炫耀,意在讽刺活动家们,而且,是出于卑劣的炫耀,我像我那位军官把军刀弄得铿锵作响一样。但是,先生们,有谁会炫耀自己的病态、并借此而耍威风呢?

不过,我又怎么啦?大家都在这么做嘛,大家都在炫耀自己的病态,而我也许比大家做得更厉害。我们不要争论;我的反驳是荒谬的。但是,我仍然坚信,不仅过多的意识是病,甚至任何的意识都是病。我坚信这一点。对此我们暂且不谈。请你们给我解释一下这样一个问题:为什么会有这种情形,就在我最能意识到我们常说的"一切美与崇高"②的所有微妙之处时,是的,恰好在这样的时刻,像是故意似的,我偏偏意识不到,反而做出了那样一些不光彩的事情,那样一些……好吧,一句话,就是那样一些也许人人都在做的事情,可轮到我做这些事的时候,像是故意似的,却偏偏是在我最清楚地意识到完全不该去做的时候,这是为什么呢?我越是意识到善和所有这一切"美与崇高",便越深地陷入我的泥潭,越是难以自拔。但是,主要的问题却在于,在我的身上,这一切似乎并不是偶然发生的,而倒像是理应如此的。似乎这便是我最正常的状态,而绝不是疾病,不是过失,因此,我最终便丧失了与这一过失作斗争的欲望。其结果,

---

① 陀思妥耶夫斯基后期颇不赞成彼得大帝改革,因此对彼得堡也常常用此类贬义的形容词。

② 这一概念源出十八世纪的一些美学著作,如伯克(或译柏克、博克)的《关于崇高与美两种观念根源的哲学探讨》(1756)、康德的《简论崇高与美的感情》(1764)等;在俄国 1840 至 1860 年间对"纯艺术"美学的再评价之后,这一概念便具有了某种讽刺意味。

我几乎相信（也许真的相信）这也许就是我的正常状态。而在开头，在起初，我曾在这样的斗争中经受过多少痛苦啊！我不相信，别人也遇到过这种情况，因此，我终生将这一点蕴藏内心，当作一个秘密。我曾感到羞愧（也许，甚至现在也仍感羞愧）；我羞愧到了这样的程度：以至于能感受到某种隐秘的、反常的、有点下流的快感；这快感就是，在某个最令人厌恶的彼得堡之夜回到自己的角落，往往强烈地意识到今天又做了件卑鄙的事情；而做过的事情又是无论如何也难以挽回的，这时，心里便会暗自因这一点而对自己咬牙切齿、责骂自己、折磨自己，直到那痛苦最终转变成了某种可耻的、该诅咒的乐趣，最后，它竟变成了明显的真正快感！是的，变成了快感，变成了快感！我坚信这一点。我之所以说了出来，是因为我想确切地知道，别人是否也有这样的快感呢？我来给你们解释：这里的快感，恰恰来自对自己的屈辱过于鲜明的意识；这恰恰是由于，你自己已经感觉到，你已撞在南墙上了；这很糟糕，但除此之外别无他法；你已别无出路，你永远也变不成另外一种人；而且，即使还有时间和信念可以变成别的什么，你自己也许不想再变了；即使想变，也什么都做不成，因为事实上，也许本来没什么可变的。归根结底，主要的一点就是，发生这一切都是由于过分强烈的意识之正常的和基本的规律，由于直接源自这些规律的一种惯性，因此，这里不仅没什么可变的，而且简直就毫无办法。强烈意识的结果，比如说就会是这样的：是的，一个恶棍，当他自己感觉到他真的是一个恶棍的时候，对他来说便似乎成了一种安慰。但是，够了……唉，胡说八道了一大通，又解释清楚了什么问题呢？……怎么解释这一快感呢？我还是要解释清楚！我要刨根问底！正是为此我才拿起笔来……

比如说，我是非常自尊的。我生性多疑，气量很小，像驼子或矮人那样。但事实上,我也常有这样的时刻,如果有人给了我一记耳光,我也许竟会因此而感到高兴。我是认真说的,也许我能由此获得某种快感,自然,这是一种绝望的快感,但是,就在这绝望之中,常常会有最强烈的快感,尤其是在你非常强烈地意识到自己的处境毫无出路的时候。挨了这记耳光,你立即会受到一种意识的压迫,像是被碾成了一团油膏。主要的是,无论怎样琢磨,结果是我在所有方面都成了第一个罪人,最最难堪的是,我是无辜的罪人,可以说是由于自然的规律而成了罪人。我之所以有罪,首先是因为我比周围所有的人都聪明些(我常常认为自己比周围所有的人都聪明,有的时候,你们信吗,我甚至会因此而感到惭愧。至少,我一生都侧目旁视,从来不敢正眼看人)。我之所以有罪,最后还因为,即使说我心胸豁达,那么也只是由于意识到了这豁达大度的无用,我承受了更多的痛苦。要知道,我也许因自己的豁达而无法做出任何事情:我不能宽恕,因为那欺负我的人也许是遵循自然规律来揍我的,而自然规律是不能宽恕的;我不能忘记,因为,即使是自然规律,也终究是令人感到屈辱的。最后,即使我想变得心胸十分狭隘,反而想去报复欺负我的人,那我也无法以任何方式对任何人进行报复,因为即便能够去做,我也许难以下定决心去做什么。干吗下不了决心呢?关于这一点,我想特别说上两句。

三

比如说,那些能够替自己复仇的人和那些一般来说能够捍卫自己的人,情况又是怎样的呢?我们假设,一旦他们被报复的感情所控制,那么,这时在他们的整个身心中,除了这一感情之外便别无他物了。这样的先生会像一头发疯的公牛一样,低下犄角,向目标直冲过去,除非有堵墙能挡住他。(顺便说一句,在一堵墙的面前,这样的先生们,也就是那些直来直去的人和活动家们,是会心悦诚服的。对于他们来说,墙可不是一种借口,比如说,可不像对于我们这些耽于思考、因而是无所作为的人那样;墙可不是走回头路的托词,我们的兄弟通常自己也不相信这种托词,但总是会因有这一托词而感到非常高兴。不,他们会诚心诚意地服输的。对于他们来说,墙具有某种慰藉的作用,是道德所允许的,是终极的,也许甚至是某种神秘的东西……不过,关于墙我们下文再谈)好吧,我且将这样一种直来直去的人当作实在的、正常的人,大自然这位温情的母亲亲切地将他生在大地,就是想看到这样的他。对于这样的人,我羡慕至极。他是愚蠢的,在这一点上我不与你们争论,但也许一个正常的人就应该是愚蠢的,你们知道为什么吗?也许,这甚至是非常美妙的。我尤其坚信这种可以说值得怀疑的事,因为比如拿一个正常人的对立面,亦即一个有强烈意识的人来说,当然这人不是出自大自然的怀抱,而是来自蒸馏瓶(这已近乎于神秘主义了,先生们,但是对此我也怀疑),那么,这个蒸馏瓶的人有时也会在其对立面的面前服输的,他会带着他那全部的强烈意识,心甘情愿地承认自己是一只耗子,而非一个人。即使它具有强烈的意识,可毕竟还是一只耗子,而对立面却是人,因此……如此等等。但主要的一点,是他自己,要知道,是他承认自己是一只耗子;并没有任何人要求他这样做;而这可是重要的一点。现在,让我们来看一看这只耗子的作为吧。比如说,我们假设,它也遭受了屈辱(它几乎总是遭受屈辱的),它也想报复。它心头积聚起的仇恨,也许比 l'homme de la nature et de la vérité① 身上的还要多。他欲

---

① 法文:自然的和真实的人。
按:这是卢梭最早提出的概念。

对欺负他的人以恶还恶，这一恶劣的、卑鄙的愿望在他的心中燃烧，也许比 I'homme de la nature et de la vérité 心中燃烧得还要炽烈，因为，I'homme de la nature et de la vérité 生来愚蠢，以为自己的报复纯粹是正义的行为；而耗子由于强烈意识的结果，在这里却否定正义。最后到了行动的时候，到了复仇的时候，不幸的耗子，除了它初始弄出的污秽之外，又在其周围弄出表现为问题和怀疑形式的其他许多污秽；从一个问题又引发出许多没有解决的问题，在它的周围会不由自主地聚集起某种祸水，某种难闻的垃圾。在这些祸水和垃圾里面全是这耗子的疑虑和激动不安，最后还有那些直来直去的活动家们吐向它的唾沫，那些活动家们庄严地站在四周，装成法官和独裁者的样子，亮开嗓门，冲着它哈哈大笑。当然，对于这一切，耗子只能挥挥爪子，面带连它自己也不相信的、假装蔑视的微笑，羞愧地逃进自己的洞穴。在那里，在自己又脏又臭的地下室里，我们这只蒙受屈辱、挨了打、受到嘲笑的耗子，立即沉浸在冷酷、恶毒，而主要是无休无止的仇恨之中。他将一连四十年记住自己的屈辱，连那些最细小、最耻辱的细节也牢记不忘，而且，每次他还要自己添加一些更为耻辱的细节，用自己的想象来恶毒地嘲弄、刺激自己。它将为自己的想象而感到羞愧，但是，它仍然记着一切，清点一切，为自己杜撰出一些子虚乌有的事，并借口说这些事是可能发生的，因而它什么都不原谅。看来，它就要开始报复了，但却是断断续续地、零敲碎打地、偷偷摸摸地、躲躲闪闪地进行，它既不相信其复仇行动的正义，也不相信其复仇行动的成功，它事先就知道，由于所有那些报复的尝试，它自己将比那受报复的人还要痛苦百倍，而那个被报复的人则可能一点儿也不恼怒。在濒死的时候，它仍然记得所有这一切，以及在这段时间里变本加厉的感受……但是，也正在这冷漠的、可憎的半绝望和半信仰之中,在这由于痛苦而将自己活活埋进地下室达四十年之久的自觉的行为中,在这竭力编造却仍然有些可疑的绝境之中,在这刻骨铭心、未能满足的愿望的鸩毒里,在已做出永恒决定、旋又反悔的所有这些摇摆不定的冷热病中——正是在这里,蕴含着我所说的那种奇特的快感的琼浆。这一快感非常微妙,有时很难为意识所捕捉,以至于目光稍嫌短浅的人,甚或那些神经坚强的人,都毫不理解。"也许,"你们会咧嘴大笑着补充道,"从来没有挨过耳光的人,也理解不了。"你们这是在有礼貌地向我暗示,我一生中或许也挨过耳光,因此我说起来像是很内行。我敢打赌,你们肯定是这样想的。但是,别担心,先生们,我没有挨过耳光,虽说对此我是无所谓的,随你们怎么想好了。我一生中也很少扇别人耳光,为此我或许还有些遗憾呢。但是够了,关于你们极感兴趣的这个话题,我一个字也不再多说了。

我现在要平心静气地继续谈论那些神经坚强、不理解快感之微妙的人们。比如说,在有些情况下,这些先生们虽然也会像公牛般亮开嗓门吼叫,虽然,这样做或许可以给他们带来最崇高的荣誉,但是,正如我已经说过的那样,一旦面临不可能性,他们还会立即妥协的。不可能性,是指一堵石墙吗?是什么石墙呢?当然,是自然规律,是自然科学的结论,是数学。比如说,要有人向你证明,你是由猴子变来的①,那你也别皱眉头,全盘接受好了。再有人向你证明说,事实上,你自己身上的一滴油脂会比十万个你这样的人还要珍贵,那些所谓的美德、义务及其他一些谬论和偏见,最终都将迎刃而解了。对此,你也全盘接受好了,没

---

① 这是陀思妥耶夫斯基对查理·达尔文《物种起源》(1859)一书的非笑,该书俄译本出版于1864年,当时俄国报刊围绕人的起源问题曾展开热烈争论。

什么说的,因为二乘二等于四,这是数学。你们试着来反驳吧。

"得了吧,"有人会向你们喊道,"这是无法反驳的,因为二乘二就等于四!大自然不会征询你们的意见;大自然可不管你们的愿望,也不管你们是否喜欢其规律。你们却不得不接受大自然的本来面貌,因此,也得接受它的一切结论。墙就是墙……"上帝呀,当我由于某种原因而不喜欢这些规律和二乘二等于四的时候,这些自然规律和算术又于我何干呢?当然,如果我真的无力,我是不会用脑袋去撞开石墙的,但我也不会仅仅因为面临着石墙,而我却没有足够的力气就善罢甘休。

这样的一堵石墙仿佛真的是一种安慰,真的能令人心平气和,仅仅因为它就是二乘二等于四。哦,这可真是荒谬透顶啊!最好呢,是能理解这一切,意识到这一切,意识到所有不可能和所有的石墙;如果你们讨厌妥协,那就不要和任何一种不可能、任何一堵石墙妥协;要通过最必然的逻辑组合,引出关于一个永恒主题的最令人恶心的结论,那就是甚至连那堵石墙的存在,仿佛也是你自己的罪过,虽说你显然完全无罪,于是,你默默无语,无力地咬牙切齿,懒洋洋地消极地发呆,幻想着就是要出口恶气,结果却没有可发泄的对象;找不到对象,也许永远也找不到。可这里是偷梁换柱,是颠倒是非,是招摇撞骗,这简直是浑水一潭——不知是何物,不知是何人,但是,尽管混沌不清、黑白颠倒,你们仍然会感到痛苦,你们越是茫然无知,也就越是痛苦。

四

"哈,哈,哈!这么说,您从牙疼里也能找到快感啦!"你们会笑着喊道。

"那又怎样?牙疼中也有快感的,"我将回答说,"我的牙疼了整整一个月;我知道,这里有快感。在这种时候,当然,人们不是在默默地发狠,而是在呻吟;但是,这不是痛痛快快的呻吟,而是满怀恶意的呻吟,问题的全部就在于这恶意之中。正是在这呻吟中,表达出受难者的快感;如果他没有从牙疼中获得快感,他也许是不会呻吟的。"这是一个很好的例子,先生们,我要对此加以发挥。这些呻吟首先表明,对于我们的意识而言,你们的疼痛是不体面的,无目的的。这又表明,大自然有其全部规律性,对于这规律性,你们当然要啐上几口,但你们毕竟会因这一规律而吃苦头,而大自然却不会。这还表明,你们意识到,你们没有找到敌人,而疼痛却是实在的;你们也意识到,无论你们有多少位瓦根海姆①,你们仍完全是你们牙齿的奴隶;只要有人愿意,你们的牙就不会再疼了,要是他不愿意,你们的牙就还得疼上三个月;最后,如果你们老是不赞同而仍要反抗的话,那么,你们用来自我安慰的方式,就只有抽自己一顿或是用拳头更猛地砸你们的那堵墙,此外就别无他法了。这不,由于这些血腥的屈辱,由于这些不知来自何人的嘲弄,终于出现了快感,有时,这种快感竟然近乎于性高潮。我请求你们,先生们,什么时候来听听十九世纪一位有教养的人因为牙疼受罪而发出的呻吟,这已是他犯病的第二天或第三天,他已经不再像头一天那样呻吟了,也就是说,他的呻吟已不仅仅是因为牙疼;他已不是像一个粗鲁的农夫那样呻吟了,他的呻吟倒像一个受进步和欧洲文明所感染了的人,像一个如今常说的那种"脱离了根基和人民本原"的人。他的呻吟变得有些可恶、卑鄙而又狠毒,白天黑夜地连续不断。他自己也知道,这些呻吟不会给他带来任何好处;他比所有人都更清楚地知道,他不过是在徒然地折磨或刺激自己和别人;

---

① 是牙医的姓氏。据说在十九世纪六十年代中期,彼得堡有八位姓瓦根海姆的牙医。

他知道,甚至连他拼命地对之呻吟的人们以及他的整个家庭,都已经厌恶了听他呻吟,他们一点儿也不相信他,他们心里都明白,他本可以换一种方式,呻吟得简单一些,不带花腔,不怪里怪气,他们认为,他是在故意地、恶毒地捣乱。瞧,在所有这些意识和耻辱中,正包含着快感。"据说,我打扰了你们,我伤了你们的心,我不让全家人睡觉。那么,就请你们别睡了,就请你们每一分钟都感觉到我的牙在疼吧。对于你们来说,我如今已不是我从前曾想充当的英雄,而只是一个卑鄙的人,一个 chenapan①。就这么着吧!我很高兴你们看透了我。听着我那些下流的呻吟,你们觉得恶心?那就恶心去吧;我这就给你们哼出一段更恶心的花腔来……"现在你们明白了吗,先生们?不,看来,要理解这一快感的全部微妙,还须大大提高智力和领悟力!你们在笑?我很高兴。先生们,我的玩笑自然不佳,有好有坏、乱糟糟的、自相矛盾。但要知道,这是因为我不尊重自己。难道一个有意识的人能够多多少少地尊重自己吗?

五

但是难道、难道一个甚至试图在自己的屈辱感中寻找快感的人,也能多多少少地尊重自己吗?我此刻这样说,并非出于某种有些肉麻的忏悔。而且,总的说来,我根本讨厌说什么:"请您原谅,神父,我今后决不这样了。"这并非因为我不会这么说,恰恰相反,也许正因为我太善于这么说了,到了什么程度呢?时常,在我毫无过错的情况下,我却偏偏得这么说。这是最糟的事情。每逢此时,我还从内心受到感动,我还会悔过、流泪,自然,还要生自己的气,虽说完全不是假装出来的。好像心灵被玷污

---

① 法文:坏蛋,无赖,恶棍。

了……在这里,甚至连自然规律也不能去责怪了,虽说还是自然规律一直在不断地欺辱我,欺辱我整整一生。回忆起这一切心情很糟糕,而且当时原本就很糟糕。要知道,在那一分钟之后,我便常常已经在气愤地想,所有这一切都是谎言,谎言,是讨厌的、矫揉造作的谎言,也就是说,所有这些忏悔,所有这些感动,所有这些改过自新的誓言,都是谎言。你们会问,我干吗要糟蹋自己、折磨自己呢?答案是:因为袖手闲坐非常无聊;于是,我便来个装腔作势。的确是这样。你们最好关注一下自己,先生们,那样的话,你们就会明白,的确如此。我曾给自己臆想出一些奇遇,编造出一种生活,只是为了找个方式混日子。我有好多次,嗯,比如说,心里委屈起来,而且是无缘无故的、成心自找的;要知道,有的时候你自己也清楚,你会毫无缘由地感到委屈,你是在装腔作势,可末了竟真的感到自己确实受了委屈。不知为何,我一生都热衷于炮制这样的玩笑,于是,最终我竟难以控制自己了。另一回,我曾想强迫自己去恋爱,甚至强迫过两次,结果我受到恋情的折磨,先生们,我对你们说的是实话。在灵魂深处,我并不相信这是在受罪,还有一丝嘲笑掠过,但我毕竟是在受罪,而且还是真正的、名副其实的受罪;我满怀忌妒,难以自控……这一切都由于无聊,先生们,一切都由于无聊;是惰性在压迫人。要知道,意识产生的直接、合理的结果,就是惰性,也就是说,是有意识地袖手静坐、无所事事。这一点前面我已经说到了。我再重复一遍,认认真真地重复一遍:所有那些直来直去的人,那些活动家们,之所以喜欢活动,就因为他们愚蠢笨拙、目光短浅。这一点当如何解释呢?是这样:由于目光短浅,他们将近期的和次要的原因当成了初始的原因,这样一来,他们便能比他人更快、更轻易地确信,他们已经找到了自己事业那不容置疑的根据,于是感到心安理得;这可是最关键的一点。要知道,要开始行动,就必须事先完全心安理得,不能有任何的疑虑。然而,像我,怎么才能使自己心安理得呢?我所凭借的初始原因何在呢?根据何在呢?我从哪儿能找到它们呢?我便思考起来,于是,我的每一个初始的原因就会立即引出另一个更为初始的原因来,就这样逐一引申,以至于无穷。这正是每个意识和思维的本质所在。也许,这又是自然规律。结果究竟是什么呢?还是老一套。请你们回想一下我前不久关于报复所说的话(或许,你们不曾留意)。我说过,一个人去复仇,因为他认为这是正义。这就是说,他找到了初始的原因,找到了根据,即正义。于是,他在方方面面都很心安理得,而由于确信自己正在进行一桩正当的、正义的事业,他便坦然地、顺利地去复仇了。可我却不认为这是正义的,也不认为其中有任何美德可言,因此,如果说我也开始报复的话,那就仅仅是出于怨恨了。怨恨自然能压倒一切,压倒我的一切疑虑,也许,正因为怨恨不是原因,所以它才完全成功地充当了初始原因。但是,假如我连怨恨也没有(前不久我就是从这一点谈起的),那又怎么办呢?由于这些该死的意识规律,我的怨恨又是处于化学分解之中。瞧,对象在挥发,理由在汽化,罪魁祸首找不到了,欺辱不再是欺辱,而成为天命,变成了某种类似牙疼的感觉了,牙疼时谁都没错,因此,剩下的仍然是那条老路——往墙上撞得更凶吧;也可以置之不理,因为找不着初始的原因。还是试一试盲目地沉浸于自己的感觉,不加思考,不问初始原因,一时抛开意识;可以去恨,可以去爱,只要不是袖手静坐就行。那么到后天,这是最后的期限,你就将因为明知故犯地欺骗自己而开始蔑视自己。其结果就是,只有泡沫和惰性。噢,先生们,要知道,我一生什么都开始不了,也什么都完成不了,或许,正因为如此,我才自视为聪明人。就算、就算我是个饶舌鬼吧,一个无害而又令人厌恶的饶舌鬼,和我们大家一样。不过,如果每个聪明人的直接的与唯一的使命就是饶舌,也就是有意地、喋喋不休地说废话,那又有什么办法呢?

六

哦,但愿我仅仅是由于懒惰而什么都没做。上帝呀,那我就会尊重自己了。我之所以会尊重自己,是因为我至少在自己身上还能够拥有懒惰;因为我的身上,至少还有一种还能让我感觉自信的、似乎是良好的品质。人若问起:这是个什么人?便可答道:一个懒汉。要知道,能听到别人这么说起自己,一定是极其愉快的。这就是说,我得到了正面的肯定,这就是说,关于我是有话可说的。"懒汉!"要知道,这也是一个头衔、一种使命,这也是一种出息啊。你们别笑话,就是这样的。这样,我便有权成为一名头等俱乐部的成员,便可以无休无止地以尊重自己为乐事。我认识一位先生,他毕生都以自己善于品味拉斐特酒①而自豪。他将此视为自己真正的长处,也从来没有怀疑过自己。他死的时候,他的良心不仅坦然,而且还是扬扬自得的,他是对的。因此,我也会为自己选择一个行当。我可以做一个懒汉和饕餮,但不是一个简简单单的懒汉和饕餮,而是一位对一切美和崇高怀有同情心的懒汉和饕餮。你们觉得如何?我早这样幻想了。在我四十岁时,这一"美与崇高"狠狠地撞上了我的后脑勺;但这是我四十岁上的事,而那时——哦,那时就会利用一切机会,先往自己的酒杯里滴上几滴眼泪,然后再为一切美与崇高的事物把酒喝干。那时,我会将世上的一切都变为美与崇高;我会在最丑恶、最无可怀疑的肮脏之中找出美与崇高。我会变得

---

① 法国拉斐特地区出产的一种红葡萄酒。

眼泪汪汪,像一块湿海绵。比如,一位画家画了幅"盖伊"的画①,我立即会为这位画出了"盖伊"的画家的健康干杯,因为我热爱一切"美与崇高的事物"。一位作者写了《随您的便》一文②,我会立即为"随便什么人"的健康干上一杯,因为我热爱一切"美与崇高的事物"。为此,我要别人尊重自己,我将折磨那不尊重我的人,心情坦然地生活着,扬扬自得地死去——这才是美妙,绝顶的美妙啊!那样,我便会长成那么一个大肚皮,堆出那么一个三层肉的下巴,给自己隆起那么一个通红的酒糟鼻来,为的是让每个遇见我的人都会看着我说:"真棒!这才是地道的正面人物呢!"先生们,随你们怎么说,要知道,在我们这个否定的时代③,能听到这种评语的确是非常令人愉快的呀。

七

然而,所有这一切都是金色的幻想。哦,请问诸位,是谁第一个声明,是谁第一个宣称,说一个人是因为不知道自己真正的利益才去做坏事的;还说,如果启发他,让他发现自己真正的、正常的利益,他便会立即停止干坏事,摇身一变成为一个善良而高尚的人;因为,一旦受到启发,知道了自己真正的利益所在,他就会在善行之中发现自己的利益,而众所周知,谁也不会明知故犯

---

① 指俄国画家尼·尼·盖伊(1831—1894)的《最后的晚餐》一画,该画于1863年展出后,引起报刊的争论,主要是关于宗教题材的独特的、现实主义的独创性的理解问题。萨尔蒂科夫-谢德林等撰文肯定,而陀思妥耶夫斯基却持相反意见。他后来在1873年的《作家日记》里说:"在盖伊……先生……画里表现出做作和偏见,而一切做作都是虚伪的,都已经完全不是现实主义的了。"
② 此文发表于《现代人》杂志,1863年,第7期,作者是萨尔蒂科夫-谢德林。
③ 指当时是有许多虚无主义者活动的"时代"。

地违背自己的利益而行动,于是,可以说他就会必然地开始行善啦?哦,幼稚的人哪!哦,纯洁无邪的孩子!首先,有史以来的这几千年里,究竟何时人只为自己的利益才行动呢?不是有千百万个事实在证明,人们是明知利害的,也就是说,他们完全清楚自己的真正利益所在,却将这些利益放在次要位置,而奔向另一条道路,去冒险,去撞大运,没有任何人、任何东西在强迫他们这样做,他们似乎只是不愿去走已然指明的道路,而是顽固地、任性地要闯出另一条艰难的、荒谬的路,他们几乎是在黑暗里摸索着这条道路。对这千千万万的事实,又该如何解释呢?要知道,这就是说,对于他们来讲,这种顽固和任性的确是更为愉快的事情,胜过各种各样的利益……利益!什么是利益?你们能否担保,你们对什么是人的利益能做出准确无误的定义吗?人的利益有时不仅可能,甚至一定表现为,在某种场合希望自己处于不利而非有利的地位。如果发生这种情况,那又如何是好呢?如果这样的话,只要一旦出现这种情况,那么,所有的规则都将荡然无存了。你们是怎么想的呢?有这种情况吗?你们在笑;笑吧,先生们,但是要请你们回答:人的利益是否都计算得完全精确呢?有没有那些不仅未归入,而且也无法归入任何一种分类中去的利益呢?因为,你们,先生们,据我所知,你们那张写着人的利益的清单,不过是你们从统计数字和经济学公式中得出的平均数而已。要知道,你们说的利益,就是幸福、财富、自由、安宁等等,等等;因此,一个人,比如说,他要公然地、明知故犯地违反这整张清单,在你们看来,嗯,对,当然在我看来也是一样,他就是一位蒙昧主义者或者一个彻头彻尾的疯子,不是这样吗?但奇怪的是,所有这些统计学家、智者和人类的热爱者们在计算人的利益时,为什么总会忽略一种利益呢?甚至在计算时,他们没有把这种利益以其该用的形式包括进去,而整个计算的成败却正取决于这一点。如果抓住了这一利益,径直把它列入清单,倒也不算大错。但头疼的是,这一深奥莫测的利益却难以归入任何一种分类,难以列入任何一份清单。比如说,我有位朋友……哦,先生们,他也是你们的朋友啊!而且对谁,无论对谁他都是朋友!只要一着手做事,这位先生便会立即夸夸其谈而又清清楚楚地向你们说明,他正好需要怎样遵循理性和真理的规律来行事。不仅如此,他还会怀着激动和狂热对你们谈起真正的、正常的人的利益;他会带着嘲笑去指责那些目光短浅的蠢人,说他们既不明白自己的利益,也不明白美德的真正意义;可刚过片刻,没有任何突如其来的外在的缘由,而正是由于一种比其他所有利益都更为强大的内心的原因,他会转向完全另一方面,也就是说,他会公然站出来反对自己原先所宣称的:他既反对理性的规律,又反对个人的利益,唉,一句话,反对一切……我得事先声明,我的这个朋友,是一个集合形象,因此,很难仅仅责怪他一个人。问题就在这里,先生们,是不是真的存在某样东西,它对于几乎所有的人来说都比他们那些最好的利益更加珍贵,或者(为了不违背逻辑)存在着一种最为有益的利益(这正是我们刚刚说到的被漏掉的那一种利益),它比所有其他的利益都更为重要、更为有益;如果需要的话,一个人会为了这一利益而奋起反对所有的规律,也就是反对理性、荣誉、安宁、幸福,一句话,会去反对所有这些美好的、有益的东西,仅仅是为了得到这一初始的、最有益的利益,这利益对于他来说胜过一切。

"可那毕竟也是利益呀,"你们打断了我的话,"对不起,我们还将解释,问题不在于文字游戏,而在于,这一利益之所以出色,正因为它打破了我们所有的分类,打破了人类的热爱者为了人类的幸福而构建出的所有体系,它不断地加以破坏。一句话,它在妨碍一切。"但是,在向你们道出这一利益之前,我想不惜自己的名誉,大胆地宣称,所有这些美好的体系,所有这些向人类解释其真正、正常利益的理论(解释的目的在于使人类必须努力获得这些利益,从而便会立即变得善良、高尚)——所有这些理论,目前在我看来,都不过是一种逻辑斯蒂①!是的,不过是一种逻辑斯蒂!要知道,肯定这种借助人类自身利益的体系来更新整个人类的理论,在我看来,几乎就等于……比如说,跟在巴克尔的后面断言,人由于文明而变得温和了,因此逐渐变得不嗜血、不好战了。② 从逻辑上说,他似乎是能得出这一结论的。但是,人过分热衷于体系和抽象的结论,就会甘愿有意歪曲真理,甘愿视而不见、充耳不闻,而一味地为自己的逻辑辩护。我之所以以此为例,是因为这个例子非常鲜明。请你们举目环顾四周,血流成河,而且如香槟酒一般流得欢畅。这便是巴克尔也曾生活其中的、我们整个的十九世纪,这便是拿破仑——那个伟大的拿破仑和当代的拿破仑。③ 这便是北美——一个永恒的联邦。④ 最后,这便是具有讽刺意义的

---

① 亦称数学逻辑或数理逻辑,或称符号逻辑。最早提出数学逻辑思想的是德国哲学家莱布尼茨(1646—1716);1847年英国数学家、逻辑学家布尔(1815—1864)发表《逻辑的数学分析》后,数理逻辑的研究才真正开始。它是研究推理、特别是研究数学中的推理的科学。但它对推理的研究,只是研究推理中前提和结论之间的形式关系,而这种形式关系又是由作为前提和结论的命题的逻辑形式决定的。而且,它对推理的研究是借助于数学的方法进行的,因此也可以说,数理逻辑就是用数学方法研究逻辑问题。
② 亨利·托马斯·巴克尔(1821—1862),英国历史学家、实证主义社会学家,他在其《英国文明史》(1857—1861)中认为,文明的发展将导致民族间战争的终止。该书于1861年即有俄译本。
③ 分别指法国皇帝拿破仑一世(1769—1831)和拿破仑三世(1808—1873),他们两人在位时都曾多次发动战争。
④ 指1861年至1865年间的美国南北战争。

石勒苏益格-荷尔斯泰因①……怎么谈得上文明使我们变得温和了呢？文明不过是在人的身上培养出多重复杂的感觉……别无其他。而通过这一多重复杂性的发展，人甚至还会落到在血腥中寻找快感的地步。要知道，这样的事已经在人的身上发生过了。你们是否曾经注意到，那些最最嗜血成性的人却几乎无一例外都是些最文明的先生们，所有那些形形色色的阿蒂拉②们和斯坚卡·拉辛③们，有时都无法与他们相比，如果说他们并不像阿蒂拉和斯坚卡·拉辛那样显眼，那只是因为他们太常见、太普通了，大家已经司空见惯了。如果说人没有因文明而变得更嗜血，那么起码他嗜血时也大概会比从前更坏、更丑恶。以往，人视流血为正义，心安理得地去消灭那该被消灭的人；而如今，虽然我们也认为流血是丑恶的勾当，可我们却仍在干这勾当，甚至比从前干得还要多。哪种情况更坏呢？你们自己去评判吧。据说，克娄巴特拉④（请原谅我举了一个罗马史上的例子）喜欢用金针去扎女奴的乳房，并在她们的叫喊和痛苦的抽搐中获得快感。你们会说，这些事都发生在相对而言的野蛮时代；你们会说，如今仍然是野蛮时代，因为（同样是相对而言）如今还有人挨针扎；你们会说，人如今虽然已学会了观察，有时能

---

① 石勒苏益格原为公国，与荷尔斯泰因伯爵的领地原为两个独立的地区。1386年荷尔斯泰因伯爵将两地统一，1460年它同丹麦合并为君合国。此处指1863年至1864年间普鲁士与奥地利同丹麦为争夺它而进行的一场战争。战后该地区曾分属普鲁士与奥地利，最后，至1949年后成为联邦德国的一个州。
② 阿蒂拉（？—453），匈奴王（434—453），曾率军远征拜占廷，入侵巴尔干、高卢等地。
③ 即斯捷潘·拉辛（？—1671），顿河哥萨克，他于1667年至1671年领导俄国农民起义，失败后被杀害。
④ 克娄巴特拉（或译克莉奥佩特拉）（前69—前30），埃及末代女皇（从公元前51年起）。

412

比野蛮时代看得更清楚一些,可是,他还远远没有学会像理性和科学所指引的那样去行动。但你们毕竟完全相信,当某些陈旧、恶劣的习惯完全消失的时候,当正常的理智和科学完全改造并正确地指引人的天性的时候,人是一定能够学会的。你们坚信,到那时,人自己也不再会自愿地犯错误,也可以说,他便会不由自主地不再让自己的意志与自己的正常利益脱节了。不只如此。你们还会说,到那时,科学本身将教导人(虽然在我看来,这已是奢望),无论是意志或任性,在人的身上实际上都不存在,而且也从来不曾存在过,人自己不过是某种类似钢琴琴键或管风琴琴箱的东西。① 你们还会说,除此以外,世界上还存在着一些自然规律;因此,无论人做什么,都根本不是按照他的意愿进行的,而是自然而然地遵循自然规律进行的。所以,只要发现这些自然规律,人便用不着为自己的行为负责了,他便能非常轻松地生活了。那时候,自然而然地,人的所有行为都可依照这些规律计算出来,用数学的方式,像对数表一样,数到十万零八千,然后载入历书;或者比这更好,将会出现某些善意的出版物,就像如今的百科词典一样,其中,一切都得到了精确的计算和定义,于是,世界上便再也不会有意外的行为和事情了。

那时——这都是你们说的——将出现新的经济关系,它们完全是现成的,同样经过数学的精确计算,于是,在一刹那之间,形形色色的问题都将消失,这只是因为已然能够得出形形色色的答案。到那时,水晶宫便将建立起来。② 到那时……好吧,一

---

① 法国启蒙思想家、唯物主义者狄德罗(1713—1784)在他的著作《达朗贝和狄德罗的谈话》(1769)中说过这样的话:"我们就是赋有感受性和记忆的乐器,我们的感官就是琴键,我们周围的自然弹它,它自己也常常弹自己……"(译文据陈修斋等译:《狄德罗哲学选集》,三联书店,1956年)

② 在车尔尼雪夫斯基的小说《怎么办?》中,"薇拉的第四个梦"里曾出现"水晶宫"的形象。

句话,到那时,幸福鸟①就将展翅飞来。当然,无论如何也不能担保(这已是我说的了),到那时,比如说,就再也不会感到乏味透顶(到那时一切都将是根据图表计算好了的,那还有什么事情可做呢),然而,一切都将极其合乎理智。当然,出于乏味无聊,有什么事儿想不出来呢!要知道,金针就是由于无聊才用来扎人的,但这一切好像都无关紧要。糟糕的是(这又是我说的),到那时,恐怕金针还是能让人开心呢。因为,人是愚蠢的,极其愚蠢。也就是说,人即便完全不愚蠢,也是忘恩负义的,难以找到例外。因为,比如说,在普遍的合乎理智的未来,突然无缘无故地冒出来一位什么绅士,他生着一张并不高贵的面孔,确切些说,是一张顽固落后的、嘲笑的面孔,他两手叉腰,对我们大家说道:怎么样,先生们,我们是否来把这理智整个儿地一脚踢开,唯一的目的就是让所有这些对数表都见鬼去,让我们重新按照我们愚蠢的意志来生活!——如果出现这样的事情,我是丝毫也不会感到吃惊的。这倒一点儿都没什么,但令人气恼的是,总能找到一批追随者——人的秉性就是这样。而所有这一切都源自那最无根据的原因,这一原因或许根本不值一提。这正是因为,一个人,无论何时何地,无论他是何许人,都喜欢如他所希望的那样去行动,而绝对不想按照理智和利益所吩咐的去行动;他想要的可能违反自己的利益,有时候甚至是就应该这样(这已是我的观念了)。自身的、随意的、自由的意愿,自身的,即便是最野蛮的任性,自己的,有时甚至达到疯狂的想象——这一切便是那个被遗漏的、最有利益的利益,正是它不适于纳入任何一

---

① 原文为 каган,是古代中亚某些国家的王或汗,也可译为王鸟。каган 鸟是陀思妥耶夫斯基在被流放于西伯利亚时在民间听说的,见他的"西伯利亚笔记"。

种分类,而总是使所有的体系和理论解体。所有这些智者们说什么,人需要具有某种正常的、某种高尚的意愿,这是从何谈起呢?他们说什么,人必定需要合理的、有益的意愿,这又是从何谈起呢?人需要的只是一种独立的意愿,而无论这一独立性的代价多高,无论这一独立性会导致什么结果。可是,鬼才知道这一愿望是什么……

八

"哈,哈,哈!要知道,这个意愿,如果您想知道的话,也许实际上是没有的!"你们哈哈大笑着打断了我的话,"如今,科学已经可以精确地解剖人了,所以我们也已知道,意愿和所谓的自由意志不是别的,而是……"

"等一下,先生们,连我自己也本想这样开始说的。我承认,我甚至胆怯了。我刚才就想喊出声来,说鬼知道意愿是取决于什么,它是什么,也许要谢天谢地,我又想起了科学……于是便没说下去。而就在这时,你们却说了起来。要知道,其实,嗯,要是人们什么时候真的找到了我们所有意愿和任性的公式,也就是说,知道它们取决于什么,它们遵循什么样的规律产生,它们如何发展,它们在不同的情况下趋向何方,等等,等等,也就是说,找到了一个真正的数学公式——要是这样的话,人也许马上就不会再有意愿了,而且,也许一定不会再有了。按表格提出意愿有什么意思呢?不仅如此,他还会立即由一个人变成管风琴的琴箱或诸如此类的东西;因为,一个没有愿望、没有意志、没有意愿的人,不是管风琴上的琴箱又能是什么呢?你们怎么想?我们来计算一下可能性,看这样的事情会不会发生?"

"嗯……"你们解释说,"我们的意愿大部分是错误的,原因在于我们对我们的利益所持的看法是错误的。我们之所以有时要听那种彻头彻尾的胡言乱语,是我们由于愚蠢,竟在这些胡言乱语中看到了一条能获得某种预期利益的捷径。那么,当这一切都在纸上得到了解释和计算(这是非常可能的,因为先就认定有些自然规律是永远不能认识的,那太令人厌恶,也毫无意义了),那时,当然就不会再有所谓的愿望了。要知道,如果意愿什么时候与理性完全撞车,那么,我们就只能进行推理,而不能想望什么了。因为,比如说不可能在保持理性的同时又想望无意义的东西,并因此有意地违反理性,有意地想给自己带来危害……由于所有的意愿和推理都真的能够计算出来,因为人们迟早会发现所谓的我们自由意志的规律,这样一来,也许真的可以建立起某种类似表格的东西,那我们也就真的可以按照这张表格提出意愿了。假如什么时候有人为我计算出来,并且证明,如果我向某个人做出了一个侮辱的手势,那恰是因为我不能不这么做,我还非得伸出某个指头来比画,倘若如此,我身上还能剩得下什么自由的份儿呢?更何况,如果我还是一位学者,并曾在某处修过科学课程。要知道,这样的话,我便能够提前三十年计算出我的整个一生。总而言之,如果事情真是这样的话,我们便将没有什么可做的了,反正不得不接受一切。而且总的说来,我们得不厌其烦地对自己重复说,肯定在某一时刻某种环境中,大自然不会来请示我们;我们应当接受本来面目的大自然,而不是我们想象出来的大自然;如果我们真的渴求拥有表格和历书,而且……哪怕是渴求拥有蒸馏瓶,那也没什么可说的,就得接受蒸馏瓶!否则的话,用不着我们,蒸馏瓶自己也会来的……"

"是啊,这正是我的难处哇!先生们,请你们原谅我的一番玄论,都怪这在地下室中度过的四十年!请允许我来想象一下吧。要知道,先生们,理性是好东西,这是无可争议的,但是,理性却只是理性,它只能满足人的理性能力,而意愿却是整个生活的表现,就是说,它是人的整个生活的表现,包括理性和所有伤脑筋的事情在内。即便我们的生活在这一表现中时常显得很糟,但它毕竟还是生活,而不仅仅是开方求得的平方根。比如说我吧,十分自然地想活着,为的是满足我所有的生活能力,而不仅仅是为了满足我的理性能力,即不是为了去满足我整个生活能力中的那二十分之一。理性能知道什么?理性只知道它已经知道的东西,(对于有的东西,理性可能永远也无法知道;这尽管不是一种安慰,但为什么不把它说出来呢?)而人的本性是能调动它所有的能力,整个地活动着的,不管是有意识地或是无意识地,即便是在说谎,它也是在生活着的。先生们,我怀疑你们正在面带遗憾地看着我;你们反复对我说,一个有高度文化修养的人,总之,一个未来的人,不可能有意想要什么不利于自己的东西,这像数学一样清楚。我完全赞同,这的确就是数学。但是,我却要向你们重复一百遍,只有一种情形,只有在一种情形下,人才会有意地、自觉地渴望那甚至是有害的、愚蠢的,甚至是愚蠢之极的东西。这便是,为了有权利去渴望那甚至是愚蠢至极的东西,而不愿受到约束,而只能渴望聪明的东西。要知道,这是愚蠢至极,这是自己的任性,事实上,先生们,在地球上的万物之中,这也许是对于我们的兄弟最为有益的东西,在某些情形下尤其如此。而其中,比一切利益都更为有益的东西,甚至有可能出现在这样的情形之下,即当它给我们带来了明显的危害,并与我们的理性有关利益所得出的最为缜密的结论相矛盾的时候——因为,这样至少能为我们保全最主要最珍贵的东西,亦即我们的人格和我们的个性。有些人会肯定地说,对于人来讲,这的确是最为珍贵的;当然,如果愿意的话,意愿是可以与理性融为一体的,尤其是当它不是被滥用而是适度运用的时候;这是有益的,有时甚至是值得称道的。但是,经常地、甚至是在大多数时间内,意愿都是与理性完全地、执拗地相矛盾的,而且……而且……你们是否知道,这也是有益的,有时甚至是非常值得称道的?先生们,我们假设人并不愚蠢。(事实上,无论如何不该说人是这样的,哪怕只由于这样一个理由,即如果人是愚蠢的,那么还有什么是聪明的呢?)但是,如果说人并不愚蠢,那么,他也仍是极其忘恩负义的!绝对的忘恩负义!

"我甚至认为,对人的最好定义就是:一种两条腿的忘恩负义的生物。但这还不是全部,这还不是人的主要缺点;人的最主要的缺点,就是那始终一贯的品行不端,这种恶劣品行始终一贯,从洪水时代①直至人类命运中的石勒苏益格-荷尔斯泰因时期。品行不端,因此也就是不明智;因为,人们早就已知的是,不明智并非源于其他,而是来自品行不端。请你们来看一看人类的历史吧,你们会看到什么呢?壮丽吗?也许,可以说是壮丽的,比如说,仅仅罗得岛上的那尊雕像②,就好生了得!无怪乎阿纳耶夫斯基先生证实说,一些人认为这尊雕像是人类双手的产物,而另一些人则断言它是大自然本身的造物。③绚烂多彩吗?也许可以说是绚烂多彩的,只要将所有时代、所有民族文武官员的礼服研究一番,就好生了得;而若去研究文官制服,就肯

---

① 见《圣经·旧约·创世记》(第6至7章):耶和华所造的人和禽兽、昆虫罪恶极大,因而使大地洪水泛滥,毁灭天下,使"地上有血肉、有气息的活物,无一不死。水势浩大,在地上共一百五十天"。
② 罗得岛是爱琴海中的一座希腊岛屿,岛上有一尊太阳神赫利俄斯的铜像,建于公元前292年至前280年,为世界七大奇迹之一,公元前225年因地震倒塌,公元653年阿拉伯人劫掠罗得岛时将其击碎。据记载,它高70肘尺,合32米;但后来在塑像基石上发现其铭文记载,是10肘尺的8倍,因而当为36.5米。
③ A.E.阿纳耶夫斯基(1788—1866),一位平庸的俄国作家,十九世纪四十至六十年代经常成为报刊的嘲讽对象。上引的几句话是他在1854年写的一本小册子里说的。

定会累得趴下，没有一位史学家能受得了。单调乏味吗？也许可以说是单调乏味的；人们在打呀，打呀，现在在打，从前打过，将来还要打——你们会赞同说，这甚至是过于单调乏味了。一句话，一切，一切可能在混乱的大脑中冒出来的想法，都可用来谈论全世界的历史。唯一不能说的，就是明智，亦即不能说历史是明智的。第一个字没出口，你们便打住了。在这里，甚至常会遇见这样的情形：要知道，在生活中经常会出现那样一些有道德、有理性的人，那样一些智者和人类的热爱者，他们为自己立下宗旨——一生都要尽可能品行端正而又明智，也就是说，要用自己来照亮他人，为的就是向他人证明，在这个世界上，的确是可以过着品行端正、合乎理性的生活的。结果如何呢？众所周知，许多有此爱好的人，或迟或早，在生命行将结束时都背叛了自己，闹出了一些趣闻逸事，有时甚至是最最不体面的趣闻逸事。现在我请问诸位：对于人，这一被赋予如此奇怪品质的生物，又能指望什么呢？你们就是向他倾注所有尘世间的幸福，就是让他从头到脚完全沉浸在幸福之中，像是整个没在水里，只有些吐出的气泡冒出幸福的表面；就是让他经济上十分宽裕，使他除了睡觉、吃甜饼和为世界历史的不断发展而操心之外，完全不用再做任何事情。即使这样，他也还是那样的人，仍会仅仅由于忘恩负义，仅仅为了诽谤而对你们干出卑鄙的勾当。他甚至会拿甜饼来冒险，有意做出最为有害的胡作非为，最不合算的荒谬行径，仅仅是为了在这正确的理智之中掺进其有害的幻想成分。他要坚持自己那些古怪离奇的幻想，那些极其庸俗的蠢事，仅仅是为了向自己证实（似乎这非常必要），人毕竟是人，而不是钢琴上的琴键，尽管自然规律亲手在那些琴键上弹奏，但也有可能弹得人们除了历书再也不能指望别的什么。而且，更有甚者，即便人真的变成了琴键，即便用自然科学和数学方法向他论证了这一点，他也不会醒悟的，仅仅是出于忘恩负义，他就会有意做出相反的举动来；说实在的，他只是为了固执己见。当他缺乏手段时，他就会制造出破坏和混乱，杜撰出各种各样的苦难，以此固执己见！他满世界散布诅咒，因为只有人才会诅咒（这是人区别于其他动物的最主要的特权），要知道，他也许单凭诅咒就能达到自己的目的，也就是说，他真的确信，他是人，而不是琴键。如果你们说，混乱呀，黑暗呀，诅咒呀，这一切都可以根据表格计算出来，那么单凭预先可以计算出来就能防止这一切，理性便会占了上风——可如果这样，在这种情况下，人就会故意变成疯子，为的是不要理性而能坚持己见！我相信这一点，我能对此负责，因为人类所有的问题，看来的确就在于：人在持续不断地向自己证明，他是人，而不是琴箱！虽说是现身说法，但他却在证明着；虽说方式是原始的，但他却在证明着。这样一来，他怎么能不做坏事，怎么能不夸口说这样的事情还不曾有过，怎么能不说现在鬼才知道意愿究竟是怎么来的……"

你们会对我叫嚷（如果说我还能博得你们叫嚷的话），说并没有任何人来剥夺我的意志，说人们不过是设法使我的意志能够自愿地与我的正常利益、自然规律和算术相吻合。

"唉，先生们，当事情已经弄到了表格和算术的地步，当普遍只讲二乘二等于四的时候，还有什么自己的意志呢？就是没有我的意志，二乘二也等于四。难道那也算自己的意志吗？"

九

先生们，我当然是在开玩笑，我自己也知道，我的玩笑开得并不成功，但是，并不能把一切都看成是玩笑。我也许是在咬牙切齿地开玩笑。先生们，有些问题令我苦恼，请你们为我解答。比如说，你们想使人抛弃旧的习惯，并按照科学和健全思想的需要来矫正其意志。但是,你们怎么知道,人不仅可能而且需要做这样的改造呢?你们是从哪儿得出结论,认为人类的意愿应当做那样的矫正呢?一句话,你们怎么知道这样的矫正真能给人带来益处呢?还有,如果说到底,你们为何如此坚定地相信,不背离那些为理智的论据和算术所保障的、真正的、正常的利益,对人来说就真的是永远有益,而且这对全人类来说就是一条规律呢?要知道,这暂时还只是你们的假设。我们假设这是一条逻辑的规律,但也许根本算不上是人类的规律。你们,先生们,没准认为我是个疯子吧?请允许我说明一下。我同意,人是一种动物,是一种主要具有创造性的动物,他注定要自觉地追求一个目标,要从事工程技艺,也就是说他会永远不断地为自己开辟道路,而不管朝着什么方向。然而,他时而也想朝旁边弯一下,但这也许正因为注定要由他来打通这条道路,也许还因为,一位直来直去的活动家无论多么愚蠢,终究偶尔会想到,道路几乎永远得朝着什么方向延续下去的,主要的问题并不在于道路通向何方,而在于要让道路直通下去,要让品行端正的孩子别轻视工程技艺而沉湎于那有害的游手好闲,众所周知,游手好闲可是万恶之源。人喜欢创造,喜欢开辟道路,这是无可争议的。但是,他为何同样酷爱破坏和混乱呢?这一点你们倒说说看!但关于这点,我本人也想特别地申说两句。他之所以喜欢破坏和混乱(要知道,这是无可争议的,他有时非常地喜欢,确实如此),也许是因为,他自己本能地害怕达到目的,害怕建完他所建造的大厦。你们怎会知道,他也许只是在远处,而绝非在其附近喜欢那大厦;也许,他只是喜欢建造这座大厦,而不是在其中居住,此后他会把大厦送给 aux animaux domestiques①,送给蚂蚁、绵羊,等

---

① 法文:家畜。

等,等等。蚂蚁的趣味则是完全别样的,它们有一座与此类似的、奇异的、永远不会被摧毁的大厦——即蚁冢。

可敬的蚂蚁们以蚁冢开始,大概也以蚁冢告终,这使它们以始终不渝和积极认真的姿态赢得了巨大的声誉。但是,人却是一种轻浮的、不体面的生物,也许他就像棋手那样,喜欢的只是达到目的的过程,而不是目的本身。而且,有谁知道呢(没法儿担保),也许人类在地球上所追求的全部目的,仅仅就在于抵达目的之过程的这一持续性,换句话说,就在于生活本身,而不在于目的,自然,这一目的不是别的,就是二乘二等于四,也就是说,是一个公式,但是要知道,先生们,二乘二等于四已经不是生活,而是死亡的开端。至少,人不知为何总有些害怕这二乘二等于四,我现在也还害怕。我们假设,人的所作所为只是为了寻求这个二乘二等于四,他漂洋过海,在这一寻求中牺牲着生活,可他不知为何又害怕找到,害怕真的找到。因为他感到,一旦找到,就再没有什么可寻求的了。工人们在结束工作后,至少可以领到钱,接着上酒馆,然后进警察局——这便是一周的活动。而人又能去向何方呢?至少,每次当他达到诸如此类的目的时,在他身上都可以发现某种难堪的表情。他喜欢达到目的的过程,却不完全喜欢达到目的,这当然是非常可笑的。一句话,人的秉性是滑稽的;在所有这一切之中,显然包含着一种双关的俏皮话。然而,二乘二等于四毕竟是一个极其讨厌的东西。二乘二等于四,这在我看来,只不过是蛮不讲理。二乘二等于四扬扬自得地双手叉腰,挡住了你们的去路,啐着唾沫。我同意,二乘二等于四是十分美妙的东西;但是,假如要赞扬一切,那么,二乘二等于五有时也是个非常可爱的小东西呢。

为什么你们如此坚定、如此庄严地确信,只有一种正常的、正面的东西呢?一句话,只有幸福才于人有益呢?在利益问题上,理智不会出错吗？要知道,也许人所喜欢的并不仅仅是幸福？也许,他也完全同样地喜欢苦难？也许,对他来说,苦难和幸福完全是同样有益的？人有时会非常地爱苦难,爱之成癖,这是事实。这是用不着去查阅世界史的；只要您是一个人,只要曾经稍稍地生活过,问问自己也就可以了。至于我个人的意见,那就是,仅仅爱幸福甚至有些不体面。不论是好是坏,反正有时破坏一种什么东西也是非常愉快的。这里我并不是在维护苦难,也不是在维护幸福。我是在维护……维护自己的任性,维护那在我需要的时候能为我提供保障的东西。比如说,轻松喜剧中就不允许有苦难,这我是知道的；在水晶宫中苦难也是不可思议的。苦难就是怀疑,就是否定,如果在水晶宫中还会产生怀疑,这还叫什么水晶宫呢？可我同时相信,人永远不会拒绝真正的苦难,也就是说,永远不会拒绝破坏和混乱。因为苦难便是意识产生的唯一原因。虽然我在一开始就说了,我认为意识是人最大的不幸,但是我知道,人喜欢意识,他不愿用任何的快乐来替换意识。比如说,意识就无限地高于二乘二。承认了二乘二之后,当然就不会留下什么东西,不仅无事可做了,甚至连可以认知的东西也没有了。到那时,可做的一切,就是堵塞自己的五官,沉湎于潜思默想。而在意识的过程中,虽说也可能有同样的结果,也就是说也可能无事可做,但至少有时还是可以责备一下自己的,而这毕竟能使人振作。即便是落后,毕竟胜于无所作为。

十

你们相信那座永远不能摧毁的水晶宫大厦,亦即那种既不能偷偷向它伸舌头,也不能暗暗地向它做侮辱性手势的东西。可我却害怕这样的大厦,也许因为它是水晶的,是永远不能摧毁的,也许因为甚至不能偷偷地向它伸舌头。

你们知道吗?如果没有那宫殿而有个鸡窝,而天上正好下起了雨,我也许会钻进鸡窝避雨的,但是,我却不会因感激鸡窝而将它视为宫殿。你们在笑,你们甚至说,在这种情况下,鸡窝和宫殿是一码事。我回答道,是一码事,如果活着仅仅是为了不被雨淋湿的话。

但是,如果我固执己见地认为,人们活着并不仅仅为了这个;如果我认为,人们活着,但不仅以此为目的,要生活的话,就该生活在宫殿里,那又该怎么办呢?这是我的意愿,这是我的愿望。你们只有改变了我的愿望,才能将它从我的脑中铲除。好的,请你们来改变我吧,用其他东西来诱惑我,给我另一个理想吧。而暂时,我还不会将鸡窝当作宫殿。就算水晶宫大厦是一种幻想的海市蜃楼吧,按照自然规律它是不应存在的,就算我把它臆想出来,仅仅是由于我自己的愚蠢,由于我们这一代人的某些陈旧的和非理性的习惯。但是,它该不该存在,和我又有什么关系?如果说它存在于我的愿望之中,或者更确切地说,它存在于我的愿望存在的时候,还不都是一码事吗?也许,你们又笑了?笑吧!我能承受所有的嘲笑,反正我不会在我想吃东西的时候说我的肚子是饱的;反正我知道,我不会只因为它是按照自然规律而存在的,而且是真的存在着,便满足于折中,满足于不断循环的"零"。我不会将一座大房子——它的房间都按千年的合同租给贫穷的房客,还可以挂上牙科医生瓦根海姆招牌以备万一——视为自己至高无上的愿望。请你们毁掉我的愿望,抹去我的理想,给我指出什么更好的东西来吧,那样的话,我就会跟你们走。也许你们会说,不值得同我打交道;若是这样,我也可以用同样的话回敬你们。我们在严肃地谈论,而你们却不愿理睬我,那我也不会卑躬屈节的。我有自己的地下室。

但是只要我还活着,还有愿望——那么,哪怕我给那座大房子添上一小块砖,就让我的手烂掉好了!尽管刚才我亲口否定了水晶宫大厦,仅仅是因为不能向它吐舌头,可我这样说,压根儿不是因为我那么喜欢伸出我的舌头。也许,我所恼火的只是,在你们所有的建筑物中,至今还找不到一座能让人不冲它吐舌头的。反之,只要能盖成那让我自己永远也不想再向其吐舌头的建筑物,那么,即使仅仅是出于感激之情,我也把自己的舌头完全割掉。而如果盖不出这样的建筑,只能满足于那些房子,这又关我什么事儿。为什么我生来就会有这种愿望?难道我生来仅仅是为了引出这样的结论,说我的整个生存都只是一种欺骗?难道全部目的就在于此?我不信。

此外,你们要知道,我坚信,必须对我们这位住地下室的兄弟严加管制。他虽然能够闷声不响地在地下室里待上四十年,但是,他一旦来到光天化日之下,张口说话,那他就会说呀,说呀,说个不停……

十一

归根结底,先生们,最好还是什么都不做!最好是自觉的懒惰!所以说,地下室万岁!我虽然说过,我非常非常地羡慕正常人,但是,以我看见他们的那情况而论,我可不愿做他那样的人。(虽说我仍在不停地羡慕他们。不,不,地下室终归是更有益些!)在那里,至少可以……唉!要知道,我这也是在撒谎!我撒谎,因为我自己像二乘二得四一样地知道,绝不是地下室好,而完全是别的什么地方,是一种我所渴望却无论如何也找不到的地方!让地下室见鬼去吧!

如果在我此刻所写的这些东西中,我自己能够随便相信些什么,那也好了。我向你们起誓,先生们,在我此刻匆匆写出的东西中,我连一个字都不信!也就是说,我似乎也相信,但与此同时,不知为什么,我又感到并且怀疑自己是在蹩脚地撒谎。

"那么您为何要写这一切呢?"你们对我说。

"假如我让你们无所事事地待上四十年,四十年之后我去地下室看你们,看你们变成什么模样了?难道可以让一个人无所事事地单独待上四十年吗?"

"真不害羞,真恬不知耻!"也许,你们会依然不屑地摇着脑袋对我说,"您渴望生活,并用一团混乱的逻辑来解答生活问题。您的行为多么讨厌,多么粗鲁,但同时您又是多么的害怕啊!您胡言乱语,并由此感到满足;您说粗鲁的话,自己却又在不断地为这样的粗话感到害怕,并请求别人原谅。您要人相信您什么也不怕,与此同时,您却在奉承我们的意见。您要人相信您在咬牙切齿,与此同时,您却在说俏皮话逗我们发笑。您知道,您的那些俏皮话并不高明,但是,您却显然因其有文采而扬扬得意。您也许真的受过苦难,但是,您却丝毫也不尊重您的苦难。您有些真理,可是缺乏高尚的品德;您出于极其渺小的虚荣心,炫耀您的真理,使得您的真理蒙受耻辱,将您的真理带向市场……您真的想说点什么,但是,由于忧虑,您又隐藏了您最后的话,因为您没有决心和盘托出,却胆怯得厚颜无耻。您夸耀自己的意识,可您却一直在摇摆不定,因为您的头脑虽然在活动,您的心灵却被放荡行为所腐蚀了,而没有纯洁的心灵,就不会有充分的、正确的意识!您身上有多少令人厌恶的东西,您是那样纠缠不休,您是那样装腔作势!谎言,谎言,全是谎言!"

当然,你们所有这些话,都是此刻我自己编出来的。这也同样是出自地下室。在那里一连四十年,我一直在透过缝隙偷听你们的这些话。我自己编造出这些话,但也只能编造出这样的话。这是毫不奇怪的,这些话已经牢记在心,并具有了文学的形式……

但是,难道、难道你们真的会如此轻信,真的以为我会将所有这些发表出来,并供你们阅读?我现在还面临着一个问题,即说明:实际上,我为何要称你们为"先生们",为何要像真的对待读者一样对待你们呢?我存心道出的那些自白,是不会发表出来的,是不会让别人读到的。至少,我没有那样的决心,也不认为有这种必要。但你们要知道,有一个幻想突然来到我的脑海中,我无论如何都想要实现它。事情是这样:

每个人的回忆中都有这样一些东西,它们不能向众人公开,而只能向朋友袒露。另有一些东西,就是对朋友也不会公开,而只有对自己坦诚,并且讳莫如深。最后,还有一些东西,甚至害怕对自己公开,而这样的东西,在每一个体面的人那里都积累得相当多。情况甚至是这样:一个人越是体面,他所积累的这类东西就越多。至少,我自己就是不久前才决心回忆我先前那些奇遇的,而在此前,我总是回避它们,甚至还有点惴惴不安。而此刻,当我不仅在回忆、甚至还决定做出笔录的时候,此刻,我正想体验一下:有可能完全做到坦白吗,即便是面对自己?有可能不怕全部真相吗?我要顺便指出,海涅断言,真实的自传几乎是不可能的。人在谈到自己的时候肯定会撒谎。他认为,比如卢梭在他的《忏悔录》中就无疑对自己撒了谎,甚至是出于虚荣而有意撒的谎。① 我相信海涅是对的;我非常清楚地懂得,有时,仅仅是出于虚荣,就可能给自己扣上整套整套的罪名,我甚至还能非常清楚地认识到,这种虚荣可能是什么性质的。然而,海涅评判的是那种在公众面前忏悔的人。而我却只是为自己一个人写

---

① 德国诗人海涅在其《自白》中曾写道:刻画自己的个性,不仅是一件令人为难的工作,而且是一件简直不可能的工作;卢梭就在《忏悔录》中做了许多欺骗性的表白,为的是用这些表白来掩饰自己真正的过失。

作的,我要一劳永逸地声明,如果说我的写作仿佛是为读者的,那么这也仅仅是为了摆摆样子,因为这样我便可以更轻松地写下去。这是一个形式,一个空洞的形式,我永远也不会有读者。我已经声明过了……

在编辑我的手记时,我无论如何也不想受到拘束。我将不安排什么顺序和体系,我想起什么就写什么。

好吧,举个例子,你们可能会抠字眼儿,可能会问我:"如果说您真的不考虑读者,那么现在您干吗还要在纸上对自己做这样一些交代,说您不会安排什么顺序和体系、您想起什么就写什么等等之类的话呢?您为何要解释呢?您为何要道歉呢?"

"你看怪不怪!"我回答。

这里可是很大的心理学问。也许因为我只是一个胆小鬼;也许因为我有意想象自己的面前有公众,使我自己在书写手记的时候规矩一些。原因可以有上千个。

但是,问题又来了:我自己究竟为何想要写作呢?如果不是为了公众,那么,本可以将一切都记在脑中,而用不着写到纸上呀?

是这样的,写在纸上要显得庄重一些。在这里,有某种感人的东西,能更多地评判自我,增添些文采。此外,也许由于书写手记,我真的获得了解脱。比如说,此刻,一个不久之前的回忆沉沉地压在我的心头。还在几天前,我就清晰地忆起了它,从那时起,它便像一个烦人的、不愿离去的音乐主题一样,留在我的心中。然而,应当摆脱它。这样的回忆我有数百个;但是,有时从这上百个回忆中会凸现某一个,压在我的心头。不知怎的,我相信,如果我将它记录下来,便可摆脱它。为什么不试一试呢?

最后,还有一个原因:我很无聊,我经常什么也不做。书写手记却真的似乎是一件工作。据说,由于工作,人会变得善良和诚实。这至少是一个机会。

此刻正在下雪,雪几乎是潮湿的、昏黄的、肮脏的。昨天也下了雪,这几天都在下雪。我感到,由于湿雪,我回忆起了那段至今一直困扰着我的逸事。下面便是这篇由湿雪引起的故事。

第二章　由于湿雪①

当我用信念的炽热话语
将一个堕落的灵魂拯救,
使它步出了迷误的黑暗,
你,满怀着深深的苦愁,
搓揉着双手,在将那
纠缠着你的恶习诅咒;
当你用回忆来谴责
那遗忘了往事的良心,
你向我讲述了在我之前
所发生过的一切事情,
突然,用手捂住脸,
你充满了恐惧和羞愧,
你在愤恨,你在颤抖,
你流出了无尽的眼泪……
等等,等等,等等。

——尼·阿·涅克拉索夫②

---

① 在俄国"自然派"作家的作品里,"细雨和湿雪"常被用来作为彼得堡典型的风景特征。
② 涅克拉索夫的这首诗写于1845年,发表于1846年,诗中的"你"为一"堕落"的女人,是处于社会底层的牺牲品——妓女。

一

那时，我只有二十四岁。当时，我的生活已经很忧郁、很混乱，孤独到了极点。我不与任何人交往，甚至避免说话，越来越深地躲进了自己的角落。上班时，在办公室，我甚至竭力不去看任何人，我非常清楚地知道，我的同事们不仅视我为怪人，而且——我始终这样觉得——还似乎带着某种厌恶在打量我。我不禁想道：为什么除了我，谁也没有觉得别人在厌恶地打量自己呢？在我们办公室的人员中，有一个人生着一张令人讨厌的麻脸，那脸甚至像是一张强盗的脸。我若是生了这样一张不体面的脸，也许会不敢朝任何人看上一眼的。另一个人的制服又脏又破，以至于在他身旁竟能闻到一股臭味。然而，这些先生没有一位感到难为情——无论是因为衣服，是因为脸，还是由于精神上的什么原因。无论是这一位还是另一位，都不会想到，有人会带着厌恶打量他们；即便他们想到了，他们也无所谓，只要别让上司看见就行。此刻，我完全明白了，由于自己无限的虚荣心，以及由此而来对自己的苛求，我在看待自己的时候常常带有发狂般的不满，这不满发展为厌恶，由此，我便在想象里将自己的观点强加给了每一个人。比如说，我恨自己的脸，发现它很可憎，我甚至怀疑这脸上有什么下流的表情，因此，每次上班时，我总要竭尽全力使自己显得尽可能地独立不羁，以免别人怀疑到我的下流，而脸上的表情也要显得尽可能地高贵。"就让脸蛋不漂亮好了，"我在想，"但是要让它显得高贵，富有表情，主要的是，要让它显得非常聪明。"然而，我确切地、痛苦地知道，我永远也无法用我的脸表达出所有这些优点。但是，最为可怕的是，我发现自己的脸真的是愚蠢的，而我本来在心里是可以完全不予计较的。我甚至承认表情有些下流，只要与此同时我的脸能让人觉得是极其聪明的就行了。

　　自然,我恨我们办公室里所有的人,从上到下的每一个人,我蔑视所有的人,但同时似乎又害怕他们。常有这样的情形,我甚至会突然把自己看得比他们高。这时我便会时而蔑视他们,时而认为他们高于自己。一个有修养的、体面的人即使有虚荣心,也不会不严于律己,有时甚至蔑视自己到了憎恨的地步。但是,蔑视他人也好,抬高他人也好,我在遇见每一个人时几乎都会垂下目光。我甚至做过试验,看我能否顶住某个人射来的目光,结果,总是我首先垂下目光。这使我痛苦得要发疯。我也怕显得可笑,怕到了病态的地步,因此,我奴性地崇拜一切涉及外貌的陈规陋习;我心甘情愿地循规蹈矩,从心底里害怕自己有任何古怪的举动。可我哪里能坚持得住呢?我像一个我们时代的人所应该成为的那样,可他们所有的人却都是愚蠢的,彼此就像羊群中的羊那样相像。也许,整个办公室里只有我一个人常常觉得,我是个胆小鬼和奴隶;而这正是因为,我觉得我是有教养的。然而,这不仅是觉得,而且事实上果真如此——我是个胆小鬼和奴隶。我这么说,并无任何的难堪。我们时代的每一个正派人都是并且一定是胆小鬼和奴隶,这是他的正常状态。我对此深信不疑。他们生来如此,他们的禀赋就是这样的。一个正派人就一定是胆小鬼和奴隶,不仅当今如此,也不仅是由于某些偶然的境况所导致的,而且,在所有时代都是这样。这是世界上所有正派人的自然规律。如果正派人中间偶尔有人鼓起勇气要有所作为,那也无法以此自我安慰和自我陶醉,因为他在别人面前还是会感到胆怯。这便是唯一的、永恒的出路。只有蠢驴及其低能杂种才会胆大妄为,但要知道,它们也会在某一堵墙面前停步的。他们是不值得关注的,因为他们微不足道。

　　当时,折磨我的还有这样一个情况:没有一个人与我相像,我也不像任何一个人。"我是孤身一人,而他们却是全体。"我这样想,便沉思起来。

由此可见,我还完全是一个小毛孩。

也时常出现相反的情况。有时去办公室上班我也感到讨厌,结果到了这样的地步,许多次下班回家,我竟像个病人。但是突然之间,无缘无故地,又会袭来一阵怀疑和冷漠的情绪(我什么都是一阵一阵的),于是,我自己也会嘲笑自己过于偏执和喜爱挑剔的毛病,也会指责自己的浪漫主义。我时而不想和任何人谈话;时而又甚至会不仅要交谈,而且还想朋友般地与他们交往。所有的挑剔突然之间就会无缘无故地一扫而光。也许,我从来不曾有过这挑剔,这挑剔是假装的,来自书本的,谁会知道这一点呢?直到今天,我仍未能解决这个问题。有一次,我甚至完全与他们交上了朋友,开始拜访他们的家,一起玩牌、喝酒、谈工作……但是,在这里,请允许我说一段离题的话。

一般而言,我们俄国人从来不曾有那种外国式的尤其是法国式的愚蠢的、超然世外的浪漫主义者,没有任何东西能对这些人产生影响,即便是大地在他们脚下裂开,即便是整个法国都死在街垒上,他们还是老样子,没有变化,甚至是为了体面,他们会依旧唱着自己超然世外的歌,也就是说,会一直唱到死,因为他们都是傻瓜。在我们这儿,在俄国的土地上,却没有傻瓜,这是众所周知的;这正是我们有别于其他国家如德国等的地方。因此,我们没有这些纯粹超然世外的天性。我们当时那些"积极的"政论家和批评家们,抓住了科斯坦饶格洛们[1]和彼得·伊万诺维奇大叔们[2],便愚蠢地将他们当作我们的理想,臆造出我们

---

[1] 果戈理的小说《死魂灵》(1852)第2部中的人物,是一个勤劳的地主。
[2] 冈察洛夫的小说《平凡的故事》(1847)中的人物,以思维健全、办事认真而出众。

的这些浪漫主义者来,认为他们就是那些超然世外的人,就像是在德国或法国那样。相反,我们的浪漫主义者的品质是与超然的欧洲浪漫主义者截然不同的,任何一个欧洲的尺度在我们这里都不适用。(请允许我使用"浪漫主义者"这个词,这个古老的、可敬的、名实相符和众所周知的字眼)我们的浪漫主义者的品质就是:理解一切,看见一切,而且看得无比清晰,常常胜过我们那些最最积极的智者们;不与任何人和任何东西相妥协,但与此同时,也不嫌弃任何东西;不回避一切,不事事让步,对待一切都很得体;时刻不忘有利的、实际的目的(某些公家住宅、退休金、勋章)——越过热情和一卷卷抒情诗集来注视这一目的,与此同时,至死都毫不动摇地怀着"美与崇高",而且还顺便完整、精心地像珍藏某件珍宝那样保全自己,虽然,比如说,这样做还是为了有利于那个"美与崇高"。我们的浪漫主义者是一个豁达不羁的人,是我们所有骗子中的头号骗子。我要让你们相信这一点……甚至是凭经验来说。自然,这一切是假定浪漫主义者是聪明的,也就是说,我说的是什么话呀! 浪漫主义者永远是聪明的,我仅仅想指出,虽然我们也有过傻瓜浪漫主义者,但这是不算数的,其唯一的原因就是,他们还在风华正茂的时候就彻底变成了德国人,为了更方便地保存自己的珍宝,他们移居到了那儿的某个地方,大多数都迁到了魏玛或黑林①。比如我,真心蔑视自己的公务,只是出于需要才没有唾弃它,因为,我自己坐在那里,因此而领到钱。结果——请你们注意,我便始终没有唾弃。我们的浪漫主义者是宁愿发疯(不过,这也是很少发生的)也不会唾弃的,如果他没有另一个职业,又从未有人赶他走的话,除非他以"西班牙国王"的身份被送进疯人院,即便这样,也

---

① 均为德国地名。魏玛系文学艺术中心;黑林山多矿泉疗养地。

要等到他已经疯得非常厉害的时候。① 但是,要知道,在我们这里,只有纤弱的人和浅色头发的人才会发疯。无数浪漫主义者后来都成了高官,其兴趣是多么广泛而又多面哪! 适应各种最最矛盾的感受的能力又多强啊! 我当时曾深感欣慰,就是此刻仍怀有同样的想法,正因为如此,我们才有这么多"豁达开朗的天性"。他们甚至在彻底堕落时也从来不会丧失自己的理想;虽然他们为了这理想甚至不愿动动指头,虽然他们是些十恶不赦的强盗和窃贼,但他们还是尊重自己最初的理想,在内心也异常地诚实。是啊,只有在我们中间,彻头彻尾的恶棍才可以在内心完全地、甚至是崇高地保持诚实,同时又毫不妨碍他仍然是个恶棍。我再重复一遍,要知道,在我们这些浪漫主义者中有时会连续不断地出现能干的坏蛋(我爱用"坏蛋"这个词),他们会突然惊人地表现出对现实的嗅觉和对积极事物的认识,使得吃惊的上司和公众只能惊呆地对着他们咂嘴。

　　这多面性的确是令人吃惊的,天晓得这多面性将会转变成什么,在随后的环境下又将修炼成什么,在我们的未来它又将向我们预示出什么? 一种不坏的材料啊! 我这样说话,不是出于某种可笑的爱国主义或是克瓦斯爱国主义②。不过,我相信,你们准又认为我是在开玩笑。谁知道呢,也许正好相反,也就是说,你们相信我的确是这样认为的。无论如何,先生们,你们的两种意见都将被我视为荣誉,视为一种特殊的快感。而这段离题的话还请你们原谅。

---

① 果戈理的小说《狂人日记》(1835)中的主人公波普雷欣曾认为自己是西班牙国王。
② 克瓦斯是俄国人爱喝的一种发酵饮料;"克瓦斯爱国主义"指那种珍重自己民族的一切(包括落后的东西在内)、盲目排斥所有外来东西的夜郎自大的态度。

当然，我没能保持与我的同事们的友谊，很快就与他们吵翻了，由于当时还年轻，没有经验，甚至连招呼也不再跟他们打，像是绝交了。不过，这种情况只发生过一次。总的说来，我一直是一人独处的。

在家的时候，首先，我做得最多的事是阅读。我想用外在的感觉来压抑自己内心中不断积聚起的东西。而对于我来说，获取外在感觉的唯一可能就是阅读。阅读当然是很有帮助的——它使人激动、使人欢乐、使人痛苦，但有时也会非常枯燥。我总是好动，于是，突然之间，我陷入了阴暗的、地下的、肮脏的放荡——不是放荡，而是淫荡。我的情欲由于我那常有的、病态的激奋而非常强烈、炽热，常常有歇斯底里的发作，还伴有眼泪和抽搐。除了阅读之外，我也无处可去，也就是说，那时在我的周围，没有任何东西值得我敬重，也没有任何东西能吸引我。此外，苦闷又日益郁积，出现了一种歇斯底里的矛盾和对立的渴望，于是，我便听任自己放荡起来。要知道，我此时说了这么多话，绝对不是在为自己辩护……然而，不！我是撒谎！我正是想为自己辩护。先生们，我这是为自己而记下来的。我不愿撒谎。我答应过的。

我的放荡是单独地，是在夜间偷偷摸摸、提心吊胆、卑鄙龌龊地进行的，我感到羞耻，这羞耻感在最丑恶的时刻也没有离开我，在那样的时刻它甚至会发展成为诅咒。我那时在心灵里就已有了一个地下室。我非常害怕，怕有人看到，怕有人碰上，怕有人知道。我常在各个黑魆魆的地方走动。

有一次夜间，在路过一家小酒馆时，透过灯光明亮的窗户，我看到几位先生正在台球桌边挥着球杆打架，其中的一位被人从窗户扔了出来。换一个时候，我会感到非常厌恶，但那时却突然出现了这样的情况，我竟羡慕起这位被扔出来的先生，羡慕得甚至走进酒馆,来到了台球室,心想:"好吧,我也来打一架试试,叫他们也把我从窗户扔出去。"

我并没有喝醉酒,可你们让我怎么办,苦闷竟能逼得人如此歇斯底里!结果什么事情都没发生。我也没有能力从窗户跳出去,于是没有打架就走开了。

可我在那儿刚刚迈出第一步,就有一位军官拦住了我。

我站在台球桌旁,无意中挡了道,而那位却要经过这里,他扳住我的肩膀,一声不吭地——既不提醒一下,也不做解释——将我从我原来站立的地方挪到了另一个地方,而他自己则走了过去,仿佛什么也没看见。而我就是挨了一顿揍,甚至也能原谅,可却无论如何也不能原谅这样的事:他将我挪了地方,却连看也不看一眼。

鬼才知道,我当时能用什么来挑起一场真正的、更为正当的争吵,一场更为体面、亦即更有文学意味的争吵!别人像对待一只苍蝇那样对待我。这位军官身高两俄尺十俄寸左右;①我却是又矮小又虚弱。不过,吵还是不吵,却取决于我。只要我提出抗议,当然,我就会被扔出窗外。但是,我更改了主意,认为上策还是……怀着怨恨偷偷地溜走。

我又羞又恨地走出小酒馆,直接回到家,而在第二天,我则比先前更胆怯、更畏缩、更忧愁地继续着我的放荡生涯,眼中似乎满含着泪水,却仍然继续放荡。但是,你们不要认为,我怕那位军官是出于胆怯。我在内心里从来不是一个胆小的人,虽说事实上我总是很胆怯,但是,请你们先别笑,对此我会做解释的;在我这里,一切都会得到解释的,请你们相信。

---

① 一俄寸等于4.45厘米,一俄尺等于16俄寸,故此军官的身高约为1.86米。

唉,如果这位军官同意与我决斗就好了!但是不,他恰恰是这样的先生(唉!这种人早已消失得无影无踪了)中的一员,他们宁可动用台球杆,或者,就像果戈理笔下的皮罗戈夫中尉那样,按上级的意思行事。① 他们是不会来决斗的,他们认为,和我们这类老百姓决斗,至少是不体面的,而且,一般而言,他们也认为决斗是某种不可思议的、充满自由思想的、法兰西式的东西,而他们自己则可以心满意足地欺负别人,尤其是在他们具有两俄尺十俄寸身高的情况下。

我之所以害怕,不是出于胆怯,而是出于漫无止境的虚荣心。我惧怕的不是两俄尺十俄寸的身高,不是被痛打一顿并被扔出窗外;实际上,肉体上的勇敢也许是足够的,精神上的勇敢却不足。我怕的是,当我提出抗议并用文学性的语言与他们谈话时,所有在场的人,从这个无赖记分员,到那个浑身臭气、满脸粉刺、领子上满是油腻、在此阿谀奉承的小官吏,都会理解不了,并且都会笑我。因为,关于荣誉问题,也就是说,不是关于荣誉本身,而是关于荣誉问题(point d'honneur②),除了文学性的语言之外,在我们这里至今还无法以其他的方式来谈论。在平常的语言中是不会提及"荣誉问题"的。我绝对相信(虽说有全部的浪漫主义情绪,却还有对现实的嗅觉),他们所有的人只会笑破肚皮,而那位军官却不只简单地揍我一顿,也就是说,不会不带恶意地揍我一顿,他一定会用膝盖顶住我,以这种方式搡着我绕台球桌转上一圈,然后,等他发了慈悲之心,就会把我扔出窗外。当然,我这件小小的事儿是不会就这样结束的。后来,我常常在街上遇见这位军官,我清楚地认出他来。我只是不知道,他有没

---

① 皮罗戈夫中尉是果戈理的小说《涅瓦大街》(1835)中的人物,他在受到欺负后首先想到的是去向将军汇报。
② 法文:与名誉有关的问题。

有认出我来。也许,他没有认出来;我是根据某些迹象得出这个结论来的。但是,我,我——却带着愤恨和憎恶看着他,就这样持续了……数年!我的愤恨甚至在逐渐积累,与年俱增。起初,我悄悄地开始打探关于这个军官的事。这对我来说是困难的,因为我不认识任何人。但是有一次,当我像拴在他身上似的远远跟着他时,有人在大街上叫了他的姓氏,于是,我知道了他的姓。又一次,我跟踪他一直到他的住所,付出十戈比,我从守院人那里了解到了他住在哪儿,住几楼,是一个人还是和什么人住在一起,等等——一句话,我从守院人那里了解到我所能了解到的一切。一天清晨,虽说我从未有过文学上的尝试,可还是突然产生了一个想法,想以揭露的方式、用漫画和小说的形式来描写一下这位军官。我带着快感写起这篇小说。我揭露了,甚至还造谣中伤;我起初虚构了一个姓氏,人们一看这个姓氏便能猜出是谁,后来,经过深思熟虑,我更换了姓氏,将小说寄给了《祖国纪事》①。但是,该刊物那时没有揭露性的东西,我的小说于是没有发表出来。这让我很气恼;有时,愤恨简直要将我憋死。最后,我决定向我的对手提出决斗。我写了一封优美动人的信给他,要他向我道歉;我相当坚决地暗示,若遭到拒绝,将进行决斗。这封信写得如此之好,如果那位军官稍稍懂得一些"美与崇高",他就一定会跑到我的面前,搂住我的脖子,表现出他的友谊。这该有多好啊!这样我们就会和好了!就会和好了!"他会用他的官相来保护我;我也会使他高尚起来的,用我的修养,还有……思想。还可能会有许多交情啊!"请你们想想,当时,从他欺负了我的那一天算起,已经过去两年了,我的挑战是

---

① 1839年至1884年间在彼得堡出版的一份月刊,创办者为安·亚·克拉耶夫斯基;别林斯基一直主持该刊的批评栏,当时该刊在社会上有很大影响。至1846年,因别林斯基退出,该刊倾向有所变化,声誉也随之大减。

一个最不成体统的时间倒错现象,尽管我那封信写得非常巧妙,对时间的倒错有所解释和掩盖。但是,谢天谢地(至今,我仍在含着眼泪感激上帝),我并没有寄出我的那封信。一想到如果我寄出了信便可能发生什么样的事情,一阵寒意便会掠过我的皮肤。可突然……可突然,我以一种最简单、最天才的方式复了仇!一个明亮的思想突然映亮了我。有时,在节日的时候,我会在四点钟走向涅瓦大街,在有阳光的一侧散步,也就是说,我完全不是在散步,而是在体验无数的痛苦、屈辱和苦涩;但是,这大约正是我所需要的。我像泥鳅一样,以一种最不优雅的方式,曲折穿行在行人中间,不停地给人让路,时而让路给将军们,时而让路给骑兵军官们,时而让路给太太们;在这些时刻,一想到我衣着寒酸,一想到我在躲躲闪闪让路时身影的寒酸相和猥琐模样,便会感到心上一阵痉挛性的疼痛和背上的一阵滚热。这是一种折磨人的痛苦,一种无休止的、难以承受的屈辱,引起这痛苦和屈辱的是一个想法,这想法转变成一种无休止的、直接的感觉,即我是一只苍蝇,在这整个世界面前,我是一只肮脏的、淫秽的苍蝇——比所有人都更聪明,比所有人都更有修养,比所有人都更高贵——这是自然而然的,但是,却是一只要不停地给所有人让路的苍蝇,一只遭受所有人侮辱、遭受所有人欺凌的苍蝇!我为什么要让自己遭受这样的痛苦呢?我为什么要到涅瓦大街上去呢?我是不清楚吗?但是,总有什么东西在吸引我,只要一有可能就去那里。

那时,我已经开始体验我在第一章中提到过的那些快感了。在与军官有关的那件事情发生之后,我被更强烈地吸引到了那里。正是在涅瓦大街上,我能最为经常地遇见他,我就在那儿将他欣赏。在节日里,他也更多地到那儿去。虽说,在将军们的面前,在一些大官们的面前,他也要闪身退让,也要像泥鳅一样在

439

他们之间曲折而行,但是,面对我们的兄弟这样的人,甚至是面对那些比我们的兄弟更有身份的人,他却简直要践踏上来;他径直走向他们,仿佛他的面前是一片空旷的空间,无论如何也不让路。我满腔愤恨,盯着他,却……每一次都愤恨地给他闪开了道。使我感到痛苦的是,甚至是在大街上,我无论如何也无法与他平起平坐。"你为何一定要首先闪开身去呢?"有时,夜里两三点钟醒来,在疯狂的歇斯底里之中,我会这样对自己发问。"为什么恰好是你,而不是他呢?要知道,并没有关于这一点的法律呀,要知道,哪儿也没写着这一条呀!还是要让他平等待人,就像有礼貌的人相遇时通常所做的那样——他让一半道,你让一半道,彼此相互尊重,你们便过去了。"但是,事情却不是这样的,闪开身体的总是我,而他甚至没有觉察到我给他让了路。有一个最惊人的想法突然抓住了我:"如果,"我在想,"我遇见他而……不给他让路,那又会怎样呢?有意不让路,甚至撞上他也不让,那又会怎样呢?"这个大胆的想法渐渐强烈地抓住了我,竟使我不得安宁。我不停地、可怕地幻想着这一点,故意更频繁地走上涅瓦大街,以便更清楚地设想,我该怎样做,我在什么时候做。我充满了喜悦。我越来越感觉到,这个打算是可行的,可能的。"当然,不要完全撞上,"我在想,由于欢乐我已经事先就心生善意了,"仅仅是不要闪到一旁,撞他,也不要撞得太凶,肩膀碰碰肩膀,恰好在能保持礼貌的范围内;他以多大的力撞我,我就以多大的力撞他。"最终,我完全下定了决心。但是,准备工作却花去了非常多的时间。在实行计划的时候,首先需要的是更体面的外表,需要关心一下服装问题。"比如说,万一形成一件公众事件(而此处的公众是考究的——有伯爵夫人在行走,有Д公爵在行走,有整个文学界在行走),那么就必须穿着出色;这能使人产生一种感觉,能以某种方式使我们在上流社会看来是处在平等地位上的。"抱着这一目的,我申请预支了薪水,在楚尔金处买了一副黑色的手套和一顶体面的帽子。我觉得,这副黑色手套比起我起初想要的那副柠檬色手套来,要更庄重、更雅致一些。"颜色太刺眼了,简直就像是一个人想要探出头来。"于是,我没有买柠檬色的。一件缀有白色骨制纽扣的漂亮衬衫,我早就预备下了;可是,外套却耽搁了很久。我的那件外套原本是不错的,很暖和;但是,它却是件棉外套,领子是浣熊皮的,这就有些卑琐的味道了。无论如何,必须换一个领子,弄一个假獭绒的,像军官们所穿的那样。为了这事,我去了商场,经过几番挑选,我相中了一块便宜的德国假獭绒。这种德国假獭绒虽然很快就会穿坏,会变得非常地难看,但一开始,当它还是崭新的时候,看上去却是非常体面的;要知道,我也只需派它一次用场。我问了问价,仍然是很贵的。一番深思熟虑之后,我决定卖掉我的浣熊皮领子。不足的部分对于我来说依然是个相当大的数目,我决定去向我的科长安东·安东诺维奇·谢托奇金借钱。他是一个和气的人,却又很严肃、庄重,从不借钱给任何人,但是,在我刚刚来上班的时候,给我派定工作的那位要人曾特别对他介绍过我。我感到非常苦恼。去向安东·安东诺维奇·谢托奇金借钱,这使我感到是奇异的、羞耻的。我甚至有两三夜都没睡着觉,而在当时,我一般都是睡得很少的,得了寒热病;我的心脏似乎常常不知不觉地停止跳动,要不,就是突然猛烈地跳动起来,跳哇,跳哇!……安东·安东诺维奇起初很是吃惊,然后皱起眉头,然后又判断了一阵,还是把钱借给了我,他要我立一个字据,要在两个星期后从我的薪水中收回借款。就这样,一切终于都准备停当了——漂亮的假獭绒代替了肮脏的浣熊皮,我也开始慢慢地着手工作了。不能在第一次就下定决心,那是枉然的;这件事需要技巧,也就是说,需要慢慢来。但是

441

我承认,在许多次尝试之后,我甚至都开始绝望了。我们无论怎样也撞不上,总是这样!也许是我没有做好准备,也许是我没能拿定主意,我觉得,我们马上就要相撞了,可是我一看——我又让开了道,而他则走了过去,并未注意到我。在走近他的时候,我甚至做了祈祷,求上帝赐给我决心。有一次,我已经完全下定了决心,可结果,只不过是我倒在了他的脚边,因为,在最后的一刹那,在两俄尺左右的距离中,我就缺乏勇气了。他平静地从我身上迈了过去,而我则像一个球一样飞到了一旁。这天夜间,我又得了寒热病,不停地说胡话。可是突然,一切却都再好不过地结束了。此前一天的夜里,我已彻底决定不再实施我那个有害的计划了,就让这一切算是一场白忙吧,怀着这一目的,我最后一次走向涅瓦大街,只是为了看一看:我是怎样让这一切成为一场白忙的?突然,在离我的敌人三步远的地方,我意外地下定了决心,我眯起眼睛,于是——我们肩膀碰肩膀,结实地撞了一下!他甚至没有回头看上我一眼,他装出一副没有察觉的样子;但他只是在做样子,我对此深信不疑。直到今天,我仍对这一点深信不疑!当然,我被撞得更厉害一些,因为他更强壮,但问题还不在于此。问题在于,我达到了目的,保持了尊严,一步也没有退让,在大庭广众之下使自己与他处在平等的社会地位上。我走回家去,彻底地为自己所遭受的一切做出了报复。我非常高兴,我扬扬得意,唱起了意大利咏叹调。当然,我不会向你们描述三天之后发生在我身上的事情;如果你们读了我的《地下室手记》第一章,你们自己也能猜得出。那位军官后来被调到什么地方去了;如今,我已经有十四年左右没有见到他了。他,我的小鸽子,如今怎么样了?他如今正在欺压什么人呢?

二

但是,我的放荡时期结束了,我变得非常心烦,开始悔恨了。我驱走它,因为它太烦人了。然而,我渐渐地对此也习惯了。我能习惯一切,也就是说,不是习惯,而像是自愿地同意承受。但是,我有一条能顺应一切的出路,这就是躲进"一切美与崇高"之中,当然,是在幻想之中。我非常爱幻想,一连幻想三个月,缩进自己的角落,请你们相信,在这样的时刻,我可不像那位心慌意乱地在自己的外套领子上缝了一块德国假獭绒的先生。我突然成了一位英雄。那时,我甚至不会让我那位身高二俄尺十俄寸的中尉前来拜访。那时,我甚至想不起他来。我的幻想是什么样的,我又是怎么会满足于这些幻想的——这一点此刻很难说清,但那时,我是对此感到满意的。而且,就在此刻,我仍然对此多多少少感到满意。在放荡之后,我的幻想更甜蜜、更强烈,夹杂着后悔和泪水,夹杂着诅咒和欣喜。有过这样一些真正陶醉的时刻,这样一些幸福的时刻,以至于我内心里甚至没有感到丝毫嘲讽的味道,的确是这样,有过信念、希望和爱情。也就是说,我那时曾盲目地相信,会有某种奇迹、某种外在的条件突然将这一切扩展开来;那高贵的、美好的且主要是完全现成的(究竟是怎样的,我也从来不清楚,但主要的是,是完全现成的)个人活动的地平线,会突然呈现出来,于是,我突然步入世间,几乎还身骑白马,头戴桂冠。对于次等的角色我甚至不能理解,因此,在现实之中,我便心安理得地扮演极端的角色。要么是一个英雄,要么是一堆污泥,中间状态是不存在的。正是这想法毁了我,因为,当置身于污泥中时,我宽慰自己说,我来日是一个英雄,而英雄就遮得住自己的污泥。据说,一个普通人会因为沾上了污泥而羞愧,而一位英雄则由于他过于高大而不至于完全受到玷污,因此,他沾上些污泥也无所谓。值得注意的是,这些"一切美与崇高"的思绪,是在我放荡的时候涌出来的。当时,我已处在了最底层,这些思绪纷至涌来,像此起彼伏的闪电,似乎在提醒别人不要忘记它们,但是,它们却没有用自己的出现去消灭放荡,恰恰相反,它们仿佛在用对比煽动放荡,它们涌来,其数量也恰好与通常所需的上好调味汁的数量相等。这种调味汁由矛盾和苦难构成,由痛苦的内心分析构成,所有这些形形色色的痛苦却使我的放荡具有了某种逗趣的味道,甚至使我的放荡具有了意义——一句话,它们完全起了上好调味汁的作用。所有这一切甚至不无某种深刻内涵。可我又怎能赞同这简单的、庸俗的、直截了当的、抄写员之流的放荡呢?怎能独自承受所有这些污泥呢?那污泥之中有什么能诱惑我、使我在夜间跑到大街上去呢?不,对于这一切,我有一个高贵的脱身之计……

然而,在我的这些幻想之中,在这一切"美与崇高中的救助"之中,我体验到了多少爱呀,上帝呀,有多少爱呀。虽说是来自幻想的爱,虽说是事实上永远不能运用于人类的任何事物,但是,这爱却如此之多,到后来,甚至连运用它的需要也感觉不到了,因为这爱已成了多余的奢侈品。不过,一切总是以慵懒地、陶醉地沉湎于艺术而顺利告终,也就是归于那些优美的、完全现成的生活形式,从诗人和浪漫主义者那里剽窃来的,它们能够适应各种各样的需求。比如说,我战胜了所有的人;所有的人,当然都已化作灰烬,都不得不心甘情愿地承认我所有的美德,而我也原谅了他们所有的人。作为一个出色的诗人和宫廷侍从,我恋爱了;我获得了万贯资产,又立即将资产全都给了人类,并在众人面前忏悔自己所有的耻辱,当然,那些耻辱也不全是耻辱,其中也包含非常之多的"美与崇高",包含某种曼弗雷德①式的东西。所有的人都在哭泣,都在吻我(不然他们怎么会是傻瓜呢),而我则赤着脚、饿着肚皮前去宣传新的思想,并在奥斯特尔利茨②附近击溃了反动派。然后,奏起进行曲,宣布大赦,教皇同意离开罗马去巴西;③然后,是在博尔杰泽别墅为整个意大利举行的一场舞会,别墅建在科莫湖的岸上,因为科莫湖为了这件事被特意移到了罗马;④然后,是灌木丛中的一幕,等等,等等。你们难道不知道吗?你们会说,在我自己坦白出的那些陶醉和眼泪之后,再将这一切带向市场,这是卑鄙的、下流的。为什么是下流的呢?难道你们认为,我会为所有这一切而感到害羞吗?所有这一切会比你们这些先生们的生活中随便什么更加愚蠢吗?请你们相信,我这里还留有一些完全不坏的东西……并非一切都发生在科莫湖上。不过,你们是对的;的确,这既卑鄙又下流。而更为下流的是,我此刻发表了这个意见。不过,够了,要知道,这样说下去就没个完了,总有一个比另一个更为下流的东西……

三个多月来,我无论如何也无法连续地幻想下去,而开始感觉到一种难以遏制的需求,想闯入社会。闯入社会,在我就意味着到我的科长安东·安东诺维奇·谢托奇金处去做客。这是我

---

① 是英国诗人拜伦的哲理诗剧《曼弗雷德》(1817)中的主人公,他离群索居,遗世独立,最后高傲地死去,是所谓"拜伦式英雄"的典型体现。
② 现为捷克的斯拉夫科夫市;1805年12月2日,拿破仑曾在此地大败俄奥联军。
③ 此处的教皇指庇护七世,他于1800年起为罗马教皇,1804年为拿破仑举行加冕礼,后与拿破仑发生冲突,实际上沦为后者的囚徒,直到1814年才返回罗马。
④ 指为庆祝法兰西帝国的建立而于1806年8月15日(拿破仑的生日)举行的庆祝活动;博尔杰泽别墅建在罗马,科莫湖位于意大利北部的阿尔卑斯山区。

一生中唯一一位永久的熟人,如今,连我自己都因这个情况而感到吃惊。但是,只有当我的幻想发展成为幸福,因而一定需要马上与人们与整个人类拥抱的时候,我才会去他那里;为了这拥抱的事,就至少需要有一个实际存在的人在场。不过,安东·安东诺维奇那儿必须逢周二(他的日子)去,因此,拥抱整个人类的需求就必须永远安排在周二。这位安东·安东诺维奇家住五角地①,住在四层楼上四个低矮的房间里,那些房间一个比一个小,具有最经济、最愁苦的特征。他有两个女儿,还有一位不停地斟着茶的孩子们的姨妈。两个女儿,一个十三岁,一个十四岁,两个都是翘鼻子的小姑娘,我在她俩面前很害羞,因为她俩总是窃窃私语,咻咻发笑。男主人通常坐在书房里,坐在一张皮沙发上,面对书桌,和他坐在一起的常有一位白发客人,一位我们部门的官吏,或者甚至是一位其他部门的官吏。除了这两三位一成不变的来客外,我从未在那里见到过别的客人。宾主谈论消费税,谈论参政院中的交易,谈论薪水,谈论公事,谈论上级大人,谈论得宠的窍门,等等,等等。我耐心地像个傻瓜似的在这些人身旁坐到四点钟,听他们谈话,自己却不敢也不会与他们扯起任何话题。我呆坐着,有几次要流出汗来,我有麻痹瘫痪的危险;但是,这也有好处和益处。回到家之后,我便会将我那拥抱整个人类的愿望搁置上一段时间。

不过,我仿佛还有过一位熟人,他叫西蒙诺夫,是我过去的同学。我的同学恐怕有很多都在彼得堡,但我却不与他们来往,甚至在大街上也不再打招呼了。我转到另一个部门去工作,也许,就是为了不与他们在一起,为了与我那整个可恨的童年一刀两断。我诅咒那所学校,诅咒那些可怕的、苦役般的岁月!一句

---

① 彼得堡的一处地名。

话，我刚一走向自由，便立即与我的同学们分道扬镳了。我在遇见时还与其打招呼的同学，只剩下两三位了，西蒙诺夫就是其中的一位。他在我们学校中一点儿也不出众，他性格稳重、安静，但是，我却在他的身上分辨出了性格的某种独立性，甚至是诚实。我甚至不认为他是一个非常没有远见的人。我与他之间曾有过一些相当灿烂的时刻，但是，那样的时刻持续得并不长久，不知为何又突然蒙上了一层迷雾。显然，这样一些回忆使他感到沉重，他似乎总是害怕我旧事重提。我怀疑他很讨厌我，但我仍然经常去他那里，我尚未确信他是否讨厌我。

一次，在周四，我忍受不了自己的孤独，又知道安东·安东诺维奇家的门在周四是锁着的，便想起了西蒙诺夫。爬上四楼去见他时，我想到的却是，这位先生会因为我而感到苦恼的，我的到来是多此一举。但是，事情又总是这样结束的，诸如此类的想法却似乎是有意地使我更深地滑入了左右为难的境地。因此，我便走了进去。在此之前，从我最后一次见西蒙诺夫算起，几乎已经有一年了。

三

在他那里我还遇见了我的两位同学。看来，他们是在谈论一件重要的事情。对于我的到来，他们几乎谁也没有表现出任何的关注，这简直是奇怪的，因为我与他们已经数年未谋面了。显然，我被他们当成了一只普普通通的苍蝇似的东西。在学校时他们甚至都没这样瞧不起我，虽说学校里所有的人都憎恶我。我当然知道，如今，他们会蔑视我，由于我仕途上不走运，又由于我很堕落，加之衣着寒碜等等，而这一切在他们的眼中构成了我之无能和无足轻重的标志。但是，我仍然没有预料到他们会对我蔑视到如此地步。西蒙诺夫甚至对我的到来感到惊异。在此之前,他也总是为我的到来而感到惊奇。所有这一切使我很难堪;带着点儿烦恼我坐了下来,开始听起他们的谈话。

谈话是严肃的,甚至是热烈的,谈的是一次送别宴会,这些先生想在次日共同为他们的一位将要远赴外省担任军官的同学兹维尔科夫饯行。兹维尔科夫先生也是我的同学。从高年级起,我开始非常恨他。低年级时,他不过是一个漂亮的、机灵的孩子,大家都喜欢他。不过,就因为他是个又漂亮又机灵的孩子,我在低年级时也恨他。他的学习成绩总是很差,而且越来越差;然而,他却顺利地毕了业,因为他有靠山。在上学的最后一年里,他得到一份遗产,有两百个农奴,由于我们所有的人几乎都穷得很,因此他甚至能在我们面前大吹起牛皮来。这是一个极端的下流坯,但他又是一个好小伙子,就连在吹牛时也是这样。我们虽然在表面上、在幻想里和夸夸其谈时显得正直和自尊,可除了极少数人外,大家甚至都会在兹维尔科夫的面前讨好献媚,他的牛皮也就吹得更厉害了。我们讨好他倒不是觊觎什么好处,而是因为他是个天之骄子,是个禀赋不凡的人。而且,兹维尔科夫还被我们公认为十分机灵和风度翩翩的人才。后一点尤其令我生气。我恨他那刺耳的、自信的嗓音;恨他卖弄他的俏皮话,他的那些俏皮话非常愚蠢,虽说他的嘴皮子很厉害;我恨他那张漂亮却又带点蠢相的脸(可我却情愿用自己这张聪明的脸去换他那张脸);恨他那种四十年代的放肆的、军官式的举止;我恨他畅谈他将来与女人交往时会取得的成功(他尚未下决心开始与女人们交往,他还没有军官肩章,他正在急切地盼着那肩章);我恨他谈到他将时时准备进行决斗。记得有一次在课间休息时,兹维尔科夫与同学们谈起了将来的风流韵事,最后,他就像阳光下的一只小狗崽似的神气活现起来,突然宣称,他将不会放过他村子里的任何一位村姑,这就叫 droit de seigneur①,要是农夫们敢于反抗,他就将用鞭子抽打所有那些大胡须的坏蛋,并加倍地收租。这时,一向沉默寡言的我却突然和兹维尔科夫争论起来。我们那些下流坯在拍手喝彩,而我却与他争论起来,我之争论完全不是由于怜悯那些姑娘及其父亲们,而仅仅是因为,有人在为这么一个小子拍手喝彩。我当时占了上风,兹维尔科夫虽然愚蠢,但是很开心、很大胆,他甚至只是付之一笑。事实上,我并没能完全占得上风,笑留在了他那一方。后来,他又有好几次占了我的上风,但并非心怀恶意,而像是开玩笑,顺便嘲笑嘲笑。我则愤恨地、蔑视地没有搭理他。毕业时,他曾经稍稍接近过我;我也没有过于反对,因为这使我得到了满足;但是不久,我们就很自然地分了手。后来,我听说了他那军中尉官的成就,听说他在纵饮作乐。后来,又传来了一些消息,说他在军中干得很出色。在大街上,他已经不与我打招呼了,我怀疑,他是怕与我这样的小人物点头致意会有损他自己的名声。还有一次,我在剧院里见到了他,他坐在三楼包厢里,军服的肩部已经有了穗带。他正在一位老将军的几个女儿面前大献殷勤,死乞白赖地追求她们。三年之间,他变得非常邋遢了,虽说还像从前一样地相当漂亮、灵巧;他有些浮肿,开始发福了;显而易见,到三十岁时他便会完全虚胖起来。我的同学们举行宴会,就是为了这位将要离去的兹维尔科夫。这三年来,他们经常与他来往,虽说他们内心里并不认为自己可以与他平起平坐,对这一点我确信无疑。

西蒙诺夫的两位客人中,有一位叫费尔菲奇金,是一个德裔俄国人,他个子矮小,又长着一张猴脸,这是一个喜爱嘲弄别人

---

① 法文:初夜权。

的笨蛋,他从低年级开始就是我最凶恶的敌人——一个下流、大胆、爱吹牛皮的家伙,他总要摆出一副颇为自负的神情,当然,尽管他内心里是个胆小鬼。他是兹维尔科夫的崇拜者之一,这些崇拜者装出奉承兹维尔科夫的样子,并常常向他借钱。西蒙诺夫的另一位客人,特鲁多柳博夫,是个不显眼的人物,一个青年军人,他身材高大,脸上冷冰冰的,他相当诚实,但他崇拜一切功名,也只会谈论升迁。他是兹维尔科夫的一个远亲,说来可笑,这一点竟使他在我们中间具有了某种意义。他总是不把我当回事;他的态度虽说不十分礼貌,但尚可承受。

"好吧,如果每人出七卢布,"特鲁多柳博夫说道,"我们三个人就是二十一卢布,可以好好吃上一顿了。当然,兹维尔科夫是不用出钱的。"

"那当然喽,既然是我们请他。"西蒙诺夫说道。

"难道你们以为,"费尔菲奇金自以为是、满怀热情地插话说,就像是一个无耻仆人吹嘘他的将军老爷的勋章一样,"难道你们以为,兹维尔科夫会只让我们付账吗?出于客气他是会接受的,但是,他会拿出半打酒来的。"

"我们四个人哪里喝得了半打呢?"特鲁多柳博夫说道。他只注意到了"半打"这个词。

"就这样吧,三个人,加上兹维尔科夫是四个,二十一卢布,在Hôtel de Paris①,明天五点。"被推举为组织人的西蒙诺夫最后做出了决定。

"为什么是二十一卢布呢?"我说道,带着某种激动,看来甚至还带有抱怨,"如果算上我,就不是二十一卢布,而是二十八卢布呀。"

---

① 法文:巴黎饭店。

我觉得,我这样突然介绍出自己,甚至是干得非常漂亮的,他们所有人都会一下子被镇住,都会敬重地看着我。

"难道您也想加入?"西蒙诺夫不满地说道,似乎还没拿正眼瞧我。他对我了解得很透彻。

他对我了解得很透彻,这使我非常生气。

"为什么不呢?要知道,我好像也是一个同学呀,老实说,你们躲开我,这甚至是让我感到遗憾的。"我又一次冲动起来。

"哪儿找得见您呢?"费尔菲奇金粗鲁地插话道。

"您和兹维尔科夫也一向合不来呀。"特鲁多柳博夫皱着眉头说道。但是,我已经抓住了话头,我是不会罢休的。

"我认为,关于这样的问题,谁也没有权利说三道四,"我嗓音颤抖着反驳道,像是发生了什么天大的事,"也许,正因为从前合不来,我现在才想加入。"

"唉,谁又能理解您的……这种高尚……"特鲁多柳博夫笑了笑。

"算上您吧,"西蒙诺夫转向我,做出了决定,"明天五点,在Hôtel de Paris,可别弄错了。"

"钱呢!"费尔菲奇金的脑袋冲我这边点了点,低声对西蒙诺夫说道。但他说了半截就停下了,因为连西蒙诺夫都感到难堪了。

"得了,"特鲁多柳博夫说着,站起身来,"既然他非常想去,就让他去吧。"

"可我们是朋友间的小聚呀,"费尔菲奇金愤愤地说道,也拿起了帽子,"这可不是一个正式的会议。也许,我们完全不想让您……"

他俩走了。费尔菲奇金离开的时候,根本没跟我打招呼,特鲁多柳博夫稍稍点了点头,也没看我一眼。单独与我在一起的西蒙诺夫,有些懊丧地犹豫不决,奇怪地看着我。他没有坐下,也没有请我坐下。

"嗯……好的……就明天。钱您是现在交吗?我是想确切地知道。"他有些尴尬地嘟囔道。

我火了,但就在冒火的时候我想起,很久之前我曾从西蒙诺夫那里借了十五个卢布,那笔债其实我从未忘记,可也一直没还。

"您是知道的,西蒙诺夫,在来这儿的时候,我不可能知道……我非常抱歉,我忘了……"

"好吧,好吧,反正都一样。明天您在吃饭时付吧。我只是想知道……您,请……"

他说了半截就停下了,开始带着更多的懊丧在房间中踱步。他又边走边停,脚跟碰脚跟,这样一来脚步声就更响了。

"我耽误您的事了吗?"在两分钟的沉默之后,我问道。

"噢,不!"他突然抖动了一下,"不过,说实话,是耽误了。您瞧,我还得出趟门……不远……"他用抱歉的声音说道,模样有些难为情。

"啊,我的天!你为什么不明说呢!"我拿起帽子,喊了起来。不过,我的神情是非常随意的,天知道我的这副神情是哪里来的。

"这又不远……就两步路……"在送我至前厅时,西蒙诺夫又重复说,显露出一种与他绝不相称的慌乱神情,"说定了,明天五点整!"他在楼梯上向我高声喊道。他为我的离去而感到非常满意,我却气得发疯。

"干吗要跳出来呢?干吗要跳出来呢?"我咬牙切齿地走在大街上,"就为了这么个恶棍,这么个小猪崽兹维尔科夫!当然,不应该前去;当然,该啐上一口:我与他有什么关系?明天我就通过市邮局通知西蒙诺夫……"

但是,我之所以大怒,恰恰是因为我明确无误地知道:我是会去的;我是有意要去的;越是不相宜,越是不体面,我却越是要去。

甚至连不要前去的实在障碍都是存在的,我没有钱。我总共只剩下九个卢布。但其中的七卢布明天得作为月薪付给我的仆人阿波罗,他住在我这里,七卢布是供他自己起伙用的。

根据阿波罗的性格来判断,不付钱给他是不可能的。不过关于这个坏蛋,关于我的这个脓包,后面我找个时间再谈。

不过,我清楚,我终究是会不付给他薪水,而一定要前去赴宴的。

这天夜里,我做了一些荒唐至极的梦。这是不难理解的,因为整个晚上我都沉浸在关于学校生活那些苦役般岁月的回忆中,我无法摆脱它们。把我塞进这所学校的,是我的那些远亲,我曾依靠他们而生活,我从入学起就再也没有关于他们的概念了——他们将一个已被他们的斥责所弄垮的、已能够思考的、默默无语的、野性地看待一切的孤儿塞进了学校。同学们以恶毒、无情的嘲笑迎接我,因为我与他们中间的任何一个人都不相像。但是,我却忍受不了嘲笑;我却不能轻易地与人相处,不能像他们彼此之间那样和睦相处。我立即便仇恨起他们来,我脱离所有人,陷入一种胆怯、屈辱、过度的高傲。[①] 他们的粗鲁使我愤慨。他们无耻地嘲笑我的长相和我麻袋一样的身材;可与此同时,他们自己的长相却是多么愚蠢哪!在我们学校里,面部表情不知为何尤其会变得愚蠢起来,会发生变化。进入我们学校的,

---

① 此处所说的情况,很像陀思妥耶夫斯基在此后的长篇小说《少年》中所叙述的主人公阿尔卡季在图沙尔寄宿中学受同学欺侮的情况。

有许多漂亮的孩子。几年过后,他们却变得面目可憎了。早在十六岁的时候,我便忧郁地为他们而吃惊了;在那个时候,他们的思维之浅陋,他们行事、游戏、谈吐之愚蠢,就已使我感到惊讶了。他们不懂得那些最为必需的东西,他们对那些给人以教益、使人激动的事物毫无兴趣,因此,我不由得认为自己比他们高明。不是遭受屈辱的虚荣心促使我这样想的,看在上帝的分上,请你们不要冒失地向我发出那些腻烦到恶心程度的官腔,说什么我只是在幻想,而他们在当时就已经明白了现实的生活。他们什么也不明白,不明白任何现实的生活,我敢起誓,这一点最使我对他们感到愤慨。相反,对于最显而易见、最刺眼的现实,他们却幻想般愚蠢地接受,并在当时就已习惯于只崇拜成功。对一切正义的,但却遭受了屈辱和迫害的东西,他们都要铁石心肠地、可耻地加以嘲笑。他们将官衔奉为智慧,他们在十六岁的时候就已谈论起各种肥缺。当然,这里的许多东西都是由于愚蠢,由于那一直环绕着他们童年和少年的坏榜样。他们放浪不羁,达到了变态的地步。当然,这里更多的是外在的东西,更多的是假装出来的无耻;当然,即便是在放荡时,他们身上也会闪现出青春和某种清新;但是,甚至连他们身上的清新也没有吸引力,而表现为某种胡闹。我非常恨他们,虽说我或许比他们还要坏。他们也回敬我同样的仇恨,并不掩饰对我的厌恶。但是,我已经不指望他们的爱意了;相反,我却经常渴望他们的侮辱。为了摆脱他们的嘲笑,我有意尽可能出色地学习,并终于名列前茅。这激起了他们的反应,而且,他们所有的人都渐渐地明白,我已经阅读了那些他们无法阅读的书籍,我已经懂得了那些他们闻所未闻的事情(这些事情还没有被列入我们的专业课)。他们野性地、嘲笑地看着这一点,但在精神上却服输了,而且,由于这一点,甚至连教师们也对我另眼相看了。嘲笑停止了,但恶意却依然存在,形成了一种冷漠、紧张的关系。最终,我自己坚持不住了,对于人际交往和友谊的需求在随着年龄的增长而增长。我试着开始与他人接近,但是,这种接近结果总是不自然的,因此也就自动地结束了。我曾有过一个朋友。但是,我在内心中已是一个专制暴君,我想无限地统治他的灵魂,我想使他产生对于他周围环境的蔑视,我要他与这个环境做出高傲的、彻底的决裂。我这充满激情的友谊吓坏了他,我把他弄得泪流满面、浑身抽搐;他有一个天真的、奉献的灵魂,但是,当他整个儿地奉献于我的时候,我却立即恨起他来,将他推开了——似乎,我需要他,仅仅是为了战胜他,仅仅是为了要他屈服。但是,我却无法战胜所有的人;我的朋友同样是一个与谁也不相像的人,是一个最罕见的例外。走出学校后我的第一件事情,就是扔下我自己给自己派定的那件特殊事务,以便斩断所有的乱麻,诅咒过去,让它化为灰烬……鬼才知道,在这之后,我为何又追上了这么个西蒙诺夫!……

  清晨,我早早地起了床,激动地一跃而起,似乎所有这一切马上就要开始实现了。但是我相信,我生活中的某个根本性的转折正在到来,且一定会在今天到来。也许是由于不习惯吧,在我的一生中,每当碰到一个外在的,哪怕是最小的事件,我也总会感到,我生活中的某个根本性的转折马上就将到来。不过,我仍像平时一样出门去上班,但为了做准备工作,我提前两小时溜回家来。我想,主要的是,我不要第一个到达,否则他们会认为我是非常高兴的。但是,诸如此类的主要事情成千上万,它们搅得我无法招架。我亲手又擦了一遍靴子;阿波罗无论如何也不会在一天之内擦两遍靴子,他认为擦两遍是不合规矩的。为了不让阿波罗发觉,不让他日后看不起我,我从前厅偷来鞋刷,擦了起来。随后,我仔细地看了看自己的衣服,发现它竟然完全破旧不堪了。我是太邋遢了。制服也许还是完好无损的,但是,不能身着制服去赴宴哪。而主要的问题是,在裤子上,恰好就在膝盖上,有一块巨大的黄色污渍。我预感到,仅仅是这块污渍,就已能将我的尊严抹去十分之九。我也知道,我这样想是非常卑贱的。"但是,现在顾不上想来想去了;现在,现实正在到来。"我一想,便泄了气。其实我当时很清楚,这些事都被我给无限地夸大了。可是有什么办法呢?我已经控制不住自己了,在忽冷忽热地颤抖。我在绝望地想象,这个"恶棍"兹维尔科夫将如何倨傲地、冷漠地迎接我;傻瓜特鲁多柳博夫将带着怎样愚蠢的、无论如何也难以抗拒的蔑视看着我;小人物费尔菲奇金将如何下流地、大胆地嘲笑我,以博取兹维尔科夫的欢心;西蒙诺夫则会清楚地明白这一切,并将蔑视我卑下的虚荣和胆怯。主要的是,所有这一切都将是卑微的、不文雅的、平常的。当然,最好是绝对不去。但是,这却已是一件绝对不可能办到的事情了——只要有什么吸引了我,我便会从头到脚地完全沉浸其中。然后,我也许会终生地戏弄自己:"怎么样,你害怕了,害怕现实了,你害怕了!"相反,我非常想向所有这些"废物"证明,我完全不像我自己所想象的那样是个胆小鬼。此外,在胆怯的冷热病最剧烈地发作时,我总是幻想占据上风,幻想战胜他人,吸引他们的注意,并迫使他人爱自己——哪怕仅仅是"为了思想的崇高和明确无疑的机智"。他们会抛弃兹维尔科夫,他将坐在一旁,默默不语,满脸羞愧,而我将打垮兹维尔科夫。然后,我也许会与他和解,以"你"相称地干上一杯。① 但是,对于我来说最可恶、最可气的就是,我当时就知道,就完全地、确凿地知道,所有这一切我并不想要,实际上并不需要,实际上我完全不希望打垮他

---

① 在俄语中,以"你"相称,有两种含义,这里是表示关系亲近。

们、征服他们、吸引他们,而如果我一旦达到了这样的目的,我也许会首先看不起自己。啊,我在拼命地祈求上帝,以便让这一天尽快过去!在难以表达的忧愁中,我走近窗户,打开气窗,望向那朦胧的昏暗,潮湿的雪在密密地飘落……

最终,我那只陈旧的挂钟敲了五下。我抓起帽子,竭力不朝阿波罗看上一眼——他从清早起就一直在等我给他发薪水,但由于高傲而不想首先提出来——打他身旁闪出大门,乘上我故意花出最后半个卢布雇来的马车,老爷般地向 Hôtel de Paris 驶去。

四

我还在昨晚就知道,我是会第一个到达的。但是,问题还不在于先到。

不但他们一个也没到,而且我甚至连我们订的房间也没找见,餐桌也还没有完全摆好。这是怎么回事呢?经过多次询问之后,我终于从侍者那里了解到,宴会订在六点,而不是五点。柜台里的人也证实了这一点。要是细问下去,甚至是害羞的。时间刚刚才五点二十五分。如果他们更改了时间,那无论如何也得通知一声呀;市邮局可办此事,也不至于使我在自己……甚至在侍者的面前蒙受"耻辱"哇。我坐下来,侍者开始摆餐桌;当着他的面,不知为何我越发感到难堪。快到六点的时候,除了点燃的几盏灯外,房间里又拿进来几支蜡烛。然而,侍者却没有想到在我来到之后立即拿进这些蜡烛。隔壁房间里,有两位面色阴郁的顾客分别坐在不同的餐桌上就餐,他们看上去是在生气,默默不语。远处的一个房间里非常地喧闹,甚至有人在喊叫;可以听见整整一帮人的哈哈大笑;可以听到一些用蹩脚的法语发出的尖叫声;那是一桌有太太们在场的酒席。总而言之,我非常地难受,我很少有过比这更为糟糕的时刻,因此,当他们在六点整一下子全体出现时,我在一开始竟因他们而高兴起来,将他们当作了救星,而几乎忘了做出一副委屈的模样。

兹维尔科夫第一个走了进来,显然是领头的。他和他们所有的人都在笑;但是,看到我后,兹维尔科夫便端起了架子,他不慌不忙地走过来,微微弯着腰身,像是在故意卖弄,他向我伸过手来,温情地,但也不十分温情,显出某种谨慎的、近乎将军般的客气,似乎他伸过手来是在保护自己,防范着什么东西。我所设想的与此相反,我原以为,他一走进屋便会哈哈大笑起来,发出他从前那种细嗓的、伴有尖叫的大笑,一开口就会冒出他那些平庸的笑料和俏皮话。从昨晚起我就在准备对付他的方式,可我无论如何也没有料到这种居高临下的、这种大人物般的温情。也许,如今他已经完全认为他在一切方面都无与伦比地高过我了吧?如果他仅仅想以这样一种将军派头来欺负我,倒还没什么;我想,我会以某种方式加以唾弃的。但是,如果他真的没有任何欺负人的愿望,如果他那颗羊脑袋里真的有这样一个念头,认为他无与伦比地高过我,他只能以一个庇护者的眼光来打量我,如果真是这样的话呢?仅仅由于这样一个猜测,我就已经喘不过气来了。

"我惊奇地得知,您也想参加我们的聚会,"他开了口,他的发音变了样,他压低声音、拉长话音,这都是他从前所不曾有的,"我们有很久没见面了。您总躲着我们,没必要哇。我们并不像您想象的那样可怕嘛。好吧,无论如何,很高兴恢——复——联——系……"

他随意地转身将帽子放在窗台上。

"您等了很久吗?"特鲁多柳博夫问道。

"我是五点整到的,是你们昨天通知我的时间。"我大声地答道,带有一种即将爆发的不满。

"你难道没有通知他改时间了吗?"特鲁多柳博夫问西蒙诺夫。

"没通知。我忘了。"这一位回答道,但他没有任何的懊悔,甚至也没有向我道歉,就跑去点凉菜去了。

"这么说,您在这里已经一个小时了,唉,可怜的人哪!"兹维尔科夫嘲笑地喊道。因为根据他的理解,这件事的确应该是非常可笑的。紧随着他,下流坯费尔菲奇金也发出了下流的、尖细的声音,就像狗崽子的叫声一样。就连他也很为我的处境而感到可笑和难堪。

"这完全不可笑!"我越来越气愤,向费尔菲奇金喊道,"有错的是别人,而不是我。别人也不屑于通知我一声。这——这——这……简直荒唐。"

"不仅荒唐,而且还有点什么,"特鲁多柳博夫埋怨道,他在天真地为我鸣不平,"您也太软蛋了。这简直是不礼貌。当然,也不是有意的。西蒙诺夫怎能这样……唉!"

"如果跟我玩这一手,"费尔菲奇金说道,"我就会……"

"您就会给自己点上些吃的,"兹维尔科夫插话道,"要不就不等了,干脆吩咐上菜。"

"请你们相信,我本来也可以这样做,并不需要任何准许,"我打断了他们的话,"如果说我在等,那是……"

"入席吧,先生们,"走进门来的西蒙诺夫喊道,"一切都准备好了。我负责香槟,酒冰得很棒……要知道,我不知道您的住处,哪儿找您去呢?"他突然转身对我说道,但还是没瞧我一眼。显然,他是有些借口的。看来,他昨天就想好了。

众人入席,我也坐了下来。餐桌是圆形的,我的左手边坐的是特鲁多柳博夫,右手边是西蒙诺夫。兹维尔科夫坐在我的对面;费尔菲奇金坐在他身边,坐在他和特鲁多柳博夫之间。

"请——问,您……是在哪个厅里上班?"兹维尔科夫继续关照着我。见我一副窘态,他真的想到应该来抚慰我一下,也就是说,要让我振作起来。"他是怎么啦?他难道想让我朝他扔酒瓶不成。"我疯狂地想道。由于不习惯,我有些不自然地立刻生起气来。

"是在……一家……办公室里。"我眼睛看着盘子,断断续续地说道。

"这……您……合算吗?请——问,是什么促——使您丢下了先前的工作呢?"

"我愿意丢下先前的工作,就是这促——使的。"我的拖腔有他的三倍长,我几乎控制不住自己了。费尔菲奇金鼻子哼了一声;西蒙诺夫嘲讽地看了看我;特鲁多柳博夫停止吃东西,也开始好奇地打量着我。

兹维尔科夫受了气,但他不愿表露出来。

"那——么,您的工资怎么样?"

"什么工资?"

"也就是薪——水。"

"您干吗要考问我?"

不过,我还是立即说出了薪水的数目。我的脸羞得通红。

"不多。"兹维尔科夫一本正经地指出。

"是啊,还不够下馆子吃一顿的呢!"费尔菲奇金无耻地添了一句。

"我认为,这甚至就是贫穷。"特鲁多柳博夫严肃地说道。

"所以,瞧您瘦的,瞧您的变化……从那时起……"兹维尔科夫又说道。他已经不是不怀恶意的了,带着某种无耻的惋惜,他在打量着我和我的衣服。

460

"别再不好意思了。"费尔菲奇金咻咻地窃笑着,喊了起来。

"阁下,您要知道,我并没有不好意思,"我终于脱口而出,"请您听着!我在这里就餐,在这'馆子'里就餐,用的是自己的钱,自己的钱,而不是别人的钱,请您注意这一点,monsieur① 费尔菲奇金。"

"怎——么!谁不花自己的钱在这里就餐?您好像……"费尔菲奇金反驳道。他满脸通红,愤怒地看着我的眼睛。

"是——啊,"我答道,我感觉到自己已走得太远,"我认为,我们最好来点聪明的谈话。"

"看来,您是打算来展示您的智慧喽?"

"请您别担心,在这里完全用不着什么智慧。"

"您在这里瞎扯些什么呢,我的先生,啊?您是在您的'停'里弄出神经病来了吧?"②

"够了,先生们,够了!"兹维尔科夫威严地喊道。

"这太愚蠢了!"西蒙诺夫埋怨道。

"真的,愚蠢,我们友好地聚会,来给一位好朋友饯行,您却来胡闹,"特鲁多柳博夫只冲着我一人粗鲁地说道,"昨天是您自己要参加我们聚会的,请您不要扰乱大家和谐的气氛……"

"够了,够了,"兹维尔科夫喊道,"别再吵了,先生们,这不合适。现在,最好还是我来给你们讲一讲,三天前我差一点结了婚……"

于是,一段关于这位先生三天前差一点结了婚的笑话开场了。但是,故事中并没有一个字是关于结婚的,出现的尽是些将军、校官,甚至还有宫廷侍从,而兹维尔科夫在他们中间似乎是

---

① 法文:先生。
② 费尔菲奇金有意将"厅"说成"停",以示讽刺。

个头儿。响起了赞许的笑声,费尔菲奇金甚至发出了尖叫。

大家抛下我不理,我坐在那里,像是一个败下阵来的人。

"上帝呀,这就是我的伙伴!"我在想,"我在他们面前简直像个傻瓜!我可是过多地忍让了费尔菲奇金。这些糊涂家伙认为,他们让我坐在这桌上是赏脸给我,可他们却不明白,是我,是我在赏脸给他们,而不是他们在赏脸给我!'瘦了!衣服!'哦,该死的裤子!兹维尔科夫刚刚注意到我膝盖上的那块黄色污渍……这又有什么!此刻,我也许马上就从餐桌边站起身来,拿起帽子,一句话也不说,扬长而去……出于蔑视!哪怕是明天进行一场决斗也罢。恶棍们,要知道,我并不可惜那七个卢布。也许,他们会认为……见鬼!我并不可惜那七个卢布!我马上就走!……"

当然,我留了下来。

出于悲伤,我一杯接一杯地喝起拉斐特酒和核列斯酒①。由于不习惯,我很快就醉了,而气恼则在随着醉意的增长而增长。我突然想以一种最大胆的方式将他们全都侮辱一下,然后走开。抓住时机,显示一下自己——就让他们去说:这人虽说可笑,倒也聪明……还有……还有……总之,见他们的鬼去!

我用醉醺醺的眼睛无礼地扫了他们一下,但是,他们似乎已经完全忘记了我。他们那边很是喧哗、热闹、开心。兹维尔科夫一直在说着什么,我仔细听了起来。兹维尔科夫谈的是一位雍容华贵的夫人,他最后向她表白了爱情(当然,他是在撒谎)。在这件事情上,他的一位密友帮了他很大的忙,他的这位密友叫科里亚,是个公爵、骠骑兵,拥有三千农奴。

"不过,这位拥有三千农奴的科里亚,为什么没在这里给您

---

① 一种烈性白葡萄酒。

钱行呢?"我突然介入了谈话。众人一时沉默不语。

"您现在已经醉了。"终于,特鲁多柳博夫朝我搭了腔。他轻蔑地斜眼看着我这边。兹维尔科夫默默地看着我,像是在看一只小甲虫。我垂下了眼睛。西蒙诺夫赶忙斟起香槟来,特鲁多柳博夫举起酒杯;除了我,众人皆随着他举起了杯子。

"为你的健康干杯,祝你一路平安!"他向兹维尔科夫叫喊道,"为过去的岁月,先生们,干杯,为我们的未来,乌拉!"

众人干了杯,还跑去和兹维尔科夫接吻。我没有动,满满的一杯酒原封不动地摆在我的面前。

"您难道不准备喝吗?"失去了耐心的特鲁多柳博夫凶狠地面对我,叫喊道。

"我想来一通我的演说,尤其是……然后我就会喝的,特鲁多柳博夫先生。"

"讨厌的恶棍!"西蒙诺夫抱怨道。

我坐在椅子上挺直身体,颤抖着拿起酒杯,准备做出一件非同寻常的事情,我自己也不清楚我将说出什么样的话来。

"Silence!①"费尔菲奇金叫道,"就要出智慧啦!"兹维尔科夫严阵以待,他知道是怎么回事。

"兹维尔科夫中尉先生!"我说了起来,"您知道吗?我恨漂亮话、说漂亮话的人和穿紧身衣的腰身……这是第一点,接下来是第二点。"

他们全都沉不住气了。

"第二点,我恨风流的事和风流汉子。尤其恨风流汉子!

"第三点,我爱真理和真诚,"我几乎是机械地继续说道,因为我由于恐惧已经开始感到手脚冰凉了,我自己也不明白,我为

---

① 法文:安静!

463

什么要这样说话……"我爱思想,兹维尔科夫先生;我爱真正的友谊,要平等相待,而不是……嗯……我爱……不过,干吗说这些呢?我要为您的健康干杯,兹维尔科夫先生。您去勾引契尔克女人吧,您去向祖国的敌人开枪吧,还有……还有……为了您的健康,兹维尔科夫先生!"

兹维尔科夫从椅子上站起来,向我鞠了一躬,说道:

"非常感谢您。"

他深感屈辱,甚至连脸都发白了。

"见鬼。"特鲁多柳博夫吼道,一拳砸在桌上。

"不,为这该揍他的脸!"费尔菲奇金喊道。

"该把他赶出去!"西蒙诺夫抱怨道。

"别说话,先生们,别动手!"兹维尔科夫庄重地喊道,制止了众人的愤怒,"我感谢你们大家,但是我自己能够向他证明,我是多么地看重他的那些话。"

"费尔菲奇金先生,为了您刚才这些话,明天您得满足我的一个要求!"我郑重地转向费尔菲奇金,高声对他说道。

"就是要决斗喽?请吧。"那人回答道。但是,也许是我在提出决斗时的样子太可笑了,也许这与我的体形不相称,他们所有的人都笑得要死,连费尔菲奇金也跟着他们笑了。

"好了,当然,别去理他!他已经完全醉了!"特鲁多柳博夫厌恶地说道。

"让他参加了进来,为这事我永远也不能原谅自己。"西蒙诺夫再次抱怨道。

"现在我就把酒瓶向他们扔去。"我想着,拿起了酒瓶,然后……给自己斟了满满的一杯酒。

"……不,我最好在这里一直坐到结束!"我继续在想,"如果我走开了,先生们,你们就会感到高兴的。这可不行。我偏要坐在这里,一直喝到结束,以此来表明,我根本就看不起你们。我将坐在这里喝酒,因为这里是酒馆,而我已经为进这酒馆付过钱了。我将坐在这里喝酒,因为我把你们都看成是小卒子,一些并不存在的小卒子。我将坐在这里喝酒……还要唱歌,是的,如果我想唱,我就要唱,因为我有这样的权利……唱歌……嗯。"

但是,我没有唱歌。我仅仅在竭力不去看他们中的任何一个;我摆出一副最为独立的姿势,焦急地等待着他们首先与我搭话。但是,唉,他们就是不来搭话。此时,我是多么、多么地想与他们和解呀!时钟敲了八下,最后是九下。他们从桌边挪到了沙发上。兹维尔科夫躺倒在沙发上,将一条腿架在圆桌上。葡萄酒也被搬到了那里。他果然向他们提供了他自己的三瓶酒。当然,他没有请我喝那酒。众人都围着他,坐在沙发上。他们听着他的话,几乎是恭恭敬敬的。看来,他们都喜爱他。"为什么?为什么?"我暗自在想。时而,他们会出现带有醉意的喜悦,于是便互相接吻。他们在谈高加索,谈什么是真正的情欲,谈卡里比克牌①,谈职务上的肥缺;他们在谈他们谁都不认识的骠骑兵波德哈尔热夫斯基有多少收入,使他们感到高兴的是,那个人的收入很多;他们在谈他们同样谁也没有见过的公爵夫人Д那非凡的美丽和优雅;最后,他们一直谈到了莎士比亚的不朽。

我轻蔑地笑了一笑,在房间的另一边踱着步,在沙发的正对面,贴着墙壁,在桌子和壁炉之间来回走着。我想尽一切力量来证明,我没有他们也能行,而且,我还有意跺着靴子,后跟磕后跟地站下。但这一切都是徒劳的,他们竟毫不在意。我有耐心就这么走下去,正当着他们的面,从八点走到十一点,一直在这个

---

① 一种狂热的牌戏。

地方,从桌边走到壁炉,又从壁炉走回桌边。"我就这样走,谁也无法制止我。"走进屋里来的那个侍者,好几次停下来看着我;由于频繁的转向,我的脑袋发晕了;有几个片刻,我觉得自己是在梦中。在这三个小时中,我出了三次汗,又焐干了三次。时而,怀着最深刻的、恶毒的痛苦,我心里想到:再过十年,再过二十年,再过四十年,甚至是再过四十年,我仍然会带着厌恶和屈辱回忆起我整个一生中这些最卑鄙、最可笑、最可怕的时刻。这样昧着良心、这样心甘情愿地侮辱自己,已是无以复加了,我也完完全全地明白这一点,可还是继续在桌子和壁炉之间来回走着。"啊,但愿你们能知道,我具有怎样的感情和思想,我有多好的修养啊!"我不时想到,并在想象中转向那张我的敌人们坐于其上的沙发。但我的敌人们却毫不理会,似乎房间里根本没有我这么个人。一次,只有一次,他们向我转过身来,当时,兹维尔科夫刚好谈到了莎士比亚,而我突然轻蔑地哈哈大笑起来。我十分做作、凶狠地用鼻孔哼了一声,以至于他们全都一下子停止交谈,默默不语地看了我两三分钟,他们神情严肃,没有发笑,看着我沿着墙壁,从桌子走向壁炉,看到我丝毫没有注意他们。但是,什么结果也没有,他们并没有搭话,两分钟后,他们再次将我抛开了。时钟响了十一下。

"先生们,"兹维尔科夫从沙发上站起身来,叫道,"现在,我们全都去那儿吧。"

"当然,当然喽!"其余的人都说道。

我突然转向兹维尔科夫。我痛苦、难受到了极点,就是粉身碎骨,我也要结束这一切了!我在时冷时热地颤抖;汗湿的头发又干了,紧贴在前额和太阳穴上。

"兹维尔科夫!我请求您的原谅。"我生硬地、坚决地说道,"费尔菲奇金,也求您原谅,求大家原谅,求大家原谅,我有辱大家了！"

"啊哈！决斗可不是好玩的呀！"费尔菲奇金恶毒地说道。

我的心被刺痛了。

"不，我并不怕决斗，费尔菲奇金！我准备明天就与您决斗，在讲和之后。我甚至坚持这一点，您不能拒绝我。我要向您证明，我并不害怕决斗。请您先开枪，而我会把子弹射向天空。"

"他是在自我安慰。"西蒙诺夫说。

"简直是在说梦话！"特鲁多柳博夫附和着。

"请您让我们过去，您挡着道了！……嗨，您要干什么？"

兹维尔科夫轻蔑地回答。他们全都脸色通红，眼睛泛光，都喝多了。

"我请求您的友谊，兹维尔科夫，我侮辱了您，但是……"

"侮辱了？您——您！侮辱了我——我！知道吗，阁下，任何时候、在任何情况下您都侮辱不了我！"

"您也够讨厌的了，滚吧！"特鲁多柳博夫说道，"我们走。"

"奥林匹娅是我的，先生们，说定了！"兹维尔科夫喊道。

"我们不争！我们不争！"他们笑着回答他。

我屈辱地站在那里。这帮人吵吵嚷嚷地走出房间，特鲁多柳博夫拖长声音哼着一首无聊的歌。西蒙诺夫为了给侍者们小费，稍稍耽搁了一会儿。我突然走到他身边。

"西蒙诺夫！给我六个卢布！"我坚决地、绝望地说道。

他用那双呆呆的眼睛非常惊讶地看了我一眼。他也醉了。

"难道您也要和我们一起去那儿？"

"是的！"

"我没有钱！"他简短地说道，轻蔑地笑了笑，走出了房间。

我抓住了他的外套。这是一场噩梦。

"西蒙诺夫！我看到您有钱,您干吗拒绝我呢？难道我是一个恶棍吗？拒绝我,您可要当心！如果您能知道,如果您能知道,我是为什么而求您的！全都取决于此呀,一切东西,我的整个未来,我的所有计划……"

西蒙诺夫掏出钱,几乎是将它扔给我的。

"拿去吧,如果您这样无耻的话！"他残忍地说了一句,就跑去追赶其他人了。

我一个人站了一会儿。混乱,残羹剩饭,地板上打碎的酒杯,溢出的酒,烟头,脑袋中的醉意和睡意,心中痛苦的忧愁,最后,还有那个看到了一切、听到了一切,并在好奇地看着我的眼睛的侍者。

"到那儿去！"我喊了一声,"要么是他们全都跪下,抱着我的腿,祈求我的友谊,要么……要么是我给兹维尔科夫一记耳光！"

五

"这下,这下终于和现实发生冲突了,"我嘟囔着,一口气跑下了楼梯,"就是说,这已不是离开罗马迁往巴西的教皇了;就是说,这已不是科莫湖上的舞会了！"

"你是个恶棍！"一个声音在我的脑中掠过,"因为你现在还在嘲笑这件事。"

"随便吧！"我高喊着,在回答自己,"要知道,现在一切都已经完了！"

他们已经没了踪影;但是,反正都一样,我知道他们去了哪儿。

台阶边孤零零地站着一个赶夜间车的车夫,他穿着粗呢外衣,全身落满了一直飘落不止的潮湿的、似乎还是温暖的雪。天

468

又湿又闷。车夫那匹毛茸茸的花斑小马也落满了雪,在喷着响鼻,这些我都记得很清楚。我跳进树皮制成的雪橇;但是,就在我抬起脚来刚想坐下的时候,却忆起了西蒙诺夫刚才扔给我六个卢布的事,这使我心灰意冷,我像个口袋似的躺倒在雪橇里。

"不!为了挽回这一切,要做很多事!"我喊道,"但是,要么是马上挽回,要么是在今夜立即死去。走!"

我们的马车动了起来。一阵旋风在我的脑中打转。

"跪下来祈求我的友谊,他们是不会干的。这是幻影,卑鄙的幻影,是令人讨厌的、罗曼蒂克的、虚妄的幻影;就像科莫湖上的舞会一样。因此,我应当给兹维尔科夫一个耳光!我必须打。就这样,决定了;我现在就冲过去给他一个耳光。"

"快赶哪!"

车夫拉紧了缰绳。

"我一走进去,就打。在打耳光之前要不要说上几句话作为开场白呢?不!干脆一走进去就打。他们全都会坐在地板上,而他会和奥林匹娅一起坐在沙发上。该死的奥林匹娅!她有一次嘲笑过我的脸,还拒绝过我。我要揪住奥林匹娅的头发,而对兹维尔科夫则要揪那两只耳朵!不,最好还是只揪住一只耳朵,揪住一只耳朵拖着他在整个房间里打转。也许,他们会一起来打我、揉我的。这甚至是确定无疑的。就让他们来打我吧!毕竟是我首先打了他一个耳光,是我挑的头,而从有没有尊严来说,这一下子就行了;他已经蒙羞了,除了决斗,他无论怎样出拳也洗刷不了自己脸上的耳光了。他必须进行决斗。现在,就让他们打我吧,就让这些卑鄙的人来打我吧!特鲁多柳博夫会打得很凶的,他是那样有力;费尔菲奇金会从侧面抓住我,他一定会揪头发的。但是,让他们去,让他们去吧!我就是冲这个来的。他们的羊脑袋最终也不得不在这里尝一尝悲剧性的滋味

469

了！在他们将我拖向门口的时候，我会冲他们喊叫，说他们实际上还抵不上我的一个小拇指头。"

"快赶，车夫，快赶哪！"我向车夫喊道。

他甚至颤抖了一下，抖了抖鞭子。我的喊声已是非常野性的了。

"我们将在黎明时决斗，这事已经决定了。与厅里的事情算是结束了。刚才，费尔菲奇金还把'厅'说成了'停'。但是，哪里去弄手枪呢？废话！我预支薪水，然后去买。火药呢？子弹呢？这是决斗助手的事了。这一切在黎明之前还来得及做好吗？我到哪里去找决斗助手呢？我又没有熟人……"

"废话！"我喊道，更加上火了，"废话！"

"我要向在大街上遇见的第一个人提出请求，他必须做我的助手，就像他必须从水中拖出一个溺水者一样。一些极其离奇的情况也应该允许出现。也许，我明天甚至会去求我的科长做决斗助手，仅仅是出于一种骑士情感，他就应该同意，并保守秘密！安东·安东诺维奇……"

问题在于，就在这一时刻，我比全世界任何一个人都更清楚、更鲜明地意识到了我的那些意图之最下贱的荒诞不经，意识到了所有的消极后果，但是……

"快赶，车夫，快赶，混蛋，快赶哪！"

"哎，老爷！"那车夫答道。

一阵寒意突然笼罩了我。

"最好……最好……现在就直接回家？哦，我的上帝！我昨天干吗、干吗要来参加这个宴会呢！但是不，不可能不来！干吗在桌子和壁炉之间散步三个小时呢？不，是他们，他们，而不是别的什么人，应该与我算清这散步的账！应该由他们来洗去我的这个耻辱！"

"快赶哪!"

"如果他们把我送到警察局去,怎么办呢?他们不敢!他们害怕出丑闻。如果兹维尔科夫出于蔑视而拒绝决斗,怎么办呢?这甚至是确定无疑的;但是,我会向他们证明……在他明天动身的时候,我会冲向驿站,在他登上马车的时候,我会抱住他的腿,扯下他的外套。我要用牙咬他的胳膊,我要咬他。'大家都来看哪,一个绝望的人会被逼到什么样的境地呀!'就让他打我的脑袋好了,而他们全都会紧随其后。我要向所有观众喊道:'你们看哪,这个小狗崽子,他要脸上带着我的吐沫去勾引契尔克斯女人了!'"

"当然,在这之后,一切就都完蛋了!行将从地面上消失。我会被抓起来,我会遭到审判,我会被赶出机关,会坐牢,会被流放到西伯利亚去。没关系!十五年过后,当我被释放出狱,我会身穿破衣烂衫,像个乞丐似的跟踪他。我将在一个外省城市中的什么地方找到他。他已经结婚,很幸福。他有了一个成年的女儿……我会说道:'看,恶棍,你看我这瘦削的面颊和这破烂的衣衫!我失去了一切——仕途、幸福、艺术、科学、心爱的女人,而这一切都是由于你。手枪就在这里。我来这里是为了卸空我的手枪……并原谅你。'于是,我向空中开了一枪,后来,我就无踪无影了……"

我甚至哭了起来,虽说在这一时刻我十分确切地知道,所有这一切都来自西尔维奥①和莱蒙托夫的《假面舞会》。突然,我感到非常羞愧,羞愧得使我让马车停了下来,我走出雪橇,冒雪站在大街上。车夫叹着气,吃惊地看着我。

"怎么办?去那儿是不行的,那会是胡来;把事情搁下来也

---

① 普希金的小说《射击》中的主人公。

不行,因为它已经发生了……上帝! 怎能将这事搁下呢! 而且是在遭受了这样的屈辱之后!"

"不!"我喊道,又重新坐回雪橇,"这是事先注定的,这就是命运! 快赶,快赶,到那儿去!"

急不可耐之中,我朝车夫的脖子上揍了一拳。

"你干吗,干吗打人?"车夫喊道。但他还是给了那匹劣马一鞭子,使得那马尥起蹶子来。

潮湿的雪鹅毛般地落着;我敞开胸口,已顾不上落雪了。我已忘记了其余的一切,因为我已经最终决定去打耳光,我恐惧地感觉到,这件事无疑马上就会发生,现在就会发生,已经没有任何力量能将它阻止。寂寞的街灯在雪夜的昏暗中忧郁地闪亮,就像是葬礼上的火把。雪花钻到我的外套、礼服和领带的里面,并在那里融化;我并没有拢紧胸口的衣服:要知道,就是没有这些雪花,一切反正也都已丧失殆尽了! 终于,我们到了地方。我跳下车,几乎已失去知觉,我跑上楼梯,手脚并用地敲起门来。我的腿非常无力,尤其是膝盖部位。不知为何,门很快就被打开了;似乎有人知道我将前来。(的确,西蒙诺夫事先通知了,说也许还有一个人要来,而来这里是必须事先通知的,通常是要事先防范的。这里是当时那些"时髦商店"中的一家,那些"商店"如今早就被警察局取缔了。白天,它真的是商店;而到了晚上,只有得到介绍的人才能前去做客)我快步经过阴暗的店堂,来到我熟悉的、总共只点着一支蜡烛的大厅,但我却犹豫不决地站下了——他们一个也没在。

"他们在哪儿?"我问一个人道。

但是,他们当然已经成功地散去了……

我面前站着一个人,面带愚蠢的微笑,是女老板本人,她有点认识我。一分钟后,她打开门,另一个人走了进来。

我什么也不去注意,只在房间里踱着步,好像还在自言自语。我似乎死里逃生了,我的整个身体都快乐地预感到了这一点:要知道,我原本是要来打耳光的,我一定、一定会打耳光的!可是现在,他们却不在……一切全都消失了,一切全都改变了!……我环顾四周,我还没能想明白;我机械地看了一眼那走进屋来的姑娘——一张清新的、年轻的、有些苍白的脸闪现在我的眼前,那张脸上有两道直挺的乌眉,有一道严肃的、似乎略带惊讶的眼神。我立即喜欢上了这一切;如果她在微笑,那我是会讨厌她的。我更仔细地打量起来,也似乎是在更使劲地打量,因为思想还没能完全集中起来。在这张脸上,有着某种淳朴的、善良的东西,但也有一些严肃得令人奇怪的东西。我相信,她由于这一点在这里是要吃亏的,那些傻瓜中没有一个人能看中她。而且,她也难以称为美人,虽说她身材修长、健壮,四肢匀称。她的穿着非常简朴。某种下流的东西吞噬了我,我径直向她走去……

我偶尔扫了一眼镜子。我那张惊恐的脸庞令我感到非常厌恶:这是一张苍白的、凶狠的、下流的脸,披着又长又乱的头发。"让它去吧,我喜欢这样,"我想到,"我就是喜欢让她觉得讨厌;这使我感到高兴……"

六

……在隔板后面的什么地方,像是遭受到了一种强大的压迫,像是被人卡住了脖子,一座钟在嘶哑地响着。在悠长得不自然的嘶哑声之后,紧接着传来一个尖细的、可恶的、突然来自近处的声响,像是有人突然向前冲了出来。钟敲了两下,我醒了过来,虽说我并未睡着,而只是在迷迷糊糊地躺着。

在这狭窄、拥挤、低矮的房间里,在这堆满了巨大的衣橱、废弃的纸盒和各种破布烂衣的房间里,几乎完全没有亮光。在房间尽头的桌子上,一支燃尽的蜡烛头已经熄灭了,只偶尔闪出一星微微的亮点。几分钟后,就将是一片黑暗了。

我刚刚恢复知觉;可我却毫不费力地马上就回忆起了一切,似乎有什么在监视我,以便再次冲过来。而且,就是在昏迷时,仿佛仍有一个无论如何也难以忘怀的点永久地留在记忆中,在这个点的周围,我那些惺忪的幻想在沉重地徘徊。但奇怪的是,此刻,在我苏醒的时候,我感到,这一天里在我身上所发生的一切都已经是很久很久的往事了,我对这一切的经受,仿佛已经很久很久了。

脑中充满了冲动。仿佛有什么东西在我的上方掠过,在触动我、召唤我,使我不安。忧愁和苦恼再次翻腾起来,在寻求发泄。突然,在我的身边,我看到了两只睁着的眼睛正好奇地、固执地看着我。那目光冷漠、忧郁,好像完全是旁观者的目光;那目光令人难受。

一个忧郁的思想在我的脑中诞生,并像某种讨厌的感觉一样传遍了全身,这就像你走进潮湿、腐朽的地下室时的那种感觉。这两只眼睛恰好在此刻想到要开始仔细地将我打量,这是有些不自然的。我又回忆起,两个小时间,我没有和这个人说过一句话,也不认为有说话的必要。不久之前,这不知为何甚至让我感到高兴。此刻,我突然清楚地产生了一个荒唐的像蜘蛛一样讨厌的放荡念头,这种放荡没有爱情,既粗野又无耻,它只能直接来自真正的爱情消失之时。我们就这样久久地相互对视着,但在我的注视之下,她并没有垂下自己的眼睛,也没有移开自己的视线,最后,我不知为何竟感到害怕了。

"你叫什么名字?"我结结巴巴地问道,为的是早些结束这一切。

"丽莎。"她几乎是耳语似的答道,但不知为何完全是冷淡的,她还移开了眼睛。

我沉默了一会儿。

"今天的天气……下雪……讨厌!"我几乎是自言自语地说道,又忧郁地将一只手垫在脑后,看着天花板。

她没有答话。这一切都很不像样。

"你是本地人吗?"过了一会儿,我把脑袋稍稍地转向她,几乎是带着气恼地问道。

"不是。"

"从哪儿来的?"

"从里加来。"她不大情愿地说。

"是德国人?"

"俄罗斯人。"

"早就来这里了?"

"来哪儿?"

"来这座屋子。"

"两个星期。"她的话越来越不连贯、越来越不连贯了。蜡烛完全熄灭了,我已无法看清她的脸。

"有父母亲吗?"

"是……不……有。"

"他们在哪儿?"

"在那儿……在里加。"

"他们做什么?"

"没什么……"

"什么叫没什么? 他们是什么人? 什么身份?"

"市民。"

"你一直和他们住一起?"

"是的。"

475

"你多大了?"

"二十。"

"你为什么要离开他们呢?"

"没什么……"

这个没什么意味着:别再纠缠了,讨厌。我们沉默起来。

天知道我为什么没有走开。我自己也变得越来越厌烦,越来越忧愁。过去这一整天的形象,不知怎么竟自动地、不受我的意志控制地、杂乱无章地出现在我的记忆中。我突然忆起了早晨在街头看到的一幕,当时我正心怀恐惧地去上班。

"今天有人抬棺材出门,还差点儿掉了下来。"我突然说出声来。我完全不是想挑起话头,而几乎是无意之中脱口而出的。

"棺材?"

"是的,在干草市场上;是从地窖里抬出来的。"

"从地窖里?"

"不是从地窖,而是从地下那层楼里抬出来的……嗯,你知道……在那地下……从那家妓院里……四周全是污泥……蛋壳、垃圾……臭气……真脏。"

沉默。

"今天下葬可糟了!"我又说道,只是为了不再沉默。

"有什么糟的?"

"下雪,太湿……"(我打了一个哈欠)

"反正都一样。"一段沉默之后,她突然说道。

"不,不好……"(我又打了一个哈欠)"掘墓人想必要骂人的,因为下着湿雪。坟坑里想必也有水。"

"坟坑里为什么会有水呢?"她带着某种好奇问道,但她的发音比先前更含糊、更不连贯了。突然有什么东西挑逗我说下去。

"怎会没有呢,水,在墓坑底部,有六俄寸深。在沃尔科夫公墓,你连一个干燥的墓穴也挖不出来。"

"为什么?"

"什么为什么?那块地方多水,那儿到处是沼泽,人们只好把棺材放在水里。我亲眼见到过……好多次……"

(我一次也未见到过,而且,我也从未到过沃尔科夫公墓,我只是听别人说过)

"难道你觉得死活反正都一样吗?"

"我为什么要死呢?"她答道,像是在自卫。

"你总有一天要死的,就像刚刚死去的那位姑娘一样。她也是……也是一位姑娘……是得肺病死的。"

"妓女最好是死在医院里……"("她已经知道这件事了。"我想到。她说的是"妓女",而不是"姑娘")

"她欠老板娘的账,"我反驳道,越来越想争论,"她为老板娘干活,几乎一直干到最后一刻,虽说还得了肺病。周围的车夫和士兵们都在谈论这事,想必他们是她的老相识。他们在笑。他们还打算在酒馆里为她举行丧宴呢。"(我在这儿撒了许多谎)

沉默,深深的沉默。她甚至一动也不动。

"你是说,最好是死在医院里?"

"反正还不是一样?……可我为什么要死呢?"她又生气地添了一句。

"现在不会,以后也会的?"

"以后怎么啦……"

"不这样才怪呢!你现在年轻、漂亮、鲜艳,所以你还有身价。再过一年这样的生活,你就不再是这样的了,你就会枯萎的。"

477

"再过一年?"

"至少,再过一年,你的身价会降低的,"我幸灾乐祸地继续说道,"你得离开这里,搬到另一家更低一等的院子去。再过上一年,又会搬到第三家院子去,档次越来越低,七八年过后,你就会走进干草市场上的地窖。这还算是好的,而糟糕的是,除此之外,你若是得了什么病,比如说,胸口的病……或是感冒,或是其他什么病,在那样的生活中,病是很难好的,染上了,也许就摆脱不掉了。那你就会死的。"

"那我就死吧。"她非常愤恨地回答道,并迅速转动了一下身体。

"这很可惜呀。"

"可惜谁?"

"可惜生命。"

沉默。

"你有过未婚夫吗?啊?"

"关您什么事?"

"我又不是在盘问你,不关我的事。你干吗生气呢?你自己当然会有不快的事。关我什么事?只不过可惜罢了。"

"可惜谁?"

"可惜你。"

"没什么……"她用勉强能听见的声音低语道,并再次动了动身体。

我立刻给激怒了。怎么!我对她那样亲切,可她却……

"你是怎么想的?你是走在正道上吗?啊?"

"我什么也没想。"

"你什么也没想,这就糟了。趁着还有时间,清醒清醒吧。时间还是有的。你还年轻,也很漂亮;你也许会恋爱,出嫁,做个幸福的……"

"出嫁的人并不都幸福。"她打断了我,用先前那种难辨的急促语调说道。

"当然,并不都幸福,但总比在这里好得多,好得没法比啊。有了爱情,就是不幸福也可以生活下去,就是在痛苦中生活也是好的,活在世上就是好,甚至不论怎样地生活。可这里,除了……臭气之外,还有什么?呸!"

我厌恶地转过身去;我已经无法冷静地大讲道理了。自己也开始感觉到了我所谈的东西,不由大为光火。我已在渴望将自己那些隐秘的、藏在角落中的念头表达出来。有什么东西突然在我心中燃烧起来,某个目标"出现"了。

"你别看我在这里,我不是你的榜样。我可能比你还要坏。不过,我是喝醉酒才来这里的。"我还是在赶紧为自己辩护,"再说,男人跟女人也完全不一样,是两回事;我虽说是作践了自己,弄脏了自己,但我却不是任何人的奴隶;我来了,又走了,便没有我了。我抖一抖身上的东西,便又换了一个人。可你呢,从一开始就是一个女奴。是的,一个女奴!你交出了一切,交出了所有的自由。之后你再想来扯断这锁链,但是已经不行了,那锁链会将你捆得越来越紧。这是一种该诅咒的锁链。我了解这东西,其他的事我就不说了,说了你或许也不明白。你倒说说,你想必是欠老板娘的钱吧?唉,瞧!"虽然她没有答话,只是默默地、全身心地听着,我还是又补充道,"这就是你的锁链哪!你永远也偿还不清了。他们会这样干的。这等于把灵魂交给了魔鬼……"

"……再说,我……也许同样是一个不幸的人,这你怎么知道呢。也许我是有意往污泥里踩,同样出于痛苦哇。要知道,人们由于痛苦才喝酒,唉,我来这里,也是由于痛苦。你说说,这里

479

有什么好呢？我和你……碰到一起……刚才,我们相互之间一直没说过一句话,后来你才开始像个野兽似的打量我,我也用同样的方式打量你。难道人们就是这样相亲相爱的吗？难道人与人就应该这样交往吗？这实在不像话,真是这样!"

"是的!"她尖声地匆忙附和了我的话。这一声"是的"如此脱口而出,甚至使我感到惊讶。这就是说,也许在她刚才打量我的时候,同样的思想也徘徊在她的头脑中？这就是说,她也能够有一些思想了？……"见鬼,这倒是有趣,这就是性格相近,"我想到,几乎兴奋得搓起手来,"这样一颗年轻的心灵怎么会驾驭不了呢？……"

我最感兴趣的就是装样子演戏。

她转过头来,更贴近我了,黑暗之中我觉得,她是用胳膊撑着身体半躺在那里。也许,她在看我。真是遗憾啊,看不清她的眼睛。我听见了她深深的呼吸。

"你为什么来这里？"我说道,已经带点权威的声调了。……

"没什么……"

"待在父亲家里多好哇!又温暖,又自由;自己的家嘛。"

"如果家里更坏呢？"

"话要投机才行,"我的脑中闪过一个念头,"光靠感动也许弄不出太大的名堂。"

不过,这念头只是一闪而过。我敢发誓,她真的引起了我的兴趣。何况,我又是身体虚弱,有些多愁善感。要知道,狡诈是很容易与感情掺和在一起的。

"谁说的!"我急忙答道,"什么事都会发生。我反正相信,是有什么人欺负了你,他们更对不起你,不是你更对不起他们。我对你的身世还一无所知,但是,像你这样的姑娘,想必是不会自愿到这个地方来的……"

"我是个什么样的姑娘呢?"她用勉强能听见的声音低语道。但我还是听清了。我想:"见鬼,我是在奉承人了。这很卑鄙。但也许是好事……"

她沉默不语。

"你看,丽莎,我来谈谈我自己吧! 如果我从小就有一个家,我也许就不会像现在这个样子了。我常常想到这一点。要知道,无论家里怎么坏,可那毕竟是父母,而不是敌人,不是外人,哪怕父母一年中只对你表达过一次爱也行啊。你毕竟知道,你是在自家人的身边。我长大成人的过程中却一直没有家庭;也许因此,我才成了这样一个……没有感情的人。"

我又在等待她的反应。

"也许,她没明白,"我想,"这也可笑,竟谈起了道德。"

"如果我是个父亲,我有一个女儿,我也许会更爱女儿的,超过爱儿子,真的。"我旁敲侧击起来,像是在谈另一件事,目的是引她高兴。我承认,我的脸红了。

"为什么呢?"

啊,看来,她在听着呢!

"就这样;我也不知道,丽莎。你瞧,我认识一个做父亲的,那是一个严肃、厉害的人,可在女儿面前,他却跪在地上,亲她的手和脚,百看不厌,真的。女儿在晚会上跳舞,父亲就一连五小时地站在原地,目不转睛地看着女儿。他爱女儿爱得发狂,这我清楚。女儿夜间感到疲倦,就睡着了,而父亲醒来,还要去亲吻熟睡的女儿,并画十字为她祝福。父亲自己穿一身沾满油污的衣服,对所有的人都很吝啬,却愿为女儿花光最后一分钱。他给女儿各种各样的礼物,如果女儿喜欢那礼物,父亲便会感到开心。父亲总是比母亲更爱女儿。姑娘生活在家里是快乐的! 而我,也许是不会让自己的女儿嫁人的。"

"为什么呢?"她问道,淡淡地笑了笑。

"说实话,妒忌呗。唉,她怎么能去爱另一个男人呢?怎么能去爱另一个人超过爱父亲呢?想到这一点就会感到难受。当然,所有这些都是废话;当然,每个父亲最终都会醒悟的。可是我,在嫁出女儿之前,也许会只为一件事而苦恼:怎样能让所有的未婚夫都落选;但最终,我还是会将女儿嫁给她自己所爱的人。要知道,女儿自己所爱的那个人,父亲总感觉是最坏的人。事情就是这样。家庭中出现的许多不幸,都是由于这一原因。"

"有些人却高兴把女儿卖掉,而不是体面地嫁出去。"她突然说道。

啊!是这么回事!

"丽莎,这样的事出在那些既不信上帝又没有爱的家庭里,"我热烈地说道,"而没有爱的地方,也就没有理智。的确有这样的家庭,但我谈的不是这样的家庭。看来,你在自己家里没见过善良,所以才会说出这样的话。你确实是个不幸的人。嗯……这多半是因为贫穷。"

"老爷家里的情况难道就好些吗?诚实的人就是贫穷也过得很好。"

"嗯……是的。也许。丽莎,可还有一点,人只爱记着自己的痛苦,却不去记住自己的幸福。人若能客观地衡量,他就会看到,他既有痛苦也有幸福。比如说,如果在一个家庭里一切顺利,上帝赐福,丈夫很棒,爱你,疼你,一步也不离开你!在这个家庭里多好哇!有时,甚至一半幸福一半痛苦也仍然是好的。要知道,哪里没有痛苦呢?也许,等你嫁了人,你自己就会明白了。你嫁给了你所爱的人,就拿那婚后最初的时候来说吧,那就是幸福哇,有时真是无比的幸福哇!幸福无时不在,无处不在。

在最初的时候,甚至连与丈夫的争吵也能很好的结束。有的妻子,她爱得越深,与丈夫的争吵就越多。是这样的;我知道这种女人:'瞧,我爱你,就是说,我非常地爱,我要出于爱而折磨你,你来感受吧。'人会出于爱而去有意折磨人,你清楚吗?这大多是女人。女人会暗自在想:'反正将来我会爱他、疼他的,现在折磨折磨他也算不了什么。'于是,全家人都会为你们而高兴,家中充满了和睦、欢乐、宁静和真诚……另一些女人常常也会是妒忌的。我认识一个女人,要是她男人去了什么地方,她就会难以忍受,她会在半夜跳起来,悄悄跑出去张望:是在那儿吗?是在那一家吗?是和她在一起吗?这就糟了。她自己也知道这很糟,她的心充满慌乱,备受煎熬;要知道,她是爱他的呀。这一切都是出于爱。争吵之后俩人和解,她自己在他的面前认错或是请求原谅,这又是多么的好哇!俩人是那么的好,一切突然之间变得那么地好,似乎他们又重新相遇一次,重新结了一次婚,他们的爱情又重新开始了。任何人、任何人都不应该知道丈夫和妻子之间发生的事情,只要他们彼此相爱就行了。无论他们发生了什么样的争吵,也不应该叫自己的亲娘来评断是非,也不应该彼此说长道短。他们自己就是自己的法官。爱情,是神的秘密,无论发生了什么事情,爱情都应该躲开一切他人的眼睛而保守秘密。爱情由于这一点而越是神圣,便越好。彼此之间更多地相敬相爱,而许多事情都建立在尊敬的基础上。既然有了爱情,既然由于爱情而结了婚,爱情怎会用完呢!难道不能留住爱情吗?留不住爱情的情况是很罕见的。比如说,一个善良的、诚实的人做了丈夫,那么爱情怎么会过去呢?起初那种新婚的爱情是会过去的,的确,但还会有一种更好的爱情到来。那时,心灵会融为一体,所有的事情都会齐心协力地去做;彼此之间将不再有秘密。而一旦有了孩子,每一个时刻,哪怕是最困难的时刻,也会显示出幸福来的。只是要爱,还要有勇气。这样的话,工作就是愉快的,这样的话,当你有时将面包省给孩子们吃的时候,也是愉快的。要知道,他们往后会因此而爱你的;也就是说,你是在为自己做积累。孩子们长大了,你感到自己就是他们的榜样,你就是他们的靠山。等你死去后,他们会终生保持着你的感情和思想,因为他们是从你身上获得这一切的,他们将继承你的形象和相貌。也就是说,这是一个伟大的责任。这怎能不使父亲和母亲的关系更加亲密呢?有人说过要孩子是艰难的?是谁这样说的?这是天国的幸福啊!你喜欢小孩子吗,丽莎?我非常地喜欢。你知道吗,一个粉嫩粉嫩的小男孩,含着你的乳房,丈夫专心地面向妻子,看着她抱着他的儿子坐在那里!粉嫩粉嫩的、胖胖的婴儿,四肢伸展地躺着;小手小脚肉乎乎的;小手指甲又小又干净,小得能让人感到可笑;一双小眼睛睁着,好像他什么都明白似的。他吃着奶,小手揪着你的乳房,玩耍着。父亲走进来,他便放开乳房,整个身子朝后仰着,看着父亲,笑着——似乎只有上帝才明白有多么可笑——然后,又重新、重新吃起奶来。而如果他已经长出牙来了,他就会咬住母亲的乳房,还要斜着小眼睛看着母亲:'瞧,我咬住了!'丈夫、妻子和孩子,三人同在一起,这一切难道不就是幸福吗?为了这样的时刻,许多东西都可以原谅的。不,丽莎,必须自己先学会生活,然后才能去指责他人!”

“用画面,必须用这样的画面来说服你!”我暗自在想,虽然,说实话,我是怀着感情说话的,我的脸突然红了,“可是,如果她突然哈哈大笑起来,我则往哪里逃呢?”这个念头使我发狂。在我的话临近结束的时候,我真的急躁起来,自尊在此时不知为何受到了伤害。沉默在延续,我甚至想推她一把。

“您好像有点……”她突然开了口,但又停住了。

但是我已经明白了一切:在她的声音中,已有某种别样的东西在颤抖,那东西已不像先前那样刺耳、粗鲁和倔强,而有些柔和、腼腆了,它腼腆到了那样的程度,竟使我自己也突然在她的面前感到腼腆,感到负罪了。

"有点什么?"我带着温情的好奇问道。

"您……"

"什么?"

"您……像是在背书。"她说道。在她的声音中,突然之间仿佛又能听出某种嘲讽的味道来了。

这个看法刺痛了我。我没有预料到这样的反应。

我当时没有明白,这是她故意装出的嘲讽;腼腆的、心地纯洁的人们,当别人要笨拙地、固执地探究他们内心时,他们最后就使出这种手段;出于高傲,他们直到最后一刻也不会服输,他们害怕在你们面前表露出自己的感情;出于胆怯,她已数次拿起嘲笑这件武器来了,只是在最后,她才决定表露自己,这我本来是应该能猜透的。但是,我没有猜透,一股气恼的情感控制了我。

"等着瞧吧。"我想到。

七

"得了吧,丽莎,还谈什么书不书的呀,我自己在一旁也感到厌恶,还不光是在一旁。如今这一切已经在我的心中苏醒了……难道、难道你自己在这里不觉得厌恶吗?不,看来,习惯的作用很大呀!鬼知道,习惯可以将一个人变成什么。但是,难道你真的认为,你永远也不会衰老,你永远漂亮,你会永远被留在这里吗?我所说的并不是这里的龌龊……不过,我现在要来对你谈谈这件事,谈谈你现在的生活。你现在虽说年轻、漂亮、好看,有热情、有感情;可是,你知道吗,比如说我,刚才一醒过来,马上就因为和你一起待在这里而感到厌恶了!要知道,只有在酒醉后才会来这里。如果你是在别的地方,像好人那样生活,也许,我就不会这样轻浮地追你,而只会爱上你,会因为你的一道目光而感到高兴,更不用说你的话语了;我会在门边守候你,我会跪在你的面前;我会看着你,像是看着自己的未婚妻,并以此为荣。我绝不敢对你有什么不纯洁的想法。而在这里,要知道,只要我吹一声口哨,你无论愿意还是不愿意,都要跟我走,我用不着考虑你的意志,你却得考虑我的意志。最次的农夫受雇当了长工,可他仍然没有使自己完全沦为奴隶,他还知道他是有期限的。可你的期限在哪儿呢?你只要想一想,你在这里出卖的是什么?你在使什么沦为奴隶?是灵魂,是灵魂,你已经主宰不了灵魂,你使灵魂和肉体一起沦为奴隶!你把自己的爱情交给任何一个醉鬼,供他侮辱!爱情!要知道,这就是一切;要知道,这就是宝石,这就是处女的宝藏。爱情啊!要知道,为了获得这爱情,有人准备付出生命,走向死亡。而你的爱情如今值多少钱呢?你已经全被人买下了,完全被买下了,当没有爱情也什么都可以做的时候,去获取爱情还有什么用处呢?要知道,对于姑娘们来说,没有比这更大的屈辱了,你明白吗?我听说,为了安慰你们这些傻瓜,他们允许你们在这里找情人。但要知道,这只是在演戏,只是欺骗,只是对你们的嘲笑,可你们却相信了。那位情人,他会真的爱你吗?我不相信。如果他知道,别人此刻就能把你从他的身边叫走,他又如何能爱呢?在此之后,他便是一个下流的人了!他能对你有一点一滴的尊重吗?你与他有什么共同语言呢?他在嘲笑你,他在盗窃你——这便是他所有的爱情!如果他不打你,就算是好的了,但也许他还要打人的。如果你有了这样一个情人,你问一问他会不会娶你;如果他不啐你、不打你的话，也会当着你的面哈哈大笑起来，而他自己也许总共只值几分钱。你想一想，为了这些，你就在这里葬送自己的生活？他们为什么给你咖啡喝，让你吃饱饭呢？要知道，他们让你吃饱饭，目的是什么呢？在另一位诚实的姑娘那儿，这样的饭她是一小口也咽不下去的，因为她知道让她吃饱饭的目的是什么。你在这里欠下了债，那你就会一直欠下去，欠到最后，直到客人们开始讨厌你的时候。而这个时候很快就会到来，你可别依仗自己年轻。要知道，在这里，一切都是迅速逝去的。你会被推出门去的，而且，还不仅仅是被推出门去，在此前很久，他们就会开始找碴儿，开始指责，开始责骂——似乎不是你将自己的健康交给了女老板，白白地为她毁掉了青春和灵魂，而似乎是你害了她，是你使她成了乞丐，是你掠夺了她。你别指望会得到支持，其他一些你的女友为了讨好女老板，也会来攻击你的，因为，在这里，一切都是受奴役的，良心和怜悯早已丧失殆尽。他们非常卑鄙，世上再也没有比这更下流、更卑鄙、更侮辱人的了。你把一切都毫无保留地交给这里，把健康、青春、美貌、希望都留在了这里，你在二十二岁时看上去就将像是三十岁，如果没得病，就算是好的了，你要因此而祷告上帝。要知道，你此刻也许认为，你没有工作可做，就放荡吧！但是，过去和现在，世上都没有比这更沉重、更艰难的工作。好像，整个心灵都在声嘶力竭地哭泣。当他们将你从这里赶出去的时候，你连一个字也不敢说，连半个字也不敢说，你会像一个罪人一样走掉。你会搬到另一个地方，然后是第三个地方，然后再搬到其他什么地方，最后到了干草市场。而在那里，他们是要开始打人的；打人就是那里的温情；那里的客人不打人就没有温情。你不相信那里有多可恶吗？去吧，什么时候去看一看，你也许就会亲眼看到了。有一次，新年的时候，我在那里，在门口，看到过一位女人；他们把她推了出来,还嘲笑地说要让她冻上一小会儿,因为她号得太厉害了,他们在她身后关上了门。才早上九点钟,可她已经完全醉了,披头散发,半裸着身体,身上到处是伤痕。她脸上搽着粉,眼圈却是黑的;她的鼻子和嘴里流着血,那是被某个车夫刚刚打出来的。她坐在石头台阶上,手里拿着一条咸鱼;她号啕着,抱怨着自己的'苦命',并在台阶上拍打着咸鱼。台阶边聚集着一些车夫和喝醉酒的士兵,他们在戏弄她。你不相信你也会变成这个样子吗?我也不愿相信,可你怎能知道呢?也许,十年或八年之前,这个手拿咸鱼的女人,从什么地方来到这里的时候,还是鲜艳的,像小天使一样,还是天真的、纯洁的;她还不知道什么是恶,听到每个字时会脸红。也许,那女人也像你一样,骄傲、爱抱怨,和别人不一样,爱像女王一样看着别人;自己知道巨大的幸福正在等待着一个人,他爱上了她,她也爱他。瞧,结果怎么样呢?如果在这个时候,当她用咸鱼拍打着肮脏的台阶,醉醺醺的,披头散发,如果在这个时候,她回忆起自己在父亲家中那些纯洁的往日岁月,那时,她还在上学,邻居的儿子在半道上等到她,他发誓说要终生爱她,要把自己的命运交给她,他们共同发誓彼此永远相爱,一等长大就结婚!不,丽莎,如果你能像前面说到的那个女人一样,得上肺病,在那里的什么地方,在一个角落里尽快地死去,那就是你的幸福,你的幸福啊。你是说,要死在医院里?好的,他们把你送到医院,可如果你还欠女老板的债呢?肺病是一种怪病,这不是寒热病。得了这种病,人到了最后一刻还会抱有希望,并说自己是健康的。病人是在自己安慰自己,可这对女老板倒是有利。别担心,就是这样的;就是说,灵魂都已经卖出了,可还欠着债,就是说,你是不敢说个'不'字的。你要死了,可所有人都会抛弃你,所有人都会转身而去,因为,从你身上还能得到什么呢?你还会受到指责,说你白占了地方,没有立即死掉。你讨点水喝,他们却会投来一阵辱骂:'我说,你这个下贱女人,什么时候咽气啊?你吵得人睡不着觉,哼哼唧唧的,客人们都烦了。'这是真的;我自己就听到过这样的话。他们会把快要死去的你塞进地下室一个最阴暗的角落里,那里又黑又湿;你一个人躺在那里,那时候,你会想什么呢?你刚一死去,他们就会赶忙来收拾,是陌生人的手在收拾,还带有抱怨和不耐烦,没有一个人会为你祝福,没有一个人会为你叹一口气,只求能尽快地丢掉你这个包袱。他们买上一个木箱子,把你抬出去,就像今天抬出的那个可怜的女人一样,有人会在酒馆里举行一个追悼宴会。墓坑里是泥泞、垃圾和潮湿的雪——对你难道还用得上客气吗?'把她放下去,瓦纽哈;这也是个苦命人,把她倒放进去,就这样。把绳子弄短点,冒失鬼。''好了。''什么好了?她还斜躺着呢。好歹也是个人哪,是不是?这下好了,填土吧。'他们不想为了你而更多地骂人。他们匆匆地填上潮湿的、发蓝的黏土,就去酒馆了……这就是你的人间记忆的终点。在他人的墓前,有孩子、父亲、丈夫前来,而在你的墓前,却没有眼泪,没有叹息,没有怀念,没有一个人,在整个世界上,在任何时候,都没有一个人会来到你的墓前;你的名字将从大地上消失,仿佛你从未存在过,从未诞生过!泥泞和沼泽,夜间,当死人们都站起身来的时候,你也只能在那里敲一敲棺材盖:'好人们哪,放我到人间去生活一下吧!我活过,却没见到过生活,我的生活成了一块抹布;他们在干草市场的酒馆里喝掉了我的生活;好人们哪,请放我到人间再活一次吧!……'"

我来了情绪,甚至连喉头都要抽搐起来,可……突然,我停了下来,恐惧地欠起身子,畏缩地垂着脑袋,心里忐忑不安地细听起来。我的窘态是有原因的。

我早就预感到,我已经扰乱了她的灵魂,击碎了她的心,我越多地意识到这一点,便越是想尽量迅速、尽量有力地达到目的。演戏,演戏吸引了我;不过,还不仅仅是演戏……

我知道,我的话说得紧张、做作,甚至有种书卷气,一句话,除了"照本宣科"之外,我不会别的方式。但是,这并未使我感到发窘;要知道,我明白,我预感到,我的话是能被理解的,这种书卷气也许更能于事有助。但是此刻,在收到效果之后,我却突然胆怯起来。不,我还从未、从未见过这样的绝望!她俯卧在那里,双手抱着枕头,脸紧紧地贴在枕头上,她的胸部起伏不止,她那整个年轻的身躯都在颤抖,像痉挛一样。憋在心中的号啕在压迫她、撕扯她,突然,这号啕大声地冲了出来。这时,她更紧地贴着枕头;她不想让这里的任何一个人,哪怕是一个热心肠的人,了解到她的痛苦和眼泪。她咬着枕头,还把自己的胳膊咬出了血(这是我后来看到的),要不,就将自己的手指插进她那已经散开的辫子,就这样憋着气、咬着牙,使劲地僵在那里。我想对她说点什么,请她安下心来,可我又觉得我做不到,于是,我浑身突然像打寒战似的,几乎是心怀恐惧地、摸索着爬起来,想尽快走开。房间里很黑,无论我怎样努力,也无法很快结束一切。突然,我摸到一盒火柴和一支完整的、还没点过的蜡烛。只是在烛光映亮了房间时,丽莎才突然跳了起来,她坐着,脸有些扭曲,带着半疯狂的笑容,近乎茫然地看着我。我坐到她身边,握住她的双手;她缓过神来,向我靠来,想要抱住我,却又没敢动,便在我的面前静静地垂下了头。

"丽莎,我的朋友,我不该……请你原谅我。"我开口说道。可她却用她的手攥着我的手,她攥得如此之紧,使我猜出自己的话说得不合适,于是,我便住了口。

"这是我的住址,丽莎,来看我吧。"

"我会去的……"她语气坚决地低声说道,但一直没有抬起头来。

"现在我要走了,别了……再见。"

我站起身来,她也站了起来,突然,她满脸通红,浑身颤抖,她抓起椅子上的一块头巾,披在肩上,一直遮到下巴。做完这件事后,她又病态地笑了笑,红了脸,并奇怪地看了我一眼。我感到难受,我赶紧溜走了。

"请等一等。"她突然说道。在我已经走到门厅的时候,她拉着我的外套拦住了我,喘着气放下蜡烛,跑开了——看来,她想起了什么事情,或者,想要把什么东西拿给我看。跑开时,她满脸通红,眼睛放光,唇边露出微笑——这是怎么回事呢?我不由自主地等着。一分钟之后,她回来了,她的目光像是在请求人们原谅她的什么事情。这已完全不是刚才那张脸了,已不是刚才那种忧郁的、怀疑的、固执的目光了。她此刻的目光是乞求的、柔和的,同时也是信任的、温存的、胆怯的。孩子们总是这样看那些他们喜欢的、他们对其有所求的人。她的眼睛是淡褐色的,这是一双很美的眼睛,充满生机,其中能反映出爱和忧郁的恨。

她没有对我做任何解释——仿佛,作为一个高级生物,我应该不经解释便能理解一切——就把一张纸递给了我。在这一刹那间,她的整个脸庞闪现出了最天真的、近乎孩子般的喜悦。我展开那张纸,这是某个医科大学生或诸如此类的人写给她的一封信——一段辞藻十分华丽,但却非常恭敬的爱情表白。现在,我已想不起那些词句了,但我清楚地记得,那崇高的文体间显露出了真正的、装不出来的感情。我读完信的时候,碰上了她投向我的那道热烈的、好奇的、孩子般迫不及待的目光。她的眼睛盯着我的脸,焦急地等待着,看我会说什么。她仿佛有些高兴,仿佛感到骄傲,她很快地、三言两语地向我解释道:她曾参加过一次跳舞晚会,是一个家庭舞会,那儿尽是些"非常、非常好的人,有家的人,在那里,他们还什么都不知道,完全一无所知,"——因为她还是新来这里的,仅仅……还没有完全决定留下来,而且,等债一还清,她是一定要离开的……"就在那儿,出现了这位大学生,他整晚都在与她跳舞、谈话。原来,早在里加,在他还是一个小男孩的时候,他就认识她,他们曾一起玩耍过,只不过那是很久之前的事了。他认识她的父母,但关于这件事他却一无所知,也毫不怀疑!于是,舞会后的第二天(就是三天之前),他通过与她一起参加过舞会的一位女友送来了这封信……这就是一切。"

在说完话的时候,她有些害羞地垂下了她那双闪亮的眼睛。

可怜的姑娘,她像保存珍宝一样保存着这个大学生的信,她跑去取来她这唯一的珍宝,想让我在离开之前知道,有人在真诚地爱着她,有人在充满尊敬地与她交谈。也许,这封信注定要毫无结果地一直躺在首饰盒里。但是,反正都一样;我相信,她会终生保存这封信,将它视为自己的珍宝、自己的骄傲和自己的辩护,所以在此刻,她想到并拿来了这封信,为了天真地在我的面前自豪一番,在我的眼中恢复自我,为了让我看到这一点,为了让我夸奖她。我什么话也没说,握了握她的手,就走了。我非常想离开……一路上我一直在步行,尽管潮湿的雪始终在鹅毛般地飘落。我感到惊讶和失败,我处在彷徨之中。但是,彷徨之中已经闪现出了真理,讨厌的真理!

八

不过,我并没有立即承认这一真理。第二天早晨,在数小时沉沉的、铅一般的睡梦之后醒来,我立即对昨日的一整天做了思索,我甚至为我昨天对丽莎的感伤情感、为所有这些"昨日的恐惧和怜悯"而感到吃惊。"是那种女人式的神经失常,呸!"我断定,"我为什么要把我的地址硬塞给她呢?如果她来了,该怎么办呢?不过,好吧,就让她来罢;没什么……"但是,显而易见,主要的、最重要的事情此刻并不在于此。无论如何,也应尽快地挽救我在兹维尔科夫和西蒙诺夫心目中的名誉——这才是主要的事情。我忙乎起来,在这个早晨,我甚至完全忘记了丽莎。

首先,必须立即还清昨天欠西蒙诺夫的钱。我决定采取一种绝望的方式,去向安东·安东诺维奇借整整十五卢布。好像是有意安排下的,他这天早晨心情极好,我刚一开口他就给了我钱。我为此而感到高兴,在字据上签字时,我带着一种豪放的神情,漫不经心地对他说道,昨天"与几个朋友在 Hôtel de Paris 大吃了一顿;我们是送一个同学,甚至可以说,是送一个从小就认识的朋友;您知道吗,他可是一个大酒鬼,一个被宠坏了的人;当然,他出身名门,非常有钱,仕途光明,很机智;据说,很会与那些太太们来往;您知道吗,我们还喝干了另加的'半打',而且……"要知道,没什么;所有这一切都说得非常轻松、随便、得意。

回到家里,我立即给西蒙诺夫写了一封信。

直到今天,回忆起我那封信中真正绅士式的、宽宏大量的、开诚布公的语气,我仍自得不已。巧妙而又高贵,而主要的是,完全没有多余的话,我在所有方面都进行了自责。我自我辩护道:"如果我还能被允许做一番自我辩护的话,"那都是因为我完全不习惯喝酒,我从第一杯酒开始就醉了,那杯酒(似乎)是在他们到来之前喝下的,当时我在 Hôte de Paris 等他们,从五点等到六点。我首先请求西蒙诺夫的原谅;又请求他向所有的朋友,尤其是兹维尔科夫转达我的解释,对于兹维尔科夫,"仿佛是在梦中,我记得",我像是伤害了他,我又补充道,我自己本来是要去看大家的,可是脑袋痛,而最大的障碍,则是难为情。我尤为满意的是这种"少许的轻松",它甚至近乎于漫不经心(不过,却完全是礼貌的),这种"轻松"突然从我的笔端涌出,它能迅速地、比所有可能的理由更好地使他们明白,我对"所有这些昨日的恶劣行为"都有着相当独立的看法;我完全、完全没有被一下打死,不像你们这些先生们可能会认为的那样,恰恰相反,我就像一个自尊的绅士那样,在平静地看待这一切。常言道,同好汉不算旧账嘛。

"要知道,这甚至是某种侯爵式的俏皮吧?"我将信笺重读了一遍,自鸣得意道,"而这全是因为,我是一个成熟的、有教养的人!其他的人若是处于我的位置,也许不知道该如何摆脱,而我却摆脱了,并让自己快活起来,这一切都因为我是个'当代有教养的、成熟的人'。也许,这一切都是由于昨天的酒才发生的。嗯……不,不是由于酒。在五点到六点之间,在等他们的时候,我根本就没喝过酒。我骗了西蒙诺夫,我昧着良心骗了他;就是此刻,我仍不觉着难为情……"

不过,去它的吧!重要的是,我已经摆脱了。

我往信封里放进六个卢布,封好信,让阿波罗将信送给西蒙诺夫。知道信中有钱之后,阿波罗恭敬了一些,同意前去。傍晚,我出去散步。我的脑袋还在痛,脑袋从昨天起就一直是晕乎乎的。但是,夜晚愈近,夜幕愈浓,我的印象便愈是纷乱,印象之后则是思绪。在我的体内,在心灵和良知的深处,有什么东西还没有死去,也不想死去。它体现为一种钻心的愁苦。我多半是走在一些行人最挤、店铺最多的街道上,沿着市民街、花园街,贴着尤苏波夫花园。我一直特别喜欢在黄昏时分走在这些街道上,正是在黄昏时分,那些街道上挤满了各种各样的行人和手艺人,他们的脸色忧虑到了极点,为了每日的工钱,他们在各幢房屋间奔走。我所喜欢的,正是这种廉价的奔忙,这种无聊的平庸。这一次,这街头的拥挤则更强烈地刺激了我。我无论如何也无法调整好自我,无法理清头绪。有什么东西在我的心中不断地、痛苦地升腾、升腾,不愿平息。在我回到家里的时候,已经完全心绪不佳了,就好像我的灵魂中负载着某种罪行。

丽莎可能会来,这一想法一直在折磨我。使我感到奇怪的是,在所有那些昨天的回忆中,关于她的回忆不知为何却在特别地、突出地折磨着我。临近傍晚的时候,我已经完全忘掉了其余的一切,我挥了挥手,一直为写给西蒙诺夫的那封信而十分地满足。但在这里,我却有了某种不满;好像,我是在由于一个丽莎而经受折磨。"如果她来了,怎么办?"我不断地在想,"那有什么,没关系,让她来好了。嗯。糟糕的只是,比如说,她将看到我是怎样生活的。昨天,我在她面前摆出那副样子……一副英雄的样子……可此刻呢,唉!再说,我的情绪如此低落,也是糟糕的。房间里一贫如洗。我昨天竟决定穿着那样的衣服去赴宴!而我的漆布沙发,连内瓤都露了出来!而我那件长衫,用那长衫是遮不住的!这么些破烂……她会看到这一切的;阿波罗会看到的。这个畜生,他也许会欺负她的。他会找她的碴儿的,为的是对我无礼。而我,自然会照例感到害怕,在她面前不停地倒换着叠起双腿,用长衫下摆遮挡自己,并开始微笑,开始说谎。唉,真恶劣!然而,最恶劣的还不在于此!这里还有某种更为主要、更为卑鄙、更为下流的东西!是的,更为下流的东西!又将再一次、再一次地戴上这个无耻的虚伪面具!……"

想到这里,我立刻火冒三丈:"为什么是无耻的呢?有什么无耻的呢?我昨天说的话是真诚的。我记得,我心里所怀有的也是真实的感情。我只是想在她身上唤起高尚的情感……如果说她哭了,那么这便是一件好事,说明我的话起到了很好的作用……"

但是,我仍然无论如何也难以宽下心来。

这整个晚上,当我回到家里,已经九点过后,当我断定丽莎无论如何也不会来了的时候,我仍然像是隐约地见到了她,而且主要的是,我所忆起的她一直保持着同一种姿势。在昨天的印象中,我特别清晰地记着的正是这一时刻:当时,我划着火柴照亮房间,看见了她那张苍白的、扭曲的脸,以及那道受难的目光。在那一时刻,她那个微笑是多么可怜、多么不自然、多么扭曲呀!可我当时还不知道,十五年后我所记得的丽莎,仍然带着她在这个时刻所有过的那种可怜的、扭曲的、多余的微笑。

第二天,我又已准备将这一切都视为胡言乱语,是神经病发作,而主要的,是视为一种夸张。我总是能意识到我的这根脆弱的弦,有时还非常害怕这根弦:"我总是夸大一切,这就是我的毛病。"我时时刻刻地对自己重复说。但是,再说,"再说,丽莎或许还是要来的"——这便是我当时所有那些推理结束时反复出现的一句话。我非常不安,有时竟会达到疯狂的地步。"她会来的!她一定会来的!"我常在房间里来回走着,叫喊道,"她今天不来,明天准来,她会找来的!所有这些纯洁的心灵都充满这类该死的浪漫主义!这些'可恶的感伤灵魂'就是这样,哦,卑鄙,哦,愚蠢,哦,狭隘!唉,怎么不明白呢,怎么能不明白呢?……"但就在这里,我的思绪自己停下了,甚至怀有极大的慌乱。

"只需要很少的话,很少的话,"我顺便想到,"为了立即让人的整个灵魂自愿地转个身,只需要很少的话,只需要很少的田园诗(而且还是虚假的、书本上的、瞎编的田园诗)。这就是少女般的纯洁呀!这就是土壤的清新气息呀!"

有时,我也想自己到她那里去,"向她说出一切",求她不要来我这里。但刚刚这样一想,我又涌起一阵强烈的怨恨,以至于,如果丽莎突然出现在我身边,我也许会掐死这个"该死的"丽莎,也许会侮辱她,啐她,轰走她,打她!

然而,一天过去了,第二天、第三天过去了,她没来,我开始感到放心了。我非常地精神抖擞,在九点之后出去散步,有时,我甚至开始了相当甜蜜的幻想:"比如说,我在拯救丽莎,因为她常来我这里,而我对她说……我开导她、教育她。最后,我发现,她爱上了我,热烈地爱着——我假装不明白(不过我不知道我为什么要假装;也许,是一种点缀)。最后,害羞而又美丽的她,颤抖着、痛哭着,扑倒在我的脚下,说我是她的救星,说她爱我超过世界上的一切。我感到吃惊,但是……'丽莎,'我说道,'难道你以为我没有觉察出你的爱情吗?我看到了一切,我猜透了一切,可我不敢首先图谋占有你的心,因为我对你有过影响,我怕你是出于感激才强迫自己回应我的爱情,在你的心中勉强唤起那种也许并不存在的感情,我不希望这样,因为这是……专断独行……这是不光彩的。(一句话,我在这里信口开河起来,带着某种欧洲式的、乔治·桑式的、神秘高贵的细腻感情……)但是现在,现在,你是我的了,你是我的创造物,你纯洁、美丽,你——是我美丽的妻子。

   请你像丰腴的女主人那样,
   大胆、自由地走进我的家门!①'

"然后,我们便过起日子来,一同出国,等等,等等。"一句话,我自己感到了卑鄙,于是,我便以对自己的嘲弄结束了这一切。

---

① 此为第二章开头处所引的涅克拉索夫一诗的最后两句。

"可他们是不会放走她这个'坏女人'的!"我想到,"要知道,她们似乎很难被放出来散步,尤其是在晚上(不知为何,我肯定地认为,她会在晚上来,而且——准是在七点钟)。不过,她说过,她在那里还没有完全沦为奴隶,她享有特权。这就意味着,唉!真见鬼,她会来的,她一定会来的!"

幸好,在这个时候,阿波罗以他的粗暴无礼分散了我的注意力。我简直难以容忍这个人!这是天意派遣给我的一个祸害,一个灾星。我经常和他吵架,一连数年,我恨他。我的上帝,我多么仇恨他呀!一生中,我似乎还从未像恨他这样痛恨过任何一个人,我痛恨他,尤其是在某些时候。他是一个上了年纪的人,爱摆架子,有时做点裁缝活儿。但不知为何,他很蔑视我,甚至超越了一切限度,他总是居高临下地看我,让人难以忍受。不过,他也居高临下地看待所有人。只要看一眼这个淡色头发的、梳得光光的脑袋,看一眼他在自己额头上梳得高高的,并涂满素油的鸡冠型发式,看一眼这张结实的,总是抿成三角形的嘴,你们便能感觉到,出现在你们面前的是一个从不怀疑自己的家伙。这是一个最高级别上的教条主义者,是我在世界上所见到的最大的教条主义者,而且,他还具有那种只有马其顿王亚历山大[①]才会具有的自尊。他爱自己的每一粒纽扣、每一个指甲,他的确这样爱着,他带有这样的眼神!他对待我的态度非常专横,他极少与我交谈,如果他偶尔看我几眼,他的目光也是坚决的、庄重自信的,并常常是嘲笑的,有时,这种目光会令我发疯。他在履行自己的职责,可他的模样却好像是在赐予我最崇高的恩惠。然而,他几乎不为我做任何事情,甚至完全不认为他有做些什么

[①] 马其顿王亚历山大(前356—前323),公元前336年为马其顿王,经过征战,曾建立世界上最大的古代君主国。

的义务。毫无疑问,他认为我是整个世界上最笨的傻瓜,如果说他还"将我留在身边",那么唯一的原因就是他每月都可以从我这里领到工钱。他同意"什么事都不做",每月从我这里得到七卢布。因为他,我犯下了许多过失。有时我竟恨到这样的地步,一听到他的脚步声我就会浑身抽搐。但是,我最讨厌的还是他的低语。他的舌头比常人的要稍长一截,要么,就是有诸如此类的问题,因此,他常常发出一些模糊、刺耳的声音,似乎,他还以此为自豪,认为这赋予了他非常之多的优点。他说话时声音很轻,从容不迫,将两只手背在身后,眼睛垂向地面。使我尤其愤怒的时刻,通常就是他在隔壁自己的房间里诵读赞美诗的时候。因为这事,我同他多次争执。但是,他却非常喜欢在晚上轻声地、声调平稳地诵读,他拖长声音,像是在追悼死者。奇怪的是,他后来的出路正是这样的。现在,他受雇为死人诵读赞美诗,与此同时,他也消灭耗子、做鞋油。但当时,我却无法赶走他,似乎他与我的生活化学反应般地融合在了一起。而且,无论如何,他自己也是不同意离开我的。我无法住在带家具出租的房间里。我的房间是我的独宅、我的硬壳、我的套子,我藏身其中,躲开了全人类,可是鬼知道,我为什么会觉得阿波罗是属于这房间的,我整整七年都没能赶走他。

比如说,想要晚发给他工钱,哪怕是晚两天,哪怕是晚三天,也是不可能的。他会闹出那样的事情来,弄得我不知去何处躲藏。但是,这些天里,我非常地仇恨一切人,于是,出于某种原因,为了某种目的,我决定惩罚一下阿波罗,再晚两个星期给他工钱。早在两年之前,我就曾打算这样做——仅仅是为了向他表明,他不应该在我的面前摆架子,只要我愿意,我就可以永远不给他工钱。我决意不对他谈起这一点,甚至还有意地沉默不语,目的是战胜他的骄傲,迫使他自己首先提起工钱的事。到那时,我就将从箱子里拿出七个卢布,向他表明,钱我是有的,但被我有意扣下了,是我"不愿,不愿,就是不愿给他工钱,我不愿意,就因为我不愿意",因为这是"我老爷的意志",因为他不够恭敬,因为他粗鲁无礼;但是,如果他恭恭敬敬地来求我,我也许会心软的,会给钱的;否则的话,他就得再等上两个星期,等上三个星期,等上整整一个月……

但是,无论我怎样发狠,他到底还是赢了。我连四天都没能挺过去。他以在这种情况下惯用的方式开始了行动,因为这样的情况已经有过多次了(而且,我得指出,我事先就知道了所有这一切,我对他卑鄙的战术一清二楚),他的方式就是:他开始干了,时常向我投来非常严厉的目光,一连盯上好几分钟,尤其是在迎我回家或送我出门的时候。比如说,如果我挺住了,装出一副没有察觉到这些目光的样子,他便会像往常一样沉默不语,进行下一步的折磨。时常,当我在房间里踱步或阅读的时候,无缘无故地,他会突然轻轻地、从容地走到我的房间,在门口站下,一只手背在身后,伸出一只脚,死盯着我,那目光已经不是严厉的、而完全是蔑视的了。如果我突然问他有什么事,那他什么也不会回答,只继续再把我盯上几秒钟,然后,有些特别地抿着嘴唇,一副意味深长的样子,在原地缓慢地转过身去,缓慢地走回自己的房间。两三个小时之后,他会突然再次到来,再次以同样的模样出现在我的面前。有时,狂怒的我已经不会去问他有什么事了,而干脆自己也果断地、凛然地抬起头,也开始盯起他来。时常,我们就这样彼此对视上两三分钟;最后,他便缓慢地、庄重地转过身去,两个小时后,他会再次前来。

如果我仍然理解不了这一点而继续大发脾气的话,他就会突然叹息起来,他会看着我,久久地、深深地叹息,似乎全靠这叹息来测量我道德堕落的深度,于是,自然而然地,最终的结果便是他的彻底胜利:我发狂了,叫喊着,但是,那件事情还是不得不去履行。

这一次,那"严厉目光"的惯常手法刚一开始,我就立即失去了自制,我在狂怒中向他扑去。没有这件事,我本来已够上火的了。

"站住!"当他缓慢地、默默地转过身去,一只手背在身后,想回到自己房间去的时候,我疯狂地喊道,"站住!回来,回来,我在说你呢!"也许是我的喊声非常地不自然,所以他才转过身来,看着我,甚至带有某种惊奇。不过,他还是继续地沉默不语,这使我感到愤怒。

"你怎敢不等发话就来我这里,你怎敢这样看着我?快回答!"

但是,他静静地看了我半分钟,又开始转身了。

"站住!"我逼近他,咆哮道,"别动!就这样。现在你快回答,你干吗要过来看着我?"

"如果您这会儿对我有什么吩咐,我就好去完成我的事情了。"他还是沉默了一会儿,然后才答道,轻轻地、匀称地发着嘶音。他抬起眉毛,平静地将脑袋从一个肩膀晃向另一个肩膀——所有这一切都带有一种可怕的平静。

"我问的不是这个,我问你的不是这个,刽子手!"我气得浑身颤动,喊了起来,"我来告诉你,刽子手,你干吗要来这里。你见我没有给你工钱,出于高傲你又不愿磕头,也就是张口要钱,于是你就跑来用这种愚蠢的目光惩罚我、折磨我,你也不想——想——看,刽子手,这多么愚蠢、愚蠢、愚蠢、愚蠢、愚蠢哪!"

他又要默默地转身了,但我一把抓住了他。

"听着,"我对他喊道,"你瞧,这就是钱;钱就在这里!(我从小桌子里掏出钱来)整整七个卢布,可你却得不到它们,你得——不——到,除非你带着那颗有罪的脑袋,恭恭敬敬地走来请求我的原谅。听到了吗!?"

"这是不可能的!"他带着某种不自然的自信回答道。

"会这样的!"我喊道,"我向你发誓,会这样的!"

"我也没什么要请求您原谅的,"他继续说道,似乎完全没有感觉到我的叫喊,"由于您把我说成是'刽子手',我凭这就可以到警察分局去告您。"

"去吧!你告去吧!"我咆哮起来,"你现在就去,此时此刻马上就去!而你就是一个刽子手!刽子手!刽子手!"但是,他只看了我一眼,然后便转过身去,已不再听我那些喊叫,头也不回地稳步走进了他的房间。

"如果没有丽莎,就绝不会出这样的事情!"我暗自想道。

接着,我又庄重地、凯旋般地站上了一会儿,但心脏却在缓慢、有力地跳动着,然后,我自己则绕过隔板,向他走去。

"阿波罗!"我轻声地、慢条斯理地说道,但同时却又在喘着粗气,"你现在就去找分局长吧,一刻也别耽误!"

这时,他已经坐在了自己的桌边,戴上眼镜,缝起什么东西来。然而,听到我的命令之后,他却突然笑了起来。

"现在就去,马上就去!快去,否则的话,你想象不到会出什么样的事!"

"您真的是疯了,"他说道,甚至没有抬起头来,照样缓慢地发着嘶音,继续穿着针,"哪儿见过为了反对自己而去找长官的人呢?说到害怕,您不用嚷个不停,因为——不会出什么事的。"

"你去!"我抓住他的肩膀,叫道。我感到我马上就要揍他了。

可是,我没有听见,就在这时,前厅的门突然轻轻地、缓慢地被打开了,一个人走进来,站在那里,犹豫不决地打量起我们来。我望了一眼,由于羞愧而傻了,便冲回了自己的房间。在房间里,我两手揪着自己的头发,脑袋抵着墙,就以这种姿势僵在了那里。

两三分钟之后,传来了阿波罗那缓慢的脚步声。

"那边有个女人要见您。"他说道,非常严厉地看着我,然后闪开身,放进了——丽莎。他不想走开,面带嘲讽地看着我们。

"走开!走开!"我惊慌失措地命令道。就在这时,我的钟憋足了劲,哧哧咔咔地敲了七下。

九

…………
请你像丰腴的女主人那样,
大胆、自由地走进我的家门!

——尼·阿·涅克拉索夫

我站在她的面前,垂头丧气,像蒙受了侮辱似的,极其害羞,我好像是笑了一下,并竭尽全力地裹紧了我那件破旧棉长衫的下摆——恰恰像我不久前在心情懊丧时所表现出的那个样子。阿波罗站着看了我们两三分钟就走了,可我却并不觉得轻松。最为糟糕的是,突然之间她同样也害羞起来,其害羞的程度甚至是我所没有预料到的。自然,她一直在看着我。

"请坐。"我机械地说道,把桌边的椅子挪给她,自己则坐在沙发上。她立即顺从地坐了下来,睁大着眼睛看着我,显然是在等着我立刻说话。这种天真的等待使我疯狂,但是我克制住了自己。

在这里,本该努力不去注意任何东西,就像一切都和平常一样,而她却……我朦朦胧胧地感到,因为所有这一切,她会向我付出很大代价的。

"你在一个奇怪的场合下撞见了我,丽莎。"我结结巴巴地开口说道。我也明白,谈话不该这样开头。

"不,不,你别在意什么!"见她突然红了脸,我便喊道,"我并不为我的贫穷而感到不好意思……相反,我很自豪地看待自己的贫穷。我是贫穷,可是我高尚……人是可以贫穷却高尚的,"我嘟囔道,"不过……你想喝茶吗?"

"不……"她开了口。

"等等!"

我跳了起来,朝阿波罗跑去。总该找个地方躲一躲。

"阿波罗,"我用发烧似的急语轻声说道,并把那一直握在我手心里的七个卢布扔到了他的面前,"这是你的工钱,瞧,我给你了;但是,你也要救一救我:赶快到饭馆里去要点茶,要十块面包干。你要是不愿意去,那就会使一个人遭到不幸的!你不明白,这是一个什么样的女人……这——就是一切!你也许有些什么想法……但是你不明白,这是一个什么样的女人!……"

已经坐下来干活、已经又戴上了眼镜的阿波罗,起初并没有放下针,只默默地斜视着那钱;然后,他没有给我以丝毫的注意,也没有回答我一个字,仍继续在穿那根一直没穿进针眼的线。我等了三四分钟,à la Napoléon① 抱着双手,站在他的面前。我的两个太阳穴上满是汗水;我面色苍白,我感觉到了这一点。但是,谢天谢地,看着我,他一定是起了怜悯之心。穿完线后,他缓慢地从座位上站起身来,缓慢地挪开椅子,缓慢地摘下眼镜,缓

---

① 法文:拿破仑式的。

慢地点了点钱,最后,梗着脖子问道:是要整份的茶点吗?然后,缓慢地走出了房间。当我返回丽莎那儿时,半道上冒出一个念头:是否就这样,穿着长衫,随便跑到一个地方去,管它会出什么事呢。

我重新坐了下来。她看着我,有些不安。我们沉默了好几分钟。

"我要杀了他!"我突然喊了起来,用拳头狠狠地擂了一下桌子,使得墨水瓶里的墨水都被震了出来。

"哟,您这是怎么啦?"她颤抖了一下,喊道。

"我要杀了他,杀了他!"我擂着桌子尖叫着,完全疯狂了,同时也完全不明白,这样的疯狂是多么的愚蠢。

"你不明白,丽莎,这个刽子手对我来说是个什么东西。他是我的刽子手……他现在买面包干去了;他……"

突然,我的泪水夺眶而出。这是一阵情感发作。在这阵阵哭泣之中我感到非常羞愧;但是,我已经克制不住自己了。她吓坏了。

"您怎么了! 您这是怎么了!"她叫喊着,围着我转了起来。

"水,给我点水,在那边!"我嗓音微弱地说道,可我心里意识到,我没有水也完全能行,我也完全能不用微弱的嗓音说话。但是,为了挽救面子,像人们常说的那样,我这是在装疯卖傻,虽说那阵情感发作倒是真的。

她把水递给我,惊慌失措地看着我。就在这时,阿波罗端来了茶。我突然感到,在这一切发生之后,这种普通的、平庸的茶是非常不体面、非常寒酸的,于是我的脸红了。丽莎看着阿波罗,甚至有点恐惧。他走了出去,并没有看我们一眼。

"丽莎,你蔑视我吗?"我问道,眼睛紧盯着她,由于迫切想知道她的想法,我浑身颤抖不止。

她害羞了,什么话也答不出来。

"喝茶!"我气恼地说道。我恨我自己,但是,该恨的人当然是她。一股针对她的可怕怨恨,突然在我的心里沸腾起来;我仿佛想杀了她。为了报复她,我暗暗发誓,在这整段时间里不和她说一句话。"她就是这一切的起因。"我想道。

我们的沉默已经持续了五六分钟。茶摆在桌上,我们都没有动它。我是有意不愿开始喝茶的,目的是以此加重她的负担;她若自己先开始喝茶,那是不合适的。她面带忧郁的迟疑神情,看了我好几眼。我却固执地沉默不语。主要的受难者,当然还是我自己,因为我完完全全地意识到了我这愚蠢的怨恨的全部极其可恶的卑鄙性质。可与此同时,我却无论如何也控制不了自己。

"我是从那儿来……我想……彻底离开。"为了想办法打破沉默,她开口说道。哦,可怜的姑娘!在这原本已够愚蠢的时刻,对像我这样一个原本已够愚蠢的人,最不该提到的恰恰是这一点哪。出于对她的笨拙和多余直率的怜悯,我的心甚至感到一阵忧伤。但是,某种丑恶的东西立即压倒了所有的怜悯;那东西甚至还在更起劲地煽动我:让世上的一切都完蛋吧!又过了五分钟。

"我碍您的事了吗?"她胆怯地、用勉强能听得见的声音说道,并站起身来。

但是,一见到这被侮辱的尊严的第一阵爆发,我便由于恶意而颤抖起来,话也立即脱口而出。

"你干吗要来我这里呢?你告诉我,请。"我喘着气说道,甚至没去考虑我的话的逻辑顺序。我想一下子、一口气道出一切,我甚至不在乎从哪里说起。

"你干吗要来?回答!快回答!"我叫了起来,几乎失去了理智。"你干吗要来,我来告诉你吧,大姐。你来这里,是因为我当时对你说了那些抱怨的话,所以你动了感情,还想再听那些'抱怨的话'。可你知道吗,知道吗?我当时是取笑你的,我现在还是在取笑你。你干吗发抖呢?是的,我是在取笑!有人在那之前欺负了我,在吃饭的时候,就是那几个在我之前到了你们那儿的人。我去你们那儿,是为了去痛打他们中间的一个军官;但是没打成,没碰见他们。我需要找个人报复一下,出口气,你出现了,我就冲你发作,对你发泄仇恨,取笑你。有人侮辱了我,所以我也要去侮辱人;有人将我当作抹布,所以我才想显示一下自己的权利……就是这样的,可你却以为我当时是有意去拯救你的,是吗?你是这样以为的吗?你是这样以为的吗?"

我知道,她也许会糊涂了,不理解详细的情况;但是,我同样知道,她能非常出色地理解本质。果然这样。她的脸像头巾一样苍白,她想说些什么,她的嘴唇病态地扭曲着;但是,她像是被一把斧头砍倒了,跌坐在椅子上。在接下来的所有时间里,她一直在听着我的话,她张着嘴、睁着眼,因极其害怕而不停地颤抖。厚颜无耻,是我的话语的厚颜无耻,压倒了她……

"拯救!"我继续说道,我从椅子上跳起来,在房间里、在她的面前来回走动,"干吗要拯救!也许,我自己还不如你呢。当我对你长篇大论地训话时,你为何不对我迎头痛击地说:'你自己干吗来我们这儿?是来用道德教训人的吗?'权利,我当时需要权利,需要游戏,需要获得你的眼泪,让你屈辱,让你歇斯底里——这就是我当时所需要的!要知道,当时我自己也受不了了,因为我是一个废物,我害怕了,鬼知道我干吗一时糊涂把地址给了你。后来,还没到家,为了这个地址,我就已经把你骂了个狗血喷头。我已经在恨你了,因为我那时对你撒了谎。因为,我只是在玩弄词句,只是在脑袋里幻想,而我真正需要的,你知

507

道吗,就是让你们都滚开,就是这样的!我需要安宁。为了不让别人来扰乱我的安宁,我情愿立刻将整个世界以一戈比的价钱卖掉。是让世界毁灭呢?还是让我喝不成茶?我要说,让世界毁灭吧,为了我能永远有茶喝。你知不知道这一点?是的,我知道,我是一个下流坯、恶棍、自私者、懒汉。怕你会来,这三天来我一直害怕得发抖。你知道吗,这整整三天里尤其使我不得安宁的是什么吗?那就是,我当时曾在你的面前扮演过那样一个英雄角色,可在这里你却突然看到了一个身穿这件破长衫的贫穷、肮脏的我。不久前我对你说过,我不因自己的贫穷而害羞;可是你要知道,我是害羞的,害羞到极点,害怕到极点,我就是做了贼也不会如此害怕的,因为,我的虚荣心很重,重得像是被剥去了一层皮,只要吹过一阵风来,我也会感到疼痛。难道你甚至到现在还没有猜透,我永远也不能原谅你的就是,你撞见了身穿这件长衫的我,撞见了正像疯狗一样扑向阿波罗的我。一个能让人复活的人,一个过去的英雄,却像一只癞皮狗一样扑向自己的仆人,而那个仆人还在嘲笑他!我还像个感到害羞的女人那样,没能控制住自己而在你的面前流下了那些眼泪,由于那些眼泪,我永远也不能原谅你!还有,由于我此刻对你所做的这些表白,我也永远不能原谅你!是的,你,只有你一个,必须为所有这一切负责,因为你撞见了,因为我是个下流坯,因为我是世上所有蛆虫中最龌龊、最可笑、最渺小、最愚蠢、最贪婪的一只。世上所有那些蛆虫绝不比我好,但是鬼知道为什么,它们从来不感到害羞;而我却一生都将由于每一个虱子卵而碰钉子——这就是我的特征!你对此一无所知,这与我又有什么相干!你会不会死在那里,这与我又有什么相干,有什么相干呢?我现在对你说了这些话,可我会恨你的,就因为你在这里待过、听过,你明白吗?要知道,人一生中只有一次会这样说话,而且是在歇斯底里的时候!……你还要什么?在所有这一切之后,你干吗还站在我的面前折磨我,而不走开呢?"

但就在这时,突然出现了一个奇怪的情况。

我一直习惯于按照书本来思考、想象一切,一直将世上的一切都想象为我在此之前所杜撰出的情景,因此,我当时甚至难以理解那个奇怪的情况。情况是这样的:遭到我的侮辱、被我压倒的丽莎,她的理解能力远远超出了我的想象。她从所有这一切中理解到了,如果一个女人在真诚地爱着,她永远能首先理解问题,而此处的问题就是,我自己是不幸的。

她脸上恐惧、屈辱的表情开始为痛苦的惊讶所取代。当我将自己称为恶棍和下流坯的时候,当我的眼泪夺眶而出的时候(那整段话我都是含着泪水说出的),她的整个面孔都因某种抽搐而扭曲了。她想站起身来,让我停下;当我的话说完时,她并没有在意我那些"你干吗在这里、你干吗不走开"的叫喊,她所注意到的是,我在道出这些话时,自己也许是非常沉重的。她受到了虐待,她是可怜的。她认为我无限地高于她,她又如何能动气、抱怨呢?带着一阵难以遏制的冲动,她突然从椅子上跳起来,整个身体都探向我,但是,她仍然胆怯,不敢离开原地,只朝我伸出双手……立刻,我的心也翻腾开来。这时,她突然向我扑来,双手搂住我的脖子,哭了起来。我也憋不住了,号啕大哭起来,我还从未这样哭过……

"人家不让我……我不能做……善人!"我吃力地说道,然后走到沙发边,脸朝下倒在沙发上,在真正的歇斯底里中号啕了一刻钟。她来到我身边,拥抱着我,她就这样一动也不动地拥抱着我。

但是,问题毕竟在于,歇斯底里总是要过去的。于是(要知道,我所写的是令人厌恶的真实),我死死地趴在沙发上,脸紧贴着我那个破旧的皮枕头,我开始慢慢地、由远及近地、不由自主地,但难以遏制地感觉到,我此刻去抬头直视丽莎是不合适的。我有什么可羞愧的呢?我不知道,可我就是感到羞愧。我的慌乱的脑袋里还想到,角色如今是彻底地转换了,她如今成了英雄,而我则像是一个被侮辱、被压倒的造物,就像四天前的那个夜晚我面前的她……就在我趴在沙发上的那几分钟里,我就已想到了所有这一切!

我的上帝!难道我那时已在羡慕她的角色了吗?

我不知道,直到今天我仍无法断定,而当时,对这个问题的理解当然比现在还要少。要知道,没有对于他人的权利和虐待,我就无法活下去……但是……但是要知道,用推论是解释不了任何问题的,因此,也就没什么可推论的了。

然而,我却战胜了自己,抬起了脑袋;脑袋迟早是要抬起来的……于是,我至今仍相信,正是因为我羞于看她,我的心中才突然燃烧、迸发出了另一种情感……一种统治和占有的情感。我的两眼闪烁出欲望,我紧紧地握住了她的手。我是多么地恨她,在这一时刻,她又是多么地吸引我啊!一种情感在强化另一种情感,这种情感近乎于复仇感!……她的脸上起先出现了一种近似忧郁,甚至近似恐惧的神情,但只是在刹那之间,她兴奋、热烈地拥抱了我。

十

一刻钟过后,我非常焦躁地在房间里来回踱起步来,并时而走近隔板,透过缝隙看看丽莎。她坐在地板上,脑袋垂向床铺,像是在哭。但是,她并未走开,这使我气恼。这一次,她已清楚了一切。我彻底地侮辱了她,但是……没什么可说的了。她猜到了,我的情欲勃发就是一种报复,就是对她新的侮辱,而且,在我先前那种几乎没有对象的仇恨中,如今又添加上了一种对她的个人的、忌妒的仇恨……不过,我还不能肯定,她是否已经透彻地理解了所有这一切;但是,她已经彻底明白了,我是一个卑鄙的人,更主要的是,我是无法爱她的。

我知道,人们会对我说,这是难以置信的——会成为一个像我这样恶毒、愚蠢的人,这是令人难以置信的;或许,人们还会补充道,不去爱她,或者至少是,不去珍重这一爱情,这也是令人难以置信的。为什么是难以置信的呢?首先,我已经无法去爱了。因为,我再重复一遍,对于我来说,爱就意味着虐待,就意味着精神上的超越。我甚至终生都无法去想象另一种爱情,我竟到了这样的地步,以至于如今我时常会认为,爱情就是被爱对象自愿提供的对它施行虐待的一种权利。我在自己那些地下室的幻想中,永远把爱情想象为一种斗争,我总是自仇恨开始爱情,用精神的征服来结束爱情,而之后如何处理那被征服的对象,则是我所无法想象的了。这又有什么难以置信的呢?既然我已在精神上堕落到如此地步,既然我与"活生生的生活"已如此疏远,以至于在她刚才来我这里想听"抱怨的话"时,我却想因这件事去指责她、羞辱她;可我自己却没有猜到,她来这里完全不是为了听抱怨的话,而是为了爱我,因为对于一个女人来说,所有的复活,所有摆脱各种灭亡的获救,所有的再生,都包含在爱情之中,除了爱情,不可能再有其他的表现形式。不过,当我在房间里踱步并透过缝隙往隔板那边看的时候,我已经并不很恨她了。我只是因她的在场而感到难耐地沉重。我希望她消失。我希望"安宁",希望一个人留在地下室里。"活生生的生活"令人不习惯地压迫着我,甚至使我的呼吸也困难起来。

但是,又过了几分钟,她仍然没有站起身来,像是陷入了昏迷状态。我没良心地轻轻敲了敲隔板,为了提醒一下她……她突然抖动一下,从原地跳起来,冲过去找她的头巾、帽子和大衣,好像是要躲开我去什么地方……两分钟过后,她缓慢地步出隔板,沉重地看了我一眼。我带有恶意地笑了一下,不过是勉强做出的,是为了体面,然后,我躲开了她的目光。

"再见。"她说了一句,向门口走去。

我突然跑近她,抓住她的手,掰开她的手掌,塞进……然后再拢紧她的手。然后,我立即转开身,尽快地跳到另一个角落,为了至少不看到……

我此时本想撒个谎,想写道,我是无意中这样做的,我失去了常态,才糊糊涂涂地做出这件蠢事。但是,我不愿撒谎,因此,我要直截了当地说,我掰开她的手掌,在那手掌里放了……我是有意这样做的。当我在房间里来回踱步,她坐在隔板后面的时候,我就想到要这样做了。但是,我现在也许可以说出口的是:我做了这件残忍的事,虽说是有意的,但促使我这样做的却不是我的心,而是我那颗愚蠢的脑袋。这件残忍的事非常做作、非常刻意,是有意臆想出来的、不切实际的,因此,甚至连我自己也忍受不了一分钟——我先是跳向角落,以免看见,然后却羞愧、绝望地跑去追丽莎。我打开通向前厅的门,听起动静来。

"丽莎!丽莎!"我在楼梯上喊道。但是,我没敢大叫,而是压低嗓门地……

没有回答,我觉得,我听到了她踏在楼梯最低几级上的脚步声。

"丽莎!"我更大声些地叫道。

没有回答。但就在这时,我听见下面那扇紧关着的、朝外开向大街的玻璃门沉沉地、吱呀地开了,然后又紧紧地闭上了。一阵响声顺着楼梯传了上来。

她走了。我沉思着回到了房间,我感到心情非常沉重。

我停在桌边,靠着她坐过的那把椅子,漫无目的地看着眼前。过了一分钟,突然,我全身颤抖了一下:就在我的面前,就在桌子上,我看到了……一句话,我看到了一张揉皱的、蓝色的五卢布钞票,这正是一分钟前我塞到她手心里去的那张钞票。这就是那张钞票,不可能有第二张;家里没有第二张钞票。也许,是在我跳向另一个角落的时候,她将钞票扔在了桌子上。

这有什么?我能够料到她会这样做的。我能够料到吗?不能。我是一个极端的个人主义者,我实际上非常不尊重别人,因此,我甚至想象不到她会这样做。这使我难以承受。瞬间之后,我像一个疯子一样,冲过去穿衣,披上匆忙之间抓到手里的一件什么东西,便赶紧跑出去追她了。当我来到大街上的时候,她还未走出两百步。

四周一片寂静,雪花纷落,似乎在垂直地降下,在人行道和空旷的大街上铺下了一层雪白的软垫。看不见一个行人,听不到一个声音,街灯在忧郁、无用地闪烁着。我跑了两百来步,来到十字路口,站下了。

"她去哪儿了?我为什么要追她呢?为什么?跪倒在她的面前,悔过地痛哭,吻她的脚,乞求原谅!我想这样。我的整个胸膛被撕成了碎片,我永远、永远也不会无动于衷地回忆起这一时刻。但是,为什么呢?"我不由得想道,"难道,我因为今天吻了她的脚,明天就不会仇恨起她来吗?难道我能给她幸福?难道我今天不是第一百次地看清了自己值几个钱?难道我不会折磨死她!"

我站在雪地中,看着朦胧的昏暗,想着这一点。

"那不更好些吗?那不更好些吗?"回到家里之后,我还在幻想,在用这些幻想压抑心中活生生的剧痛。"那不更好些吗?如果此时她永久地带走了屈辱?屈辱,这可是一种净化;这是一种最锐利、最痛苦的意识!不然明天我也许会玷污她的灵魂、劳累她的心。而屈辱如今却永远不会在她的心中消失,无论那等待着她的那片泥泞是多么肮脏——屈辱却使她升华,使她净化……以仇恨的方式……嗯……也许,还以宽恕的方式……不过,由于所有这一切她将会感到轻松些吗?"

而事实上,我此刻是自己给自己提出了一个无聊的问题:什么更好一些呢?是廉价的幸福,还是崇高的苦难?是的,什么更好一些呢?

当我那天晚上坐在家里,由于内心的痛苦而半死不活的时候,我就在这样幻想着。我还从未领受过这样多的苦难和悔恨;不过在我跑出住所时,对我不会从半道上返回家这一点难道能有任何的怀疑吗?后来我再也没有见到过丽莎,也没有听到任何关于她的消息。我还要补充一句,很长一段时间里,我都因说过屈辱和仇恨如何有好处那句话而自满得意,尽管,我自己当时几乎由于忧愁而得病。

甚至在此刻,那么多年过后,回忆起这一切,我仍觉得非常地不好。我如今回忆起许多事情来,都觉得不好,但是……是否该就此结束《手记》呢?我感到,我动手写了这篇《手记》,是犯了一个错误。至少,我一直在写这个故事,这使我感到羞愧;也许,这已不是文学,而是一种感化性的惩罚。要知道,比如说,叙述几个长长的故事,说我如何虚度了自己的一生,由于角落中精神的堕落、环境的缺陷、与活生生的一切的脱离和地下室中虚荣的怨恨——真的,这会是兴味索然的;小说中要有主人公,可是在这里,却有意地集中了一位非主人公①的所有特征,而主要的是,所有这一切都会引发出不愉快的印象,因为我们每个人都或

---

① 非主人公,过去一般译为"反英雄"或"反主人公",欠妥。

多或少地脱离了生活，都是瘸腿的。甚至，我们过分地远离生活，以至于会立即感觉到对真正的"活生生的生活"的某种厌恶，因此，当人们向我们提起那生活时，我们便会无法忍受。要知道，我们竟走到了这样的境地，我们几乎将"活生生的生活"当成了劳动，几乎当成了职业，我们也全都暗自赞同，按书本行事要更好一些。我们为何蠕动，为何胡闹，为何请求？我们自己也不知道。如果我们胡闹的要求得到履行，我们将会更糟。呶，试一试吧，呶，比如说，给我们更多的自主性，解开我们中间任何一个人的双手，放宽他的活动范围，减轻管束，于是，我们……我向你们保证，我们会立刻请求再返回到管束之中去。我知道，你们也许会因此而生我的气，你们会跺着脚喊道："您说的是您自己一个人，说的是您那些地下室里的渺小可怜的情况，可您不敢说'我们大家'。"对不起，先生们，要知道，我并不是在用这个大家替自己辩护。至于说我在这里谈的是我自己，那么，要知道，我不过是在我的生活中达到了极端，而你们却连我的一半也不敢达到。而且，你们还将自己的胆怯当作明智，并以此来自我安慰、自我欺骗。这样一来，也许，我结果会比你们"更活生生些"。请你们更仔细地看一看吧！要知道，我们甚至不知道，那活生生的一切如今生活在何处，它是什么样子的，它叫什么名字。把我们单独留下，不带书本，我们立刻就会迷失方向、不知所措——我们不会知道，我们将奔向何方，我们将依靠什么，我们将爱什么恨什么，我们将尊重什么蔑视什么。我们甚至耻于做一个人，做一个真正的、有着自己血肉的人。我们会为此而羞愧，会视此为耻辱，并竭力要去做一种不曾有过的一般的人。我们是死胎，而且我们早已不是活生生的父亲所生，我们为此而越来越感到高兴。我们对此产生了兴趣。很快，我们就将想要从观念中诞生了。但是，够了；我不想再写这《地下室手记》了……

不过,这位奇谈怪论者的《手记》至此仍未结束。他没有停下,还在继续地写。但是,我们却认为,可以在这里打住了。

刘文飞 译

温顺的女性(幻想小说)

作者告白

我请求我的读者原谅:这一次我只用一部中篇小说来代替通常形式的《日记》①。不过,这部小说确实占了我一个月来的大部分时间。但是不管怎样,我请求读者的宽容。

现在来谈谈故事本身。我在标题中称它为"幻想的",虽然我认为它本身是极度真实的。然而其中确实有幻想的成分,而且正是在故事的这种形式中,因此我觉得有必要事先作一点说明。

这篇东西既不是短篇小说,又不是手记,问题就在这里。请你们想象有这样一个丈夫,他的妻子几个钟头以前跳楼自杀了,现在她就躺在他旁边的桌上。他在惊愕之余,一时思想还不能集中。他在自己房间里走来走去,竭力要把所发生的变故想个明白,"把自己的思想集中到一点上"。此外,他又是个无可救药的忧郁病患者,一个喜欢自言自语的人。于是他自言自语,讲

---

① 陀思妥耶夫斯基曾在一八七三年、一八七六年、一八七七年、一八八〇年和一八八一年自费出版发行一个期刊,名为《作家日记》,专门刊载他自己写的关于时事、社会思想问题、文学现象的评论、关于某些作家的回忆以及一些短篇小说。《温顺的女性》就发表在这个期刊的一八七六年十一月号上。它占了这一期的全部篇幅。

这件事情,向自己解释这事情。尽管表面上看来,他说的话前后一致,其实他有几次在逻辑上、感情上自相矛盾。他为自己辩护,归罪于她,而且作一些不相干的解释:时而是思想和心灵的粗鄙,时而是深切的感情。他实际上一点点地向自己解释了这件事,并且把"思想集中到一点上"。他所招来的一连串回忆终于以不可抗御之势把他引向一个真理;而这个真理又以不可抗御之势提高他的理智和心灵。末了,和开头那种紊乱颠倒相比,甚至连叙述的语气也变了。真理在这个不幸的人心目中显得相当清楚明确,至少对他本人来说是如此。

故事的主旨就是这样。当然,叙述的过程持续了几个钟头,断断续续,东拉西扯,形式上不很连贯:他时而自言自语,时而好像在说给一个看不见的人、一个裁判员听。现实生活中也常有这样的情形。如果有一个速记员暗中听他说话,并且按他所说的一切记下来,那么这个记录会比我所写的要粗糙一些,欠些修饰,但是依我想来,那种心理的程序大概仍然会是这个样子。我所说的这故事中的幻想成分指的就是这种有一个速记员把一切记下来(然后我在记录上加工)的假设。然而在艺术中,多少有些类似的情形出现过不止一次:比方说,维克多·雨果在他的杰作《一个死囚的末日》①中用了几乎同样的手法。他虽然没有引出一个速记员来,但他作了更加不可信的假设,他假设一个判处死刑的人能够(而且有时间)不仅在他的最后一天,而且在最后一小时,甚至完全可以说最后一分钟写他的手记。但是他如果不作这样的幻想,那就不会有这个作品——这个在他写的所有作品中最最真实、最最符合实际的作品。

---

① 这是雨果为了呼吁取消死刑而写的一篇作品。全篇虚拟一个死囚在几十张纸片上记下了他在临刑前一日的种种心理活动。他直到最后一刻还明知不可能而仍希求得到赦免。雨果写来极为深切动人。

一

一　我是谁,她又是谁

……只要她在这儿,一切还不成问题:我隔不了一会就走过去看看;可是明天人家就要把她抬走,剩下我一个人怎么过?眼前她在堂屋里用两张牌桌拼成的桌子上,可是明天棺材就要来了,白的、雪白的那不勒斯绸①,不过,我要讲的不是这个……我只管走来走去,想给自己解释这件事。我想把事情弄个明白已经有六个钟头,思想却老不能集中。问题在于我老在走,走,走……事情是这样的。我只是按照先后次序(先后次序!)讲。先生们,我远不是一个文学家,这一点你们看得出来,管它呢,我自己明白什么,我就讲什么。我全都明白,我处境的可怕就可怕在这里!

如果你们想知道,我是说如果从头讲起,那么,她当时不过是上我这儿来当东西,好付在《呼声报》上登广告的费用,广告内容无非是某某家庭女教师愿意出外工作,任家庭教师以及诸如此类的话。这是一开头的情形,我呢,自然不觉得她和别人有什么不同:她像大家一样上门来,哦,其他情况也是如此。可是随后我就觉得她不同了。她长得那么苗条,淡黄头发,中等身材;跟我打交道时总显得有些迟钝,似乎感到不好意思(我想她对所有陌生人一定都是这样,而我在她看来,不用说,跟随便什么人都没有半点差别,这是说,如果不把我看作一个当铺掌柜,

---

① 意大利那不勒斯城出产的一种高级的质地坚实的绸缎。这里是指棺材里的衬布。

而是把我看作一个人的话)。钱一拿到手,她马上转身就走。自始至终不说一句话。别人为了多当几个钱,又是争论,又是恳求,又是讲价钱;这一个却不多要……我啊,我好像老是说得纠缠不清……对;我首先是对她的东西觉得奇怪:镀金的银耳环,顶蹩脚的锁片——一些只值二十戈比的东西。她自己也知道,它们不值几文钱,可是我从她的脸色上可以看出来:对她来说,它们是些宝贝——我后来知道,这些事实上就是她爹娘留给她的全部遗物。只有一次,我忍不住嘲笑了她的东西。你们瞧,我从来不让我自己这么放肆,我跟人说话,口气一直像个上等人:话不多,很客气,很严肃。"严肃、严肃再严肃。"可是她居然拿来了一件敞胸旧兔皮袄的残片(说残片一点不假),这下,我忍不住了,突然对她说了句近乎刻薄的话。我的爷,她可是生了大气啦!她有一双浅蓝色的沉思的大眼睛,它们像是要冒出火来!可是她一句话不说,拿起她的"残片"——走了。这是我头一次对她特别注意,并且对她有了一种类似这样的想法——我是说一种特别的想法。啊,我记起了另外一个印象,也就是最主要的、概括一切的印象,如果你们乐意听的话,这就是她看来年轻极了,简直只有十四岁的样子。其实她那时候已经是离十六岁只差三个月。不过,我想说的不是这个,概括一切的印象根本不在这儿。第二天,她又来了。我后来知道,她抱了这件皮袄上陀勃隆拉沃夫和摩席尔两家当铺去过,可是人家除了金子,什么也不要,他们连话也不肯说一句。我有一次从她那儿接受了一块玉石(糟透了的玩意)——我后来思忖了一番,不由得纳闷起来:我也是除了金银以外,什么都不要的呀,可我居然让她当了玉石。我记得,这是当初想到她的第二个念头。

这一回,就是她去过摩席尔当铺以后,她拿来了一支琥珀烟嘴——东西还不坏,喜欢这类玩意的人说不定会中意,可是在我们手里仍然是一文不值,因为我们只要金子。由于她这次上门来是在昨天的反叛以后,我对她态度很严厉。我的所谓严厉其实就是冷淡。然而,我在付给她两个卢布的时候,忍不住说了一句,语气中似乎有些不高兴:"只有对您,我才这么办,摩席尔决不会要您这样的东西。"在对您这两个字上,我特别加重了语气,正好使它们有了某种含义。我话说得刻毒。她一听到"对您"这两个字,又冒了火,可是她没有做声,也没有把钱扔下,她收了钱——人穷气短,没有法子!然而她火冒得有多高啊!我心里明白,我这是刺痛了她。她走了以后,我突然问我自己:对她的这个胜利难道就值两个卢布吗?嘻,嘻,嘻!我记得,我两次提出了这个问题:"值得吗?值得吗?"我笑着,给自己作了肯定的回答。那时候,我痛快极了。可是我并没有恶意:我是有意、存心这么做的;我想试试她,因为我心中突然转起了某些有关她的念头。这是我想到她的第三个特别的念头。

……嗯,从那时候起,事情就开了头。自然喽,我马上设法从侧面打听种种情形,并且特别焦急地等她来。我预感到她很快就会来。她来到以后,我对她表示了异乎寻常的礼貌,跟她亲切地攀谈起来。我受的教养不算差,举止也合乎规矩。唔,就在这时候,我断定她一定又善良又温顺。善良而温顺的人抵抗不了多久,尽管不大肯表露自己,却也决不会回避一场谈话:他们回答得很简短,可是终归会回答,而且话越说越多,只要你自己不感到厌倦,而你又要他们说话的话,自然喽,那时候她自己什么也没有向我说明。我是后来才知道有关《呼声报》以及其他种种情形的。她当时正做出最后的努力来登广告,开头不用说够高傲的,内容是:"兹有家庭女教师愿外出工作,条件函陈",可是随后却是:"愿做任何工作,教课、任女伴、管家、看护女病人、能缝纫",如此等等人所熟知的一套!当然喽,所有这些都是用各种不同的方式添到广告上去的,但是到了最后,她实在无路可走了,于是连"不需薪给,但求膳食"也说了出来。然而不成,她找不到事!那时候,我决定最后试她一次:我突然拿起当天的《呼声报》,指给她看一则广告:"青年女子求职,父母双亡,愿任年幼儿童之家庭女教师,如蒙中年以上鳏夫雇用尤佳。可帮助料理家务。"

"您瞧,这女人今天早上登的广告,晚上准能找到工作。广告就得这样写才成!"

她又一次发怒了,眼里又一次要冒出火来,登时转身就走。我非常高兴。不过,到了这时候,我已有了十分把握,毫不害怕:谁也不会要什么烟嘴。再说她连烟嘴也已经当了。果然,第三天她来了,脸色那么苍白,神情那么激动——我心里明白,她家里一定出了什么事。事实上也确是出了事。我随后会说明出了什么事,不过现在我只想回忆当时我怎样突然对她做了一件漂亮的事,因而在她眼里提高了身价。我这样做的念头来得很突然。事情是这样的:她拿来了那个圣像(她是下狠心拿来的)……啊,听着!听着!事情到此才开了头,而我偏偏老是搞得乱七八糟……问题在于我现在想回忆所有这一切,每一个这样的细节,每一件小事。我一直想把思想集中到一点上——然而我办不到,尽是这些小事,这些小事……

那是个圣母像,圣母和圣婴,一个家常的、古老的、在家庭里供奉的圣母像,带有镀金的银衣饰,值,——嗯,值六个卢布。我看出这圣像是她的珍爱之物,她没有摘下圣像上的衣饰,原封不动地拿来当。我告诉她,不如把衣饰取下来,把圣像带回去;不管怎么样,那到底是个圣像。

"难道人家不准您收下吗?"

"不,不是不准,而是您自己也许……"

"哦,那么您摘下来吧。"

"您知道,我不想摘,倒想把它放在那儿神龛里,"我想了想,说,"跟别的圣像在一块儿,在神灯底下(从我开这当铺时起,那神灯一直点着),您干脆就拿十个卢布。"

"我不需要十个卢布,给我五个就行,我一定来赎。"

"您不想要十个卢布吗?这圣像值这么多。"我发现她的眼睛又闪亮了一下,便添了一句。她不做声。我拿给她五个卢布。

"您别瞧不起人,我自己也曾受过煎熬,而且比这还要糟,您现在瞧我干这一行……那是我经历了种种磨难的结果……"

"您是在向社会报复,对吗?"她突然打断了我的话,带着颇为尖刻的嘲讽说,不过,这种嘲讽中有着很大的天真无邪的成分(我是说这嘲讽是一般性的,因为当时她肯定不把我看得和别人有什么不同,因此说话几乎毫无恶意)。"嘿!"我心里想,"原来你是这样的人,性格总会自然流露,是新派。"

"您瞧,"我赶紧半开玩笑半带神秘的意味接口说,"我是那经常希望作恶,而实际上却在造善的力之一体……①"

她带着极大的好奇心很快地看了我一眼,不过,那种好奇心含有很多的稚气的成分。

"请等一等……这是种什么思想?这是打哪儿来的?我在什么地方曾经听到过……"

"您不必费这脑筋了,靡非斯特就是用这句话向浮士德作自我介绍的②。您读过《浮士德》吗?"

"没……没有仔细读过。"

"那就是压根儿没有读过。应该读一读。啊,不过,我又看

---

① 出自歌德的《浮士德》。
② 德国大作家歌德的伟大诗剧《浮士德》中的两个主要人物。恶魔靡非斯特引诱老博士浮士德从中世纪书斋中走出来,堕入魔道。

到您含讥带讽地撇了撇嘴。请您别以为我的趣味如此之低,以至于想美化我的当铺掌柜的身份,企图在您面前把自己说成是靡非斯特。当铺掌柜终究是当铺掌柜。这我们都知道。"

"您真奇怪……我压根儿没有想对您说这样的话……"

她想说的是:我没料到您是个受过教育的人,可是她并没有说,虽然我知道她正是这样想的。我使她感到万分满意。

"您瞧,"我说,"人不管处在什么地位,都能做好事。我自然不是说我自己,我大概除了坏事以外,什么也没有做,不过……"

"当然,人不管处在什么地位,都能做好事,"她说,用敏捷而又锐利的眼光看了我一眼。"不管处在什么地位,真是这样。"她突然添了一句。啊,我记得,所有这些瞬息间的事我都记得!我还想说:当这些年轻人,这些可爱的年轻人,想说像这类聪明而又诚挚的话的时候,他们的脸上一下子就会过分真诚、过分天真地流露出这种意思来,仿佛在说:"听,我现在要对你说一句又聪明又诚挚的话。"而这并非像我这一类人那样出于虚荣心,你可以看得出来,她自己十分看重这一切,相信而且尊敬这一切,而且认为你也跟她一模一样尊敬这一切。啊,真诚!他们就是用真诚来征服人。而在她身上这又是多么美妙动人啊!

我记得,我什么也没有忘!她走了以后,我一下子就作出了决定。就在那一天,我作了最后一次的侦查,打听到了有关她的其余的一切,眼前的种种底细;以前的全部底细我已经从卢凯丽雅那儿打听明白。当时卢凯丽雅在她们家当用人,我在几天以前已经花钱买通了她。这底细听来那么可怕,我简直不明白:她自身处在这样可怕的境地中,怎么还能像刚才那样地笑,并且对靡非斯特的话发生兴趣。然而——她是年轻人!我当时骄傲而又快乐地想到她的正是这一点,因为这里有着心地的恢弘:这等于在说,我虽然处在毁灭的边缘,歌德的伟大的诗句却仍然光芒四射。青春,哪怕只是一点点,哪怕是歪曲了的,也总是意味着心地的恢弘。我说的是她,只是她一个人。重要的是我那时候已经把她看作是我的,而且毫不怀疑我自己的力量。你们知道,当一个人不再怀疑的时候,这想法是充满了诱惑力的。

可是我怎么啦。我要是这样下去,到哪天我才能说出个头绪来呢?快一点,快一点——问题根本不在那儿,啊,我的天!

二 求 婚

我可以用一句话来说我打听到的关于她的"底细":她的父亲和母亲都死了,早死了,三年以前就死了,剩下她跟两个邋邋遢遢的姑姑过活。其实说她们邋邋遢遢还太轻了点。一个姑姑是寡妇,家里有一大堆人(六个孩子,一个比一个小),另一个是个可恶的老处女。两个姑姑都可恶。她的父亲是个公务员,然而是录事出身,充其量只是个自己熬出来的贵族①——一句话:一切都对我合适。我的身份似乎要高出一头:不管怎样,总是个威名赫赫的团队的退伍的上尉,世袭贵族,独立自主,等等。至于当铺,那两位姑姑只有对它肃然起敬的份儿。她在姑姑家像奴隶似地干了三年,居然还在什么地方应考及格——她从日常残酷无情的劳动中挤出时间来准备,而且考上了。在她这方面,这多少说明她的进取向上之心!可是,我又为什么要娶她呢?不过,有关我的事情算不得什么,这留待以后再说……问题并不在这儿!她教姑姑的孩子们念书,缝内衣,末了,不止是缝内衣,而且尽管她的肺不好,还擦洗地板。干脆说吧,她们竟然揍她,

---

① 指本人因功被封为贵族,只限于本人,不能传给子孙。

责骂她白吃她们的饭。到了最后,她们打算把她卖了。呸!那些肮脏的细节不讲也罢。她后来把一切都详详细细讲给我听了。邻居中有个胖掌柜,不是普通的而是两家食品店的掌柜。整整一年,他把这一切都看在眼里。他已经折磨死了两个老婆,正在找第三个。这下他看上了她,说什么"她文静,出身穷苦,我呢,为了没娘的孩子,要结婚"。他确实有无母的孤儿。他来求婚,跟两位姑姑开始谈判。再说,他已经五十岁了;她吓慌了。从这时候起,她常常上我这儿来,张罗《呼声报》的广告费。末了,她就请求她的姑姑给她一点点时间来考虑。她们给了她这一点点时间,可是只给一回,第二回她们不给,却盯着她说:"就是不添你这张嘴,我们自己也不知道吃什么。"这一切我都知道了,那一天,在早上那番谈话以后,我拿定了主意。傍晚那个商人去了,他从铺子里拿去了一磅值半卢布的糖果。她陪他坐着,我把卢凯丽雅从厨房里叫出来,吩咐她去小声对她说,我在大门口有十分紧急的话要跟她说。我为自己感到很得意。总的来说,那一整天我都得意到了极点。

就在大门口,当着卢凯丽雅的面,我告诉她(我叫她出来,这已经够使她惊讶的了):我会觉得是一种幸福,一种荣誉,如果……其次,我请她不要对我的举动、不要因为在大门口谈这种事情而觉得惊奇;我说:"我是个直性子人,眼前的种种情形,我都考虑过了。"我说我是直性子人,并没有撒谎。嗯,这且不去说它。我说得不但很有礼貌,就是说,显出是个有教养的人,而且说得不落俗套,而这是最重要的。承认这一点又有什么罪过呢?我希望对自己作出判断,而我也正是在作这样的判断。赞成和反对①的事,我都应该说,而我也正是这样在说。我后来回

---

① 原文为拉丁语。

忆起那光景来,心里很痛快,虽然这很蠢:我当时直言不讳,毫不觉得难为情,我说第一,我不是一个特别有才能的人,并不特别聪明,甚至也许并不特别善良,我是个相当庸俗的利己主义者(我记得这句话,这是我当时一路上想出来的,并且觉得很得意);同时我非常非常可能在别的方面有许多不讨人喜欢的东西。所有这些话都是带着一种特殊的骄傲说出来的——很清楚,这是怎么说的。当然喽,我多少还有些见识,不至于在光明磊落地讲了自己的缺点以后,不着手谈谈长处。我说:"不过,另外一方面,我也有如此这般的长处。"我看到她这时候仍然惊恐异常,但是我并不因此把话说得和缓一些,相反,正因为她惊恐,我故意加强了语气,我直截了当地说:饭呢,有她吃的,至于穿上时兴服装,出入舞会戏院,那可完全办不到,除非往后我达到了我的目标。这种严厉的口气简直使我得意忘形。我接着又说(尽量说得随随便便),我干这一行,也就是开这家当铺,只有一个目标。口气之间似乎有着某种内情……不过,我有权利这么说,我确实有这样一个目标,这样一种内情。等一等,先生们,要说恨这当铺,谁也比不上我,我一辈子都恨它,可是实质上,我是在"向社会报复"呀(虽然自己跟自己说话用这种故弄玄虚的词句未免可笑),真的,真的,真的是这样!因此她在早上说的关于我是在"报复"的俏皮话是不公道的。我是说,你们瞧,我要是痛痛快快地这样告诉她:"对,我是在向社会报复。"她听了一定哈哈大笑,就像那天早上笑的那样,要说,这听起来也真是可笑。嗯,可是通过间接的暗示,用几个莫测高深的词儿,那就能激发人家的想象。再说,我那时候什么也不怕了:我知道,无论如何,那胖掌柜比我更讨厌,现在我在这大门口,简直就是她的救星。这一点,我了解。唉,凡是卑鄙龌龊的事,人都了解得特别透彻!但是,这难道是卑鄙龌龊的事吗?甚至在那时候,难道我不是已经爱上了她吗？

请等一等：那时候关于我是在行好的话，我自然对她一字不提；相反，恰恰相反，我要说的是："受到恩赐的是我，而不是她。"我甚至真的这样说了出来，我禁不住要这样说，这听起来也许很蠢，因为我看到她很快皱了皱眉头。但是整个说来，我肯定是赢了。等一等，我既然回溯了所有这些肮脏事，那就干脆把最后一点丑恶也暴露出来：我站在那儿，心里产生了一种想法：你长得修长匀称，又有教养，而且——末了一点，可以毫不捧场地说，你模样儿也不难看。这就是我心里闪过的想法。不用说，她就在那大门口答应了我。不过……不过，我应该添一句：她就在那大门口想了好久才答应我。她想呀，想呀，我真想问她："喂，怎么样？"我到底忍不住了，态度洒脱地问："嗯，您看怎么样？"

"等一等，我在想。"

她的小脸是那样严肃，严肃到了我当时就该能够看清她心理的地步！而我居然觉得受了辱，我想："难道她是在我和那个商人中挑一个？"唉，那时候，我还不明白！那时候，我还一点、一点也不明白！直到今天，我才算明白了！我掉头走了以后，卢凯丽雅在我后面赶上来，在路上拦住了我，气都喘不过来地说："老爷，您娶了我们这位好小姐，上帝会保佑您，您就是别跟她这么说，她是个心高气傲的人。"

哦，心高气傲！我心里想，我自己爱的就是心高气傲的人。心高气傲的人特别可爱，只要……嗯，只要你毫不怀疑自己在她们面前所具有的威力，啊？唉！我这个卑贱而又笨拙的人！我是多么洋洋得意啊！要知道，当初她站在大门口考虑答应我，而我心里纳闷的时候，要知道甚至在那时候，她说不定已经有了这样的想法："既然这样那样都是不幸，那就干脆挑那最糟的，就是说挑那胖掌柜,让他早点在喝醉了的时候把我打死,岂不更好一些!"啊?你们看,她会不会有这样的想法?

可我至今还不明白,至今一点也不明白!我刚才不是说,她会有那种左右都是不幸,就挑那更糟的,也就是挑那商人的想法吗?可是当初对她来说,谁是更糟的呢?是我还是那商人?是商人还是能引用歌德的诗句的当铺掌柜?这又是一个问题!什么样的问题?你这还不明白,答案明摆着,可你还说什么问题!不过我算不了什么!问题根本不在于我……再说,问题在于我也好,不在于我也好,现在这于我又有什么关系?这问题我完全无法回答。我还是上床睡觉的好。我头疼……

三 最最高贵的人,可是我自己却不信

我睡不着。我又怎么能睡着呢,我脑袋里有什么像脉搏似的东西在撞击。但愿能把这一切、这一切肮脏事弄明白就好。唉,肮脏!唉,当初我把她从怎样肮脏的泥坑里拉了出来啊!这一点,她心里一定很明白,而且敬重我的行为!另外还有种种想法也让我高兴,比方说,我已经四十一岁了,而她只有十六岁。这把我迷住了。这种不平等的感觉,它甜蜜极了,甜蜜极了!

比方说,我想按英国方式①结婚,就是说,光是我们两个,也许再添两个证婚人,其中一个是卢凯丽雅;然后立刻搭火车,比方说,上莫斯科(我在那儿正好有点事),在旅馆里住上两星期。她反对,不许我这么办。她要我像上岳父母家一样,上她姑姑家去,问候她们。我让了步,于是两位姑姑得到了理应得到的一切。我甚至给了这两个娘儿们每人一百卢布,并且答应以后再给。我自然没有把这事告诉她,免得她为了自己境况的低下伤

---

① 原文为法语。

心。这一来,两个姑姑登时变得乖乖的。

在嫁妆上,有过一场争论:她一无所有,几乎真是一无所有,可是她什么也不要。不过,我终于说得她相信一点没有是不行的,于是我置办了嫁妆,因为除了我又有谁给她置嫁妆呢?嗯,我的事不说也罢。不过,那时候,我仍然向她吐露了我的种种想法,好让她至少心里有数。我也许甚至是迫不及待地说了。重要的是不管她怎样矜持,一开头,她就是怀着爱来投向我,每逢黄昏,我来到她那儿,她总是欢天喜地地接待我,用她的嘟嘟哝哝的声音(天真无邪的、令人心醉的嘟哝声!)讲她童年和婴儿时代的一切,讲她的老家,讲她的父亲和母亲。可是我当场对这一切欣喜泼冷水。我的主意正是这样。对她的无限欢欣我报之以沉默,自然是好意的沉默……不过,她很快就看出来:我和她不一样,我是一个谜。而我的打算主要就在这谜上!要知道,也许正是为了叫人猜谜,我才做了这种种蠢事!蠢事之一是严厉——我用严厉的态度迎她到家里。一句话,那时候我虽然心满意足,我却建立了一整套规矩。啊,这套规矩来得自自然然,毫不费力。而且事情也只能是这样,由于一种难以抗拒的情况,我不能不建立这套规矩。说真的,我何苦要诋毁我自己呢!这套规矩是实在的。嗳,听我说吧,如果要裁判一个人,那就该对事件了解以后再裁判……听我说吧!

我怎样开始呢,因为这非常困难。当你开始为自己辩护的时候,这就难了。你们瞧,就拿金钱来说吧,青年人瞧不起它,我呢,一开口就把它说得很重;我强调金钱,强调到了这种地步,以致她开始变得越来越沉默了。她睁着她的大眼睛,听着,瞧着我,不做一声。你们知道,青年人心地恢弘,我说的是好青年,心地恢弘,容易冲动,然而涵养不够,稍有不合,就白眼相加。我呢,要的是开阔的心胸,我要把这种开阔的心胸一直灌注到她的心里,灌注到内心的识见中,难道不是这样吗?举个粗俗的例子说,我怎样来向这么一个人解释我的当铺呢?自然喽,我并不直截了当地讲,要不,就好像我是在为开当铺请求原谅似的,我像人家说的,为人高傲,几乎是用沉默来说话。我是个用沉默来说话的能手,我一辈子都是用沉默来说话,我默默无言地独自承受种种悲剧。要知道,我是个不幸的人呵!我遭到大家的排斥,受人排斥,为人遗忘,这情形,没有谁,没有一个人知道!现在突然间,一个十六岁的姑娘从一些小人嘴里听到了一些有关我的细节,就以为自己知道了全部底细,其实内情只在这个人肚里藏着呢!我始终保持沉默,特别是,特别是对她保持沉默,一直保持到昨天——我为什么要沉默呢?因为我是个心高气傲的人。我希望她自己弄明白,不凭我的表白,可也不去听信那些小人的流言,而是自己把这个人琢磨透,了解他!我既然接纳她到自己家里,我就要求得到充分的尊敬。我要她站在我面前,为我所受的苦难而肃然起敬——这种崇敬是我应得的。啊,我从来就是个高傲的人,我从来就要求得到一切,不然,就什么也不要!正因为我不要减半的幸福,而是要它的全部,正因为这样,我才不得不在当时采取这样的态度,似乎是在说:"你自己来把我琢磨透,来认清我的价值吧!"因为你们一定会同意,如果由我自己开始向她解释,提醒她,吞吞吐吐地请求她敬重我,那就等于我向她请求施舍……不过,我干吗要说这个呢!

愚蠢啊,愚蠢啊,愚蠢啊,愚蠢啊!当时我直截了当、冷酷无情(我要强调我是冷酷无情地)对她说了两句话:青年人心地恢弘,这很好,但是——它不值一文钱。为什么不值呢?因为它来得容易,不是在生活中打熬出来的,这一切是所谓"生存的最初的印象",可是我们来看看您在工作中又是怎样的!廉价的心地恢弘总是容易的,甚至献出你的生命,这也稀松平常,因为这不过是热血沸腾,精力过剩,对美的渴求罢了!不信,你来试试做出一种心地恢弘的壮举,困难的、不声不响、默默无闻、无声无息而且招致谗言的壮举,要作出极大牺牲却得不到半点荣誉的壮举,由于这种壮举,您这个闪闪发光的人在众人眼里成为一个卑劣小人,而实际上您是世界上最最正直的人——哼,您就试试做出这样的壮举看,不,您会拒绝的!再看我吧,我一辈子做的无非就是实现这种壮举。一开头,她跟我争论,争得多凶呵,可是后来,她开始不做声了,甚至完全不做声了,她只是睁大了眼睛听着,好大好大的、全神贯注的眼睛,而且……除此以外,我突然看到一种微笑,不肯轻信、不是善意的默然的微笑。我迎她到我家里的时候,脸上就带着这种微笑。不错,她当时无路可走……

四 尽是计划、计划

那么,我们俩是谁先开的头呢?

谁也不是。这事情从第一步起,就是自己开的头。我已经说过,我是神色严厉地迎她进门的。然而从第一步起,我就软了下来。当她还是我的未婚妻的时候,我就向她说明,她要负责收典押品和付钱,她呢,当时什么也没有说(请注意这一点)。而且,她甚至非常热心地做起这项工作来。哦,住房、家具——这一切自然全都像以前一样。住房共有两间:一间是宽敞的厅房,跟铺面隔开,另一间也挺宽敞,是我们的起居室,又是卧室。我的家具很少,甚至还不如她的姑姑家。我的神龛和神灯安在铺面的厅房里;我的房间里放着我的柜橱,里面有几本书,一口小箱子,钥匙我随身带着;嗯,那儿还有一张床,几张桌子和几把椅子。当她还是我的未婚妻的时候,我就说过:我们的生活费,也就是我们(我和她,还有我挖用过来的卢凯丽雅)的伙食限定每天不得超过一个卢布。我说:"我在三年之内必须要有三万卢布。要不是这样,钱就积攒不起来。"她并无异议,可是我却自动给生活费添了三十戈比。看戏也是如此。我先对我的未婚妻说不看戏,然而后来又提出一个月看一次,而且是体面的池座。我们一块儿去,一共去了三次,看的好像是《幸福的追求》和《会唱歌的鸟儿》。(啊,够了,够了!)我们默然无语地去,又默然无语地回来。为什么,为什么我们一开头就默不做声呢?要知道,我们开始并不吵架,可是也不说话。我记得那时候她老像是偷偷地瞧我;我一发现她这样瞧我,就更加保持沉默。不错,坚持沉默的是我,而不是她。在她那方面,有过一两次热情迸发,扑过来拥抱我;但是由于这种热情迸发是病态的,歇斯底里的,而我需要的是扎扎实实的幸福,加上她的尊敬,因此我漠然处之。我做得对:每次热情迸发以后,第二天就吵一场。

这样一来,争吵不再发生了,但是彼此沉默——在她那方面,神色越来越桀骜不驯了。"反叛和独立不羁"——情形就是这样,只是她不懂得怎样表露罢了。是啊,这个温顺的人儿变得越来越桀骜不驯了。我在她眼里变得可恶了,这信不信由你们,我可是琢磨透了。她有时会抑制不住自己,发作一通,对于这一点,已经无可怀疑了。哦,比方说吧,她当初何等低贱,何等贫困,擦洗过地板,如今脱身出来以后,忽然对我们的贫穷看不入眼了!要知道,这不是贫穷,这是俭省呀,再说,像床单啦、整洁啦,凡是必需的,哪样不齐全。我以往总是想,丈夫的整洁对妻子有吸引力。不过,她嫌的不是贫穷,而是嫌我在花钱上似乎吝啬了,那神气仿佛在说:"人家是有目标的,人家是在表现坚强的性格哩。"她忽然自动不去戏院了。那种含讥带讽的神气越来越强烈了……我呢,就更加沉默,更加沉默。

我怎么能为自己辩护呢?这儿首先是这当铺。请允许我这么说:我知道,一个女人,尤其是一个十六岁的姑娘,不能不完全在一个男人面前屈服。女人没有独特的见解——这是一条原理,对我来说,哪怕是现在,仍是一条原理。她在那儿,在厅房里躺着,那又怎么样?真理总是真理。在这一点上,就是穆勒①本人也没有什么办法!而一个满怀爱情的女人,唉,一个满怀爱情的女人,甚至对她所爱的人的邪恶,甚至对他的凶暴也会加以神化的。她所能找到的为他的凶暴开脱的理由,他本人绝想不出来。这是心地的恢弘,可不是独特的见解。单是缺乏独特的见解这一点往往就把一个女人毁了。你们指给我看那儿的桌子,可是我再说一遍,那又怎么样?难道在那儿桌上躺着是别出心裁的吗?唉——唉!

听我说吧:那时候我对她的爱情是深信不疑的。要知道,当初她常常扑过来搂我的脖子。她爱我,说得更确切一些,是她希望爱我。是的,情形就是这样:她希望爱我,她竭力想爱我。而最重要的是:这里没有任何她必须找理由来开脱的凶暴。你们会说我是个当铺掌柜,大家都这样说。我是当铺掌柜又怎样?要知道,一个心地最最恢弘的人成了当铺掌柜,其中必有缘故。先生们,你们瞧,有些想法……这是说,你们瞧,有些想法,如果说出来,用言语表达出来,那么听起来简直蠢极了。让你自己觉得害臊。那是为什么呢?不为什么。因为我们大家都是些糟透了的人,我们受不了真理,要不然,我就不知道为什么了。我刚才说"一个心地最最恢弘的人",这听来很可笑,然而情形正是如此。要知道,这是真理,就是说最最真实的真理!对,那时候,我有权利要保障我自己的生活,开这家当铺:"你们排斥我,你
・・・

---

① 约翰·斯多瓦特·穆勒(1806—1873),英国实证主义哲学家,又是著名的逻辑学家,他创立了"归纳逻辑",著有《逻辑学体系:演绎和归纳》。

们,也就是人们,你们用轻蔑的沉默把我赶走。你们用让我一辈子受屈的办法来回答我对你们的热情的冲动。因此,我现在有权利用一堵墙把你们和我隔开,积攒起那三万卢布,然后在克里米亚的什么地方度我的晚年,在南岸,在群山中,葡萄园中,在用那三万卢布买下的自己的庄园上,而顶顶重要的是远远离开你们大家,然而并不对你们怀恨,灵魂中存着一个理想,心上有个所爱的女人,有个家庭,如果上帝赐我一个家庭的话;同时帮助四周围的庄稼人。"现在我把这打算自己给自己讲了,这自然很好,可要是我当初噜噜苏苏地把这想法讲给她听,那还有什么比这更蠢的呢?这就是我所以保持高傲的沉默的原因,这就是我们相对无言的原因。因为她会懂得什么呢?十六岁的年纪,刚刚进入青年时代。我的那些表白、我的那些苦难,她能懂得其中的什么呢?她有的是直率、对生活的无知、青年人的廉价的信念、对"优美的心灵"的视而不见,而这里最重要的是当铺,这就够了!(可是难道我是当铺里的恶棍,难道她看不出我的为人,我取过非分的钱财吗?)啊,世上的真理多么可怕!这个迷人的、这个温顺的、这个天仙般的女人——她是个暴君,我的灵魂的难以忍受的暴君和折磨者!我如果不把这说出来,那我简直是在毁谤我自己!你们以为我不爱她吗?谁能说我不爱她呢?要知道这是一种作弄啊,这是命运和造化的恶意的作弄啊!我们遭了天谴,一般说来,人们的生活都遭了天谴!(我的生活尤其如此!)我此刻才明白我在这上头犯了什么错误!这上头出了什么毛病。一切都明朗了,我的计划像天空一样明朗:"严酷、高傲,不需要任何人的精神上的安慰,默默地受苦。"事情就是这样,我没有撒谎,没有撒谎!"以后她自己会明白:这是心地恢弘。不过眼前她看不出来罢了——只要有一天,她猜透了这一点,她就会十倍地看重我,她就会跪在尘埃中,双手合拢来膜拜我。"计划就是这样。可是这里头,我忘掉了什么,要不,就是忽略了什么。这里头有什么事我没有能够办好。可是够了,够了。如今又向谁去请求宽恕呢?事情完了就得了。要勇敢一些,你这个人,要保持高傲!你并没有罪!……

好,我要讲真理,我要不怕面对真理:是她的错,是她的错!……

五　温顺的女性反叛了

争吵的起因是她忽然心血来潮,要随自己的意思付钱,把物品估得超过它们的价值,有两次,她居然赏脸和我在这问题上争执起来。我不同意她这么办。然而就在这当儿,碰上了那位上尉的寡妇。

这位孤老太婆拿了一个颈饰上门来,那是她故世的丈夫的礼物,嗯,不用说,是件纪念品。我付给她三十卢布。她悲悲切切地诉起苦来,恳求把东西保存好——当然,我们会保存它。嗯,总之,过了五天,她突然来了,要用一只值不了八卢布的镯子把颈饰换回去;我自然拒绝了她。那时候,她准是从我妻子的眼色上猜到了什么,于是她乘我不在的时候又来了,那一个就把颈饰换给了她。

当天我知道了,就说了几句,话很温和,可是很坚决,很合情理。她坐在床沿,眼望地上,右足尖在脚毯上点着(这是她的姿势);嘴角挂着恶意的微笑。当时我压根儿没有提高嗓门,不动声色地说,这是我的钱,我有权利用我的眼光来看待生活,还说当初我请她进我的家门的时候,我对她没有半点隐瞒。

她突然跳起来,突然全身颤抖——你们猜是怎么了——突然对我跺起脚来;这是一头野兽,这是一次发作,这是一头野兽在野性大发。我惊得目瞪口呆,我从来没有料到会有这种异乎寻常的举动。可是我没有失掉常态,我甚至没有动一动,仍然用刚才的平心静气的声音直截了当地说:从今天起我不要她参预我的买卖了。她冲着我的脸哈哈大笑,走出了屋子。

这里问题在于她没有权利走出这屋子。没有我,她哪儿也不能去。当她还是我的未婚妻的时候,就是这样约定了的。到了傍晚,她回来了;我一句话也不说。

第二天早上,她又走了。第三天还是这样。我锁了当铺,上她姑姑家去。我一结婚就跟她们断了关系,彼此都不来往。一到那儿,我才知道她并没有上她们家。她们好奇地听了我的话,当面耻笑我说:"这是您活该。"不过她们的耻笑,我早料到了。我当场买通了那个年轻一些的姑姑,那个处女,答应给她一百卢布,先付二十五个。过了两天,她来告诉我:"这里头牵涉到一位军官叶菲莫维奇,是个中尉,是您从前团队里的同事。"我听了十分惊讶。在团队里,就数这个叶菲莫维奇害得我好苦,可是一个月以前,这个不知羞耻的家伙借典当为名,上我当铺来了一次。接着又来一次,我记得那时候他已经跟我妻子说笑起来。我当时走上去,提醒他我们之间的关系,告诉他不该冒昧地上我这儿来;可是我做梦也想不到会有这种事,我只是简单地想:这是个无赖。如今这位姑姑突然告诉我说她已经和他有了约会,又说这全都是由一个叫尤莉雅·莎姆索诺夫娜的寡妇撮合的,她是两位姑姑以前的一个相识,还是一位上校太太。"眼下您的太太常上她那儿。"那位姑姑说。

我不想细说当时的经过。总之,这一共花了我三百卢布,可是两天以后,已经作好了这样的安排:由我站在隔壁房间虚掩着的房门后面,听我的妻子和叶菲莫维奇初次的约会①。而在前

---

① 原文为法语。

一天晚上,我和她发生了一场短短的,然而对我来说却是意义重大的争吵。

她在临近傍晚的时候回来了,她在床沿上坐下,含讥带讽地瞧着我,小脚在脚毯上顿着。我当时瞧着她,脑子里忽然有了一个想法:最近这整整一个月,或者确切些说,上两个星期,她的性情完全变了,甚至可以说是一反常态,成了一个暴戾的、无事生非的人,我不想说她不知羞耻,但是她全无规矩,一心要寻衅。不过,在她一个劲儿无理取闹的时候,温顺的本性却妨碍着她。每逢这样一个人胡作非为的时候,哪怕她已经越出了范围,你还是可以看得出来:她只是在强迫自己,驱使自己这样做,而她首先就无法克服她自己的贞洁和羞耻的感觉。正因为如此,这种人有时会越轨放肆到使你简直不相信自己的眼睛的地步。反过来说,那些习惯于放荡淫佚的人倒总是举止斯文,干的是更加卑鄙龌龊的事,但是表面上却装得循规蹈矩,彬彬有礼,自以为高人一等。

"听说您是因为害怕跟人决斗,才让人从团队里轰了出来,这是真的吗?"她毫没来由地突然问道,她的眼里闪着光。

"是真的,按照军官们的裁决,要求我脱离团队,不过,这以前,我已经递了退职书。"

"是让人当作贪生怕死的家伙给轰出来的吧?"

"对,他们判定我是个贪生怕死的家伙。可是我拒绝决斗,并非因为贪生怕死,而是因为我不愿意屈从他们的横暴的判决,在我并不认为自己受了侮辱的时候去找人决斗。您要知道,"说到这我忍不住了,"用行动来反抗这种横暴,并且承受一切后果——这和进行不管什么样的决斗比起来,需要拿出更大得多的勇气。"

我克制不住自己;我说了这句话,就仿佛开始替自己申辩;然而对她来说,使我受了一个新的屈辱,这就够了。她恶狠狠地笑起来。

"在以后的三年中,您就像流浪汉一样流落在彼得堡街头,求人给几个子儿,在弹子桌底下过夜,这是真的吗?"

"我还常在干草市场的维亚席姆斯基大院①过夜。对,这是真的;在离开团队以后的生活中,我受过许多羞辱,也曾多次堕落过,然而不是道德上的堕落,因为甚至在那时候,我自己就对我的行为深恶痛绝。这只是我的意志和心智的堕落,只是由于我处境的绝望。不过这已经是过去的事了……"

"啊,如今您是个大人物,是个财东啦!"

这是指当铺说的。可是这时候我已经沉住了气。我看出她一心盼望我做出一些使自己受屈辱的解释,就偏不这样做。恰好在这当儿,有人来当东西,拉响了门铃,我就到外边厅房里去招呼。后来,过了一个钟头,她突然穿戴好了出门去。她在我面前站住,说道:

"在结婚之前,您可是一句也没跟我提过这事儿,是不?"

我不答话,她就走了。

于是第二天,我在那房间里门背后站着,听对我命运作出的决定,同时我的口袋里藏着一支手枪。她穿得齐齐整整,坐在桌边,叶菲莫维奇在她面前装腔作势。结果呢(我说这话是夸奖自己),正好跟我预感和设想的一点不差,虽说我并没有意识到有这样的预感和作了这样的假设。我不知道我把这一点说清楚了没有。

结果是这样。我听了整整一个钟头,整整一个钟头我恍如身临其境地听一个最最光明磊落和高尚的女人同一个上流社会的、腐化堕落的、头脑迟钝、灵魂卑污的家伙进行一场舌战。这

---

① 当时彼得堡的一个下等娱乐消遣场所。

一切,我惊讶地想,这个天真的、这个温顺的、这个沉默寡言的女人是从哪儿学来的呢?哪怕是最俏皮的上流社会喜剧的作家也决写不出这样一场冷嘲热讽、稚气的哗笑以及德行对邪恶的神圣的蔑视的戏来。她的话,她的片言只语是多么精辟,她的敏捷的回答是多么俏皮,她的遣责中包含着多少真理啊!同时,其中又有那么多几乎是少女的纯真。她当面笑他的关于爱情的倾诉,笑他的架式,笑他的求婚。他来的时候,没想到会受到抗拒,对事情采取了一种粗野的态度,这一下突如其来,他完全垮了。一开头,我还会这样想:她无非是卖弄风情——"一个放荡然而机灵的丫头卖弄风情来抬高自己的身价。"但是错了,真理像太阳一样放射出光芒,使你没有怀疑的余地。她,一个毫无阅历的人,她所以决定赴这个约会,只是出于对我的憎恨,一种虚妄的突然迸发的憎恨,然而等到话入正题,她的眼睛立刻睁开了。她左思右想,不管用什么方法,只要能侮辱我就好;可是一旦决定要做这样的一件肮脏事以后,她又受不了那淫乱。叶菲莫维奇也好,别的上流社会人物也好,难道勾引得了像她这样一个纯洁清白有理想的人?恰恰相反,他只能让她觉得好笑。全部真理从她的灵魂中冒出来,愤懑从她的心中招来刻毒的讥讽。我再说一遍。最后,那个小丑现出一脸倒霉相,皱了眉头坐着,几乎一句话也答不上来,因此我甚至担心他出于一种卑鄙的报复心理,会一不做二不休地侮辱她。这里,我又要重复一句:我几乎毫不感到惊讶地听完了这场戏,这不能不算是我有眼光;我当时碰上的似乎是我熟悉的事情。我似乎就为了碰上这事情才去的。我去的时候,虽然口袋里揣了手枪,却什么也不相信,也不想作任何控诉——这是实话!我怎么能把她想象成另外一个样子呢?我为什么爱她,为什么看重她,为什么和她结为夫妻呢?啊,自然喽,我过于相信她当时恨我的程度,然而我也相信她毫无过失。我突然打开了门,打断了这场戏。叶菲莫维奇跳起来,我握住了她的手,请她随我一同离开。叶菲莫维奇马上有了主意,他哈哈大笑,笑声洪亮而有余音。

"啊,我不想对您的神圣的夫权提出异议,领回去吧,领回去吧!您要知道,"他在我背后嚷叫,"虽然一个体面人不能跟您决斗,不过,看在尊夫人面上,如果您有意冒险的话……我准定奉陪……"

"您听见了吧!"我拉住她在门槛边停了停,说。

此后,一路回家,我们没有说一句话。我挽着她的手领她走,她并不违抗。相反,她显得非常惊讶,不过这只是在回家的路上是这样。到了家里,她在椅子里坐下,眼光紧盯着我。她的脸色苍白异常;她虽然即刻嘲讽地抿起了嘴唇,但是眼里却露出一种凛然不可侵犯的挑战的神气。在最初几分钟里,她似乎真相信我会用手枪打死她。可是我一声不响从口袋里掏出手枪,放在桌上。她看看我,又看看手枪。(请注意:她很熟悉这支手枪。我一开这当铺,就购置了这手枪,并且装上了子弹。我开当铺的时候,决定既不养大狗,也不雇用摩席尔雇用的那种健仆。我这儿,来了人由厨娘应门。然而干我们这一行,决不能不备自卫的手段以防万一,因此我置备了一支装上子弹的手枪。她在初到我家的日子里,对这手枪发生很大的兴趣,仔细问我各种问题,我甚至给她讲了它的机件构造,而且还说服她作了一次瞄准射击。请注意这一切。)我只脱了外衣,在床上躺下,并不去注意她的惊恐的目光。我累极了;时候已将近十一点钟。她继续在原处坐着,一动不动,这样又过了一点钟左右,随后她吹灭了蜡烛,也不脱衣服,就在靠墙的长沙发里躺下了。这是她头一次不跟我同床——这一点也请注意。

541

六　可怕的回忆

现在来说这一段可怕的回忆……

我在早上醒来,我想大概不到八点,房间里已经差不多大亮了。我一下子就完全醒了过来,猛然睁开了眼。她站在桌边,手握着手枪。她没有看见我醒来,而且正瞧着她。突然,我看她握着手枪向我走来。我赶紧闭上眼睛,装作熟睡的模样。

她走到床边,站在我身前。我全都听见了;接着虽然是一阵死一般的静寂,可是这静寂我也感觉到了。这时候,发生了一个痉挛性的动作,我突然睁开眼睛,我并不愿意这样做,可又实在忍不住。她瞧着我,正对着我的眼睛,手枪已经瞄准了太阳穴。我们的眼光相遇了。可是我们对望了不过一眨眼工夫。我勉强又闭上了眼睛。就在这一眨眼工夫,我使出我内心的全部力量决定不管等着我的是什么,我决不动弹、不睁眼了。

在实际生活中往往有这样的事:一个睡得很熟的人忽然睁开眼睛,甚至在一刹那间抬起头来,望望房间四周,然后过了这一刹那,脑袋又毫无知觉地倒在枕头上,睡着了,事后什么也不记得。

我在和她的眼光相遇,并且感到手枪对着我的太阳穴以后,突然重新闭上了眼睛,像在熟睡似地一动不动。她完全可以认为我确实是在睡觉,什么也没有瞧见,再说,一个人瞧见了我所瞧见的情形,居然会在这样的一瞬间重新闭上眼睛,这简直令人难以相信。

是的,这简直令人难以相信。不过她仍然可能猜想到实在的情形。就在这一刹那间,这想法在我脑子里忽然闪了一闪。啊,在这一眨眼的工夫,我的脑子里掠过多少像旋风一样的思想和情感啊,人的闪电般的思想万岁! 在这种情况下(我觉得),如果她猜到了实情,知道我并没有睡着,那么我这种从容赴死的气概一定会把她压倒,她的手此刻可能在哆嗦。先前的决心可能被一个新的迥异寻常的印象所粉碎。据说人站在高处会觉得自己身上有一股力量把他往下拉,拉向无底深渊。我想许多人自杀或者被杀,只是因为手枪已经拿在手里。这也是一个无底深渊,这是一个四十五度的斜坡,人在上面不能不滑下去,有某种力量以不可抗御之势要你扳动枪机。可是她也许意识到了我全都看见、全都知道、正在默默无言地等她杀死自己,也许是这种意识在斜坡上止住了她。

房间里依然是一片静寂,突然间,我觉得我太阳穴的鬓发边碰着了冰凉的铁器。你们要问:我真的希望自己能够免于一死吗?我可以像在上帝面前一样回答你们:除非碰上百分之一的运气,我不存任何希望。为什么我躺着等死呢?我倒要反问一句:既然我衷心爱慕的人拿起手枪来对着我,我活着又有什么意思?再说,我凭我全部的生命力知道:就在这一瞬间,我们两人之间正进行着一场斗争,一场可怕的生死搏斗,搏斗的一方正是那个被同事们认为贪生怕死而撵走的昨日的懦夫。这一点我明白,她呢,只要猜出我并没有睡着的真情,这一点她也明白。

也许情形并不是这样,也许那时候我并没有想到这一点,然而,即使没有想,情形也必然是这样,因为此后我在自己生命的每一点钟都只想着这一点。

可是你们又会提出一个问题:我为什么不挽救她,使她不犯这罪行呢?唉,后来我曾经千百次向自己提出这个问题,每次我脊梁上一阵阵发凉、想起那一刻的时候,我都这样问我自己。可是当时我的灵魂处于阴暗的绝望中:我要死了,我自己要死了,我又能救得了谁呢?你们凭什么知道那时候我还有救人的念头呢?凭什么知道那时候我有所感觉呢?

然而我当时思潮起伏,心乱如麻;几秒钟过去了,房间里死一般地寂静;她一直站在我身前。忽然间,我由于希望而战栗了!我很快睁开了眼。她已经不在房间里。我从床上起来:我胜利了——她永远地输了!

我出去喝茶。在我们家,茶炊照例端来放在前房里,照例由她斟茶。我默然在桌边坐下,从她手里接过一杯茶。五分钟以后,我望了望她。她脸色苍白得可怕,比昨天还苍白。她正看着我。突然间——突然间,她发现我瞧她,苍白的嘴唇惨然一笑,眼里含着畏怯的疑问。看起来,她一直还在怀疑,一直在问自己:他知道还是不知道?他瞧见了还是没有瞧见?我漠不关心地掉过了眼光。喝过茶以后,我锁了当铺门,上市场去买了一张铁床和一架屏风。我回到家里,吩咐把铁床放在厅房里,用屏风把它隔开。这床是为她买的,可是我一句话也没有跟她说。有了这张床,我不说她也明白:我一切都瞧见、一切都知道了,再也没有怀疑的余地。晚上,我像往常一样,把手枪留在桌上。她默默无言地在她自己那张新床上躺下:婚姻解除了,"她输了,但是没有得到宽恕。"夜里,她说起吃语来,到了早上热病发作了。她病了六个星期。

二

一 高傲的梦

卢凯丽雅刚才说:她不想在我这儿待下去了,等太太下葬以后,她就走。我已经跪着祈祷了五分钟,我想祈祷一个钟头,然而我一直在想,想,尽是些不正常的思想,我的脑袋发疼——这祈祷有什么用?——只是一桩罪过!说也奇怪,我不想睡觉。人在极大的、简直是太大的悲苦中,在最初几次十分猛烈的感情爆发以后，照例会想睡觉。据说那些判了死刑的囚犯在最后一夜睡得特别香。事情正该是这样，这合乎自然规律，要不然，他们就没有力量熬下去……我在长沙发上躺下，可是睡不着……

……在她六星期的病中，我们（我、卢凯丽雅以及我从医院里雇来的一个正式受过训练的助理护士）日夜看护她。钱，我并不吝惜，我甚至希望在她身上花钱。我请的施瑞德大夫每次出诊费是三十卢布。她神志清醒以后，我就很少在她面前出现。可是我讲这些干什么？她完全康复起床以后，常常在我房间里一张当初也是特别为她买的桌子前静静地坐着，一声不响……是的，我们两人一句话也不说，这是实情；这是说，我们直到后来才开始说话，不过说的尽是些家常话。我自然有意不多说话，可是我看得很清楚，她因为自己无须说些废话这一点似乎很高兴。依我看，在她那方面，这是完全自然的。我想的是："她受的震动太大了，输得也太惨了。我自然应该让她有时间忘掉一切，习惯起来。"因此我们都不说话，可是我每一分钟都在独自为将来作准备。我想她也是如此，我最感兴趣的是猜想她现在心里到底在想些什么。

我还要说：啊，自然谁都不知道我在她病中为她呻吟叹息，受了多少苦。然而我是暗自呻吟，我把呻吟压在胸臆间，甚至不让卢凯丽雅听见。我不能想象，甚至不能设想：她会不明全部真相而死去。她脱离险境，开始康复以后（这我记得），我很快就变得非常平静。此外，我决定把我们的将来尽量往后推延，让眼前的一切维持下去。对，那时候，我有一种奇怪的特殊的感觉（我不知道另外还能把它叫作什么）：我胜利了，对我来说，有这种感觉就足够了。整整一个冬天就这样过去了。啊，我从来没有像这一冬天那么满足过。

你们要知道：我一生中有过一次可怕的遭遇，它直到那时候，也就是直到我妻子的惨剧发生的时候，无时无刻不压在我心上。这就是我当初丧失名誉、脱离团队，一句话，我横遭冤屈的经过。不错，我的同事们不喜欢我，嫌我性情难以相处，也许嫌我性情可笑，虽然往往有这样的情形，你认为是崇高的东西，你珍藏在内心的东西，你的那伙同事不知怎么却觉得可笑。唉，我从来不招人喜欢，甚至在学校里也是这样。不管在什么时候，什么地方，人家都不喜欢我。连卢凯丽雅也没法子喜欢我。在团队里曾经出过一件事，虽然它无疑具有偶然的性质，但却是人家不喜欢我的结果。我之所以提到它，是因为没有一件事情比由于一个偶然事故而断送了自己更使人感到怨愤难平的了；这种事故本来可能发生，也可能不发生，种种情况不幸凑在一起，这就有了事故，然而它们也可能如同浮云，一掠而过。这正是有见识的人感到难堪的地方。事情的经过是这样的：

有一次我在戏院看戏，幕间休息时我去小卖部。一个骠骑兵叫阿-夫的忽然进来，当着所有在场的军官和公众的面，高声地给另外两个骠骑兵讲述我们团队的上尉别祖姆采夫刚才怎样在过道里胡闹，"看来是喝醉了"。话没有再谈下去，而且说的不确实，因为别祖姆采夫上尉并没有喝醉，所谓胡闹其实也并非胡闹。那几个骠骑兵接着又谈别的，事情就此结束。哪知道第二天，闲话传到我们团队里，于是我们那儿马上有人说：我们团队的人当时在小卖部的只有我一个，当骠骑兵阿-夫放肆地谈起别祖姆采夫上尉的时候，我没有走上去制止他，加以申斥。可是我凭什么要这样做呢？如果他同别祖姆采夫有仇，那是他们两人之间的事，我为什么要让自己牵连进去呢？但是军官们认为这并不是私事，它跟团队有关，既然我们的团队中只有我在场，那就等于向所有在场的军官和公众表明：我们的团队中有些军官对他们自己以及团队的荣誉并不十分在乎。我不能同意这种裁判。有人指点我说：即使现在已经晚了一点，但是一切都还能补救，只要我愿意正式向阿——夫讲清楚。我不愿意这样做，而且由于一时激愤，我高傲地拒绝了。我紧接着递了退职申请书——全部经过就是这样。我离开那儿的时候态度高傲，然而精神上受了极大的打击。我的意志力和智力一蹶不振。正在这当儿，我发觉我的在莫斯科的姐夫把我们的小小的产业，其中包括我的一份，都挥霍掉了；我的一份少得可怜，但因此却害得我一文莫名，流落在街头。我本可以在私人机构中谋得一个职位，可是我没有这样做：在穿过金光闪闪的制服以后，我不能到铁路上某个地方去工作。于是——惭愧就惭愧吧，耻辱就耻辱吧，堕落就堕落吧，反正越糟越好，这就是我的选择。接着是三年凄凄惨惨的回忆，甚至在维亚席姆斯基大院里过夜。

一年半以前，我的教母，一个有钱的老太婆，在莫斯科死了，出乎意料，她的遗嘱中有一项是留给我三千卢布。我考虑了一番，当即决定了自己的命运。我打定主意，不管人家谅解不谅解，我要开一家当铺。挣了钱，然后找个安身之处，远离过去的回忆，开始新生活——计划就是这样。然而阴惨惨的过去以及我一辈子名誉扫地这件事每时每刻都使我苦恼。可是我终于结了婚。这是否出于偶然，我不知道。不过，我迎她进门的时候，我心里想：我这是引进了一个朋友，我太需要朋友了。同时，我也看得很清楚，朋友必须加以训练、培养，甚至加以征服。我能不能立刻向这个十六岁的怀有成见的姑娘解释任何事情呢？比方说，没有那次可怕的手枪事件的偶然的助力，我能不能使她相信我并不是一个贪生怕死的家伙，我在团队里受到的贪生怕死的指控是不公平的呢？但是手枪事件来得正巧。经过了手枪的考验，我洗雪了我的全部阴暗的过去。虽说谁也不知道这事故，

547

可是她知道,而对我来就,这就是一切,因为她本身就是我的一切,我梦想中的将来的全部希望!她是我为自己准备的唯一的人,此外,再也不需要有别的人了——而她现在全都明白了;她至少明白自己那样匆匆忙忙去和我的敌人联合是不公平的。这念头使我满心高兴。在她眼里我再也不可能是个卑劣小人,充其量不过是个怪人罢了。可是现在,经过了所发生的一切,我一点也不喜欢这样一种想法,就是:怪僻并不是缺点,恰恰相反,它有时还能打动女人的心。总之,我有意推延解决的时间;眼前,已经发生的事情足可以使我心境保持平静,它们包含许许多多可以供我幻想的图景和材料。我是个好幻想的人,我的毛病就在这里。我已经有了足够的材料,至于她呢,我想她不妨等一等。

这样,整个冬天就在对某种东西的期待中过去了。她常常坐在她自己的桌前,每逢这种时候,我老爱偷偷地瞧她。她干她的针线活儿,有时候,到了傍晚时分,就读从我的橱柜里取来的书。书的品类也一定为我作了有利的证明。她几乎哪儿也不去。每天吃过午饭以后,天黑之前,我领她出去散步,活动活动筋骨;但不像以前那样完全沉默。我竭力装出一副我们并不保持沉默而是谈得很投机的样子,可是,正如我刚才说的,我们两人都不让自己谈个畅快。我是有意如此,她呢,我想,一定得让她"慢慢来"。说起来自然很奇怪,在几乎直到冬末的一段时间中,我一次也没有想过:我这么爱偷偷地瞧她,而整整一冬天,我没有发觉她瞧过我一眼!我想这是她胆怯的缘故。再说,她的模样儿是那么温顺,简直到了畏怯的地步,她病后又是那么虚弱无力。不,我最好还是等待,等"她突然自动到你身边来……"

一想到这个,我简直心醉神迷。我要添一句,有时候,我似乎故意使自己激昂起来,实际上使我的精神亢奋到了仿佛我受了她欺负的地步。这样持续了一些时候。可是我的怨恨始终不能成熟,始终不能在我心中成为根深蒂固的东西。而且我自己也感觉到,这似乎只是一场游戏。甚至在那时候,我虽然买了那张床和那架屏风,和她断绝了夫妇关系,但是我始终、始终不能够把她当作一个罪犯看待。这并非因为我把她的罪行看得稀松平常,而是因为我从第一天起,甚至还在买那张床以前,就有意要完全宽恕她。一句话,从我这方面说,这是一件怪事,因为我在道德问题上素来严格。现在情形正好相反,在我看来,她是完全输了,受了那么大的屈辱,完全给打垮了,以至于有时候我不禁痛切地怜惜她,虽然有时候眼看着这一切,我对她受了屈辱这个想法又真心感到高兴。我很高兴地想:我们两人的地位不一样……

这个冬天,我有意做了几件好事。我免了人家欠我的两笔债,我给了一个穷女人一点钱,不收她任何典押品。我并没有把这件事告诉我的妻子,我之所以这样做,完全不是为了要使她知道;可是那个女人自己来道谢,差点儿没跪下来。于是事情张扬出去了;我觉得:她得知了那女人的事,真正感到愉快。

可是春天眼看到了,时候已是四月中旬,双层窗户卸下了,阳光明媚,照亮了我们的寂静无声的房间。可是我面前挂着一道障眼布,它遮没了我的头脑。这个可怕的致命的眼障!突然间,这一切从眼前落下了,我忽然恢复了目力,明白了一切!这是怎么回事?这是出于偶然,还是那注定的一天来到了,还是一线阳光点燃了我的变得迟钝的头脑中的思想和揣测?不,这不是思想,也不是揣测,这是一根筋脉在蹦跳,这是一根早已僵死了的筋脉,它在复活,在颤动,它照亮了我的整个昏迷的灵魂和我的邪恶的骄傲。那时候,我仿佛从所在的地方猛然跳了起来。而且它发生得突然,出乎意料。这发生在傍晚之前,下午五点钟……

二　障眼布突然落下了

先交代两句。还在一个月以前,我就发觉她有一种奇怪的沉思的模样,不是沉默,而是沉思。我发现这一点也很突然。她当时低头坐着做针线活,没有看到我在瞧她。这时,我忽然吃惊地发现她变得那么纤瘦柔弱,她的脸色苍白,嘴唇没有血色。这一切凑在一起,加上那种沉思的模样,一下子异乎寻常地显得触目惊心。这以前,我已经听到她小声干咳,尤其是在夜里。我马上起身,也不跟她说什么,就去请施瑞德上我家来。

第二天,施瑞德来了。她大为惊讶,一会儿望望施瑞德,一会儿又望望我。

"可是我没有病。"她捉摸不定地笑了笑,说。

施瑞德没有仔细听诊(这些医生有时候架子十足,治病马虎),只是在隔壁房间里告诉我:这是病后虚弱,到了春天,不妨到海滨去,如果这办不到,就搬到乡间去消夏。总而言之,除了说她是虚弱这一类话以外,他什么也没有讲。施瑞德走后,她用严肃得少见的眼光瞧着我,突然又对我说:

"我真是一点儿病也没有。"

可是她一说,脸忽然红了,看来是出于羞愧。看来,这是羞愧。唉,现在我明白了:她感到羞愧,因为我仍然是她的丈夫,仍然像真正的丈夫一般关心她。然而我当时蒙在鼓里,把脸红看作是一种谦卑的表现。(这障眼布!)

于是一个月以后,在四月的一个阳光明媚的日子,五点钟,我坐在当铺里结账,她坐在我们的房间里桌边干活。忽然我听到她轻轻地、轻轻地……唱起歌来。这新鲜事儿在我身上产生了一个震撼心灵的印象,我至今还不明白这是怎么回事。到那时候为止,我几乎从来不曾听到她唱过歌,除了在我迎她进门以后最初的日子里,当时我们还能随便玩儿,用手枪打靶子。那时候她的嗓音还很清朗有力,虽不稳定,却十分强劲悦耳。如今歌声是那么微弱——啊,歌声听来并不凄切(她唱的是一支抒情歌),但是她的嗓音中似乎有什么东西断裂了,破碎了,似乎这嗓音应付不了,似乎这支歌本身有毛病。她小声唱着,每逢提高,嗓音就突然可怜地中断了;她嗽一嗽喉咙,又轻轻悄悄地唱起来……

有人会笑我感情激动,可是永远不会有人懂得我为什么感情激动!不,我还没有为她感到难受,这完全还是另一种感情。一开头,至少是在最初的几分钟,我忽然感到莫名其妙,感到可怕的惊讶,一种可怕而又奇怪、病态的、几乎含有报复意味的惊讶:"她在唱歌,而且在我面前唱!怎么,她把我忘啦?"

我全身震颤,坐在原处不动,随后,我猛一下站起身来,拿了帽子出去,我这样做似乎是不假思索。至少我不知道为什么要出门,上哪儿去。卢凯丽雅来帮我穿大衣。

"她唱歌?"我不由自主地对卢凯丽雅说。她不明白我的意思,眼睁睁地望着我,还是不明白;不过,这实在是我说得叫人莫名其妙。

"这是她头一回唱歌吗?"

"不;您不在,她有时候就唱。"卢凯丽雅回答。

这一切我都记得。我下了楼梯,走到街上,漫无目标地走着。我走到一个街角,东张张,西望望。这儿人来人往,有些人撞了我,我也不觉得。我招呼一个马车夫过来,正想雇他的车上警察桥(我不知道为什么要上那儿)。可是接着突然放弃了这打算,给了他二十戈比。

"我打扰了你,给你这点钱。"我说,茫然地对他笑了笑,心里却忽然涌起了一种如醉如狂的喜悦。

我加快脚步走回家去。我的心中又突然响起了那个可怜的抖颤断裂的声音。我几乎喘不过气来。障眼布落下了,落下了!如果她在我面前唱起歌来,那就是说,她把我忘了——这一点很清楚,也很可怕。这一点我的心感觉到了。然而喜悦在我灵魂中闪光,战胜了恐惧。

啊,命运真会嘲弄人啊!整个冬天,除了这种喜悦之外,我的灵魂中没有也不可能有任何别的感情,可是整个冬天,我这个人在哪儿呢?我和我的灵魂在一起吗?我急急忙忙跑上楼梯,我不知道我进房的时候是不是畏畏缩缩的。我只记得整个地板似乎在起伏波动,我似乎在河里飘浮。我走进房间,她坐在原处,埋头在做针线活,可是已经不唱歌了。她随随便便、无所动心地看了我一眼,其实这谈不上用眼光来看我,这不过是做个样子,随便谁走进房来,她都会做这寻常而又淡漠的样子。

我一直走过去,像疯子似的紧挨着她在旁边一张椅子里坐下。她仿佛吃了一惊,很快地看了看我。我握住她的手,我不记得对她说了些什么,我是说,我不记得想说些什么,因为我连说话都不能好好地说。我的嗓音断断续续,不听使唤。而且我不知道说些什么,只有张嘴喘气的份儿。

"我们谈一谈……你知道……你随便说点儿什么!"我忽然嘟嘟囔囔说了些蠢话。唉,这时候又怎么能不蠢呢?她又哆嗦了一下,在万分惊慌中闪开了身子,她望着我的脸,可是突然间——她眼里流露出严厉的惊讶。不错,是惊讶,而且是严厉的。她用大眼睛瞧着我。那严厉的神情,那严厉的惊讶神情一下子把我完全打垮了:"原来你还想要爱情?爱情?"她在惊讶之中好像突然发出了这句问话。她虽然一声不响,但是我全都看透了,全都看透了。我的五脏六腑都抖颤起来,我扑通一下跪在她脚边。是的,我在她脚边倒下了。她连忙跳起来,可是我用大得异乎寻常的力气抓住了她的两只手。

我的绝望的处境,我完全明白,啊,我明白!然而信不信由你们,那种欢悦在我心中翻腾到了不可抑制的地步,以至我想我要死了。我满心幸福、如醉如痴地吻她的脚。是的,幸福,没有边际、没有止境的幸福,而且是在充分理解我的毫无出路的绝望下的幸福!我哭了,说了些什么,可是我根本说不出话来。她的恐惧和惊讶突然为一种焦虑的思绪、一个异乎寻常的问题所代替。她奇怪地,甚至粗野地瞧着我,她想尽快弄明白是怎么回事,接着她微微一笑。我吻她的脚,使她羞得无地自容。她把两脚挪开了,可是我马上吻那地板上她的脚踩过的地方。她见我这样做,羞得扑嗤一声笑了(你们知道人羞得笑起来的神态是怎样的)。接着歇斯底里症发作了,这我看到了。她的一双手发抖,可我没有去想这个,只管喃喃地对她说:我爱她,说我不愿意起来,"让我吻你的衫子……一辈子像这样膜拜你……"我不知道,我也不记得——她突然哭出声来,浑身哆嗦;一场歇斯底里的可怕的发作来到了。我吓坏了她。

我把她抱起来,放在床上。这场发作过去以后,她在床上坐起来,神色萎顿不堪,握住我的手,求我安静下来:"好啦,别折磨自己啦,安静下来吧!"于是她又哭起来。这天黄昏,我始终没有离开她身边。我只管跟她说,我要送她上布伦①去洗海水浴,这就走,再过两星期就走;我说,我刚才听到她的嗓音那么发颤;又说我要把当铺收了,出盘给陀勃隆拉沃夫;一切重新开始,而顶要紧的是到布伦去,到布伦去!她听着,老觉着害怕。她越来越害怕。可是对我来说,重要的不是这个,而是我越来越抑制

---

① 法国北部港口城市,面临英吉利海峡,有海滨疗养区。

不住地想再一次伏在她脚下,再一次吻,吻她的脚踩过的地方,膜拜她。我一刻不停地重复说:"我决不再问你要什么,别给我任何回答,压根儿别理会我,只要允许我从一个角落里望着你,把我变成你的一件东西,变成一条狗……"她只是哭。

"我还以为您就这样丢下我不管了呢,"她情不自禁、脱口而出说了这句话,她那么情不自禁,也许她根本没有发觉自己说了什么,然而——啊,这是那天黄昏她说的最重要、最厉害、而在我也是最容易理解的一句话,它仿佛在用刀子剜我的心! 它向我说明了一切、一切,然而只要她在近旁,在我眼前,我就禁不住要希望,我就感到幸福到了极点。啊,那天黄昏,我耗尽了她的精力,这我明白,但是我不停地想我会把一切立时改变过来! 末了,到了夜里,她已经没有半点力气,我劝她睡觉,她果然马上睡着了,并且睡得很香。我料她会说吃语,她果然说起吃语来,不过那是最轻微的吃语。我在夜里几乎一刻不停地起床,跋着拖鞋轻轻悄悄地走去看望她。我在她床边绞着双手,望着这个躺在当初我花三个卢布为她买来的破铁床上的病人。我跪下来,却不敢吻她的脚,因为她睡着了,不知她意下如何! 我向上帝祈祷,可是接着又跳起来。卢凯丽雅老从厨房里走出来,注意着我。我走去告诉她上床睡觉,我说从明天起,"光景会大不相同"。

我盲目地、疯狂地、可怕地相信这一点。啊,喜悦,我沉浸在心醉神迷的喜悦中! 我只等明天到来。重要的是:尽管有了征象,我不信会有任何灾祸。尽管障眼布落下了,我还没有完全恢复理智,而且好久、好久都没有恢复,唉,一直到今天,到今天这一天!! 而且那时候理智又怎么、怎么能恢复呢:要知道,那时候她还活着,她就在我面前,我也在她面前:"她明天醒来,我要把一切都告诉她,她全都会明白的。"这是我当初的推断,简单而又清楚,因为我在那种如醉如狂的喜悦中! 最重要的是这次到布伦去的旅行。不知为什么,我老是想:布伦就是一切,到了布伦,就会有某种最后确定了的东西。"到布伦去,到布伦去!……"我发疯似的等待着天明。

三　我了解得太清楚了

但是要知道这只是几天以前的事,五天,一共才五天,在上星期二!是啊,是啊,只要再有一点时间,她只要稍等一等——我就会把黑暗驱散!再说,她难道不是平静下来了吗?第二天,她虽说忸怩不安,却已经是含着笑听我说话了……重要的是:在整个这段时间里,在整整五天中,她不是觉得忸怩不安,就是觉得羞惭。她还觉得害怕,非常害怕。我不想争辩,我不会像疯子一样反驳:她感到惊恐,可是她怎么能不害怕呢?要知道我们老早就彼此视同陌路,彼此都已把对方割舍了,如今突然发生了这一切……可是她的惊恐我并不在意,新生活在耀眼生光!……我犯了错误,这是事实,无可怀疑的事实。我甚至可能犯了许多错误。第二天一早醒来(那是星期三),我立刻就犯了一个错误。我忽然把她当作我的朋友。我过于匆忙了一点,可是我必须坦白,这是不可避免的事——那又岂止是坦白!我甚至没有隐瞒我自己一辈子不敢正视的事。我直截了当地说:整个冬天,我一直对她的爱情深信不疑。我向她解释:开当铺不过是我的意志力和心智堕落的结果,出于个人的自怨自艾和自我推崇的想法。我告诉她:当初在戏院的小卖部,我确实是胆小怕事,这是由于我的性格,我的神经过敏:那个环境让我觉得惶恐,小卖部让我觉得惶恐,我还觉得惶恐的是这个问题:这件事怎样脱身才好,结果会不会惹人笑话?我不怕跟人决斗,我就怕结果惹人笑话……后来我不愿意承认这一点,我折磨每一个人,也因此折磨她,我和她结婚,为的是好借此折磨她。总之我说话大半像得了热病似的。她主动拉着我的手,求我别说下去:"您是过甚其辞……您这是在折磨自己。"她又哭了,歇斯底里差点儿又发作了! 她不住地求我别说这些事情,别去回想它们。

我不理会,或者说不大理会她的请求:春天,布伦! 那儿有太阳,那儿有我们的新太阳,我说的尽是这个! 我要把当铺收了,把买卖盘给陀勃隆拉沃夫。我突然向她提议把所有的钱财散给穷人,只留那最初的三千卢布,那是我的教母遗赠给我的。我们用这笔钱作到布伦去的旅费;以后回国,我们就开始新的劳动生活。事情就这样定了,因为她一句话也没有说……她只是微笑。这微笑似乎大半是出于委婉体贴的心意,免得伤我的心。我自然看到我成了她的负担,你们别以为我是那么蠢,那么自私,会看不到这一点。我丝毫不漏地全都看到了,我比谁都看得清楚,知道得清楚;我的绝望的处境已经暴露无遗了!

我把有关我和有关她的事全都给她讲了,还有关于卢凯丽雅的事我也讲了。我说我曾经哭过……啊,我自然转换了话题,我也竭力避免重提某些事情。她呢,有一两次居然有了精神,这我记得,我记得! 你们凭什么说我视而不见呢? 要不是出了这事,我们原会重新和好的。要知道,前天话题转到读书以及这个冬天她读了些什么书的时候,她还给我讲吉尔·布拉斯伺候格拉那达大主教的光景①,她想起了那光景,就一边讲,一边笑。多么稚气可爱的笑声,仿佛是当初将作新嫁娘的情景(一眨眼的工夫! 一眨眼的工夫!);我是多么高兴啊! 不过,说到那位大主教,这可是大出我的意料:这么说,她在冬天坐着读那部杰作的时候,她的心境平静、精神欢快到了能够一边读一边笑的地

---

① 《吉尔·布拉斯》是法国作家勒萨日(1668—1747)的一部长篇小说。作者用幽默的、有时甚至是滑稽的笔法揭露了十七、十八世纪之交封建势力逐渐被资产阶级势力所代替的法国社会相。

步。这么说,她已经完全平静下来,已经完全相信我会这样丢下她不管。"我以为您就这样丢下我不管了呢。"这是她当初在星期二说的话!唉,十岁的小姑娘的想法!而且她真的相信,事情的的确确会这样下去:她坐在她的桌子边,我坐在我的桌子边,我们两人直到六十岁都是这样子。哪知道,突然间,我作为丈夫走过来了,一个丈夫需要爱情!唉,天大的误会,唉,我真是瞎了眼!

我大喜若狂地看着她,这也是一个错误;我应该克制自己,因为狂喜使她受惊。不过,话要说回来,我也曾克制自己,我没有再吻她的脚。我一次也没有显出一副……嗯,一副做丈夫的样子——啊,我脑子里没有转过这念头,我只是膜拜她!然而要我完全沉默,这办不到,要我一句话不说,这办不到!我突然对她说,她的谈话使我很高兴,我说我认为她的文化、她的修养高得我没法儿跟她比。她听了脸涨得通红,惶恐地说,我这是过甚其辞。这时候,我一时糊涂,情不自禁地说:当初我站在门背后,听她跟那个家伙办交涉,一场清白的交涉,我的喜悦简直难以形容,我对她的聪明、她的锋芒四射的机智以及那一派童稚的天真,高兴得简直忘其所以。她似乎全身抖颤了一下,嘴里又喃喃地说,我这是过甚其辞,可是她的脸色突然阴沉了,她用手捂住脸,失声痛哭起来……这时候,我再也管不住自己了,我又仆倒在她身前,又吻她的脚,结果又是一场发作,跟星期二的一模一样。这是昨天黄昏的事,到了早上……

早上?!我疯了,这就是今天早上呀,这还不久,刚不久啊!

请你们听了仔细想一想:我们刚才一起喝茶的时候(那是在昨天的发作以后),她的气度的安详甚至使我吃惊,这是事实!可我为了昨天的事,整夜提心吊胆。可是突然间,她向我走来,站在我面前,双手交叉在胸前(这才有多久,才有多久啊!),

开口跟我说:她是个罪犯,这她明白,又说她犯的罪折磨了她一冬天,现在还折磨着她……她还说她对我的宽宏大量十分感激……"我要做您的忠实的妻子,我以后要敬重您……"这时我跳起来,像个疯子似地拥抱她!我吻她,吻她的脸,像一个丈夫久别以后第一次吻他的妻子一样吻她的嘴唇。我为什么刚才要出去呢(一共才出去了两个钟头)……为了办我们的出国护照……天啊!我要是早回来五分钟,只要五分钟!……而现在呢,围在我们大门口的那伙人,那些盯着我看的目光……我的天!

　　卢凯丽雅说(啊,我现在怎么也不能让卢凯丽雅走,她什么都知道,她在这儿一冬天,她会把一切讲给我听):在我出门以后,我到家以前二十分钟左右,她突然走进我们的房间去问太太一件事(是什么事,我记不得了),她看到太太的圣像(就是前边说的那个圣母像)已经取下来,放在桌子上她的面前,看来太太刚对它祈祷过。"您怎么啦,太太?""没什么,卢凯丽雅,去吧……等一等,卢凯丽雅。"太太走到她面前,吻了吻她。卢凯丽雅说:"您快活吗,太太?""快活,卢凯丽雅。""老爷早该来向您请求宽恕的,太太……谢天谢地,你们和好了。"太太说:"好,卢凯丽雅,走吧,卢凯丽雅。"她那么微微一笑,可是笑得那么可怕,那么奇怪,叫卢凯丽雅放心不下,过了十分钟,她突然又回去看一看:"她靠墙站着,挨近那个窗口,手扶着墙,脑袋紧贴着手,她就这样站着想心事。她站着想得出了神,没发觉我在那个房间里看她。我看见她似乎在微笑。她站着,想心事,微笑。我望了她一会,悄悄地回过身走出去,我心里正纳闷儿,忽听得窗子开了。我马上走过去说:'外头冷,太太,您当心着凉。'我猛一下看见她站在窗台上,全身直挺挺地站在开着的窗子中间,背向着我,手里拿着圣像。我的心当时往下一沉,我叫:'太太,太太!'她听见了,做出要转身看我的样子,可是没有转身,而是跨出一步,圣像紧按在胸口,从窗口跳了下去!"

我只记得,我进大门的时候,她身体还是热的。最难受的是大家都看着我。开头,他们吵吵嚷嚷,随后忽然鸦雀无声,大家全给我让路……她呢,抱着圣像躺着。我恍恍惚惚记得,我一声不响走过去,望了好久,大家团团围着跟我在说什么。卢凯丽雅也在场,可我没有瞧见。她说她跟我说话来着。我只记得那小市民一直冲着我嚷:"从嘴里淌出一小摊血,一小摊,一小摊!"还指给我看石板地上的血。我好像用手指蘸了蘸血,沾上了一点,然后望着那手指(这我记得),他还只管嚷:"一小摊,一小摊!"

"你说一小摊是什么意思?"人家说我使尽全身力气吼了一声,抡起胳膊,向他冲过去……

啊,真怪,真怪! 这是误会! 这不是真的! 这不可能!

四 一共只晚了五分钟

可不是?难道这是真的?难道你能说这是可能的?为了什么,由于什么原因这个女人要死呢?

啊,请你们相信我,我明白;但是为了什么她要死呢?这仍然是个问题。我的爱情使她惊惶,她认真问她自己:是接受呢还是不接受?她受不了这问题,宁可一死了之。我知道,我知道,这没有什么可苦苦思量的:她许的愿太大了,她害怕自己做不到——这很清楚。这里有一些十分可怕的情况。

因为她为什么要死呢?这问题依然存在。这问题冲撞着、冲撞着我的脑子。只要她希望照这样过下去,我本会由她这样过下去的。她不相信那种改变,问题就在这里! 不——不,我胡说,完全不是这样。那只是因为对我必须诚实:要爱,就全心全意地爱,不能像敷衍那个商人那样地爱。可是她太纯洁、太纯真了,她不能同意商人所需要的那种爱情,因此她不愿意欺骗我。她不愿意用二分之一或者四分之一的爱情冒充十足的爱情来欺骗我。这种人太诚实了,问题就在这里!你们记得吗,当初我还想使她心胸开阔起来哩。多奇怪的想法。

我一心想知道她是不是敬重我。她是否鄙视我,我不知道。我不以为她鄙视我。真奇怪,整整一冬天,我怎么会一次也没有想到她鄙视我呢?我百分之百相信事实正好相反,直到她用严厉的惊讶的眼光瞧着我那一刻。说严厉一点不错。这时我一下子明白了,原来她鄙视我。我无可挽回地永远地明白了!啊,她鄙视我不要紧,哪怕鄙视我一辈子,只要让她活着,活着就好!刚才她还走来走去、说话。我压根儿不明白,她怎么会从窗口跳下去!哪怕在五分钟以前,我又怎么料得到呢?我叫了卢凯丽雅进来。现在我怎么也不能放她走,怎么也不能!

唉,我们还能够言归于好的。我们只是在冬天才彼此变得可怕地疏远起来,可是难道就不能够彼此重新适应?为什么、为什么我们就不能同居,重新开始过新的生活呢?我是个心地恢弘的人,她也是——这就是接合点!只要再说几句话,再过两天,不用再多,她就会全都明白了。

最叫人气愤的是:这一切都是偶然,一种简单的、野蛮的、因循守旧的偶然。这正是叫人气愤的地方!五分钟,我一共、一共只晚了五分钟!我要是早到家五分钟,那一时冲动就会烟消云散,她以后永远也不会有这念头了。那样,结果就会是她了解一切。可是如今呢,房间又成了空荡荡的,我又是孤零零一个人。那儿钟摆在滴答地响,它什么都无所谓,什么都不怜惜。一个人也没有,苦就苦在这里!

我走来走去,老是走来走去。我知道,我知道,不用提醒我,我抱怨这偶然,抱怨晚了五分钟,这你们觉得可笑。请你们想一想:她连一张字条也没有留下,别人在自杀前总留下一张"我死请勿归罪他人"之类的字条,她没有。莫非她想不到人家甚至会找卢凯丽雅的麻烦,人家会说:"你一个人跟她在一起,是你把她推出去的。"要不是这一院里有四个人从厢房窗子里、在院子里看她手拿圣像站着,自己纵身跳下来,那人家即使不问卢凯丽雅的罪,至少也会折磨得她够受的。但是要知道有人站在那儿看着她跳楼,这是出于偶然呀。对,这一切都是一时冲动,仅仅是莫名其妙的一时冲动。一时心血来潮,胡思乱想!就算她曾经向圣像祷告,那又说明什么?不能因此就说:她是在做临死前的祷告。这一时冲动也许一共只有十分钟光景。她下这决心正是她靠墙站着,脑袋紧贴着手,微微笑着的时候。一个念头飞进了她的脑子,呼呼地转起来,她支持不住,就被它征服了。

随你们怎么说,这明明是一个误会。她还能跟我一起生活。就算是贫血吧,那又算得了什么?难道这纯粹是由于贫血、由于生命力的枯竭吗?她的精力在冬天耗尽了,事情就是这样……

我来晚了!!!

她躺在棺材里显得多么瘦小啊,她的鼻子显得多么尖!她的眼睫毛像一支支的箭。要知道,她落地时什么也没有摔破,什么也没有摔断!只不过淌了那"一小摊血"。有那么一茶匙。内部震荡。我有一个怪念头:要是不葬那有多好?因为假如不把她抬走,那么……啊,不,抬走她,这几乎是不可能的!啊,我知道,她必须抬走,我不是疯子,我完全不是在胡言乱语,恰恰相反,我的神志还从来没有这样清醒过——可是家里又没有一个人,两间房里又只有我加上那些典押品,这怎么办呢?胡言乱语,胡言乱语,这是胡言乱语!我使她痛苦到了极点,事实就是这样!

　　现在你们的法律对我算得了什么?你们的习俗,你们的风尚,你们的生活,你们的国家,你们的信仰对我又有什么用?让你们的法庭来审判我吧,让他们把我带到法庭上去,到你们的公开审判的法庭上去,那时候我会说,我什么也不承认。法官会大喝一声:"闭嘴,军官!"我会冲着他嚷:"你们现在有什么权力可以使我俯首听命?黑暗的守旧势力凭什么粉碎了比一切都宝贵的东西?你们的法律现在对我算得了什么?我已经和它们决裂了。"啊,我什么都不在乎!

　　她盲目,盲目!她是死了,听不见了!你不知道我把你放在什么样的天国之中。天国在我的心里,我要把它安置在你的周围!哦,你不会爱我——不爱我就不爱我,那又怎么样?一切本该是这样,一切都会照这样下去。你只会像对一个朋友似的对我说话——好,我们会觉得快活,会快活地笑,彼此注视着对方。我们本会这样生活。万一你爱上了别人——嗯,那就爱吧,爱吧!你会跟他一边走,一边笑,我呢,就从街对面看你们……啊,我一切都不在乎,只要她能睁开眼睛,哪怕睁一次也好!睁一会儿,只要睁一会儿!就像不久以前那样瞅我一眼,当时,她站在我面前,发誓说:她要做一个忠实的妻子!啊,她只要看一眼就全都明白了!

　　因循守旧的势力!啊,这自然界!人们孤零零地在世界上——苦就苦在这里!古代俄罗斯的勇士呼喊道:"地里有一个活人吗?"我(可不是勇士)也呼喊,却没有人答应。据说太阳予万物以生机。太阳升起来了,可是看看它,难道它不是个死人吗?一切都死了,到处都是死人。只有一些人,而包围他们的是沉默——这就是世界!"人们,彼此相爱吧"——这是谁说的?这是谁的遗训?钟摆无动于衷地、可恶地响着。夜里两点钟。

她的鞋放在床前,仿佛在等她起来……不,说真的,明天人家把她抬走以后,我会落个什么样子呢?

成 时译

一个荒唐人的梦(幻想小说)

一

我是个荒唐的人。他们现在都叫我疯子。疯子这种称呼可算是升了一级,如果我对他们来说不是仍然和过去一样荒唐的话。不过,目前我已经不生气了,现在我觉得他们都很亲切,即使在他们讥笑我的时候——那时我觉得他们尤其亲切。要不是看着他们心里难过,我说不定会跟他们一起笑的,——这倒不是笑我自己,而是笑他们怪有意思。我感到难过,因为他们不明白真理,而我明白。唉,只有一个人明白真理,这个人该有多么难受!然而,他们是体会不到这一点的。不会,他们决不会。

人家都觉得我荒唐可笑,过去我常为这事非常伤心。我并不是看起来荒唐,而是真的荒唐。我一直是个荒唐的人,这在我心里一清二楚,也许从我生下来就是如此。大概,等我知道自己是荒唐的时候,我已经七岁了。后来,我上了小学,进了大学,结果呢——越学越觉得自己荒唐。因此,对我来说,大学里学了那么多学问,最后仿佛只是为了向我证实和表明:我钻研得越深,自己就越是荒唐。研究学问的结果是这样,实际情况呢,也是一样。一年年过去了,我打心眼里认识到我在各方面的表现都很荒唐,这种认识不断增强,越发根深蒂固了。所有的人都常常讥笑我。不过,如果说世界上有个人比任何人都更清楚我是个荒唐鬼,那么,这个人就是我自己,关于这一层,谁也不明白,谁也猜不透。我最为遗憾的正是他们不明白这一点。然而,我也要怪我自己:我总是这样自负,从不肯向别人承认自己荒唐。我的这种傲气与年俱增,如果我一旦容许自己向别人承认我很荒唐,那么,我敢说当天晚上就会用手枪打碎自己的脑壳。唉,我从小就很担心,唯恐自己忍耐不住,会突然向同伴承认下来。不过,自从我长成一个小伙子,虽然对我的古怪脾气一年比一年更加了解,可心情却不知怎的变得比较平静了。我说"不知怎的",是因为直到如今我都说不清是什么缘故。原因也许在于有个情况无比强烈地影响了我,使我的心里不断滋长着可怕的忧郁:具体说来——也就是头脑中我产生了世上的一切都无所谓的信念。我很早就有这样的预感,只是完整的信念在去年才不知怎的突然涌现出来。我突然感到,世界是真的存在还是空无一物,对我全无所谓。我开始觉得和彻底感到我的周围什么都不存在。最初,我还以为有很多事物存在于过去,可是后来我揣摩出过去也是空空如也,只是由于某种原因才使人觉得仿佛是这么回事。我逐渐相信,将来也是一无所有。从这时起,我突然不再生别人的气,也几乎不再注意别人。说真的,这种态度甚至在一些极小的琐事上都会表现出来:比如,我经常在街上走着走着就撞了别人。这不是因为我在沉思:我有什么可沉思的。我当时根本没有考虑什么,因为我觉得什么全无所谓。要是我已经解决了一些问题倒也罢了;唉,竟连一个问题也没有解决,而要解决的问题有多少啊?不过,我一感到什么全无所谓,各种问题马上便云散烟消。

在此之后,我认清了真理。我是在去年十一月认清真理的,具体时间是十一月三号,我能记得此后的每一瞬间。这事发生在一个阴霾的夜晚,天昏地黑,阴暗极了。当时是晚上十一点钟,我走回家去,记得正琢磨着从未有过比这更阴郁的时候。甚至肉体上也有这样的感觉。雨下了整整一天,冷彻骨髓,阴森凄清,而且令人有一种恐惧之感,还记得这雨带有显然跟人作对的敌意。十一点钟,雨忽然停了,可怕的潮气袭来,比下雨时还要阴湿寒冷,每一个地方,每一块铺路的石头,每一条胡同,都在冒着潮气,只要从大街往胡同的深处望去,里面全是雾腾腾的。我忽然想到,如果路上的煤气灯全都灭了,也许会叫人更舒畅些,煤气灯能使人心烦意乱,因为它把这一切照得通亮。那天中午,我简直没吃东西,傍晚起就在一位工程师家闲坐,他那里已经来了两位朋友。我始终一言未发,也许很惹他们厌烦。他们谈论着容易引人兴奋的事情,突然间竟变得激动万分。可是,我看得出他们也是全无所谓,不过是如此这般激动一阵罢了。我突然插嘴对他们这样说道:"先生们,我看你们对这事本来就无所谓。"他们听了也不生气,倒把我讥笑了一番。这是因为我的话并没有责怪别人的意思,只是由于我对什么全无所谓。他们看出了我这种无所谓的态度,所以觉得非常开心。

我在街上琢磨着煤气灯,这时又望望天际。天空黑得可怕,不过还能清晰地分辨出破碎的云团,云团间是一块块深邃无底的黑斑。在一块黑斑里,我忽然发现有颗小星星,于是凝神端详起来。这是因为小星星启发了我:我决定就在当夜了此残生。早在两个月前,我就下定自杀的决心,尽管我一贫如洗,还是买下一把很好的手枪,并在当天装好子弹。可是,两个月匆匆过去,手枪依旧在抽屉里放着未动;不过我对什么全无所谓,很想最后找个时机,等我不这么无所谓的时候再说,为什么我要这样——自己都不清楚。因此,这两个月来,我每晚回到家里就想开枪自杀。我一直等待着时机。现在这个小星星启发了我,我决定今天夜里一定动手。至于小星星怎么会给我启示——自己也莫名其妙。

我正在仰望天空,有这么个小姑娘猛地拉了拉我的衣袖。街上已是空荡荡的,几乎不见一个行人。远处停着一辆轻便马车,车夫正在车里睡大觉。小姑娘大约八岁光景,裹着头巾,穿了件短小的外衣,浑身都湿透了,尤其是她那双湿漉漉的破鞋子,我记得分外清楚,连现在都还记得。这双鞋使我感到特别刺眼。小姑娘突然扯住我的衣袖,向我招呼一声。她没有哭,而是断断续续地喊些什么,不过没法把话说清楚,因为她冻得全身抖个不停。她被什么事情吓得要命,悲悲切切地喊着:"妈妈!妈妈!"我回头望望她,一句话没说,继续走路,但她跑过来把我拉住,话音里流露出受到极度惊恐的孩子的绝望心情。我听得出这种调子。虽然小姑娘没有把话说完,但我已经明白她的妈妈在某个地方快要死了,或是她家出了什么事情,她跑出来喊人,想要点什么,去救妈妈。不过,我没有跟着她去,反而突然起意要把她赶走。我先叫她去找警察。可是,她忽然交叉起小手,抽抽搭搭哭得上气不接下气,跟在我身旁猛跑,不肯把我放走。当时我对她跺脚大叫。她只喊道:"老爷,老爷!……"随即突然放开我,朝街对面拼命跑去:那里又出现一个行人,看来她要丢开我去找这个人。

我爬上我住的五层楼。我和房东并不住在一起,住宅里有好几个房间。我的房间简陋而又窄狭,开了一个阁楼上常有的那种半圆形的窗户。屋里有个漆皮面的沙发,一张桌子,桌上放着一些书,还有两把椅子,一把舒适的安乐椅,安乐椅虽已很旧,但毕竟还是一把伏尔泰椅①。我坐下来,点上蜡烛,开始沉思。一板之隔的那个房间里,人声嘈杂。最近三天来,他们一直在吵

---

① 一种高背深座的安乐椅。

吵嚷嚷。那里住着一位退伍大尉,邀来了一批客人——五六个狐朋狗友,正在一起喝伏特加,用旧纸牌赌钱玩呢。昨天夜里,他们竟打起架来,我听得出有两个人互相揪着头发,很久不肯放手。女房东本想数落他们一顿,可就是对那位大尉怕得要命。这所房子里还有另外一家房客,一位又瘦又矮的军官太太,是个外来户,带着三个幼小的孩子,孩子搬来后都病倒了。这位太太和孩子们非常害怕大尉,整夜索索发抖,画着十字,最小的孩子被吓得害了一种抽风病。我知道得千真万确,这位大尉有时在涅瓦大街上拦住行人行乞。他没有谋到职业,可是说也奇怪(这正是我要提起此事的原因),他搬进来住下的整整一个月里,并没有使我感到心烦。不错,我一开始就避免和他结识,而他对我也压根儿没有兴趣,至于他们在板壁那边喊得多凶,他们的人共有多少,——我从来就无所谓。我整夜坐着,真的没听见他们吵闹,——我几乎完全忘掉了他们。我每天通宵睡不着觉,过去的一年都是这样。我整夜坐在桌旁的安乐椅里,闲着无事。我只在白天才读些书。我这样坐着,甚至不想什么,要是有些念头在脑子里转悠,总是让它们自生自灭。每夜我要点完一根蜡烛。我悄悄地坐到桌旁,把手枪拿出来摆在眼前。我记得我放下手枪,问过自己:"这么干吗?"接着斩钉截铁地回答自己:"就这么干。"这就是要开枪打死自己的意思。我明白自己肯定要在今夜自杀了,至于我在桌旁还要再坐多久——我不敢说。要不是那个小姑娘,毫无疑问,我早已开枪打死了自己。

二

要知道:我尽管对什么全无所谓,但拿疼痛来说,我还是能够感觉到的。要是有人打我,我会感到疼痛。精神上也是如此:

如果发生了异常凄惨的事,我会产生恻隐之心,过去我就是这样,那时我还没有对生活中的现象都无所谓。不久以前,我就有过怜悯的感觉:我一定会帮助那个孩子。可是,我并没有去帮助小姑娘,为什么呢?这不过是当时的一念之差:她拉我,喊我,那时我突然想起一个问题,使我无法解决。问题无聊得很,但我却十分生气。我生气是因为得出一个结论:既然我已经下决心在今夜自杀,所以现在我对世上的一切应当比任何时候更无所谓。为什么我要在转眼之间感到并非全无所谓,去可怜一个小姑娘呢?我记得我十分可怜她;甚至感到一阵奇怪的心疼,一种在我的处境完全不可思议的心疼。要把当时转瞬即逝的感觉更好地表达出来,我确实难以办到,不过,直到我回家在桌旁坐下,这种感觉仍然伴随着我,我非常烦躁,很久以来都不曾这样烦躁。一个个推论接踵而来。情况相当明显,既然我还是人,而不是虚无,目前还没有化为乌有,那就是说我还活着,因此也就会产生苦恼和愤懑,能够为自己的行为感到羞耻。就算这样吧。可是,既然我就要打死自己,比如说,再过两小时就要自杀,那么,小女孩与我又有什么关系呢?羞耻心也好,世上的一切也好,跟我又有什么相干呢?我就要化为乌有,彻底地不存在了。我已经认识到,我马上就要完全化为乌有,因而一切也将不复存在,难道这种想法对于我怜悯小姑娘的感情,对于做了卑鄙的事情之后所引起的羞耻心不会产生丝毫影响吗?要知道,我正是由于这个缘故才向不幸的孩子跺脚,还向她粗暴地大喊大叫,好像在说,"我岂止没有恻隐之心,如果要我去干残忍的卑鄙勾当,现在就能干得出来,因为再过两个小时,一切都要消失了。"这就是我要大喊大叫的原因,大家能够相信吗?对于这一点,我现在几乎深信无疑。看来十分清楚,生活也好,世界也好,目前仿佛都要以我为转移。甚至可以说,现在的世界似乎是专为我一个人创造的:我开枪自杀了,至少对我来说,世界已不复存在。至于我死之后,也许对任何人来说,一切也会真的不复存在,就更不必去提了,我的知觉一旦消失,整个世界就会随之立即消失,像幽灵一样,像完全依属于我的知觉的东西一样,变得无影无踪,因为这个世界和整个人类很可能就是我自己。我记得,我坐在那里沉思,翻来覆去考虑着所有这些纷至沓来的新问题,甚至思路飞到了别处去,完全想入非非了。例如,我忽发奇想,假若我以前住在月球上或是火星上,在那里干下难以想象的最无耻下流的勾当,在那里遭到唾骂,出尽了丑,丢脸到只有偶尔在梦境里或是做噩梦时才能体会到和想象出的那种程度;又比方说我后来来到地球上,并且一直记得我在另一星球上的所做所为,此外,还知道我无论如何都不会再返回月球了,那么,当我从地球上仰望月球时,——是不是会觉得无所谓呢?我会不会为自己的行为感到羞耻呢?这些问题全是无用的、多余的,因为手枪已经摆在我的面前,我身上的每一根神经都感到这件事肯定就要发生了,可是这些问题使我激动,叫我气恼。不先把事情弄个水落石出,目前我似乎还不能去死。一句话,小姑娘救了我,因为我由于思考问题把开枪的时间推迟了。当时,大尉房间里的吵闹声已逐渐平息下来:他们玩罢纸牌,正准备睡觉,一边嘟嘟囔囔,已是吵得累了。这时,我坐在桌旁的安乐椅里突然睡着了,这是从未有过的事情。我完全是在不知不觉中入睡的。大家都知道,梦是一种非常奇怪的东西:有的梦境清晰得惊人,连细节都像精工雕琢的珠宝一样完美无缺,有的梦境一晃而过,仿佛在空间和时间中飞速穿行,什么印象也没有留下。左右梦境的好像不是理智,而是愿望,不是头脑,而是心灵,其实我的理智在梦里有时也会大耍花招,而且巧妙极了!这时,理智在梦里勾起的都是些完全不可思议的事情。举例来说,我哥哥已经去世五年。我有时梦见他:他帮我做事,我们彼此都很关心,同时我在梦里始终清楚地知道和记得,我哥哥早已死了,埋了。既然他是死人,还在我的身旁,帮我的忙,我怎么能一点也不感到吃惊呢?为什么我的理智能完全容许这种事情呢?暂且不谈这些。还是讲一讲我的梦。对,当时我做了这样一个梦,十一月三日的梦!他们现在还取笑我,说这不过是场梦罢了。不过,既然这梦让我明白了真理,那就不管它是梦是真,岂不都无所谓?你一旦懂得和认识了真理,那么不管是睡是醒,反正总算明白了这是真理,再没有别的真理,也不可能有别的真理。就算做梦吧,就算是梦,可是被你们说得天花乱坠的这种生活,我正要用自杀来结束了,而我的梦,我的梦——啊,却向我展现出一种伟大辉煌的、万象更始的、充满活力的新生活!

请听我说下去吧。

三

我提到我在不知不觉中睡着了,仿佛继续思索着刚才的那些问题。我突然梦见,我坐在那里,举起手枪,对准心脏,——是心脏,而不是脑袋;过去我是下决心一定对准脑袋,冲着右太阳穴开枪的。我瞄准胸膛后,等了一两秒钟,突然间,我房间里的蜡烛、桌子和墙壁在眼前开始旋转晃动起来。我赶忙开了一枪。

你有时会梦见从高处摔了下来,或是有人杀你打你,但是你决不会感到疼痛,除非你迷迷糊糊真的撞在床架上,这时你会感到很疼,多半会疼得醒来。我的梦也是这样:我没有感到疼痛,只觉得这一枪好像猛烈震撼了我的五脏六腑,一切突然黯然失色,四周黑得怕人。我仿佛成了瞎子和哑巴,躺在一块硬东西上,直挺挺的,仰脸朝天,什么也看不见,一动也不能动。有人在附近跑来跑去，又叫又喊，可以听见大尉的男低音和房东的女高音，——吵嚷声又突然停息，原来他们把我放在一口紧闭的棺材里抬走了。我觉得棺材在晃动，正寻思是怎么回事，这时有一个念头第一回使我大为吃惊：我已经死了，彻底完了，这我心里明白，而且毫不怀疑，我看不见，也动不了，只是仍有感觉，还能思索。不过，我很快就变得安于现状，像平常做梦一样，心平气和地承认了现实。

他们把我入土安葬。大家陆续散去，只剩下我孤身一人。我动弹不了。过去我确实想过，我会怎样被埋进坟墓，当时从坟墓联想到的不过是阴湿寒冷的感觉罢了。现在我真的感到很冷，尤其是脚趾尖凉极了，除此以外，再没有别的感觉。

我躺着，奇怪的是，我并不期待什么，心安理得地承认一个死人已经没有什么盼头。只是潮湿得很。我弄不清躺了多久，——大概有一小时，说不定有几天，也可能有许多天了。这时，一滴水渗进棺盖，滴到我闭着的左眼上，一分钟后再落下一滴，过一分钟又是一滴，就这样落个没完，每分钟掉下一滴来。我心里猛地怒火升腾，心口突然感到一阵疼痛。"这是我的伤口，"我想，"这是枪伤，子弹还留在那里……"每分钟都有一滴水径直落在我那只紧闭的眼睛上。我突然诉起苦来，不是用声音，因为我无法活动，而是用我的整个躯体，向把我弄成这个样子的上帝诉起苦来：

"不管你是谁，只要你存在，只要比现在这里发生的事情更合乎理性的状况存在，那就请你让它在这里出现吧。如果由于我干下丧失理智的自戕行为，你要进行报复，让我今后过这种骇人听闻和荒谬绝伦的生活，那么，我要请你明白，我在任何时候经受的任何苦难都无法跟我即将在沉默中感到的羞辱相比，哪怕我遭受的苦难会延续千百万年！……"

我诉完苦,不再做声。死一般的沉寂几乎持续整整一分钟之久,这其间又落下一滴水来,但是,我知道,而且满有把握和坚定不移地知道并相信,整个情况肯定会在顷刻间发生变化。我的坟墓忽地裂开。我还没闹清坟墓是打开了还是被掘开了,就被一个我从未见过的黑黢黢的怪物一把抓住,我们不知不觉来到空中。我突然恢复了视力:原来是一个深夜,一片亘古未有的黑暗!我们飞越太空,远离地球。我对抓住我的怪物什么也不多问,我等待着,矜持得很。我壮起胆子,毫不惧怕,想到我能无所畏惧而高兴得要命。我们究竟飞了多久,我记不清,也想不出,因为一切都和平时做梦一样,当你在梦里穿过空间和时间,超越存在和思维的规律,你只会在心灵向往的地方停下。我记得,在黑暗中我突然看见一颗小星星。"是天狼星吧?"我问道,这话不禁脱口而出,其实我什么也不愿打听。"不,这就是你在回家的路上从云彩缝里看见的那颗星。"抓住我的怪物回答我说。我发现这怪物仿佛长着一张人脸。说来奇怪,我很不喜欢这个怪物,甚至感到深深的厌恶。我期待着完全化为乌有,正因为如此,才向自己的心脏开枪射击。而现在,我被怪物抓在手里,它自然不是人,但它毕竟存在着,而且是活的:"原来坟墓外面也有生机!"我像在梦里一样胡思乱想,但内心深处并没有发生什么重大变化:"如果必须死而复生,"我想,"又要在某种不可抗拒的意志支配下过活,那么,我就决不肯再去忍受压迫和欺凌!""你知道我害怕你,所以你很看不起我。"我突然对我的旅伴说,忍不住提了一个有失体面的问题,这问题有着供认不讳的意味,使我感到屈辱像针尖似的戳进我的心。他没有回答我的提问,但我立即觉出他对我并无意蔑视和耻笑,可是也不同情,我们的旅程有一个不明的、只为我一个人安排的神秘目的地。我心里逐渐害怕起来。一种无言的烦恼从缄口不语的旅伴那里感染了我,仿佛渗透了我的全身。我们在昏暗的陌生空间急急飞去。我很久没有看到我很熟悉的那些星座了。我知道,茫茫太空中有一些星星,它们发出的光线要几千年以至几百万年才能射到地球上来。我们也许已经飞越过这些空间。在狠狠折磨着我的心的极度苦闷中,我在期待着什么。骤然间,一种熟悉的、无比激动人心的感觉使我震惊:我突然看到了我们的太阳!我懂得,这不可能是我们的太阳,不可能是孕育过我们的地球的那个太阳,我们和我们的太阳之间隔着无限远的距离,但由于某种原因,我的整个身心都能觉察出,它和我们的太阳一模一样,它是我们的太阳的孪生兄弟,两者分毫不差。扣人心弦的甜蜜感在我充满欢乐的灵魂里激荡:赋予我生命的那种光的亲切力量在我的心中回旋,使我的灵魂苏醒,我自从进了坟墓,第一次感到有了生机,那种已经逝去的勃勃生机。

"如果这就是——太阳,如果这确实就是我们的那个太阳,"我高喊道,"那么,地球又在哪里呢?"我那旅伴忙把一颗小星星指给我看,小星星在黑暗中闪着绿光,我们正向它径直飞去。

"宇宙中能有一模一样的东西吗,这真的就是大自然的法则吗?……如果这是另一个地球,难道它和我们的地球完全一样……和那个不幸的、可悲的,同时又是宝贵的和永远可爱的地球,和我们的那个即使在它最忘恩负义的孩子心中也能激起对它的痛苦的眷恋之情的地球完全一样吗?……"我不禁狂呼起来,对那个过去被我抛弃的,然而却很亲切的地球产生了难以遏制的热爱。遭我白眼的那个可怜的女孩的身影在我的眼前飞速掠过。

"你全都会看到的。"我的旅伴回答道,可以听得出他的话音里含有一种悲怆的意味。这时,我们正和那个行星迅速接近。

它在我的眼里逐渐变大，我已能分辨出海洋和欧洲的轮廓，我心里突然燃起奇怪的感情，一种伟大而又神圣的妒意："这样的巧合怎么可能呢，为什么会有呢？我热爱，只能热爱我抛弃的那个地球，当我这个忘恩负义的人向心房开枪自杀时，我的血就洒在那个地球上。但是，我任何时候也没有停止爱那个地球，甚至在我和它诀别的那天夜里，也许比任何时候爱得更苦。这个新地球上也有苦难吗？至于在我们的地球上，我们确实只能带着痛苦的心情去爱，只能在苦难中去爱！我们不能用别的方式去爱，也不知道还有其他方式的爱。为了爱，我甘愿忍受苦难。目前，我希望，我渴望流着眼泪只亲吻我离开的那个地球，我不愿，也不肯在另一个地球上死而复生！……"

这时，我那旅伴已不辞而别。我仿佛什么也没有觉出，就落到眼前的另一个地球上，原来是个晴朗的日子，阳光普照，像天堂一样迷人。我感到脚下是个小岛，很像我们地球上爱琴海里的群岛之一，又像大陆沿岸和这些岛屿相连的某个地方。啊，一切都跟我们地球上完全一样，仿佛到处洋溢着节日的喜悦，闪烁着壮丽的、神圣的、最后获得的胜利的光辉。温驯的大海碧波荡漾，拍岸无声，带着坦然外露的、几乎是衷心属意的柔情亲吻着海岸。树木挺拔俊俏，秀丽葱茏，无数叶片发出轻柔的簌簌声，我觉得它们好像在倾吐情愫，欢迎我的光临。繁茂的青草地上，盛开着芬芳的鲜花。成群的小鸟在空中飞翔，一点也不怕我，纷纷落在我的肩头和臂上，鼓起可爱的翅膀，欢快地拍打着我。最后，我终于发现和看清了这块乐土上的人们。他们主动向我走来，围住我，吻我。这是太阳的孩子们，他们的那个太阳的儿女，——啊，他们长得多么漂亮！在我们的地球上，我从未见过人有这样的美。也许只有在我们的孩子身上，在孩子们的襁褓时代，才能发现这种美的隐约的、细微的痕迹。这些幸福的人们的眼睛清澈明亮。他们的脸上焕发着理性的光华和一种充满安详的神情，但他们的脸色是快活的，他们说的话和他们的声音充满天真的愉快。啊，我第一眼扫过他们的面庞，就立即明白了一切！这是没有被人类罪恶所玷污的一片净土，住在这里的全是清白无罪的人，他们好像生活在我们整个人类的各种传说中谈到过的、我们有罪的始祖居住过的那种天堂里，而区别仅在于这里的大地处处都是那样的天堂。这些人欢笑着拥到我的身旁，跟我非常亲热；他们把我接回家去，每个人都想向我表示慰问。啊，他们没有盘问我什么，但我觉得他们似乎全都已经了解，他们一心要从我的脸上尽快抹去苦难的创痕。

四

你们知道，这毕竟是，噢，这不过是一场梦！但是，我感到这些天真美好的人们的热情已永远留在我的心中，我觉得他们的热情至今仍然从那里倾注到我的身上。我亲眼见过他们，认识他们，自认很爱他们，后来还为他们感到过痛苦。唉，即使在当时我就已经立即明白，我在很多方面并不能完全了解他们；例如，作为一个现代的追求进步的俄国人和卑微的彼得堡人，我一直没有弄懂，他们没有掌握我们地球上的那种学问，为什么竟有这样渊博的知识。不过，我很快看清了，他们的知识不断得到充实提高所依靠的洞察力，与我们地球上的不同，他们的志趣和我们的也大不一样。他们不存奢望，生性淡泊，他们不像我们那样热切地渴望了解生活，因为他们的生活已很充实。但是他们掌握的知识要比我们的学问高深得多；因为我们的学问总想解释清楚什么是现实生活，力求认识现实，好指导别人怎样生活；而他们不靠什么学问就能懂得应当怎样生活。我懂得这个道理，但我不了解他们的知识。他们带我去看他们的树木,可我体会不出他们观赏树木时怀有多么深切的爱:仿佛他们是在跟自己的同类互诉衷曲。我敢说他们一定常和树木交谈,这一点我大概不会弄错!对,他们懂得树木的语言,我深信树木也能了解他们。他们正是用这种态度看待整个自然界——看待和他们相安无事的各种动物,动物不袭击他们,喜欢他们,在他们的爱抚下变得可驯服了。他们让我观看天上的星星,还向我作了一些我听不懂的解释,不过我相信他们大概有什么办法能和各种天体保持接触,不仅是通过思想交流,而且也经由某种现实途径。啊,这些人并不坚持非要我了解他们不可,我不了解他们,他们照样爱我,可是我知道他们是永远不会了解我的,所以我对他们几乎从不提到我们的地球。我只是当着他们的面吻了他们的大地,向他们表示无言的爱慕,他们看到了,并且听凭我对他们表示爱慕,并没有由于受我崇敬而感到羞愧,因为他们自己对很多东西也很钟爱。我满心欢喜地知道,他们是用多么强烈的爱来回报我,所以当我有时热泪盈眶地去吻他们的脚,他们也并不为我觉得难过。我有时惊讶地诘问自己:他们怎么会始终不去欺侮像我这样的人,一次也没有在我这样的人的心里激起猜疑和妒忌的感情呢?我曾多次反躬自问,我这个擅长吹牛撒谎的人,怎么会从来不向他们吐露我所知道的事情(他们对这类事情自然是一无所知),为什么我不肯出于使他们震惊的动机或是仅仅出于对他们的热爱去谈论这些事情呢?他们都像孩子一样活泼愉快。他们在景色秀丽的灌木丛和树林里到处漫游,唱着美妙的歌曲,吃着清淡的食物:树上结的果子、森林中的蜂蜜、同他们友好相处的动物的奶汁。为了衣食,他们只需要从事少量轻松的劳动。他们男女相爱,生儿育女,但是我从未看到他们有淫欲冲动的狂暴表现,在我们的地球上,几乎每个人毫无例外都有

577

这种冲动,它几乎可说是我们人类犯下各种罪行的唯一根源。他们为孩子们的诞生,为这些能和他们共享幸福的新人的出世而深感欣慰。他们之间没有争执,没有嫉妒,甚至根本不知道这些东西是什么意思。他们的孩子是公有的,因为所有的人共同组成了一个家庭。他们虽说难免死亡,但几乎不生疾病;老人都像入睡一样安详地死去,弥留时有许多前来告别的人守候在他的周围,他为人们祝福,向人们微笑,大家也报之以愉快的微笑为他送别。我发现人们这时并不伤心落泪,只有仿佛近乎狂喜的爱,一种平静、丰富、深沉的喜悦。不妨认为,他们甚至和业已去世的死者仍然保持着联系,死亡也无法切断他们之间在世上结下的融洽关系。我曾问过他们有无永恒的生命,他们简直无法听懂,可是他们显然坚信永恒的生命是有的,完全无需多加解释,这对他们已不成其为问题。他们那里没有庙宇,但他们和整个宇宙形成了某种息息相关、生气盎然、不可分割的整体;他们没有宗教信仰,但他们坚决相信,只要人间的欢乐达到尘世上的最大限度,那么对他们(无论是生者和死者)来说,同整个宇宙更广泛地进行接触的时刻就会到来。他们高高兴兴地等待着这个时刻,既不匆忙,也不忧虑,似乎心里早有预感,并且彼此相告。每天晚上入睡之前,他们喜欢齐声合唱和谐悦耳的歌曲。他们用歌声抒发当天的各种感受,歌颂和告别逝去的一天。他们讴歌自然界、大地、海洋和森林。他们喜欢编些称赞别人的曲子,像孩子一样互相夸奖;这些歌虽说极其质朴无华,但它们却是内心的真情流露,所以很能打动人心。看来他们不仅在歌声中,而且在度过的整个一生中,都在互相赞扬。这是某种宏大完美、无所不包的博爱感情。还有一些曲调庄严、热情奔放的歌,我几乎完全听不懂。我懂得歌词,但一直揣摩不透其中的全部含义。我的头脑好像很难理解它,但我的心灵却能在不知不觉中日益深刻地体会它。我常和他们说,我过去早已预感到这一切,所有这些欢乐和美好的事物在我们地球上只能使我产生苦苦思索的伤感,有时会伤心得无法忍受;在我的心灵进入的梦境里,在我的脑海出现的憧憬中,我早就预感到会有他们这种人和他们的美好事物;在我们地球上,我面对西下的夕阳常常忍不住怆然泪下……我恨我们地球上的人们,但怨恨中往往蕴含着苦恼:为什么我既恨他们,同时又不能不爱他们呢?为什么我非得宽恕他们呢?我爱他们,但热爱中同样蕴含着苦恼:为什么我既爱他们,同时又不能不恨他们呢?我看得出,那里的人们听了之后,无法理解我说了些什么,但我决不后悔我向他们说了这一番话,因为我知道他们能够理解我多么强烈地怀念我离弃的那些人们。哦,当他们用充满柔情的亲切目光望着我的时候,当我觉得在他们面前我的心灵也变得和他们的一样纯洁正直的时候,我就不再由于不了解他们而感到遗憾了。生活是丰富充实的,这种感觉使我神往,于是我默默地向他们表示祝福。

啊,现在大家都当面讥笑我,指点着我说,梦见的事情不可能像我现在讲的那样细致,我在梦中看到或感觉到的,不过是神志不清时心灵产生的一种幻觉,至于那些细节,全是我醒后自己编造的。当我向他们公开承认确有这种可能时——我的天,他们冲着我笑得多凶,我招引得他们多么快活啊!对,一点不错,我不过是完全沉溺在梦境的感受中了,只有这种感受完整地保留在我深受创伤的心里,因为梦中的真人真事,也就是说,我在做梦期间实际看到的各种形象是这样和谐充实,是这样神奇美妙,同时又是这样栩栩如生,以至我醒来后根本无法用我们这种贫乏的语言一一描述,因而它们在我的头脑里势必变得淡薄起来,于是我后来也许真的在无意间杜撰出各种详情细节,尤其是由于我急不可待,一心想尽快地多少讲出一些来,失真之处自然就在所难免了。不过,我怎么能不相信这都是事实呢?事实会不会比我说的还要美妙、鲜明和有趣一千倍呢?就算是一场梦吧,可是这一切绝不可能是无中生有。请听我向你们吐露一个秘密:所有这些也许根本就不是梦境哩!因为当时发生的情况逼真得惊人,绝非梦中所能虚构得了的。姑且认为这场梦是我心灵的产物,但是我的心灵又怎么能臆造出我日后遇到的这种惊心动魄的真理呢?我独自在心里怎么能编排或幻想出这种真理呢?难道我那微不足道的心灵和反复无常的浅薄头脑能达到领悟真理的崇高境界吗?唉,你们自己可以评判一番:我以前一直隐瞒着,现在就要把这种真理和盘托出了。原来我……把他们这些人全都教坏了!

五

对,对,结果是我把他们全都教坏了。怎么会发生这样的事情——我弄不明白,但记得很清。梦境贯穿好几千年,在我的心里只留下对整个梦境的感受。我只知道,他们堕落的根源就是我。我像一条丑恶的毛毛虫,又像传遍很多国家的鼠疫菌,玷污了这块在我到来之前没有任何罪恶的整个乐土。他们学会了说谎,热衷于弄虚作假,体会到谎言的妙处。唉,他们开始这样做时,也许毫无邪念,不过出于戏谑、卖弄,觉得好玩罢了,也可能真有一点这样的苗头,可是这种说谎的苗头竟钻进他们的心灵,使他们感到惬意。后来很快出现了淫欲,淫欲引起嫉妒,嫉妒产生残暴……唉,我不明白,也记不清究竟是怎么回事,但没过多久就发生了第一次流血:他们惊异、恐慌,发生了分歧、分裂。出现了各种帮派,并且互相敌对,展开了责骂、攻讦。他们懂得了羞耻,羞耻上升为道德。出现了荣誉的概念,每个帮派竖起了各自的旗帜。他们开始虐待动物,动物逃避他们,纷纷躲进森林,变成他们的仇敌。他们为制造分裂、标新立异、维护个人而大打出手,并且你争我夺起来。他们开始用不同的语言讲话。他们体验到不幸,而且对不幸产生了爱好,他们渴望苦难,说什么只有通过苦难才能赢得真理。这时,他们那里出现了学问。当他们胡作非为时,就高谈友好和人道,而且很懂得这些概念的含义。当他们犯罪时,就发明了正义,并且制定出整套整套的法典来维护正义,为保证法典的贯彻执行,还架设起断头台。他们对丧失了的东西只留下模糊的记忆,甚至不肯相信他们曾是清白、幸福的人。对于过去是否有过这种幸福,他们不过付之一笑,认为只是幻想而已。他们甚至想象不出这种幸福是什么样子,可是令人惊诧和奇怪的是:他们尽管认为过去的幸福完全不可置信,不过是一种传闻,但他们却又那样向往有朝一日能重新变得清白、幸福,以至像孩子一样珍惜自己的这种希望,把它奉若神明,并且修建神殿,为自己的理想和"希望"举行祈祷,同时又根本不信这种希望能如愿以偿和成为现实,而是流着眼泪向它顶礼膜拜。然而,如果他们真能回到他们失去的那个纯洁无瑕的幸福境界,如果有人突然让这种境界再次呈现在他们的眼前,并且询问他们是否有意重返故地,——这时他们肯定会表示拒绝。他们回答我说:"我们可能很虚伪、邪恶和心术不正,这一点我们知道,还为此痛哭流涕和苦恼万分,我们对自己的折磨和惩罚,也许比将来要审判我们的、我们还不知道姓名的那位慈悲为怀的最高审判者对我们的惩罚还要严厉。但我们有了学问,学问可以使我们重新找到真理,我们会自觉地接受真理,知识高于感情,对生活的认识高于生活。学问赋予我们智慧,智慧能发现规律,对幸福规律的了解——高于幸福。"他们就是这样说的。这样表白一番之后,每个人更是只顾自己,他们也不可能有别的抉择。他们唯恐私利受到触动,总是尽力损害和缩小别人的利益,并把这种事情视为生活的要义。于是,出现了奴役,甚至是自愿的奴役:弱者甘愿服从强者,以便强者能帮助他们去压迫更弱的弱者。出现了一批贤哲,贤哲向他们哭谏,指出他们如何骄横自大,如何放肆和不顾及和睦,如何丧尽廉耻。这些贤哲不是受到讥笑,就是遭到石块的痛击。神殿的门口洒下了他们圣洁的鲜血。以后又出现了一些人,他们开始考虑:怎样才能把大家重新联合起来,使每个人既能照旧只顾自己,同时又不致妨碍别人,从而使大家可以共同生活在一个融洽的社会之中。为了实现这种理想,终于爆发了多次战争。所有参战的人这时坚定地相信,学问、智慧和自我保全感最后必将促使人们联合成一个和睦无间、合乎理性的社会,为了加速事业的发展,"智者"就力求尽快把不了解他们思想的"愚者"消灭干净,以免"愚者"妨碍这种理想取得胜利。但是,自我保全感迅速低落下来,于是出现了一批狂妄分子和淫欲之徒,他们要求占有一切,要不就放弃一切。为了占有一切,他们不惜铤而走险,一旦不能得逞——就自杀了事。这时产生了各种宗教,崇拜四大皆空,提倡自我毁灭,以便在冥冥中求得永恒的安息。这些人终于厌倦毫无意义的劳碌,脸上开始露出痛苦的表情,他们标榜受苦是一种美德,因为受苦才是有意义的事情。他们用歌曲赞颂苦难。我在他们中间走动,难过得拧着双手,为他们伤心落泪,但是也许比过去更爱他们,那时他们的脸上还没有受苦的表情,他们还是清白无辜的好人。他们的乐土本是天堂,现在已被他们玷污;只是由于这里出现了不幸,我才更加热爱这块土地。唉,我一向都是欢迎灾难和不幸的,不过只想由我自己承担,由我一个人忍受,我由于怜悯他们,曾为他们哭泣。我向他们伸出双手,在绝望中谴责、咒骂和蔑视自己。我告诉他们说,这些事都是我干的,都是我一个人干的;是我给他们带来了堕落、腐化和虚伪!我恳求他们把我钉在十字架上,我教他们怎样去做十字架。我不能,也无力杀死自己,但是甘愿接受他们对我的折磨,我渴望苦难,渴望在这种苦难中流尽最后一滴血。但他们只是讥笑我,到头来竟认为我是疯子。他们表示对我可以谅解,声称他们只接受合乎他们意愿的事情,整个现状不可能改变。最后,他们向我宣布,我对他们越来越危险了,如果我再不闭上嘴巴,他们就要把我送进疯人院去。当时,我的精神痛苦已极,心房紧缩,觉得简直就要死了,这个时候……正在这个时候,我突然醒了过来。

这时已是清晨,也就是还未破晓,但也快到六点钟了。我就是在那张安乐椅里醒转来的,蜡烛已经燃尽,大尉房间里的人睡意正浓,四周寂静无声,我们住宅里是难得如此的。首先,我大吃一惊,霍地跳了起来;过去即使在微不足道的小事上,我也从未有过类似的情况:例如,我从没有躺在我的安乐椅上就这样睡熟过。我站着,慢慢清醒过来,——突然间,我瞥见摆在面前的那支上好子弹、准备停当的手枪,——我一下子把它推开去!啊,现在我要活着,活着!我高举双手,呼唤着永恒的真理;不是在呼喊,而是在流泪;我周身洋溢着欢乐,充满着莫可言状的狂喜。对,既然活着,就要——传道去!这时我打定主意要去传道,而且决心永世弗渝!我要传道去,传道去,——传什么道?传布真理,因为我发现了真理,亲眼看见了真理,看见了真理的夺目光辉!

从那时起,我就传起道来!还有——我爱所有讥笑我的人,竟胜过其他任何人。这究竟是为什么——我弄不明白,也无法解释,这就随它去吧。大家都说我的头脑目前已经糊里糊涂,意思是说现在我就这么糊涂,将来可又怎么得了?千真万确:我是变糊涂了,今后也许还要更加糊涂。我要弄清怎样传道,就是说该讲些什么,做些什么,因为传道这件事做起来是相当困难的,在这之前,我肯定还要犯很多错误。现在,我把这些全看得十分清楚,不过,请听我说:哪里能有不犯错误的人!上至明哲的圣贤,下至卑贱的盗贼,其实都在奔向同一个目标,至少都在努力奔赴同一个方向,只是所走的道路不同罢了。这是一条古老的真理,不过这里也有一点新的情况:我不可能糊涂透顶。原因是我看到了真理,我看到并且懂得,人是能够变得美好幸福的,而且决不会失掉在世上生存的能力。我不肯也不能相信,邪恶是人类的正常状态。正是我的这种信仰受到他们的嘲笑。可我怎么能没有这种信仰呢:我看到了真理,——这不是我的头脑臆造出来的,我看见过它,亲眼目睹过它,它那活生生的形象永远充满了我的心。我看到过完美无缺的真理,要说人世间不可能有这种真理,我是怎么也不会相信的。我哪里会糊涂起来呢?当然,我难免要有几回失误,甚至有可能说出一些不得体的话来,但为时不会很久的,因为我看到的生动形象会始终和我同在,不断纠正我的错误,为我指引着方向。啊,我精神焕发,朝气勃勃,我要向前走,向前走,哪怕走上一千年。你知道,我把他们全都教坏了,当初我本想把真象隐瞒下来,但这是一个错误——我的第一个错误!真理却暗暗提醒我说,我在撒谎,同时又在护卫着我,指引着我。天堂是怎样建立的——我不知道,因为我无法用语言形容出来。我梦醒之后,完全没有了口才。至少是把一切主要的、必不可少的词汇忘了个干净。可是,这不要紧:我要去,不断地讲,讲个不停,因为这毕竟是我亲眼看到的事情,虽然我不善于描述我所看到的一切。嘲笑我的人是不了解这一点的。他们说:"你看到的不过是梦境、错觉和幻象。"哎!难道这算是什么高见吗?他们竟是这样的倨傲狂妄!梦吗?什么是梦?我们的一生岂不就是一场大梦？我还要再说一句：即使这种梦境永远不可能实现，即使不会有什么天堂（这一点我是清楚的!)——我还是要去传道。事情再简单不过：说不定在一天之中，一小时之内，一切都会立即办成！主要的是——必须像爱自己一样去爱别人，这才是要害，这才是关键，其他事情都无关紧要：你很快就会明白怎样才能大功告就。其实，这种真理不过是——老生常谈，被人重复和背诵过何止千百亿遍，但它却没有在我们的生活中扎下根来！"对生活的认识高于生活，对幸福规律的了解高于幸福"——这种论调必须驳斥！我要进行斗争。只要大家愿意去做，一切就会马上成功。

我已经打听到那个小女孩……我就去！我就要去！

潘同珑 译

曹中德 校